T0166199

L'Œuvre fantastique

Tome II

Théophile Gautier

L'Œuvre fantastique

Tome II

Romans

Édition critique par Michel Crouzet

PARIS
CLASSIQUES GARNIER
2023

Michel Crouzet est spécialiste de la littérature française du XIXe siècle. Ses recherches portent sur le romantisme, et plus particulièrement sur Stendhal. Il a notamment publié *Stendhal et le désenchantement du monde* et *Parcours dix-neuviémiste*. Il est aussi l'éditeur scientifique des œuvres de Jules Barbey d'Aurevilly, Théophile Gautier et Walter Scott.

Couverture : « Jettatore patentato dal regio tribunale » da « la patente », tratto da Pirandello de Irtapasta, 2021. Source : deviantart.

ISBN 978-2-406-14399-4
ISSN 2417-6400

INTRODUCTION

LE FANTASTIQUE EN HABIT NOIR

Il y a une évolution de Gautier dans nos récits. Dans une certaine mesure ses trois dernières œuvres fantastiques ont une unité qui permet de les classer ensemble et à part : lui-même les a rassemblées pour les publier sous un titre commun. Cette fois il y a un projet explicite de Gautier. D'ordinaire le pourquoi de ses initiatives littéraires nous échappe faute de telles indications. Pourtant quelque stable et permanente que soit son inspiration fantastique, Gautier a modifié sa manière et inventé des thèmes. Ces trois « romans » constituent un tournant, un achèvement peut-être dans son œuvre fantastique. Léon Cellier avait relevé en lui « la passion de la nouveauté[1] » et dans la quête incessante, qu'il a menée en bon romantique des années 1830, de domaines littéraires nouveaux, l'exotique ou l'étranger, si proches de l'étrange, fournissent toujours de nouvelles contrées, des lieux de dépaysement c'est-à-dire d'inspiration. Après *Une nuit de Cléopâtre* (1838), Gautier s'évade toujours davantage des frontières spatio-temporelles ; il tend à rompre les fragiles parapets où il avait jusque-là maintenu le choc de la jonction des temps et du retour de l'Ombre aimée ; le point ultime qu'il atteint, c'est peut-être cette confusion toute nervalienne du rêve et de la réalité que présente *La Morte amoureuse*, « où le jour devient la nuit, sans cesser d'être le jour, où la notion du rêve perd son sens sans que jamais pointe la folie[2] ». N'allant pas plus loin, Gautier va

---

1   *Cf. Mallarmé et la morte qui parle*, Paris, PUF, 1959, p. 67.
2   Préface de Jean Gaudon, Paris, Gallimard, « Folio », 1981, p. 27. L'inspiration exotique dure jusqu'au *Roman de la momie* (1857) et intègre les expériences des voyages (Italie, Russie) et des rêves (Inde et Chine). Sur les « Aspects de l'italianisme de Gautier », voir l'étude de Jean Richer, *Micromégas*, n° 2, janvier-avril 1975.

ailleurs, sans s'interdire d'annexer un nouveau territoire fantastique, plus proche celui-là, et même saisi dans le quotidien avec une sorte de positivisme expérimental, celui de la drogue.

Les neuf récits écrits de 1831 à 1846 semblent obéir à une sorte de succession de cycles. Si l'on met à part *Onuphrius*, récit extrait des *Jeune-France* et où le fantastique participe à une définition parodique de la jeunesse bohème et romantique, nous avons d'abord trois récits où le thème des amours transcendant la mort se suit et se développe, *La Cafetière, Omphale, La Morte amoureuse*, ils correspondent à l'époque du Doyenné ; puis deux groupements thématiques qui sont presque simultanés, les récits du double et les récits de la drogue, et en 1852 *Arria-Marcella* termine et ponctue magistralement le thème de l'amour rétrospectif en lui donnant une assise philosophique et un décor historique. Viennent les œuvres que nous classons comme *romans*, et *Spirite*, ne l'oublions pas, est suivi de *Dafné* qui pourrait être interprétée comme une reprise parodique du dernier roman.

Devra-t-on introduire, pour mieux suivre l'évolution créatrice de Gautier, des distinctions fondées sur la technologie narrative et la différence entre le narrateur et l'auteur : c'est dans cette direction que s'est orienté Marc Eigeldinger[1] en suivant la distinction faite dans *Spirite* entre les récits à dominante subjective (narrateur-héros parlant à la première personne) et ceux à dominante objective : les premiers mettent en avant l'auteur qui éclipse le narrateur, les seconds, le narrateur autonome et remplissant sa fonction (il utilisera la première ou la troisième personne). Le récit évolue alors selon les relations de l'auteur et du narrateur : ils se confondent (c'est le récit d'une aventure personnelle, *La Pipe d'opium, Le Club des hachichins*), ou le narrateur est un personnage-acteur (ainsi *La Cafetière, Onuphrius, Le Pied de momie, La Morte amoureuse*), ou bien dans un récit à la troisième personne, le narrateur, distinct de l'auteur et du personnage intervient et commente de l'extérieur, donc objectivement, le récit (*Onuphrius* encore, *Arria Marcella*), enfin dernier cas, le narrateur disparaît dans sa fonction (*Le Chevalier double, Deux acteurs*). Il faudrait admettre une progression de Gautier (évidente dans les récits d'après 1850) vers une narration impersonnelle et objective au détriment d'une présence personnelle plus accentuée à ses débuts. On hésitera à tirer

---

1   *Cf.* la préface de l'édition Garnier-Flammarion, 1981, rééd. 2007.

des conclusions de la différence entre les instances narratives : dans le romantisme, la distinction du narrateur et de l'auteur, nécessaire dans la théorie moderniste qui tend à l'élimination de l'auteur, est très difficile, le texte repose sur la présence d'une subjectivité agissante, sérieuse ou railleuse, qui engage l'auteur dans son œuvre et quand il dit *Je* ou *Nous*, cet engagement est simplement plus direct et plus argumenté, de toute façon l'acte narratif implique un sujet de la narration et une diction personnelle.

Gautier se livre profondément dans une nouvelle que les techniciens diront « hétérodiégétique » comme *Arria Marcella*, il n'a jamais été aussi proche d'un autoportrait et d'une sorte de confession autobiographique que dans *Spirite* ; au reste, on n'imagine guère Lavinia amoureuse d'un *narrateur*, elle lit Malivert en nous confirmant que « Gautier » est subjectif dans l'objectivité ; et le récit tout entier renvoie à son amour pour Carlotta Grisi.

On hésitera encore à introduire dans les récits fantastiques une sorte de rythme, et distinguer, comme l'a tenté Jean Gaudon[1], une double série, d'une part les nouvelles radicalement fantastiques et fondées sur une transgression des lois du temps et de la vie, sur une dualité exaspérée de l'idéal et du réel, sur un retour brutal de la norme ou de la loi qui réprime l'écart du héros imprudent ; d'un autre côté, ces nouvelles sérieuses seraient suivies de reprises parodiques (*Le Chevalier double* revenant sur *La Morte amoureuse*, *Deux acteurs* sur *Le Pied de momie*, *Avatar* sur *Arria Marcella*), où le fantastique est l'objet d'une rationalisation « sacrilège », d'une interprétation amusée, qui concilie l'ordre et la transgression, le désir et le mariage ou la morale, où le bonheur et la normalité (par la réintégration dans l'identité et la société) s'imposent aux dépens de l'opposition déchirante de l'aventure fantastique. Celle-ci se « désacralise », dans la moralité conjugale et une allègre moquerie du fantastique par lui-même.

À ce partage de l'œuvre fantastique de Gautier, on objectera qu'à aucun moment, dans aucun récit, la tonalité d'humour ou le sentiment du grotesque ou la contestation du fantastique par lui-même ne sont absents. En bon romantique, Gautier se moque du romantisme et, d'*Onuphrius* à *Spirite*, annonce la bonne nouvelle d'une sorte de sagesse

---

1 *Ibid.*, p. 29 *sq.* ; p. 36 on trouve en particulier une lecture fort contestable de l'épisode du regard d'Octave dans *Avatar*.

romantique ; de même, il peut toujours revenir au personnage de la femme réelle, apaisante et consolatrice, opposée à la chimère destructrice (*La Toison d'or* en 1839, par exemple). Le fait de se mouvoir dans les contraires, de les unir et de les séparer, d'être indéfiniment dans le paradoxe est sans doute le centre de l'expérience romantique ; Gautier s'y est totalement adonné.

Aussi est-il difficile de trouver chez lui une évolution rigoureusement définie : la même contradiction est toujours en lui et dans son œuvre. Il y a ainsi en lui un fantastique « matérialiste[1] », la conquête de la volupté surnaturelle, celle que promet Clarimonde (« la beauté... la jeunesse... la vie... l'amour »), celle qu'apportent les ombres insatiables de plaisirs ; mais Gautier dit d'Achmet, le héros de *La Péri*, « comme tous les grands voluptueux il est amoureux de l'impossible [...] la réalité n'a plus d'attraits pour lui » : la quête de la volupté se mène hors du monde, dans l'immatériel. Elle est idéaliste, elle requiert toutes les forces d'affirmation de l'image ou de l'idée. L'évidence, c'est que ce « matérialisme » et cet « idéalisme » se contredisent, le paradoxe, c'est qu'ils s'accordent.

Octavien que la réalité de la femme rebute[2] est subjugué par la violence sensuelle d'Arria. Mais la nouvelle est la dernière où il y ait unité dans la dualité du désir ; par la suite l'idéalisme l'emporte, le désir d'autre chose s'oriente vers une spiritualisation de plus en plus marquée. C'est une question d'accent sur un terme ou sur l'autre : le glissement est évident à partir d'*Avatar*[3], où les données du fantastique semblent remaniées dans leur organisation ; il n'affirme plus le triomphe de l'amour sur la mort d'une manière simple et directe, *Spirite* reprend la formule, « mon amour vainqueur de la mort me suivait au delà de la tombe »,

---

1   Distinction judicieuse, faite par A. B. Smith (voir *Théophile Gautier and the fantastic*, Mississipi University, 1976. p. 58 *sq.*). Elle permet de déceler un passage chez Gautier d'une thématique à une autre, ou du moins les deux accentuations souvent solidaires des deux tonalités, dont l'une l'emporte évidemment sur l'autre. Il est vrai, comme le note Smith dans son étude des « obstacles au bonheur », que l'idéalisme pur est constamment refusé et mis sur le même plan que la chute totale dans la matière (*cf. Le Club des Hachichins*).

2   Il annonce *Spirite* : « il eût voulu enlever son amour du milieu de la vie commune et en transporter la scène dans les étoiles. »

3   On se ralliera sur ce point aux analyses de M. Voisin (*Le Soleil et la nuit. L'imaginaire dans l'œuvre de Théophile Gautier*, Éd. de l'Université libre de Bruxelles, 1981, p. 225 *sq.* et 265 *sq.*) ; elles montrent bien comment *Spirite* est annoncé par les œuvres antérieures et en même temps les dépasse ; tous les éléments précurseurs de ce dernier récit y sont étudiés.

mais le sens est différent : l'amour survit à la vie, il existe dans la mort, en somme l'amour triomphe de la mort parce qu'il s'épanouit dans la mort et les amants prédestinés constitueront un couple céleste ; et de même l'image du sablier du temps qui se retourne dans l'expérience fantastique revient dans *Spirite*, mais refusée : heureux de cet amour rétrospectif qui lui tombe du ciel, Malivert doit s'avouer que « la vie ne se retourne pas comme un sablier. Le grain tombé ne remontera jamais » ; le roman des occasions ratées ne revient pas en arrière. Heureusement, il n'a rien perdu : l'union céleste est préférable à l'union terrestre et la mort est une délivrance.

On le voit, ce sont les mêmes données, mais retournées : les amants séparés par l'immense distance du temps et de l'espace se retrouveront, mais dans le même monde, du côté de la mort et non dans la vie : les récits ne changent plus de côté. Le thème qui demeure et se renforce, c'est la positivité de la mort, la méfiance envers cet état négatif qu'est la vie terrestre, et la confiance dans la puissance idéaliste de l'âme, dans sa force plastique, qui subordonne la représentation à la création.

Alors, c'est le fantastique qui gagne, l'appel de l'impossible, le ralliement à la dynamique ascensionnelle qui situe après la mort l'expansion de l'âme, l'avenir de l'homme, la mise en œuvre des forces qui excèdent les capacités de la vie. L'homme est un être qui a deux vies : en ce sens l'ange est le devenir de l'homme et l'énergie de l'idéalité romantique admet que la vérité de l'homme se déploie par delà la mort ; comme le dit Georges Gusdorf, l'anthropologie et l'angélologie sont « deux niveaux différents d'existence et d'analyse des mêmes soucis existentiels[1] ».

L'âme d'Octave quitte volontairement son corps, Paul détruit ses yeux et sa vie, Alicia sacrifie sa vie à l'amour, Malivert et Spirite choisissent la vie céleste et immatérielle. La vraie vie, c'est la mort du corps ; mais déjà et toujours la mort provisoire du fantastique était l'accès à la vie absolue, le néant régénérait l'être ; mais déjà, dans *La Péri* (1843), la fée, en quittant la vie célibataire de l'esprit, démontrait que le ciel a besoin de la terre : c'est encore vrai pour Spirite.

Toujours opposés, l'esprit et la matière sont associés chez Gautier par le rêve de leur union ou de leur fusion. Avec la première « manière », se réalise dans l'expérience fantastique l'union des amants, l'union de

---

1   *Cf.* Georges Gusdorf, *L'Homme romantique*, Paris, Payot, 1984, p. 211.

l'âme et du corps, enfin assouvis l'un et l'autre, et cela sans renoncement, sinon au temps, car les amants, qui ne sont pas du même côté
de la vie et de la mort, n'ont qu'un instant ; avec la seconde, les amants
doivent renoncer à eux-mêmes et se convertir à la voie étroite d'un
amour mystique ; et cette fois c'est l'androgyne le signe victorieux de
l'union parfaite.

Ainsi se définissent peut-être deux versants dans l'œuvre fantastique de Gautier : à la charnière, *Arria Marcella*[1] qui totalise toute la
première époque et donne à ses thèmes un éclat nouveau ; en 1852,
Gautier revient au fantastique, à ses motifs premiers, perdus de vue dans
le fantastique de la drogue ; vient ensuite le projet cohérent et d'une
veine sensiblement nouvelle des récits du « fantastique en habit noir ».
Le fantastique de Gautier s'élargit, et prend une sorte d'assurance dans
la mesure où il entend affirmer sans nulle concession le surgissement
de l'impossible, de l'irréductible dans notre monde saisi lui aussi sans
concession avec ce qu'il faut bien nommer un réalisme : il s'agit « de
l'emploi du fantastique dans la vie réelle », selon les termes de la lettre
à Hetzel de 1856[2].

Le retour au fantastique semble bien signifier aussi que Gautier y
retrouve un moyen authentique et complet d'expression personnelle :
Arria Marcella développe la « pensée » du fantastique de Gautier et
annonce une nouvelle interdépendance littéraire de Gautier et de Nerval,
comme si la dernière poussée créatrice de son ami, sa mort tragique, mais
qui semble s'expliquer par une manière absolue de vivre le fantastique,
jusqu'à en mourir, avaient rendu à Gautier toute sa foi fantastique ou
l'avaient rassuré quant aux possibilités de l'exprimer.

Le problème de l'évolution de nos récits, c'est le problème de la place
dans son œuvre générale du fantastique littéraire (car dans la chorégra-
phie, Gautier ne semble jamais avoir cédé à une quelconque réserve). Or,
comme on l'a vu, Gautier a reconnu dans une lettre à Sainte-Beuve, le

---

1   Si proche qu'elle soit de *La Morte amoureuse*, cette nouvelle s'en distingue : voir l'étude de
    A. B. Smith, « The changing ideal in two of Gautier's fictional narratives », dans *Romanic
    Review*, 1969. L'héroïne d'une nouvelle à l'autre semble moins matérielle, moins tangible,
    plus soumise à l'appel du désir idéal ; la rêverie rétrospective qui fait renaître l'Antiquité
    est de nature esthétique, l'imagination subjective a plus de place et de pouvoir ; il est vrai
    que le récit confirmant l'effondrement esthétique et érotique des Modernes semble plus
    négatif et plus pessimiste. Il reste à Gautier à opérer une conversion vers un idéalisme
    plus pur et plus radical.
2   Voir *Correspondance générale*, t. VI, p. 245 ; elle date sans doute d'octobre 1856.

16 novembre 1863, une certaine coupure dans son œuvre, une certaine mise en retrait du « subjectif » au profit de l'« objectif » : il la date de *Fortunio* (1838), « le dernier ouvrage où j'aie librement exprimé ma pensée véritable ; à partir de là, l'invasion du cant et la nécessité de me soumettre aux convenances des journaux m'a jeté dans la description purement physique ; je n'ai plus énoncé de doctrine et j'ai gardé mon idée secrète ».

Aveu certes approximatif quant à la date de la coupure, quant à une hégémonie de la description (est-elle jamais purement « physique » ?), quant à une autocensure subie par Gautier. Reste ce regret d'avoir adouci, retenu, l'expression de sa « foi », de sa révolte ou de sa confiance romantiques. Je pense pour ma part que la portée de cette déclaration n'est pas considérable. À quoi renonce l'auteur de *Fortunio* ? Au roman de l'artiste ou de l'esthète confronté à l'amour et à la réalité : il y revient en un sens pour le réussir pleinement avec *Spirite* où le couple de l'amant et de l'amante est aussi celui du poète et de son inspiratrice ou de son initiatrice à la beauté.

Après *Arria Marcella*[1], qui récapitule et totalise le fantastique antérieur et le renouvelle, commencerait une époque où les trois récits réunis ici, détenteurs eux aussi de l'idée secrète de Gautier, affirment péremptoi-rement une autre orientation du fantastique. Ou son affirmation plus péremptoire, plus délivrée de toute censure ou réserve. Gautier peut suivre les mêmes thèmes, parler des superstitions, des métamorphoses et de la métempsycose, du magnétisme et de la nécromancie, des esprits, des anges, des morts par amour, des amours avec une morte, de l'Androgyne mythique, il peut unir *Aurélia* et *Séraphîta*, faire explorer le ciel à son double, Malivert, guidé par un nouveau Virgile, le baron de Féroë et un ange, réécrire *Le Paradis*, bref se livrer à une réalisation littéraire de son désir et de son plaisir, à une débauche de merveilles et de miracles, qui conduit l'imagination au-delà d'elle-même, mais tout cela il le fait dans de véritables *romans*.

---

1   Marcel Schneider (*Histoire de la littérature fantastique en France*, Paris, Fayard, 1964, p. 227) souligne le nouveau cours de l'inspiration fantastique de Gautier après 1850 : alors viennent les « meilleurs contes » délivrés des accessoires traditionnels et de la sorcellerie convenue. Même idée dans Cecilia Rizza, « Les formes de l'imaginaire dans les contes fantastiques de Gautier », *Bulletin*, 1988, qui souligne la marche de Gautier vers une simplification des effets, vers une spiritualisation des épisodes, et davantage d'ironie et de distance narratives.

Le fantastique s'affirme dans le romanesque plénier de ces courts romans mystiques et tragiques et ironiques et réalistes. Un beau jour il a écrit : « le charme d'un roman consiste à nous transporter hors du monde actuel dans une sphère idéale[1]. » Mais le monde actuel lui-même est capable d'accueillir l'idéal, s'il se met en habit noir ! Si le *fantastiqueur* s'empare du roman.

À coup sûr, on n'attendra pas de Gautier beaucoup de rigueur dans les références au « genre » qu'il cultive ou dans les termes qui désignent ses œuvres : *Jettatura* et *Avatar* sont des « contes », *Spirite* est sous-titré « nouvelle », mais, dans son esquisse d'une autobiographie, Gautier les a dits « romans ».

« Roman », « conte », « nouvelle », ces termes utilisés indifféremment par tant d'écrivains du XIXe siècle ont parfois un sens plus précis quand ils sont employés les uns contre les autres : Baudelaire fait de Gautier le maître de « la nouvelle poétique » pour distinguer sa manière de tout ce qui est « roman de mœurs[2] » ; Maxime Du Camp, pour indiquer que ses récits étaient la cristallisation d'un rêve, a déclaré que Gautier « est bien moins un romancier qu'un conteur[3] ». Selon Judith, il aurait dit : « La nouvelle est une forme parfaite, mais a ses exigences et demande même souvent le sacrifice du sujet qui pourrait fournir tout un roman[4] ». Du coup, entre une longue nouvelle et un court roman, si tout semble dépendre de l'étendue de l'histoire racontée, la différence est mince.

Dans la lettre à Hetzel sur le « fantastique en habit noir », il entend tout de suite réunir ces œuvres qui auraient quelque chose de commun et il nomme « contes » et « romans » ces récits qui nous semblent prendre une dimension de « romans » ; mais il semble bien penser lui-même qu'il s'agit de récits plus étoffés que de simples nouvelles : les « quatre contes » pourront « faire un gros volume ». Et de fait la longueur croissante des récits représente bien une évolution du fantastique : condensé

---

1   Voir *Chronique de Paris*, 5 juin 1836 ; *cf.* aussi dans *Les Grotesques*, éd. de 1859, p. 76, « l'ode est le commencement de tout, c'est l'idée ; le théâtre est la fin de tout, c'est l'action ; l'un est l'esprit, et l'autre, la matière ; l'ode c'est la musique sans libretto, le roman, c'est le libretto seul, le théâtre est la matérialisation du libretto ».

2   Voir *O.C.* éd. citée, t. II, p. 119-121.

3   *Cf. Théophile Gautier*, Paris, Hachette, 1907, p. 147.

4   Dans *Le Collier des jours. Le second rang du collier. Souvenirs littéraires*, Paris, F. Juven, s.d., p. 54. Voir encore A. J. George, « Théophile Gautier and the romantic short story », dans *Esprit créateur*, 1963, et Horatio E. Smith, « The brief narrative art of Théophile Gautier », dans *Modern Philology*, 1916-1917.

jusque-là dans une brève expérience personnelle, ou dans une crise plus longue mais qui ne peut justement pas s'étendre dans la durée et qui ne concerne jamais qu'un couple de personnages, il tend ici à embrasser ou à déterminer plusieurs existences et requérir l'évocation d'un milieu ; *La Morte amoureuse* relève de la première manière, comme son répondant de 1852, *Arria Marcella*, où l'aventure appelée par tous les désirs, toute la vie d'Octavien, est contenue dans une seule nuit pompéienne qui décide de toute sa vie.

Puis l'irruption du fantastique implique dans leur totalité plusieurs destinées et elle décide de la vie et de la mort, soit qu'on tente comme dans *Avatar* d'infléchir le cours d'un désastre prévu, de sauver Octave de son désespoir mélancolique, mais à quel prix, soit que l'événement fantastique survienne dans *Jettatura* comme la crise finale qui réinterprète deux existences et les rend impossibles, celle de Paul criminel malgré lui, celle d'Alicia, trop parfaite pour vivre et heureuse de mourir par amour ; il revient à l'antique superstition napolitaine de précipiter et d'expliquer si l'on veut ces deux destinées ; soit que enfin comme dans *Spirite* la rencontre surnaturelle mette un terme à la longue attente de Guy qui ne trouve de sens à sa vie que par sa mort, et à l'échec amoureux de Lavinia qui n'est aimée que morte : deux vies entières encore sont impliquées dans le fantastique.

Davantage, on pourrait presque dire que l'épisode fantastique intervient dans une histoire qui a déjà, en elle-même, une consistance et une signification tragiques : ce sont des récits de destinées, de personnages voués au malheur inéluctable, et le fantastique loin de le provoquer en serait presque le remède. Il tente vainement de corriger un destin : dans *Avatar*, les manipulations de l'ordre cosmique ne peuvent que différer la mort d'Octave ; mourant au début, mort à la fin, il est en sursis, condamné par un arrêt plus implacable que les lois de la vie, par la nature de l'amour : « Il se demandait encore pourquoi il n'était pas aimé. Comme si l'amour avait un pourquoi. » Il n'a que le « parce que » illogique des femmes ou du destin : Octave aime éperdument, il ne peut être aimé ; il n'y a pas de raison. « Il n'y a pas de numéro gagnant pour moi » : il n'y a rien à faire. « À quoi tient la destinée ? » « Je n'ai rien fait à Dieu pour qu'il me réserve cette affreuse douleur », s'écrie le commodore Ward, qui redoute l'animosité du Destin, la haine de la Mort envers Alicia ; et il n'a rien fait à Dieu, et, là encore, il n'y a rien à faire.

Paul non plus n'a rien fait pour être un assassin malgré lui, un Œdipe fatal qui s'aveugle comme son précédent antique, lorsqu'il se reconnaît coupable et se punit après un long égarement qui cesse dans le face à face avec lui-même ; alors il tue ses doubles (son rival et son regard). C'est trop tard, le destin absurde, impitoyable, primitif, a tué Alicia. Le héros maudit, criminel et innocent, comme le héros de la tragédie, n'a plus qu'à se jeter dans le gouffre de la mer et à effacer toute trace de son passage sur terre. Grâce à Naples, ville où le fantastique accède à la conscience et devient vrai, il a compris qu'il était, criminel et victime, le jouet de la fatalité.

Mais le fantastique intervient dans le cadre d'une destinée régie par une autre force fatale et même plus fatale que lui, c'est l'amour-passion. Le mot surgit sous la plume de Gautier : autant que le nom de Malivert, c'est le terme spécifique du traité *De l'Amour* qui prouverait que Gautier entre dans le roman romanesque jusqu'au tragique avec le soutien de Stendhal. Or la passion est la plus haute forme de la vitalité et la plus exposée à tous les risques : elle unit plaisir et douleur, vie et mort ; elle est indifféremment la vie dans la mort ou la mort dans la vie. Elle donne tout pour tout avoir, elle donne tout pour rien. C'est bien ce qui se passe dans *Avatar* et *Jettatura* : Octave, Paul, Alicia vivent de mourir, meurent de vivre. Et Prascovie, l'épouse amoureuse, résiste au fantastique.

Spirite est d'abord un vrai roman d'un amour que tout rendait possible, et qui est réduit à l'irréel du passé : « Si vous m'aviez vue, je crois que vous m'auriez aimée. » Telle est l'écrasante vérité qui domine l'aventure de Lavinia, le tragique des amours qui n'ont jamais eu lieu et que tout rendait possibles : « Que d'âmes faites l'une pour l'autre, faute d'un mot, d'un regard, d'un sourire, ont pris des chemins divergents qui les séparaient [...]. Que d'existences déplorablement manquées ont dû leur malheur à une semblable cause inaperçue de tous... ! »

Sept rencontres possibles et annulées, un tragique quotidien et invisible, un guignon têtu, la malchance, un train raté, des regards qui ne se rencontrent pas, des gens qui passent l'un près de l'autre, un excès de pudeur et de réserve aussi peut-être, et c'est l'échec à jamais, l'absurde réalité qui scandalise Lavinia : « Vous ne vous doutiez pas de ma présence [...] vous auriez dû [...] tressaillir d'un frisson sympathique. » Le destin, c'est une suite d'occasions qui ont passé près de nous et qu'on a ratées par sa faute : Malivert a des regrets et des remords de cet échec dont il se sent coupable. La passion qui donne tout a été manquée pour rien, pour des riens. L'amour ne peut être que « rétrospectif » et fantastique. Il n'y a que la mort qui unisse.

Lavinia a reconnu les ironies, les malices, les taquineries du hasard, « l'entêtement des circonstances », la cruauté absurde d'une réalité obstinée à faire le malheur de l'homme, à moins qu'un surnaturel retournement fasse du malheur le signe du bonheur. Octave « repoussé comme amant », puis comme mari, désespère ; la dictée de Spirite jette Malivert dans « des regrets désespérés et d'impuissantes rages contre lui-même ». Le fantastique intervient dans ce déchirant constat de la vie ratée, des possibles dilapidés, de l'énigmatique pourquoi qui est le cri désespéré de toute existence. Est-ce dans ces romans que Gautier a confessé le désespoir d'avoir mal arrangé sa vie ? Qu'il est entré dans la problématique de la passion romanesque et a admis ses affinités tragiques et toniques avec la mort et le désespoir ?

Il avait d'autres raisons encore pour faire évoluer sa « manière » : la tendance générale vers le positivisme et le réalisme, qui détachait évidemment le fantastique de sa topique ordinaire (créatures surnaturelles, démoniaques, élémentaires, tous les thèmes sataniques), qui le forçait à un effort plus grand de vraisemblance. On sait comment il a fait alliance avec les sciences, avec le principe expérimental, et comment l'illuminisme en ces années s'est confirmé du scientisme lui-même : le recours au spiritisme comme les « gadgets » du docteur Cherbonneau que Gautier rend allègrement outranciers et parodiques montrent bien que Gautier a suivi le mouvement général. Dès les récits de la drogue, il avait vu que le fantastique pouvait et devait « se médicaliser » ; à cette date (en 1845) se place sa première idée d'un « fantastique en frac[1] ». Mais le savoir archéologique dans *Arria Marcella*, la connaissance de l'Inde dans *Avatar*, comme le renvoi allusif aux procès-verbaux des séances des spiritistes contenu dans le titre *Spirite*, vont dans le même sens : nos récits sont contemporains du *Roman de la momie* ; l'écrivain veut des données plausibles, une vraisemblance plus pointue, une certaine conformité à l'opinion.

Mais, alors que dès 1846, avec *Le Club des Hachichins*, Gautier s'était orienté vers cette alliance du surnaturel et du scientifique, du fantastique

---

1   *Cf. La Presse*, 3 février 1845.

et du rationnel, surgissait le nouvel astre de l'étrange, Edgar Poe, dont il n'est pas certain qu'il ait beaucoup agi sur Gautier. En fait la dette est inverse, c'était Gautier qui avait été lu par l'Américain, et il est significatif que les nouvelles de Poe les mieux appréciées en France, en particulier la première traduite par Baudelaire en 1848, *La Révélation magnétique*, mais aussi *La Vérité sur le cas de M. Waldemar* souvent rééditée, reprennent les motifs de Gautier : magnétisme, évocation des morts, question de l'au-delà, métempsycose[1]. D'emblée Poe était salué pour sa nouvelle synthèse « de la terreur et de la vie réelle », comme disait Forgues dès 1846, pour son sentiment « du côté gouffre et vertige [...] de la science positive », pour sa jonction de la science et de la littérature dans des contes « mathématiquement fantastiques[2] » ; il était rallié à la vague du nouvel ésotérisme à tournure positiviste : le spiritisme aussi était américain et proposait une version positive de l'au-delà.

Gautier a subi aussi bien le choc du terrible et rigoureux conteur, « cet esprit d'une imagination si savamment bizarre près de qui Hoffmann n'est que le Paul de Kock du fantastique[3] », qui a inventé « un fantastique fait par des procédés d'algèbre et entremêlé de science » ; c'était un « frisson nouveau », et Gautier a aimé les effets imparables de Poe, le mécanisme impitoyable de la terreur, les énigmes résolues avec « une sagacité merveilleuse[4] », qu'il rappelle dans *Spirite* ; Féroë comme Dupin,

---

1   Voir Jacques Cabau, *Edgar Poe par lui-même*, Paris, Seuil, 1960, p. 108 *sq.* et Léon Lemonnier, *Edgar Poe et les conteurs français*, Paris, Aubier, 1947, p. 32 *sq.* sur la dette de *Spirite* envers Poe. En 1852, Gautier a aidé Baudelaire à publier une étude sur Poe dans la *Revue de Paris* (*cf. Baudelaire*, éd. Senninger, Paris, Klincksieck, 1986, p. 22-24). Sur l'affaire d'*Euréka* (Gautier délègue le compte rendu à sa fille), voir Léon Lemonnier, *op. cit.*, p. 39 et 96. Toutes les nouvelles de Poe où il serait possible de trouver avec Gautier des similitudes de titre (« Mille et deuxième conte de Schéhérazade »), d'épisode (la tapisserie vivante dans « Metzengerstein »), de thème (magnétisme, double, relations avec les morts, résurrection d'une momie) sont toutes postérieures aux œuvres correspondantes de Gautier. Mais *William Wilson* publié en 1839 a été traduit par Baudelaire en 1855 ; Gautier a pu le lire pour *Avatar*.

2   Voir Léon Lemonnier, *Edgar Poe et la critique française de 1845 à 1875*, Paris, PUF, 1928 p. 114, 131, 181, ainsi que (p. 189) ce texte du *Moniteur* du 7 sept. 1853, à propos du *Scarabée d'or* : « une littérature qui poétise la science et qui s'appuie sur elle », et aussi (p. 238, 253, 296 *sq.*) sur les références de Gautier à l'œuvre de Poe.

3   *Baudelaire*, éd. citée, p. 94.

4   Voir sur *Le Scarabée d'or* les paroles de Gautier à Judith, dans *Le Collier des jours. Le second rang du collier. Souvenirs littéraires, op. cit.*, p. 52 : « quelle clarté, quelle simplicité apparente, quelle précision mathématique qui rend même les choses impossibles parfaitement vraies et même évidentes ».

semble-t-il, conduit par la force des déductions et par « un enchaînement de pensées intérieures » parvient à la solution des événements
surnaturels qui entourent Guy : « Est-ce que jamais une jeune fille est
morte d'amour pour vous ? »

Mais ce fantastique de Poe fondé comme on l'a dit, sur « une inhumaine immoralité », sur l'esprit de « perversité » et l'étrangeté interne,
pouvait-il modifier beaucoup l'équilibre et la direction du fantastique
de Gautier ? On a toujours l'impression que Gautier ne comprend Poe
qu'en fonction de Baudelaire. Paradoxalement, ce qu'il doit à Poe, ce
sont les héroïnes pâles et funèbres, qu'il s'est empressé d'adopter et
d'adapter, c'est-à-dire de rendre sensiblement plus séraphiques et plus
aimantes. « Les âmes tendres, dit-il en 1868 à propos de Baudelaire,
furent particulièrement touchées par ces figures de femmes, si vapo-
reuses, si transparentes, si romanesquement pâles et d'une beauté presque
spectrale que le poète nomme Morella, Ligeia, lady Rowena Trevanion
de Tremaine, Eleonor, mais qui ne sont que l'incarnation sous toutes
ses formes d'un unique amour survivant à la mort de l'objet adoré, et
se continuant à travers des avatars toujours découverts » ; il les a rap-
prochées de Séraphîta, ces réincarnations de l'unique Béatrix, « l'idéal
toujours désiré » qui vient ou revient « sous forme d'une femme éthérée,
spiritualisée, faite de lumière, de flamme, de parfum, une vapeur, un
rêve, un reflet du monde aromal et séraphique[1] [...] ». Seraient inspirées
de Poe les héroïnes les plus angéliques de Gautier, les femmes-anges, et
l'ange-femme de ses derniers récits.

LE RÊVE, LA VIE, LA MORT

EXPÉRIENCES ET RÉVÉLATIONS EXTATIQUES

« Le désir le plus profond de l'âme est de sortir de l'enveloppe qui
la tient prisonnière, elle voudrait quitter ce globe terraqué[2] » nous dit
Gautier ; et pour lui le personnage de Pierrot est bien « la symbolisation

---

1   Voir *Baudelaire, op. cit.*, p. 138 et 149.
2   Propos rapporté par Arsène Houssaye, *Les Confessions*, t. IV, p. 320.

de l'âme humaine encore innocente et blanche, tourmentée d'aspirations infinies vers les régions supérieures ». Gautier souffre de sentir son âme attachée à son corps. D'Albert se voit comme une juxtaposition de substances, jamais comme une union. L'âme joue sa partie contre le corps, elle est profondément le désir de s'en libérer.

C'est le « désir de l'idéal », et Gautier à propos du consommateur de haschich, nous dit que ce désir « est si fort chez l'homme qu'il tâche autant qu'il est en lui de relâcher les liens qui retiennent l'âme au corps[1] ». Et le même lexique définit le magnétisme, le rêve, l'expérience onirique et s'applique aussi à la mort, à la nouvelle naissance qui la suit, ou à toute libération spirituelle, dont l'une des formes capitales est *l'extase*, ou la dimension extrême de l'humain (« craignez la folie, l'extase y touche, [...] redescendez », dit Spirite qui elle-même a « le visage illuminé des splendeurs de l'extase »), le point où l'homme sort de son être, de lui-même non pas seulement pour connaître ou posséder ou dire la vérité, mais pour être la vérité et se confondre avec elle, participer à elle, la posséder ou en être possédé.

L'extase, dit Gautier, n'est pas à la portée de tous les esprits, l'homme ordinaire « boit de la gaieté, il fume de l'oubli et mange de la folie sous forme du vin, du tabac, du haschich ». Toutes les ivresses baudelairiennes sont là, mais Gautier les sépare de la plus profonde, de la plus vraie des ivresses, *l'extase*, et celle-ci comprend sans doute ces dimensions de l'enthousiasme, ces *fureurs* d'origine platonicienne, l'Éros et le désir de la Beauté. Alors, elles peuvent être unies par Gautier dans ce seul projet proprement humain, échapper « à la prison terrestre », comme dit Spirite, à la léthargie de l'âme prise dans la vie matérielle, assurer son envol vers le haut, la lumière, la liberté amoureuse et la création esthétique, bref vers la dimension sublime ou extatique de l'esprit : le fantastique montre cette ascension, il la représente et la réalise. Avec lui le récit et les personnages se dirigent vers « le monde invisible dont le réel est le voile », qui est aussi le monde de l'ineffable et de l'inexprimable : là où manque le sensible, manquent aussi l'intelligible et le discursif.

---

1   *Cf. Spirite*, « tous les liens de l'esprit et de la matière étant brisés excepté un fil... le seul à me retenir ». Lors de son agonie, elle se libère de son corps : « j'en étais aussi détachée que le papillon peut l'être de la chrysalide... qu'il abandonne pour ouvrir ses jeunes ailes à la lumière inconnue et soudainement révélée. »

Et par là le fantastique est lié d'une manière intrinsèque à son point de départ le plus simplement humain, le rêve, comme celui-ci est lié à la drogue ou à la folie, et plus encore à toute volonté de dépasser les limites du moi, c'est-à-dire les limites que lui imposent sa vie matérielle ou personnelle. Le rêve qui devient alors une expérience métaphysique ou sacrée, pose le problème des rapports de l'âme et du corps et puis celui de la conscience de soi et enfin celui des langages. Dans le rêve, l'âme est en liberté, elle est à elle-même : est-ce compatible avec la lucidité de la raison, avec les formes, toutes les formes ?

Cette définition du héros de *La Péri* est alors éclairante : « l'ivresse ne lui suffit pas, il lui faut l'extase, à l'aide de l'opium il tâche de dénouer les liens qui enchaînent l'âme au corps, il demande à l'hallucination ce que la réalité lui refuse[1] », la *forme* n'est rien pour lui, il lui faut la vie de l'âme libérée du corps, l'immatérialité de l'espace pur et infini. Le *hachichin* le dit aussi, « je ne sentais plus mon corps ; les liens de la matière et de l'esprit étaient déliés » et il évoque la suprématie absolue du sujet qui se donne à lui-même son milieu extérieur, « je me mouvais par ma seule volonté dans un milieu qui n'offrait pas de résistance ».

La mort, nous l'avons dit, est positive, si par exemple la démarche amoureuse étend sa générosité intrinsèque vers l'acquiescement à la mort, vers la libération des limites matérielles de l'existence, c'est-à-dire de toute finalité réelle. Alors Gautier peut nous présenter une sorte d'unification de toutes les démarches qui mènent à un triomphe de l'âme sur le corps et sur le moi, dès qu'elle est enfin libre de toute entrave, libre de se mouvoir dans son monde et de déployer tous ses pouvoirs : le rêve est le premier pas et sans doute le modèle qui cautionne les autres démarches. La libération de l'âme coïncide ainsi avec la vision, la connaissance de ce qui est impossible dans le réel, il y a une *expérience* vécue de l'impossible, de l'idéal dans la vie.

À propos de la mort de Nerval, Gautier écrit exemplairement : « Il a secoué son enveloppe terrestre comme un haillon dont il ne voulait plus » ; de la folie il dit lui-même, qu'elle « n'est peut-être qu'un état

---

1   Voir *Histoire de l'Art dramatique* t. III, 76 *sq.* et la lettre du 23 juillet 1843 (*C.G.*, t. II, p. 40) adressée à Nerval et concernant *La Péri* et le héros de Gautier, Achmet ; amoureux de l'impossible comme tous les voluptueux, rebuté par la matière, il veut la « beauté sans défaut », et ce « don Juan oriental » est un artiste virtuel, en lui le désir outrepasse le plaisir, « chrétien il eût été un grand peintre », il ne peut que collectionner la beauté dans son sérail, il ne peut la représenter ni l'aimer (« j'ai 400 femmes et pas d'amour »).

où l'âme plus exaltée et plus subtile perçoit des rapports invisibles, des coïncidences non remarquées et jouit de spectacles échappant aux yeux matériels », et dans sa longue méditation à l'hospice des fous de Venise, il reconnaît que la folie met en question le statut de l'âme et celui du moi, « le vaisseau va sans boussole, la flamme a quitté la lampe, et la vie n'a plus de *moi* », et Nerval de même lui a semblé « prendre plaisir à s'absenter de lui-même, à disparaître de son œuvre, à dérouter le lecteur ».

Dans la bouche de Cherbonneau se retrouve la même formule de récusation du corps matériel : « J'essayai par le magnétisme, dit-il, de relâcher les liens qui enchaînent l'esprit à son enveloppe[1]. » : le magnétisme constitue une action de l'âme, un accès de l'âme à la partie méconnue de ses facultés. Alors si la nature de l'homme se prolonge au-delà de l'état simplement humain, il possède une puissance idéaliste qu'il doit retrouver intacte dans les états seconds qui permettent de renouer avec elle : le magnétisme, l'hypnose, comme la drogue, comme la folie, comme le rêve, comme tout accès au monde infini des images, lui rendent ses facultés complètes et primitives, son statut d'omniscient et de tout-puissant. Le fantastique qui exalte le pouvoir de l'homme a quelque chose de démiurgique ; il peut maîtriser le principe spirituel, libérer les puissances internes du sujet. Le héros magnétiseur de Gautier[2], Cherbonneau, le dit fort bien : « Il n'y a que deux choses au monde, la passion et la volonté. » Mot qui pourrait être « balzacien », et qui proclame la domination du désir, du vouloir, de l'âme, sur toute la réalité.

Il faut donc selon la formule de Nerval dans sa présentation de *Faust II* qui a tant frappé Gautier, que l'homme « tende pour ainsi dire toute

---

1   Cherbonneau pratiquant l'avatar sur Octave nous explique : « déjà le charme agit, les notions du temps et de l'espace se percent, la conscience du moi s'efface [...], la pensée s'assoupit, tous les fils délicats qui retiennent l'âme au corps sont dénoués » ; et sur les sages indiens : « leur enveloppe humaine n'est plus qu'une chrysalide que l'âme, papillon immortel peut quitter ou reprendre à volonté », « j'ai pu dénouer les liens terrestres qui enchaînent [mon âme] ». Dans le second avatar, plus facile que le premier, « les imperceptibles filaments qui retiennent l'âme au corps ont été brisés récemment chez vous et n'ont pas eu le temps de se renouer », donc pas d'obstacle opposé au magnétisme.

2   Pour cet héroïsme voir Jean Decottignies, *Essai sur la poétique du cauchemar en France à l'époque romantique, op. cit.*, p. 229 sq. et, sur les précédents hoffmannesques et balzaciens, *Prélude à Maldoror, vers une poétique de la rupture en France, 1820-1870*, Paris, A. Colin, 1973, p. 99 sq. On n'oubliera pas le Joseph Balsamo de Dumas dont Gautier s'est souvenu dans le ballet *Gemma* (1854).

la longueur de sa chaîne ». Tendre cette chaîne qui unit l'homme au boulet de la matière, qui le rive à son moi comme à un piquet, la tendre jusqu'à la rompre peut-être, c'est le *projet* de Gautier, c'est aussi ce qui l'apparente à Nerval. Ce qui réunit en un seul faisceau toutes les expériences de mise en liberté de l'esprit, ce qui fonde cette ouverture vers l'infini que représente le désir comme l'imagination esthétique, c'est le problème de la subjectivité, de son idéalisme créateur, de son inépuisable pouvoir de créer son monde, de se projeter dans le monde, et d'abord de libérer l'âme, de détendre ses liens avec la matière. Le centre, c'est le problème de l'âme, (« le mot âme est le mot clef du romantisme », a dit Léon Cellier), de sa mise en liberté, de son arrachement à toute prison, à toute limite : elle renoue avec elle-même, avec toute sa puissance d'instauration et d'affirmation créatrice. Cette fois nous la trouvons concrètement dans le rêve et la dimension extatique qui s'ouvre en lui, à partir de lui et qui est alors le fantastique.

L'âme du même mouvement se détache du corps et transcende le moi. Achevons la phrase sur Achmet qui a choisi l'*extase* : « [...] il veut un amour qui se meuve dans l'infini et dans l'éternité comme un oiseau dans l'air [...] » ; dans l'extase et le rêve où il rencontre la Péri, « les liens charnels sont dénoués [...] l'égoïsme de l'âme et l'égoïsme de la matière sont vaincus[1] ». Formule décisive, qui met sur le même plan éthique et métaphysique l'égoïsme et le matérialisme ou la soumission à la vie matérielle, qui assimile le corps et le moi, demande qu'ils soient également surmontés, leur oppose la puissance idéaliste de l'âme, et celle-ci ne parvient à l'ensemble de ses pouvoirs qu'à condition de se libérer de ses attaches avec la matière ou de sa prison individualiste. Et c'est le rêve qui en est la première modalité.

Et toujours à propos de *La Péri*, Gautier revient sur le désir de revivre de ses héroïnes : les mortels rêvent « d'unions divines » et les immortels du haut du ciel « rêvent de distractions sur la terre », et évoquant les avatars des dieux de l'indouisme, qui veulent une perpétuelle réincarnation, il ajoute que symétriquement « la matière se plaint de la pesanteur de ses chaînes et aspire à l'idéal, à l'infini » tandis que l'esprit « dans sa

---

1   De même dans *Le Haschich*, Gautier se déclare « si fondu dans le vague, si absent de moi-même, si débarrassé de moi, cet odieux témoin qui vous accompagne partout, que j'ai compris la première fois quelle pourrait être l'existence des esprits élémentaires, des anges et des âmes séparées des corps ».

mélancolie abstraite, désire la sensation, l'émotion, la douleur même »,
il rêve d'un corps à sacrifier ; la terre est donc le rêve du ciel, et le ciel le
rêve de la terre. Dans le ballet la Péri et Achmet, la matière et l'esprit,
le désir et l'amour « *se rencontrent dans l'extase d'un rêve* » comme dans
un terrain neutre où se retrouvent les âmes qui montent et celles qui
descendent.

Le rêve doit-il être considéré comme le site naturel de ce paradoxe,
l'incarnation de l'idéal, comme un point d'équilibre des rapports du
corps et de l'âme : alors, dit Gautier, la Péri devient une femme, l'essence
aérienne reçoit un corps, il y a une chute du céleste qui se diminue pour
exister, qui se sacrifie au terrestre, lequel doit aussi sacrifier son désir
d'absolu et aimer le céleste tel qu'il est, chacun se dévoue à l'autre, pour
constituer l'amour parfait de nature angélique : alors en effet « l'égoïsme
de l'âme et l'égoïsme de la matière sont vaincus ».

Il y a une certaine prudence de Gautier lorsqu'il proclame la puissance instauratrice de la subjectivité : c'est à propos de Nerval et de
ses amours chimériques qu'il a parlé de « la force de projection du
rêve, cette puissance de créer hors du temps et du possible une vision
presque palpable pour ainsi dire et qui devait fatalement aboutir à
l'hallucination maladive » ; mais s'agissant du rêve et de l'extase, il en
a aussi bien découvert une portée éthique dans la subordination féconde
du moi au sujet.

Si comme le dit *Aurélia*, « le Rêve est une seconde vie », où justement « le moi sous une autre forme, continue l'œuvre de l'existence »,
il faut prendre le terme au sens littéral, cette *autre* vie qui est une
« *vita nuova* », soit une seconde naissance, est pour l'âme la principale :
le rêve est le franchissement de ses limites, il implique une série de
ruptures qui sont « l'image de la mort », comme les premiers instants
du sommeil ; au terme de l'épreuve vient la lumière nouvelle. Dans le
rêve les yeux de l'âme s'ouvrent à mesure que se ferment les yeux du
corps, le rêve est une vision de l'esprit qui s'éveille quand la vie du corps
est neutralisée ; les liens du corps et de la matière se relâchent, l'âme
commence sa libération dès que le dormeur perd conscience et accède
à cette conscience inconsciente analogue au magnétisme et qui permet
une connaissance sublime : dans l'extase ; en perdant le sentiment de
son moi, l'être endormi voit, sait, pense plus clairement et plus loin ; il
est au plus profond de lui, et hors de lui, dans l'ailleurs idéal, dans les

régions plus pures de la spiritualité, là où le sensible et l'extrasensible, le naturel et le surnaturel se confondent.

« Morphée, frère de Thanatos », nous dit *Une nuit de Cléopâtre*. Ainsi le héros du *Pied de momie* évoque son entrée dans le sommeil avec une emphase parodique à coup sûr, mais fort significative : alors il boit « à pleines gorgées dans la coupe noire du sommeil », ceci après un temps d'opacité absolue, où « l'oubli et le néant [m']inondaient de leurs vagues sombres » ; après cette traversée de la mort, « mon obscurité intellectuelle s'éclaira », escorté par les songes il renaît à la vie de l'esprit, « les yeux de mon âme s'ouvrirent », il voit … sa chambre, mais telle qu'elle est, saisie par le fantastique, en état d'attente et d'attention, prête pour l'apparition. Et *La Cafetière* a situé d'emblée le sens spirituel de l'expérience fantastique : « le monde réel, dit le héros, n'existait plus pour moi, tous les liens qui m'y attachaient étaient rompus. Mon âme dégagée de se prison de boue voyageait dans le vague et l'infini ».

Autrement dit pour Nerval et pour Gautier, le rêve n'a rien à voir avec l'onirisme psychologique né du positivisme, dont la clé des songes freudienne est le plus triste exemple dans la mesure où elle a absorbé le rêve et l'a privé de tout sens propre : il n'est que le texte crypté d'un savoir extérieur ou d'une idéologie « scientifique » en mal de preuves. Or pour le Romantique, il est *psychique*, pas psychologique, il appartient à la vie de l'âme, et non au rationalisme d'un savoir qui postule que tout est explicable, que tout a sens (y compris l'absurde) et qu'il détient seul la totalité du sens. Alors l'analyse exténue le rêve, devenu un jeu de cache-cache de nature presque pathologique et privé de sa dimension propre.

Au contraire, le rêve romantique, pleinement fidèle aux traditions et privé des trousseaux de clés préfabriquées par les serruriers freudiens, est une révélation, une relation avec l'inconnu, un message qui prend à revers les certitudes du sens commun, le don miraculeux d'une autre connaissance qui relève d'une mise en liberté de l'esprit : comme le dit Nodier, le sommeil est « l'état le plus lucide de la pensée » ; l'esprit se libère, se repose des fonctions imposées par la veille, c'est un état de vacances « à l'abri de toutes les influences de la personnalité de convention que la société nous a faite[1] ». Le sommeil de la raison est une connaissance : le vrai rêve, que rejoint le fantastique, est un rêve *vrai*.

---

1 *Cf.* Albert Béguin, *op. cit.* p. 340.

LE RÊVE ET LE RÉCIT FANTASTIQUE

Mais Baudelaire[1], retrouvant la distinction classique des deux portes par lesquelles les rêves nous parviennent, en distingue deux sortes, le rêve *naturel*, plein de la vie de l'homme ordinaire, qui est « l'homme lui-même », (la drogue n'en fournit pas d'autre, le drogué n'est gouverné que par lui-même) et le rêve qui est sans rapport avec le dormeur et qui présente « le côté surnaturel de la vie », il est imprévu, inexplicable, absurde et divin, il est en nous sans venir de nous. Certes dans nos récits il y a deux sortes de rêve : d'abord les rêves des personnages, si souvent soulignés par la référence à *Smarra* ; ils offrent dans le fantastique un deuxième fantastique, d'ordre privé si l'on peut dire, une divination personnelle, la mise à nu des origines ou des destinées des personnages, un arrière-fond de cauchemar ou de mort, ils sont prophétiques en un sens, mais surtout ils restent un miroir d'eux-mêmes qui pour le lecteur plus que pour le personnage a valeur d'avertissement ou d'oracle : c'est l'évocation plus ou moins directe de leur vie, de leur malheur, de leur fatalité[2]. Le récit explicite et confirme ces messages incompréhensibles et prophétiques.

Certes Spirite, comme une déesse antique, intervient dans le sommeil, elle ménage à Guy des « visions » où elle figure : « Je serai dans tous tes rêves », elle l'entraîne avec elle dans les zones du monde stellaire qu'il peut connaître ; elle lui organise des révélations nocturnes et même le ramène au « rêve vulgaire », mais régénérant ; elle en fait de même pour sa rivale, qu'elle mène par le songe à l'apaisement et à l'oubli. Onuphrius, est marqué à jamais par son rêve funèbre et furieux, qui par exception dans les récits n'est qu'un long cauchemar, il n'en sortira jamais plus, il ne reviendra jamais à la pure réalité et il vivra la répétition des mêmes moments de paralysie, de dépersonnalisation que son rêve lui a offerts ; il finit dans le somnambulisme et la catalepsie permanents, privé du rameau d'olivier « qui lui aurait permis de retrouver son chemin dans le labyrinthe du songe ». Mais il y a aussi les rêves de Prascovie après la reconnaissance des yeux

---

1   *Cf. O.C.*, t. I, p. 408-409.
2   Voir dans *La Pipe d'opium*, « jusque là mon rêve se tenait dans les plus exactes limites du monde habitable, et répétait, comme un miroir, les actions de ma journée ». Le rêve du *Pied de momie* prolonge certains épisodes de la vie diurne du narrateur.

d'Octave ; de Paul à son arrivée à Naples, vision toute symbolique du sens de son arrivée, Alicia lui fait signe de ne pas aborder, puis, après la révélation du sens du mot *jettatore*, cette fois les images prophétiques annoncent son aveuglement, puis la tempête emportant son corps : « son âme affranchie par l'anéantissement du corps semblait deviner ce que sa pensée éveillée ne pouvait comprendre et tâchait de traduire ses pressentiments en image dans la chambre noire du rêve » : le rêve alors devance le sujet, il sait ce qu'il pressent et ne comprend pas encore. Vient encore le rêve d'Alicia elle-même, dans l'admirable vision funèbre de son double, sa mère inconnue qui lui révèle symboliquement sa maladie, et qui est plus qu'une image onirique, c'est une vraie *revenante*, celle qui l'a mise au monde vient lui faire part de sa fin, c'est l'apparition d'une *ombre* sacrée, d'une déesse protectrice et annonciatrice de la mort.

Les personnages sont mis en possession par le songe de leur vérité, de leur destin, de leur secret inavoué ; c'est leur âme qui sait pour eux, qui traduit « en image dans la chambre noire du rêve » le mystère qu'ils n'osent pas, ne peuvent pas explorer. L'avertissement onirique est parfaitement surnaturel, il hâte le récit et déplace l'ordre des événements comme un oracle divin.

Mais si le rêve est une *seconde vie*, d'une part il conduit à une connaissance supérieure, il devient une voyance, et d'autre part, il suppose une mort au moins symbolique, « les premiers instants du sommeil, dit Nerval, sont l'image de la mort », et c'est *le moi* qui meurt pour renaître dans la lumière et la vérité[1]. Le récit fantastique de Gautier suit ce scénario initiatique : ce n'est presque jamais un rêve pur. Seul *La Pipe d'opium* se présente comme un rêve *conscient*, le récit fait naître la vision de l'opiomane dans la fin de sa journée, quand il se couche, il se débat violemment et longuement avec l'insomnie et il reçoit enfin le don du rêve ; le héros d'abord revit en rêve sa journée, il la revit mieux, il jouit à nouveau mais plus profondément des effets de l'opium sur la réalité qui constituent toute l'aventure. Un instant il se voit lui-même rêvant, et il est vrai qu'il vit son rêve avec une sorte d'application, il s'efforce d'imiter la logique saugrenue du rêveur et son adhésion naïve

---

1   *Cf. La Pipe d'opium* : « faire par cette mort de quelques heures, l'apprentissage de la mort définitive » ; dans *Jettatura*, « il tomba dans ce sommeil noir frère de la mort et consolateur comme elle ».

aux images, et il occupe les lacunes de son récit par des épisodes d'un fantastique hyperbolique ; il ne cède que lentement à l'extinction complète en lui de « la lampe de la raison », car le rêve d'opium le conduit à des extases, des hallucinations immodérées.

Est-ce un rêve, ou plus qu'un rêve ? On l'a dit[1] fort justement le récit fantastique chez Gautier est *comme* un rêve, à la limite un *rêve éveillé*[2] qui unit la conscience du réel et les événements imaginaires : son dispositif presque rituel, l'enchâssement de l'aventure, son déroulement supposent une suite de ruptures avec la vie ordinaire, qui sont autant de seuils initiatiques à franchir et qui l'installent dans le voisinage du rêve, dans un rapport très étroit avec lui, mais sans confusion possible : le fantastique est comme le rêve parce qu'il est en continuité et en rupture avec lui. Si le rêve se substitue à l'état de veille, il semble aussi que le fantastique vienne se substituer au rêve pur et simple et ne le continue qu'au prix d'une rupture. Autrement dit le récit de Gautier rend les frontières du rêve et de la vision fantastique indécidables, ils sont joints, annexés l'un à l'autre, et jamais identiques.

Le fantastique est essentiellement nocturne (sauf dans *Spirite* où il est lumineux et solaire) : il a partie liée avec le sommeil, il dure comme lui ce que dure la suspension du jour, il s'arrête avec le retour de la lumière au matin, la fin coïncide avec un réveil, ou un évanouissement qui suppose lui aussi un retour à la conscience et à la vie diurne, mais c'est un moment blanc et elliptique et les modalités de la fin de l'aventure resteront alors inconnues. Le récit suppose de même un temps de transition, c'est-à-dire une sortie de l'état de veille, c'est le moment de sommeil, ou de l'insomnie, qui n'est plus la veille mais l'attente malheureuse du sommeil, et c'est là que l'aventure vient saisir le dormeur, *comme* un rêve, car elle s'installe dans la vie nocturne comme le ferait un rêve et comme lui constitue une sortie avec effraction hors de la réalité, une infraction aux lois ordinaires du monde, et même l'instauration d'une autre réalité. Elle n'a comme durée que celle de la vie nocturne du sujet,

1   Voir l'article remarquable d'Elena Anastasaki, *Bulletin*, 2008, « Un "rêve… pour les éveillés". Les fonctions du rêve dans l'œuvre narrative de Théophile Gautier », qui montre très bien que le rêve est l'expérience la plus proche de la révélation fantastique.

2   *Cf.* Nathalie Dumas, « Le récit de rêve dans l'œuvre fantastique de Théophile Gautier », dans *Iris, Les Cahiers du GERF*, hiver 2003-2004. Le héros du *Pied de momie* par exemple n'est pas sûr de dormir : « j'aurais pu me croire éveillé, mais une vague perception me disait que je dormais. »

mais elle est apparentée au rêve comme pourrait l'être une sorte de saut plus radical dans l'imaginaire, dans l'au-delà du réel, du possible, du pensable, et dans la prise au sérieux d'un *autre réel* accepté et affirmé. Baudelaire l'avait dit, dans *le* rêve, il y a une rencontre avec une altérité inattendue.

Le récit suppose donc une série de seuils, de portes qui se ferment à partir de la première rupture, la sortie de l'état de veille, l'entrée dans la nuit : dans *Arria Marcella*, c'est à la lumière de la lune que se produit du nouveau, la résurrection de Pompéi se fait pour une nuit qui devient une journée pour Octavien ; plein d'une sorte d'ivresse poétique, il ne peut dormir et fuit sa chambre, on le retrouve évanoui le lendemain, et au cours de cette promenade solitaire, il a franchi le seuil : Pompéi renaît, alors que la nuit devient le jour, c'est le passage à la limite de la vie onirique, il est livré à la liberté fantastique de l'imagination, qui est *objectivée* purement et simplement ; ce n'est pas un rêve, l'aventure d'une nuit a remplacé le sommeil et le rêve : tout disparaît quand le soleil se lève et que la cloche d'une église chrétienne annonce « les premières volées de la Salutation angélique ».

Les récits présentent des modalités nombreuses de ce schéma narratif qui va de l'entrée dans le sommeil ou dans son négatif, l'insomnie, à l'apparition du jour, espace de temps qui admet des ruptures, des déclics, des entre-actes, des découpages de type scénique. C'est l'ouverture des rideaux du lit du héros (geste de réveil) qui survient rituellement pour séparer les épisodes, elle vient toujours sur un plan familier ponctuer un moment capital : comme au théâtre, la scène se dévoile, on passe du monde ordinaire où la vérité est masquée, au monde extraordinaire où l'*on voit*, et on voit l'apparition de l'héroïne fantastique (Omphale, Clarimonde, Hermonthis)[1] et l'aventure qui est *comme* un rêve, est présentée comme pouvant être un rêve et comme n'étant pas un rêve, comme ne pouvant pas remplacer le rêve bien qu'elle se trouve à sa place et en état de continuité, de similitude, de contiguïté avec lui.

On va donc trouver des récits où le héros est explicitement éveillé ou endormi, mais aussi des épisodes où la distinction du rêve et du

---

1   Inversement dans *Arria Marcella*, c'est le casseur du rêve, Arrius Diomèdes qui ouvre la portière et détruit le fantastique. Dans *Avatar*, Cherbonneau ouvre ses rideaux pour montrer au comte les prodiges qu'il peut faire.

fantastique est indécise ou tranchée : dans *Spirite*, Guy « rassembl[e] toutes les puissances de son être » dans l'attente de la révélation nocturne. Si le réel fantastique et le songe peuvent s'échanger sans avoir le même degré de certitude ou d'illusion, alors c'est le rêve qui est en question.

Dans *La Cafetière*, la peur et l'insomnie maintiennent éveillé le héros qui ne veut pas regarder ce qui se passe et qui finalement *voit* en état de veille l'incroyable scène, il y participe jusqu'à la mort symbolique de la cafetière, alors il s'évanouit de frayeur, il quitte l'aventure grâce à cette inconscience ; le narrateur d'*Omphale* est lui aussi terrifié et il dort tourné contre le mur pour ne pas voir la tapisserie : un soir il a un rêve, qui commence par l'ouverture des rideaux de son lit, mais il s'agit peut-être du réveil de son rêve, car les rideaux sont bien ouverts au matin ; pour le rêveur éveillé ou qui rêve qu'il est éveillé, l'ouverture des tringles correspond à la révélation dans la réalité d'une *autre* réalité, ou d'une autre dimension de la réalité, car c'est là que commencent ses amours avec Omphale qui durent *assez longtemps* : sont-ils dans le rêve, ou dans une vision qui n'est plus le rêve, mais qui est comme lui sans être lui, qui serait *la réalité* fantastique ?

Dans *La Morte amoureuse* qui affirme la possibilité d'une vie double ou bicéphale où la réalité et rêve seraient équivalents au point de se rejoindre dans leur opposition sans que jamais on puisse décider de quel côté est la réalité, sans qu'aucun trait permette de choisir entre le réel et le déréel, les rencontres avec Clarimonde se passent dans la réalité, comme sa résurrection, c'est bien notre monde, même s'il ressemble à un décor de cauchemar, ou de féérie, comme la Venise des amants ; et le récit se déroule aussi dans le rêve, l'héroïne visite Romuald dans ses rêves. Ou elle semble le faire, car rien n'est simple. Ainsi pour la scène du pacte, Romuald dort et les tringles du rideau encore une fois s'ouvrent à grand bruit, il entend, il se soulève, il *voit*, et commence la longue entrevue avec la morte ; est-elle ombre, est-elle corps ? Et aussi Romuald : est-il éveillé ou encore plongé dans un rêve ? Et quand les rideaux se referment, il ne voit plus et il tombe « dans un sommeil de plomb, *un sommeil* sans *rêve* ». A-t-il *vu*, *parlé* en rêve, ou hors du rêve ? Il *semble* avoir été éveillé, puisqu'il dormait avant et après l'apparition de Clarimonde. L'ouverture et la fermeture de la séquence fantastique peuvent renvoyer à un état de veille ou à un rêve, à un rêve de rêve.

Et la nuit suivante, « mon rêve se continua » dans les mêmes conditions, mais le héros saute du lit et les amants s'enfuient, il est vrai que les portes s'ouvrent toutes seules devant eux. Comme dans un rêve. Et une fois morte Clarimonde revient dans le rêve de Romuald pour un message de rupture et de menace.

L'essentiel, on le voit, c'est que dans les entrevues oniriques du récit, on passe du sommeil au fantastique par une esquive plus ou moins sensible du fait du réveil : il était conjectural dans *Omphale* ; il est ici supprimé, entre le dormeur et le rêveur, il n'y a qu'une différence mais capitale : le second *voit*. On passe du sommeil au rêve fantastique comme si entre les deux il y avait continuité, comme si le fantastique venait s'intégrer au sommeil comme une vision de rêve, et aussi bien le texte le sépare, la vision n'est pas un rêve.

Dans *Le Pied de momie* enfin, bien que pour une part le moment fantastique répète la transaction de la vie diurne, on est d'emblée très loin du rêve, mais dans le *Rêve*, où il n'y a que des événements surnaturels ; le héros se couche pris d'une légère ivresse, mais guidé surtout par le parfum de la momie, il est dans « le rêve d'Égypte », c'est-à-dire dans l'éternité, il plonge dans le néant et se réveille dans la lumière, « les yeux de mon âme s'ouvrirent » ; en fait le sommeil est un pur vecteur qui le conduit vers quelque lieu surnaturel où il est déjà arrivé, il n'est pas éveillé au sens ordinaire du mot, il ne dort pas non plus, mais il *sait*, il *sent* que le surnaturel est là, il a passé la frontière du monde ordinaire, et dans l'insomnie comme au fond du sommeil, au-delà de lui, il y a tout de suite l'autre monde, et *sa vision*, il *voit* terrifié l'*attente* de sa chambre, l'agitation du pied, l'ouverture de ses rideaux, l'apparition de la princesse, il *comprend* (car ce soir-là il *sait* le copte) le dialogue de la princesse et de son pied, puis il suit la princesse dans les entrailles de la terre et de l'histoire, il *voit* toujours, ou au moins distingue vaguement les occupants de cette crypte plané-taire et tout s'arrête à la poignée de mains du Pharaon qui devient le serrement de son bras par un ami qui le tire de son sommeil à midi. Mais quel est le vrai événement, le premier qui a eu lieu, celui que l'autre reprend et déguise ?

Ici les mots de veille et de songe n'ont plus de sens : le sommeil a produit un éveil miraculeux, le dormeur a reçu la visite de l'au-delà, il l'a visité à son tour et cela sans quitter son lit. La chambre noire du rêve est illuminée par la clarté d'une voyance surnaturelle, elle contient l'espace de projection de l'esprit, l'étendue sans fin où règne la toute-puissance de l'idéalisme. S'il possède une force *réalisante*, il a aussi une force *rêvante*.

Et ce récit-rêve, ce récit qui rêve, qui est comme un rêve, le raconteur s'acharne à proclamer qu'il n'est pas un rêve et qu'il a tout de même eu lieu durant la vie nocturne de son personnage. Au matin, toujours, le héros se réveille, ou émerge d'un sommeil cataleptique qui peut passer pour le sommeil. A-t-il donc rêvé l'aventure ou s'est-elle vraiment déroulée ? Gautier d'une part rend incertain et presque invisible le point de rupture entre le sommeil et l'aventure fantastique, ce qui rapproche du rêve cette séquence de vie nocturne qui est bien *comme* un rêve. On pourrait dire que le récit confond rêve et vision : la vision est dans le rêve ; « la chambre noire » du rêve est occupée par une clarté spirituelle, elle devient l'espace où l'esprit découvre ou invente la réalité.

D'autre part, il y a l'inévitable question du bon sens, le héros a-t-il rêvé ? Lui-même croit rêver dans son voyage miraculeux. En fait la mise en scène nocturne et presque *onirique* du récit fantastique aboutit à une équivalence du fantastique et du songe et pour l'âme, la vie peut n'être qu'un songe, et le songe devenir la vraie vie. Ainsi Romuald est persuadé qu'en tant que prêtre il est plongé dans un cauchemar, alors que sa vie vénitienne a toutes les apparences de la réalité.

En maintenant le fantastique dans une incontestable proximité avec l'expérience onirique, Gautier tend à rendre difficile la réponse à la question, mais il n'en proclame pas moins qu'il ne s'agit pas d'un rêve : car le fantastique ramené au rêve s'abolit ; or il a des preuves que ses personnages n'ont pas rêvé. D'abord les personnages sont marqués à jamais par la rencontre qui s'intègre profondément à leur vie, ils ont trouvé le bonheur de l'amour et la révélation de la pure beauté, expériences qu'on vit intensément, qu'on n'invente pas, dont on peut rêver mais qu'on ne peut justement pas imaginer par soi-même. Ainsi le portrait d'Angéla et la confirmation de sa réalité par la nouvelle de sa mort.

Mais encore il y les objets transitifs, comme dans la rétrospection, les objets-passeurs, qui assurent le lien entre le fantastique et la réalité et *prouvent* leur rencontre : les morceaux de la cafetière, l'habit de noces du grand-père, le pied de la princesse, objet d'un achat circonstancié et revenu à sa propriétaire, la figurine laissée par Hermonthis pour le remplacer, ou les traces évidentes de la présence du démon, les égratignures profondes sur les épaules d'Henrich[1]. La lumière du jour dissipe les fantômes, les images des rêves s'évanouissent, mais les objets sont bien là, ils témoignent qu'il s'est réellement passé quelque chose. « La lumière, dit Gautier dans *Jettatura*, a le privilège de dissiper le malaise des visions nocturnes ». Mais celles-ci ne laissent pas de traces tangibles.

Ainsi le récit fantastique est proche du rêve, il est du même côté que lui, le côté nocturne de la vie, il repose sur la mise en liberté de l'âme, mais *il n'est pas un rêve*, parce qu'il s'est réellement déroulé, il est bien « une seconde vie », une autre vie, complète, perçue par « les yeux de l'âme », elle se détache du rêve ordinaire, même s'il lui reste lié et s'il reçoit de cette liaison une garantie et aussi une certaine suspicion.

Car il y a rêve et rêve : les uns passent par la porte d'ivoire, ils sont pleins de sens ; les autres passent par la porte de corne, ils sont trompeurs et creux. *Faux rêves* plus que mauvais rêves. Et le fantastique est lui-même menacé d'être confondu avec tous les parasites de l'imagination, dont les héros redoutent d'être les victimes et les dupes, illusions (elles peuvent être *diaboliques*, ou *magiques*), hallucinations, chimères, fantasmagories, mirages, erreurs de vision, folies, tous les jeux d'images inconsistantes et arbitraires dont il faut distinguer le fantastique : autant elles soulèvent d'objectons et de méfiances, autant le fantastique doit être accepté sans étonnement ni questions[2].

En ce sens encore les grandes *fantasias* du *hachichin*, si elles relèvent de la même libération de l'imagination que le fantastique, si elles restituent à l'esprit la totalité de ses pouvoirs et de ses droits à l'instauration illimitée d'images, si elles prouvent la toute puissance de la pensée, elles sont peut-être à ranger parmi les rêves qui viennent de la porte de corne, ou parmi les rêves éveillés qui n'impliquent pas de passage initiatique : les caprices démesurés de l'imagination sont sans doute les marges extrêmes du fantastique.

Gautier le dit donc formellement : l'aventure fantastique n'a pas été rêvée, elle a eu lieu ; la preuve encore : elle peut être l'objet d'un récit cohérent, elle a une histoire et le rêve n'en a pas, c'est une série

---

1 Autre preuve indirecte mais sérieuse : l'absence constatée d'Octavien dans son lit.

2 Ceux qui ne doutent pas un instant, ce sont les ennemis du fantastique : l'oncle du narrateur d'*Omphale*, l'abbé Sérapion, Arrius Diomedès.

d'événements, non la simple explosion intérieure d'images instables, le feu d'artifices d'une subjectivité enfermée en elle-même. Le récit est une preuve en lui-même : il s'agit d'un trajet, d'un parcours établi suivant un ordre spatial et temporel, c'est un déroulement objectif et intelligible de faits, constatés par les personnages, et en partie constatables après coup, ils ont la consistance du réel ordinaire, ils supposent un milieu stable qui est décrit, l'autre monde est un monde *autre*, plus désirable que le monde ordinaire, il offre des rencontres, la découverte amoureuse d'autrui, une transformation durable du héros par ces noces étranges.

Il s'agit bien d'un déplacement, d'un voyage pour lequel le sujet doit être instruit à l'avance, ou accueilli et guidé sur place : il faut au néophyte des médiateurs et des initiateurs, A. Karr pour l'opiomane, le baron de Féroë pour Malivert, à Pompéi même après avoir été un touriste français ordinaire, le voyageur gaulois est conduit par Rufus Holconius ou Tyché Novoleja l'entremetteuse qui le mène dans un *dédale* et à travers l'inconnu vers « la gorge superbe victorieuse des siècles ».

Entre le réel et le surnaturel, entre ici et là-bas, il y a des intermédiaires, des points de jonction et de passage : dans *Le pied de momie*, le héros pour parvenir à l'origine des temps est successivement orienté par l'antiquaire inquiétant et menaçant, soumis à l'appel du pied, visité et guidé par la princesse. Ou les passeurs sont des grimoires, des livres qui éclairent l'autre côté des choses (les lectures d'Onuphrius, le livre de Valetta qui révèle à Paul son être). L'initié pour changer d'univers change de vêtements : le héros de *La Cafetière* en costume de marié de l'autre siècle, celui du *Pied de momie* avec ses babouches et sa robe de chambre, Henrich en costume de scène, Romuald vêtu en jeune seigneur par Clarimonde, Octavien et sa tunique blanche après son passage dans les bains.

Le fantastique est donc *vrai* : si proche du rêve et du sommeil, et pourtant *vrai*, réduit à l'expérience d'un sujet solitaire, il n'en est pas moins porteur d'objectivité et de véracité. Il est vrai alors que le rêve est accusé de ne pas l'être. Dans le fantastique se réalise sans doute le mot de Novalis, « le monde devient rêve, le rêve devient monde ». Pour d'Albert, *le fait* dépend de l'*idée* : la *certitude physique* d'une chose est inférieure en pouvoir à sa *certitude morale*[1]. « La croyance fait le dieu,

---

1   *Cf. Maupin*, Pl, t. I, p. 287.

l'amour fait la femme », nous a dit Arria Marcella. Est vrai ce qui est cru, ce qui nous affecte, le fantastique est fait pour des « esprits passionnés et puissants », l'impossible y devient réel, s'il répond au sujet, à sa vie intime et unique, s'il correspond aux désirs qui créent la réalité à partir de la croyance ; le fantastique alors dans son principe (mais non dans son expression) se rapproche du rêve, il est dans la mesure où il est vécu. Ce qui donne lieu à une expérience, à un pathos ou à une pensée est *vrai*.

Est donc vraie l'expérience que je fais et qui me fait, qui me prend ; à laquelle j'appartiens. Ainsi le rêve avec lequel le rêveur est uni par des liens d'appartenance et d'adhésion : chez Gautier le récit fantastique est le plus proche du rêve pur quand le héros abdiquant toute espèce de doute et toute velléité de comprendre, rend les armes et croit à l'impossible, à l'impensable. Ainsi Octavien au théâtre quand il voit et *reconnaît* la femme étouffée par les cendres dans la maison d'Arrius Diomèdes : il accepte tout le prodige « comme dans le rêve on admet l'intervention de personnes mortes depuis longtemps et qui agissent pourtant avec les apparences de la vie ; d'ailleurs son émotion ne lui permet aucun raisonnement ».

Alors l'initié dépouille le vieil homme, enfoncé dans la matière, l'égoïsme et l'esprit de doute et de critique, tout cela c'est la même chose pour le Romantique, et il lui faut sortir du cercle de la raison et accepter comme dans le rêve tout ce qui élargit la réalité, la soustrait à la logique. Après la résurrection de Clarimonde, Romuald tombe évanoui, il revient à la vie dans son presbytère, il repense à son aventure, qu'il a prise d'abord pour une illusion, pour un rêve, mais cela ne l'empêche pas d'être vraie.

Le héros doit apprendre à vaincre le doute, à bannir l'incrédulité qui cherche une explication (le *rêve* est la première solution), à admettre sans objection ni surprise l'événement devant lequel la conscience critique doit capituler ; il faut en éprouver l'effet sans le penser. Dans le fantastique, le héros agit contre lui-même, il est irresponsable comme le narrateur de *La Cafetière*, contraint de voir, de croire, de danser, d'aimer. Romuald doit apprendre à ne plus s'étonner, à admettre avec une facilité déconcertante les faits les plus bizarres, et il subit sa double vie sans être touché par la folie, car il est toujours resté conscient de ses deux existences sans être tenté de contester cette dualité : le dénouement arrive quand il décide de savoir laquelle est la vraie. Mais visité en rêve par Clarimonde, il n'éprouve aucun étonnement, il accepte tout « avec cette facilité que l'on a dans la vision d'admettre comme fort simples les événements les plus bizarres » ; puis le matin il tente de se persuader qu'il n'y a rien eu, sinon une pure vapeur née de son imagination, « cependant les sensations avaient été si vives qu'il était difficile de croire qu'elles n'étaient pas réelles ».

Quand il parcourt Pompéi ressuscité, Octavien décide enfin de ne plus discuter, de ne pas comprendre, « ravi au fond de voir un de ses rêves les plus chers accomplis », il ne résiste plus, il se laisse faire « à toutes ces merveilles sans prétendre s'en rendre compte », il subit la réalité et la puissance mystérieuse qui lui fait ce don et il ne perd plus son temps « à chercher la solution d'un problème incompréhensible ». Lorsqu'il est conduit par l'entremetteuse chez Arria, « il était décidé à ne s'étonner de rien ». De même Guy après l'apparition de Spirite, est « décidé à trouver le surnaturel naturel », il ne discute plus rien, il admet tout, et quand il avoue à Féroë qu'il se sent en état d'hallucination, celui-ci le met en garde, le mot recèle à la fois une attitude de doute, et une tentative « d'expliquer l'inexplicable », alors qu'il doit s'abandonner à l'influence de l'esprit avec « une foi et une soumission absolues ».

L'expérience du fantastique, qui en introduisant l'impossible dans le vécu des personnages, se rend indiscutable et vraie, peut donc être apparentée et assimilée à celle du rêve, au point que les récits les distinguent sans les éloigner l'une de l'autre, qu'ils sont l'un et l'autre un accès à une nouvelle vie : les conséquences en sont importantes. Le rêveur est dans son rêve et à son rêve, il appartient à l'image plus qu'il n'en est le spectateur, il est uni à ce qu'il voit et vit par un rapport de participation intense qui ne supporte aucun écart. Le rêveur est totalement présent dans son rêve, et absent comme conscience, comme *je* qui juge et qui pense et qui se pense en se séparant. Retranché de la vie bourgeoise qui repose sur la raison individuelle : « ma raison était revenue, dit le hachichin, ou du moins ce que j'appelle ainsi faute d'un autre terme ». *Je* est absent et présent en somme : possesseur de ses images et de son monde, dépossédé de lui-même.

LE RÊVE ET LA VIE

Le fantastique de Gautier propose et peut-être impose la même expérience : elle est la conséquence de la mise en liberté de l'âme qui constitue le rêve et le fantastique ; le décloisonnement radical que nous avons vu dans la mise en question du phénomène identitaire se retrouve ici, le rêve et le fantastique, proches et différents, surmontent tous les dualismes et toutes les frontières et ils conduisent à une expérience extatique de fusion, qui aboutit alors à une critique du langage et à une conscience de l'art et de la création. Le fantastique implique une esthétique dont il est à la fois l'exposé et la preuve.

Peut-on, à partir du moment où il ne faut plus douter ni s'étonner de rien, assigner des limites au rêve et à la réalité, les distinguer par une frontière ? « L'univers, dit Cherbonneau, n'est peut-être qu'un rêve de Dieu ou qu'une irradiation du Verbe dans l'immensité. » Si je rêve, je puis aussi bien être moi-même rêvé, figurer dans le rêve du monde ou d'un autre ; qui regarde qui, se demande Gautier devant un portrait, nous l'avons vu.

Mais lui-même croit rêver dans son voyage miraculeux. La mise en scène nocturne et presque *onirique* du récit fantastique aboutit à une équivalence du réel et du songe : pour l'âme, comme pour Romuald, la vie peut n'être qu'un songe, et le songe devenir la vraie vie.

Ce retournement « nervalien » est parfaitement admis par Gautier, c'est le problème de la souveraineté de la subjectivité. Rêve ou réalité, c'est une question de point de vue : justement dit Gautier dans *Jettatura*, « à un certain point de vue, le rêve existe autant que la réalité » ; la subjectivité est libre de croire ou de nier, de tout admettre ou de tout refuser, c'est le choix confié à la souveraineté du sujet ; le mot de Gautier aboutit à la mise à égalité du réel et du songe, c'est-à-dire, si l'on veut, du fantastique et du rêve unis dans leur opposition à la réalité. C'est le thème de *La Morte amoureuse*, où le héros juge qu'il se réveille quand il rêve et qu'il rêve quand il s'éveille, des deux spirales où il est enfermé, aucune ne peut être déclarée plus ou moins réelle que l'autre ; dans *Spirite* le peu de réalité du réel se confirme à mesure que l'initié avance dans sa progression spirituelle.

Les relations veille-rêve, rêve-vision, récit fantastique-rêve, imagination-réalité vont donc se troubler, s'évanouir, s'intervertir : la vie de l'imagination, le regard intérieur sont détenteurs de la vérité autant, sinon plus que la perception extérieure, le constat positif ; la vraie vie est celle dont on décide qu'elle est vraie. Mais c'est aussi la distinction du sujet et de l'objet qui devient problématique : où s'arrête le moi, où commence le monde si la conscience ne fonde ni la personne ni l'objectivité ? Le rêve selon Novalis, enseigne « la légèreté de notre âme, son aptitude à entrer dans n'importe quel objet, à se transformer instantanément en lui ». Expérience que fait Gautier hachichin, lorsqu'il devient l'objet qu'il regarde ou lorsqu'il se dépersonnalise : « par un prodige bizarre, au bout de quelques minutes de contemplation, je me fondais dans l'objet fixé, et je devenais moi-même cet objet. » Dans son article sur le *h*, il a montré comment il se dépersonnalisait au point devenir « une éponge au milieu de la mer », ce qui l'apparente aux « esprits élémentaires, aux anges, aux âmes séparées des corps ».

C'est une notation fondamentale, le corps et le moi sont des prisons opaques, qui arrêtent l'essor de l'âme ou la pénétration de son regard : l'être poreux, pénétré par les choses, devenu un élément quelconque de la nature, est aussi plus *spirituel* ; car moins il est un moi, plus il est ouvert aux choses, plus il est un sujet offert à l'objet, pénétré par lui, fondu en lui, plus il est une âme : mieux il réalise la promesse de relâchement des liens du corps et de l'âme. Sans *le moi*, une mystique de la sensation comme une mystique de l'âme semble possible.

On en revient toujours au modèle de la libération du rêveur : plus de corps, plus de conscience, l'âme seule est disponible. L'obstacle, Gautier nous l'a dit, c'est le moi, le noyau de l'égoïsme, le sentiment de la personnalité. Ainsi Octave déclare renoncer à *mon moi* par amour ; le moi serait alors curieusement l'antagoniste de l'âme, une dimension inférieure du moi en somme, l'opposé de l'idéal ou du sujet. Alors si le moi et le non-moi ne sont plus enfermés en eux-mêmes, mais peuvent communiquer sinon coïncider, le moi peut se rendre extérieur à lui-même, entrer dans l'état d'*ekstase*, admettre en lui la présence d'un objet ou d'un sujet, s'étendre au-delà de lui vers l'autre, ou vers les objets, il se trouve alors plus libre et plus riche ; alors tombent les dualismes de l'objet et du sujet, de l'intérieur et de l'extérieur, des choses et du désir ou de l'imagination, de la pensée et de l'action, du sens et du signe, du moi et du langage : l'homme endormi sous hypnose, le somnambule magnétisé en perdant leur moi, sont capables de voir, de savoir, de penser au-delà de leurs limites ; le sujet est au plus profond de lui, et hors de lui, dans l'ailleurs idéal, là où quelqu'un voit, pense, sait pour lui ou avec lui. En ce sens, les fluides, puisqu'ils dépossèdent le moi de lui-même pour l'accroître, ont une puissance extatique.

Le fantastique fait flèche de tout bois : pour désenclaver le moi, libérer le sujet profond du moi, il peut recourir au rêve, à toutes les formes d'inconscience ou d'hyper-conscience extatiques, qui sont comprises dans la magnétisme et l'hypnose ; le sommeil, mais aussi la rêverie du drogué, la chimère du fou vont devenir un accès à la vérité, une lucidité supérieure, une communication sacrée car ils supposent aussi le relâchement des liens du corps et de la matière où l'esprit est libéré, la sortie du moi hors de lui-même, jeté vers une connaissance sublime dans les régions plus pures de la spiritualité, où disparaissent les dualismes et les frontières.

En ce sens il y a bien une unité entre les expériences de la drogue et les nouvelles fantastique : l'opiomane est dans « un état de somnambulisme complet », dépossédé de lui-même, jeté hors de sa raison, il subit passivement des événements impossibles et incroyables, et il voit et il sait et il comprend, le drogué au *h* est assailli, saisi par une conflagration d'images qui sont en lui et le mettent en dehors de lui ; c'est une transe extatique où le moi se perd et se retrouve dans une sorte de souveraineté spirituelle[1], il semble coïncider avec le pouvoir générateur de l'imagination. L'expérience commune à l'opiomane et au « hachichin », c'est la dissolution radicale des catégories objectives et des formes, l'instauration d'un univers mouvant et fluide, en constante métamorphose, dans le sens tantôt d'une transfiguration, tantôt d'une hallucination grotesque, tantôt d'une dématérialisation, tantôt enfin d'une perméabilité de l'objet et du sujet susceptibles de s'échanger : le sujet percevant devient l'objet perçu ; le « hachichin » devient le musicien Weber, ou un pouvoir illimité de créativité musicale ; l'imaginaire se répand à flots, les « fantômes grotesques », les créatures du songe déversées dans le réel se multiplient tandis que le sujet lui-même illimité, investi de toutes parts, menacé de vaporisation, de mutilation, de pétrification,

---

1   Voir sur ce point Georges Poulet, *op. cit.* p. 285 et 287 ; voir aussi le texte de Gautier sur *La Péri* (*Cor. G.*, t. II, p. 40), à propos d'Achmet : « à l'aide de l'opium il tâche de dénouer les liens qui enchaînent l'âme au corps », ce qui est à peu près le langage de Cherbonneau.

est à la fois un Moi-Tout, un Moi dissous, un Moi chosifié, un Moi pur libéré des formes du sensible et du langage.

Le voyage fantastique des personnages dans le passé et dans le possible, n'est pas différent de cet autre *trip* que réalise l'expérience du « paradis artificiel ». C'est un déplacement encore, une locomotion de l'âme dans une réalité extatique, qui remplace la plate réalité sans la supprimer, un déplacement des formes, des substances, des identités, y compris de celle du héros visité, emporté par le fantastique.

Mais avec la drogue nous glissons hors du fantastique, vers le rêve pur, ou le rêve passé par les portes de corne : il n'y a pas ce récit possible, car il n'y a plus d'objet, ni de contours ni de limites : il n'y a plus de moi. Le paradis artificiel que Baudelaire a analysé comme une transgression de la condition humaine n'est pas sans périls ; comme le fantastique dont on ne peut jamais savoir s'il est du ciel ou de l'enfer, ou des deux, l'expérience de l'hallucination extatique par le *h* est entre le rêve et le cauchemar ; c'est une expérience de l'excès, excès de joie, de plaisirs, de lévitation morale ; comme la folie est l'excès d'inspiration, de poésie et de lectures chez Onuphrius, la drogue engendre l'excès périlleux de liberté mentale, le danger d'user de l'imagination réduite à son propre mouvement.

Le « hachichin » est tourmenté par l'allongement infini de l'espace et la stagnation du temps : il est en un sens libéré de l'un et de l'autre, mais au prix de la terrible torture du recommencement infini ; celui qui ne veut plus passer sa vie normalement semble pétrifié dans un éternel retour au point de départ ; la matière dont il ne voulait pas l'a investi. C'est le spleen, une nouvelle prison, un enchantement néfaste à rompre. Le spectacle à la fin du *Pied de momie* de l'humanité primitive pétrifiée elle aussi pour l'éternité, devenue un objet indestructible, un infini minéral, n'est pas sans faire penser au cauchemar du temps mort du « hachichin ».

Plus important peut-être est le point d'aboutissement de ce franchissement des frontières du moi et de sa mise en question : l'indistinction extatique lamine l'opposition du sujet et de l'objet, de l'image et de la réalité ; mais en relativisant les frontières de la conscience et de l'inconscience, elle introduit dans le fantastique toute une thématique esthétique imprévue : un refus des formes, une critique des langages constitués, un dépassement de l'art ou des arts. Le héros fantastique ne peut goûter aux joies paradisiaques du désir. Le désir rétrospectif n'aboutit qu'à une incurable nostalgie amoureuse : on ne peut pas dire que ce soit un échec ; le désir de l'inaccessible fait l'expérience de l'inaccessible, voulait-il autre chose ? Il est difficile au reste de parler d'échec à propos du Romantique : le contraire de l'idéal n'est pas le réel, ni la chute de l'idéal dans le réel, mais l'absence d'idéal, c'est-à-dire la modernité. Il n'est ni un objet à posséder, ni un concept produisant l'objet (Gautier l'a peut-être cru au départ), ni un but à atteindre, c'est un état de tension, un arrachement au réel et à ses clôtures, un désir resté désir. Le Romantique demande à l'idéal de rester un idéal.

L'ÂME EN LIBERTÉ

Mais le seul héros de Gautier qui arrive au but et qui *réussisse*, c'est Guy de Malivert ; avec lui le désir rétrospectif est devenu prospectif : il a franchi le Rubicon, le fleuve qui sépare l'âme de la matérialité ordinaire, opté pour le risque et la joie absolus. Le dernier héros de Gautier renoue avec les premiers, c'est un artiste, un poète, un écrivain, mais à l'opposé des premiers, c'est un artiste actif et non virtuel. Il est ce que n'est pas Octave qui choisit la mort, faute de pouvoir « cristalliser sa douleur en chefs-d'œuvre », faute d'être « un de ces esprits d'élite qui impriment sur ce monde la trace de leur passage » ; il aurait pu alors faire de Prascovie « un ange lumineux » qui aurait « plané sur son inspiration ».

C'est ce que devient Spirite. Amante et Muse, amante morte et vivante, Muse toujours vivifiante. Si l'on n'admet pas que *Spirite* est un récit autobiographique, où Gautier se met en scène comme écrivain et comme amant, on risque bien de ne rien comprendre à son fantastique. Il est une transposition de sa vie, qui agit, intervient, revient dans sa vie. Par le récit surnaturel de sa vie, son grand amour pour Carlotta qui n'a jamais abouti dans la réalité, pas plus dans le présent que dans le passé, cette passion unique qui est *rétrospective*, redevient un possible en devenant une œuvre. Imaginée, elle devient heureuse ; inscrite dans un récit, la passion parvient à elle-même, l'irréalité confirme sa vérité ; cette union des âmes vouées à s'aimer à jamais sans jamais y parvenir réellement, est l'exemple même de la mort devenue *positive* : c'est le renoncement à un amour qui ne sera jamais réel, qui est mort en somme, et ce renoncement le transforme en un amour absolu, qui est le fait d'aimer en soi, c'est-à-dire le bonheur d'aimer et d'être aimé devenu sa propre fin.

Seul Guy entre dans le paradis de Gautier, dont on a justement dit qu'il était esthétique. Le récit fantastique, c'est le récit de *la* passion, et c'est la poétique de l'écrivain, unies, fondues l'une dans l'autre ; *Spirite* est bien la Muse et l'Amante, inspiratrice et inspirée, elle inspire l'aventure fantastique et la poétique du fantastique : la véritable subversion des clôtures et des limites[1], la communauté extatique des esprits par delà les langages.

C'est un état édénique, un texte de Gautier de 1844[2] l'identifie à l'avènement d'une œuvre absolue, qui transcenderait les distinctions entre les différentes significations et les ordres de réalité et qui constituerait la « surréalité » analogique, la pierre philosophale de la « poésie » totale, le nouveau *langage* parlant à tous les sens ; dans l'extase paradisiaque, les vers sont des femmes, des ombrages, des fleurs, les formes sont douées de mouvement, les notes sont visibles, la sculpture s'entend, la poésie se touche : « Tout sera exprimé et compris, tout reluira, tout résonnera, tout palpitera. Dans la parole il y aura une couleur, dans la note un parfum, dans l'œil de marbre, une larme, dans la poitrine peinte, un soupir. » Dans l'inspiration enfin totale tout sera sensible et spirituel, et l'esprit sera totalement sensible.

Seul un texte largement *analogique* comme *Le haschich* s'est approché de cette pureté et de cette totalité de l'expression qui disant l'unité de tout parvient peut-être à l'au-delà inaccessible de toute pensée et de tout langage, qu'Hoffmann avait lui aussi présenté et que Baudelaire a repris après lui. Mais le fantastique hérite peut-être aussi de cette ambition, *Spirite* établit le lecteur dans le principe d'une telle écriture et le thème revient dans les récits fantastiques.

Dès le début, le récit fantastique de Gautier présente ce thème général d'une mise en question du langage ou d'une transcendance de la pensée pure sur le langage[3]. Pour que l'imagination et l'âme soient libres, il

---

1   *Cf.* Ross Chambers, « *Spirite* » *de Théophile Gautier, une lecture*, Paris, Minard, 1974, p. 39 ; de toutes les limites à abolir, il y a les limites entre les arts, c'est-à-dire entre les sens, ou plus exactement entre l'homme et le sens qui est perçu à l'état pur et global par les transpositions esthétiques. Robert Snell a bien dit que pour Gautier l'art est d'abord ce qui « transforme » le moi et le « transporte » dans un monde où il est chez lui (voir *Théophile Gautier, a Romantic Critic of the visual Arts*, Oxford, Clarendon Press, 1982, p. 6).

2   *Histoire de l'Art dramatique*, t. III, p. 303. Il n'y aura plus qu'une œuvre, et « chaque œuvre nagera dans un milieu de lumière et de parfums, atmosphère de ce paradis intellectuel… ».

3   « Maintenant que rien ne m'est caché » dit Spirite. Le « hachichin » est étrangement averti et guidé par une voix mystérieuse.

faut qu'elles se libèrent de l'écran du langage, comme elles se libèrent du poids, de l'opacité du corps ou de la matière, de tout ce qui voile ou contraint. Paradoxe donc : parce qu'il est une forme, *la* forme elle-même peut-être, parce qu'il est l'expression et l'art, *le langage* doit être dépassé, comme la réalité appauvrie et stérile que surmonte le fantastique.

Une communication sans langage est possible dans le fantastique : les âmes se comprennent sans médiation linguistique. La voix de Spirite n'est « pas formulée en paroles » et Guy « l'entend dans le fond de son cœur » ; déjà le héros de *La Cafetière* sent que son âme est « dégagée de sa prison de boue », il comprend « ce que nul homme ne peut comprendre, les pensées d'Angela se révélant à moi sans qu'elle eût besoin de parler » ; c'est l'état angélique, la pensée se transmet à la pensée sans recourir à une forme extérieure, sans avoir à s'exprimer matériellement ; la pensée est une langue immédiatement comprise sans passer par le langage.

Il n'y a plus d'écart ou de distance entre les esprits. Spirite lit dans les pensées de Guy et les influence à son insu. « Les mots ne sont que l'ombre de l'idée et nous avons l'idée même à l'état essentiel. » L'ange féminin « a l'intuition de tout » et elle est au-delà de tous les langages, car les esprits les possèdent tous dans le milieu céleste où elle est, ils ont accès à la pensée elle-même, ils ont une science universelle infuse parce qu'ils sont au-delà de « nos langues si bornées, si imparfaites, si opaques », incapables d'éveiller l'idée des merveilles célestes ; ils pensent sans langage et ils voient le langage de l'extérieur, à partir de la pensée.

Le héros fantastique avant *Spirite* a déjà accédé à cette pure communication qui transcende le langage : le narrateur du *Pied de momie* a le don des langues, il sait soudain le copte qu'il n'a jamais appris et de toute façon il connaît les pensées de la princesse sans qu'elle parle. Le personnage de *La Pipe d'opium* lit dans les pensées, *pressent* l'avenir, devine le nom des autres qui s'adressent à lui pour savoir comment ils se nomment et il s'entretient avec *Carlotta* en vers, en musique, en cantilènes qui surpassent tout ce qu'on peut rêver comme expression des passions, puis sans aucun langage finalement, puisqu'il sait sa pensée avant qu'elle soit formulée et même née ou parvenue de sa tête ou de son cœur à ses lèvres, si bien que devançant *Spirite* il achève ses vers et son chant : « j'avais pour elle la même transparence et elle lisait en moi couramment. ».

Cette compénétration des esprits, cette mise en commun des âmes et des talents, que l'on trouve dans *Spirite*, renvoient à une identité des âmes antérieure à toute expression, antérieure même à tout mouvement personnel : il s'agit d'une fusion extatique des êtres, d'une symbiose mentale, que le langage doit rompre puisqu'il suppose que les consciences sont séparées et que le sens n'est pas le signe.

L'aventure fantastique contient dans son déroulement ce questionnement du langage : aventure de l'âme, elle thématise l'insuffisance de la *forme* et en propose le dépassement, elle rejoint tous les textes de Gautier où sur un mode critique et théorique, il a parlé de la supériorité de la musique sur le langage et même sur la poésie ; Berlioz s'est avancé, a-t-il dit, dans l'expression des passions, des rêveries, des nostalgies, des postulations de l'âme, des sentiments indéfinis et mystérieux « que la parole ne peut rendre » vers « ce quelque chose de plus que tout, qui échappe aux mots et que font deviner les notes[1] » ; « la musique commence où finit la parole, elle rend tout ce qu'il y a dans l'âme de vaguement sonore, et d'inexplicable, tout ce que le verbe n'a pas pu formuler[2] ». Parce qu'elle est dispensée de dire, elle dit beaucoup plus, l'indétermination du sens lui confère plus de richesse, de profondeur dans la manifestation directe de l'âme, « la voix, dit Gautier à Bergerat, est l'incantation de l'âme, sa manifestation sensuelle évidente, à entendre une voix, je connais une âme… » ; la netteté, la rigidité des mots, la délimitation du sens constituent la faiblesse intrinsèque du langage, mais aussi son essence et sa fonction. *Spirite*, ange musicien, en révélant l'imperfection de toute communication verbale et même poétique, utilise la musique pour indiquer au delà d'elle la possibilité d'une communication directe des esprits sans recours à aucune médiation formelle.

Ainsi quand elle interprète au piano l'œuvre d'un grand musicien, elle exprime l'*âme*, les mélancolies, les réminiscences d'un passé céleste, les prières, les révoltes, l'homme tout entier, Guy remué par « mille idées inconnues » est reporté par les notes vers cette *antériorité* dont

---

1   *Histoire du Romantisme*, Folio, p. 484 ; voir aussi *Spirite* : « des mots humains ne peuvent rendre la sensation d'une âme qui délivrée de sa prison corporelle passe de cette vie dans l'autre, du temps dans l'éternité, du fini dans l'infini. »

2   *Cf. La Presse*, 9 décembre 1844 ; de même *Le Moniteur Universel*, 21 avril 1851 ; voir François Brunet, *Théophile Gautier et la musique, op. cit.*, p. 155, sur l'évocation qui est différente de l'expression ; on retiendra dans *Spirite* la place des musiciens (Wagner, Beethoven, Verdi).

nous avons parlé car il croit « les avoir entendues dans une première vie, depuis oubliée » : la musique langue « maternelle », langue des origines, dit le fonds de l'homme, le fondement de sa vie, le passé inconnu et l'avenir inconnaissable ; elle sait à notre place et avant nous ce que nous sommes.

Et quand Spirite commente librement au piano un poème de Guy où celui-ci a exprimé son aspiration idéaliste, son improvisation se place d'elle-même dans « l'au-delà des mots, le non-sorti du verbe humain, ce qui reste d'inédit dans la phrase la mieux faite », tout ce qui est inexprimable par le verbe, l'intime, le mystérieux, le profond des choses, « le *desideratum* de la pensée », « tout le flottant, le flou, le suave qui déborde le contour trop sec de la parole ». Alors elle devient Béatrix, se transforme en un ange de lumière, mais auparavant elle a rendu existant le fantastique, réalisé le rêve, accompli l'espérance, accueilli « l'âme altérée d'idéal ».

Et elle ne l'a fait que par un débordement presque méthodique du langage, en révélant la marge supérieure des mots qu'ils taisent toujours, toute la masse de sens inconnu dont ils sont séparés par nature, le halo de signification qui les accompagne toujours et leur demeure extérieur. Le langage est par nature porteur d'un déficit de signification, il est toujours en retrait sur lui-même et la musique ne peut le compléter, qu'en se substituant à lui, car spontanément, elle communique cette frange d'inconnu et d'inexprimé qui est en dehors du langage et en constitue pourtant le plus important : il contient le secret de l'homme et le sens de son désir[1].

Faut-il alors évoquer le goût de Gautier pour les grands opéras fantastiques ? Dire que le fantastique qui est comme le rêve, est aussi comme l'opéra, qu'il développe les forces cachées et inconnues du réel, qu'il dévoile lui aussi l'aura mystérieuse des choses que le réel et le langage opaques par nature dissimulent ? Qu'il *accompagne* l'univers trop réel et trop clair en manifestant ce qui le déborde et lui donne sens ?

Alors la musique serait consubstantielle au fantastique, comme ces éléments qui ont une fonction de *passeurs* ou de transitions que nous avons rencontrés, et qui assurent cette jonction de l'essence et

---

1   Rappelons que la bibliothèque de Spirite comporte des poètes et des compositeurs ; Mme d'Ymbercourt se définit par le fait qu'elle est une bonne pianiste qui ne comprend rien à la musique.

de la réalité : elle serait le prélude du fantastique. On l'a montré[1], la musique est un *catalyseur* du fantastique ou un élément *structurant* du récit. Au reste, c'était bien un thème d'Hoffmann : la musique traduction de l'être, langue première, expression de l'âme pure, est peut-être à elle seule le fantastique. Dans *Deux acteurs* Gautier a repris un thème hoffmannesque dans la description de la taverne d'un *hoff-mannisme* débridé ; le *gasthof* de l'Aigle à deux têtes (comme les deux acteurs : le dédoublement est de règle) est le monde du « caprice », du grotesque, il signifie l'entrée dans le vertige qui est exactement une métonymie du fantastique ; plutôt on n'y entre pas, on y *glisse* par une pente irréversible, par un dérapage radical et total. On est alors dans le flou, dans l'exotisme d'une humanité qui réunit (toujours le double) l'Occident et l'Orient, tout l'étrange et tout l'imaginaire ; c'est le lieu d'un embranchement entre le réel et le fantastique, c'est le lieu d'un départ pour aller plus loin encore, par un autre glissement, celui de toutes les ivresses, bière, vin, tabac, amour, et surtout ces valses « qui produisent sur les imaginations septentrionales le même effet que le haschich et l'opium sur les Orientaux » ; et même la guzla mériméenne double la musique allemande d'une note balkanique. Il faut penser aux textes de Gautier évoquant les danses d'Afrique du Nord et d'Orient : ces fêtes où l'homme est dépossédé de lui-même par la force du rythme, emporté dans une extase qui le dépersonnalise et lui restitue une personnalité abolie ou oubliée. C'est bien ce mouvement furieux, joyeux, vertigineux, comme une transe ou un orgasme, qu'évoque la valse dans l'auberge viennoise : « les couples passaient et repassaient, les femmes presque évanouies de plaisir sur le bras de leur danseur... ».

Il semble que dans le réel ainsi tourné vers l'étrange, vers l'au-delà, par la saisie des âmes dans le vertige de la valse, on ait frappé les trois coups : le diable peut apparaître. La danse est le prélude du fantastique ; c'est l'état second et presque hypnotique qui sépare de la pure réalité et engage les êtres humains dans une sorte de mutation.

---

1   Voir dans *Bulletin*, 1986, l'article de Robert Baudry : « La musique prélude ou signe de l'extase dans les récits fabuleux de Gautier » et dans *Bulletin*, 1984, celui d'A. Gann : « La musique élément structurant dans les récits fantastiques de Gautier » : ils insistent tous deux sur le rôle de la musique comme accompagnement, mais aussi comme passeur, ou catalyseur permettant d'aller d'un monde à un autre, d'un état à un autre.

Le diable est peut-être aussi dans le menuet endiablé de *La Cafetière*[1] :
étrange danse des morts d'une vitalité frénétique ! Fête extatique et parodique enveloppée de menaces ! Où l'excès de bonheur du couple fantastique de la morte et du vivant se déroule aux bords de l'anéantissement.
C'est l'orchestre de la tapisserie qui joue le prélude de l'aventure. Il
produit d'abord l'animation malfaisante et cruelle des portraits dans
leur costume compliqué et désuet : l'emportement de plus en plus
rapide d'une cadence folle mécanise les musiciens, désarticule et épuise
les danseurs ; l'image est devenue son, et la tapisserie des musiciens
produit une terrible musique inhumaine et démoniaque, un chaos de
notes discordantes mais d'une puissance palpable ; après cette dissonance
déjà véhémente vient le *prestissimo* presque menaçant de la valse avec
Angela, mais c'est un moment d'harmonie au contraire, un temps de
bonheur absolu à deux.

Angela n'est visible qu'*après* l'exhibition inquiétante et ridicule ; la
musique a conduit vers elle, elle a envahi le héros qui marque le rythme
« d'une oscillation de tête », et pour qui l'union suprême et parfaite va se
réaliser dans l'extase de la valse qui unifie les corps et les âmes : elle place
les amants hors de tout, dans un moment absolu de vie et de bonheur,
déjà dépossédés d'eux-mêmes par la vitesse (ils dansent sans effort trois
fois plus vite que les autres), ils sont emportés au-delà d'eux-mêmes, mais
à l'opposé des danseurs malmenés et surmenés, ils sont débordants de
joie et de désir et bientôt atteints par l'anéantissement et la séparation.

Il y a ainsi une présence de la musique dans la réalité des récits : les
héroïnes à leur piano, le joueur de flûte napolitain, presque antique, qui
fait le lien dans *Arria Marcella*, entre le présent et le passé, les scènes
se déroulant à l'Opéra, Lavinia écoutant Bellini, Mme d'Ymbercourt
critiquant Wagner ; le *duettino* de *Jettatura* qui « chasse les mauvais
esprits » permet la dernière scène d'harmonie amoureuse des amants.
La musique est un épisode du fantastique : ainsi la cacophonie des
cloches dans *Onuphrius* qui est jointe à la perversion de l'espace et du
temps, l'intervention du « voyant » dans *Le Club des hachichins* qui joue
du Weber pour apaiser et convertir la *fantasia* en *kief*[2].

---

1   Sur le rapport de la danse et du fantastique, voir A. Gann, article cité ; Minako Imura,
    « Gautier et ses danseuses fantômes », *Bulletin*, 1993, t. I ; Jean-Philippe Caucheteur,
    « Théophile Gautier et le présentisme », *Bulletin*, 2003.
2   Ou le soupir initial de Spirite qui semble « une note ».

Alors au son du *Freischütz* se produit une *extase* vraiment pure dans tous les sens du mot, la traversée des formes de la réalité et des identités du moi est non seulement bénéfique mais entièrement réalisée. Sans doute parce qu'elle est produite aux confins du fantastique par la musique qui balaie les visions envahissantes et troublantes. Alors l'extase n'est pas folie ; le dépassement des formes n'a rien d'une agression dangereuse, il se fait dans le calme, l'apaisement, dans un bien-être caressant comme un bain, où le narrateur éprouve la rupture des liens du corps et de l'esprit, « je ne sentais plus mon corps », la jouissance d'exister dans un milieu qui n'est que le prolongement du sujet et qui obéit à sa volonté ; ce moment intense de bonheur est pur de toute pensée d'amour : le hachichin est sans désir car il ne manque de rien, il est tout ce qu'il veut.

Il est le sujet absolu et autosuffisant, qui s'est donné un monde équivalent à lui-même, en lui son âme est libre et livrée à l'infinie puissance de sa créativité intérieure et autonome. C'est là qu'il devient tout objet qu'il contemple et qu'il se fond en lui, c'est là aussi qu'il devient *le musicien*, l'improvisateur démesuré d'une œuvre qui n'existe qu'en lui. Car il se produit ce renversement qui confond dans l'extase musicale le sujet et l'objet, celui qui écoute et celui qui joue, l'œuvre écoutée et le dilettante, le créateur et l'auditeur ; les notes pénètrent le hachichin, et elles semblent venir de lui, l'extérieur est à l'intérieur, le moi à qui s'adresse le son, en devient l'origine et l'émetteur, c'est lui qui joue au piano, qui fait jaillir des sons colorés, électrisés, et qui enfin devient le musicien lui-même : « l'âme de Weber s'était incarnée en moi » ; une fois le morceau achevé, il est désormais hanté, habité, transformé par cette autre présence, il devient le créateur infini, immense, inépuisable, d'une musique virtuelle qui n'existe que pour lui et en lui, ; en dix minutes il fait trente opéras[1].

La musique elle-même devient une sorte de musicalité antérieure à toute œuvre et intérieure, c'est-à-dire dispensée de se produire au dehors ; elle est sans frontières et sans libellé, elle est aussi couleurs, lumière, vibrations, actions sur le corps, mais Gautier la saisit ici dans ce qu'elle est pour tant de romantiques, une puissance *inspiratrice*, c'est l'écoute qui produit le sens librement, et tout dilettante devient un improvisateur, il est *comme* le musicien, il crée la musique intérieurement à sa guise.

---

1   De même Prascovie à son piano communique avec Olaf et ressent son appel et sa présence.

La musique est la médiatrice d'elle-même, elle est une sorte de pouvoir conducteur de la *musicalité* entre les âmes entraînées et inspirées par elle et conduites à l'évanouissement extatique de la personnalité banale ; sa puissance déjà surnaturelle lie *les âmes* déjà *dégagées*, et par un contact direct et intérieur, elle suractive leurs forces. Dans le *kief*, le narrateur *hachichin* s'est approprié la musique qui est devenue lui, et, semblable au héros du *Chevalier Gluck*, il s'est mis à contenir tout un monde musical, qui est la créativité absolue et pure de son âme arrivée à l'extase, à la joie d'être tout, de s'identifier au langage total et immatériel qu'est la musique.

Ce que *Spirite*, roman initiatique et récit extatique, nous présente, c'est le passage d'une esthétique de la musique commune aux Romantiques, à une critique du langage, de tous les langages, de toutes les formes, à une thématique générale d'une transcendance de la pensée pure sur le langage, de l'âme sur toute expression. La musique sert de fondement et de modèle à cette relation intime du fantastique et de l'esthétique, à une connaissance de l'extramonde à partir de l'expérience musicale.

Spirite par sa musique de l'absolu, la *musicalisation* de la poésie, de tout art, de toute communication nous indique qu'en son fonds sans doute la subjectivité est *musique* : Bergson, on le sait, ne dira pas autre chose. Nous sommes là au carrefour des diverses directions propres au fantastique de Gautier que la musique ainsi comprise réunit en un seul faisceau : dans le rêve, dans la drogue, dans l'expérience musicale, dans l'affranchissement de la communication de toute limite de forme, il y a toujours reprise, toujours renouvelée, la mise en liberté de l'âme, de la subjectivité créatrice, et il y a le franchissement de la barrière des consciences avec celle des langages. Être compris, si je puis jouer sur les mots, cela veut dire, être *compris par* autrui et être *compris dans* autrui.

Car si les liens du corps et de la matière se relâchent, si les contraintes de la personnalité se desserrent, la conscience accède à l'inconsciente extatique et se propose une expérience de l'unité qui surmonte tous les dualismes et toutes les séparations.

Spirite elle-même est parvenue « à la source réelle de l'inspiration » : au point central où souffle *l'esprit*, où naît toute création, où se trouve l'origine du *verbe*, des langages et des arts, dans l'ailleurs idéal, dans les régions plus pures de la spiritualité où sont réconciliés et unis le sensible et l'extrasensible, la pensée et le langage.

Elle joue avec les signes, esthétiques ou non, pour assurer leur transposition et leur dépassement, tout langage de l'art est un écran, il révèle et cache, il propose et réclame un passage à la limite, un mouvement vers l'intuition pure de la Beauté, l'inspiration de l'Esprit et de l'Amour délivrés de toute forme. Quête impossible, et vraiment *fantastique* où Gautier prend de la distance par rapport à son idolâtrie de la Forme et même de l'Art pour l'Art ; traversant les mots avec Spirite qui lit les œuvres de Guy en idée (et en les mettant en musique), traversant le poème vers l'idée pure qui lui préexiste, le traversant encore pour le percevoir comme une musique, traversant la musique elle-même pour percevoir une musicalité antérieure et supérieure, qui est aussi couleurs, lumière, vibrations, il atteint l'éternel inédit ou non-dit, « la secrète aspiration qu'on s'avoue à peine à soi-même », l'indicible et l'inexprimable, « le *desideratum* de la pensée au bout de ses efforts ». Mais par-delà cette convergence des arts et leur déplacement expressif vers l'inexprimé, il y a encore l'idéal, l'inconnu, l'absolu qui ne sont que pressentis.

C'est d'abord à propos de l'œuvre littéraire de Malivert-Gautier que l'ange expose un type de critique conforme au « jugement instinctif de [son] cœur » et confirmé « maintenant que rien ne [lui] est caché » : mais dès cette vie, elle a connu de l'intérieur l'élégance d'esprit et la bonté de cœur de Guy, compris toute sa personnalité intellectuelle et son caractère. Car la lecture littéraire est une « communication d'âme » ; mais le livre qui est une confidence, une conversation, est recouvert de « formes extérieures » qui sont un déguisement, un écran, un leurre : idéologie et systèmes, affectation voulue ou imposée qui commande le style et impose des masques ou des dissimulations, sentiments d'obligation et de convention, emphase trompeuse, duperie de l'âme, « le pire des crimes » dont Gautier est innocent : car il préfère « le silence au mensonge et à l'exagération », et la sobriété, la modestie stylistique à l'emphase utilisée à propos de ces choses sacrées, « les pensées tendres et passionnées » ; l'insupportable en littérature, c'est *la littérature*, les lieux communs de thème et de style qui sont faux parce que communs.

Il faut donc lire le livre entre les lignes, lire le texte sous le texte, percer cette croûte indifférente des formes, percevoir « les jets rapides, les élans brusques aussitôt arrêtés », déchiffrer le caché, développer ce qui est suggéré ou voilé, interpréter la réticence et la pudeur, retourner le silence en aveu. Alors l'écrivain *objectif* comme Gautier devient singulièrement *subjectif* : le vrai lecteur ne s'intéresse à l'objet que s'il est devenu l'expression du sujet. Gautier dans la grande querelle que soulève la photographie ne dit pas autre chose : l'esthétique commence à l'intervention du sujet et de son art, ce qui peut permettre au photographe de rendre personnelle la reproduction impersonnelle de l'objet.

Lavinia a donc connu dans l'auteur Malivert, l'homme, la personne, ses secrets, son intimité, deviné en lui une sensibilité masquée et méconnue grâce à cette libre interprétation de ses textes, elle devenait dans sa lecture une sorte de caisse de résonance, et comme elle l'avoue, elle passait d'un texte révélateur à sa transcription musicale sur son piano, elle *commentait* l'écrit, donnait à l'idée un écho sonore, au texte un équivalent analogique en *vibrations* sensibles. En somme pour revenir à la distinction de l'écrivain *objectif* ou *subjectif*, Spirite n'en tient pas compte, dans l'*objectif* elle perçoit à juste titre le *subjectif*.

Elle passait d'un art à un autre, transformait l'abstrait en données sensibles, et une communication indirecte qui utilise le langage et l'écriture en une communication plus directe allant d'une âme à une âme. Alors lire un texte dans sa profondeur cachée, c'est en quelque sorte l'interpréter comme une musique, produire son sens intérieur au dehors, et parvenir à le recréer, à le créer une nouvelle fois. S'il est vrai que Spirite comme l'a dit Jean Richer, est « la projection de l'*anima* du poète, le nom moderne de la Muse », elle est l'inspiratrice comme elle est l'inspirée. Et le mouvement pur et créateur de l'esprit, dans quelle langue, sous quelle forme va-t-il se manifester, lui qui est antérieur aux formes, supérieur aux langues ? Spirite va instituer d'abord une communication à l'état pur, car pur esprit dématérialisé, elle est étrangère à toute formulation, extérieure même à la relation entre deux consciences identiques, un émetteur et un récepteur. Position asymétrique, car du côté de Malivert, la relation reste prisonnière de la matière. L'*esprit* se passe de signes, de langage, de moyens alors que du côté de Guy, il reste tout l'appareil des langages, des formes, des signes, l'obligation des actions matérielles, préalables à toute compréhension.

Dans l'arrière-monde, dit Gautier, « l'on *peut* ce que l'on *veut*, selon l'expression de Dante » et l'on fait ce que l'on veut évidemment ; la puissance et l'intention coïncident et celle-ci se transmet et agit sans sortir d'elle-même, elle s'objective sans être jamais objet. Cette unité se retrouve dans la communication de Spirite : à partir d'elle, c'est une pure circulation du sens qui se transmet tout seul et en face au contraire, chez Malivert, il se manifeste sous forme de signes et d'actions matérielles ; encore sont-elles involontaires et excluent le sujet de la communication. On retrouve ici le principe du magnétisme ou de l'hypnose, et la mise en scène du médium du spiritisme : la communication est efficace sans la conscience et en dehors de la volonté.

Ainsi quand Spirite joue au piano : Malivert entend les sons sans voir la musicienne ; quand elle est visible, il constate que ses doigts errent sur le clavier comme des papillons, qu'ils ne le frappent pas, mais l'effleurent sans le toucher, qu'ils utilisent le pouvoir magique de l'évocation : « évoquant le son par ce frêle contact qui n'eût pas courbé une barbe de plume ». Les notes ne sont pas frappées par une action mécanique et physique, il suffit que les doigts de l'esprit flottent au-dessus d'elles pour qu'elles jaillissent *toutes seules*, une simple proximité suffit pour qu'elles fonctionnent d'elles-mêmes, et à la fin de la scène Spirite ne fait « plus le simulacre d'effleurer le clavier » : « les mélodies s'échappaient toutes seules en vibrations visibles et colorées. »

Autrement dit *l'esprit* angélique produit la musique par une sorte d'appel direct, par son *influence* immédiate sur les touches du piano ou même sur les notes ; musical lui-même ou analogue à la musique, il agit par un rapport invisible et direct de semblable à semblable, l'instrument de musique joue tout seul : Spirite par sa seule présence transforme les notes de la partition en sons, rend inutile l'interprétation musicale, elle substitue d'une manière *immédiate* le sens aux signes.

Les dictées de Spirite ou ses expériences d'écriture automatique sont du même ordre et reproduisent le même rapport entre le sens pur, efficace par lui-même parce qu'il est spirituel, et les systèmes de signes, matériels, physiques, objectifs, indirects et inertes ; ils sont mis en œuvre par l'esprit, pénétrés par lui et enfin court-circuités par lui. Les dictées font de Guy un *médium*, un pur messager, un intermédiaire qui n'est que le lieu de passage d'un message qui le traverse, qu'il transcrit mécaniquement, il obéit à une impulsion du sens sans le comprendre, la signifiance le traverse par sa force propre, sans passer par les signes et son intelligence, il est *hors de lui*, mais du même coup il s'exprime, ou *il est exprimé*, dans sa sincérité la plus complète : alors le langage devient vrai.

Dans l'épisode de la lettre à Mme d'Ymbercourt, c'est sa main qui prend l'initiative, elle attend la phrase qui ne vient pas, que l'esprit de

Malivert ne trouve pas, c'est Spirite qui agit d'abord sur son corps, qui met sa main en mouvement par son influence toute spirituelle ; elle se met à ressentir des fourmillements et des impatiences, les doigts se tendent et se détendent, et ils produisent seuls une lettre écrite « sans conscience » mais qui vient du cœur.

« Est-ce que je suis fou ou somnambule ? », se dit Malivert : il comprend que sa main n'a pas *voulu* se prêter à un mensonge social, « l'idée sincère est dans la lettre », elle s'est imposée aux gestes de l'écriture et aux signes du langage parce que l'esprit avait pris les commandes : obéissant à une autre volonté dont Guy dans son être matériel est l'exécutant sans le savoir (bien qu'elle corresponde à sa volonté véritable et profonde), sa main a utilisé une écriture légèrement différente, en tout cas « la vérité coule de sa plume ».

Ce qu'il peut interpréter de deux manières différentes mais non incompatibles : si sa main est guidée d'ailleurs, contrôlée par une autre volonté, il s'est produit « une substitution de pensée dans une lettre machinalement écrite » ; ou bien « les sentiments de l'âme » échappant au contrôle de l'esprit », *se sont écrits* d'eux-mêmes ; il était sous une *influence* spirituelle puissante et indéfinissable, qui a mis au jour son idée secrète ; mais de tout façon il était passif, et il y a eu une influence, une action immédiate du sens pur sur les moyens significatifs (les muscles de la main, les signes de l'écriture, le langage). C'est bien là sans doute que Rimbaud a compris[1] que « je est un autre » ; Malivert *est pensé*, il est écrit, un autre pense, écrit en lui, pour lui, mieux que lui.

Ensuite Guy comprend en voyant la main de Spirite et en essayant de deviner ce qu'elle veut dire, qu'il va être son propre secrétaire et servir à lui-même de médium : les esprits ne peuvent pas agir sur la réalité matérielle puisqu'ils ne sont pas matériels, mais par un « influx nerveux », par l'*influence* qu'ils possèdent sur les nerfs, ils sont efficaces et agissent sur le corps, par exemple sur les nerfs des doigts qui en effet se mettent à exécuter des mouvements et à parcourir le papier d'une écriture « légèrement modifiée par une impulsion étrangère ». *On écrit* donc en Malivert, et par son intermédiaire, un texte qu'il ne connaît pas, car pour que cette *influence* aboutisse à une communication, il faut qu'il ne soit plus présent en lui, qu'il n'ait plus « le sentiment de sa

---

1   *Cf.* l'article de Douglas P. Collins, « Rimbaud and Gautier's *Spirite* », *Romance Notes*, vol. XIII, 3, Spring 1972.

personnalité », il est *évanoui* comme un sujet hypnotisé qui exécute les actes qu'une « autre âme ou du moins une autre pensée » installée à la place de la sienne lui commande.

L'écrivain *somnambule* n'a pas besoin de lumière pour écrire, ce n'est pas lui qui tient sa plume, il ne sait pas ce qu'il écrit, au petit jour l'*impulsion* qui guide la main cesse, et « sa propre pensée suspendue par celle de Spirite » lui revient. L'esprit cesse de s'exprimer par les intermédiaires physiques et verbaux ; l'opération, se renouvelle encore dans les mêmes conditions, l'esprit se manifeste dans le système terrestre, c'est-à-dire la matière physique, le corps différent de l'âme, le langage offrant la dualité du signe et du sens. Dès que le moi est hors jeu, l'esprit utilise à son profit le système matériel et discursif du sens, et Guy le comprend bien, « je n'ai fait que tenir la plume sous une inspiration supérieure à la mienne ».

Et Féroë l'avertit, ces « moyens lents et grossiers de communication » sont provisoires, ils impliquent distance, inégalité, asymétrie, parce que les rapports avec l'esprit « ne sont pas encore bien établis…vos âmes se pénètreront par la pensée et le désir, sans aucun signe extérieur ». C'est ce qui survient un peu plus tard quand cesse le déséquilibre de cette première communication, quand l'esprit *humain* et l'esprit *céleste* se trouvent dans une véritable communion à propos de l'acte poétique. Dans trois expériences successives, Gautier montre que le génie peut être pluriel, que les esprits peuvent se rencontrer dans une sorte d'interpénétration directe, co-exister et, si je puis le dire, participer à une co-création. « Comme cette âme s'identifiait à la sienne ! Comme cette pensée pénétrait sa pensée », s'écrie Malivert quand Spirite interprète au piano son poème. Alors en effet il n'y a plus de communication, il n'y a plus de relation par un langage quelconque, leurs âmes sont intérieures l'une à l'autre et se comprennent par cette inclusion, cette harmonisation, cette résonance mutuelle. Stendhal avait bien dit que les amants participent à une « longue phrase musicale ». Ici la relation amoureuse et la relation esthétique unissent les âmes des amants dans une sorte d'*accord* musical. Comme s'ils inventaient ensemble et chantaient à deux voix la même partition.

Ce ne sera pas un duo d'amour, Spirite est bien visible, assise à son piano, elle s'en sert comme nous l'avons dit et la scène unit le désir et la création, l'amour et l'inspiration : Lavinia l'emporterait sur Spirite si l'Amante ne devenait pas la Muse ou la Béatrice du poète. Elle interprète d'abord mieux que « tous les magiciens du clavier », un grand musicien, qui est en quelque sorte le génie, le « génie humain » inspiré, il a révélé l'homme dans sa situation essentielle d'exilé du ciel, d'ange déchu, regrettant et pressentant l'infini, elle *l'interprète* au sens strict du mot, elle *rend* tous ses sentiments, toutes ses intentions, mais soudain cette œuvre semble devenir un prétexte : pour Malivert, elle devient la musique, c'est un *art nouveau* qu'il lui semble connaître pour la première fois, c'est-à-dire, reconnaître : il perçoit ce qu'il a toujours su sans le savoir, *l'essence de la musicalité.*

C'est que l'ange ne joue pas le morceau du grand musicien, elle joue au-delà de lui, plus loin que lui, elle le complète tel qu'il aurait pu et dû être, elle le rend conforme à « l'idéal qu'il rêvait » et que la faiblesse de l'homme n'avait pas atteint : interpréter une œuvre, c'est l'accomplir, aller avec elle plus loin qu'elle tout en la suivant et en restant conforme à elle.

Alors ce qui apparaît à propos de cet épisode, c'est la relation de Spirite avec le génie : fait inouï et surhumain, « elle complétait le génie, elle perfectionnait la perfection, elle ajoutait à l'absolu ! ». Ange gardien du génie et de son œuvre, elle l'accompagne, le dirige vers lui-même et son accomplissement. Alors un génie devient un autre génie, la communication véritable, totale et sans langage est dans la coïncidence l'interpénétration des esprits ; ils sont ensemble, l'un dans l'autre, l'un à l'autre, intérieurs l'un à l'autre. Le génie est un appel au génie, la relation est une relation d'éveil, la communication, un transfert de puissance et d'identité, la compréhension devient transmutation, apparentement et fusion.

À ce moment-là Spirite incarne, si l'on peut dire, l'inspiration et l'amour : peut-on les distinguer ? Supérieure à l'humain, elle raille son amant terrestre avec « une ironie céleste et une malice divine », elle raille et console, et laisse quelques instants « sa main fantastique sous le baiser imaginaire de Guy ». Mais la séquence revient au premier mouvement : la possibilité de recréer une œuvre, de devenir identique au créateur et plus encore, plus créateur que lui, va s'appliquer aux relations de l'amante avec son amant.

Cette fois Malivert lui-même *est* réécrit ou repensé : l'autre en lui le comprend mieux que lui. Spirite transpose musicalement un poème de

Malivert, le fait passer de la langue du vers à la langue de la musique : transcription qui implique la correction des défaillances du langage qui doit être enrichi de tout ce qu'il exclut, ouvert à toutes les significations dont il est incapable ; il lui faut l'inspiration, « l'intuition merveilleuse » qui lui fait partager « le désir du poète » et lui permet d'en développer le sens en traduisant dans le non-langage musical le pauvre langage verbal. Mais cette identité des langages implique une coïncidence spirituelle et amoureuse, et Spirite devient la Béatrix « révélée seulement au delà du tombeau », parce qu'elle est « le but et le récompense, couronne d'étoile et coupe d'amour », celle qui inspire le poète et le poème, l'idéal de l'âme et celui du désir, et qui promet « au génie le bonheur et l'amour ». Dans la mort se réalise alors la disposition mythique de l'inspiré, le couple idéal du poète et de sa Muse, unis en une seule pensée et un seul amour.

Et Malivert est *compris*, mieux que par lui-même, intégralement, surhumainement, parce que son génie est repris par un autre, intégré à lui, fondu en lui et celui-ci est un esprit céleste, entièrement libéré des servitudes matérielles et formelles qui enferment l'âme. De même qu'elle comprenait mieux le musicien que lui-même et en donnait une interprétation supérieure à l'œuvre, de même le *commentaire* musical du poème ne le répète pas, ne l'éclaire pas : il élargit l'inspiration, élève plus haut et plus loin les aspirations du poète en ajoutant ses propres promesses de *génie* et d'*amour* « dans les loisirs de l'éternité et les splendeur de l'infini ».

Les âmes de Spirite et de Malivert, intérieures l'une à l'autre, fondues l'une dans l'autre, semblent constituer une nouvelle unité dans l'acte esthétique qui annonce leur unité définitive. Et comme Spirite élargissait le génie du musicien en le jouant, l'esprit céleste féconde le génie du poète en se joignant au sien, et le lendemain, il est un autre poète, un égal des plus grands poètes, son inspiration se ranime et il a « un monde de sentiments nouveaux » à dire et pour les dire il s'affranchit de la langue (il lui demande plus qu'elle ne peut donner), il affranchit *la littérature* de ses formes et de ses moules et sa phrase en fusion, jaillissante et débordante, semble de la pure lumière, des aigrettes de feu, des rayons d'étoiles, le moment d'une Pentecôte poétique où parle l'Esprit sacré, où l'homme parle en langues inconnues, où la langue devient le Verbe.

Ici le poète travaille, mais il travaille dans cette disposition extatique dont le rêve a offert le modèle : plus de vie terrestre, l'âme libérée de la matière et des formes et langages, et aussi plus de moi ; le poète est dépossédé de lui-même, on l'a vu habité, par une autre présence, privé de son moi dans la dictée médiumnique, ici dans cette dimension pleinement extatique, le moi sacrifie son *moi* et se dédouble, il partage son inspiration et son invention avec Spirite : elle le contemple, extérieure à son travail et intérieure à sa création, elle sait ce qu'il trouve et le répète, mais la connaissance que chaque esprit a de l'autre, leur intelligence intime et intérieure est telle qu'elle sait ce qu'il va inventer, ce qu'il est en train de faire sortir de l'inconnu, elle partage et devance même sa découverte : « par une mystérieuse sympathie elle sentait la pensée de son amant, la suivait dans son essor et même la dépassait[1] ». Elle complète avant Malivert la stance inachevée dont il cherche encore le texte. L'identification des esprits fondée sur la disparition de leur personne, réunit leur puissance créatrice, ils partagent ce qu'ils vont faire avant de le faire ou en commençant à le faire.

Faut-il le préciser : dans ces textes, on ne perd jamais de vue les fluides. Pour le poète ou le *voyant* moderne, la Muse est une « prévoyante », et la Muse et le poète sont une seule et même personne, l'inspiratrice et l'inspiré sont presque indifférenciés dans la même impulsion qui est quasi simultanée dans les deux. Telle est l'extase romantique, un mode de communication antérieure à tout langage, à toute formulation, où la signification est partagée avant tout libellé ; dans cette entente intégrale de deux esprits purs, dans ce partage de la force créatrice, où la Muse contient le poète et où elle en est aussi contenue, le sens circule en quelque sorte avant sa naissance dans l'expression. L'esprit découvre avec un peu d'avance ce que le poète va lui faire dire, elle lui révèle ce qu'il attend, il se conforme déjà à l'injonction qu'il va recevoir d'elle, le poème semble un discours à deux voix parlant ensemble.

---

1   De même, « dans une consonance de sympathie il entendait intérieurement mais comme un entretien véritable, la voix de Lavinia... ».

LE FANTASTIQUE ET LE RÉEL

LE RÉEL FANTASTIQUE

« On se sent transporté dans un monde inouï, impossible et cependant réel[1] », a dit Gautier à propos de Goya et d'Hoffmann. Mot célèbre qui définit son fantastique. L'expérience bouleversante qui met en question la réalité se produit dans la réalité ; « le conte fantastique ne nous installe dans la réalité quotidienne que pour mieux nous entraîner dans le mystère[2] ». Sainte-Beuve dès 1830 avait dit d'Hoffmann qu'il se situait « aux limites des choses visibles et sur la lisière de l'univers réel » et que son secret était « une mesure discrète de merveilleux et de réel[3] ». Le *Larousse du XIX*[e] siècle dit plus nettement encore : « Dans l'écrivain fantastique il y a généralement un réaliste violent » ; on a pu dire que Gautier pratiquait « un réalisme fantastique[4] » : retournons la formule, il pratique aussi un fantastique réaliste. Le surnaturalisme se dégage d'un « naturalisme », il prolonge la perception, il enveloppe le réel ou aussi bien le développe. Mais s'agit-il seulement comme le veut Finné[5] d'un « frein », d'un mouvement d'opposition ou de correction, d'une condition de crédibilité qui imposerait au prodige d'être contredit par le quotidien terre à terre ? Pour Gautier, écrire/décrire c'est en quelque sorte « revenir à un vieux rêve oublié[6] » ; le réel ne contredit pas seulement le fantastique, il le soutient, il l'appelle, il est déjà du fantastique. Il ne suffit pas que l'étrange devienne réel, il faut que le réel devienne de l'étrange, soit déjà de l'étrange. Il s'agit dans les récits de Gautier

1   *Voyage en Espagne*, Paris, Garnier-Flammarion, 1981, p. 169.
2   Louis Vax, *La Séduction de l'étrange, op. cit.*, p. 130.
3   *Le Globe*, 7 déc. 1830 (et *Premiers lundis*, Pléiade, t. I, p. 382). De même sur Hoffmann, J.-J. Ampère, « le merveilleux naturel », dans *Le Globe*, 2 août 1828.
4   Formule de M. Voisin, *op. cit.* p. 310. Voir du même auteur l'article, « L'insolite quotidien dans l'œuvre en prose de Théophile Gautier », *CAIEF*, 1980, qui cite ce mot de René Jasinski : Gautier est « un de ceux pour qui le monde extérieur épanouit le rêve ». Voir également Michael Riffaterre, « Rêve et réalité dans *l'Italia* de Théophile Gautier », *Esprit créateur*, vol. III, n° 1, 1963, sur la vision surréaliste, qui est « la perception de l'extraordinaire dans l'ordinaire ».
5   *Cf. La Littérature fantastique. Essai sur l'organisation surnaturelle, op. cit.* p. 141 *sq.*
6   Formule de J.-L. Leduc-Adine, dans *L'Art et l'artiste, Bulletin*, 1982, t. I, p. 30.

d'un réel préparé, « perméable au mystère, déjà chancelant », plein virtuellement de « sortilèges », riche en « effets de mystère[1] ».
Complice déjà du surréel, poreux à sa manifestation. Encore ne l'est-il
qu'au prix d'une hiérarchie qui des zones mortes du réel le conduit
jusqu'à sa propre transsubstantiation où il est aux confins du fantastique, limitrophe du miracle, qui lui-même est une réalité hypostasiée
et hyperbolique. On entre dans le fantastique en passant par le réel.

La phrase de *Spirite* pourrait être écrite par un surréaliste : « Désormais
le battant de tout buffet, de toute armoire, pouvait ouvrir une porte sur
l'infini. » Le fantastique commence quand la réalité s'ouvre, devient une
porte, une voie vers, un vecteur. Devant son miroir envahi par l'au-delà,
Guy trouve « le surnaturel naturel » : il l'est d'autant plus pour Gautier
que l'aventure fantastique ne se distingue jamais de l'aventure esthétique
et de l'aventure érotique. La révélation est celle de la Beauté : mais le
réel y conduit s'il s'ouvre à une pénétration progressive de l'imagination
et de la forme, à une montée par étapes et transitions vers la fête poétique de tous les sens et de tous les désirs ou délires ; l'étrange, qui est
avant tout la Beauté féminine, est peut-être la perfection rêvée du réel,
l'apothéose spirituelle du corps.

Il y a donc chez Gautier un modèle stable de fantastique, qu'il a
lui-même défini comme « le merveilleux qui a toujours un pied dans
le monde réel », un fantastique qui est *vrai*, qui a de la *réalité*, qui
repose sur l'observation, la connaissance du monde, sur une méthode
réfléchie de composition, « une apparence de raison, [...] un plan, des
caractères et une conduite », qui montre « ce qui est » et « ce qui n'est
pas », le monde extérieur et le monde intérieur : toutes formules qu'il a
appliquées à Hoffmann[2] et qui sont topiques pour lui-même. L'écrivain

---

1   Jean Gaudon, éd. Folio, p. 12 et p. 41 : « Gautier donne par la description une épaisseur de
     réalité et une qualité d'angoisse [...] deux qualités qu'il trouve dans l'œuvre d'Hoffmann. »
2   Voir t. I, p. 459, 462-465 : il y a dans Hoffmann, « ce qui est et ce qui n'est pas [...]
     la vie extérieure réelle, reproduite jusque dans les détails les plus familiers, à touches
     larges et franches comme celles des vieux maîtres [...] plus l'histoire s'éloigne du cours
     ordinaire des choses, plus les objets sont minutieusement détaillés, l'accumulation des
     petites circonstances vraisemblables sert à masquer l'impossibilité du fond » ; c'est donc
     « le positif et le plausible du fantastique [...] ses contes sont plus réels et plus vrais que
     beaucoup de romans conçus et exécutés avec la plus froide sagesse [...]. Sa manière de
     procéder est très logique [...]. Je ne crois pas qu'on ait jamais bien écrit quand on a perdu
     le sens et la raison. » Voir sur ces textes, P.-G. Castex, *Le Conte fantastique en France, op. cit.*,
     p. 81-92.

allemand, qu'il a jugé plus « fantasque » que « fantastique », est pour lui « le positif et le plausible du fantastique ». Cette union de la rigueur et de la liberté folle de l'image, il y est resté fidèle malgré les aléas de la gloire et de l'influence d'Hoffmann : son éloge de Nerval n'est pas différent de celui d'Hoffmann. En 1851, il renouvelle dans les mêmes termes ses éloges de 1836[1]. En 1856, il emploie encore, dans une lettre à Hetzel concernant l'édition d'*Avatar* et de *Jettatura*, sa formule fonda-mentale, « l'emploi du fantastique dans la vie réelle », et il la complète par cette autre idée, un projet de titre commun à ces récits suivis de deux autres réunis en un gros volume, « le fantastique en habit noir », où il indique en effet le milieu social de ses derniers grands récits, qui sont tous des histoires du grand monde, des romans *dandy*, où la *fashion* de l'Europe entière est aux prises avec d'incroyables événements[2]. Il se rallie alors sans doute à ce qu'il avait reproché à Balzac : s'inspirer de la vie moderne, sinon même de la vie à la mode, choisir le grand monde actuel, devenu dans *Avatar* une aristocratie hyperbolique. Les derniers vrais nobles s'élèveraient d'eux-mêmes jusqu'à une dimension mythique et fantastique.

Il y a donc en Gautier un écrivain *vériste* qui se méfie de l'imagination et de son arbitraire ; qui très tôt a voulu emprunter sa « couleur locale » à l'observation et à l'information précises ; qui en 1840 écrivait à propos des lectures faites pour ses romans « chinois » : « Vous savez que l'on peut compter sur moi et que je ne suis pas un blagueur littéraire[3]. » Son fantastique est bien situé ici, maintenant, parmi nous : dès *La Cafetière*, récit de « l'année dernière » qui commence par un voyage pluvieux et boueux vers la Normandie, qui ressemble à une quête dans un monde vide et négatif, et qui change soudain de ton avec l'entrée frissonnante dans le « monde nouveau » de la chambre très ancienne, où tout repose

---

1   *Histoire de l'Art dramatique*, t. VI, p. 230 *sq*. Sur les relations Gautier-Hoffmann, voir Elizabeth Teichmann, *La Fortune d'Hoffmann* [...], p. 79, 93 *sq*., Rosemary Lloyd, *Baudelaire et Hoffmann, affinités et influences*, Cambridge University Press, 1979, p. 26 *sq*. Pour les débuts de Gautier mêlés à ceux de Nerval, voir Jean Richer, « Restitution à Théophile Gautier de deux contes attribués à Nerval », dans *Revue de littérature comparée*, 1961, Peter Whyte, « Deux emprunts de Théophile Gautier à Washington Irving », *Revue de littérature comparée*, 1964 et Marie-Claire Amblard, « Les contes fantastiques de Gautier et Nerval », *Revue de littérature comparée*, avril-juin 1972.

2   *C.G.*, t. VI, p. 245.

3   *Ibid.*, t. I, p. 178.

intact et neuf, même le tabac « encore frais » ; dès *Omphale* qui se passe entre la rue des Tournelles et le boulevard Saint-Antoine : quartier où Gautier a passé son enfance, quartier aristocratique dégradé où l'ancienne *folie* ruinée d'un oncle contient encore une tapisserie galante qui seule survit ; l'opiomane ne quitte pas son quartier, et le « hachichin » renouvelle des rites très étranges et très anciens dans le Paris le plus tranquille et le plus bourgeois. *Arria Marcella* se termine « dernièrement », au présent[1] dans le temps du lecteur, proche de lui, par un effet de réel qui fait penser à la fin de *Madame Bovary*.

La résurrection archéologique de Pompéi a demandé autant de savoir et de précision que celle de Carthage par Flaubert : Gautier a rendu le passé aussi irréfutable que le présent ; la promenade nocturne et la reconstitution historique ont été préparées par le voyage puis grâce au réalisme précis des guides ; l'impossible est du réel qui a été, qui est capable d'être reconstitué. Certes Gautier dans *Deux acteurs* se fie aux descriptions viennoises de Nerval : il lui faut un décor vrai, exact où situer deux amants germaniques qui sont peut-être de convention mais non de fantaisie.

Le fantastique se prépare dans le réel, il en fait partie, il ne faut pas ruser avec le site temporel et spatial ; non seulement le prodige laisse des traces objectives et palpables, et exige la présence des objets-passeurs, familiers et banals qui font la preuve que l'impossible a eu lieu, mais encore pour l'établir Gautier fait appel à l'indication unique et vérifiable, au réel du témoignage ; à Pompéi les trois amis traversent « *le* champ planté de cotonniers [...] qui sépare le chemin de fer de l'emplacement de la ville déterrée », dans *Avatar* le duel a lieu au bois de Boulogne en un point que l'on a l'impression de pouvoir retrouver, « à cette place libre d'arbres où le sable tassé présente une arène... ». Et Olaf a consulté un Passy un docteur B... aisément reconnaissable. *Spirite*, roman de l'au-delà et de l'Orient clair et resplendissant, est d'abord un roman *parisien*, dans tous les sens du mot, un roman de la mode et de la chronique de Paris, à la topographie toujours précise et à la temporalité *contemporaine* : Lavinia écoute la Patti dans l'hiver 1862-1863, le bal a lieu dans le même hiver, elle passe au couvent un autre hiver (celui de 1863-1864 ?), le départ des amants pour la

---

1 La visite de Pompéi, elle-même au présent, renvoie à l'expérience actuelle du voyageur.

Grèce a lieu à la fin d'un mois de février : le lecteur (pointilleux) qui tient compte du flou des repères peut le situer en 1864 ou en 1865 selon qu'il admet un ou deux ans depuis la scène des Italiens ; de toute façon l'apparition miraculeuse se rapproche du temps de l'écriture. « Les mystères profonds de l'univers invisible » se dévoilent tout près de nous.

Et pourtant la représentation, nous l'avons vu, n'est pas le point fort de Gautier ; le réel, il le hait, il veut « le tuer », c'est une prison et un désert, comme la cure de Romuald. Il a détesté la fonction de « larbin descriptif[1] » à laquelle il se sentait réduit par ses récits de voyages, « mises en style de choses mortes » ; la beauté jette hors du réel, qui est un cauchemar pour l'âme. Le fantastique commence à la critique du réel. Quand la société, c'est Madame d'Ymbercourt, et son thé, et ses séductions qui symbolisent l'effort du réel « pour reconquérir sa proie sur l'idéal », c'est le monde dérisoire de la finitude, « le cercle des choses visibles », « la sphère où s'enferme habituellement la vie commune » ; le baron de Féroë le dit nettement, la réalité, est le « cercle » rassurant, tracé par la nature, balisé par le sensible et le confort, habité par ceux qui ont abdiqué toute révolte et toute exigence de l'esprit. Inversement il est proposé à Malivert de « faire ses premiers pas en dehors du monde réel », de « franchir vivant les barrières de la vie », de courir le risque, en quittant cette cage heureuse et vide, de graviter « autour d'un centre inconnu ».

Le réel n'est que « le voile » ou l'ombre de l'invisible qui est seul réel ou surréel. Le fantastique est bien un discours sur le peu de réalité et sur la vraie réalité. Elle est comme Spirite dans le miroir « très près » et « très loin ». Le fantastique va établir cette vérité en montrant comment la réalité se dégage d'elle-même pour devenir la Réalité, la forme de l'Absolu, la Présence dans le monde de l'Absence. Il faut et il suffit que le réel prouve qu'il est capable de donner autre chose que lui-même : un ordre hiérarchique va donc dominer l'univers fantastique.

Dans *La Comédie de la mort*, Gautier avait mis en parallèle les morts qui vivent, et les vivants qui sont déjà morts. Il y a une vie indestructible capable de revivre, et une vie inexistante, une mort dans la vie, pour les internés du réel, les êtres déjà et irrémédiablement *finis*. Un niveau inerte et nul de l'existence des choses et des hommes. Le fantastique offre

---

1 Dans Émile Bergerat, *Théophile Gautier, Entretiens, souvenirs et correspondance*, *op. cit.*, p. XXVI.

ce paradoxe à l'état de fable : il réunit la vie morte et la mort vivante. C'est le grotesque premier, immédiat, ce monde vide et usé, dégradé à jamais, risible objet d'une satire plus ou moins agressive. C'est le village où Romuald a sa vie diurne de prêtre, il a toute l'aridité du monde qui n'est que ce qu'il est, vrai repoussoir des richesses et des voluptés du rêve ; c'est le ramassis d'objets dégradés, ce réel informe que sont le jardin et le pavillon d'*Omphale*, nous l'avons vu, il y a ruine et ruine chez Gautier, ici il s'agit d'une non-réalité, qui n'est pas détruite, mais gâtée et pourrie, ruine précoce, lépreuse, horrible, non pas victime du temps mais d'elle-même, détruite par sa propre carence, sa fragilité ou son absence de *forme*, de style ou de façonnement idéal[1]. Mort déjà l'objet qui n'a jamais eu la dureté et n'aura jamais la durée de l'objet d'art. Morts les objets du bric-à-brac, ils durent, mais privés de sens comme des vestiges épars survivant à quelque chose qui n'est plus ; le pied de la princesse échappe à cette usure des choses, au dépérissement de la matière, parce qu'il émane du corps momifié d'une femme, qu'il est beau et stylisé comme une sculpture ; « un pied de chair », de chair morte mais vivante est une œuvre d'art.

Toute beauté n'est pas belle. Madame d'Ymbercourt a une beauté de formes et de chair absolument parfaite : elle répond à tous les canons de la beauté physique ; comme elle répond à tous les critères mondains et sociaux de perfection ; mais elle n'a pas d'âme. Dénuée de goût et de vraie élégance, incapable de composer par elle-même sa propre toilette, c'est « une fausse belle femme », et Féroë compare audacieusement mais véridiquement la vie avec une de ses semblables à « une valse macabre ». « Copie d'une statue classique », proche peut-être des imitations en cire, car elle fait penser à un « masque de cire moulé sur une Vénus de Canova », Madame d'Ymbercourt est une *idole*, une fausse déesse, pas une statue, une reproduction sans expression, sans grâce, sans charme personnel ; c'est la beauté à qui il manque la vie ou la sensibilité, l'alternance expressive du plaisir et de la douleur.

---

1   Sur cet épuisement de la réalité, voir l'article de Ross Chambers, « Gautier et le complexe de Pygmalion », *Revue d'histoire littéraire de la France*, n° 4, 1972. Clarimonde et Arria Marcella sont victimes de ce retour à l'indistinction répulsive à la fin de leur aventure terrestre, elles redeviennent poussière, ou pire justement, des « restes informes », un quelque chose « affreusement informe » ; là se trouve pour Gautier la vraie mort physique ; la perte de la « forme » semble déterminer la putréfaction de la chair.

C'est la femme du monde, sans doute inspirée de la Fœdora qui dans la *Peau de Chagrin* incarne la société. C'est à juste titre que le baron de Féroë évoque *L'Homme au sable* et l'automate féminin à propos des beautés mondaines qui étalent au salon leurs charmes, ou davantage leurs toilettes, leurs coiffures et leurs bijoux : la comédie mondaine et sociale qui dans *Spirite* décrit sous une forme quintessenciée un *monde-cimetière*[1], un univers de pure matérialité en attente de l'*esprit*, évoque des simulacres vivants, de superbes mannequins, qui se jouent la comédie de leurs sentiments et de leurs intrigues (ils la jouent si publiquement que le théâtre devient le lieu le plus significatif de la vie sociale), des personnages qui sont des gravures de mode, des ameublements qui ne sont que riches et chers.

La femme incomplète va donc se confondre avec les « ombres » parisiennes, ces « vivants qui ne se doutent pas qu'ils sont morts car la vie intérieure leur manque », et que Gautier oppose justement, à la fin de la scène du Père-Lachaise, à la morte éternellement vivante parce qu'elle est amour et spiritualité. Ce sont les sempiternels Philistins du récit fantastique, les magots bourgeois d'Hoffmann, qui ne seraient pas déplacés dans un récit réaliste, et que l'on retrouve chez Gautier dès qu'il y a *société*, fût-ce sur un paquebot, les hommes-clichés[2], toute une humanité *finie*, parce qu'elle est définie et classée. Les Jeune-France sont eux-mêmes *classés*, la modernité est une machine à classer, même les fous : Onuphrius devient-il original parce qu'il dérègle les statistiques ?

Cette humanité strictement déterminée renvoie discrètement au fantastique de l'homme mécanisé, ou de l'humanité vouée au mal et dégradée par une chute qui la met au-dessous d'elle-même en la privant de liberté et de spiritualité. Dans nos récits, ce sont les touristes, répartis comme des genres dans une espèce ; ils sont, surtout s'ils sont Anglais, l'espèce moderne, qui dégrade ce que Gautier adore, le voyage, ou la relation avec l'étrangeté » ; comme ils représentent le niveau le plus inerte d'une humanité réduite à la finitude d'une auto-contemplation béate, ils vont passer leur vie à visiter le monde sans y rien comprendre et proposer au lecteur ce qui est le contraire du fantastique, le prosaïsme

---

1   *Cf.* sur ce point Ross Chambers, « *Spirite* » *de Théophile Gautier, une lecture, op. cit.*, p. 23 *sq.*

2   Au reste, ils étaient déjà amplement présents dans *Onuphrius*, en particulier dans la scène du bal où le héros vidé de ses idées est enfin égal aux autres et de plain-pied avec « la réalité ».

obtus et futile de la modernité. Parfois ému par le charme de la vieille
Angleterre, parfois amusé par les rituels du rouge commodore, que
sauve son amour pour sa nièce, et qui entre dans le fantastique pour la
défendre, parfois féroce pour les caricatures britanniques qui visitent
avec morgue et sottise Naples ou Pompéi, Gautier *commence* la quête
fantastique dans un monde grotesque, qui en est le contrepoint et le
contrepied.

D'abord donc le niveau du *réel*, des hommes qui ne sont épris que
de réalités, comme les deux compagnons vulgaires d'Octavien, positifs
et pédants ; mais il arrive que la réalité, avec le commodore, qui ressemble à un Peau-Rouge « tatoué avec de la craie », ou « à une grosse
praline entourée de coton », ou avec les danseuses modernes de Naples,
« nymphes culottées [...] d'un affreux caleçon vert monstre qui les faisait
ressembler à des grenouilles piquées de la tarentule », s'aventure vers
des assemblages d'une laideur remarquable ; les danseuses soumises à
une pudeur drastique donnent au grotesque une nuance agressive (et
moderne, car elle avilit le corps en le cachant) ou amusante. C'est un
autre niveau du *grotesque*, esthétique celui-là, déjà esthétique, car c'est
une erreur de l'art, une déformation stylisée et même idéale des contours
ordinaires du réel dans ce qui n'est qu'une caricature de ballet. S'il y a
une laideur *belle*, la laideur surtout dans la modernité, est l'échec de l'art.

Mais quand le réel atteint le niveau de la caricature, il nous achemine vers le fantastique : on est dans l'irréel, l'impossible même, mais
ils ont expressivité intense et grimaçante qui est la marque d'une idée,
d'une signification[1] ?

D'une intention en quelque sorte créatrice : l'art commence quand
l'intervention du sujet est présente dans l'objet. Hoffmann, on ne
l'oubliera pas, est régulièrement uni à Goya et à Callot[2] : Hoffmann dont

---

1   *Cf.* l'article d'A-M. Lefebvre, « Les grimaces du feuilletoniste [...] », *Bulletin*, 2001, il
    faut à la laideur une correction par la fantaisie, c'est-à-dire l'imagination créatrice et
    non imitatrice, c'est le microcosme de la « chambre noire » du poète qui est réceptive et
    inventive, elle mêle à la laideur « quelque chose de chimérique et d'inventé », une exa-
    gération puissante et terrible dans le grotesque ; *cf.* le texte célèbre de Gautier sur Callot
    et Goya : « on se sent transporté dans un monde inouï, impossible et cependant réel »,
    la laideur puissante ou pittoresque est une création ». On peut tenter un rapprochement
    avec le comique baudelairien : il est *relatif*, s'il est imité, *absolu*, s'il dépasse la nature en
    jouant avec elle.
2   *Cf.* Rosemary Lloyd, *op. cit.*, p. 171, l'article de 1836 sur Hoffmann, P.-G. Castex, *op. cit.*,
    p. 50 ; et chez Baudelaire, *O.C.*, t. II, Pléiade, p. 108 et p. 119 sur Gautier, et p. 570, sur

les premiers critiques ont d'abord souligné le grotesque (initialement le mot renvoie au fantastique). La laideur peut n'être que platitude, mais si elle accompagne une dénonciation satirique, si elle va vers ce que Baudelaire appelle le comique absolu, qui est un jeu hardi et créateur avec la nature et ses formes, elle devient une truculente grimace qui affirme un idéal inversé, une composition ironique, une parodie du beau éclatante et démesurée ; elle n'est plus seulement la laideur plate, elle signifie. Comme il y a pour l'auteur des *Grotesques* un « détestable exquis[1] », un mauvais goût parfait, une difformité du langage si radicale que le défaut devient qualité, il y a un bizarre des formes et des êtres, une convulsion des contours, une déformation du réel où se manifestent la présence de l'imagination et un acte créateur. En parvenant à une sorte de perfection ironique, le réel se parodie lui-même.

Spontanément la réalité se donne comme une métaphore orientée vers le bas, le ridicule, le prosaïque. Le Vésuve fumera donc sa pipe, ou Karr fumera comme un tuyau de poêle ou un bateau à vapeur, un verre de vin rouge deviendra « une école de natation d'insectes » ; le grotesque des formes rejoint celui du style, le *concetto* précieux dont Gautier est tellement épris ; les choses vulgaires sont alors évoquées par les figures d'une rhétorique très raffinée.

Le réel en quelque sorte prend forme et sens, il a une *figure*, ou un visage, ce qui le décrit et lui donne une tournure plastique est aussi une modalité évaluative ou une qualification figurative, il devient trait d'esprit ou calembour ou cliché ou *caprice*, ou grimace. Pour l'opiomane les choses se mettent à bouger, à changer de forme et de couleur, et de la même manière les raisonnements connaissent une conversion vers l'absurde : tout se libère de l'ordre et du sérieux. D'emblée le Club des Hachichins siège dans un milieu bizarre, un monde à rebours (le repas suit un ordre inverti), un décor incohérent et *original* ; puis vient l'explosion des « caprices[2] » (mot clé de l'esthétique qui unit fantaisie

---

les grimaces diaboliques de Goya : « [...] en un mot la ligne de suture, le point de jonction entre le réel et le fantastique est impossible à saisir. »

1   Voir *Les Grotesques*, éd. de 1859, p. 143 ; voir p. 223 à propos de Colletet, un Apollon si totalement conventionnel qu'on y retrouve la tapisserie d'Omphale et en particulier l'Hercule.

2   Le « caprice » traduit la suprématie de l'imagination et de la forme sur la réalité ; les séquences anglaises dans *Jettatura* sont sans doute des « caprices », dans la mesure où le jeu déplace la réalité ordinaire vers la caricature et le cliché : les pianos ont des touches

et grotesque), la fureur hallucinatoire des formes et des silhouettes qui envahissent le réel, des êtres chimériques qui accumulent, condensent, totalisent le grotesque sous le signe des maîtres, Hoffmann, Callot, Rabelais et Goya. Le fantastique alors n'est que l'infini de la caricature, qui joue d'elle-même sans s'épuiser. Des fantômes d'Achim von Arnim, Gautier devait dire qu'ils « font la grimace de la vie en comédiens consommés[1] ».

Mais le grotesque est peut-être alors la phase ludique et délirante de la métamorphose, qui devient une joyeuse et inquiétante grimace de tout, un cauchemar démultiplié (les cauchemars de Paul sont du Goya, un jeu de formes pures totalisant tout ce qui peut griffer et piquer) : alors règnent la dissonance, l'hétéroclite, l'hybride, le composé *chimérique* au sens originel du mot, le mélange des espèces dans un seul être, le métissage impossible de tout avec tout qui hante aussi l'imagination du hachichin. Alors le grotesque peut fixer le démoniaque et l'apparenter à l'anticréation illusoire et parodique de Satan. Cherbonneau le maître des métamorphoses est lui-même une création du caprice, un cauchemar vivant, une invention « falote » et inviable[2], mais aussi un esprit tout-puissant.

Le grotesque est le contraire de l'harmonie, qui est la Beauté. Paul est un être disparate et désaccordé, il n'a pas cette « mystérieuse harmonie » de l'humain : méphistophélique et dandy, jeune et vieux, blond et brun, il ressemble au Satan du peintre qui était terrible parce que fait de « beautés disparates » ; tous ses traits sont parfaits, et ils ne s'accordent pas[3]. C'est la marque manifeste d'un déchirement intérieur, d'une dépossession par des forces non dominées. De même les persécutions sataniques d'Onuphrius relèvent de la cacophonie (les cloches), du saugrenu (le portrait de Jacintha gâté par un démon dadaïste), de la grimace (les clochers, la lune enfarinée et ressemblant à Deburau « avec une expression indéfinissable de malice et de bonhomie »), de mauvaises blagues qui pervertissent le temps et l'espace, d'un

---

comme des dents de douairière, les peintures sont des enluminures, les meubles ont une discrète animation, Alicia chante faux, Paul l'accompagne à contretemps, l'oncle dort…

1 *Cf.* Préface à l'édition des *Contes* de 1856, t. 1, p. 469.

2 Sur Gautier et la « laideur », voir Robert Snell, *op. cit.*, p. 34 et 80 ; Stéphane Guégan, *Théophile Gautier*, p. 287 *sq.*, p. 416 *sq.*, et l'étude des relations de Gautier avec Courbet et Manet.

3 Seule la joie intérieure donne à son visage une harmonie.

grimacement généralisé des choses qui s'animent mais agressivement, dérisoirement. Comme la vieille portière qui accueille d'une grimace le hachichin sur le seuil de son paradis *artificiel* et grotesque. Le réel, lui-même manichéen si l'on veut, orchestre l'opposition violente du laid et du beau, du vrai réel et du faux réel, des forces qui unissent et des forces qui opposent.

Naples qui dans l'imaginaire romantique est toujours le chaos des forces primitives qui travaillent la nature et l'homme, un monde incertain où règne tous les excès, est aussi le paradis du grotesque, autre excès : il y a le terrible Falsacappa dont tous les traits subissent une déformation gigantesque et incongrue, il y a le pullulement des talismans pointus et acérés comme des armes, le dandy Altavilla, « Apollon à breloques », chef-d'œuvre d'outrance dans l'élégance, il est trop beau, trop viril, trop riche, trop bien habillé, trop couvert de bijoux, le « corricolo » spectral, les portefaix aux gestes démesurés pour rien[1]. La boutique de l'antiquaire du *Pied de momie*, l'antiquaire lui-même, le héros content de son achat (« l'effet était charmant, bizarre et romantique »), et le pied enfin, qui sautille « comme une grenouille effarée » appartiennent à une réalité désaccordée, incongrue, d'une stupéfiante incohérence. Il y a bien sûr la même dissonance épouvantable dans le diable viennois, mélange de bourgeois et d'animal, dans son rire « impitoyable et convulsif », horrible cacophonie qui ressemble « au grincement d'une scie », sa puanteur sulfureuse qui fait du théâtre une succursale de l'enfer : il fait *rire* et *trembler*.

Quand la réalité livrée à une sorte de fantaisie aussi désinvolte qu'inquiétante, présente cet excès de formes et de forces, ce spectacle de confusion destructrice, est-elle encore réalité ? Elle est davantage, elle est parcourue par une sourde animation (que révèle la métamorphose sur le plan physique), un mouvement d'accentuation et de grossissement des traits, par une intentionnalité esthétique ou expressive qui la porte au-delà d'elle-même, vers une sorte de perfection négative. Elle devient le fantastique ; d'où sa loi absolue : « plus l'histoire s'éloigne du cours ordinaire des choses, plus les objets sont minutieusement détaillés ».

---

1 Grotesque aussi le groom anglais, grotesques ou burlesques peut-être les effets de parodie avec les allusions mythologiques appliquées aux réalités ordinaires ; Gautier est à la fois fidèle à une « préciosité » et à un « burlesque » de type *scarronien*. La cacophonie, le rythme infernal, les allures mécaniques des magots surannés dans *La Cafetière* sont du grotesque.

Plus ils sont réels, mieux ils entrent dans cette nouvelle dimension sensiblement monstrueuse et anarchique d'eux-mêmes. Hoffmann, dira Gautier en 1851, est « un maître flamand », mais chez lui le réel tranquille s'accentue soudain, devient actif, suractif, apothéosé ou infernalisé[1]. Le fantastique est une sorte d'état convulsif et violent des choses.

Le conte commence quand les choses prennent vie et visage, quand elles passent de l'inertie à l'animation : la peur du lecteur, et aussi l'inspiration de l'auteur, si l'on en croit Gautier rappelant à Carlotta ses impressions nocturnes quand il écrivait *Spirite*, viennent de cet écart qui se creuse dans le réel et qui s'étend. Les hallucinations du hachichin ne naissent pas autrement : il est toujours dans le même monde, mais il devient autre, mais il comporte « la différence de l'ébauche au tableau, tout était plus grand, plus riche, plus splendide ».

L'artiste au fond fait du fantastique parce qu'il a le don de voir autre chose dans les choses, une autre forme plus intime, un autre côté plus étrange, et aussi le pouvoir de faire bouger les contours et se dédoubler le réel. Dirions-nous que le fantastique est le double, la doublure, dans tous les sens du mot, de la réalité ? Le regard du fantastiqueur voit et dévoile une nouvelle création[2], il perçoit et suit les lignes de force

---

1 Cette troisième étude sur Hoffmann se trouve dans *Histoire de l'art dramatique*, t. VI, p. 230 ; Gautier y renouvelle son résumé de l'inquiétante étrangeté du réel hoffmannesque, on y trouve des détails qui sont du pur Gautier : « Tout va d'abord le plus naturellement du monde [...] dans un intérieur très réel où tous les objets sont rendus en détail », puis tout évolue, s'anime, grimace, « comme au premier soupir du vent dans le corridor, comme au premier craquement de la boiserie, on se sent inquiet et ému, [...] une corde de piano casse et vibre dans sa caisse fermée, une rose se détache de sa tige et s'effeuille, deux petites taches rouges montent aux joues d'une jeune fille et alors vous voila emporté dans le monde invisible à la merci du poète. »

2 L'artiste voit autrement, il voit autre chose que la réalité, il va du réel à une autre réalité, sur ce point on se reportera aux indications de Robert Snell, *op. cit.*, p. 226, qui cite ce beau texte de Gautier : pour l'artiste « les lignes tremblent comme des flammes ou se tordent comme des serpents ; les moindres détails prennent des formes singulières, le rouge s'empourpre, le bleu verdit, le jaune devient fauve, le noir se veloute comme les zébrures d'une peau de tigre, l'eau jette du fond de l'ombre de mystérieuses étincelles, et le ciel regarde à travers les feuillages avec des prunelles d'un azur étrange » ; à la limite, nous aurions dans ce texte une excellente définition de son « réel » fantastique. Voir aussi l'article déjà cité de Michael Riffaterre et bien sûr le livre capital de R. Benesch, *Le Regard de Théophile Gautier*, en particulier p. 29 *sq.*, p. 37 *sq.*, p. 57, sur le fantastique du regard, le dégagement du fantastique par le travail spontané de l'œil. Rappelons le beau texte de Gautier sur Hugo (*Histoire du romantisme*, Flammarion, p. 340) : « L'œil visionnaire du poète sait dégager le fantôme de l'objet et mêler le chimérique au réel dans une proportion qui est la poésie. »

secrètes du monde, ou il agit comme un prisme, une puissance trans-
formatrice, réalisatrice, métaphorique, qui intègre l'idéal du réel dans
le réel, le charge de sens et de vie, voit au-delà de l'apparence le caché,
le latent, le révolu toujours présent, toujours actif ; tout commence ici
quand l'irréel qui double le réel agit dans le réel et lui prête une vie
stupéfiante : hyperréelle. Alors le fantastique serait bien un moment de
la réalité, ou son état paroxystique[1].

Onuphrius, artiste fou de fantastique, sait « faire jaillir quelque chose
de fantastique et d'inattendu [...] par l'habitude qu'il avait de chercher
le côté surnaturel » ; ce sont les « yeux de son âme et de son corps » qui
sont responsables de ce dérangement des lignes, de cette complication
des choses, de cette déformation qu'il leur applique naturellement et
qui les rend « grotesques et terribles ». Cet angle de vision qui dérègle
spontanément l'ordre des choses à la fois durcit les lignes, convulse les
traits et fait jaillir l'effroi ; il voit le fantastique à côté de la réalité, derrière elle, à sa place enfin. Il fait apparaître ainsi le double fantastique
qui est derrière la réalité, comme il voit une main qui double la sienne
quand il joue aux dames. D'Albert aussi bien avait reconnu qu'il ne
percevait qu'en dernier « le côté simple et naturel des choses[2] », bien
après « l'excentrique et le bizarre », que son œil déformait la réalité
d'abord, alors « les figures prennent un air surnaturel et vous regardent
avec des yeux effrayants ».

Voir et écrire la vision, inscrire la subjectivité dans l'objectivité,
c'est faire apparaître dans le réel un autre réel, c'est le dédoubler, et ce
principe d'invention plastique et stylistique qui est le « don poétique »
ou « la faculté de découvrir le côté neuf et particulier des choses invisible pour tout autre », comporte un risque singulier[3]. À quelle réalité
se convertit l'œil visionnaire qui perçoit le dessous des êtres, la vie
confuse qui les anime, ou qui visualise le rêve et l'idéal ? Il se livre à
une création seconde, dont le fantastique est l'exemple idéal ; il s'ouvre
devant l'artiste, qui s'écarte du réel et s'engouffre dans cette ouverture.
Hugo, dessinateur et poète, trouve « derrière la réalité, le fantastique

---

1   En ce sens il est l'autre face du réel, la métamorphose requiert un mode d'écriture.
2   *Cf. Maupin*, Pl, t. I, p. 413.
3   *Cf. L'Artiste*, 20 décembre 1857, l'artiste « démêle tout de suite le côté étrange des choses,
    aperçoit la nature sous un angle d'incidence rare, en dégage la forme intime, cachée sous
    le phénomène vulgaire ».

comme l'ombre derrière le corps, il n'oublie jamais qu'en ce monde toute figure belle ou difforme est suivie d'un spectre noir comme d'un page ténébreux[1] ».

LA LOI DE L'ANALOGIE

Le mot va loin : car s'il implique que le fantastique perçoit l'envers de la réalité, son double négatif et inquiétant, l'ombre des choses, la noirceur occulte qu'elles portent en elles ou cachent derrière elles, il suppose aussi que l'ensemble, le résultat total, fait coexister une réalité négative et une réalité positive, l'une est marquée par un écart vers le bas, le laid, l'autre par un écart vers le haut, la beauté. Double possibilité, double complicité. Le fantastique contient chez Gautier une *esthétisation* du réel, qui accède à un état de composition, de symbolisation, soit un état de perfection ou de pureté. Le réel prêt pour le fantastique et disposé selon lui, connaît une descente vers la laideur, et une montée vers la poésie ou l'idéal ; dans la mesure où il est plus visiblement inspiré de l'Idée, il devient poème. Nous avons vu qu'il était aussi musique, il restitue l'harmonie et l'unité de ton.

Un exemple d'abord de ce mouvement qui magnifie l'objet selon une loi de composition qui serait la figure de l'hyperbole. Avec l'oxymore en particulier, l'hyperbole constitue une des faces réelles du fantastique de Gautier. C'est le *fantastique dandy* : on trouve beaucoup d'évocations précises d'ameublements, de décorations, de toilettes, de fêtes, d'attelages et de chevaux ; le luxe uni à l'art et à l'élégance est ressenti par le lecteur comme une montée du réel vers le merveilleux, il devient un milieu composé et choisi pour figurer une perfection globale, une situation « baudelairienne » d'ordre, de beauté, de luxe, de calme, de volupté[2].

---

1   Dans *Souvenirs de théâtre, d'art et de critique*, 1883, p. 248. Voir aussi *Victor Hugo*, éd. Françoise Court-Pérez, Paris, Champion, 2000, p. 211 et plus généralement, sur ses dessins, p. 202-216 : « l'œil visionnaire » du poète « voit les choses par leur angle bizarre, et la vie cachée sous les formes se révèle à lui dans son activité mystérieuse », il possède « ce regard qui dégage de l'aspect naturel l'aspect fantastique [...] les tableaux se succèdent, composés de réalité et de chimère, de ténèbres et de rayons, se mêlant à la vision intérieure et s'y teignant de reflets surnaturels [...] » ; en littérature et dans le dessin, son talent exact et chimérique « rend l'aspect visible des choses avec une précision que nul n'a égalée, mais il rend aussi l'aspect invisible au vulgaire ».

2   « La Muse de Gautier, a dit Baudelaire (*O.C.*, t. II, p. 121), habite volontiers des appartements somptueusement ornés où circule la vapeur d'un parfum choisi [...] Se débarrassant ainsi du tracas ordinaire des réalités présentes, elle poursuit plus librement son rêve de Beauté. »

« La beauté est un diamant qui doit être monté et enchâssé dans l'or »,
avait dit d'Albert. Et cette harmonie de la beauté et de la richesse permet au fantastiqueur de réfléchir sur l'élégance et les mœurs modernes
comme le fait aussi Balzac.

En mettant sur le même plan l'*or*, le *marbre*, la *pourpre* célébrés
dans *Fortunio* que Gautier définit comme « un hymne à la beauté, à la
richesse, au bonheur, les trois seules divinités que nous reconnaissions »,
en conférant au luxe une portée esthétique et une valeur spirituelle qui
le détache de la matière, en exaltant l'orgie antique, il a proposé une
sorte d'idéal romantique de la fête absolue, d'une réalité portée au plus
haut niveau d'intensité et d'abondance, d'un monde-plaisir, où tout ce
qui est idéal serait donné en même temps et totalement.

Ce serait le monde parfait, l'utopie de l'esthète et du fantastiqueur,
ce qui le rend particulièrement méprisant et satirique pour le faux luxe
de la fausse aristocratie et du grand monde devenu vulgaire, il fuit le
salon de Mme d'Ymbercourt, il préfère l'hôtel Pimodan ou le bal de
l'hôtel de C... dans *Spirite* : l'œuvre est un roman fantastique *et* parisien
et élégant. Où le luxe et le bon goût conduisent à la vie céleste. « Une
toilette de bal est tout un poème », nous dit l'ange ; il faut la composer
comme une chef-d'œuvre de l'art et une expression parfaite du tact de
la vie mondaine.

Et ce sont les époux Labinski justement qui illustrent en tout,
dans leur vie, leur décor, leurs vertus, le principe de l'hyperbole :
étrangers autant qu'étranges, ils sont l'aristocratie pure opposée à la
démocratie de la laideur vulgaire, une Europe orientale sans frontières
(ils évoquent la Hongrie, la Pologne, la Russie, le Caucase) qui est un
Orient européen et non méditerranéen, ils sont dans la réalité d'une
perfection absolue, et ils sont le fantastique réel, la figure terrestre de
l'androgyne mythique, et ils annoncent la perle unique de l'androgyne
céleste qui va advenir.

Que la comtesse Labinska paraisse aux Cascine, tout ce qui la caractérise est parfait, toute réalité est portée à son comble, l'épithète ne connaît
qu'un registre, le plus haut, le superlatif est général, voiture, chevaux,
domestiques, tout est d'une élégance et d'un luxe dignes des rois, et la
comtesse elle-même est « un chef-d'œuvre humain », dont la « beauté
incomparable » est décrite par une série de comparaisons hyperboliques :
drapée comme une statue de Phidias, *auréolée* d'un chapeau, ses cheveux

sont plus blonds que le blond, ce sont « des vagues de lumière », à côté d'eux les cheveux de Vénus sont ternes, épais, lourds, son front est « plus blanc et plus pur » que la neige vierge des sommets alpins, ses cils sont comme « les fils d'or » que les miniaturistes médiévaux font rayonner sur la tête des anges, ses prunelles bleu vert ressemblent aux lueurs des glaciers sous le soleil, sa bouche « divinement dessinée » présente les teintes pourprées des valves des conques de Vénus, ses joues sont timides comme des roses blanches, aucun pinceau humain ne peut rendre son teint qui renvoie à une immatérialité inconnue de l'homme, mais proche des rougeurs de l'aurore, du ton carné des camélias blancs, du marbre de Paros « entrevu à travers un voile de gaze rose ». Quant au visage, il a le coloris des chefs-d'œuvre de l'école vénitienne, la beauté des camées antiques.

Et sa villa est non moins parfaite, elle *harmonise* (c'est le mot clé qui caractérise le couple, il a un sens esthétique et éthique, il renvoie à la stabilité d'une union parfaite) le passé et le présent, l'esprit de la comtesse est remarquable, sa voix céleste et musicale. Alors s'ouvre dans *Avatar* la corne d'abondance d'une description immense, continue, impitoyable dans les détails et toujours recommencée, du décor, des toilettes, du luxe, des qualités du couple Labinski, héroïque et parfait. Quel écrivain du XIXe siècle a eu autant de foi dans la beauté des choses et la grandeur du luxe et dans les forces de l'homme et de la femme pour décrire si minutieusement ce ruissellement d'objets qui sont des œuvres d'art et idéaliser à ce point ses personnages, totalement soustraits à toute faiblesse, à toute dissonance, à tout soupçon d'ironie ?

C'est qu'il s'agit d'un récit fantastique où l'éloge est une hyperbole continue, elle fait de la réalité une surréalité, elle fait monter l'objet et le personnage vers le haut, le point sublime, la qualité extrême : ce qui compte c'est moins l'objet évoqué, que son comparant, l'objet relativement auquel il se définit comme égal ou supérieur. L'hyperbole représente l'objet en le saisissant dans une évaluation de sa perfection.

L'hôtel Labinski étale un luxe transcendant qui évoque les feuilletons de Gautier[1] : c'est un château ancestral, un palais, un musée, presque un temple ou une église ; Gautier préfère le luxe hérité de l'histoire, patiné par le temps, *unifié* lentement à travers les siècles : il est sans doute le meilleur révélateur de la beauté et le meilleur conducteur du

---

1   Luxe, art, élégance, ce sont des valeurs parisiennes, « Second Empire »… et fantastiques.

surnaturel. L'hôtel, qui est un chef-d'œuvre, est la demeure incroyable de la richesse et du bonheur, qui cette fois accepte d'être emprisonné dans cette demeure parfaite, dans ce jardin qui est comme une forêt, comme un résumé du monde, dans un mobilier d'un luxe poétique et fastueux et d'un goût parfait qui semble rassembler tout l'art décoratif de l'époque ; là réside un couple beau, millionnaire et bon, qui vit dans l'harmonie absolue des choses et des désirs. La merveille de l'avenue Gabriel est l'écrin qui convient au ménage heureux et passionné dont l'héroïsme romanesque ne se dément pas. Il a besoin de la somptuosité harmonieuse, de l'enchantement continu de cet Éden moderne où l'art conclut une nouvelle alliance avec la nature et le bonheur.

C'est un versant de l'hyperbole ; le plus profond est celui qui voit dans le jardin « un paradis terrestre », ouvert indifféremment aux fées et aux nobles, qui d'emblée définit le couple « pour qui le mariage n'était que la passion permise par Dieu et par les hommes » à partir de l'ange, ou d'une sacralité angélique dont le bonheur est inexprimable dans le langage humain ; le comte est une hyperbole vivante, il a toutes les qualités masculines et même celles d'un ange, ; et la comtesse est référée à l'ange bien sûr, à la déesse, à la nymphe, aux chefs-d'œuvre de la peinture, elle est encore et toujours représentée à partir des perfections naturelles, son bras est « d'un ton plus pur que celui de l'albâtre », sa pureté, sa pudeur renvoient toujours à la blancheur de la neige des plus hautes cimes, la blancheur de son cou fait paraître gris celui du cygne, ses cheveux ne peuvent être comparés qu'à ceux de Vénus, sa main est plus douce et plus fraiche qu'une fleur.

Mais le bal chez la duchesse de… auquel est conviée Lavinia nous fait pénétrer dans une sorte de château de Versailles miraculeusement conservé, c'est un moment parfait de vie antérieure, qui ferme la première dictée de Spirite ; mais le palais de Clarimonde, la vie vénitienne de Romuald en jeune seigneur, qui semble venir du récit de Cazotte, le bal d'Onuphrius capable de « rendre fou tout autre qu'un fou », ces passages montrent que pour Gautier le fantastique n'est pas lié au décor « gothique », mais, comme le bonheur pour d'Albert (ou pour Balzac), à la richesse, à l'élégance, à la sensualité raffinée et esthétique, à tout ce qui intensifie la vie et la porte plus loin.

Alors toute chose est tout ce qu'elle doit être, et même davantage et tout se tient dans cette réalité idéale : elle obéit à une autre loi secrète qui assemble les choses et les accorde selon des relations de type musical et accessibles à la seule intuition. Il ne faut jamais oublier que Baudelaire avait fraternellement reconnu en Gautier « une immense intelligence innée de la correspondance et du symbolisme universels, ce répertoire de toute métaphore[1] » ; c'est bien là le secret de la description chez Gautier et de l'orientation symbolique qu'elle emprunte dans le récit fantastique : ce qui forme le réel et assure sa montée vers l'idéal, sa convenance poétique avec l'événement surnaturel, c'est sa nature et sa fonction analogiques, l'unité de composition qu'il présente, sa puissance cachée de rayonnement et de signification ; la nature, dans la description esthétique de Gautier qui semble reprendre la tradition de l'*ekphrasis*, tend au surnaturel dans la mesure où elle est porteuse d'un sens et organisée autour d'un symbolisme secret.

Que signifie près de Clarimonde morte ce masque noir brisé ? Ou surtout cette rose blanche fanée qui n'a plus qu'un pétale qu'un « tourbillon de vent furieux » fait s'envoler quand commence la liaison surnaturelle des amants ? On retrouve ce détail dans le rêve funèbre d'Alicia, il est alors attribué à sa mère défunte : quelle relation s'établit entre la mort et la fleur ?

Un symbolisme profond fait de *Spirite* un roman du Nord et de la neige et unit l'aventure à l'hiver, à la « symphonie en blanc » que devient la nouvelle : la transposition d'art est en fait une transposition des choses en éléments esthétiques, c'est-à-dire harmonisés et signifiants[2].

Le voyant, l'initié qui conseille et accompagne Guy est savant dans les choses célestes, c'est un sage swedenborgien, étranger évidemment au monde parisien et venu du Nord, peu importe la patrie précise du baron de Féroë[3], cet « Apollon gelé », dont l'esprit est « empreint d'une

---

1 *O.C.*, t. II, p. 117.
2 *Cf.* Alain Montandon, « Reflets nordiques dans *Spirite* de Théophile Gautier », dans *L'Image du Nord chez Stendhal et les Romantiques*, textes réunis par Kajsa Andersson, t. I, Presses de l'Université d'Örebro, 2004 : l'œuvre est « un roman de la neige et de la sublimation humaine ». Du même auteur, voir « Les neiges éblouies de Théophile Gautier », *Bulletin*, 1983. Voir aussi « La neige, Fantaisie d'hiver », *Poésies complètes*, t. III, p. 165, où la neige est « un voile de chasteté » pour les statues ; voir enfin Françoise Court-Pérez, dans *L'Image du Nord chez Stendhal et les Romantiques*, sur la Russie et Gautier, et les remarquables pages de Barbara Sosien, *L'Homme romantique et l'espace : sous le signe d'Icare (Gautier et Nerval)*, *op. cit.* p. 141 *sq*.
3 Faut-il y retrouver le Ferouër, le double des récits orientaux, il serait alors le frère mystique de Guy ?

bizarrerie septembrionale » : la haute mystique vient du Nord, Mme de Staël l'avait prédit, et *Séraphîta* a confirmé ce lieu commun fondateur du Romantisme. Le monde du froid est celui de la luminosité immatérielle, de la pureté morale, du retrait de l'esprit sur lui-même, de la confiance dans la spéculation eschatologique, de l'essor de l'âme dans sa dimension propre, puisque le monde réel refuse tous les attraits de la vie naturelle à la sensualité ou à l'exubérance passionnelle. Alors ce mystique venu du froid, cet homme-symbole « porteur d'un masque d'indifférence glaciale », qui est « net, poli et coupant comme un rasoir anglais », dont les manières sont « d'une froideur à faire paraître tiède le vent du pôle », c'est un gentleman correct et distant, qui cache bien son jeu ou le feu intérieur de son enthousiasme ; et il est marqué par un « un chromatisme pâlissant », selon Barbara Sosien, un ensemble de teintes décolorées, il est d'un blond presque pâle, ses yeux sont d'un gris bleuâtre, d'un bleu d'acier, ses longs cils blancs voilent la flamme qu'ils pourraient exprimer, sa beauté « gréco-scandinave » ignore la feu du désir ; seul au début, seul à la fin, retranché de l'humanité et du monde ordinaire, exemplaire en ce sens pour Guy, il attend le départ vers l'autre vie, mais non l'âme sœur, il a le savoir de l'au-delà, on a dit qu'il était « le sphinx des glaces », mais il n'aime pas.

Ambassadeur du Nord et de l'au-delà, délégué près de Guy, il *correspond* en particulier avec la grande séquence nordique de la neige et de la course en traîneau, station capitale de l'itinéraire mystique et amoureux du héros : elle se trouve entre l'apparition de Spirite dans le miroir puis dans le rêve de Guy, et l'intervention directe de la dictée ; Spirite apparaît en plein jour, bien visible dans la réalité mais en traîneau dans un Paris gelé et neigeux, qui se rapproche de l'hiver russe, qui est *l'idéal* du froid, soit un état du monde déréalisé où il tend vers son fantôme, son spectre, ou son *idée*. Comme Spirite.

La neige est son décor, son correspondant, toujours évoqué, car elle renvoie à un monde atténué, inconsistant, dématérialisé, immaculé, rassemblant toutes les significations symboliques de la blancheur : elle est innocente et pure, virginale et spectrale. Faudrait-il dire que la neige est comme le luxe tout en étant son contraire : elle est l'absolu dans le dénuement, la perfection ou la festivité dans la négation.

Le Paris du froid joue encore et toujours sa comédie mondaine et amoureuse (Spirite agit en rivale), mais en patins et en traîneau, il tend vers le carnaval, le bal masqué, un exotisme joyeux qui le transforme : car la neige est comme une manne céleste, elle recrée le monde, le renouvelle en le dématérialisant ; comme la vitesse : patineurs et traîneaux sont emportés à toute allure, allégés de la pesanteur dans une sorte d'envol qui supprime l'espace. Les amants se poursuivent comme dans les joutes mythiques de l'antiquité. Les chevaux eux-mêmes perçoivent ce que leur course a de surnaturel : la réalité semble fuir, elle apparaît, disparaît en un instant.

Mais la neige, de la poussière de marbre, une matière nébuleuse, du verre pilé, presque une fumée, c'est le véritable prélude des visions célestes ; elle est terrestre et *anti-terre*, comme le dit Barbara Sosien, un enveloppement général et homogène, qui est une négation créatrice, révélatrice et positive du terrestre. Gautier en Russie a ressenti un « bizarre amour du froid », qui est voluptueux et joyeux, et compris que le blanc était non pas une absence de couleur, mais une vraie couleur riche en tonalités et en reflets. La neige dissimule les laideurs et les défauts du monde, absorbe les objets, instaure le silence et le vide : c'est une nappe d'une éclatante propreté et un linceul, elle restreint la vie et la dématérialise, elle purifie, stérilise, dépouille le monde de ce qui est accidentel ou défectueux, comme elle dépouille les arbres de leur verdure ; avec elle tout est changé, la matière est métamorphosée en antimatière, la ville disparaît sous un voile qui recouvre tout et qui la magnifie : mais la neige est implacable et si elle apporte une idéalisation de la réalité, elle signifie bien la mort, la mort du monde et la mort au monde : la scène du Bois de Boulogne est suivie par la visite au Père-Lachaise, la neige y forme un second linceul de la tombe de Spirite, et la nature elle-même et le soleil « fait pour les morts » et Paris semblent basculer dans le néant et Guy connaît un remords désespéré.

La neige parisienne est à coup sûr un seuil dans le roman, un premier envol hors du monde : *Spirite* est et demeure un roman de la blancheur. Le blanc devient la couleur la plus intensément significative, la neige exténue la présence des choses en les enfouissant et crée une sorte de désert virginal, dans ce monde vide, cristallisé, dévitalisé, *l'esprit* est plus profondément chez lui. C'est un moment de pureté, de rigueur, une splendeur glacée, une brillance stérile et inhumaine qui aurait quelque chose d'absolu. Gautier l'a dit en propres termes à propos du Mont Blanc : son éclat rend « noires toutes les comparaisons de la *Symphonie en blanc majeur.* C'est le blanc idéal, le blanc absolu, le blanc de lumière qui illumina le Christ sur le Thabor[1] ».

Le désert blanc, où la vie s'anéantit et se sublimise, répond au désert noir, au néant sombre, que représente cette autre composition poétique, qu'est le couvent ; ce monde noir est à sa manière « blanc » comme on parle d'une *voix blanche* ou d'une *clarté blanche*, il est privé de toute tonalité comme de toute vie, c'est un passage continuellement progressif vers la mort[2]. L'âme bénéficie de ces deux situations de vide et de néant.

On revoit la neige avec l'apparition du Taygète : mais on peut se demander si le froid et la neige n'ont pas de relations d'analogie avec leur opposé, la déflagration finale de l'azur, de la lumière et de la chaleur : autre moment absolu. Commencé dans la blancheur hivernale, le roman conduit au printemps, à la lumière, à l'azur de la mer reflétant celui du ciel, à la chaleur ; le « noir pyroscaphe » qui semble un vaisseau d'enfer navigue, à la fin, dans un « bain de lumière » qui annonce « l'explosion sublime » du jour ; l'ange de lumière peut se mirer dans sa correspondance. Cette fois encore Guy sent une sorte d'ivresse de la vitesse, il croit marcher sur les eaux, bondir au devant des vagues, le navire est sa monture. Comme la neige, le ciel et la mer qui sont au fond deux ciels, celui d'en haut et celui d'en bas, en miroir réciproque, sont l'image de l'infini, de l'immensité, de la liberté, ce sont deux puretés, deux situations vitales extrêmes, inverses, mais également marquées par le vide et la présence de la mort[3].

Dans *Avatar,* on retrouve le même rôle des températures mentales, des saisons de l'âme et du corps ; autant du côté de Prascovie, tous les symboles convergent vers l'indication d'une pureté de neige et de glace[4],

1   *Cf. Les Vacances du lundi,* éd. Champ Vallon, 1994, p. 64.

2   La serre de l'hôtel où se déroule le bal n'est pas sans annoncer l'éclatement final de la chaleur. La scène terminale d'*Avatar* entre les époux se déroule aussi dans une serre.

3   Dès 1841 (*Histoire de l'art dramatique,* t. II, p. 176), Gautier aimait à unir l'Égypte et la Russie, le désert de neige et le désert de sable. Sur la conversion de Gautier à la neige, voir *C.G.,* t. VII, 16 déc. 1858, ce texte écrit à Saint-Pétersbourg : « Je suis un fils du soleil et cependant j'aime la neige ; on dirait du marbre de Paros en poudre, c'est peut-être de la poussière de statues que racle là-haut avec la râpe et le papier de verre le grand plastiqueur, fabricateur des mondes. Je finis sur cette idée à la Cyrano de Bergerac d'assez mauvais goût pour te plaire. » Voir à ce sujet l'article déjà cité d'Alain Montandon, « Les neiges éblouies de Théophile Gautier ».

4   Elle a des prunelles « d'un bleu vert de glacier », elle est d'une « angélique pureté et chaste comme la neige du dernier sommet de l'Himalaya ».

autant le docteur ne se sépare pas du « climat incendiaire » de l'Inde, d'un « enfer de chaleur », d'une atmosphère de feu. Comme Fortunio en un sens, il a créé dans Paris un univers fait pour lui seul, il a reconstitué l'accablante fournaise équatoriale où la nature suractivée conserve sa puissance originelle, (donc sa richesse en formes et en métamorphoses), où aussi, comme pour les ascètes « torréfiés » et calcinés, la matière se dématérialise, se volatilise, se purifie grâce au feu des « fournaises du soleil » ; c'est une autre pureté que cet excès calorique qui a une égale énergie dans la création et dans la destruction, qui en tout cas semble nécessaire aux âmes incapables, quand elles sont nues, de supporter « l'air glacial » de la réalité.

La vie, la mort, l'esprit, la matière s'opposent et se composent dans ces ensembles symboliques : la chambre d'Octave est comme chez Balzac empreinte de sa « pensée », c'est un *mobilier* exemplaire de la mélancolie, les choses humanisées partagent, reproduisent, amplifient l'abattement vital du héros. Rien de moins « fantastique », semble-t-il, que le confort délicat, mais tout matériel, dont jouit Guy dans les premières pages du roman : il est heureux chez lui d'un bonheur inexplicable, mais total ; mais, on le saura plus tard, cette disposition de son mobilier, cette convergence des choses est justement « fantastique », c'est un « enchantement », une caresse de l'au-delà : une présence invisible organise cette conjuration et cette complicité d'un confort parfait pour le déshabituer de la vie mondaine.

Mais nulle part mieux qu'à Naples on ne trouvera cette pensée des choses et des lieux, ces accords impalpables qui font le « milieu » du fantastique, cette harmonisation du réel nécessaire à son surgissement dans « une couleur locale » qui définit un ensemble naturel, culturel, surnaturel. Qui propose une vraisemblance unifiée et resserrée : le titre contient tout le récit, la mort dans le regard, et justifie le lieu, le mauvais œil résume la crédulité napolitaine. Nécessairement le récit se passe à Naples, s'explique par Naples, et même explique Naples.

De Naples à Pompéi les trois touristes d'*Arria Marcella* traversent un paysage différent de tout autre, où l'on peut lire une secrète préparation du fantastique, une « anagogie » des choses, qui indiquent une *direction* cachée : la ville surgit *déjà* « ressuscitée, ayant secoué un coin de son linceul de cendre ». Le monde solaire est à la fois estompé dans un brouillard, et aussi « plutonien et ferrugineux » comme un paysage industriel, revêtu de cendre, de deuil, d'obscurité infernale, d'un noirâtre fortement contrasté avec l'azur immuable de la mer et du ciel ; c'est le « monde du rêve » par le caractère quasi surnaturel de la lumière, c'est le monde de l'enfer par la présence de la mort et du feu, et peut-être le monde de la flagrance du désir, que suggère aussi l'inscription de la féminité et de la volupté dans la ligne des collines. Tout se tient, et tout contient déjà l'événement fantastique. Quand celui-ci va survenir, quand vient la nuit, elle est déjà plus claire que le jour, la terre est bleue et le ciel sombre, et le monde immobile semble figé dans l'attente éternelle et la suspension du temps.

Roman *napolitain*, *Jettatura* va du réalisme touristique au pittoresque exotique, pour parvenir à la composition symbolique. Tout se tient dans Naples, ville « superlative, archétypale », « géographie magique », ville incontestablement *oxymorique*, que toute une tradition touristique et mythique reprise par Gautier considère comme une expérience à part, qui modifie la vie, qui atteint chaque être. Chez Gautier le cliché proverbial, « voir Naples et mourir », est vrai à la lettre, il soutient étrangement tout le conte, il produit le fantastique.

Naples est une ville stratifiée en niveaux différents : elle contient tout le passé, il est donné tout entier comme contemporain, le passé n'est jamais passé, il est moderne en un sens ; la première couche que Gautier enregistre, c'est celle du touriste, le récit est une histoire de touristes à Naples et l'on a montré[1] avec quel cynisme Gautier nous donne à voir ce qu'il a lu : Naples c'est la ville du cliché, et celui-ci appartient au civilisé, le réel, c'est l'idée reçue, il cède la place au surnaturel et à la beauté, la vraie, liés au mystère et à la mort.

Car Naples est bien plus que cette ville d'apparence que consomme le touriste, c'est une ville-mémoire, une ville-révélation, la ville archaïque où ce qui était au commencement de l'humanité n'a jamais disparu, le site parfait de l'*antériorité* : « ce qui est obscur dans les brouillards de l'Angleterre devient clair au soleil de Naples » ; l'Angleterre n'est rien que le refoulement de Naples. La vieille terre du Midi, la ville qui est comme l'héritière de Pompéi, qui totalise les temps et qui transcende le

---

1   *Cf.* le brillant article très savant de Pascale Mc Garry, « *Jettatura* ou l'adieu au réel », *World and Image*, vol. 27, issue 4, 2011, qui met en lumière l'ensemble des clichés venus des autres voyageurs ; la danseuse brûlée vive vient de Paul de Musset, Alicia est représentée avec les mêmes traits que Prascovie.

temps, la ville qui est une « rétrospection » à elle seule, une anamnèse permanente (en ce sens l'aventure d'Octavien et celle de Paul ne sont pas séparables), la ville où le paganisme est toujours là, où la religion naturelle demeure, religion du soleil, de la terre, du feu, du sang, du sexe, de la vie et de la mort, Naples est dans sa totalité porteuse d'une vérité que nous livre le récit.

Les héros de Gautier, violemment confrontés, l'un au désir, (le sein d'Arria Marcella contient comme les Priapes des ruines toute la force éternelle et toujours présente de l'Éros primitif), l'autre au mal, au mal pur, irresponsable, amoral, à la malfaisance d'une nature destructrice en lui, font dans ces villes un voyage *rétrospectif* en eux-mêmes, dans l'humanité fondamentale, vers le révolu et l'oublié : ce qu'il faut bien nommer la fatalité ou le tragique mis à mort par la suffisance moderne.

Octavien et Paul sont capturés par le passé profond, le primitif : l'un par Vénus tout entière à sa proie attachée, le paganisme exorcisé à la fin ; mais l'autre importe à Naples une malfaisance qui lui est personnelle, même si à Naples elle est connue, redoutée, identifiée, même s'il se découvre dans ce miroir que lui tend le monde napolitain, il est d'emblée un monstre, une défectuosité vivante dans l'humanité et le cosmos, l'homme par qui le malheur arrive. Il est satanique, tout l'indique dès le début : ses cheveux « auburn[1] », la référence au portrait de Satan, sa « tournure méphistophélique ». Et il se place de lui-même au-delà du mauvais œil, « lui chrétien » est la proie « des puissances de l'enfer », n'est-il pas aussi le criminel poursuivi par les *Érinnies vengeresses* ? À ce niveau ultime du récit, Paul est seul, radicalement seul, rejeté par le milieu napolitain qui le *comprend* et l'exclut, englouti par une convulsion générale du cosmos révolté contre lui, il est le banni absolu. Alors la *jettatura* napolitaine *naturalise* le mal, Paul serait saisi à ce niveau, il est le témoin d'un surnaturel qui le maudit comme un bouc émissaire, une exception dans l'exception collective de Naples.

Car Naples est à part, la ville est elle-même un miracle, un mystère, un mythe. Naples a sa « magie[2] », la vie y est plus intense, plus énergique, plus sensuelle qu'ailleurs, elle est aussi plus sourdement dangereuse et

---

1   C'est-à-dire roux, *cf.* l'article de Pascal Mac Garry déjà cité.
2   Je suis ici les belles analyses d'Anne-Marie Jaton, *Le Vésuve et la Sirène, le mythe de Naples de Mme de Staël à Nerval*, Pisa, Pacini, 1988, p. 132 *sq.* : Naples est la ville des tombeaux

mortelle, plus souterrainement minée par la résurgence des superstitions néfastes, qui lézardent l'humanité civilisée et progressiste, comme la terre est agitée par les forces plutoniennes ; la terre et les hommes sont *volcaniques*.

Tout s'oppose et se combat dans ce monde instable, provisoire, qui va d'un extrême à l'autre, du plaisir à la mort, qui est enfer et paradis, « terre d'ébène et ciel de saphir », un sol mobile sous lequel il y a la lave en feu, un ciel et une mer étincelantes de beauté, une nature luxuriante. Ensemble le plaisir, la beauté et la mort, tous les excès et toutes les oppositions, toujours un secret caché sous l'apparence. Tout renvoie à un symbolisme menaçant.

C'est symboliquement le lieu des couleurs violentes et contrastées[1] : le blanc des maisons, de la fumée du Vésuve, le rouge écarlate des branches de corail, des roues du corricolo, le rouge enflammé des pêcheurs nocturnes en mer, le noir charbonneux des laves, et l'immuable, l'impassible, l'omniprésent azur de la mer, « comme un rêve bleu d'infini », qui redouble le ciel « taillé dans un seul saphir ».

Mais le Christ s'est vraiment arrêté à Eboli : le grand Sud a la beauté et la férocité d'un univers qui est la nature à l'état pur, à l'état de friche ou de jungle, une grande force panique, bonne et mauvaise, que seule la superstition peut interpréter, et qui du même mouvement crée et détruit, affirme la vie et la mort. On y vit davantage, mais près de la mort, d'un bonheur plus grand parce qu'il est mêlé au malheur. Tout est double, y compris Paul, l'amant assassin malgré lui, l'homme bon et criminel. C'est le miroir du Romantique, ou le site du fantastique, le mystère y est évident, le surnaturel est saisi par tous, vécu par toute une population, exposé par la nature elle-même.

Symbolique par exemple la terrasse aimée d'Alicia : les colonnes antiques y voisinent avec l'exubérance, le chaos d'une végétation « livrée à elle-même », d'une nature brute et sauvage comme une forêt vierge, qui investit la maison des Anglais et où, avec « une vigueur de végétation tout africaine », pullulent les plantes épineuses et pointues ; et les

---

et de la sensualité, du cataclysme et de la mort joyeuse ou burlesque, c'est là que l'absolu de la vie porte à la mort par excès de plénitude, par désir d'infini.

1   Voir *ibid.*, p. 101 *sq.* sur la couleur à Naples pour les voyageurs et pour Gautier. Voir aussi l'article déjà cité de Pascale Mc Garry sur *Jettatura* et plus généralement la symbolique des couleurs.

broussailles de ce monde « sauvagement inculte » caressent, puis cinglent et décoiffent Paul pour enfin le déchirer et l'arrêter quand il revient voir Alicia morte. Symboliquement encore elle respecte les plantes, protège les fleurs, aime cette nature impitoyable.

La nature a la force invincible de la croyance ; elles se correspondent dans une ténébreuse unité qui indique la toute-puissance du mal ; l'antique superstition est chez elle, chez un peuple artiste, imaginatif, musicien, conteur, et barbare (c'est une qualité pour Gautier), barbare comme l'est le goût d'Altavilla pour l'excès décoratif ; chez ce peuple surtout où l'archaïque est toujours actuel, où l'on touche du doigt la mythologie (elle est partout évoquée comme un comparant naturel de la réalité napolitaine), où Vicè la « fauve servante aux cheveux crépus », à la tignasse indomptée, semble la fille exemplaire de la vieille terre primitive de la magie, de la cruauté, du malheur, aussi immuable que le préjugé du *fascino*. Le *mauvais* œil est ici comme *naturalisé*, il rejoint le pessimisme du grand Sud, le fatalisme tragique qu'il unit à sa prodigieuse vitalité.

UNE ÉCRITURE DE LA COULEUR

Pourrait-on parler alors d'une écriture de la couleur chez Gautier ? La couleur avec sa valeur de spiritualité et de vitalité jouerait un rôle symbolique dans le récit. On a trop réduit la dette de Gautier envers la peinture à un usage démesuré et ornemental de la description : il vaut mieux parler d'une écriture picturale ou colorée[1] ; ce sont les couleurs, leur jeu, leurs combats, qui vont définir les personnages et à la limite le récit lui-même ; il ne transpose pas ce qui serait une composition de nature descriptive ou décorative, il écrit, *il pense* en couleurs ; les taches de couleurs font le sens du récit, elles définissent les valeurs, le bien, le mal, la vie, la mort, elles individualisent les personnages autant sinon plus que les caractères. La couleur agissant dans une sorte de réalisme analogique[2], indique à la fois les relations des personnages avec le monde réel et leurs relations avec le fantastique.

---

1   Voir sur ce point Marie-Claude Schapira, « Le langage de la couleur dans les nouvelles de Théophile Gautier », dans *L'Art et l'artiste*, t. II, *Bulletin*, 1982.

2   Il ne faut pas penser à une union ou à une transposition des arts, thème risqué et décevant, mais à une écriture poétique utilisée dans un récit en prose, où tout renvoie à une unité de composition, plus évocatrice que représentative.

Gautier lui-même semble s'exprimer en critique d'art romantique quand il oppose le dessin ou le contour au coloris, par exemple pour Prascovie ; Spirite, elle, n'a pas besoin « pour se modeler », du contraste des ombres et des lumières, elle est et elle n'est pas colorée, car elle rappelle, plus que les couleurs, « l'idée d'une couleur », et elle contient un ensemble de tons fondus, indécis, *pastellisés* et vaporeux qui n'ont pas de nom dans le spectre terrestre.

Depuis *Hernani*, l'humanité pour Gautier se divise en flamboyants et en grisâtres : il aime le rouge, « qui est la pourpre, le sang, la vie, la lumière, la chaleur et qui se marie si bien à l'or et au marbre[1] » ; mais, dans son fantastique décidément coloriste, il entre aussi beaucoup de blanc : un fantastique blanc ! C'est une couleur qui engendre d'infinies symphonies de nuances et d'accords[2].

Spirite, roman de la neige et du *blanc*, joue de toute une gamme de blancheurs ; dans la scène de la tombe au Père-Lachaise, il unit et oppose le marbre, les roses, le lilas blanc, la neige, l'argenté, ou le gris des nuages, le blanc pâle du soleil, ou son éclat lunaire, l'étincelle du mica, la fumée, la gaze : scène de deuil et de résurrection en blanc et en gris[3].

Un poème en prose comme *Le Chevalier double* est un récit de couleurs : le spectre chromatique se fait narration, il définit les personnages, leurs rapports, leur combat. Il y a le noir (le chanteur, le corbeau, l'œil d'Oluf, la forêt, le ciel), le rouge (l'étoile néfaste, le sang sur la neige, la

---

1   *Cf. Histoire du romantisme*, p. 80.
2   Sur cette passion pour le blanc et la gamme de toutes ses nuances, voir de fines remarques dans Louise B. Dillingham, *The Creative Imagination of Théophile Gautier. A Study of literary psychology*, Bryn Mawr College, Princeton-Albany, 1927, p. 189-195, qui étudie les débauches de blancheur, les harmonies en blanc, le rêve du « blanc absolu ». Dans *Spirite*, cette passion du blanc devient aussi une passion de la lumière, la volonté éperdue de dire la lumière à l'état pur, sans le jeu des ombres, au-delà des couleurs et des matières colorées. Dans ces récits fantastiques, la nuit est-elle jamais noire ? On retiendra ces passages qui sont des symphonies en blanc, mais c'est le blanc de la mort, Clarimonde dans son tombeau, Alicia moribonde, Lavinia au couvent et proche de sa fin (les détails des deux textes sont très proches).
3   Il faudrait étudier ici dans le détail les relations de Spirite et avec le blanc et le rose, qu'elle soit vivante ou morte : au couvent, sur le navire à la fin, à Athènes, mais aussi dans l'apparition dans le miroir, « une vague blancheur laiteuse », la pâleur rosée de sa tête, quand elle est au piano, les doigts d'une pâleur faiblement rosée, semblables à des papillons blancs sur le clavier d'ivoire, sa longue robe blanche de mousseline idéale, ses épaules sont nacrées, opalines ; son oreille et les coins de sa joue sont frais, roses, veloutés.

rougeur d'Edwige, l'enfant blanc et vermeil, l'encre du mire), le blanc
(la neige, Edwige pleurante et mourante, le cygne au bec jaune), le rose
(les doigts et les lèvres de Brenda), le vert (l'asphodèle, l'étoile faste),
l'orangé (l'œil d'Oluf), le jaune (Edwige la blonde, Oluf blond et brun),
le bleu (le ciel, la nuit, les yeux d'Oluf à la fin), l'argent opposé à l'or[1].
Les couleurs racontent sans doute le combat du mal et du bien, si l'on
bien admettre que celui-ci est plus nettement associé aux couleurs
froides, et celui-là inversement aux tons chauds et vifs.

Les autres récits ne présentent pas un codage aussi rigoureux et
aussi dynamique, sauf d'une manière plus ironique *Jettatura*, avec le
commodore dont les changements de couleurs (de cramoisi, il devient
écarlate, rouge brique, bleu, pâle enfin) scandent l'aventure, avec la
succession des images de la vie d'Alicia et de Paul en Angleterre, ces
vues évolutives aux tons nets et vigoureux comme des gravures bon
marché ; mais déjà cette narration colorée enregistre le grand mouvement
du rougeoiement et du palissement que traverse la beauté vivante et
mourante d'Alicia.

Immuable quant à la forme, éternel au fond, le personnage féminin chez Gautier évolue en se décolorant, il vit en mourant ; Carlotta
complètement morte conserve une bouche rouge et vivante ; mais
Clarimonde dans ses phases de mort et de vie connaît un affaiblissement général des tons (le vert des yeux, la blancheur du corps, le rouge
des lèvres, les fleurs bleues des cheveux) ; Alicia, héroïne romantique
fort traditionnelle par sa phtisie mortelle[2], propose au début son teint
éblouissant, ses cheveux noirs, ses lèvres cerise, puis elle manifeste un
dépérissement inéluctable[3], un retrait du *sang* et de la vie, qui la prive
peu à peu de toute la rougeur éclatante qui caractérise au début sa personne et tout ce qui l'entoure (ses lèvres, les ornements qui l'escortent),
alors que s'impose toujours plus la rougeur morbide « des deux petites
taches roses au sommet des pommettes » ; c'est la « signature rouge »
de la vie qui s'en va, et dans une pâleur croissante que s'accentue la
rougeur néfaste ; car dans cette exténuation des couleurs, qui montre la

---

1   Voir les analyses de Peter Whyte, *Théophile Gautier, conteur fantastique et merveilleux, op. cit.*,
     p. 53, ou celles de Jean-Claude Brunon, dans Pl, t. I, p. 1450.
2   *Cf.* l'étude de Pascale Mc Garry : la mère et la fille sont confondues dans la mort.
3   *Cf.* Pascale Mc Garry, article cité, sur le jeu du blanc et du rouge, les taches de phtisie
     éclatent dans la pâleur extrême ; même trait dans l'apparition en rêve de sa mère. Les
     touristes anglaises ont « le teint pétri de crème et de fraises ».

désincarnation et la spiritualisation d'Alicia, d'autres teintes s'intensifient comme si une autre vitalité naissait en elle (l'argent bruni des yeux, le rose ardent des joues, le bleu des veines). La mort a son coloris, et son harmonie mate, la mort a son funèbre dynamisme qui semble parcourir souterrainement le corps de l'héroïne, la mort a sa floraison, son printemps, sa poussée de vie, sa germination funéraire qui est une agonie commençante, ce sont ces « violettes de la mort prochaine » qui fleurissent dans Lavinia, et que je choisirais volontiers comme symbole du fantastique de Gautier. Et la violette est aussi la fleur de Carlotta.

Les héroïnes de Gautier sont composées de tons pleins et violents, unis sans ménagement : les couleurs ont leur valeur en elles-mêmes, dans leur excès et leur vigueur, elles ont une valeur morale ou psychologique car elles représentent l'affirmation de la vie physique ou spirituelle : on ne confondra pas les blondes aux yeux bleus (Angela, aux prunelles si claires et transparentes « que je voyais son âme à travers aussi distinctement qu'un caillou au fond d'un ruisseau », Lavinia « aux prunelles d'un bleu nocturne, d'une douceur infinie »), avec la blonde aux yeux vert de mer (Clarimonde), et celle-ci se sépare de la blonde aux yeux bleu vert (Prascovie), comme les brunes aux yeux noirs (Jacinta, Arria), ne sont pas semblables à la brune aux yeux bleus (Alicia).

Ces nuances renvoient à un symbolisme moral[1], mais aussi bien il faut tenir compte du goût de Gautier pour les rencontres tranchées et vives de couleurs, « la ville bleue et rouge » de Romuald, le décor durement contrasté de la résurrection de Clarimonde par le baiser (s'opposent le noir, le blanc, l'or, le rouge) ; l'angélique Prascovie, toujours environnée de fleurs et de plantes unit insolemment un teint d'une blancheur parfaite, une chevelure d'une blondeur absolue, une robe vert d'eau, un crêpe de Chine blanc ou elle assortit la torsade d'or de sa chevelure avec des vêtements blancs et noirs ; par la suite vouée aux teintes blanches, roses et bleues, elle va fuir le rouge, symbole du désir (il y a trop de feu dans le regard d'Octave).

Le *masque* blanc d'Arria s'oppose à la « pourpre enflammée » de sa bouche, elle répand sa chevelure « comme un fleuve noir sur l'oreiller

---

1   L'interprétation symbolique la plus commune découvre plutôt l'innocence dans la blonde aux yeux bleus, la perversité dangereuse et fatale dans la blonde aux yeux verts ; ce sont ces derniers qui « signifient » le plus ordinairement les créatures infernales : par exemple le diable dans *Deux acteurs*.

bleu ». Mais d'une manière plus stable chaque héroïne sans doute a une sorte de blason, ou une identité colorée, qui définit en quelque sorte son individualité fantastique : Arria par exemple, fille de la cité morte, appartient à l'univers sombre des ténèbres (de la nuit, du monde souterrain, de la mort) ; « brune et pâle », aux « yeux sombres et doux », puissamment définie par ses cheveux d'ébène, parfois ornés d'un ruban noir, d'une bandelette or et noir, elle s'accorde au « jour nocturne » de son apparition, elle est blanche et noire comme la clarté lunaire. Clarimonde « buveuse de sang et d'or » est liée au rouge, au noir, à l'or : au sang, au désir, à la mort, au luxe.

Spirite est blanche et bleue ; sa chambre, sa toilette répètent ces couleurs qui dominaient la lecture que Gautier avait faite de *Séraphîta* qui lui semblait écrit avec deux couleurs, « le bleu céleste, le blanc de neige[1] ». Quand elle se trouve à la fin de l'été, devant sa petite chambre, « oasis de fraîcheur, de silence et de solitude », il y a bien des géraniums écarlates et un gazon vert émeraude, mais tout son mobilier est bleu et blanc[2], elle-même est vouée à ces deux couleurs, le blanc devient parfois le rose, (le rose idéal des neiges des hautes cimes), comme le bleu de ses yeux s'affaiblit, devient crépusculaire ou nocturne, ou au contraire s'intensifie et devient resplendissant, bleu azur, bleu saphir, bleu pervenche : pour elle donc des couleurs sans couleur, sans affirmation ni brillant, couleurs qui renvoient au clair-obscur (quand elle est au piano), couleurs simples et mariales, couleurs modestes et réservées, couleurs de l'innocence et surtout de l'espérance céleste.

« CE FUT COMME UNE APPARITION »

Le mot est dans Flaubert, et il est vrai à la lettre chez Gautier. Si la beauté de la comtesse Labinski se fait languissante et attendrie, elle n'en est « que plus pénétrante », elle prend « quelque chose d'humain » : « la déesse se faisait femme ; l'ange, ployant ses ailes, cessait de planer ». L'héroïne est purement et pleinement femme ; en elle-même elle est de la terre et n'a aucune accointance avec le fantastique de l'avatar.

---

1   *Souvenirs romantiques*, éd. Garnier, p. 70-71. Que dire du milieu coloré de Madame d'Ymbercourt, de son salon jaune (l'or !), blanc et cramoisi, de son petit salon « bouton d'or agrémenté de bleu » détesté de Guy, de sa robe noire et de sa veste de « couleur voyante » ?

2   Et même sa « petite main blanche, fluette, veinée de bleu ».

Elle n'est qu'une femme et elle est beaucoup plus qu'une femme : elle est normalement divine[1]. La Femme est fantastique parce qu'elle est femme : elle est l'amande précieuse du récit, le vrai centre de l'aventure. Tous les thèmes et procédés sont au service de son apparition et de son exaltation ; les noces sacrées que le récit consacre sont des noces avec la Beauté. Et elle est « surnaturelle », comme dit Romuald de la beauté de Clarimonde : elle l'est, pourrait-on dire, par nature[2]. Les héroïnes de Gautier sont divinisées et fantastiques : par leur beauté. « Les femmes, dit Baudelaire, ont un genre de beauté tel que l'esprit ne peut le concevoir que comme existant dans un monde supérieur[3]. » En ce sens, l'héroïne de Gautier comme chez Nerval, est toujours plus ou moins la même Femme, la même Incarnation au sens strict du mot de la Beauté idéale, la même Présence d'une Chair divinisée, esthétisée, la même transsubstantiation du Corps féminin. C'est toujours la même déesse qui revient, « la treizième revient... c'est encore la première », avec des variantes, mais renouvelant la même forme parfaite et idéale, la même beauté absolue, et la même confusion de la Femme et d'une œuvre d'art, le même appareil de références aux Types esthétiques ou divins ; Gautier, dit-on, conservait le même portrait de femme toujours redessiné ; selon Nerval « la Cydalise[4] est embaumée et conservée à jamais dans le pur cristal d'un sonnet de Théophile ». L'objet de la quête impossible de l'artiste, la Beauté incarnée et faite femme est l'objet même du récit fantastique.

Et toujours le récit, qui ne semble destiné qu'à cette fonction, renouvelle la litanie du *Poème de la femme*, inspiré par la Païva, mais très proche du portrait de Clarimonde, et où la femme offre l'éternel texte indéfiniment varié, « le poème de son beau corps ». L'héroïne de Gautier est exhaussée par sa beauté au-dessus de l'humain et du réel : comme Clarimonde elle est reine, elle est courtisane, elle est idole,

---

1   De même à propos de Nyssia, Pl, t. I, p. 947, son inquiétante perfection, « les femmes si semblables aux déesses ne peuvent qu'être fatales aux faibles mortels, elles sont créées pour les adultères célestes et les hommes même les plus courageux ne se hasardent qu'en tremblant dans de pareilles amours ».

2   Lors de sa première apparition, elle est comparée à la Madone, à une déesse, à une reine, son œil n'est pas humain, ange ou démon, « elle ne sortait certainement pas du flanc d'Ève, la mère commune » ; la beauté d'Arria a « un éclat surnaturel » au moment de sa disparition ; la beauté d'Angela est « parfaite »

3   Voir *O.C.*, t. II, p. 165.

4   *Cf.* Jean Senelier, « Clartés sur la Cydalise », dans *Studi Francesi*, n° 14, 1970.

elle est princesse, ou déesse, elle est ange ou démon, elle vient du ciel ou de l'enfer, elle est « une fabuleuse réalité ». Elle n'est pas purement humaine.

Le fantastique commence avec l'entrée en scène de l'héroïne : le héros alors est transformé, la rencontre est initiatrice, la première vue de l'héroïne chez Gautier est une véritable révélation, un *nouveau début*, ainsi Octavien oublie tout son passé, Arria est « son premier et son dernier amour ». Moment absolu : rien avant, rien après. L'héroïne du fantastique est la vraie femme, elle est surnaturelle.

Le fantastique est lors une célébration continue de la beauté féminine qui devient l'altérité absolue, qui renvoie à une surhumanité. Quelle que soit dans ses récits l'affirmation de la beauté virile, elle est éclipsée par la transcendance de la beauté féminine. Depuis *La Cafetière* dont la dernière phrase est emblématique, toute l'œuvre fantastique de Gautier situe le bonheur dans la vie hors de la vie, dans la vie au-delà, tous les récits proposent *un fantastique érotique*, le choc d'une insoutenable révélation amoureuse, la puissance de bouleversement, d'éblouissement, d'enivrement sensuel et extatique, de la Beauté féminine. La scène fantastique et érotique présente une commotion physique et sensuelle, elle unit comme dans *La Morte amoureuse* la veillée funèbre de Clarimonde, le trouble d'une volupté plus qu'humaine au voisinage de la mort ; une énergie érotique puissante (Romuald voudrait « ramasser sa vie en un monceau » pour la dépenser d'un seul coup dans son amour) conduit le héros aux limites de la sensualité (ainsi pour le hachichin, « la haute pression du bonheur » outrepasse les ressources de l'homme en fait de plaisir) et en même temps à un détachement ou à une libération de son corps ; même Malivert épris d' « amour absolu » conserve « au cœur toute la flamme de l'amour humain ».

Certes aux héroïnes voluptueuses, vont succéder les héroïnes angéliques, certes le fantastique de Gautier évolue vers un dépassement de la plénitude païenne ; après *Arria Marcella* l'impossibilité de l'absolu se manifestera autrement que par l'impossibilité de l'étreinte, ou sa précarité, entre le Spectre féminin et le héros ; les noces mystiques se substitueront aux voluptés confondantes et périlleuses et toujours troublées par les saccageurs de la Beauté et les profanateurs du plaisir.

L'austère Diomèdes qui révèle en Arria Marcella la goule luxurieuse, la sorcière experte en philtres, renvoie au « pâle néant » l'éternelle beauté.

Est-ce vraiment possible dans le fantastique de Gautier de réduire à rien l'immortelle, l'invincible beauté ? Lavinia veut bien renoncer à la vie terrestre, mais ressent d'une manière intolérable le massacre de sa chevelure. Même dans la mort la femme demeure corporellement intacte, elle bénéficie d'une sorte de résurrection du corps ; Spirite elle-même conserve la forme féminine : elle est « semblable » à une femme et en elle Lavinia cède non sans quelque résistance à Spirite ; c'est un corps, un visage, un être sensible, mais fait d'un sensible essentiel, d'une matière immatérielle, un corps épuré, transfiguré ; même pour la vision finale de Féroë, les anges lumineux ont « l'apparence de Malivert et de Spirite ».

Pourtant la Beauté est synonyme de mort : elle ne meurt pas, elle tue autour d'elle ; elle tue la réalité ; elle est liée à la Mort, elle provoque une transe extatique et mortelle, parce qu'elle est l'Absolu dont la rencontre surpasse l'humain. « Qui sait aimer, sait mourir », a dit Alicia ; et Octave comme Paul ne sait qu'aimer et mourir. L'extrême de la vie, l'amour, conduit à la mort, réclame la mort. Pour aimer, il faut pouvoir mourir : c'est ce que comprend Malivert. Mais il faut aller plus loin : la Beauté est dangereuse parce qu'elle se révèle étrangère à l'homme. Avoir la beauté pour la femme, c'est être dans l'épanouissement de l'être, mais aussi s'écarter de l'humain, transcender l'homme de tout le surplomb de l'inhumanité. D'Albert l'avait dit : avoir la beauté, seuls les anges et les femmes le peuvent, mais la voir, la rencontrer[1], vouloir le regarder en face, « c'est vouloir regarder le soleil sans paupières, c'est vouloir toucher la flamme », essayer de la saisir, de la rendre, de la chanter, de la peindre ; être en relations avec elle, c'est une insupportable souffrance, elle fait mal à l'homme en l'humiliant, en le terrifiant, en lui découvrant son humanité. Et pourtant la destinée de l'artiste et de l'amant est bien de s'avancer vers elle : de sortir de la sphère proprement humaine. Et c'est bien l'aventure fantastique.

En rencontrant la beauté, l'homme se trouve lié à un être avec lequel il n'est pas sans rapport, mais qui est sans commune mesure avec lui ; quand Spirite s'est révélée à Guy dans le miroir, celui doit constater que « ce qu'il voyait, quoique *semblable*, ne *ressemblait* en rien à ce qui passe, en cette vie, pour une tête de belle femme ». Semblable et tout autre, elle inspire l'espoir de la rencontrer, et c'est le danger suprême.

---

1   *Cf Maupin*, Pl, t. I, p. 360-361.

La plus étonnante des visions féminines est peut-être le spectre de la mère d'Alicia au « charme effrayant », cette ombre qui est son double, et qui annonce son destin de fille-fleur. Ou la danseuse anglaise victime du regard de Paul, ange et fantôme, vivante et immatérielle, dévorée toute vive dans un paroxysme de vitalité par la flamme de la rampe sur « la ligne de feu » qui sépare le réel de l'idéal : femme et artiste, doublement belle, d'une beauté plus qu'humaine, mais victime sacrifiée, emportée sans doute par le principe destructeur que contient la Beauté.

Les héroïnes ont une dimension sculpturale, marmoréenne (Hermonthis fait penser à un bronze grec ou florentin poli par les siècles), ce qui les identifie à la Forme humaine fondamentale, à l'archétype de la Beauté, à l'absolu de l'être humain ; ce qui donne à la chair périssable et matérielle l'éternité, l'immatérialité de l'œuvre d'art et la soustrait au fléchissement du contingent et du relatif ; mais cette pétrification signifie aussi la froideur, l'insensibilité, la pâleur de la mort : le marbre, c'est le corps absolu et c'est le corps mourant, mais intact ; l'héroïne est ainsi saisie entre le retour du marbre à la vie par la puissance du désir et du baiser, et le retour du marbre à la mort, à l'attente, immuable, dans l'éternité de la Forme[1].

La Beauté *est*, identique dans la mort et la vie. Elle est par delà la vie et la mort, immuable, immortelle. Toujours au-delà, récusant les catégories humaines, la vie comme la mort, ou les unissant. Et le récit enregistre cette alternance, ces phases de réchauffement, de refroidissement des héroïnes qui viennent de la mort (Clarimonde) ou qui y vont (Alicia). « J'ai froid d'être restée si longtemps sans amour », s'écrie Arria, glacée comme une morte, ou un marbre, anorexique comme un vampire, qui s'empourpre peu à peu grâce à sa liqueur mystérieuse, qui se réchauffe de la vie d'Octavien et de ses caresses, qui gèle à nouveau sous l'exorcisme du chrétien. Clarimonde retrouve chaleur, couleur, souffle, sang, selon le désir de Romuald : quand il devient prêtre, elle se pétrifie et se glace ; mais cette froideur est brûlure, c'est elle qui donne à son amant « de voluptueux frissons ».

Sculpturale comme le Beauté antique et païenne, l'héroïne *fantastique* possède aussi une expressivité « moderne » ou picturale : elle est

---

1 Voir sur ce point l'article de Ross Chambers, « Gautier et le complexe de Pygmalion », déjà cité ; il est vrai aussi que l'héroïne peut être la victime d'un démembrement et d'une fragmentation auxquels la scène fantastique doit remédier.

équivoque alors, elle semble souffrir de l'insuffisance de tout et même manifester une raillerie de l'humain ; Gautier évoque « la chasteté mélancolique », « la tristesse pensive » de Clarimonde et d'Arria, la tristesse angélique de Prascovie, et il y a le sourire d'« une ironie céleste et d'une malice divine » de Spirite, que Gautier compare à la Joconde, figure de la Beauté spiritualisée[1], dont le sourire moqueur et tendre refuse et consent, rapproche et éloigne ; il propose la déception fascinante d'une joie inconnue, « d'une pensée vague, infinie, inexprimable comme une idée musicale », il raille et console « la débilité humaine ».

Puissante aussi par la force invincible de son regard, l'héroïne, réellement *fatale*, si elle est Clarimonde, a des yeux qui décident en un instant, à jamais, d'un destin, qui frappent comme des flèches ou des lames, qui vibrent comme la lumière, qui sont une musique (comme sa parole est un regard) qui ont en eux toute la vie, l'éclat solaire, « l'humidité brillante » de la mer ; s'agit-il encore d'un œil simplement humain ? Si l'héroïne est Arria Marcella, son œil noir et profond, nocturne, velouté, sombre et doux, brille comme le feu, brûle comme le plomb fondu.

À la limite on ne pourra rien dire de la femme fantastique, dans la mesure où, parfaite, indescriptible, elle défie tout portrait, toute comparaison, toute vraisemblance ; la divinité de la femme demande une rhétorique de l'indicible, elle requiert et surpasse les hyperboles traditionnelles dont nous avons parlé à propos de Prascovie : le teint d'Alicia rend jaunes le lait, le lis, la neige, l'albâtre, la cire ; les pieds d'Omphale auraient été au large dans les pantoufles de Cendrillon ; mais rien, aucune vision, aucun précédent, ne permet de rendre compte de la beauté, de comparer ces femmes qui sont même au-delà de l'hyperbole, qui sont l'exagération, le passage à la limite de tous les traits de la Beauté féminine. L'emphase peut escalader des sommets, la préciosité affiner ses comparaisons, l'artiste multiplier les rapprochements avec le divin et le sacré : la surhumanité féminine est encore au-delà, elle excède toutes les réalités les plus parfaites, elle est l'absolu indicible et indéterminable.

Que les héroïnes soient encore d'ici-bas ou déjà de l'au-delà, c'est la Beauté, qu'il faut mettre ontologiquement à part, qui les rend surnaturelles. Les héroïnes sont aussi bien toute la Femme, toutes les femmes en une seule, comme Clarimonde, qui, semblable à Cléopâtre, organise

---

1 *Cf. L'Artiste*, 12 avril 1857.

la vie comme une fête exubérante et mortelle, mais qui aussi résume en elle-même « vingt maîtresses », change au gré du désir de l'amant, « réveille la satiété » et « fixe l'inconstance » ; elles sont toute la féminité et toute la nature : si rien n'est vraiment à l'égal de la femme, tout lui répond, ou lui correspond dans l'univers, tous les animaux, tous les objets, toutes les matières ; Clarimonde morte et déjà vivante renvoie au cygne, à la statue d'albâtre, à « une jeune fille endormie sur qui il aurait neigé » ; il y a en elle du paon, de la couleuvre, du chat, du singe, mais elle détient un pouvoir de transfiguration mystique, elle parle à tous les sens unis, ses regards ont « presque de la sonorité », ses phrases, de la matérialité, il y a de l'agate dans le luisant de sa peau, les perles se confondent avec son teint.

Toute femme est un résumé cosmique, un carrefour d'analogies, un ensemble de symboles. Prascovie contient et désigne toutes les substances et tous les éléments qui sont légers, diaphanes, fins, blancs, roses, lumineux et purs : les nuages, les neiges, les glaciers, les aurores, les marbres, les roses, les écumes... Alicia, qui s'épanouit dans l'exultation d'une nature ensauvagée, sait-elle qu'elle est une fleur, que son destin est lié aux fleurs qu'elle a toujours refusé de cueillir (« un bouquet m'inspire une sorte d'épouvante, ce sont des fleurs mortes »), à la rose-thé du rêve funéraire, à la fleur d'oranger que finalement elle mâchonne comme la Vénus du Schiavone mâchonne des roses ?

Quand Prascovie *apparaît* aux Cascines, ou mieux *resplendit* aux yeux de tous, elle est escortée de toutes les recherches de la mode, du luxe et de l'élégance, et plus blonde que toutes les blondes, plus blanche que toutes les blancheurs, « le chef-d'œuvre humain » qu'elle offre est analogue à tout un univers vaste et subtil, qui fait appel aux richesses de la mode, du luxe, de l'art, de la création, du mythe. Le fantastique féminin de Gautier situe l'au-delà dans le réel, et identifie le surréel à la réalité parfaite : Prascovie, humaine pourtant, a donc la capacité d'*apparaître* ; l'entrée de la Beauté dans notre monde, entrée imprévue, mystérieuse, progressive, l'attelage d'abord, puis la bottine, le châle, l'ombrelle, puis la robe, le chapeau, l'étonnant fragment du bras et du bracelet en « gros plan », puis le visage enfin vu, se fait comme un dévoilement fragmentaire, un passage de l'invisible au visible, une évocation, en somme, de nature infinie, puisque le réseau des analogies s'étend en cercles immenses autour de la beauté féminine.

Mais surtout l'épiphanie qui dévoile la Beauté fantastique voile toute la réalité : l'effraction de la beauté parmi les hommes abolit le monde ou l'ordonne autour d'elle ; la beauté féminine semble posséder une supériorité absolue sur tout existant : si elle paraît, elle éclipse tous les êtres, les rejette dans le néant, elle a le monopole de l'être. Octave à jamais fasciné n'est pas différent de Romuald qui, lorsqu'il lève par hasard les yeux durant son ordination, *voit* soudain, il voit *absolument* comme s'il voyait pour la première fois, et Clarimonde qu'il voit plonge dans l'obscurité et le néant tout ce qui est, et une « angoisse effroyable » fait révolution dans le nouveau converti, renégat de Dieu, amant de la Beauté[1], il a vu cet autre soleil qu'on ne peut pas vraiment regarder, qui éclipse toute lumière, parce qu'elle est la Lumière, le foyer de l'Être et de la Vie. Le seul foyer qui annule tous les autres : autour de la Beauté, le monde est désert. De même, quand Octavien aperçoit sur les gradins du théâtre Arria Marcella, « tout disparut », la réalité s'obscurcit et s'évanouit, la femme confisque toute luminosité, tout est noir et vague auprès d'elle.

C'est que l'héroïne de Gautier est solaire et céleste, elle est la Lumière, ou la source unique de lumière ; elle a la propriété divine de produire la lumière, d'être un *fiat lux* créateur du réel, et encore celle d'être aussi spirituelle que charnelle, traversée par l'esprit et soulevant les troubles furieux du désir, et aussi pénétrable par la lumière, transparente et transfigurée ; Clarimonde dans l'église se détache de l'ombre, « elle semblait éclairer d'elle-même et donner le jour plutôt que le recevoir » ; elle étincèle de toutes les couleurs, comme un prisme, elle brille dans l'ombre comme un soleil, ses yeux ont « un éclat phosphorique ». C'est une icône inquiétante, une nouvelle image sacrée qui détourne vers elle toute la lumière, qui est l'autre illumination du monde, l'autre divinité. De Musidora, Gautier dit encore : « la lumière semblait sortir d'elle-même... elle a plutôt l'air d'éclairer que d'être éclairée elle-même ».

Toutes les héroïnes de Gautier sont – comme Nyssia, si proche paradoxalement de Spirite – faites d'une « substance idéale[2] », irradiante et irradiée, d'une matérialité immatérielle, c'est-à-dire d'une matérialité totalement unie à l'esprit, traversée, irriguée par la clarté : le jour la

---

1   *Cf.* Barbara Sosien, *op. cit.* p. 90 et 106.
2   *Ibid.*, p. 61.

pénètre, elle se colore de soleil ou de pourpre « comme le corps aromal d'une divinité » et « elle sembl[e] rayonner la lumière et la vie ».

Alors l'âme et la lumière ne font qu'un ; et cette luminosité caractérise un être supérieur, qui est plus charnel et plus spirituel que l'humanité. La chair féminine, qui est la Beauté, est bonne conductrice de l'esprit, elle est pénétrée par l'âme, elle semble contenir une lampe intérieure qui éclaire son corps du dedans : elle produit de la lumière, elle est une lumière active. Alicia en bonne santé est *lumineuse*, il y a en elle « une phosphorescence » qui la fait briller comme une étoile et éteindre toutes les autres beautés (« je ne vis plus qu'elle », avoue Altavilla) ; mourante, elle a un corps lumineux et diaphane comme une Vierge, un Ange, une Élue du Paradis ; de même pour Angela : « son âme brillait dans son corps [...] je voyais son âme à travers comme une lampe d'albâtre »), pour Prascovie, « l'âme lui venait à la peau, pour ainsi dire, et se faisait visible. Sa blancheur s'illuminait comme l'albâtre, d'un rayon intérieur », son teint a des « tremblements lumineux » ; de Spirite on a justement dit qu'elle était « d'essence lumineuse[1] » bien qu'elle ne se révèle que la nuit ; elle est l'adversaire de l'ombre, de l'opacité ontologique née de la chute dans la matière ; « ange de lumière », elle console avec sa « main de lumière » Guy blessé et mourant et alors le guide la prend pour la *Panagia*. Elle est toujours liée à la lumière terrestre, au soleil d'hiver et au soleil d'été, au soleil levant et au soleil couchant (sur la tombe de Lavinia un rayon de soleil consacre l'union des amants), mais elle est porteuse aussi de la lumière de l'esprit, de l'inspiration, elle annonce le triomphe du soleil céleste, l'accès à la Lumière absolue de l'extramonde, « le poème de Dieu qui a pour lettres des soleils ».

Pour évoquer le corps féminin chez Gautier, faut-il utiliser comme seule formule convenable, l'expression théologique de corps de gloire ? Grâce à cette transsubstantiation par la lumière, l'héroïne se dématérialise, c'est à peine si l'on peut paradoxalement parler d'un corps à son sujet : ou alors c'est un corps sans matière, privée de toute opacité, un corps que la lumière habite et traverse, comme s'il en était une pure émanation : *Carlotta* a une chair « d'une blonde transparence » et aussi des pieds transparents, le teint de Prascovie est d'« une suavité, d'une fraîcheur, d'une transparence immatérielles », les doigts de Clarimonde

---

1   Voir *Spirite*, éd. Marc Eigeldinger, préface, p. 28-31.

sont aussi transparents ; translucides ou diaphanes les héroïnes sont des êtres de lumière, des porte-lumière, des foyers incandescents de vie.

Alors vivent-elles de la vie terrestre, ou leur perfection va-t-elle les retrancher des servitudes biologiques et des conditions ordinaires de l'existence ? Surhumaine par sa beauté, Prascovie est femme par son immense tendresse, elle est ange par sa pitié et sa pureté, elle l'est par son teint, cette luminosité de sa carnation qui semble parcourue non par « le sang grossier qui enlumine nos fibres », mais par un flot de lumière pure ; elle connaît un équilibre parfait et plus qu'humain du corps et de l'âme, de l'amour et du mariage, du désir et du devoir. Elle semble bien assise dans la vie terrestre et c'est la seule vivante, bien vivante de nos récits.

Avec Alicia, elle est l'antithèse, l'antidote, de l'inquiétante Clarimonde : toutes deux ne semblent plus devoir au sang leur existence. Alors que Clarimonde boit le sang avec avidité et férocité et veut vivre à tout prix, Alicia perd la vie doucement, tendrement : comme si le sang était trop matériel pour elle, comme si la beauté avec elle était étrangère à la vie. « Anglicus/Angelicus », disait le vieux calembour ; l'héroïne anglaise et shakespearienne échappée de ce « nid de cygnes balancé sur les eaux qu'est l'Angleterre », faite pour aimer une seule fois, n'est pas tout à fait destinée à vivre ; plus elle aime et plus elle meurt. Plus l'ange remplace en elle la femme, moins elle vit ; l'âme lui « vient à la peau » à elle aussi, mais c'est quand elle s'avance à grands pas vers une mort qui lui semble promise de toujours. « C'est trop blanc, trop rose, trop pur, trop parfait », dit son oncle, « de tels anges ne peuvent rester sur terre » ; à son corps « éthéré », à qui la mort confère une beauté surnaturelle, « il manque le sang rouge et grossier de la vie ». Sa beauté ne peut être que mourante. Gautier retrouve pour elle les mêmes formules déjà utilisées : on voit son âme à travers son corps éthéré et lumineux « comme une lueur dans une lampe d'albâtre » ; quand elle meurt, elle est déjà morte, comme Spirite, c'est-à-dire détachée de son corps, libérée de la vie matérielle.

Alors l'ascendance absolue de la beauté et son dégagement de la condition humaine semblent bien relever de *l'effroi du beau*[1] qui est analysé par Platon : il est l'énigme qui accule l'homme dans sa faiblesse,

---

1   *Cf.* Jean-Louis Chrétien, *L'Effroi du beau*, Paris, Cerf, 2008, qui s'appuie surtout sur *Phèdre* (p. 52-73) ; voir aussi p. 28, ce texte de Dostoïevski : « la beauté, c'est une chose terrible et affreuse. Terrible, parce qu'indéfinissable, et on ne peut pas la définir. »

sa division métaphysique entre le bien et le mal, l'ascension et la chute, et l'effroi est lié au don de la Beauté et à l'épreuve de l'amour. Ce que le beau offre, c'est une sommation de lui répondre, de lui correspondre, c'est un impératif d'assimilation, et il éveille l'épouvante, l'étonnement, l'effroi, qui ouvrent l'âme, l'éloignent à distance respectueuse, et cette relation est celle de l'amour, où la beauté ne se montre que dans sa hauteur insaisissable, la dénivellation nécessaire à la naissance du désir et à sa puissance de capture.

L'effroi du beau n'a rien à voir avec la beauté *méduséenne*, chez Gautier, la Beauté féminine ne tue pas, son ascendant inhumain n'est pas meurtrier même s'il apporte l'effroi et la paralysie. C'est une erreur de chercher partout chez lui la présence de la Méduse antique, comme si le personnage mythique était une clé de son fantastique. Il est peu évoqué, il n'intervient que modifié. Méduse chez Gautier n'est pas nécessairement l'union de la beauté et de l'horreur, du sacré et de la terreur, d'un visage parfait et d'un regard qui fascine et qui tue, ou l'addition du pouvoir de séduire et du pouvoir de détruire, elle n'est pas la métaphore du coup de foudre fatal, ni la dénonciation de la femme comme identique à la mort.

Certes la Méduse originelle est bien mentionnée à propos du mauvais œil : Paul se regardant dans son miroir se fait peur à lui-même, il redoute la réfraction du *fascino* sur lui-même, et Gautier nous renvoie au mythe de Méduse et au bouclier de Persée, « figurez-vous Méduse regardant sa tête horrible et charmante dans le fauve reflet d'un bouclier d'airain ». Le paradoxe du *Jettatore*, c'est qu'il est *comme* Méduse pour lui-même.

L'allusion a un sens tout à fait différent quand Gautier nous dit à propos d'Octave reçu dans le cabinet de toilette de Prascovie : « cette beauté le médusait ». Mais cette fois aucune allusion au regard féminin, à une quelconque menace féminine ; ce qui « méduse » le héros, c'est sa passion, et la timidité qui explicitement fait partie de l'attitude du passionné ; dès son arrivée à l'hôtel Labinski le faux Olaf connaît d'affreuses angoisses, « les timidités du véritable amour le faisaient défaillir », et ce qui est pour lui terrifiant et accablant, ce qui met presque à l'agonie l'amant, c'est la vue « de la beauté jeune et légère », la nonchalance et le négligé de la comtesse. C'est le fait de se rapprocher de son intimité.

Mais cette proximité tentatrice est celle de la beauté absolue qui est en même temps la beauté *pudique* : la « pudeur divine » de la comtesse est ce qui la rend inaccessible, « l'invincible pureté » de cet ange blanc, devenu soudain glacé comme une statue l'isole dans la forteresse impénétrable du véritable amour, déesse impassible et mystérieuse elle se dérobe par sa froideur (elle est « d'une angélique pureté et chaste comme la neige du dernier sommet de l'Himalaya », elle a des « prunelles d'un bleu vert de glacier »), elle interdit tout espoir de partage du désir. Alors la femme est bien « médusante » parce qu'elle est vraiment l'autre, la différence absolue par son indifférence sans appel, elle a toutes les séductions de la beauté unies au refus qui anéantit l'amant, elle est la fatalité de l'amour qui comme le dit le récit n'a pas de *pourquoi*. L'arrêt de la beauté, puissance absolue et autonome, est sans appel, elle est dans notre monde et elle est hors de notre monde.

Et sur ce point la pudeur de la comtesse renvoie à une autre héroïne pudique de Gautier[1], Nyssia : elle *apparaît* elle aussi à Gygès[2], « plutôt ébloui, fasciné, foudroyé en quelque sorte que charmé », c'est « une apparition surhumaine, » un *monstre de beauté*, et Gautier précise bien à quel monstre il pense, « cette Méduse de beauté ». La femme ne séduit pas, elle saisit et fait peur par une sorte d'inhumanité, qui révèle à la fois une pudeur et une beauté absolues, elle est assimilée à Méduse, elle a un regard tout puissant, mais il ne pétrifie pas, il ne tue pas, il rend amoureux, et il refuse l'amour, c'est une *Méduse de beauté*. La formule est capitale : la beauté est monstrueuse dans sa perfection, non pas à la manière somme toute banale de Méduse. C'est un monstre beau, mais pas « un monstre de beauté » ; alors il s'agit du caractère monstrueux de la Beauté, en elle-même, parce qu'elle est la Beauté et qu'elle échappe à toutes les normes humaines, qu'elle anéantit l'humanité qu'elle transcende absolument. Elle est au-delà de l'humain, impossible à regarder, à concevoir, à accepter, à *capturer* ; devant elle l'homme sent sa limite et sa faiblesse : il n'est qu'un homme, et surtout il n'est qu'un amant. Et c'est bien ce qu'avait dit d'Albert : on ne peut regarder en face ni le soleil ni la beauté. Ni la mort.

---

1   *Cf.* l'article de Peter Cogman, « Le triomphe de la mort du *Roi Candaule* à *Jettatura* », *Bulletin*, 1996, qui étudie ensemble les trois héroïnes, Nyssia, Prascovie, Alicia. Le regard de Gygès qui blesse Nyssia mortellement est à rapprocher de celui d'Octave qui effraie Prascovie ; les deux héroïnes possèdent un véritable don de seconde vue ; on peut penser à Méduse, mais sans l'horreur et la laideur, à Méduse pure et pudique.

2   *Cf.* Pl, t. I, p. 946.

LES AVENTURES DE L'OXYMORE

La Beauté est fantastique chez Gautier, elle échappe à l'humain, et elle est liée à l'oxymore car elle dérègle la pensée. Revenons par exemple vers Arria. On a justement remarqué[1] combien elle se définit par l'union des qualités contraires et la juxtaposition des traits incompatibles : il y a en elle comme une lumière de la nuit, elle est pâle et brune, mate et brillante, ses yeux sont « sombres et doux » ; aussi bien elle exprime une « tristesse voluptueuse », « l'ennui passionné », sa blancheur est « tranquille », mais sa bouche a une « ardeur vivace », sa tête est « calme » et « passionnée », « froide et ardente », « morte et vivace », sa pose est « sereine et voluptueuse », la fraîcheur de sa chair brûle Octavien. Pour lui elle est la plus belle des femmes, pour son père, c'est une larve hideuse et maudite.

Avec elle surgit dans toute sa force l'union oxymorique des contraires, et, lue d'une certaine manière, toute la nouvelle semble dominée par cette figure[2] : toute l'aventure fantastique se déroule dans « le jour nocturne[3] » d'un minuit qui devient un matin, d'une lune muée en soleil, d'une jonction de la nuit et du jour, d'une lumière surgie des ténèbres ; mais aussi le passé est le présent, le temps recommence, ou retourne sur ses pas, le rêve est la réalité, les héros sont dans deux temps à la fois, comme d'un autre côté on a pu voir que Naples était comme Manchester, que les mots « Station de Pompéi » exprimaient une impensable union de l'antique et du moderne, et les touristes ont vu à chaque pas dans

---

1   *Cf.* l'article cité de Henk Kars, « Le sein, le char, et la herse, Description fantastique et métadiscours dans *Arria Marcella* de Théophile Gautier », *CRIN*, n° 13, 1985. On n'oubliera pas le bracelet en forme de serpent qui se mord la queue : est-ce le symbole de l'éternel retour d'Arria, ou du recommencement de la vie et de la mort ?

2   Voir l'article de S. O. Palleske, « Terreur charmante *in the Works of Théophile Gautier* », *Romanic Review*, n° 36, 1945, p. 297-313 ; de même, à propos de *Giselle*, dans Stéphane Géguan, *op. cit.* p. 195 *sq.*, cette formule de Gautier, dans une lettre à Heine du 5 juillet 1841 : il s'agit d'une « poésie vaporeuse et nocturne, d'une fantasmagorie voluptueusement sinistre » ; voir encore Gautier, *Gazette de Paris*, 23 janvier 1872, sur Mme Radcliffe et « le charme inexprimable de la curiosité et de la terreur ».

3   *Cf.* l'étude de Marc Eigeldinger, « *Arria Marcella* et le jour nocturne », *Bulletin*, 1979, qui démontre fort bien l'importance emblématique de cette figure pour l'ensemble de la nouvelle. Albert Béguin (*op. cit.* p. 86) cite un texte de Schelling qui contient la même formule : « Si dans la nuit, une lumière se levait, si un jour nocturne ou une nuit diurne pouvait nous embrasser tous, ce serait enfin le but suprême de tous les désirs. ». Voir aussi Hélène Tuzet, *Le Cosmos et l'imagination*, Paris, Corti, 1965.

Pompéi les époques et les civilisations se superposer et se réunir, ils ont vu la mort païenne qui est gaie, le Vésuve qui ressemble à Montmartre, ils ont vu les ruines pleines de vie, la nature verdoyante pénétrer les édifices morts et s'en nourrir, ils ont vu la nuit méridionale plus claire que le jour du Nord, et la terre devenir plus bleue que la mer ; ils ont dit : « rien de nouveau sous le soleil », qui équivaut à : « peut-être y a-t-il du nouveau sous la lune », ils ont vu les contraires s'unir, s'échanger ; tout était prêt pour que la « cité fossile » ait une « vie fantastique[1] ».

Alors le latin, langue morte, est parlé par des bouches vivantes : le renversement de la réalité qui fait vivre un monde mort est la suite logique (ou illogique) ou l'illustration de cet oxymore continuellement utilisé dans la nouvelle.

Le fantastique de Gautier ne nous propose-t-il, comme son terme et sa définition, qu'une réalité impossible qui est l'oxymore fait réalité ? Qu'il faudrait rattacher à la métamorphose telle que nous l'avons définie, ou au double, métamorphose embryonnaire qui se borne à répéter le même. Dans Naples, le voyageur romantique se plaît à découvrir un tissu d'oxymores[2], que l'on retrouve dans *Jettatura* et même dans *Avatar* ; « ce beau soleil si vanté lui avait semblé noir comme celui de la gravure d'Albert Dürer » : pour Octave le soleil de Naples était glacé et noir ; c'est le plus fameux des oxymores, le « soleil noir de la mélancolie » commun à Nerval et à Gautier[3]. Et que l'on retrouve partout dans *Spirite* avec son sens gnostique fondamental : notre soleil est noir par rapport au vrai soleil caché par la matière.

Les Anglaises brunes comme Alicia « réalisent un idéal dont les conditions semblent se contrarier » : elle est blanche et noire. À coup sûr il faudrait évoquer la préciosité de Gautier, présente même dans le fantastique, tant l'admirateur des *Grotesques* demeure épris de la richesse en pointes de la littérature Louis XIII, tant il adore les *concetti* et les *agudezzas* : ne les a-t-il pas comparés aux « fantastiques figures de

---

1   Pompéi constitue une séquence entièrement oxymorique, comme l'orage final de *Jettatura* étudié plus haut.

2   Sur cette dimension toujours oxymorique de la Naples des romantiques, voir Anne-Marie Jaton, *op. cit.*, p. 5-23, et 104-105.

3   Voir Hélène Tuzet, « L'image du soleil noir », *Revue des sciences humaines*, 1957, et Marc Eigeldinger, « L'image solaire dans la poésie de Gautier », *Revue d'histoire littéraire de la France*, 1972, p. 638-640, qui suit cet oxymore dans toute l'œuvre de Gautier et rappelle qu'il le devait selon toute vraisemblance à l'Apocalypse : « [...] et le soleil devint aussi noir qu'une étoffe de crin. »

Callot faisant des contorsions gracieuses et risibles[1] ». Plus importante ici est l'idée que l'oxymore définit l'expérience fantastique, le *réel* du fantastique : comme expérience voisine du sacré pour le romantique, il offre la coïncidence des opposés, l'union des contraires et des incompatibles comme la révélation suprême, la donnée ultime où l'expérience humaine, projetée par-delà la raison, le langage, la réalité banale du sens commun, entre dans une dimension qui s'apparente à une mystique, à une connaissance du *surréel*, que les Surréalistes n'ont jamais saisi que comme un ensemble d'oxymores. L'absolu qui assume l'unité et la totalité, donc la conjonction des termes antinomiques identiquement affirmés et dépassés semble la visée dernière du fantastique de Gautier.

Nous l'avons dit initialement : il refuse les séparations abruptes, les catégories fermées, les antithèses définitives, et même toute définition ; l'oxymore en un sens renvoie à la métamorphose : n'est-il pas une métamorphose grammaticale ou sémantique, la création d'un vocable double, contradictoire, impossible, la mise au monde d'une réalité impensable ? Là où le jeu des significations est séparateur et exclusif, l'oxymore qui refuse de tenir les oppositions logiques et les alternatives pour décisives, et s'en remet à une perception plus sensorielle, ou plus sensuelle de l'objet, à un dynamisme de l'unité et de la réversibilité, met en question le langage et l'intellectualisme de la représentation qu'il accuse au fond de soumettre la réalité au principe d'identité, de non-contradiction, de distinction : le mot et la pensée supposent que la division est ontologiquement première, que le choix est inévitable, que le dualisme est le principe universel, qu'il n'y a pas de présence totale et simultanée, d'égale affirmation des opposés. Qu'il n'y a que des apories indépassables[2].

---

1 Cette belle formule qui établit un lien entre le fantastique et la pointe, qui est une recherche stylistique de l'éblouissement et d'une sorte de surnaturel du verbe et de la pensée, est citée par Jean Ziegler, *Gautier-Baudelaire : un carré de dames, Pomaré, Marix, Bébé, Sisina*, Paris, Nizet, 1977, p. 70-72. Je relève d'autres formules oxymoriques de Gautier : « cette poésie vaporeuse, cette fantasmagorie voluptueusement sinistre » (à propos de *Giselle, Histoire de l'Art dramatique*, t. II, p. 133), à propos d'*Inès de la Sierra* : « une volupté morte, un délire glacial, toute une poésie sinistre et charmante qui effraye et qui ravit » (*La Presse*, 19 juin 1849), à propos d'Hérodiade : « avec ta grâce scélérate, tes regards d'une innocence diabolique, et ton sourire vermeil comme du sang [...] par une antithèse pleine de charme et d'horreur... » (*La Presse*, 24 avril 1848) ; voir encore dans Marcel Voisin, *op. cit.*, p. 313, des exemples remarquables.

2 *Cf.* Barbara Sosien, *op. cit.*, p. 159.

Alors que la raison des Lumières fait confiance à l'analyse qui sépare les idées, disjoint les ensembles, préconise une aveugle confiance dans la différence et à la distinction, le *Witz* romantique, ou théorie de l'*esprit* exalte l'art de déceler des ressemblances éloignées et subtiles, l'aptitude à l'analogie, à la métaphore, au jeu des combinaisons possibles.

Mais tout le réel du fantastique, où le surnaturel devient « naturel », fait exploser les catégories courantes et réclame une continuelle rhétorique de l'oxymore. On devrait dire que, pour Gautier, elle établit le fantastique : alors toute dualité est surmontée, ce qui est réel, ce sont d'impossibles unités, des rencontres déconcertantes de termes ; le silence est bruyant, une odeur est « granitique », les ombres ont des mains, les flammes des bougies sont noires ; Gautier a rassemblé avec une joie particulière toutes les figures qui par-delà la banale distinction du jour et de la nuit instaurent une *autre* lumière : à Naples, « le jour bleu qu'on appelle la nuit » succède au « jour jaune » ; on a aussi « la lune bleue et blafarde », la lune donne « un jour nocturne », la lune comme « une espèce de soleil blanc » il y a un « bleu nocturne », des « yeux d'un bleu noir comme l'azur d'une belle nuit », des « étoiles noires », des « flammes noires », des étoiles « d'un noir lumineux » ; pour qui contemple le ciel, notre soleil devient noir ; Malivert privé de Spirite se demande « comment supporter les ténèbres du soleil ». On trouve aussi « l'azur noir » de la nuit méditerranéenne, « le blanc intense et lumineux du mont Thabor », le soleil des morts qui est lunaire, celui des vivants qui est un « astre pâle », la lumière du Midi qui est d'or et d'azur. Paul aveugle est plongé dans une ombre « auprès de laquelle la nuit la plus sombre est un jour splendide », il passe des « ténèbres du sommeil aux ténèbres de la veille ».

L'oxymore napolitain semble généraliser le bleu[1] ou le rendre *intense*, instaure un règne permanent de la lumière si bien que « les couleurs semblent appartenir plutôt au monde du rêve qu'à celui de la réalité » ; et la mer « est comme un rêve bleu d'infini ». La figure de l'oxymore fait admettre le fantastique comme *une* réalité nouvelle ou autre. Ainsi le lever surnaturel du jour à minuit mêle des couleurs si complexes et

---

1   *Cf.* Anne-Marie Jaton, *op. cit.*, p. 101-109, Naples est une « ville bleue », mais le bleu est uni au jaune, au rouge, au noir ; le bleu est la couleur de la profondeur, de l'infini, de l'immatérialité car l'azur céleste semble fait de transparence superposées ; de même des remarques importantes sur l'association du bleu et du doré, couleurs contraires et complémentaires, sur la prédominance du violet, mélange de bleu et de rouge.

si nuancées qu'elles sont indéfinissables : « de vagues teintes roses... des dégradations violettes...les lueurs azurées de la lune ».

Paul aveugle dit, « quand on a l'amour, on possède le vrai soleil, la clarté qui ne s'éteint pas ». Le fantastique de Gautier est pénétré par l'oxymore de la morte-vivante, il l'est tout autant par celui de la nuit lumineuse, elle est devenue une lumière spécifique, arrachée au néant de l'obscurité ; le voyageur affirme qu'il y a peu de nuits complètement obscures ; proteste-t-il contre la séparation abrupte du jour et de la nuit, veut-il en bon romantique associer la splendeur solaire (dont Paul se détache avec tant de chagrin) à la lumière de la nuit réservée aux *yeux de l'âme* ?

Tout se passe alors comme si Gautier ne pouvait pas s'en tenir aux polarités les plus simples : le jour et la nuit, la lumière et l'obscurité, il les veut simultanées, confondues, réversibles ; le jour est nocturne, la nuit est diurne. La nuit à Pompéi est « plus claire à coup sûr que le plein midi à Londres » ; la mer est piquée « d'étoiles rouges », la mer et le ciel, la terre et le ciel permutent : à Pompéi encore, « la terre avait des tons d'azur et le ciel des reflets d'argent d'une douceur inimaginable ».

Gautier ne sépare jamais rien : les patineurs du Bois de Boulogne lui rappellent les cavaliers arabes, Naples et l'Angleterre se recoupent, le Nord et le Sud, l'Orient et l'Occident, le barbare et le civilisé s'appellent l'un l'autre et se combinent comme ils peuvent. Autant d'oxymores patents ou latents qui désignent dans le retournement des réalités la suggestion d'un retournement des valeurs : l'oxymore *est* une expérience perceptive, mais aussi affective, passionnelle ou mystique. L'oxymore fondamental porte sur les relations du bien et du mal, du plaisir et de la douleur, de la vie et de la mort.

Gautier parle aussi d'« étincelle humide », unit le chaud et le froid, fait geler Octave sous le soleil de Mergellina, Alicia sous la brise tiède, sous la chaleur « qui faisait crier les cigales », le contact de Clarimonde et d'Arria est glacé et brûlant, le héros du *Pied de momie* connaît la terreur fantastique, il a chaud et froid « alternativement ».

Au bal de Lavinia, il y a les habits noirs des mondains qui « servent pour la fête comme pour le deuil » ; l'orgie où est « morte » Clarimonde était « infernalement splendide ». Romuald veille Clarimonde « navré de douleur, éperdu de joie, frissonnant de crainte et de plaisir », les hachichins connaissent une « frénésie joyeuse », une « voluptueuse intoxication » ; à

Vienne, quand le diable se joue lui-même, « on riait et on tremblait ». Le « maître chanteur » a un sourire d'épouvante, « une grâce scélérate », une « langueur perfide », il « charmait à la façon du serpent », avec « un doux regard de tigre, un charmant sourire de vipère ». Oluf, blanc et rouge, bon-méchant, blond à l'œil noir, a un « regard velouté, cruel et doucereux ». Prascovie, charmante et funèbre avec sa robe blanche et ses rubans noirs, a une « implacabilité douce », une « froideur compatissante » de « douce meurtrière ». Paul, dont le visage fait de traits disparates et incompatibles est celui de l'ange tombé, reconnaît en lui la beauté de Méduse « horrible et charmante », où « la beauté se mêle à l'horreur », « masque convulsé d'une âme douce et tendre », et à la fois « victime et bourreau », il se plonge « vivant dans les ténèbres éternelles ».

Gautier ne sépare donc jamais rien : par delà le pensable et l'exprimable, identiquement affirmés et anéantis, dans l'absence de nom et de catégorie, les opposés se retrouvent, mais pour désigner une unité plus originelle et plus radicale, une vérité impensable et impossible ; l'oxymore égare, confond, paralyse l'esprit et l'éclaire de sa lumière obscure.

La Beauté est tout, mais elle est liée au néant, à l'anéantissement de l'homme ; le désir qui constitue l'homme repose sur une suppression de l'homme ; il ne veut que l'absolu, et l'absolu le détruit. Le thème le plus stable du fantastique de Gautier, thème nodal du romantisme, est le thème de l'excès : la vie à son plus haut degré est l'agonie de la vie. « Il faut mourir de rire », disent les grotesques du Club. D'Onuphrius à Spirite, il est bien dit que le génie, l'extase touchent à la folie. « La pensée est une force qui peut tuer. » « L'enveloppe humaine » éclate sous « la pression du bonheur ».

Et le paroxysme de vie, seul désirable, c'est la mort. La mort est dans la vie et la vie dans la mort : vaste pensée du romantisme, qui n'est au reste explorée qu'en récits et présentée en fables, comme *La Peau de chagrin* et que le fantastique de Gautier, relayant ses poèmes de 1832 et 1837, a sans cesse reprise. L'oxymore engendre idées, aventures, personnages en multiples variantes ; il supprime les barrières de la condition humaine, il définit la vie et la mort l'une par l'autre, il renverse toutes les valeurs, il montre qu'il y a des morts plus vivants que les vivants qui sont déjà morts, « car la vie intérieure leur manque », et ils sont coincés dans le réel, lui-même figé, inerte assoupi. Novalis n'a-t-il pas dit que « la nature est une ville magique pétrifiée ». Le vivant déjà mort, c'est l'homme normal, défini, stationnaire, établi en lui même et dans la société, marié peut-être même, accomplissant comme dit Octave de lui-même, « la pantomime habituelle » avec tellement d'indifférence mécanique qu'il se croit « déjà sorti de la sphère humaine ». C'est la prison du prosaïsme, elle révèle *a contrario* la positivité de ce qui n'est pas ou n'est plus, en même temps que le néant de ce qui est.

Dans l'oxymore fantastique tout coexiste : le rêve est réel, la mort est vaincue, le passé est présent ; mais il y a aussi échange, retournement, subversion presque mystiques des valeurs. Union, interaction de la vie et de la mort. Pour qui sait et voit, « tout vit dans la nature, même la mort, tout bruit, même le silence ». Il y a les mélancoliques comme Octave pour qui la vie consiste à mourir doucement. Il y a Alicia la phtisique, déjà la mort est dans sa vie, Alicia l'amante qui déclare, « qui sait aimer, sait mourir » et qui demande à Paul de la regarder fixement. Le mauvais œil vient peut-être nous rappeler que l'amour est meurtrier, que la joie est dans le voisinage de la douleur, et la vie, du néant ; que la mort est la condition de la vie, que la mort peut être positive. Alicia, qui meurt d'aimer et d'être aimée, dont la bague de fiançailles est un « anneau [...] pour l'autre vie », est une vivante mourante, symétrique de la morte vivante et mourante comme Clarimonde ; chez Alicia la vie s'éteint, devient la mort ; c'est toute son histoire, histoire écrite avec les couleurs qui disent les nuances de cette union de la vie et de la mort (une mort rouge et blanche) ; la vie pour elle est une « difficulté à vivre », la mort « comme une sorte d'évanouissement de la vie ».

Quand Alicia s'offre au regard de Paul qui la tue, elle éprouve « une sensation voluptueusement douloureuse, agréablement mortelle », le rêve où paraît sa mère, ce *spectre charmant*, apporte « des terreurs gracieuses, un charme effrayant », il plonge Alicia dans une « tendresse mêlée de terreur ». Et vient la formule décisive du romantique : « sa vie s'exaltait et s'évanouissait », et « elle rougissait et pâlissait, devenait froide puis brûlante ».

On aura donc toutes les variantes du grand oxymore central, son aspect grotesque (les chevaux morts et vivants du corricolo), social (sont morts les vivants qui n'ont pas d'âme, les mondains d'*Onuphrius* ou de *Spirite*), les grandes séquences où la vie est déjà morte (la vie cléricale de Romuald, Spirite au couvent ; elle est déjà morte dans la vie avant de vivre dans la mort), tous les êtres qui vivent dans la mort, tous les éléments où la vie et la mort sont unies et impliquées l'une dans l'autre. En soi qu'est-ce que l'aventure fantastique sinon l'accès à cette unité ? Symboliquement chez Gautier, la mort, c'est une fleur qui une à une perd ses pétales : on vit de mourir.

Romuald finit comme une ruine vivante. Son ordination est une sépulture pour un vivant. Octave, « regard mort dans un jeune visage », a le corps intact et l'âme morte, la vie se retire, se suspend en lui comme dans ces syncopes qui montrent la coexistence de la vie et de la mort ; faute de volonté, de désir, d'espoir, il laisse son âme se détacher de lui-même : sa confession initiale où il décrit sa mélancolie explique sa fin, quand son âme choisit la mort. Il est par cette affirmation de la mort dans sa vie l'exact opposé de Cherbonneau, corps consumé, regard d'enfant, aussi mort que les yoghis, mais enfermant une âme jeune, une volonté puissante dans un corps détruit ; au vivant qui meurt, s'oppose le mort qui vit.

Non moins doubles sont les héroïnes, non moins situées dans une relation d'implication de la vie et de la mort : Clarimonde, vampire au cœur tendre, semble prise dans un passage continuel de l'exténuation à la résurrection, elle vit de mourir, elle vit de la mort des autres, elle vit et meurt en même temps.

Chaque terme de l'oxymore est renforcé par son contact avec son contraire ; l'oxymore dit la montée et la croissance des réalités contraires et tirées au delà d'elles par leur jonction et leur opposition simultanées. L'intensité, la survitalité fantastiques évoluent entre les extrêmes qu'elle unifie dans cette tension du langage qui transcrit en faisant violence aux mots la réalité de l'impossible, ou ce qui est impossible à penser, la coïncidence des opposés. Dans l'au-delà « on voit, dit Féroë, des merveilles et des épouvantements », « le ciel a son vertige comme le gouffre ».

Ainsi tout le réel du fantastique, où le surnaturel devient « naturel », fait exploser les catégories courantes et réclame la continuelle rhétorique de l'oxymore. On devrait dire que, pour Gautier, elle instaure le fantastique : alors toute dualité est représentée sans être surmontée ou abolie. L'oxymore dont l'essence est d'être *au-delà* (des contraires, des mots, des séparations) va alors s'avancer vers des réconciliations plus audacieuses encore, vers l'unification d'oppositions qui structure intentionnellement tout l'univers fantastique de Gautier. Alicia ressemble aux héroïnes de Shakespeare « chastement hardies, virginalement résolues », Spirite a un « sourire voluptueusement chaste », elle est « divinement belle et humainement tendre », comme le beau est déclaré « humainement divin ». Est-ce à dire que l'humain et le divin ont une possibilité de fusion ? Que le désir et la pureté, la passion et l'innocence, la sensualité et la contemplation ne sont pas définitivement séparés ? Que la Forme et l'Âme ne sont pas ennemies ?

Le fantastique est une protestation contre toutes les séparations. Le mal, c'est la chute de l'homme dans le contradictoire, la bipolarité (l'âme / le corps, la matière / l'esprit), la dispersion dans le temps et l'espace, les frontières et les ordres qui fragmentent la totalité de l'homme et du monde. L'oxymore semble une promesse d'union, derrière laquelle paraît une possibilité d'unité. Elle est liée à la présence dans le fantastique de Gautier, comme point de fuite et point final, de l'Androgyne mythique[1], qui supprime la séparation des sexes, la division des consciences, l'incomplétude de l'homme ; l'oxymore désigne dans son impropriété grammaticale ou logique l'être absolu, qui est l'oxymore incarné, l'être double et un, la réalité totale et idéale qui *est* la plénitude, la perfection, l'union, le retour à l'Unité première et dernière. L'être mythique est partout chez Gautier, de *Maupin* à *Spirite ;* mais son avènement est réservé au fantastique, sa fonction d'unification y est complète, il n'est pas seulement la Beauté idéale et totale, la chimère fondamentale de l'homme, il est aussi l'Amour absolu, l'Ange d'amour qui unit puis confond l'homme et la femme.

Unir les amours, unir les amants : il n'y a pas d'ange célibataire. Déjà la confusion des vies (et des morts) de Romuald et de Clarimonde (rappelons-nous : « je ne vivais plus dans moi mais dans elle et par elle », « j'aurais voulu ramasser ma vie en un monceau pour la lui donner », « ma vie est dans la tienne et tout ce qui est moi vient de toi »), constitue, malgré la férocité tendre du vampire, des êtres interchangeables qui ont le même sang. Dans *Avatar*, où le docteur Cherbonneau mène de son côté une quête de l'Unité première (unir la matière, l'esprit, le langage,

---

1   Voir sur ce point notre étude « Mademoiselle de Maupin ou l'Éros romantique », *Romantisme*, n°8, 1974, qui reprend et complète notre présentation de l'éd. Folio du roman, Pierre Albouy, « Le mythe de l'Androgyne dans Mademoiselle de Maupin », *Revue d'Histoire littéraire. de la France*, 1972 et, bien sûr, l'article capital de Jean Molino, « Le mythe de l'androgyne », dans *Aimer en France, 1760-1860*, Actes du Colloque international de Clermont-Ferrand recueillis et présentés par Paul Viallaneix et Jean Ehrard, Publications de la Faculté des Lettres et des Sciences Humaines de Clermont-Ferrand, 1980.

l'humain et le divin), se réalise l'Androgyne platonicien, l'union des moitiés indûment séparées « par le divorce primitif », « cette dualité dans l'unité qui est l'harmonie complète » ; doubles et un, comme l'oxymore, comme l'Androgyne mythique, les époux Labinski, « ces deux âmes fondues en une seule », absorbées en une « perle unique » (la même formule est littéralement reprise à la fin de *Spirite*), constituent un couple parfait, et un seul être moral et physique ; comme si Gautier, revenant à *Séraphîta*, faisait du mythe la garantie transcendante et fondatrice du mariage humain. Promis depuis toujours, pour toujours, jusque dans le ciel, Olaf et Prascovie sont indissociables, transparents l'un pour l'autre, ils sont l'union du masculin et du féminin parvenus chacun à sa perfection ; mais unis par « un amour pur, calme, égal, éternel comme l'amour des anges », ils ont atteint l'androgynie spirituelle, réconcilié le mariage et la passion, le désir et la chasteté, l'accord ardent des corps et « l'accord sublime » des âmes ; c'est l'unité de la chair et de l'esprit en chacun qui permet l'unité supérieure du couple. Il repose sur un seul amour (Alicia dira aussi mais pas dans le même sens : « je n'ai pas deux cœurs, je n'aurai qu'un amour ») et cet amour unifie et unit les époux.

Dualité dans l'unité, le couple est un des côtés de l'oxymore et du mythe : l'autre côté, « l'unité dans la dualité », la face plus radicale de l'Absolu, reconstitue l'unité primordiale dans le respect des principes opposés ; Spirite promet à Malivert le contraire du couple parfait ; et c'est la même chose, c'est l'unité enfin réalisée ; et elle s'exprime déjà comme André Breton, les amants seront le surréel, « le moi dans le non-moi » (le respect de l'individualité dans son dépassement), « le mouvement dans le repos, le désir dans l'accomplissement, la fraîcheur dans la flamme », soit un état divin de l'amour qui dépasse ses antinomies humaines et parvient, bel oxymore, à une « tranquille ivresse ». Spirite n'est-elle pas « une couronne d'étoiles » et « une coupe d'amour » ? Tel est le « couple céleste », l'union des âmes sœurs, qui sont un seul être.

RÉCIT ET AVENTURE FANTASTIQUES

L'œuvre fantastique de Gautier offre une telle unité, une telle stabilité à travers trente ans de création, qu'on a pu l'analyser comme une œuvre[1] unique aux variantes infinies, allant de la Morte amoureuse, à l'Amoureuse mourante dans *Jettatura*, puis à l'Amoureuse morte dans *Spirite*; les récits s'enchaînent à partir d'une thématique stable, s'emboîtent les uns dans les autres dans une évolution continue, évolution qui tend à son sommet : *Spirite* semble l'*achèvement* du thème. Ce qui ne varie pas, quel que soit l'équilibre du surnaturel et du naturel, le plus souvent représenté par la conjonction de deux univers, c'est l'axe central, la hiérogamie de deux amants qui vont l'un vers l'autre à travers les étendues du temps et de l'espace, la poussière des civilisations, l'impitoyable barrière de la vie et de la mort.

Ce scénario constant (peu importe que les héros et les héroïnes soient du même monde ou non, de notre monde ou non) doit encore être regardé de près dans sa structure : le fantastique de Gautier va se séparer nettement des structures types communément appliquées aux récits du « genre » fantastique. C'est le fameux « climax » de Penzold[2], dont le principe a été heureusement suivi et nuancé par Finné[3], et son mouvement de protase/apodose, sa distinction d'une ligne ascendante dans le récit fantastique où le mystère est imposé, où le « souffle » fantastique s'accroît, jusqu'au moment où cette tension descend, où le mystère est expliqué. Le fait de raconter le non-racontable se fait ainsi à travers deux vecteurs antithétiques, ascension/descente ; la phase montante est « pendulaire », le lecteur oscille entre une explication naturelle et une explication surnaturelle des faits racontés ; mais il intervient toujours une explication (qui n'est pas toujours une élucidation totale).

---

1   *Cf.* l'étude suggestive déjà citée de Robert Baudry, et celle de Cecilia Rizza, « Les formes de l'imaginaire dans les contes fantastiques de Gautier », *Bulletin*, 1988, qui relève la structure tripartite immuable des contes (le cadre réel, l'aventure, le retour au réel), et les modalités de présentation et de dénouement.

2   Voir Peter Penzold, *The Supernatural in Fiction*, Londres, Peter Nevill, 1952, p. 15 *sq.*

3   *Cf.* Jacques Finné, *La Littérature fantastique* [...], *op. cit.*, p. 38, 43 *sq.*, p. 79 ; sur l'explication, *ibid.*, p. 31 et 85.

Le vrai problème est de savoir où et quand se produit l'apogée du récit : cette explication, autre « loi » plausible du genre, est pressentie d'abord par le lecteur, qui va plus vite que le personnage, mais ne peut pas avoir un champ de perception et de compréhension beaucoup plus large et beaucoup plus lucide. Si l'explication est première, si elle figure dans le titre (avec les nouvelles de la drogue), il n'y a pas lieu d'imposer le fantastique, le mystère est réduit ; on se rapprocherait même du merveilleux. Elle peut coïncider avec la fin ; mais la fin du mystère peut ne pas être la fin du récit : Finné fort justement propose de distinguer le « récit » fantastique, qui unit pratiquement « climax » et dénouement, de l'« aventure » fantastique, c'est-à-dire d'une sorte d'allongement narratif, où le fantastique repéré et expliqué ne fait plus mystère, mais où se produit un rebondissement qui va permettre par exemple aux récits de Gautier de tendre au roman.

Les personnages qui vivent dans le fantastique, sont aux prises avec le phénomène impossible, le combattent, cherchent à en sortir ; le « suspense » ne repose plus sur un mystère, mais sur une action. S'il y a ainsi une préparation du fantastique, un récit-prélude qui l'impose, l'établit, le fait accepter (y compris aux personnages), s'il y a un dévoilement du mystère, il y a aussi une exploitation de la donnée impossible, qui mène à une sortie du surnaturel.

L'équilibrage pratiqué par Gautier frappe immédiatement par son originalité. Il a tendance à opter pour l'aventure qui organise sur un mode tragique/humoristique la coexistence de deux mondes et qui prolonge la jonction de l'humain et de l'impossible.

Il n'y a pas dans *Onuphrius* un vecteur-tension, mais plusieurs, pour chaque aventure folle du héros. *Spirite* offre en prélude une série de faits étranges, qui organisent une sorte de hantise, qui combinent l'inexplicable et l'intentionnel ; ils n'ont pas de cause, mais un sens irréductible à toute normalité : la lettre écrite inconsciemment, le soupir (« féminin indubitablement »), l'avertissement solennel du baron de Féroë ; mais déjà à ce moment (fin du chapitre II) le fantastique commence à être dévoilé et accepté par Guy. En fait la « tension » ne dépasse jamais un certain seuil : toute manifestation de l'au-delà est élucidée ; l'énigme et son sens progressent presque ensemble. Viennent en effet le souffle senti par Malivert et le « n'entrez pas », l'arrivée inopinée mais opportune du baron, « qui coïncidait d'une façon si singulière avec sa désobéissance à cet avis mystérieux » : Guy se sait environné d'une présence, il voit une première vision céleste, le baron lui confirme qu'«un esprit», et un esprit féminin, est en communication avec lui.

Dès la conversation au club (chapitre IV) il n'y a plus vraiment de mystère : une première rétrospection (chapitre V) raconte comment Spirite a déjà agi sur Guy et influencé sa vie passée ; le Rubicon est franchi, la première apparition a eu lieu dans le miroir. Bien plus tard (fin du chapitre XII), Spirite elle-même à la fin de sa dictée élucide tout le début. Mais la question qui résume le mystère, le « pourquoi ? », ou le « qui est-ce ? », l'identification de l'être impensable, a été vite résolue, et résolue sans effroi, malgré les mises en garde de Féroë, qui ne détournent pas Malivert de « tenter l'aventure » ; la question est alors, le « comment ? ».

Comment s'organise la cohabitation du réel et du fantastique, la vie de Guy dédoublée (chapitre XIII), puis l'acheminement à l'unité céleste, comment s'organise ici le choix de l'au-delà, comment l'homme et l'Esprit se connaissent, se familiarisent, élaborent un difficile équilibre amoureux ; bref il s'agit bien d'une « aventure » fantastique, les amours impossibles mais sans mystère d'une âme céleste et d'un mortel.

Très vite au reste (dès la scène du miroir), Guy, anticipant sur l'avertissement de Féroë de ne pas douter, est « décidé à trouver le surnaturel naturel ». Son cœur croit et dément sa raison. Mais tous les récits, même les premiers, font apparaître ce même équilibrage, qui résout rapidement l'énigme de la manifestation fantastique, et situe plutôt le « climax » en elle, dans la progression du bonheur (érotique), ou dans le développement de cette station dans le fantastique. Une fois le mobilier revenu à la vie, le héros de *La Cafetière* écrit : « Ce qui me restait à voir était encore plus extraordinaire » ; la vraie montée se déroule dans le fantastique, vers le bizarre, le grotesque, puis la stupéfiante beauté et la vitalité vertigineuse de la danse et du bonheur.

Dans *Omphale* qui reste une structure « classique » en trois mouvements (prélude réaliste, entrée dans le fantastique, chute) la montée elle aussi « classique » des signes inquiétants de l'étape II, conduit avant l'étape III à une seconde montée, celle du plaisir, longue pause heureuse marquée par la dualité et l'humour ; l'héroïne est une toile et une femme, une « Madame Omphale » antique et surtout rococo, une marquise-marraine et une impénitente séductrice qui s'éprend

« d'un morveux » après avoir « promis d'être sage » ; les données sont logiquement suivies dans leur impossible coexistence et cela jusqu'au bout, même chez l'antiquaire, où la tapisserie reste un objet et un être vivant.

Ce qui suit la crise fantastique admet une tonalité ironique ; dans *Le Pied de momie*, à structure classique aussi, l'entrée dans le surnaturel se fait par des étapes et transitions qui commencent dès « le réel », la boutique du bric-à-brac, où tout a une fonction d'avertissement et de préfiguration (y compris la survie des objets), puis l'apparition se prépare par un glissement continu et ambigu (le héros est-il ivre, est-ce un rêve ?), le saut de l'autre côté est marqué par une autre perception des choses, une sourde animation montante, un ensemble bouleversant de bruits et de mouvements. Mais alors le fantastique se stabilise en une situation durable, il s'accroît et se familiarise (il semble tout à fait normal au héros) ; l'étrange est en dialogue avec le quotidien, ou se compromet dans un certain burlesque. Ce qui inspire Gautier, c'est moins l'interpellation du mystère que la logique étrange de la situation qu'il a engendrée.

Ce n'est pas non plus dans *La Morte amoureuse* que les amateurs de mystère seront satisfaits : il est en réalité établi et admis et presque régularisé dès le début. Parce que la structure du récit « à la première personne », fait par un Romuald mûri, repentant et différent en tout cas du Romuald qui a vécu l'événement étrange, introduit une perspective double, il se confesse et se justifie, il raconte, il juge, il explique et s'explique, narrateur lucide et honnête et doué d'une autorité certaine, il fait accepter d'autre part l'événement miraculeux de la résurrection de Clarimonde parce qu'il se trouve dans un ensemble d'événements incertains et répétés, Clarimonde peut passer pour une obsession, un rêve qui revient, une vision obsédante ou un être qui va et vient de la vie à la mort. Du début à la fin le raconteur ne cesse de se présenter comme victime d'une femme (un seul regard, et il a été perdu), d'une illusion, il invoque le délire des sens et le délire tout court ; en un sens tout va de soi, même le blasphème et la séduction satanique ; l'aventure fantastique s'installe dans la durée, et c'est ce qui fait sa puissance, elle repose sur une division qui ne bouge pas : les deux spirales continues de la vie diurne (ratée et nulle) et de la vie nocturne (d'une richesse surhumaine de vitalité) renvoient l'une à l'autre et se contestent l'une l'autre sans cesser d'être à égalité ; l'illusion du prêtre d'être un libertin est équivalente au « cauchemar » du gentilhomme d'être un prêtre.

Le moment où le récit franchit le seuil de l'impossibilité, où il monte en quelque sorte trop haut pour être soutenable, où il s'abandonne aux forces ténébreuses en cherchant à les concilier avec la réalité, c'est le moment où Romuald suit Clarimonde, change de vie et d'identité. S'il y a une montée désastreuse dans le récit, elle aboutit au dédoublement réel de la vie et du moi, à la révélation du vampire amoureux : mais il ne s'agit plus d'un vrai mystère ; dès le début, la double nature de Clarimonde de morte-vivante (elle-même l'indique : « Clarimonde la morte qui force à cause de toi les portes du tombeau [...] je t'ai attendu si longtemps que je suis morte ») ne constitue pas une énigme complète ; les avertissements de l'abbé Sérapion ont été simplement oubliés par Romuald jusqu'aux certitudes finales.

Le récit fantastique de Gautier tend ainsi à une sorte d'équilibre avec l'aventure, aux dépens sans doute de la pureté et de la violence du mystère. De même *Arria Marcella*, récit circulaire, qui commence et finit dans la réalité banale, qui commence avec le moulage d'Arria et qui finit avec la beauté complète cette fois de l'héroïne, contient un long prélude réel, la visite normale de Pompéi, visite recommencée elle aussi, mais dix-huit siècles plus tôt dans la partie fantastique, dans ce « jour nocturne » où le temps est suspendu, où un non-temps confond le présent et le passé, l'éphémère et l'éternel, le réel et le songe ; la première partie, solaire, décrit une réalité en train de devenir étrange ; la deuxième, décrit une réalité lunaire et solaire à la fois, où le soleil fantastique se substitue à la lune réelle, et s'arrête au retour du jour. Mais, entre les deux, se place la crise fantastique, l'assaut de l'étrange, la désorientation d'Octavien ; alors, vers le tiers du récit, il y a mystère (dès que, « sans qu'il en eut conscience », Octavien a laissé ses pas se diriger vers la cité morte), et franchissement d'un seuil au-delà duquel peu à peu, insidieusement, progressivement, par des étapes de moins en moins acceptables, monte, invincible, le miracle, et avec lui le trouble d'Octavien ; sommé par l'inconnu, frissonnant d'angoisse, Octavien comprend l'impensable, le constate, l'admet ; convaincu, il est dans le prodige, qui immédiatement s'installe et se consolide ; quand le soleil se lève à minuit, le fantastique est établi et nous sommes pris. Et nous allons le rester : le récit recommence, mais dans l'Antiquité ; « à la vive lumière du soleil », Octavien entre dans l'« aventure », et Gautier dans l'aventure d'un fantastique archéologique où un touriste gaulois du XIXe siècle va assister à une résurrection de l'histoire romaine au quotidien ; le contact des deux mondes est aussi le contact de deux séries temporelles logiquement reconstituées et opposées. C'est après cette exploitation du mystère que se trouve le deuxième seuil, la rencontre avec Arria : à partir du premier passage hors du temps, le miracle se suit selon une progression linéaire, il se détruit de même.

Dans *Avatar* y a-t-il, à un moment quelconque, une part de mystère ? Le lecteur peut-il s'interroger sur le phénomène impossible ? Ou seulement sur ses conséquences possibles, logiques, humoristiques, dans la réalité ? Tout le problème devient alors : est-ce que le miracle réussi va aboutir à ses fins ? Ici, Gautier semble aller le plus loin dans sa tendance : personnages et lecteur comprennent tout et en même temps. La réalisation de la donnée fantastique se fait en toute clarté, facilement pourrait-on dire, car le démiurge humain est réellement tout-puissant, c'est admis d'emblée.

Reste à maintenir le miracle dans la réalité, à le suivre dans ses conséquences, à tenter de faire coïncider la métempsycose et les réalités modernes ; elle échoue parce que le docteur n'avait pas prévu la force et la lucidité de la passion féminine, ou l'aspect suicidaire de la mélancolie d'Octave ; mais aussi le dépossédé ne se laisse pas faire, et il y a les détails de la vie, ainsi l'épisode du polonais souligne la faille de l'avatar : le transfert de l'âme ne prend pas en compte la masse des connaissances de toutes sortes de l'être vivant (la disposition de l'hôtel Labinski comme la langue maternelle).

L'échec du fantastique est palpable dès qu'Octave « repoussé comme amant » l'est encore « comme mari » : le surnaturel ne peut rien pour l'amoureux qui n'est pas aimé. Une fois finis les deux récits rétrospectifs qui racontent les amours d'Octave et les recherches du docteur, une fois prononcé le mot décisif, « la comtesse Prascovie serait bien fine si elle reconnaissait l'âme d'Octave de Saville dans le corps d'Olaf Labinski », tout est clair, tout est dit, la comtesse est en effet très fine, il n'y a plus qu'à réaliser l'avatar (« l'avatar était accompli ») mais la donnée fantastique ne peut pénétrer dans une réalité qui le rejette, et le recommencement en sens inverse du miracle ne rétablit pas l'ordre initial ; il n'y a de mystère qu'au début, quand le malade confesse au médecin un mal inconnu et que le médecin lui enseigne ses pouvoirs inouïs ; il y a encore du mystère pour le comte une fois qu'on l'a changé de corps : la situation fantastique se recrée pour lui seul, dans la mesure où il doit comprendre de quel prodige il est la victime, mais les personnages et le lecteur assistent à un mystère qui n'en est plus un pour eux et qui ne peut durer.

C'est donc une « aventure », une parabole sur l'identité et le double, une parabole de l'âme finalement victorieuse des manipulations impies ; les épisodes, ce sont les obstacles petits et grands que le quotidien oppose à la métempsycose ; comment rentrer chez soi quand on n'est pas dans son propre corps, comment changer de corps sans changer de mémoire, comment faire croire à sa femme que l'on est son mari quand on ne l'est pas. Les situations paradoxales (le testament du docteur, le duel, le choix des témoins ou des chevaux), effrayantes (se voir dans un miroir avec un autre corps que le sien), humoristiques (Octave suppliant le comte de ne pas lui en vouloir « pour avoir logé quelques heures sa personnalité brillante dans mon pauvre individu », le comte écrivant : « Je m'écris à moi-même et mets sur cette adresse un nom qui n'est pas le mien »), aboutissent à un imbroglio fantastique qui tend au comique.

Tantôt tout le monde est trompé, la métamorphose se réalise avec une facilité dérisoire accentuée par les propos du docteur : « voyez si cette peau neuve ne vous gêne pas aux entournures », tantôt tout échoue, les détails du quotidien s'opposent au fantastique ; Prascovie fait une scène de ménage à son mari qui ne sait plus le polonais ; du côté du comte, expulsé de chez lui par ses valets, dépossédé de lui-même, de son corps, de son visage, de sa maison, de sa femme, de son nom, et pourvu d'un autre moi inconnu, découvrant une autre existence (des vêtements, des heures de repas qu'il ne connaît pas), se développe logiquement un aspect raisonnable et fou de l'« aventure » : comment faire admettre dans la société que l'on est un autre, quand votre mère, vos amis, votre psychiatre vous prennent pour l'autre que l'on n'est pas ! L'identité, c'est l'âme (Octave le constate aussi), mais comment faire reconnaître son âme ? Il n'y a que Prascovie qui devine tout sans rien comprendre.

Le fantastique a des lacunes, des failles, rencontre une impossibilité fondamentale avec Prascovie ; mais la réalité est aussi fautive et le fantastique la met en question. L'opinion, la science de la pathologie, sont fidèles aux apparences et se ridiculisent ; le docteur Blanche refuse de

croire qu'un brun aux cheveux noirs, aux yeux bleu foncé, au visage
pâle encadré d'une barbe soit aussi un blond aux yeux noirs, au teint
hâlé, aux moustaches effilées ; il affirme donc au comte qu'« au lieu
d'être un blond qui se voit brun », il est « un brun qui se croit blond »
et qu'il doit accepter la voix commune qui le dit être Octave de Saville ;
tout le système raisonnable du réel condamne le comte à perdre son
moi ou à passer pour fou. On a beau le menacer de douches, de cures,
d'internement : c'est la réalité que l'avatar rend folle, ce sont les gens
qui croient à la réalité qui sont fous. Quand le fantastique est devenu
un fait, l'aventure qu'il engendre révèle les failles du système de la raison. Ne résiste, ne comprend, ne déjoue la machination que la pudeur
blessée d'une femme amoureuse.

L'imbroglio tourne à une contestation des rapports établis entre
l'hallucination et la perception, entre la raison et la folie, le possible
et l'impossible, la raison et le cœur. De toutes parts il y a combat : du
fantastique et de la réalité, de la vérité et de la convention, combat enfin
amoureux, car les « doubles » luttent pour la conquête et la reconquête
de Prascovie, ils luttent enfin contre le fantastique pour le résorber.

Il faut le défaire, l'intuition de la femme et de l'amour l'a déjoué.
L'interprétation originale que fait Gautier de la structure du récit fantastique, qu'il développe dans tous les sens du mot, soit comme « aventure »
et combat, soit par la démonstration de son impossibilité, les personnages lui résistant, ou la réalité, lui opposant d'insurmontables obstacles
humains (et humoristiques), se retrouve dans *Jettatura* mais combinée
à un mouvement plus classique. Car dans la première phase Gautier
fait progresser de front trois axes, les indices du pouvoir néfaste de Paul
(une série de coïncidences de moins en moins fortuites, proposées par le
narrateur sous des apparences innocentes et insidieusement commentées
par lui), les indices de la compréhension immédiate du phénomène fantastique par ces spécialistes naturels, spontanés et lucides de toutes les
superstitions que sont les Napolitains et Vicè ; la progression enfin plus
rigoureuse et d'une compréhension plus claire par les représentants de la
« raison », les Anglais, et Paul lui-même en dernier : quand le nom du
pouvoir fatal, la définition de ce pouvoir et son attribution, quand tout
cela est clair et pour tout le monde, le récit est à son « climax », avec
cette circonstance aggravante que tout le passé de Paul et la maladie
d'Alicia sont élucidés.

L'énigme posée par Gautier par un mélange d'ellipse, de suggestion et d'objectivité a atteint son apogée. Dès lors le récit se réoriente sur de nouveaux axes qui renvoient à toutes les conséquences possibles dans la réalité du fantastique : pourra-t-on sauver Alicia en éliminant Paul ? L'instance raisonnable, rassurante, toute prête à « expliquer » le mauvais œil, en un mot les Anglais, seront-ils envahis par la superstition napolitaine ambiante ? Ou surtout, une nouvelle trame romanesque commençant, l'amour va-t-il aller jusqu'à son terme fatal, la mort d'Alicia ? D'Alicia consentante ? Dans ce deuxième mouvement, la *jettatura* étant admise, et étant inévitablement mortelle, puisque Paul ne renonce pas à Alicia, et que celle-ci doute de son pouvoir ou, plutôt comme il faut l'admettre, accepte de mourir par amour (la mort de la danseuse, créature féerique et parfaite, est une « mise en abyme » du récit), alors de l'aventure fantastique se dégage un conte tragique d'amour et de mort, d'héroïsme aussi ; car le regard d'amour de Paul tue Alicia qui le sait, qui y consent. L'entrevue capitale du chapitre IX a établi cette nouvelle donnée, cette ascension héroïque d'Alicia, qui réclame la même montée de Paul ; le mouvement fantastique devient un mouvement ascensionnel de sacrifices simultanés ; l'un et l'autre aiment une fois pour toutes et ils vont tout donner à l'amour fatal. « Qui sait aimer, sait mourir. » Alicia force Paul à la regarder ; inébranlable, le couple maudit et glorieux s'achemine vers le destin.

La donnée fantastique première conduit à une série de choix héroïques, au refus des tentations inférieures qui vont de soi. Alicia donne sa vie à Paul, Paul donne ses yeux et sa vie à Alicia. Actes volontaires qui transforment le fantastique en tragique. Mais dès lors, par cet allongement, cet étoffement que permet l'« aventure » fantastique, le récit connaît une sorte de mutation de genre, il devient un roman d'amour tragique.

L'INITIATION FANTASTIQUE, OU LA MORT POSITIVE

LE FÉMININ CÉLESTE

Ce sont elles qui apportent une thématique nouvelle qui soutient cette période des romans fantastiques : un élan mystique désincarne l'héroïne et l'amour. De la femme idéale, de l'amour absolu, on passe à l'amour idéaliste, aux noces mystiques, à la nature angélique de l'héroïne ; la jonction des amants ne se fait plus ou se fait par-delà l'existence charnelle, par-delà la vie, là où ils ne sont que d'un seul côté, comme esprits purs. Et la femme est simplement, carrément un ange : il y a la femme-ange, Prascovie, la femme qui durant le récit devient un ange, Alicia, l'ange-femme, Spirite.

Gautier, obsédé par la mort, la corruption du corps, et la danse macabre des vivants-morts et des morts-vivants, a suivi dans ses récits fantastiques le thème de la résurrection des corps ; il en vient maintenant à celui de la libération du corps et de la matière. C'est toujours l'Éros qui meut le fantastique ; toujours chez Gautier, le désir passe par le corps, mais vise au-delà. Son spiritualisme croissant semble vouloir directement cet au-delà, vouloir l'esprit sans la forme, l'âme purifiée de la matière, et ses récits présentent le devenir ange de la femme à ses différents stades

On est libre d'ironiser sur ces amours blancs, ces héroïnes immaculées, ces âmes ailées, cette Prascovie qui emmitouflée dans son burnous neigeux fuit le regard trop appuyé de son faux mari ; on peut, je n'en disconviens pas, regretter un Gautier plus « païen[1] », ou plus « turc », le libertin réaliste qui trouvait que la bigamie, c'était très bien, l'esthète au regard froid qui n'aimait que les corps parfaits, qui refusait la beauté mélancolique et pudique des vierges chrétiennes. On objectera que cet amant des époques fortes et nues, ce barbare pour qui l'esthétisme est lié à la cruauté, n'a jamais cessé de prôner la pureté, les amours simples

---

1   Voir sur ce point, Robert Snell (*Théophile Gautier, a romantic Critic* [...], *op. cit.*, p. 105 *sq.*) qui retrouve l'inspiration idéaliste dans le sensualisme même : le nu selon Gautier est issu de l'idée et constitue la création suprême de l'homme ; de même p. 115 sur la séduction sensuelle indispensable à l'art le plus idéal ; p. 118 sur l'artiste païen de cœur car toute forme est « païenne », le paganisme n'est que la religion de l'art.

et naïfs, d'imaginer des jeunes filles innocentes et modestes, bref de présenter aussi un versant rose digne des contes de fées (n'écrivait-il pas dans *Le Musée des familles* ?).

Et aussi surtout d'inclure dans son culte de la forme païenne et de la beauté pleinement sensuelle un idéalisme fervent : incapable qu'il est de séparer l'aspect idéal ou idéel de la beauté, de sa séduction érotique ; le nu est l'essence de l'homme, l'épanouissement du corps sous les regards du désir, et aussi la descente de l'idée dans la forme. Pas d'idée sans corps, proposition qui se retourne, qui vaut pour l'écriture comme pour les arts plastiques, et pour laquelle Gautier rejoint Flaubert ou Hugo. L'idée, c'est la forme, la forme, c'est l'idée. Gautier est cohérent, et si évolution il y a et non révolution dans son œuvre fantastique, c'est qu'il va jusqu'au bout et plus loin encore. La forme est tout de même une finitude qui enferme le rêve et l'idée ; le désir, l'imagination veulent davantage, passer outre les strictes limites du sensible, conquérir une idéalité plus vaste, libre des éléments plastiques.

Ce qui indique le mieux cette tendance de Gautier, c'est un des plus beaux passages de *Jettatura* : celui où le héros décidé à s'aveugler s'autorise une dernière fois à voir, à voir la nature, puis à voir Alicia. Alors il rassasie, il sature, il enivre ses yeux, il veut tout absorber en un ultime regard, la lumière, les choses, l'aimée, il voudrait « accaparer l'infini », et s'en souvenir à jamais ; c'est la « dernière fête » de ses yeux qui doivent tout voir, tout retenir, tout posséder. Le regard, c'est l'Éros, c'est la vie, c'est la possession des choses et des êtres ; renoncer à voir, c'est renoncer à être au monde, à être un être de chair ; c'est pour Gautier le visuel, la forme hyperbolique du suicide ; mais c'est aussi une conversion : voir, c'est dominer et s'approprier, le regard est égoïste et Paul ne veut plus avoir que « les yeux de l'âme », la vraie clarté est l'amour ; « Je te verrai avec l'œil de l'âme », dit-il en pensant à Alicia ; et son monologue en se retournant dénigre le simple spectacle du monde, qui est médiocre, raté, monotone, fait d'apparences et de décors comme un mauvais théâtre.

L'artiste selon Gautier a toujours vu la réalité comme un décor : son héros va plus loin : il préfère voir en esprit. Le néant du visible est-il l'entrée dans la voyance ? Le passage à coup sûr a un sens qui va bien au-delà du simple épisode du *jettatore* ; il annonce l'oxymore mystique de *Spirite* : « Mes yeux en se fermant se sont ouverts pour toujours ». C'est dans la nuit ou la mort que l'on voit la vraie lumière.

L'œil physique si dangereux, si avide, si dominateur, si meurtrier finalement (le mauvais œil serait-il le symbole de tout œil ?) est à dépasser par l'œil qui voit l'invisible[1], la vue au-delà du visible. Or pour Gautier il y a « une concupiscence de l'œil », une *libido videndi*, une passion sensuelle de voir à laquelle il semble renoncer ici. Il l'a dit lui-même en 1856 justement : « Jamais œil ne fut plus avide que le nôtre […] ce péché est notre péché et nous espérons que Dieu nous le pardonnera ». « Voir, c'est avoir », dit encore ce texte, vivant commentaire de l'adieu de Paul au monde ; mais est « mauvais » tout œil qui a soif de sensations et de possessions.

Le fantastique, on l'a vu, naît dans le regard pour faire surgir des choses le double inconnu qu'elles contiennent, l'autre face inquiétante. On a l'impression que Gautier hanté par la *jettatura* ressentait une sorte de culpabilité visuelle : c'était l'organe de son péché, de ses excès (son voyage en Italie, il le définit comme « une débauche d'œil »), ce qui peut-être le livrait à trop de plaisir et le réduisait trop à la réalité.

En tout cas dans tous les récits, le thème de la puissance de l'œil (celui de Clarimonde, de Sérapion, du Chanteur, d'Oluf, de Cherbonneau, de Paul), est celui de son influence excessive et de ses conséquences malfaisantes ou dangereuses : dans *Le roi Candaule*, Gygès, convié par le roi à voir Nyssia nue, avait bien le sentiment de commettre un sacrilège, « un adultère visuel » ; et c'était vrai : la reine se sentant regardée préférait finalement le possesseur audacieux de cet œil profanateur et agressif à son mari qu'elle faisait donc tuer par son amant. Chez Gautier l'œil engage totalement, pour le bien et le mal. « Être prêtre, dit Romuald en un raccourci significatif, c'est se crever les yeux », et lui-même ne cesse de rappeler, comme leçon de son déplorable (mais aussi heureux) destin, qu'il ne faut pas regarder une femme, qu'il faut faire « un pacte avec ses yeux » ; « un seul regard » compromet l'âme : le cas d'Octave le confirme.

Dans le renoncement par Paul à l'acte dominateur et sensuel de voir, *Spirite* est en germe ; « l'œil charnel », qui ne voit pas, y est opposé

---

1   Sur la force, la magie du regard, voir R. Benesch, *Le Regard de Théophile Gautier, op. cit.*, p. 42 *sq.* Le texte cité plus bas se trouve dans *L'Artiste*, 14 déc. 1856 ; il se termine par une définition de l'attitude du critique qui admire et comprend les œuvres des autres dans un mouvement de large sympathie ; Gautier semble évoquer le don d'*avatar* : « Pourquoi se circonscrire, pourquoi se diminuer, ne pas jouir largement de tout ? Pourquoi se priver du choix délicieux d'être pour quelque temps un autre, d'habiter sa cervelle, de voir la nature à travers ses yeux comme à travers un prisme nouveau ? »

à « l'œil de l'âme », et Malivert aidé par le « voyant » Féroë achève la conversion commencée par Paul ; il lui faut voir maintenant « le monde invisible dont le réel est le voile ». Dans la nuit, il y a plus de lumière que dans le jour. Déjà Paul aveugle avait dit, « quand on a l'amour, on possède le vrai soleil, la clarté qui ne s'éteint pas ».

« Tuer le réel » et « changer de peau », ces deux souhaits de Gautier semblent bien dans cette partie de sa vie devoir être pris à la lettre ; il y avait en lui plus de fureur et plus de paix : nos *romans* sont plus destructeurs de ce qui est, plus agressifs contre la grotesque réalité, et plus purs, plus blancs. Eugénie Fort en 1863 l'a décrit à la fois apaisé[1] et consolé, devenu, de « bizarre et paradoxal », « simple et solennel », comme un sage, humble aussi et comme privé de *moi* : « autant sa personnalité dominait toutes les œuvres de sa jeunesse, autant dans l'âge mûr, il cherche à s'effacer complètement » ; en cette période où il publie *Le Capitaine Fracasse* et prépare *Spirite*, il tient à Eugénie des propos « mystiques » qui la gênent ; ils sont en effet d'un *nervalisme* radical : « Ce que je pense me semble plus réel que ce que je fais » (il revit alors comme il en fait l'aveu dans l'Avant-propos de *Fracasse*, le romantisme absolu du Cénacle des années 1830) ; et aussi d'un singulier angélisme : « Nous ne sommes pas, nous sommes à l'état de devenir, je me sens devenir un esprit pur, tout ce qui est matériel en moi disparaît[2] ».

La matière n'est-elle pas la servitude ontologique que le fantastique doit vaincre ? Gautier voulait changer de peau, ici il n'a même plus de corps ; « Il veut, disait-il d'Achmet, un amour qui ait des ailes de flamme, un corps de lumière, qui se meuve dans l'infini et l'éternité comme un oiseau dans l'air » ; il s'adonne au fantastique de l'âme pure et le définit à travers ces trois œuvres qui ont une évidente unité de thèmes : la démarche sacrificielle des personnages, l'affirmation de la pureté comme supérieure à l'égoïsme de la vie, ou celle plus radicale encore que « les formes » ne sont rien ; pures apparences pour Cherbonneau, qui sait que sous les métamorphoses et métempsycoses, se conserve l'esprit « qui agite la masse », qui fabrique des simulacres corporels, qui rêve l'Univers : la

---

1   Sur l'idée d'un « apaisement » de Gautier, voir l'article de Nori Fornasier, « Pulsions et fonctions de l'idéal dans les contes fantastiques de Gautier », *Bulletin*, 1984.
2   Cité par Marcel Voisin, *op. cit.*, p. 21 et Anne-Marie Lefebvre, *Spirite de Théophile Gautier*, Thèse de 3ᵉ cycle, ex. dactylographié, Sorbonne, 1978, p. 81.

matière n'est que formes et illusions ; dans *Spirite*, bréviaire d'esthétique pure, les formes sont de la matière ; il faut en sortir et passer outre.

Le récit fantastique tend alors vers le *roman tragique* du malheur fatal et le *roman d'initiation* : ce sont les deux faces du même thème ; le fantastique céleste raconte les épreuves de l'âme, son apprentissage du renoncement, sa victoire ou sa défaite ; nous sommes alors, et c'est peut-être l'une des plus grandes originalités de Gautier, dans le fantastique de l'ange ou, mieux, de l'esprit.

Vient donc le temps des héroïnes pures et chastes dans leur passion, des héroïnes qui meurent d'amour et de consumption physique, des héros qui choisissent toutes les formes de mort et d'immatérialité. Le pari littéraire de Gautier le conduit vers la beauté moralement, physiquement éthérée et spiritualisée par la bonté ou la souffrance ou l'innocence ; l'esprit en marche vers l'absolu renonce au moi : Octave n'a pas su le faire comme amant, d'où le regard désastreux sur Prascovie, il le fait comme âme errante et libre de retourner dans « le sein de l'incréé », dans le vaste tout. Où va aussi Paul, où va l'Androgyne céleste, la perle unique de l'Univers.

Ne plus être, c'est être plus ; toute héroïne possède virtuellement les ailes de l'ange. Celui-ci naît de l'épouse, de la fiancée, de la promise inconnue et innocente que sa vie mondaine aura conduite d'un couvent à un autre couvent. Il naît de la femme qui aime, de celle que l'amour rend chaste, de celle que l'amour tue ; le devenir-ange se produit dès qu'il y a victoire de l'âme et du cœur sur la condition charnelle. Jusqu'ici l'Éros était plus fort que la mort, l'éternité, l'immensité, ici il est plus fort que la matière et la vie et la banale humanité, il est plus fort que le simple désir. Qu'est-ce que l'Ange romantique[1], sinon la logique de l'humanisme romantique, « une créature qui soit l'extrême de l'homme par le haut », une complétude exigée par le principe qui le produit, le sommet de la courbe qui en est extrapolée. Dans le romantisme l'ange est une femme.

Prascovie est terrestre, c'est une sorte de merveille vivante, résumant tout ce qui est beau et élégant, c'est aussi par sa passion et sa fidélité un être qui échappe à l'humain et Gautier nous dit que sa beauté peut avoir « quelque chose d'humain ; la déesse se faisait femme, l'ange reployant

---

1   Voir le recueil *Figures de l'ange romantique, Cahiers du Centre de Recherches sur l'image, le symbole, le mythe*, Université de Dijon, nᵒˢ 11-12, 1994.

ses ailes cessait de planer ». L'Ange est latent dans l'héroïsme moral et passionnel. Alicia vit une vie ou mieux si l'on peut le dire, une mort d'ange, sa « beauté radieuse, alarmante, presque surnaturelle » la divinise et la retranche de la vie, ses yeux sont des étoiles, ses joues sont « d'une pureté ou d'une ardeur célestes », « toute sa chair semblait pénétrée de rayons, on eût dit que l'âme lui venait la peau » ; pour son oncle cette transsubstantiation est le signe de sa mort fatale : les anges ne vivent pas, « c'est trop blanc, trop rose, trop pur, trop parfait », manque à « ces corps éthérés le sang rouge et grossier de la vie » ; elle meurt, ou plutôt s'évanouit, parce que l'atmosphère humaine ne lui est plus respirable. Vivante, c'est un ange dont on voit presque les ailes, mourante c'est « une ange retenu sur la terre et ayant la nostalgie du ciel », son âme palpite comme si elle battait des ailes, il y a en elle un « élément terrestre » et « un élément angélique », et le second gagne toujours, on pourra dire, que dans sa beauté spiritualisée par la souffrance, « la femme avait presque disparu pour faire place à l'ange ». Combat que l'on retrouve en Spirite quand Lavinia revient en elle. Et ce combat se trouve inscrit d'emblée dans sa beauté typiquement anglaise : la blancheur, hyperbolique, qui rassemble « tout ce qui sert aux poètes à faire des comparaisons blanches », est en opposition avec le noir et le rouge (les lèvres et les cheveux).

Alicia est un ange, elle n'est pas de notre monde ou elle l'est partiellement, provisoirement, elle est entre la vie et la mort, comme si par nature elle était mourante ; la phtisie, maladie anglaise et romantique, comme la mélancolie, rend la mort présente dans le vie, dans le souffle, le sang, mais c'est la jettatura qui la tue et qui assure sa transformation en ange. Peu importe la cause, naturelle ou surnaturelle, de la mort, mais le fait qu'elle soit volontaire et consentie, qu'elle soit l'accomplissement, la preuve de l'amour, cette sévérité rigoureuse de la passion qui la conduit à nier le mauvais œil, puis à l'accepter, à le subir volontairement. L'amour préfère la mort à la vie : ne meurent que ceux qui aiment ; le cheminement initiatique du roman conduit Paul au suicide actif, et Alicia au suicide passif et le devenir- ange comme dans *Avatar* est une résistance au désastre du fantastique. Ou bien il devient le combat de l'ange, le combat de l'amour contre la fatalité.

C'est Ungaretti qui relevait dans la poésie du XIXe siècle « un espoir inassouvi d'innocence ». Pourtant rien de trop rose ou de trop fade dans le fantastique *angélique* de Gautier : c'est toujours la voie étroite de la douleur et du sacrifice que les personnages doivent prendre. « Les deux moitiés du tout suprême pour se réunir dans l'immortalité doivent s'être recherchées dans la vie, devinées sous les voiles de la chair à travers les épreuves, les obstacles et les diversions. » *Spirite* est un roman d'initiation parce qu'à chaque pas les deux héros doivent choisir, c'est-à-dire accepter librement des épreuves, pratiquer une ascension ascétique, s'élever par degrés et ensemble gravir les échelles célestes. Chaque étape est un sacrifice. Lavinia a engagé sa vie quand, par « dignité féminine », par pudeur et par un sens authentique de l'amour, elle décide de ne pas se faire connaître de Malivert ; elle s'interdit toute existence réelle puisqu'elle se refuse le droit de penser à Malivert marié à une autre, et le droit de se délier quant à elle de sa « première et unique pensée d'amour » ; il lui reste la mort au monde, la mort tout court. Sans le savoir, et sans peine, Malivert a choisi de son côté le refus romantique de la vie « temporelle », amours sans passion, mariage de convenance, carrière ; en lui « la volonté spirituelle » surmonte assez aisément « la tentation prosaïque ».

Mais il demeure faillible, les pièges de Madame d'Ymbercourt sont toujours là et la conversion de Malivert exige que Spirite à chaque pas tienne compte de sa condition terrestre : son apparition est progressive et constitue elle-même une initiation et une promesse continuellement élargie, mais conditionnelle, d'un avenir de bonheur absolu.

Une fois franchi le Rubicon de l'aventure céleste, et en attendant le « je suis contente de vous » de Spirite, Malivert demeure entre deux mondes, soumis à deux influences, partagé entre les deux faces du désir ; après l'apparition au bois de Boulogne où Spirite a pris corps, il rêve au « désir immatériel, cette volition ailée que fait naître la vue d'un ange » que lui a révélé la vue de Spirite dans le miroir ; mais sa forme « plus réellement féminine » éveille « toute la flamme de l'amour humain ». Il lui faut encore surmonter cette tentation, et sa conséquence, le désespoir suicidaire ; oubliant qu'il aime une ombre, il se risque à embrasser la main de l'Esprit qui lui accorde une impalpable caresse de parfum et de lumière ; plus tard encore, faute de « dépouiller complètement le vieil homme », Guy aime follement, humainement, l'apparence féminine et charnelle de Spirite qu'il essaie d'étreindre comme Ixion saisissait les nuées ; il veut encore aimer un corps, et ce n'est qu'une ombre, un reflet qu'il faut aimer comme tel. Vient la tentation de la révolte, l'impatience de mourir et de hâter la rencontre par-delà la vie en sortant du temps et en précipitant les décisions du destin. Malivert doit vivre dans le temps jusqu'au bout, assumer sa double nature, mourir à la terre sur terre, réaliser ses efforts vers l'unité du désir, la vie par l'âme seule, à l'intérieur de la dualité de sa vie d'homme. L'au-delà se mérite, on n'y entre pas par effraction.

Mais la faute de Spirite est parallèle : elle aussi doit s'élever plus haut et vaincre en elle les traces de l'identité humaine. Reprenant la formule appliquée à Prascovie, – « la femme diminuait en elle, et l'ange augmentait » –, Gautier affirme une dualité de son Esprit, Lavinia est encore dans Spirite, il y a en elle deux êtres, il faudrait presque dire deux natures. Lavinia conserve des sensations, des souvenirs de son malheur terrestre, elle conserve une souffrance d'avoir si peu vécu (le soupir initial est peut-être un gémissement de l'âme, Malivert y per-çoit « un souffle et une douleur »). Lavinia cruellement privée d'amour comme jeune fille n'a pu renoncer à l'amour terrestre : « l'ombre » sera plus heureuse que la femme et élèvera victorieusement son amant à la vie céleste avec elle. Mais « Lavinia est jalouse de Spirite », la jeune fille est jalouse de l'ange plus heureux qu'elle ; la femme retient l'ange du côté de la terre ; car elle est aussi jalouse de Madame d'Ymbercourt, elle est « coquette » avec Malivert en refaisant avec lui le chaste roman qui n'avait jamais eu lieu, en se vengeant de son passé irréalisé, en dési-rant être aimée telle qu'elle était ; bref, elle commet l'erreur de vouloir « prouver que la femme n'avait pas totalement disparu chez l'ange » et ne consent pas à être seulement posthume ; et encore pour détourner Malivert du suicide, l'ombre le serre contre elle, « la femme avait oublié qu'elle n'était qu'un esprit ».

On pourrait presque dire que si l'ange conserve une double nature, il n'est ange qu'autant qu'il combat pour être un ange. Au Parthénon, le cœur de Lavinia « bat encore dans la poitrine de l'esprit ». C'est enfin dans la patience et la paix que les amants célestes vont attendre l'envol final « comme des colombes appelées par le même désir ».

Mais ce qui est radicalement nouveau dans *Spirite*, c'est que l'héroïne, la femme aimée et angélique est porteuse d'une initiation esthétique : elle connaît, elle enseigne la beauté. Gautier développe considérablement, comme nous l'avons vu le thème de la communication directe et intuitive

des consciences et en attribue la révélation à l'ange ; à la limite, on pourrait presque dire que c'est le vrai sujet du *roman* et qu'il constitue une
sorte de méditation sur l'esthétique, ou une mise en scène allégorique
de la création de l'artiste. Spirite est amante, et Muse, et inspiratrice ;
elle guide Malivert vers la « source éternelle de l'inspiration ». Malivert
est-il l'allégorie du poète ? Les amours avec un Esprit seraient alors la
figure d'une relation directe avec l'Esprit pur. Ce moment radical et
terminal de Gautier ne met pas en question seulement le corps, mais le
corps de l'idée, la forme, jusque-là sacro-sainte et idolâtrée par l'amant
de l'art pour l'art. Spirite est délivrée de la forme.

N'oublions pas que Prascovie a su écarter le voile de la « forme » pour
deviner Octave dans le corps de son mari. La vraie Béatrice, celle qui
« se tient debout sur le seuil lumineux », celle qui annonce et propose
la transparence de l'Esprit à la conscience, c'est Spirite. En libérant de la
matière, elle libère des formes. Gautier a eu beau les assimiler à toutes
les matières les plus précieuses, les plus dures, les plus stables, il faut en
réalité les traverser, dépasser cet écran, voir par-delà l'objet, rejoindre
sans médiation l'Idée absolue.

QUI EST SPIRITE ?

Mais s'agit-il encore de roman ? S'unir à Spirite, *l'alma adorata*, en
qui il faut voir Carlotta, toujours vivante, mais revue, ressuscitée telle
qu'elle fut, telle qu'elle était quand les amours de Gautier et de Carlotta
étaient encore possibles, c'est plus que s'unir à la Beauté, c'est s'absorber
dans la lumière sacrée de l'esprit, abolir toute distance (qui serait forme),
s'engouffrer comme l'avait fait le pauvre fou, Onuphrius, dans l'idée, mais
s'engouffrer sans folie, sans délire ; l'un des premiers récits de Gautier
et sa dernière œuvre fantastique se rejoignent : le destin du moi comme
être de chair, d'égoïsme, d'avidité, comme être séparé, est en question
dans la création artistique et dans le fantastique ; il faut renoncer à soi
pour voir, aimer, créer la Beauté, seule vraie joie de l'homme. Malivert
seul aura victorieusement dissipé l'ombre opaque que le corps, le moi,
les formes jettent sur la vérité pure, il aura vu. Et il aura, si l'on peut
prêter à Gautier une phrase de son lecteur, Rimbaud, « donné forme
à l'informe ».

C'est bien à cela que s'attachent dans le « roman », les descriptions
de l'immatériel et de l'invisible, en particulier les paysages célestes : ce

point est capital. Gautier *écrit* les nuages, décrit le ciel, il est un voyant qui déjà voit et travaille à dire l'ineffable, la lumière pure, la lumière en soi, la lumière saisie dans ses mouvements et ses ondulations, comme si elle était un corps et un objet, alors qu'elle fait voir les corps et les objets, il peint la profondeur translucide des cieux, il dit le vide infini, le rien de l'éternelle luminosité, il va épuiser tous les éléments matériels pris dans leur perfection et leur totalité pour évoquer l'extra-monde et son antimatière, user de toute la sensualité pour désigner le spirituel et l'absolu. Il avait peint la blancheur pure, ton sur ton, il peint la transparence en soi. Tout le sensible est conduit au bord de l'imperceptible pour désigner le non-réel. Le « larbin descriptif » décrit l'absence d'objet, l'absence de toute forme.

Un bel article de J. Rousset[1] a étudié comment l'être invisible se rend visible dans *Spirite* : l'ange se rend sensible par des sensations de remplacement (olfactives, auditives, tactiles), en alternant les modes perceptifs, puis elle se rend visible dans le miroir, mais c'est une image décolorée, une blancheur lointaine, une lueur vague, le visage est diaphane, fluide, évanescent, mobile comme une vapeur, une fumée, une ombre, un halo de clarté, manquent les contours qui définissent, tout ce qui enferme et stabilise. Tous les signaux de Spirite ont « un degré minimal d'intensité », il y a bien une présence, mais elle est impalpable, tous les signes qui en émanent ne supposent pas de référent matériel et stable, c'est l'ombre d'une ombre, et Gautier parvient à une « écriture de l'indéterminé ». Spirite au piano est comparée au « reflet d'un corps dans une glace » et au *sfumato* des esquisses de Prud'hon.

Comment donner un langage, une forme, à ce qui échappe au sensible, au visible absorbé par l'invisible. C'est à peine si le mot « esthétique » a encore un sens : il désigne, qu'on le veuille ou non, ce qu'on perçoit. Et le mot Beauté aussi : l'art a la Beauté pour fin, il est autonome et n'a pas d'autre finalité que lui-même. Ici, Gautier élargissant son credo artistique fondamental, propose-t-il un dépassement de l'art ? Ou plus exactement il pourrait se confondre avec la communication extatique des âmes et avec une connaissance orphique de la vérité ? Il serait la vie unifiée de l'esprit, amour, savoir eschatologique, accès à la beauté pure. Ici Gautier tend la main à Mallarmé, il s'oriente vers le symbolisme. Malivert sur l'Acropole ne regarde pas le Parthénon, mais Spirite, « l'art

---

1   *Cf.* J. Rousset, « De l'invisible au visible : la morte vivante », article cité.

lui-même est oublié pour l'amour ». Ce serait aussi un dépassement du fantastique, le récit selon la formule de Puleo, est-il « méta-fantastique » ?

Au reste, l'ange ne promet pas la Beauté, mais le bonheur et l'amour, la joie surhumaine d'une existence réconciliée : l'Androgyne est le retour à l'unité originelle, l'art est la garantie d'être compris et aimé, la communication parfaite des âmes ; à mesure que Spirite initie Malivert à l'esthétique pure, il se sent compris, pénétré dans sa pensée par une pensée, identifié dans son âme à une âme, l'on s'avance avec la création à deux du même poème par Malivert et Spirite vers le pur et simple partage de la vie spirituelle, l'union sinon la fusion des consciences qui serait la fin de l'art et son triomphe. « Cela est beau, même pour un esprit, le génie est vraiment divin », concède Spirite ; mais on est arrivé au-delà de l'art : l'épisode grec ne fera que le confirmer exemplairement. Avec Spirite, Malivert s'élève vers l'Idée, l'image pure, dont les techniques et les formes sont la petite monnaie défigurée : vers la connaissance absolue.

Alors la dualité du personnage est peut-être plus importante qu'on ne le croit : Spirite au moment de l'arrivée à Athènes recommande à Malivert, « ne vous souvenez pas trop de Lavinia, qui dort là-bas sous sa couronne de roses blanches sculptées », et en effet l'ange de lumière semble échapper à ses références humaines et se diviniser peu à peu, un instant elle est « la céleste, la vierge, l'immaculée Pallas-Athénè », vision « rétrospective » que néglige Malivert, et elle ne revient que dans le récit du guide qui a vu en elle la *Panagia*, la Sainte Vierge.

Malivert après l'apparition du visage de Spirite se demande quelle est « la sympathie étrange », « l'affinité mystérieuse » qui attire vers lui « cet ange, cette sylphide, cette âme, cet esprit dont il ignorait encore l'essence et qu'il ne savait à quel ordre immatériel rattacher ». C'est bien une question en effet : comment définir cet esprit, comment l'identifier, pour comprendre qu'il vienne se lier avec un être humain, avec tel homme, lui-même, et qu'il semble assurer vis-à-vis de lui une mission de salut spirituel, social, poétique ? Spirite elle-même commence la dictée en se déclarant « un être indéfinissable ». La confession de Lavinia au reste n'expliquera pas tout : elle est bien cette jeune fille, elle a une origine humaine, elle est la jeune morte amoureuse, mais elle est un ange de lumière, c'est une âme, un esprit, mais serait-elle plus précisément le féminin du sylphe, l'esprit élémentaire de l'air : et c'est un problème sérieux !

Certes son nom, toute la nouvelle supposent le spiritisme, Gautier s'inscrit dans le lieu commun de l'époque, il s'adresse à un public qui l'admet, qui y croit, qui ne sera pas étonné par ces relations d'un homme et d'un esprit. Sans le spiritisme, il n'y aurait pas *Spirite*. Mais Gautier s'en écarte visiblement, résolument : dans toute la masse d'idées que la secte véhicule, il ne prend que le rôle du medium, qui hérite lui des fluides que nous avons vus, et les considérations sur l'amour céleste, venues plutôt de Swedenborg ; mais il ne retient rien des rituels d'évocation et de communication banalisés, son personnage n'est pas une morte si je puis dire témoignant de sa survie et de ses liens avec les vivants, elle est morte, mais c'est une morte amoureuse, et cette femme de l'au-delà conduit son amant vers des amours célestes et sans doute vers la connaissance du ciel et de l'absolu : « avec mon aide vous gravirez les échelons lumineux ».

L'histoire de Gautier s'écarte des lieux communs du spiritisme même si elle les suppose admis et connus. Et nous avons cette possibilité d'une identité surnaturelle qui distingue et isole son personnage : elle serait une sylphide. Dans les procès-verbaux des tables tournantes, il y a n'importe qui, mais pas de sylphide. Spirite n'est pas un personnage réductible à une ou à plusieurs clés : mais la présence en elle de la sylphide rend plus cohérent et plus original le récit de Gautier.

Ce ne serait pas la seule sylphide de notre littérature fantastique : la Biondetta de Cazotte[1] déclare, « je suis Sylphide d'origine et une des plus considérables d'entre elles » ; et pour un romantique, la sylphide, c'est d'abord le personnage surnaturel du ballet[2] de Nourrit représenté en 1832, *La Sylphide* qui fit révolution dans la danse et ouvrit « l'ère de la sylphide » : femme aérienne, femme de rêve, femme idéale, elle passe du théâtre aux *Mémoires d'Outre-Tombe*, elle donne son nom générique

---

1   Sur la dette de Gautier envers Cazotte, voir l'étude d'Annalisa Bottacin, « Un esteta attrato dal visionario : Théophile Gautier lettore di Jacques Cazotte », dans *La Questione Romantica, Orrore/Terrore, Rivista interdisciplinare di studi romantici*, nᵒˢ 3-4, Primavera 1997.

2   La danseuse anglaise brûlée vive est nommée « la sylphide » ; voir l'étude de Jean-Marie Roulin, « La Sylphide », *Romantisme*, nᵒ 58, 1987 ; Gautier a parlé du ballet dans *La Presse*, 1ᵉʳ juillet, 1844, pour rappeler que le ballet enterra toutes les chorégraphies venues de l'antiquité, au profit des légendes celtiques, fondées sur les esprits élémentaires de la nature ; pour mettre sur la scène une créature de l'air, vaporeuse, irréelle, inaccessible au désir des hommes, il fallut que la danseuse qui la jouait, évoluant continuellement par des pointes, avec des chaussons renforcés se distinguât par son pas des femmes de la terre moins aériennes. Auparavant le Lutin de Nodier se distingue mal du sylphe.

à la créature parfaite imaginée par Chateaubriand dans sa jeunesse, créée par lui, soit pour pallier l'absence de femme réelle autour de lui, soit pour donner un nom, une consistance à la femme absolue dont la beauté surpasse toutes les beautés réelles.

La sylphide du ballet, la perfection inaccessible de la femme, est « une figure destructrice de tout amour terrestre », elle brise les relations avec les simples femmes, et surtout elle leur ôte toute valeur. Mais la sylphide liée au romantisme de 1830, celui de Gautier, synonyme d'amour éternel et céleste, témoin d'une vigueur de l'idéalisme, vieillit et se démode : dans *La chambre double*, Baudelaire la place dans la chambre paradisiaque, elle était chez elle, « l'idole, la souveraine des rêves, la Sylphide comme disait le grand René », le retour du Temps a fait disparaître « toute cette magie ».

Pourtant elle revient avec Gautier, masquée peut-être, allusivement, timidement présente dans Spirite : mais l'argument du récit le montre, elle n'en est que plus proche des versions plus anciennes, celle de Cazotte ou celle dont relève *Le diable amoureux*, je veux dire l'ouvrage de l'abbé Montfaucon de Villars, *Le Comte de Gabalis ou entretiens sur les sciences secrètes* (1670)[1] : Gautier l'a-t-il lu ? Toute une tradition le compte parmi les Romantiques intéressés par les esprits de l'air[2], mais il n'y a pas de preuve formelle à ma connaissance qu'il ait lu l'abbé de Montfaucon. Mais Cazotte le suit de près, et tout ce que dit la Biondetta de la place, de la destinée, du rôle de la Sylphide nous renvoie à l'argument de *Spirite*.

D'abord *Le Comte de Gabalis* crée la sylphide, il répare l'injustice qui dans les légendes d'origine celtique condamnait les sylphes au célibat : il garantit qu'ils ont des épouses, les sylphides. Ensuite le blasphème que Clarimonde impose à Romuald, qui doit lui dire qu'il l'aime autant

---

1   Voir l'excellente édition de Didier Kahn, *Le Comte de Gabalis ou Entretiens sur les sciences secrètes, Henri de Montfaucon de Villars, avec adaptation du « Liber de nymphis »* de Paracelse, édition primitive et améliorée de Blain de *Vignères, 1983*, Paris, Champion, 2010, à laquelle je me réfère. L'ouvrage a été réédité en 1866.

2   *Cf.* Edward D. Seeber, « *Sylphs and Other Elemental Beings in French Literature since Le Comte de Gabalis* », dans *PMLA*, vol. LIX, n° 1, mars 1944. Je rappelle cette réflexion d'Alvar (édition Garnier-Flammarion, p. 93) : « l'homme fut un assemblage d'un peu de boue et d'eau. Pourquoi une femme ne serait-elle pas faite d'un peu de rosée, de vapeurs terrestres, et de rayons de lumière, des débris d'un arc-en-ciel condensés ? Où est le possible ? Où est l'impossible ? » L'esprit, comme chez Gautier a une corporéité subtile et immatérielle. Dans le récit de Cazotte, le héros résiste, averti par quelque soupçon, aux séductions physiques de la Biondetta et à sa volonté insistante de l'épouser.

que Dieu, déclaration qui équivaut à un pacte satanique, la Biondetta l'a arraché à Alvar, qui doit lui dire « Mon cher Belzébuth, je t'adore ». Si l'héroïne de Cazotte est contradictoirement et indivisiblement une succube infernale et une habitante de l'air devenue femme, c'est que le *Comte de Gabalis* est une œuvre d'inspiration rationaliste, (ce sont les « Provinciales de l'occultisme[1] ») qui veut démontrer l'impuissance du diable et l'erreur que l'on fait en lui attribuant les prodiges des magiciens, qui eux-mêmes sont dus aux esprits élémentaires. Les créatures envoyées par le diable pour séduire les hommes sont en fait des esprits féminins de la nature.

Cette critique rationaliste engendre toute une mythologie romantique naturaliste et l'invention d'un nouveau merveilleux. Mais si les démons sont des esprits de la nature, l'inverse peut se produire. L'équivoque de la Biondetta, c'est qu'elle peut être une créature diabolique qui se fait prendre pour une sylphide. En somme Cazotte retourne *Gabalis* contre lui-même. Mais l'héroïne malgré cette ambiguïté a tout le comportement d'une vraie sylphide. Et c'est alors qu'elle éclaire le destin de Spirite[2].

Elle n'a pas vécu sur terre une vie d'*esprit*, c'est dans sa vie céleste qu'elle est soutenue par la vocation de la sylphide : l'amante morte se conduit comme l'esprit agissant dans les limites de ses devoirs ; d'une part il y a un roman d'amour et de l'autre l'entreprise de l'initiation sublime, les deux motifs sont ceux d'une sylphide et ils sont réunis, confondus dans Spirite : son roman d'amour est un roman d'apprentissage du ciel. Quand elle revient vers Malivert pour s'en faire aimer, Spirite obéit à son amour, au désir de l'esprit de l'air qui cherche l'amour des hommes (l'esprit élémentaire n'a pas d'âme : être aimée d'un homme le rend immortel en lui donnant une âme). Ils doivent en retour s'engager à renoncer aux amours terrestres : c'est la condition qui doit être remplie pour que la sylphide puisse être aimée par un homme ; le mariage avec une sylphide est donc le plus grand des bonheurs, et en revanche la sylphide doit satisfaire le désir de connaissance de son amant, le faire

1 *Cf.* D. Kahn, éd. citée, p. 114.
2 Dans *Le Moniteur Universel*, 16 janvier 1865, à propos de la reprise de *La Fille de l'air*, féerie datant de 1837, Gautier parle de « cette sylphide descendue des hauteurs du ciel sur notre globe terraqué », le mot revient dans le roman, « être céleste caché sous une forme mortelle », et il ajoute, « il y a de la poésie dans cette idée de *La Fille de l'air* préférant par amour la vie humaine avec ses souffrances, ses misères et sa fin inévitable à la vie éthérée et immortelle de l'esprit élémentaire qu'aucune douleur ne saurait atteindre ».

parvenir aux secrets de l'univers, lui permettant de commander aux esprits de la nature, de dominer tout ce qui n'est pas Dieu et de n'obéir qu'à lui seul, bref le rendre glorieux d'être homme.

Ce qui définit la sylphide sépare Spirite de ce que le spiritisme en ferait, elle serait seulement *l'esprit* de Lavinia. Spirite morte se comporte en sylphide. Elle obéit à son amour rétrospectif et elle a une mission à remplir, elle fait les premiers pas, elle se fait aimer, elle obtient le renoncement de Guy aux amours terrestres, et elle respecte réciproquement les devoirs de sa fonction, elle lui enseigne la poésie de l'esprit pur, « j'habite, dit-elle, la source éternelle de l'inspiration » : plus sublime que la Muse, plus élevée dans la connaissance eschatologique, elle conduit le poète vers l'origine même de la poésie, et elle le rend voyant, elle le fait participer à la connaissance suprême ; le pacte amoureux et angélique aboutit aux visions de l'invisible, Guy lira avec elle le poème de Dieu qui est l'univers infini. Gautier a retenu de la sylphide sa double puissance, elle promet l'amour parfait et le savoir des fins dernières.

Revenons aux descriptions célestes qui vont de Spirite à Guy, jusqu'aux dernières lignes du roman où ensemble, fondus en une seule perle, ils s'envolent vers la connaissance et la voyance de l'absolu.

La première est celle du soleil couchant derrière l'Arc de Triomphe, la dernière est le final du roman ; Malivert voit le ciel, non pas la ciel phénoménal et astronomique, mais le ciel céleste, le ciel tel qu'on le voit du côté divin, le ciel qui est le séjour des âmes et des anges, où le principe souverain de l'univers est visible ; de la terre, Malivert voit déjà au-delà de la création matérielle : l'œil de l'âme voit l'invisible, c'est-à-dire les « amas de vapeurs » qui indiquent des groupes, des mouvements, peut-être des créatures célestes, « des fourmilières d'êtres indistincts », qui dans « une mer phosphorescente » montent et volent ; en rêve Malivert voit le ciel encore, il voit les mêmes immensités et leur animation permanente, des ruissellement lumineux, des cascades de soleils liquéfiés, des élancements d'étoiles, des jets d'intensité, bref « le bouillonnement d'un devenir perpétuel ». Le mot est capital : la création est *continuée*, ou *continue*, selon le mot de Barbara Sosien, Gautier le sait depuis le début, nous l'avons dit, elle n'est pas un objet. Elle est un acte sans fin, un écoulement, une activité en cours, se déroulant sous une lumière toujours intense et directe, à peine colorée (sinon elle a les mêmes teintes minérales que les pierres précieuses), c'est le développement inachevé d'une puissance toujours à l'œuvre et jamais actualisée.

De là cet extraordinaire amoncellement de substantifs abstraits au pluriel qui disent le ciel en état de création continue, comme une masse gigantesque de mouvements, de surgissements en cours, sans qu'il soit question de matière, mais seulement d'un dynamisme presque sans objets, baigné dans une lumière égale et immuable. Gautier y revient dans les scènes suivantes de vision céleste : on a l'impression que le cosmos est une métamorphose à l'état pur et absolu, qui ne transforme pas des êtres, mais qui suppose que l'être est lui-même un état permanent de transformation.

À sa mort Lavinia découvre l'espace infini, perçu grâce aux « explosions de sens nouveaux » ; alors c'est une autre lumière qu'elle découvre, « une lumière fourmillante », qui semble elle-même créatrice, elle voit le monde des âmes, elles sont en nombre infini, une multitude effrayante, des quantités consternantes, elles ont « pour monade constitutive l'étincelle céleste » ; et le ciel c'est encore une activité d'êtres sans nombres dans un monde sans fond, c'est tout « le poème de Dieu » lu à livre ouvert, un chaos colossal, une sorte d'éruption volcanique aux dimensions gigantesques. On discerne des mouvements purs, des remous, des courants, des ondulations, des recrudescences, des palpitations d'ailes angéliques qui font osciller les univers, des ruissellements d'étoiles, des fleuves de soleils en fusion : dans ce monde de feu liquéfié et mobile, il n'y a pas de firmament, mais un creux immense occupé par des planètes et des sphères ; et Féroë à la fin voit aussi le ciel ou son « effervescence de lumière », il a été averti par télépathie de la mort de Malivert, il assiste au vol de deux amants célestes métamorphosés en une perle unique. Et cet univers est « l'expiration de Dieu », il est né de son souffle.

Mais a-t-il cessé de naître ? Le ciel est lumière et mouvement, il est sans ombre ni repos, montée, descente, déferlement de mondes à l'infini, bouillonnement d'être, croissance sans fin, plénitude inachevable, dynamisme infini. Le monde que voit le voyant, n'est pas le monde, c'est le monde en création, c'est la création du monde, le grand secret que fait voir la sylphide, l'origine d'un tout qui est consubstantiel à sa création, qui est son principe créateur toujours à l'œuvre. Ce gouffre éblouissant de la lumière première et créatrice, cette apothéose d'une puissance indéterminable, ce ciel en fusion permanente, c'est la matrice des mondes qui ne cessent de naître, c'est l'absolu en action, c'est le principe divin.

Spirite reprend donc *Avatar* : Cherbonneau voulait connaître le mot, le verbe primordial qui décide de l'être et met les formes en mouvement : « le Verbe qui a créé la lumière peut bien déplacer une âme », disait-il ; l'ange féminin assiste et participe à la germination des mondes, c'est la remontée au moment originel de Tout, la vue, pour citer encore l'Archi-docteur, « de merveilles à troubler toutes les notions du possible et de l'impossible ». La sylphide parvient avec son amant en ce lieu où agit la puissance qui rend possibles tous les impossibles : c'est un *fiat lux* permanent, l'action toujours renouvelée d'une lumière créée et créatrice.

À la limite, l'avatar, cette force de l'esprit qui anime les formes et les êtres continuellement réincarnés, serait-il l'allégorie du génie ? Gautier a cru que il était récurrent à travers les siècles, qu'il pouvait se réincarner avec son talent et sa mémoire, âme unique aux corps innombrables. L'artiste n'existe pas, Gautier l'a dit à propos de Balzac[1], sans « le don d'avatar, c'est-à-dire de s'incarner dans des corps différents et d'y vivre le temps qu'il voulait » ; et le critique non plus : comprendre un grand artiste, entrer en lui, c'est « un avatar intellectuel[2] », celui qu'il félicitait Sainte-Beuve d'avoir réalisé à son propos ; le texte étonnant rappelle le malaise d'Octave essayant de retrouver le polonais dans sa tête et ne trouvant que des mots enfouis en un autre cerveau, qu'il ne comprend pas et qui bruissent dans son cerveau : « Vous n'êtes pas un critique, vous êtes Vischnou le dieu des avatars et des incarnations, vous habitez les gens et vous savez bien leur vie ; vous vous promenez dans les circonvolutions de leur cervelle et vous y découvrez des choses qu'eux-mêmes ne soupçonnaient pas[3] ».

---

1   *Histoire du Romantisme*, Folio, 2011, p. 309.
2   *Histoire de l'Art dramatique*, t. III, p. 223, juillet 1844 : « Admirer un grand artiste c'est s'incarner en lui, entrer dans le secret de son âme, c'est le comprendre et comprendre c'est presque créer […] nous assimilant le poète ou le peintre par une sorte d'avatar intellectuel ». L'expression revient à propos des fresques de Chenavard symbolisant l'humanité par une série de grands hommes, qui sont une « âme unique apparue par des avatars successifs » (*Baudelaire*, éd. citée, p. 20), dans *Art dramatique*, t. VI, p. 49, août 1849, à propos de Monnier : « Brahma comique il a le don de s'incarner dans toutes sortes de personnages grotesques. Ses rôles sont des avatars », de Heine (Lovenjoul, *Histoire des Œuvres de Théophile Gautier*, t. I, p. 135, 1837) : « Jamais Protée n'a pris plus de formes, jamais Wishnou n'a promené son âme divine dans une si longue série d'avatars. »
3   Lovenjoul, *Histoire des Œuvres de Théophile Gautier, op. cit.*, t. I, p. 105 (novembre 1863).

ROMANS

AVERTISSEMENT

Les récits réunis dans cette édition ont été l'objet, de la part de Gautier, de publications dispersées et nombreuses ; assez vite leur texte s'est stabilisé. Ce moment coïncide le plus souvent avec les grands regroupements constitués par Gautier lui-même (*Nouvelles*, 1845 et 1856 ; *Romans et Contes*, 1863 ; *La Peau de tigre*, 1866). Auparavant, le texte demeure variable, mais les modifications n'ont pas été reprises dans leur ensemble ; beaucoup sont mineures et relèvent de la typographie. On ne trouvera donc ici qu'un choix de variantes. Nous nous sommes efforcés de suivre le dernier texte préparé par Gautier, mais ce n'est pas toujours le meilleur : de nouvelles fautes apparaissent dans les dernières éditions, et le recours aux éditions précédentes permet de les corriger. Et il est resté chez Gautier et ses éditions postérieures des coquilles que nous n'avons pas respectées.

AVATAR

Conte

NOTICE

Avatar a paru dans *Le Moniteur Universel* du 29 février, puis des 1, 5, 7, 12, 13, 14, 15, 27, 28, 29 mars, et enfin du 3 avril 1856. Dès le 1er avril, Gautier avait traité pour la parution en livre avec Hetzel[1] ; mais Hetzel, peut-être refroidi par les publications pirates du récit en Belgique[2], ne s'est pas hâté de remplir le contrat ; le 9 juillet[3], Gautier lui reproche sa lenteur : « Ce bouquin est généralement demandé. Si la chose ne te séduit plus à cause de la contrefaçon belge, repasse-la audit Hachette [...] mais pour dieu, fournis-moi une publicité quelconque [...] » Il revient à l'assaut[4] en octobre : « La combinaison Hachette ne semble pas possible » ; il propose donc à Hetzel de joindre *« Paul d'Aspremont ou le Jettatore »* (non piraté encore) à *Avatar* en insistant sur leur commune inspiration, « le fantastique dans la vie réelle » ; puis viendraient deux autres récits futurs, *Le haschich* et *le magnétiseur*. Le 26 novembre[5], Hetzel accepte cette solution et étend le premier contrat à *Jettatura.* Mais le récit ne paraît que le 16 mai 1857, chez Michel Lévy, collection Hetzel, et le 25 juin Gautier écrit à Hetzel pour rappeler qu'il lui doit de l'argent sur ses premiers engagements et que les deux récits supplémentaires sont ajournés. *Avatar* est ensuite repris dans les *Romans et contes* de 1863.

De menues différences de texte séparent le feuilleton des éditions en livre : elles consistent en corrections orthographiques, en additions

1   *C.G.*, t. VI, 1991, p. 226.
2   *Ibid.*, p. 228, à la date du 14 avril.
3   *Ibid.*, p. 236.
4   *Ibid.*, p. 245.
5   *Ibid.*, p. 249.

mineures, en remaniements insignifiants. Parfois les transformations sont de nouvelles fautes, ou peuvent en être : nous n'avons pas hésité à remonter au premier texte dans quelques cas. Lovenjoul signale dans son *Histoire* un projet de livret tiré d'*Avatar*.

Le thème du double et sa transformation en échange des âmes et des corps sont si fréquents à cette époque qu'il est difficile de saisir les sources de Gautier. Il peut renvoyer, comme le dit Peter Whyte qui fait de la nouvelle « un véritable travail de marqueterie », à tout un monde de récits : par exemple à Arnim (*Les Gardiens de la couronne*, non traduit en français, mais où une transfusion de sang conduit à une transfusion d'âme), à Jean-Paul (épisode de dédoublement et de confusion amoureuse dans *Titan*). *Avatar* est un confluent de thèmes et pour les personnages eux-mêmes le récit devient une somme de réminiscences fantastiques qu'ils croient revivre.

Le fantastique ordinaire, « l'air du temps », proposaient à Gautier des récits reposant sur l'échange des âmes comme lieu commun d'époque en de multiples œuvres aussi étranges et audacieuses que médiocres ; dans l'ensemble elles sont humoristiques : comme *Avatar* certes mais beaucoup plus tout de même. À l'origine, il y a le thème des substitutions amoureuses, et l'aventure d'Amphitryon, et aussi les histoires des jumeaux pris l'un pour l'autre : il semble que l'avatar soit la forme suprême du travestissement et comme source inépuisable de quiproquos, de méprises, de confusions, de reconnaissances, il appartient sans conteste à l'empire de la comédie. Et sans doute les contemporains voyaient volontiers dans le roman la reprise d'*Amphitryon* si l'on en juge par ce billet d'une femme de lettres, Caroline Berton, à Gautier[1] : « C'est Amphitryon dépouillé de la forme mythologique, c'est le merveilleux dans les événements avec la plus grande et la plus délicate vérité des sentiments ». Prascovie est une Alcmène romantique, « l'épouse chaste et tendre », « la pudeur de l'âme ».

Mais Cherbonneau peut renvoyer aussi à tous les héros de la réincarnation ou aux charlatans « illuminés » qui ont joué de la crédulité du XVIIIe siècle ; rapporté à la tradition pythagoricienne et au cas du philosophe Pérégrinus qui s'était immolé par le feu pour renaître comme le phénix, le thème de la métempsycose historique existe aussi : les

---

1   *C.G.*, t. VI, p. 235.

personnages de mages et d'initiés comme Cagliostro, le comte de Saint-Germain sont entourés d'une aura légendaire, ils auraient traversé les siècles (ils se retrouvent dans *La Comtesse de Rudolstadt* de G. Sand en 1844, et dans *Joseph Balsamo* de Dumas en 1845-1848, ils ont attiré Nerval[1] et en 1842 un recueil *L'Âne d'or, recueil satirique*, signé *Pérégrinus* publie des textes de Nerval et de Gautier, et un récit, « *Une âme sans corps* », qui pourrait faire penser à Nerval. On assiste en particulier à une réincarnation contemporaine de Pérégrinus dans un texte proche d'une de ses ébauches.

Mais ce n'est pas tout ; Jean Richer[2] a suggéré une influence nerva-lienne dans *Avatar* et suivi chez Nerval le thème de la réincarnation depuis l'épisode de *L'Âne d'or* de 1842 : dans *Le Comte de Saint-Germain* de 1853, dans *Les Confidences de Nicolas (Les Illuminés, 1852)*, dans *Lettres du tombeau, ou les posthumes*[3]. Nerval a parlé de la cosmogonie de Rétif et de ce personnage nommé Multipliandre qui « a trouvé le secret d'isoler son âme de son corps et de visiter les astres sans perdre la possibilité de rentrer à volonté dans sa guenille humaine ». Pendant ses voyages son corps se conserve dans un coffre situé dans une grotte des Alpes, et il est parvenu à « cet état d'extase et d'insensibilité où certains san-tons indiens se réduisent, dit-on, pendant des mois entiers ». Voilà qui est proche des pouvoirs et même du vocabulaire de Cherbonneau. *Les Illuminés* encore évoquaient le comte de Saint-Germain, et Cagliostro, et son système[4] : « Il n'y a pas de morts[5]. »

Mais il existe des œuvres beaucoup plus semblables à *Avatar* et plus on se rapproche de la date de création du roman, plus la proximité se précise : il y a eu *La Métempsycose* de l'Irlandais Mac Nish publié en 1830 dans *Le Mercure*, longtemps attribué à Nerval, qui n'en serait tout au plus que le traducteur[6] ; un échange d'âmes y aboutit déjà à un duel entre les doubles, et à l'inquiétude de celui qui doit tuer son propre corps. Plus récemment, en janvier 1844, on avait joué au Palais-Royal un vaudeville fantastique de Mélesville et Camouche, *Les Âmes*

---

1   *Cf. O.C.*, t. III, Pléiade, p. 1389-1391, et t. II, p. 100, 1062, 1160.
2   *Nerval, expérience et création*, Paris, Hachette, 1963, p. 202, 227 *sq.*, et 265 *sq.*
3   *O.C.*, t. II, Pléiade, p. 1069-1070.
4   *Ibid.*, p. 1125.
5   Lovenjoul, dans ses *Lundis d'un chercheur* (Paris, Calmann-Lévy, 1894. p. 45), évoque le projet d'un Cagliostro.
6   *Cf.* P.-G. Castex, *op. cit.*, p. 241 et 288.

en peine ou la métempsycose, dont Gautier rendit compte dans *La Presse* du 22 janvier. Il s'agit bien d'une histoire indienne mais burlesque. La belle Mlle Miaou y était courtisée par un Anglais, dont un magicien, Bogredin, était jaloux. Il parvient à loger son âme dans le corps de l'Anglais dont il envoie l'âme dans le corps d'un singe, et la jeune fille ne s'aperçoit de rien. Après quoi, il fait entreprendre une battue pour tuer tous les singes de la région, mais l'Anglais réintègre tout de même son corps avant les noces.

Ce n'était pas un chef-d'œuvre, la pièce fut sifflée et jamais éditée. Gautier, dans son compte rendu[1], s'en était amusé, mais estimait que ce « sujet neuf et original devait être selon nous moins légèrement traité, étant au fond beaucoup plus sérieux qu'on ne pense ». Il était choqué dans sa passion de l'Inde et l'aventure pour lui n'était pas une plaisanterie.

René Jasinski le premier a signalé cette source[2], en ajoutant que le roman *Avatar* semble bien appartenir déjà au « cycle » de Carlotta : c'est elle, devenue inaccessible pour Gautier, depuis qu'elle vit à Saint-Jean avec le prince Radziwill (dont la beauté, la richesse, la noblesse se retrouveraient dans le comte Labinski), devenue l'objet d'un amour idéal et sans espoir, qui inspirerait le personnage de Prascovie. Elle est aimée d'un amour-passion absolu et mortel dont Gautier aurait pu trouver des analogies chez Stendhal, dont *De l'Amour* avait été réédité en 1853[3].

Edgar Poe, lui, proposait des histoires de doubles et des jeux sur les noms, leur similitude, leur retournement, leur échange comme il y en a dans *Avatar* : en 1854 (et déjà en 1852) Baudelaire a traduit *Les Souvenirs d'Auguste Bedloe* (le héros découvre qu'il est la réincarnation d'un autre), en 1855 *William Wilson*. Et il y a des textes plus proches : un récit de Paul de Molènes, *Tréfleur*, paru dans *Les Aventures du temps présent* en 1853, évoqué par Gautier dans *Le Moniteur Universel* du 28 janvier 1854[4], est l'histoire de trois âmes qui ne disposent que d'un corps : à Coblentz, pendant la Révolution, Tréfleur, aristocrate français émigré et malade, s'est prêté à l'expérience d'un magnétiseur, le docteur Blum, qui dispose de deux âmes dont les corps sont morts et ensevelis, l'une est celle d'un authentique artiste, un joueur d'orgue, l'autre, celle d'un vieil usurier

1   *Histoire de l'Art dramatique*, t. III, p. 156.
2   *Cf. À travers le XIXe siècle*, Paris, Minard, 1975, p. 180 *sq.*
3   Voir aussi pour les sources Jean Richer, Études et recherches, *op. cit.*, p. 34 *sq.*, et p. 71.
4   *Cf.* l'article déjà cité de Peter Whyte : « Gautier, Nerval et la hantise du *Doppelgänger* ».

juif. Le marché conclu stipule que les deux nouvelles âmes et l'âme de Tréfleur disposeront chacune pour un tiers du corps de Tréfleur, lequel devenu deux autres ne se reconnaît pas dans un miroir de Venise ! Ce Français insouciant et ironique, est tantôt le Juif, tantôt le musicien à l'âme typiquement allemande. Il est donc triple ; il a un duel : « Je vais exposer à un coup d'épée ce misérable corps dont je ne suis pas même le légitime possesseur. » Il s'ennuie avec ses trois personnalités et lit les lettres destinées aux deux autres. Le « musicien » voudrait se marier avec la belle Marguerite ; mais il n'a qu'un tiers du corps ; heureusement les âmes quand elles ne sont pas dans leur corps unique restent dans l'ignorance de ce qui lui advient ; il pourrait se marier à l'insu des deux autres. Mais le Juif se substitue à l'âme du musicien et va à un rendez-vous où Marguerite couverte de diamants éveille sa cupidité plus que son désir. Il l'enlève, mais à un regard jeté sur les bijoux, elle le reconnaît : « Comment n'aurais-je pas reconnu au regard l'âme horrible qui se cachait dans son corps ? » Finalement pour la sauver du scandale il est convenu que Tréfleur épousera Marguerite ; mais qui sera dans le corps le soir de la noce ? À minuit, Marguerite devine « à la caresse ou pour ainsi dire à la pression de l'âme désirée », que c'est le musicien qu'elle aime. Au matin les « époux » se noient ensemble : « Nulle âme ne se servira plus du corps que celle qu'il aime a pressé sur son sein. » Mais peut-être auprès du terrible docteur Blum reste-t-il un homme étrange qui a deux personnalités.

Il est inutile sans doute de souligner ce qu'*Avatar* et *Tréfleur* ont de commun. Il faut retenir surtout de cette source l'évolution du thème du double : le *Doppelgänger* se trouve associé à la métempsycose, et à toutes les variations possibles sur la *désincarnation-réincarnation* ; il se complique d'une rivalité amoureuse entre les doubles. L'évolution du thème fantastique se retrouve au même point chez Nerval : l'histoire du « *calife Hakem*[1] » combine le double et la jalousie amoureuse. Le héros de Nerval se voit supplanté auprès de sa sœur par un autre lui-même, doublement usurpateur ; et, comme le comte polonais de Gautier pense à la légende du Nord qui interprète le sens du double, le héros de Nerval, en se voyant, « crut que c'était son *ferouër* ou son

---

[1] Dans les *Souvenirs romantiques* (Garnier, p. 245) à propos de Hakem, Gautier établissait un lien entre le personnage de Nerval et l'avatar ; dieu à la façon de Bouddha, il est apparu sous plusieurs formes et « s'est incarné en différents lieux de la terre ».

double, et pour les Orientaux, voir son propre spectre, est un signe du plus mauvais augure. L'ombre force le corps à le suivre dans le délai d'un jour[1] ». Et de même dans *Aurélia*[2], l'Esprit qui est le double du rêveur (« Était-ce le Double des légendes ou ce frère mystique que les Orientaux appellent Ferouër ? »), qui est « attaché au même corps », profite de la confusion pour épouser Aurélia. Nerval avait écrit aussi[3] : « Une déesse rayonnante guidait, dans ses nouveaux avatars, l'évolution rapide des humains. »

Mais le thème de la réincarnation est lié à la personne du mage tout puissant, donc au thème du pacte, dont le caractère infernal est ici en mineur : Cherbonneau n'est pas malfaisant ; mais s'il ne possède pas l'âme d'Octave, il hérite bien de son corps et de sa jeunesse ; il est le maître des esprits qu'il devine et contrôle, des corps qu'il anesthésie, tue, ressuscite, il est le maître de son corps et de son âme : l'avatar divinisant est réussi pour son compte. À la fin il devient comme les dieux qui l'entourent le principe unique et immortel d'une série de formes périssables, et il entame un cycle de réincarnations.

Il ne saurait être identifié au type plus banal, et postérieur historiquement, du « singe de Dieu », du savant au pouvoir prométhéen et démesuré qui usurpe sur Dieu, qui devient fou ou voit avorter ou se retourner contre lui son entreprise de transgression de la nature ; il demeure bienfaisant, il consent, contrairement aux magiciens démoniaques, à défaire l'enchantement qu'il a fait. Il reste qu'il est, par-delà le bien et le mal, le possesseur d'un savoir et d'un pouvoir absolus, le souverain de la vie et de la mort, de sa vie et de sa mort. Mais il est aussi « hoffmannesque », et d'une manière si explicite et si répétée qu'il en devient la caricature des personnages grotesques d'Hoffmann, surtout de ceux qui unissent la laideur, la bizarrerie, la manie, à la science surnaturelle. C'est vers *Le Vase d'or*, *L'Homme au sable* par exemple qu'il faut se tourner pour trouver les précédents, l'inquiétante étrangeté apparente d'un personnage qui est d'abord comme on l'a dit[4] une « anamorphose » bouffonne, un jeu excentrique et dérisoire sur la forme humaine.

---

1   *O.C.*, t. II, Pléiade, p. 557.
2   T. I, chap. IX et X.
3   *Ibid.*, chap. VIII.
4   *Cf.* G. Ponnau, *La Folie dans la littérature fantastique*, Toulouse, éd. du CNRS, 1987 et 1990, p. 150 *sq.*

« Hoffmannesque » il l'est aussi au sens plus profond : il descend des deux grands personnages de magnétiseur d'Hoffmann[1]. Le magnétisme entre dans la thématique de l'échange des âmes : il est lié au fantastique parce qu'il propose une puissance immatérielle sur les autres, des possibilités d'influencer ou de dominer l'âme par l'âme ; Cherbonneau appartient donc à la lignée des magnétiseurs qui viennent en particulier d'Hoffmann en filiation continue et qui héritent de la puissance de séduction et de possession de Satan.

D'emblée ce personnage est confronté à l'amour : est-il aussi puissant sur ce tréfonds intime de l'âme et du sujet ? La plus perverse manipulation (les vrais magnétiseurs ne le savaient que trop et comme les psychanalystes modernes tentaient de s'en préserver) est la séduction amoureuse. Or c'est l'amour conjugal qui est dans *Avatar* la limite du pouvoir absolu de Cherbonneau. Il peut tout sauf tromper une épouse aimante.

Comme magnétiseur, Cherbonneau préfère à l'hypnose l'action directe de son fluide, de sa volonté, sinon de ses machines ; Gautier connaît peut-être *Le Magnétiseur* de F. Soulié paru en 1834, il ne peut d'autant moins ignorer le *Joseph Balsamo* de Dumas (1846-1848) qu'il s'en est inspiré pour son ballet *Gemma* en 1854 où il s'agit de contraindre une jeune fille au mariage par le jeu des influences magnétiques. Cherbonneau prolonge et étend le personnage du magnétiseur par l'ironie qu'il implique. Cet antimédecin qui renie toute la médecine européenne après l'avoir totalisée, qui ne cesse de vouloir en triompher, est à la fois un demi-dieu, un démiurge surnaturel, un nécromant qui agit sur les morts, un prestidigitateur impressionnant qui a ses cures, mais aussi ses tours et ses attrapes, qui s'amuse peut-être à insensibiliser ses « sujets » et ses somnambules privés, à rajeunir telle cliente, à faire apparaître qui il veut. Il y a de l'ironiste en lui, et du brave homme qui veut aider les amoureux sincères.

Mais son pouvoir lui vient de loin, il vient des sages de l'Inde, il vient d'une *rétrospection* puissante et réussie, d'un voyage spatial et temporel qui lui a permis de remonter vers l'origine : vers le savoir premier de l'humanité, vers les temps où l'homme et la nature étaient unis, où le savoir était un pouvoir, où l'âme était souveraine de la matière. Gautier a su créer un roman indien et aller jusqu'au bout de

---

1   Cf. *Le Magnétiseur* et *Le Spectre fiancé* (titre allemand : *L'Inquiétant Visiteur*).

la couleur locale que suppose le thème de l'*avatar*. Sa grande originalité est d'avoir donné à son magnétiseur-thaumaturge une dimension de vraisemblance exotique, de lui avoir conféré tous les prestiges et tous les mystères de la religion hindouiste ; le médecin doté du pouvoir originel du Verbe et du Mot, revenu à l'âge d'or de l'humanité, peut transcender et diriger toutes les formes et toutes les existences. Il est sur-naturel au sens strict du mot, ou « métanaturel » et il infléchit le fantastique dans la direction originale de Gautier.

Lui-même se sent un « Indien », « voir l'Inde, a-t-il dit, est un désir qui me travaille depuis la plus tendre enfance » ; pour lui il n'y a qu'un Orient, *Proche ou Extrême ;* mais ce versant de son génie demeure mal connu, malgré les remarques de Raymond Schwab[1], le bel article de H. David (« L'exotisme indou de Th. Gautier », dans *Revue. de litt. comparée*, 1929) qui porte surtout sur les sources de *Partie carrée* (paru en 1848 et 1851 sous des titres différents), et les indications de E. Binney sur le ballet de *Sacountala* qui suit immédiatement *Avatar* (il date de 1858, *cf. op. cit.*).

Cette fois encore Gautier se trouve en résonance avec Nerval et Méry qui, en 1850, ont adapté *Le chariot d'enfant*, pièce indienne du roi Soudraka : Nerval rêvait d'en tirer assez d'argent pour aller en Inde (*cf.* J. Richer, *op. cit.* p. 185-186 et 205-206). Méry en vérité était le grand intercesseur de l'Inde auprès de Gautier : que n'a-t-il dit de ses romans indiens au reste si pâles et si vagues devant la couleur précise d'*Avatar* ?

Nerval, a rappelé Gautier, « prétendait que Méry n'était qu'un ancien *mouni* de Bénarès faisant son cinquième avatar dans la peau d'un Marseillais ». Cette idée de la continuation des types à travers diverses formes s'accuse clairement dans le drame de *L'Imagier de Harlem*[2]. Gautier lui-même était convaincu que Méry « dans une existence antérieure » avait été pandit, brahme[3]... ; les voyages imaginaires ont une telle supériorité sur les vrais déplacements que Gautier devait exalter « sa force d'intuition qui lui permettait de supposer avec une merveilleuse exactitude la flore et la faune d'un pays qu'il n'avait jamais vu[4] ».

1   *La Renaissance orientale*, Paris, Payot, 1950, p. 435 *sq.*
2   *Cf. Souvenirs romantiques, op. cit., p. 243.*
3   *La Presse*, 20 mai 1850.
4   *Portraits contemporains*, Paris, Charpentier, 1874, p. 141.

Ce n'est pas là pourtant qu'il s'est renseigné : les romans de Méry qui se sont succédé depuis 1843 sont d'une lecture ingrate et terriblement décevante quant à l'imagerie indienne qu'ils présentent. Celle de Gautier vient d'ailleurs.

Elle vient d'abord d'une passion première, celle qu'avait bien analysée R. Schwab, celle de Frédéric Schlegel déclarant dès 1800 que l'Orient, ou l'Extrême-Orient était « le suprême romantisme », parce que c'était l'*hyper-antique* (selon la formule de Schwab), une nouvelle Grèce, une Égypte plus reculée encore, dix siècles gagnés en arrière, *en rétrospection* vers l'origine indifférenciée de tout, vers un monde chaotique où le va-et-vient de l'âme universelle à travers les formes est encore possible et perceptible, où la poésie première de l'humanité se traduit en une immense fable, en un polythéisme illimité. « Depuis notre enfance nous avons regardé avec une curiosité avide et superstitieuse toutes les gravures, tous les dessins, tous les recueils, qui se rapportent à cette mystérieuse contrée[1] ».

Dans cet ailleurs absolu, le fantastique va de soi : « L'Inde même dans sa beauté a nous ne savons quoi de monstrueux, d'excessif, de démesuré. » Elle offre « un vertige de somptuosité folle, une débauche effrénée de splendeur, une rage insensée de lumière » ; il y règne un redoutable désordre des formes et des mythes, les choses, la pensée, les récits sont entraînés ensemble dans le même mouvement de création démesurée : telles sont les « gigantesques prodigalités indiennes[2] ». À l'ordre, hélas, établi des mondes figés de l'Ouest, s'oppose l'incertitude féconde et terrible de l'Inde.

L'Inde c'est une nature antédiluvienne, le berceau des sagesses, des dieux, des légendes, des mystères, la patrie des poésies théosophiques, l'union de la pensée et de l'érotisme, le lieu d'un titanisme débridé et symbolique. C'est la terre fondamentalement non classique ; cela Nodier l'avait dit l'un des premiers : « C'est seulement une terre romantique, une terre poétique et merveilleuse[3] ». La métempsycose enfin s'y vit au quotidien. Dans les années 1850, la présence romantique de l'Inde se fait sans doute plus forte : un fonds commun de références est né de l'effort des linguistes, des mythologues, des historiens, des philosophes,

---

1   Voir *Caprices et zigzags*, Paris, Lecou, 1852, p. 232 *sq.*
2   *Ibid.*, p. 266.
3   Cité par R. Schwab, *op. cit.*, p. 220.

où puisent les poètes (Leconte de Lisle avec ses *Poèmes antiques* de 1852),
les romanciers (« Il n'y a qu'un homme au monde qui puisse se reconnaître dans cette formidable théogonie, c'est Méry », a dit Gautier[1]),
un Michelet ; l'érudition rencontre la création, comme il est si fréquent
dans le romantisme. Il se crée « un romanesque des recherches », fasciné
par « ce zéro inaccessible des civilisations ».

À l'origine, Gautier a certainement été conquis par le poème de
Goethe « Le dieu et la bayadère » : à propos de l'adaptation de Scribe en
1844, il devait dire que cette ballade semblait écrite « par un brahme
dans les grottes d'Éléphanta ou dans la grande pagode de Jaggernaut »,
tant le poète possédait « le don d'avatar[2] » et il reprochait au ballet
d'ignorer la trinité mystique et les réincarnations et les désignations de
Shiva. *Fortunio* en 1837 était né de ce rêve indien, qui l'emportait vers
un Orient complexe et confus, mais « extrême » ; en 1838 la rencontre
avec les Bayadères était une nouvelle étape : il voyait « un des rêves de
notre vie, une de nos dernières illusions ». Avec elles il s'évadait vers
« les pagodes découpées à jour, les idoles monstrueuses de jade ou de
porphyre, les chauderies au toit de bambou [...][3] ». C'était « quelque
chose de lointain, de splendide, féerique et charmant », il voyait, il
touchait alors l'absolument autre, les antipodes du connu.

En 1845 à propos d'un spectacle du *Cirque olympique*, « Les éléphants
de la pagode », qu'il entreprenait de refaire, il évoquait encore son
Inde, « poèmes de pierres », avatars, idoles à bras de polypes, à trompe
d'éléphants, nature terrifiante et gigantesque, « énormités monstrueuses »
des animaux ; l'éléphant lui semble occupé de « rêveries cosmogoniques »,
si bien que l'« on conçoit très bien que les Hindous aient souvent coiffé
les épaules de leurs divinités difformes et touffues » de tête d'éléphant.
C'est ce qui arrive au héros du *Club des Hachichins*. En 1848, il pouvait
enfin réaliser un rêve : écrire sur l'Inde, écrire un récit indien, *Partie
carrée*, où s'opposaient l'Europe et l'Extrême-Orient. En 1851 enfin il
voyait à l'Exposition universelle de Londres tous les trésors de l'Inde,
le ruissellement de ses richesses et de ses œuvres d'art, la perfection
étrange de son « esthétique » barbare[4].

---

1   *Ibid.*, p. 375.
2   *Histoire de l'Art dramatique*, t. III, p. 215.
3   *Caprices et zigzags, op. cit.*, p. 339 sq.
4   Voir *La Presse* des 5, 7, 11 septembre 1851, textes repris dans *Caprices et zigzags* (1852) et
    L'Orient (1877).

Mais que connaît-il de l'Inde ? L'article de H. David a mis en lumière un certain nombre de sources utilisées pour *Partie carrée* qui restent valables pour *Avatar*, même si la dominante pittoresque du premier texte se distingue des allusions essentiellement religieuses de sa nouvelle œuvre. Dans *Partie Carrée*, il y a une scène d'hydromancie qui revient avec Cherbonneau. Gautier a lu *Sacountala*, cette pièce du poète sanscrit Kalidasa du Vᵉ siècle après J.-C., traduite en anglais dès la fin du XVIIIᵉ siècle, puis en français en 1830 par Chézy, titulaire de la chaire de sanscrit au Collège de France (elle a été créée en 1814, c'est la première en Europe) ; en 1858, il en tirera un sujet de ballet. L'appareil critique de la traduction est une mine de renseignements où Gautier a puisé ; Maxime Du Camp[1] prétend qu'il lui a donné un peu après 1848 le livre, « qu'il ne connaissait pas encore ; il en fut ravi ; il examinait avec une joie d'enfant les caractères sanscrits placés en regard du texte ; il méditait un voyage dans l'Indoustan et voulait traduire le Mahàbhàrata en français ». Citons encore le *Voyage aux Indes orientales et à la Chine (1774-1781)*, de Sonnerat, paru en 1782 et que Gautier semble bien avoir utilisé, *Les Voyages dans l'Inde* (1851), et *Les Habitants de l'Inde dessinés d'après nature* (1853) du prince Alexis Soltykoff que Gautier a cités lui-même. Surtout peut-être pour la précision de ses données *The Hindu Pantheon* d'Edward Moor paru à Londres en 1810 ; H. David retrouve chez Gautier la transcription anglaise des noms indiens. Je prends pour ma part au sérieux la phrase qui clôt

---

1   *Souvenirs littéraires*, Paris, Aubier, 1994, p. 284. Maxime Du Camp a aussi évoqué l'Inde dans les *Mémoires d'un suicidé* (1853), dans *Tagahor* (paru dans *Six aventures*, 1857), histoire d'un pauvre batelier du Gange que la déesse du fleuve rend fabuleusement riche ; mais que faire de ces richesses ? Il s'ennuie et essaie toutes les activités ; il consulte un pénitent dont la description reprend les principaux traits du « fakir » et qui lui conseille de recommencer sa vie de pauvre. À propos de Maxime Du Camp, je rappellerais qu'il est l'auteur d'une histoire d'âme sans corps, d'amour par-delà la mort et de réincarnation, proche d'*Avatar* et pas très éloignée de *Spirite*. C'est « L'âme errante » publié dans *Six aventures*. Un écrivain au travail voit soudain sa plume se mouvoir, se tremper dans l'encre, se jeter, se remplacer par une autre, écrire tout un récit qu'elle signe et qu'il lit enfin. C'est une âme qui « vogue à travers les espaces en attendant un corps » ; suit un exposé de la métempsycose : tant qu'elle n'a pas de corps, l'âme se souvient ; elle raconte donc le malheur de sa dernière vie. C'est l'âme d'un jeune fiancé si éperdument épris de sa belle que par volonté, quand ils étaient séparés, son âme quittait son corps pour la retrouver ; une fois il s'attarda plusieurs jours près d'elle ; à son retour plus de corps : on l'avait cru mort, on l'avait autopsié, il était réellement mort ; pendant deux ans il n'eut plus de logis corporel. Toujours amoureux fou, il assista au remariage de sa fiancée : il obtint de Dieu le droit de se réincarner dans son futur enfant !

la lettre-compte rendu écrite à Nerval sur *La Péri*[1] : « Mon ballet, dit Gautier, est plein de mythes, qu'on ne croie pas que je n'ai pas lu la symbolique de Kreutzer », soit la somme de mythologie comparée de F. Creuzer, *Religions de l'antiquité considérées principalement dans leurs formes symboliques et mythologique* (traduction et adaptation de Guigniaut de 1825)[2].

---

1   *C.G.*, t. II, p. 40 et *La Presse*, 25 juillet 1843.
2   Gautier a peut-être encore consulté la traduction de 1831-1833 des *Manuscrits des lois de Manou*.

AVATAR[a]

I

Personne ne pouvait rien comprendre à la maladie qui minait lentement Octave de Saville. Il ne gardait pas le lit et menait son train de vie ordinaire ; jamais une plainte ne sortait de ses lèvres, et cependant il dépérissait à vue d'œil. Interrogé par les médecins que le forçait à consulter la sollicitude de ses parents et de ses amis, il n'accusait aucune souffrance précise, et la science ne découvrait en lui nul symptôme alarmant : sa poitrine auscultée rendait un son favorable, et à peine si l'oreille appliquée sur son cœur y surprenait quelque battement trop lent ou trop précipité ; il ne toussait pas, n'avait pas de fièvre, mais la vie se retirait de lui et fuyait par une de ces fentes invisibles dont l'homme est plein, au dire de Térence[b].

Quelquefois une bizarre syncope le faisait pâlir et froidir comme un marbre. Pendant une ou deux minutes on eût pu le croire mort ; puis le balancier, arrêté par un doigt mystérieux, n'étant plus retenu, reprenait son mouvement, et Octave paraissait se réveiller d'un songe. On l'avait envoyé aux eaux ; mais les nymphes thermales ne purent rien pour lui. Un voyage à Naples ne produisit pas un meilleur résultat. Ce beau soleil si vanté lui avait semblé noir comme celui de la gravure d'Albert Dürer ; la chauve-souris qui porte écrit dans son aile ce mot : *melancholia*[c], fouettait cet azur étincelant de ses membranes poussiéreuses et voletait entre la lumière et lui ; il s'était senti glacé sur le quai de la Mergellina, où les lazzaroni demi-nus se cuisent et donnent à leur peau une patine de bronze[d].

Il était donc revenu à son petit appartement de la rue Saint-Lazare et avait repris en apparence ses habitudes anciennes.

Cet appartement était aussi confortablement meublé que peut l'être une garçonnière. Mais comme un intérieur prend à la longue la physionomie et peut-être la pensée de celui qui l'habite, le logis d'Octave s'était peu à peu attristé ; le damas des rideaux avait pâli et ne laissait plus filtrer qu'une lumière grise. Les grands bouquets de pivoine se flétrissaient sur le fond moins blanc du tapis : l'or des bordures encadrant quelques aquarelles et quelques esquisses de maîtres avait lentement rougi sous une implacable poussière ; le feu découragé s'éteignait et fumait au milieu des cendres. La vieille pendule de Boule^e incrustée de cuivre et d'écaille verte retenait le bruit de son tic-tac, et le timbre des heures ennuyées parlait bas comme on fait dans une chambre de malade ; les portes retombaient silencieuses, et les pas des rares visiteurs s'amortissaient sur la moquette ; le rire s'arrêtait de lui-même en pénétrant dans ces chambres mornes, froides et obscures, où cependant rien ne manquait du luxe moderne. Jean, le domestique d'Octave, s'y glissait comme une ombre, un plumeau sous le bras, un plateau sur la main, car, impressionné à son insu de la mélancolie du lieu, il avait fini par perdre sa loquacité. – Aux murailles pendaient en trophée des gants de boxe, des masques et des fleurets ; mais il était facile de voir qu'on n'y avait pas touché depuis longtemps ; des livres pris et jetés insouciamment traînaient sur tous les meubles, comme si Octave eût voulu, par cette lecture machinale, endormir une idée fixe. Une lettre commencée, dont le papier avait jauni, semblait attendre depuis des mois qu'on l'achevât, et s'étalait comme un muet reproche au milieu du bureau. Quoique habité, l'appartement paraissait désert. La vie en était absente, et en y entrant on recevait à la figure cette bouffée d'air froid qui sort des tombeaux quand on les ouvre^f.

Dans cette lugubre demeure où jamais une femme n'aventurait le bout de sa bottine, Octave se trouvait plus à l'aise que partout ailleurs, – ce silence, cette tristesse et cet abandon lui convenaient ; le joyeux tumulte de la vie l'effarouchait, quoiqu'il fît parfois des efforts pour s'y mêler ; mais il revenait plus sombre des mascarades, des parties ou des soupers où ses amis l'entraînaient ; aussi ne luttait-il plus contre cette douleur mystérieuse, et laissait-il aller les jours avec l'indifférence d'un homme qui ne compte pas sur le lendemain. Il ne formait aucun projet, ne croyant plus à l'avenir, et il avait tacitement envoyé à Dieu sa démission de la vie, attendant qu'il l'acceptât. Pourtant, si vous vous imaginiez une figure amaigrie et creusée, un teint terreux, des membres exténués, un grand ravage extérieur, vous vous tromperiez ; tout au plus apercevrait-on quelques meurtrissures de bistre sous les paupières, quelques nuances orangées autour de l'orbite, quelque attendrissement aux tempes sillonnées de veines bleuâtres. Seulement l'étincelle de l'âme ne brillait pas dans l'œil, dont la volonté, l'espérance et le désir s'étaient envolés. Ce regard mort dans ce jeune visage formait un contraste étrange, et produisait un effet plus pénible que le masque décharné, aux yeux allumés de fièvre, de la maladie ordinaire[g].

Octave avait été, avant de languir de la sorte, ce qu'on nomme un joli garçon, et il l'était encore : d'épais cheveux noirs, aux boucles abondantes, se massaient, soyeux et lustrés, de chaque côté de ses tempes ; ses yeux longs, veloutés, d'un bleu nocturne, frangés de cils recourbés, s'allumaient parfois d'une étincelle humide ; dans le repos, et lorsque nulle passion ne les animait, ils se faisaient remarquer par cette quiétude sereine qu'ont les yeux des Orientaux, lorsqu'à la porte d'un café de Smyrne ou de Constantinople ils font le kief[h] après avoir fumé leur narghilé. Son teint n'avait jamais été coloré et ressemblait à ces teints méridionaux d'un blanc olivâtre qui ne produisent tout leur effet qu'aux lumières ; sa main était fine et délicate, son pied étroit et cambré. Il se mettait bien, sans précéder la mode ni la suivre en retardataire, et savait à merveille faire valoir ses avantages naturels. Quoiqu'il n'eût aucune prétention de dandy ou de gentleman rider, s'il se fût présenté au Jockey-Club, il n'eût pas été refusé.

Comment se faisait-il que, jeune, beau, riche, avec tant de raisons d'être heureux, un jeune homme se consumât si misérablement ? Vous allez dire qu'Octave était blasé, que les romans à la mode du jour lui avaient gâté la cervelle de leurs idées malsaines, qu'il ne croyait à rien, que de sa jeunesse et de sa fortune gaspillées en folles orgies il ne lui restait que des dettes ; – toutes ces suppositions manquent de vérité. – Ayant fort peu usé des plaisirs, Octave ne pouvait en être dégoûté ; il n'était ni splénétique, ni romanesque, ni athée, ni libertin, ni dissipateur ; sa vie avait été jusqu'alors mêlée d'études et de distractions comme celle des autres jeunes gens ; il s'asseyait le matin au cours de la Sorbonne, et le soir il se plantait sur l'escalier de l'Opéra pour voir s'écouler la cascade des toilettes. On ne lui connaissait ni fille de marbre[i] ni duchesse, et il dépensait son revenu sans faire mordre ses fantaisies au capital, – son notaire l'estimait ; – c'était donc un personnage tout uni, incapable de se jeter au glacier de Manfred ou d'allumer le réchaud d'Escousse[j]. Quant à la cause de l'état singulier où il se trouvait et qui mettait en défaut la science de la faculté, nous n'osons l'avouer, tellement la chose est invraisemblable à Paris, au dix-neuvième siècle, et nous laissons le soin de la dire à notre héros lui-même.

Comme les médecins ordinaires n'entendaient rien à cette maladie étrange, car on n'a pas encore disséqué d'âme[k] aux amphithéâtres d'anatomie, on eut recours en dernier lieu à un docteur singulier, revenu des Indes après un long séjour, et qui passait pour opérer des cures merveilleuses.

Octave, pressentant une perspicacité supérieure et capable de pénétrer son secret, semblait redouter la visite du docteur, et ce ne fut que sur les instances réitérées de sa mère qu'il consentit à recevoir M. Balthazar Cherbonneau[l].

Quand le docteur entra, Octave était à demi couché sur un divan : un coussin étayait sa tête, un autre lui soutenait le coude, un troisième lui couvrait les pieds ; une gandoura l'enveloppait de ses plis souples et moelleux ; il lisait ou plutôt il tenait un livre, car ses yeux arrêtés sur une page ne regardaient pas. Sa figure était pâle, mais, comme nous l'avons dit, ne présentait pas d'altération bien sensible. Une observation superficielle n'aurait pas cru au danger chez ce jeune malade, dont le guéridon supportait une boîte à cigares au lieu des fioles, des lochs[m], des potions, des tisanes, et autres pharmacopées de rigueur en pareil cas. Ses traits purs, quoiqu'un peu fatigués, n'avaient presque rien perdu de leur grâce, et, sauf l'atonie profonde et l'incurable désespérance de l'œil, Octave eût semblé jouir d'une santé normale.

Quelque indifférent que fût Octave, l'aspect bizarre du docteur le frappa. M. Balthazar Cherbonneau avait l'air d'une figure échappée d'un conte fantastique d'Hoffmann[n] et se promenant dans la réalité stupéfaite de voir cette création falote. Sa face extrêmement basanée était comme dévorée par un crâne énorme que la chute des cheveux faisait paraître plus vaste encore. Ce crâne nu, poli comme de l'ivoire, avait gardé ses teintes blanches, tandis que le masque, exposé aux rayons du soleil, s'était revêtu, grâce aux superpositions des couches du hâle, d'un ton de vieux chêne ou de portrait enfumé. Les méplats, les cavités et les saillies des os s'y accentuaient si vigoureusement, que le peu de chair qui les recouvrait ressemblait, avec ses mille rides fripées, à une peau mouillée appliquée sur une tête de mort. Les rares poils gris qui flânaient encore sur l'occiput, massés en trois maigres mèches dont deux se dressaient au-dessus des oreilles et dont la troisième partait de la nuque pour mourir à la naissance du front, faisaient regretter l'usage de l'antique perruque à marteaux ou de la moderne tignasse de chiendent, et couronnaient d'une façon grotesque cette physionomie de casse-noisettes. Mais ce qui occupait invinciblement chez le docteur, c'étaient les yeux ; au milieu de ce visage tanné par l'âge, calciné à des cieux incandescents, usé dans l'étude, où les fatigues de la science et de la vie s'écrivaient en sillages profonds, en pattes d'oie rayonnantes, en plis plus pressés que les feuillets d'un livre, étincelaient deux prunelles d'un bleu de turquoise, d'une limpidité, d'une fraîcheur et d'une jeunesse inconcevables. Ces étoiles bleues brillaient au fond d'orbites brunes et de membranes concentriques dont les cercles fauves rappelaient vaguement les plumes disposées en auréole autour de la prunelle nyctalope des hiboux. On eût dit que, par quelque sorcellerie apprise des brahmes et des pandits°, le docteur avait volé des yeux d'enfant et se les était ajustés dans sa face de cadavre. Chez le vieillard, le regard marquait vingt ans ; chez le jeune homme, il en marquait soixante.

Le costume était le costume classique du médecin : habit et pantalon de drap noir, gilet de soie de même couleur, et sur la chemise un gros diamant, présent de quelque rajah ou de quelque nabab. Mais ces vêtements flottaient comme s'ils eussent été accrochés à un porte-manteau, et dessinaient des plis perpendiculaires que les fémurs et les tibias du docteur cassaient en angles aigus lorsqu'il s'asseyait. Pour produire cette maigreur phénoménale, le dévorant soleil de l'Inde n'avait pas suffi. Sans doute Balthazar Cherbonneau s'était soumis, dans quelque but d'initiation, aux longs jeûnes des fakirs et tenu sur la peau de gazelle auprès des yogis° entre les quatre réchauds ardents ; mais cette déperdition de substance n'accusait aucun affaiblissement. Des ligaments solides et tendus sur les mains comme les cordes sur le manche d'un violon reliaient entre eux les osselets décharnés des phalanges et les faisaient mouvoir sans trop de grincements.

Le docteur s'assit sur le siège qu'Octave lui désignait de la main à côté du divan, en faisant des coudes comme un mètre qu'on reploie et avec des mouvements qui indiquaient l'habitude invétérée de s'accroupir sur des nattes. Ainsi placé, M. Cherbonneau tournait le dos à la lumière, qui éclairait en plein le visage de son malade, situation favorable à l'examen et que prennent volontiers les observateurs, plus curieux de voir que d'être vus. Quoique la figure du docteur fût baignée d'ombre et que le haut de son crâne, luisant et arrondi comme un gigantesque œuf d'autruche, accrochât seul au passage un rayon du jour, Octave distinguait la scintillation des étranges prunelles bleues qui semblaient douées d'une lueur propre comme les corps phosphorescents : il en jaillissait un rayon aigu et clair que le jeune malade recevait en pleine poitrine avant cette sensation de picotement et de chaleur produite par l'émétique.

« Eh bien, monsieur, dit le docteur après un moment de silence pendant lequel il parut résumer les indices reconnus dans son inspection rapide, je vois déjà qu'il ne s'agit pas avec vous d'un cas de pathologie vulgaire ; vous n'avez aucune de ces maladies cataloguées, à symptômes bien connus, que le médecin guérit ou empire ; et quand j'aurai causé quelques minutes, je ne vous demanderai pas du papier pour y tracer une anodine formule du Codex au bas de laquelle j'apposerai une signature hiéroglyphique et que votre valet de chambre portera au pharmacien du coin. »

Octave sourit faiblement, comme pour remercier M. Cherbonneau de lui épargner d'inutiles et fastidieux remèdes.

« Mais, continua le docteur, ne vous réjouissez pas si vite ; de ce que vous n'avez ni hypertrophie du cœur, ni tubercules au poumon, ni ramollissement de la moelle épinière, ni épanchement séreux au cerveau, ni fièvre typhoïde ou nerveuse, il ne s'ensuit pas que vous soyez en bonne santé. Donnez-moi votre main. »

Croyant que M. Cherbonneau allait lui tâter le pouls et s'attendant à lui voir tirer sa montre à secondes, Octave retroussa la manche de sa gandoura, mit son poignet à découvert et le tendit machinalement au docteur. Sans chercher du pouce cette pulsation rapide ou lente qui indique si l'horloge de la vie est détraquée chez l'homme, M. Cherbonneau prit dans sa patte brune, dont les doigts osseux ressemblaient à des pinces de crabe, la main fluette, veinée et moite du jeune homme ; il la palpa, la pétrit, la malaxa en quelque sorte comme pour se mettre en communication magnétique avec son sujet. Octave, bien qu'il fût sceptique en médecine, ne pouvait s'empêcher d'éprouver une certaine émotion anxieuse, car il lui semblait que le docteur lui soutirait l'âme par cette pression, et le sang avait tout à fait abandonné ses pommettes[9].

« Cher monsieur Octave, dit le médecin en laissant aller la main du jeune homme, votre situation est plus grave que vous ne pensez, et la science, telle du moins que la pratique la vieille routine européenne, n'y peut rien : vous n'avez plus la volonté de vivre, et votre âme se détache insensiblement de votre corps ; il n'y a chez vous ni hypocondrie, ni lypémanie[r], ni tendance mélancolique au suicide. – Non ! – cas rare et curieux, vous pourriez, si je ne m'y opposais, mourir sans aucune lésion intérieure ou externe appréciable. Il était temps de m'appeler, car l'esprit ne tient plus à la chair que par un fil, mais nous allons y faire un bon nœud. » Et le docteur se frotta joyeusement les mains en grimaçant un sourire qui détermina un remous de rides dans les mille plis de sa figure.

« Monsieur Cherbonneau, je ne sais si vous me guérirez, et, après tout, je n'en ai nulle envie, mais je dois avouer que vous avez pénétré du premier coup la cause de l'état mystérieux où je me trouve. Il me semble que mon corps est devenu perméable, et laisse échapper mon moi comme un crible l'eau par ses trous, je me sens fondre dans le grand tout, et j'ai peine à me distinguer du milieu où je plonge[s]. La vie dont j'accomplis, autant que possible, la pantomime habituelle, pour ne pas chagriner mes parents et mes amis, me paraît si loin de moi, qu'il y a des instants où je me crois déjà sorti de la sphère humaine : je vais et je viens par des motifs qui me déterminaient autrefois, et dont l'impulsion mécanique dure encore, mais sans participer à ce que je fais. Je me mets à table aux heures ordinaires, et je parais manger et boire, quoique je ne sente aucun goût aux plats les plus épicés et aux vins les plus forts ; la lumière du soleil me semble pâle comme celle de la lune, et les bougies ont des flammes noires. J'ai froid aux plus chauds jours de l'été ; parfois il se fait en moi un grand silence comme si mon cœur ne battait plus et que les rouages intérieurs fussent arrêtés par une cause inconnue. La mort ne doit pas être différente de cet état si elle est appréciable pour les défunts[t].

– Vous avez, reprit le docteur, une impossibilité de vivre chronique, maladie toute morale et plus fréquente qu'on ne pense. La pensée est une force qui peut tuer comme l'acide prussique, comme l'étincelle de la bouteille de Leyde[u], quoique la trace de ses ravages ne soit pas saisissable aux faibles moyens d'analyse dont la science vulgaire dispose. Quel chagrin a enfoncé son bec crochu dans votre foie ? Du haut de quelle ambition secrète êtes-vous retombé brisé et moulu ? Quel désespoir amer ruminez-vous dans l'immobilité ? Est-ce la soif du pouvoir qui vous tourmente ? Avez-vous renoncé volontairement à un but placé hors de la portée humaine ? – Vous êtes bien jeune pour cela. – Une femme vous a-t-elle trompé ?

– Non, docteur, répondit Octave, je n'ai pas même eu ce bonheur.

– Et cependant, reprit M. Balthazar Cherbonneau, je lis dans vos yeux ternes, dans l'habitude découragée de votre corps, dans le timbre sourd de votre voix, le titre d'une pièce de Shakespeare aussi nettement que s'il était estampé en lettres d'or sur le dos d'une reliure de maroquin.

– Et quelle est cette pièce que je traduis sans le savoir ? dit Octave, dont la curiosité s'éveillait malgré lui.

– *Love's labour's lost*, continua le docteur avec une pureté d'accent qui trahissait un long séjour dans les possessions anglaises de l'Inde.

– Cela veut dire, si je ne me trompe, *peines d'amour perdues*.

– Précisément. »

Octave ne répondit pas ; une légère rougeur colora ses joues, et, pour se donner une contenance, il se mit à jouer avec le gland de sa cordelière. Le docteur avait reployé une de ses jambes sur l'autre, ce qui produisait l'effet des os en sautoir gravés sur les tombes, et se tenait le pied avec la main à la mode orientale. Ses yeux bleus se plongeaient dans les yeux d'Octave et les interrogeaient d'un regard impérieux et doux.

« Allons, dit M. Balthazar Cherbonneau, ouvrez-vous à moi, je suis le médecin des âmes, vous êtes mon malade, et comme le prêtre catholique à son pénitent, je vous demande une confession complète, et vous pourrez la faire sans vous mettre à genoux.

– À quoi bon ? En supposant que vous ayez deviné juste, vous raconter mes douleurs ne les soulagerait pas. Je n'ai pas le chagrin bavard, – aucun pouvoir humain, même le vôtre, ne saurait me guérir.

– Peut-être », fit le docteur en s'établissant plus carrément dans son fauteuil, comme quelqu'un qui se dispose à écouter une confidence d'une certaine longueur.

« Je ne veux pas, reprit Octave, que vous m'accusiez d'un entêtement puéril, et vous laisser, par mon mutisme, un moyen de vous laver les mains de mon trépas ; mais, puisque vous y tenez, je vais vous raconter mon histoire ; – vous en avez deviné le fond, je ne vous en disputerai pas les détails. Ne vous attendez à rien de singulier ou de romanesque. C'est une aventure très impie, très commune, très usée ; mais, comme dit la chanson de Henri Heine[v], celui à qui elle arrive la trouve toujours nouvelle, et il en a le cœur brisé. En vérité, j'ai honte de dire quelque chose de si vulgaire à un homme qui a vécu dans les pays les plus fabuleux et les plus chimériques.

– N'avez aucune crainte ; il n'y a plus que le commun qui soit extraordinaire pour moi, dit le docteur en souriant.

– Eh bien, docteur, je me meurs d'amour. »

II

« Je me trouvais à Florence, vers la fin de l'été, en 184..., la plus belle saison pour voir Florence. J'avais du temps, de l'argent, de bonnes lettres de recommandation, et alors j'étais un jeune homme de belle humeur, ne demandant pas mieux que de s'amuser. Je m'installai sur le Long-Arno, je louai une calèche et je me laissai aller à cette douce vie florentine qui a tant de charme pour l'étranger. Le matin, j'allais visiter quelque église, quelque palais ou quelque galerie tout à mon aise, sans me presser, ne voulant pas me donner cette indigestion de chefs-d'œuvre qui, en Italie, fait venir aux touristes trop hâtifs la nausée de l'art ; tantôt je regardais les portes de bronze du baptistère, tantôt le *Persée* de Benvenuto sous la loggia dei Lanzi[w], le portrait de la Fornarina aux Offices, ou bien encore la *Vénus* de Canova au palais Pitti, mais jamais plus d'un objet à la fois. Puis je déjeunais, au café Doney, d'une tasse de café à la glace, je fumais quelques cigares, parcourais les journaux, et, la boutonnière fleurie de gré ou de force par ces jolies bouquetières[x] coiffées de grands chapeaux de paille qui stationnent devant le café, je rentrais chez moi faire la sieste ; à trois heures, la calèche venait me prendre et me transportait aux *Cascines*. Les Cascines sont à Florence ce que le bois de Boulogne est à Paris, avec cette différence que tout le monde s'y connaît, et que le rond-point forme un salon en plein air, où les fauteuils sont remplacés par des voitures, arrêtées et rangées en demi-cercle[y]. Les femmes, en grande toilette, à demi couchées sur les coussins, reçoivent les visites des amants et des attentifs, des dandys et des attachés de légation, qui se tiennent debout et chapeau bas sur le marchepied. – Mais vous savez cela tout aussi bien que moi. – Là se forment les projets pour la soirée, s'assignent les rendez-vous, se donnent les réponses, s'acceptent les invitations ; c'est comme une Bourse du plaisir qui se tient de trois heures à cinq heures, à l'ombre des beaux arbres, sous le ciel le plus doux du monde. Il est obligatoire, pour tout être un peu bien situé, de faire chaque jour une apparition aux Cascines. Je n'avais garde d'y manquer, et le soir, après dîner, j'allais dans quelques salons, ou à la Pergola, lorsque la cantatrice en valait la peine.

« Je passai ainsi un des plus heureux mois de ma vie ; mais ce bonheur ne devait pas durer. Une magnifique calèche fit un jour[2] son début aux Cascines. Ce superbe produit de la carrosserie de Vienne, chef-d'œuvre de Laurenzi, miroité d'un vernis étincelant, historié d'un blason presque royal, était attelé de la plus belle paire de chevaux qui ait jamais piaffé à Hyde Park ou à Saint James au Drawing Room de la reine Victoria, et mené à la Daumont de la façon la plus correcte par un tout jeune jockey en culotte de peau blanche et en casaque verte ; les cuivres des harnais, les boîtes des roues, les poignées des portières brillaient comme de l'or et lançaient des éclairs au soleil ; tous les regards suivaient ce splendide équipage qui, après avoir décrit sur le sable une courbe aussi régulière que si elle eût été tracée au compas, alla se ranger auprès des voitures. La calèche n'était pas vide, comme vous le pensez bien ; mais dans la rapidité du mouvement on n'avait pu distinguer qu'un bout de bottine allongé sur le coussin du devant, un large pli de châle et le disque d'une ombrelle frangée de soie blanche. L'ombrelle se referma et l'on vit resplendir une femme d'une beauté incomparable. J'étais à cheval et je pus m'approcher assez pour ne perdre aucun détail de ce chef-d'œuvre humain. L'étrangère portait une robe de ce vert d'eau glacé d'argent qui fait paraître noire comme une taupe toute femme dont le teint n'est pas irréprochable, – une insolence de blonde sûre d'elle-même. – Un grand crêpe de Chine blanc, tout bossué de broderies de la même couleur, l'enveloppait de sa draperie souple et fripée à petits plis, comme une tunique de Phidias. Le visage avait pour auréole un chapeau de la plus fine paille de Florence, fleuri de myosotis et de délicates plantes aquatiques aux étroites feuilles glauques ; pour tout bijou, un lézard d'or constellé de turquoises cerclait le bras qui tenait le manche d'ivoire de l'ombrelle.

« Pardonnez, cher docteur, cette description de journal de mode à un amant pour qui ces menus souvenirs prennent une importance énorme. D'épais bandeaux blonds crêpelés, dont les annelures formaient comme des vagues de lumière, descendaient en nappes opulentes des deux côtés de son front plus blanc et plus pur que la neige vierge tombée dans la nuit sur le plus haut sommet d'une Alpe ; des cils longs et déliés comme ces fils d'or que les miniaturistes du Moyen Age font rayonner autour des têtes de leurs anges, voilaient à demi ses prunelles d'un bleu vert pareil à ces lueurs qui traversent les glaciers par certains effets de soleil ; sa bouche, divinement dessinée, présentait ces teintes pourprées qui lavent les valves des conques de Vénus, et ses joues ressemblaient à de timides roses blanches que ferait rougir l'aveu du rossignol ou le baiser du papillon ; aucun pinceau humain ne saurait rendre ce teint d'une suavité, d'une fraîcheur et d'une transparence immatérielles, dont les couleurs ne paraissaient pas dues au sang grossier qui enlumine nos fibres ; les premières rougeurs de l'aurore sur la cime des sierras Nevadas, le ton carné de quelques camélias blancs, à l'onglet de leurs pétales, le marbre de Paros, entrevu à travers un voile de gaze rose, peuvent seuls en donner une idée lointaine. Ce qu'on apercevait du col entre les brides du chapeau et le haut du châle étincelait d'une blancheur irisée, au bord des contours, de vagues reflets d'opale. Cette tête éclatante ne saisissait pas d'abord par le dessin, mais bien par le coloris, comme les belles productions de l'école vénitienne, quoique ses traits fussent aussi purs et aussi délicats que ceux des profils antiques découpés dans l'agate des camées[aa].

« Comme Roméo oublie Rosalinde à l'aspect de Juliette, à l'apparition de cette beauté suprême j'oubliai mes amours d'autrefois[ab]. Les pages de mon cœur redevinrent blanches : tout nom, tout souvenir en disparurent. Je ne comprenais pas comment j'avais pu trouver quelque attrait dans ces liaisons vulgaires que peu de jeunes gens évitent, et je me les reprochai comme de coupables infidélités. Une vie nouvelle data pour moi de cette fatale rencontre.

« La calèche quitta les Cascines et reprit le chemin de la ville, emportant l'éblouissante vision ; je mis mon cheval auprès de celui d'un jeune Russe très aimable, grand coureur d'eaux, répandu dans tous les salons cosmopolites d'Europe, et qui connaissait à fond le personnel voyageur de la haute vie ; j'amenai la conversation sur l'étrangère, et j'appris que c'était la comtesse Prascovie Labinska[ac], une Lituanienne de naissance illustre et de grande fortune, dont le mari faisait depuis deux ans la guerre du Caucase.

« Il est inutile de vous dire quelles diplomaties je mis en œuvre pour être reçu chez la comtesse que l'absence du comte rendait très réservée à l'endroit des présentations ; enfin, je fus admis ; – deux princesses douairières et quatre baronnes hors d'âge répondaient de moi sur leur antique vertu.

« La comtesse Labinska avait loué une villa magnifique, ayant appartenu jadis aux Salviati, à une demie-lieue de Florence, et en quelques jours elle avait su installer tout le confortable moderne dans l'antique manoir, sans en troubler en rien la beauté sévère et l'élégance sérieuse. De grandes portières armoriées s'agrafaient heureusement aux arcades ogivales ; des fauteuils et des meubles de forme ancienne s'harmonisaient avec les murailles couvertes de boiseries brunes ou de fresques d'un ton amorti et passé comme celui des vieilles tapisseries ; aucune couleur trop neuve, aucun or trop brillant n'agaçait l'œil, et le présent ne dissonait pas au milieu du passé. – La comtesse avait l'air si naturellement châtelaine, que le vieux palais semblait bâti exprès pour elle.

« Si j'avais été séduit par la radieuse beauté de la comtesse, je le fus bien davantage encore au bout de quelques visites par son esprit si rare, si fin, si étendu ; quand elle parlait sur quelque sujet intéressant, l'âme lui venait à la peau, pour ainsi dire, et se faisait visible. Sa blancheur s'illuminait comme l'albâtre d'une lampe d'un rayon intérieur : il y avait dans son teint de ces scintillations phosphorescentes, de ces tremblements lumineux dont parle Dante lorsqu'il peint les splendeurs du paradis ; on eût dit un ange se détachant en clair sur un soleil. Je restais ébloui, extatique et stupide. Abîmé dans la contemplation de sa beauté, ravi aux sons de sa voix céleste qui faisait de chaque idiome une musique ineffable, lorsqu'il me fallait absolument répondre, je balbutiais quelques mots incohérents qui devaient lui donner la plus pauvre idée de mon intelligence ; quelquefois même un imperceptible sourire d'une ironie amicale passait comme une lueur rose sur ses lèvres charmantes à certaines phrases, qui dénotaient, de ma part, un trouble profond ou une incurable sottise.

« Je ne lui avais encore rien dit de mon amour ; devant elle j'étais sans pensée, sans force, sans courage ; mon cœur battait comme s'il voulait sortir de ma poitrine et s'élancer sur les genoux de sa souveraine. Vingt fois j'avais résolu de m'expliquer, mais une insurmontable timidité me retenait ; le moindre air froid ou réservé de la comtesse me causait des transes mortelles, et comparables à celles du condamné qui, la tête sur le billot, attend que l'éclair de la hache lui traverse le cou. Des contractions nerveuses m'étranglaient, des sueurs glacées baignaient mon corps. Je rougissais, je pâlissais et je sortais sans avoir rien dit, ayant peine à trouver la porte et chancelant comme un homme ivre sur les marches du perron.

« Lorsque j'étais dehors, mes facultés me revenaient et je lançais au vent les dithyrambes les plus enflammés. J'adressais à l'idole absente mille déclarations d'une éloquence irrésistible. J'égalais dans ces apostrophes muettes les grands poètes de l'amour. – Le Cantique des cantiques de Salomon avec son vertigineux parfum oriental et son lyrisme halluciné de haschich, les sonnets de Pétrarque avec leurs subtilités platoniques et leurs délicatesses éthérées, l'*Intermezzo* de Henri Heine avec sa sensibilité nerveuse et délirante n'approchent pas de ces effusions d'âme intarissables où s'épuisait ma vie. Au bout de chacun de ces monologues, il me semblait que la comtesse vaincue devait descendre du ciel sur mon cœur, et plus d'une fois je me croisai les bras sur ma poitrine, pensant les renfermer sur elle.

« J'étais si complètement possédé que je passais des heures à murmurer en façon de litanies d'amour ces deux mots : – Prascovie Labinska, – trouvant un charme indéfinissable dans ces syllabes tantôt égrenées lentement comme des perles, tantôt dites avec la volubilité fiévreuse du dévot que sa prière même exalte. D'autres fois, je traçais le nom adoré sur les plus belles feuilles de vélin, en y apportant des recherches calligraphiques des manuscrits du Moyen Âge, rehauts d'or, fleurons d'azur, ramages de sinople[ad]. J'usais à ce labeur d'une minutie passionnée et d'une perfection puérile les longues heures qui séparaient mes visites à la comtesse. Je ne pouvais lire ni m'occuper de quoi que ce fût. Rien ne m'intéressait hors de Prascovie, et je ne décachetais même pas les lettres qui me venaient de France. À plusieurs reprises je fis des efforts pour sortir de cet état ; j'essayai de me rappeler les axiomes de séduction acceptés par les jeunes gens, les stratagèmes qu'emploient les Valmont du café de Paris et les don Juan du Jockey-Club ; mais à l'exécution le cœur me manquait, et je regrettais de ne pas avoir, comme le Julien Sorel de Stendhal[ae], un paquet d'épîtres progressives à copier pour les envoyer à la comtesse. Je me contentais d'aimer, me donnant tout entier sans rien demander en retour, sans espérance même lointaine, car mes rêves les plus audacieux osaient à peine effleurer de leurs lèvres le bout des doigts rosés de Prascovie. Au XVe siècle, le jeune novice le front sur les marches de l'autel, le chevalier agenouillé dans sa roide armure, ne devaient pas avoir pour la madone une adoration plus prosternée. »

M. Balthazar Cherbonneau avait écouté Octave avec une attention profonde, car pour lui le récit du jeune homme n'était pas seulement une histoire romanesque, et il se dit comme à lui-même pendant une pause du narrateur : « Oui, voilà bien le diagnostic de l'amour-passion[af], une maladie curieuse et que je n'ai rencontrée qu'une fois, – à Chandernagor, – chez une jeune paria éprise d'un brahme ; elle en mourut, la pauvre fille, mais c'était une sauvage ; vous, monsieur Octave, vous êtes un civilisé, et nous vous guérirons. » Sa parenthèse fermée, il fit signe de la main à M. de Saville de continuer ; et, reployant sa jambe sur la cuisse comme la patte articulée d'une sauterelle, de manière à faire soutenir son menton par son genou, il s'établit dans cette position impossible pour tout autre, mais qui semblait spécialement commode pour lui.

« Je ne veux pas vous ennuyer du détail de mon martyre secret, continua Octave ; j'arrive à une scène décisive. Un jour, ne pouvant plus modérer mon impérieux désir de voir la comtesse, je devançai l'heure de ma visite accoutumée ; il faisait un temps orageux et lourd. Je ne trouvai pas madame Labinska au salon. Elle s'était établie sous un portique soutenu de sveltes colonnes, ouvrant sur une terrasse par laquelle on descendait au jardin ; elle avait fait apporter là son piano, un canapé et des chaises de jonc ; des jardinières, comblées de fleurs splendides, – nulle part elles ne sont si fraîches ni si odorantes qu'à Florence, – remplissaient les entrecolonnements, et imprégnaient de leur parfum les rares bouffées de brise qui venaient de l'Apennin. Devant soi, par l'ouverture des arcades, l'on apercevait les ifs et les buis taillés du jardin, d'où s'élançaient quelques cyprès centenaires, et que peuplaient des marbres mythologiques dans le goût tourmenté de Baccio Bandinelli ou de l'Ammanato[ag]. Au fond, au-dessus de la silhouette de Florence, s'arrondissait le dôme de Santa Maria del Fiore et jaillissait le beffroi carré du Palazzo Vecchio.

« La comtesse était seule, à demi couchée sur le canapé de jonc ; jamais elle ne m'avait paru si belle ; son corps nonchalant, alangui par la chaleur, baignait comme celui d'une nymphe marine dans l'écume blanche d'un ample peignoir de mousseline des Indes que bordait du haut en bas une garniture bouillonnée comme la frange d'argent d'une vague ; une broche en acier niellé du Khorassan[ah] fermait à la poitrine cette robe aussi légère que la draperie qui voltige autour de la Victoire rattachant sa sandale. Des manches ouvertes à partir de la saignée, comme les pistils du calice d'une fleur, sortaient ses bras d'un ton plus pur que celui de l'albâtre où les statuaires florentins taillent des copies de statues antiques ; un large ruban noir noué à la ceinture, et dont les bouts retombaient, tranchait vigoureusement sur toute cette blancheur. Ce que ce contraste de nuances attribuées au deuil aurait pu avoir de triste, était égayé par le bec d'une petite pantoufle circassienne sans quartier[ai] en maroquin bleu, gaufrée d'arabesques jaunes, qui pointait sous le dernier pli de la mousseline.

« Les cheveux blonds de la comtesse, dont les bandeaux bouffants, comme s'ils eussent été soulevés par un souffle, découvraient son front pur, et ses tempes transparentes formaient comme un nimbe, où la lumière pétillait en étincelles d'or.

« Près d'elle, sur une chaise, palpitait au vent un grand chapeau de paille de riz, orné de longs rubans noirs pareils à celui de la robe, et gisait une paire de gants de Suède qui n'avaient pas été mis. À mon aspect, Prascovie ferma le livre qu'elle lisait – les poésies de Mickiewicz – et me fit un petit signe de tête bienveillant ; elle était seule, – circonstance favorable et rare. – Je m'assis en face d'elle sur le siège qu'elle me désigna. Un de ces silences, pénibles quand ils se prolongent, régna quelques minutes entre nous. Je ne trouvais à mon service aucune de ces banalités de la conversation ; ma tête s'embarrassait, des vagues de flammes me montaient du cœur aux yeux, et mon amour me criait : "Ne perds pas cette occasion suprême."

« J'ignore ce que j'eusse fait, si la comtesse, devinant la cause de mon trouble, ne se fût redressée à demi en tendant vers moi sa belle main, comme pour me fermer la bouche.

« – Ne dîtes pas un mot. Octave ; vous m'aimez, je le sais, je le sens, je le crois ; je ne vous en veux point, car l'amour est involontaire. D'autres femmes plus sévères se montreraient offensées ; moi, je vous plains, car je ne puis vous aimer, et c'est une tristesse pour moi d'être votre malheur. – Je regrette que vous m'ayez rencontrée, et maudis le caprice qui m'a fait quitter Venise pour Florence. J'espérais d'abord que ma froideur persistante vous lasserait et vous éloignerait ; mais le vrai amour, dont je vois tous les signes dans vos yeux, ne se rebute de rien. Que ma douceur ne fasse naître en vous aucune illusion, aucun rêve, et ne prenez pas ma pitié pour un encouragement. Un ange au bouclier de diamant, à l'épée flamboyante, me garde contre toute séduction, mieux que la religion, mieux que le devoir, mieux que la vertu ; – et cet ange, c'est mon amour : – j'adore le comte Labinski. J'ai le bonheur d'avoir trouvé la passion dans le mariage. »

« Un flot de larmes jaillit de mes paupières à cet aveu si franc, si loyal et si noblement pudique, et je sentis en moi se briser le ressort de ma vie.

« Prascovie, émue, se leva, et, par un mouvement de gracieuse pitié féminine, passa son mouchoir de batiste sur mes yeux :

« – Allons, ne pleurez pas, me dit-elle, je vous le défends. Tâchez de penser à autre chose, imaginez que je suis partie à tout jamais, que je suis morte ; oubliez-moi. Voyagez, travaillez, faites du bien, mêlez-vous activement à la vie humaine ; consolez-vous dans un art ou un amour… »

« Je fis un geste de dénégation.

« – Croyez-vous souffrir moins en continuant à me voir ? reprit la comtesse ; venez, je vous recevrai toujours. Dieu dit qu'il faut pardonner à ses ennemis ; pourquoi traiterait-on plus mal ceux qui nous aiment ? Cependant l'absence me paraît un remède plus sûr. – Dans deux ans nous pourrons nous serrer la main sans péril, – pour vous », ajouta-t-elle en essayant de sourire.

« Le lendemain je quittai Florence ; mais ni l'étude, ni les voyages, ni le temps, n'ont diminué ma souffrance, et je me sens mourir : ne m'en empêchez pas, docteur !

– Avez-vous revu la comtesse Prascovie Labinska ? » dit le docteur, dont les yeux bleus scintillaient bizarrement.

« Non, répondit Octave, mais elle est à Paris. » Et il tendit à M. Balthazar Cherbonneau une carte gravée sur laquelle on lisait :

« La comtesse Prascovie Labinska est chez elle le jeudi. »

III[aj]

Parmi les promeneurs assez rares alors qui suivaient aux Champs-Élysées l'avenue Gabriel, à partir de l'ambassade ottomane jusqu'à l'Élysée Bourbon[ak], préférant au tourbillon poussiéreux et à l'élégant fracas de la grande chaussée l'isolement, le silence et la calme fraîcheur de cette route bordée d'arbres d'un côté et de l'autre de jardins, il en est peu qui ne se fussent arrêtés, tout rêveurs et avec un sentiment d'admiration mêlé d'envie, devant une poétique et mystérieuse retraite, où, chose rare, la richesse semblait loger le bonheur.

À qui n'est-il pas arrivé de suspendre sa marche à la grille d'un parc, de regarder longtemps la blanche villa à travers les massifs de verdure, et de s'éloigner le cœur gros, comme si le rêve de sa vie était caché derrière ces murailles[al]? Au contraire, d'autres habitations, vues ainsi du dehors, vous inspirent une tristesse indéfinissable ; l'ennui, l'abandon, la désespérance glacent la façade de leurs teintes grises et jaunissent les cimes à demi chauves des arbres ; les statues ont des lèpres de mousse, les fleurs s'étiolent, l'eau des bassins verdit, les mauvaises herbes envahissent les sentiers malgré le racloir ; les oiseaux, s'il y en a, se taisent.

Les jardins en contrebas de l'allée en étaient séparés par un saut-de-loup et se prolongeaient en bandes plus ou moins larges jusqu'aux hôtels, dont la façade donnait sur la rue du Faubourg-Saint-Honoré. Celui dont nous parlons se terminait au fossé par un remblai que soutenait un mur de grosses roches choisies pour l'irrégularité curieuse de leurs formes, et qui, se relevant de chaque côté en manière de coulisses, encadraient de leurs aspérités rugueuses et de leurs masses sombres le frais et vert paysage resserré entre elles.

Dans les anfractuosités de ces roches, le cactier raquette, l'asclépiade incarnate, le millepertuis, la saxifrage, le cymbalaire, la joubarbe, la lychnide des Alpes[am], le lierre d'Irlande trouvaient assez de terre végétale pour nourrir leurs racines et découpaient leurs verdures variées sur le fond vigoureux de la pierre ; – un peintre n'eût pas disposé, au premier plan de son tableau, un meilleur repoussoir.

Les murailles latérales qui fermaient ce paradis terrestre disparaissaient sous un rideau de plantes grimpantes[an], aristoloches, grenadilles bleues, campanules, chèvrefeuille, gypsophiles, glycines de Chine, périplocas de Grèce dont les griffes, les vrilles et les tiges s'enlaçaient à un treillis vert, car le bonheur lui-même ne veut pas être emprisonné ; et grâce à cette disposition le jardin ressemblait à une clairière dans une forêt plutôt qu'à un parterre assez étroit circonscrit par les clôtures de la civilisation.

Un peu en arrière des masses de rocaille, étaient groupés quelques bouquets d'arbres au port élégant, à la frondaison vigoureuse, dont les feuillages contrastaient pittoresquement : vernis du Japon, thuyas du Canada, planes de Virginie, frênes verts, saules blancs, micocouliers de

Provence, que dominaient deux ou trois mélèzes. Au-delà des arbres s'étalait un gazon de ray-grass, dont pas une pointe d'herbe ne dépassait l'autre, un gazon plus fin, plus soyeux que le velours d'un manteau de reine, de cet idéal vert d'émeraude qu'on n'obtient qu'en Angleterre devant le perron des manoirs féodaux, moelleux tapis naturels que l'œil aime à caresser et que le pas craint de fouler, moquette végétale où, le jour, peuvent seuls se rouler au soleil la gazelle familière avec le jeune baby ducal dans sa robe de dentelles, et, la nuit, glisser au clair de lune quelque Titania du West-End la main enlacée à celle d'un Oberon porté sur le livre du peerage et du baronetage[ao].

Une allée de sable tamisé au crible, de peur qu'une valve de conque ou qu'un angle de silex ne blessât les pieds aristocratiques qui y laissaient leur délicate empreinte, circulait comme un ruban jaune autour de cette nappe verte, courte et drue, que le rouleau égalisait, et dont la pluie factice de l'arrosoir entretenait la fraîcheur humide, même aux jours les plus desséchants de l'été.

Au bout de la pièce de gazon éclatait, à l'époque où se passe cette histoire, un vrai feu d'artifice fleuri tiré par un massif de géraniums, dont les étoiles écarlates flambaient sur le fond brun d'une terre de bruyère.

L'élégante façade de l'hôtel terminait la perspective ; de sveltes colonnes d'ordre ionique soutenant l'attique surmonté à chaque angle d'un gracieux groupe de marbre, lui donnaient l'apparence du temple grec transporté là par le caprice d'un millionnaire, et corrigeaient, en éveillant une idée de poésie et d'art, tout ce que ce luxe aurait pu avoir de trop fastueux ; dans les entre-colonnements, des stores rayés de larges bandes roses et presque toujours baissés abritaient et dessinaient les fenêtres, qui s'ouvraient de plain-pied sous le portique comme des portes de glace.

Lorsque le ciel fantasque de Paris daignait étendre un pan d'azur derrière ce palazzino, les lignes s'en dessinaient si heureusement entre les touffes de verdure, qu'on pouvait les prendre pour le pied-à-terre de la Reine des fées, ou pour un tableau de Baron agrandi[ap].

De chaque côté de l'hôtel s'avançaient dans le jardin deux serres formant ailes, dont les parois de cristal se diamantaient au soleil entre leurs nervures dorées, et faisaient à une foule de plantes exotiques les plus rares et les plus précieuses l'illusion de leur climat natal.

Si quelque poète matineux eût passé avenue Gabriel aux premières rougeurs de l'aurore, il eût entendu le rossignol achever les derniers trilles de son nocturne, et vu le merle se promener en pantoufles jaunes dans l'allée du jardin comme un oiseau qui est chez lui ; mais la nuit, après que les roulements des voitures revenant de l'Opéra se sont éteints au milieu du silence de la vie endormie, ce même poète aurait vaguement distingué une ombre blanche au bras d'un beau jeune homme, et serait remonté dans sa mansarde solitaire, l'âme triste jusqu'à la mort.

C'était là qu'habitaient depuis quelque temps – le lecteur l'a sans doute déjà deviné – la comtesse Prascovie Labinska et son mari le comte Olaf Labinski, revenu de la guerre du Caucase après une glorieuse campagne, où, s'il ne s'était pas battu corps à corps avec le mystique et insaisissable Schamyl, certainement il avait eu affaire aux plus fanatiquement dévoués des Mourides de l'illustre cheikh[aq]. Il avait évité les balles comme les braves les évitent, en se précipitant au-devant d'elles, et les damas courbes des sauvages guerriers s'étaient brisés sur sa poitrine sans l'entamer. Le courage est une cuirasse sans défaut. Le comte Labinski possédait cette valeur folle des races slaves, qui aiment le péril pour le péril, et auxquelles peut s'appliquer encore ce refrain de vieux chant Scandinave : « Ils tuent, meurent et rient ! »

Avec quelle ivresse s'étaient retrouvés ces deux époux, pour qui le mariage n'était que la passion permise par Dieu et par les hommes, Thomas Moore pourrait seul le dire en style d'*Amour des Anges*[ar] ! Il faudrait que chaque goutte d'encre se transformât dans notre plume en goutte de lumière, et que chaque mot s'évaporât sur le papier en jetant une flamme et un parfum comme un grain d'encens. Comment peindre ces deux âmes fondues en une seule et pareilles à deux larmes de rosée qui, glissant sur un pétale de lis, se rencontrent, se mêlent, s'absorbent l'une l'autre et ne font plus qu'une perle unique ? Le bonheur est une chose si rare en ce monde, que l'homme n'a pas songé à inventer des paroles pour le rendre, tandis que le vocabulaire des souffrances morales et physiques remplit d'innombrables colonnes dans le dictionnaire de toutes les langues[as].

Olaf et Prascovie s'étaient aimés tout enfants ; jamais leur cœur n'avait battu qu'à un seul nom ; ils savaient presque dès le berceau qu'ils s'appartiendraient, et le reste du monde n'existait pas pour eux ; on eût dit que les morceaux de l'androgyne de Platon, qui se cherchent en vain depuis le divorce primitif, s'étaient retrouvés et réunis en eux ; ils formaient cette dualité dans l'unité, qui est l'harmonie complète, et, côte à côte, ils marchaient, ou plutôt ils volaient à travers la vie d'un essor égal, soutenu, planant comme deux colombes que le même désir appelle, pour nous servir de la belle expression de Dante[at].

Afin que rien ne troublât cette félicité, une fortune immense l'entourait comme d'une atmosphère d'or. Dès que ce couple radieux paraissait, la misère consolée quittait ses haillons, les larmes se séchaient ; car Olaf et Prascovie avaient le noble égoïsme du bonheur, et ils ne pouvaient souffrir une douleur dans leur rayonnement.

Depuis que le polythéisme a emporté avec lui ces jeunes dieux, ces génies souriants, ces éphèbes célestes aux formes d'une perfection si absolue, d'un rythme si harmonieux, d'un idéal si pur, et que la Grèce antique ne chante plus l'hymne de la beauté en strophes de Paros, l'homme a cruellement abusé de la permission qu'on lui a donnée d'être laid, et, quoique fait à l'image de Dieu, le représente assez mal. Mais le comte Labinski n'avait pas profité de cette licence ; l'ovale un peu allongé de sa figure, son nez mince, d'une coupe hardie et fine, sa lèvre fermement dessinée, qu'accentuait une moustache blonde aiguisée à ses pointes, son menton relevé et frappé d'une fossette, ses yeux noirs, singularité piquante, étrangeté gracieuse, lui donnaient l'air d'un de ces anges guerriers, saint Michel ou Raphaël, qui combattent le démon, revêtus d'armures d'or. Il eût été trop beau sans l'éclair mâle de ses sombres prunelles et la couche hâlée que le soleil d'Asie avait déposée sur ses traits.

Le comte était de taille moyenne, mince, svelte, nerveux, cachant des muscles d'acier sous une apparente délicatesse ; et lorsque dans quelque bal d'ambassade, il revêtait son costume de magnat, tout chamarré d'or, tout étoilé de diamants, tout brodé de perles, il passait parmi les groupes comme une apparition étincelante, excitant la jalousie des hommes et l'amour des femmes, que Prascovie lui rendait indifférentes. — Nous n'ajoutons pas que le comte possédait les dons de l'esprit comme ceux du corps ; les fées bienveillantes l'avaient doué à son berceau, et la méchante sorcière qui gâte tout s'était montrée de bonne humeur ce jour-là[au].

Vous comprenez qu'avec un tel rival, Octave de Saville avait peu de chance, et qu'il faisait bien de se laisser tranquillement mourir sur les coussins de son divan, malgré l'espoir qu'essayait de lui remettre au cœur le fantastique docteur Balthazar Cherbonneau – Oublier Prascovie eût été le seul moyen, mais c'était la chose impossible ; la revoir, à quoi bon ? Octave sentait que la résolution de la jeune femme ne faiblirait jamais dans son implacabilité douce, dans sa froideur compatissante. Il avait peur que ses blessures non cicatrisées ne se rouvrissent et ne saignassent devant celle qui l'avait tué innocemment, et il ne voulait pas l'accuser, la douce meurtrière aimée !

IV

Deux ans s'étaient écoulés depuis le jour où la comtesse Labinska avait arrêté sur les lèvres d'Octave la déclaration d'amour qu'elle ne devait pas entendre ; Octave, tombé du haut de son rêve, s'était éloigné, ayant au foie le bec d'un chagrin noir, et n'avait pas donné de ses nouvelles à Prascovie. L'unique mot qu'il eût pu lui écrire était le seul défendu. Mais plus d'une fois la pensée de la comtesse effrayée de ce silence s'était reportée avec mélancolie sur son pauvre adorateur : – l'avait-il oubliée ? Dans sa divine absence de coquetterie, elle le souhaitait sans le croire, car l'inextinguible flamme de la passion illuminait les yeux d'Octave, et la comtesse n'avait pu s'y méprendre. L'amour et les dieux se reconnaissent au regard : cette idée traversait comme un petit nuage le limpide azur de son bonheur, et lui inspirait la légère tristesse des anges qui, dans le ciel, se souviennent de la terre[av] ; son âme charmante souffrait de savoir là-bas quelqu'un malheureux à cause d'elle ; mais que peut l'étoile d'or scintillante au haut du firmament pour le pâtre obscur qui lève vers elle des bras éperdus ? Aux temps mythologiques, Phœbé descendit bien des cieux en rayons d'argent sur le sommeil d'Endymion ; mais elle n'était pas mariée à un comte polonais.

Dès son arrivée à Paris, la comtesse Labinska avait envoyé à Octave cette invitation banale que le docteur Balthazar Cherbonneau tournait distraitement entre ses doigts, et en ne le voyant pas venir, quoiqu'elle l'eût voulu guéri[aw], elle s'était dit avec un mouvement de joie involontaire : « Il m'aime toujours ! » C'était cependant une femme d'une angélique pureté et chaste comme la neige du dernier sommet de l'Himalaya.

Mais Dieu lui-même, au fond de son infini, n'a pour se distraire de l'ennui des éternités que le plaisir d'entendre battre pour lui le cœur d'une pauvre petite créature périssable sur un chétif globe, perdu dans l'immensité[ax]. Prascovie n'était pas plus sévère que Dieu, et le comte Olaf n'eût pu blâmer cette délicate volupté d'âme.

« Votre récit, que j'ai écouté attentivement, dit le docteur à Octave, me prouve que tout espoir de votre part serait chimérique. Jamais la comtesse ne partagera votre amour.

– Vous voyez bien monsieur Cherbonneau, que j'avais raison de ne pas chercher à retenir ma vie qui s'en va.

– J'ai dit qu'il n'y avait pas d'espoir avec les moyens ordinaires, continua le docteur ; mais il existe des puissances occultes que méconnaît la science moderne, et dont la tradition s'est conservée dans ces pays étranges nommés barbares par une civilisation ignorante. Là, aux premiers jours du monde, le genre humain, en contact immédiat avec les forces vives de la nature, savait des secrets qu'on croit perdus, et que n'ont point emportés dans leurs migrations les tribus qui, plus tard, ont formé les peuples[ay]. Ces secrets furent transmis d'abord d'initié à initié, dans les profondeurs mystérieuses des temples, écrits ensuite en idiomes sacrés incompréhensibles au vulgaire, sculptés en panneaux d'hiéroglyphes le long des parois cryptiques d'Ellora[az] ; vous trouverez encore sur les croupes du mont Mérou[ba], d'où s'échappe le Gange, au bas de l'escalier de marbre blanc de Bénarès la ville sainte, au fond des pagodes en ruines de Ceylan, quelques brahmes centenaires épelant des manuscrits inconnus, quelques yogis occupés à redire l'ineffable monosyllabe *om*[bb] sans s'apercevoir que les oiseaux du ciel nichent dans leur chevelure[bc] ; quelques fakirs dont les épaules portent les cicatrices des crochets de fer de Jaggernat[bd], qui possèdent ces arcanes perdus et en obtiennent des résultats merveilleux lorsqu'ils daignent s'en servir.

– Notre Europe, tout absorbée par les intérêts matériels, ne se doute pas du degré de spiritualisme où sont arrivés les pénitents de l'Inde : des jeûnes absolus, des contemplations effrayantes de fixité, des postures impossibles gardées pendant des années entières, atténuent si bien leurs corps, que vous diriez, à les voir accroupis sous un soleil de plomb, entre des brasiers ardents, laissant leurs ongles grandis leur percer la paume des mains, des momies égyptiennes retirées de leur caisse et ployées en des attitudes de singe[be], leur enveloppe humaine n'est plus qu'une chrysalide, que l'âme, papillon immortel, peut quitter ou reprendre à volonté[bf]. Tandis que leur maigre dépouille reste là, inerte, horrible à voir, comme une larve nocturne surprise par le jour, leur esprit, libre de tous liens, s'élance, sur les ailes de l'hallucination, à des hauteurs incalculables, dans les mondes surnaturels. Ils ont des visions et des rêves étranges ; ils suivent d'extase en extase les ondulations que font les âges disparus sur l'océan de l'éternité ; ils parcourent l'infini en tous sens, assistent à la création des univers, à la genèse des dieux et à leurs métamorphoses ; la mémoire leur revient des sciences englouties par les cataclysmes plutoniens et diluviens, des rapports oubliés de l'homme et des éléments. Dans cet état bizarre, ils marmottent des mots appartenant à des langues qu'aucun peuple ne parle plus depuis des milliers d'années sur la surface du globe, ils retrouvent le verbe primordial, le verbe qui a fait jaillir la lumière des antiques ténèbres : on les prend pour des fous ; ce sont presque des dieux[bg] ! »

Ce préambule singulier surexcitait au dernier point l'attention d'Octave, qui, ne sachant où M. Balthazar Cherbonneau voulait en venir, fixait sur lui des yeux étonnés et pétillants d'interrogations : il en devinait pas quel rapport pouvaient offrir les pénitents de l'Inde avec son amour pour la comtesse Prascovie Labinska.

Le docteur, devinant la pensée d'Octave, lui fit un signe de main comme pour prévenir ses questions, et lui dit : « Patience, mon cher malade ; vous allez comprendre tout à l'heure que je ne me livre pas à une digression inutile. – Las d'avoir interrogé avec le scalpel, sur le marbre des amphithéâtres, des cadavres qui ne me répondaient pas et ne me laissaient voir que la mort quand je cherchais la vie, je formai le projet – un projet aussi hardi que celui de Prométhée escaladant[bh] le ciel pour y ravir le feu – d'atteindre et de surprendre l'âme, de l'analyser et de la disséquer pour ainsi dire ; j'abandonnai l'effet pour la cause, et pris en dédain profond la science matérialiste dont le néant m'était prouvé. Agir sur ces formes vagues, sur ces assemblages fortuits de molécules aussitôt dissous, me semblait la fonction d'un empirisme grossier. J'essayai par le magnétisme de relâcher les liens qui enchaînent l'esprit à son enveloppe ; j'eus bientôt dépassé Mesmer, Deslon, Maxwell, Puységur, Deleuze[bi] et les plus habiles, dans des expériences vraiment prodigieuses, mais qui ne me contentaient pas encore ; catalepsie, somnambulismes, vue à distance, lucidité extatique[bj], je produisis à volonté tous ces effets inexplicables pour la foule, simples et compréhensibles pour moi. – Je remontai plus haut : des ravissements de Cardan[bk] et de saint Thomas d'Aquin je passai aux crises nerveuses des Pythies ; je découvris les arcanes des Époptes grecs et des Nebiim hébreux ; je m'initiai rétrospectivement aux mystères de Trophonius et d'Esculape, reconnaissant toujours dans les merveilles qu'on en raconte une concentration ou une expansion de l'âme provoquée soit par le geste, soit par le regard, soit par la parole, soit par la volonté ou tout autre agent inconnu. – Je refis un à un tous les miracles d'Apollonius de Tyane. – Pourtant mon rêve scientifique n'était pas accompli ; l'âme m'échappait toujours ; je la pressentais, je l'entendais, j'avais de l'action sur elle ; j'engourdissais ou j'excitais ses facultés ; mais entre elle et moi il y avait un voile de chair que je ne pouvais écarter sans qu'elle s'envolât ; j'étais comme l'oiseleur qui tient un oiseau sous un filet qu'il n'ose relever, de peur de voir sa proie ailée se perdre dans le ciel.

« Je partis pour l'Inde, espérant trouver le mot de l'énigme dans ce pays de l'antique sagesse. J'appris le sanscrit et le pacrit[bl], les idiomes savants et vulgaires : je pus converser avec les pandits et les brahmes. Je traversai les jungles où rauque[bm] le tigre aplati sur ses pattes ; je longeai les étangs sacrés qu'écaille le dos des crocodiles ; je franchis des forêts impénétrables barricadées de lianes, faisant envoler des nuées de chauves-souris et de singes, me trouvant face à face avec l'éléphant au détour du sentier frayé par les bêtes fauves pour arriver à la cabane de quelque yogi célèbre en communication avec les mounis[bn], et je m'assis des jours entiers près de lui, partageant sa peau de gazelle, pour noter les vagues incantations que murmurait l'extase sur ses lèvres noires et fendillées. Je saisis de la sorte des mots tout-puissants, des formules évocatrices, des syllabes du Verbe créateur.

« J'étudiai les sculptures symboliques dans les chambres inférieures des pagodes que n'a vues nul œil profane et où une robe de brahme me permettait de pénétrer ; je lus bien des mystères cosmogoniques, bien des légendes de civilisations disparues ; je découvris le sens des emblèmes que tiennent dans leurs mains multiples ces dieux hybrides et touffus comme la nature de l'Inde ; je méditai sur le cercle de Brahma, le lotus de Wishnou, le cobra capello[bo] de Shiva, le dieu bleu. Ganesa[bp], déroulant sa trompe de pachyderme et clignant ses petits yeux frangés de longs cils, semblait sourire à mes efforts et encourager mes recherches. Toutes ces figures monstrueuses me disaient dans leur langue de pierre : « Nous ne sommes que des formes, c'est l'esprit qui agite la masse. »

« Un prêtre du temple de Tirounamalay[bq], à qui je fis part de l'idée qui me préoccupait, m'indiqua, comme parvenu au plus haut degré de sublimité, un pénitent qui habitait une des grottes de l'île d'Éléphanta[br]. Je le trouvai, adossé au mur de la caverne, enveloppé d'un bout de sparterie, les genoux au menton, les doigts croisés sur les jambes, dans un état d'immobilité absolue ; ses prunelles retournées ne laissaient voir que le blanc, ses lèvres bridaient[bs] sur ses dents déchaussées ; sa peau, tannée par une incroyable maigreur, adhérait aux pommettes ; ses cheveux, rejetés en arrière, pendaient par mèches roides comme des filaments de plantes du sourcil d'une roche ; sa barbe s'était divisée en deux flots qui touchaient presque terre, et ses ongles se recourbaient en serres d'aigle.

« Le soleil l'avait desséché et noirci de façon à donner à sa peau d'Indien, naturellement brune, l'apparence du basalte, ainsi posé, il ressemblait de forme et de couleur à un vase canopique[bt]. Au premier aspect, je le crus mort. Je secouai ses bras comme ankylosés par une roideur cataleptique, je lui criai à l'oreille de ma voix la plus forte les paroles sacramentelles qui devaient me révéler à lui comme initié ; il ne tressaillit pas, ses paupières restèrent immobiles. – J'allais m'éloigner, désespérant d'en tirer quelque chose, lorsque j'entendis un pétillement singulier ; une étincelle bleuâtre[bu] passa devant mes yeux avec la fulgurante rapidité d'une lueur électrique, voltigea une seconde sur les lèvres entrouvertes du pénitent, et disparut.

« Brahma-Logum (c'était le nom du saint personnage) sembla se réveiller d'une léthargie : ses prunelles reprirent leur place ; il me regarda avec un regard humain et répondit à mes questions. « Eh bien, tes désirs sont satisfaits : tu as vu une âme. Je suis parvenu à détacher la mienne de mon corps quand il me plaît ; – elle en sort, elle y rentre comme une abeille lumineuse, perceptible aux yeux seuls des adeptes. J'ai tant jeûné, tant prié, tant médité, je me suis macéré si rigoureusement, que j'ai pu dénouer les liens terrestres qui l'enchaînent, et que Wishnou, le dieu aux dix incarnations, m'a révélé le mot mystérieux qui la guide dans ses Avatars à travers les formes différentes. – Si, après avoir fait les gestes consacrés, je prononçais ce mot, ton âme s'envolerait pour animer l'homme ou la bête que je lui désignerais. Je te lègue ce secret, que je possède seul maintenant au monde. Je suis bien aise que tu sois venu, car il me tarde de me fondre dans le sein de l'incréé, comme une goutte d'eau dans la mer. » Et le pénitent me chuchota, d'une voix faible comme le dernier râle d'un mourant, et pourtant distincte, quelques syllabes qui me firent passer sur le dos ce petit frisson dont parle Job[bv].

« Que voulez-vous dire, docteur ? s'écria Octave ; je n'ose sonder l'effrayante profondeur de votre pensée.

Je veux dire, répondit tranquillement M. Balthazar Cherbonneau, que je n'ai pas oublié la formule magique de mon ami Brahma-Logum, et que la comtesse Prascovie serait bien fine si elle reconnaissait l'âme d'Octave de Saville dans le corps d'Olaf Labinski. »

V

La réputation du docteur Balthazar Cherbonneau comme médecin et comme thaumaturge commençait à se répandre dans Paris ; ses bizarreries, affectées ou vraies, l'avaient mis à la mode. Mais, loin de chercher à se faire, comme on dit, une clientèle, il s'efforçait de rebuter les malades en leur fermant sa porte ou en leur ordonnant des prescriptions étranges, des régimes impossibles. Il n'acceptait que des cas désespérés, renvoyant à ses confrères avec un dédain superbe les vulgaires fluxions de poitrine, les banales entérites, les bourgeoises fièvres typhoïdes, et dans ces occasions suprêmes il obtenait des guérisons vraiment inconcevables. Debout à côté du lit, il faisait des gestes magiques sur une tasse d'eau, et des corps déjà roides et froids, tout prêts pour le cercueil, après avoir avalé quelques gouttes de ce breuvage en desserrant des mâchoires crispées par l'agonie, reprenaient la souplesse de la vie, les couleurs de la santé, et se redressaient sur leur séant, promenant autour d'eux des regards accoutumés déjà aux ombres du tombeau. Aussi l'appelait-on le médecin des morts ou la résurrectionniste. Encore ne consentait-il pas toujours à opérer ces cures, et souvent refusait-il des sommes énormes de la part de riches moribonds. Pour qu'il se décidât à entrer en lutte avec la destruction, il fallait qu'il fût touché de la douleur d'une mère implorant le salut d'un enfant unique, du désespoir d'un amant demandant la grâce d'une maîtresse adorée, ou qu'il jugeât la vie menacée utile à la poésie, à la science et au progrès du genre humain. Il sauva de la sorte un charmant baby dont le croup serrait la gorge avec ses doigts de fer, une délicieuse jeune fille phtisique au dernier degré, un poète en proie au *delirium tremens*, un inventeur attaqué d'une congestion cérébrale et qui allait enfouir le secret de sa découverte sous quelques pelletées de terre. Autrement il disait qu'on ne devait pas contrarier la nature, que certaines morts avaient leur raison d'être, et qu'on risquait, en les empêchant, de déranger quelque chose dans l'ordre universel. Vous voyez bien que M. Balthazar Cherbonneau était le docteur le plus paradoxal du monde, et qu'il avait rapporté de l'Inde une excentricité complète ; mais sa renommée de magnétiseur l'emportait encore sur sa gloire de médecin ; il avait donné devant un petit nombre d'élus quelques séances dont on racontait des merveilles à troubler toutes les notions du possible ou de l'impossible, et qui dépassaient les prodiges de Cagliostro[bw].

Le docteur habitait le rez-de-chaussée d'un vieil hôtel de la rue du Regard[bx], un appartement en enfilade comme on les faisait jadis, et dont les hautes fenêtres ouvraient sur un jardin planté de grands arbres au tronc noir, au grêle feuillage vert. Quoiqu'on fût en été, de puissants calorifères soufflaient par leurs bouches grillées de laiton des trombes d'air brûlant dans les vastes salles, et en maintenaient la température à trente-cinq ou quarante degrés de chaleur, car M. Balthazar Cherbonneau, habitué au climat incendiaire de l'Inde, grelottait à nos pâles soleils, comme ce voyageur qui, revenu des sources du Nil Bleu, dans l'Afrique centrale, tremblait de froid au Caire, et il ne sortait jamais qu'en voiture fermée, frileusement emmailloté d'une pelisse de renard bleu de Sibérie, et les pieds posés sur un manchon de fer-blanc rempli d'eau bouillante[by].

Il n'y avait d'autres meubles dans ces salles que des divans bas en étoffes malabares historiées d'éléphants chimériques et d'oiseaux fabuleux, des étagères découpées, coloriées et dorées avec une naïveté barbare par les naturels de Ceylan, des vases du Japon pleins de fleurs exotiques ; et sur le plancher s'étalait, d'un bout à l'autre de l'appartement, un de ces tapis funèbres à ramages noirs et blancs que tissent pour pénitence des Thuggs[bz] en prison, et dont la trame semble faite avec le chanvre de leurs cordes d'étrangleurs ; quelques idoles indoues, de marbre ou de bronze, aux longs yeux en amande, au nez cerclé d'anneaux, aux lèvres épaisses et souriantes, aux colliers de perles descendant jusqu'au nombril, aux attributs singuliers et mystérieux, croisaient leurs jambes sur des piédouches[ca] dans les encoignures ; – le long des murailles étaient appendues des miniatures gouachées, œuvre de quelque peintre de Calcutta ou de Lucknow[cb], qui représentaient les neuf *Avatars* déjà accomplis de Wishnou, en poisson, en tortue, en cochon, en lion à tête humaine, en nain brahmine, en Rama, en héros combattant le géant aux mille bras Cartasuciriargunen, en Kritsna, l'enfant miraculeux dans lequel des rêveurs voient un Christ indien ; en Bouddha, adorateur du grand dieu Mahadevi ; et, enfin, le montraient endormi, au milieu de la mer lactée, sur la couleuvre aux cinq têtes recourbées en dais, attendant l'heure de prendre, pour dernière incarnation, la forme de ce cheval blanc ailé qui, en laissant retomber son sabot sur l'univers, doit amener la fin du monde[cc].

Dans la salle du fond, chauffée plus fortement encore que les autres, se tenait M. Balthazar Cherbonneau, entouré de livres sanscrits tracés au poinçon sur de minces lames de bois percées d'un trou et réunies par un cordon de manière à ressembler plus à des persiennes qu'à des volumes comme les entend la librairie européenne. Une machine électrique, avec ses bouteilles remplies de feuilles d'or et ses disques de verre tournés par des manivelles, élevait sa silhouette inquiétante et compliquée au milieu de la chambre, à côté d'un baquet mesmérique où plongeait une lance de métal et d'où rayonnaient de nombreuses tiges de fer. M. Cherbonneau n'était rien moins que charlatan et ne cherchait pas la mise en scène, mais cependant il était difficile de pénétrer dans cette retraite bizarre sans éprouver un peu de l'impression que devaient causer autrefois les laboratoires d'alchimie[cd].

Le comte Olaf Labinski avait entendu parler des miracles réalisés par le docteur, et sa curiosité demi-crédule s'était allumée. Les races slaves ont un penchant naturel au merveilleux, que ne corrige pas toujours l'éducation la plus soignée, et d'ailleurs des témoins dignes de foi qui avaient assisté à ces séances en disaient de ces choses qu'on ne peut croire sans les avoir vues, quelque confiance qu'on ait dans le narrateur. Il alla donc visiter le thaumaturge.

Lorsque le comte Labinski entra chez le docteur Balthazar Cherbonneau, il se sentit comme entouré d'une vague flamme ; tout son sang afflua vers sa tête, les veines des tempes lui sifflèrent ; l'extrême chaleur qui régnait dans l'appartement le suffoquait ; les lampes où brûlaient des huiles aromatiques, les larges fleurs de Java balançant leurs énormes calices comme des encensoirs l'enivraient de leurs émanations vertigineuses et de leurs parfums asphyxiants. Il fit quelques pas en chancelant vers M. Cherbonneau, qui se tenait accroupi sur son divan, dans une de ces étranges poses de fakir ou de *sannyâsi*, dont le prince Soltikoff a si pittoresquement illustré son voyage de l'Inde[ce]. On eût dit, à le voir dessinant les angles de ses articulations sous les plis de ses vêtements, une araignée humaine pelotonnée au milieu de sa toile et se tenant immobile devant sa proie. À l'apparition du comte, ses prunelles de turquoise s'illuminèrent de lueurs phosphorescentes au centre de leur orbite dorée du bistre de l'hépatite, et s'éteignirent aussitôt comme recouvertes par une taie volontaire. Le docteur étendit la main vers Olaf, dont il comprit le malaise, et en deux ou trois passes l'entoura d'une atmosphère de printemps, lui créant un frais paradis dans cet enfer de chaleur.

« Vous trouvez-vous mieux à présent ? Vos poumons, habitués aux brises de la Baltique qui arrivent toutes froides encore de s'être roulées sur les neiges centenaires du pôle, devaient haleter comme des soufflets de forge à cet air brûlant, où cependant je grelotte, moi, cuit, recuit et comme calciné aux fournaises du soleil. »

Le comte Olaf Labinski fit un signe pour témoigner qu'il ne souffrait plus de la haute température de l'appartement.

« Eh bien, dit le docteur avec un accent de bonhomie, vous avez entendu parler sans doute de mes tours de passe-passe, et vous voulez avoir un échantillon de mon savoir-faire ; oh ! je suis plus fort que Comus. Comte ou Bosco[cf].

— Ma curiosité n'est pas si frivole, répondit le comte, et j'ai plus de respect pour un des princes de la science.

— Je ne suis pas un savant dans l'acception qu'on donne à ce mot ; mais au contraire, en étudiant certaines choses que la science dédaigne, je me suis rendu maître de forces occultes inemployées, et je produis des effets qui semblent merveilleux, quoique naturels. À force de la guetter, j'ai quelquefois surpris l'âme, – elle m'a fait des confidences dont j'ai profité et dit des mots que j'ai retenus. L'esprit est tout, la matière n'existe qu'en apparence ; l'univers n'est peut-être qu'un rêve de Dieu ou qu'une irradiation du Verbe dans l'immensité[cg]. Je chiffonne à mon gré la guenille du corps, j'arrête ou je précipite la vie, je déplace les sens, je supprime l'espace, j'anéantis la douleur sans avoir besoin de chloroforme, d'éther ou de toute autre drogue anesthésique. Armé de la volonté, cette électricité intellectuelle[ch], je vivifie ou je foudroie. Rien n'est plus opaque pour mes yeux ; mon regard traverse tout ; je vois distinctement les rayons de la pensée, et comme on projette les spectres solaires sur un écran, je peux les faire passer par mon prisme invisible et les forcer à se réfléchir sur la toile blanche de mon cerveau. Mais tout cela est peu de chose à côté des prodiges qu'accomplissent certains yogis de l'Inde, arrivés au plus sublime degré d'ascétisme. Nous autres Européens, nous sommes trop légers, trop distraits, trop futiles, trop amoureux de notre prison d'argile pour y ouvrir de bien larges fenêtres sur l'éternité et sur l'infini. Cependant j'ai obtenu quelques résultats assez étranges, et vous allez en juger », dit le docteur Balthazar Cherbonneau en faisant glisser sur leur tringle les anneaux d'une lourde portière qui masquait une sorte d'alcôve pratiquée dans le fond de la salle.

À la clarté d'une flamme d'esprit-de-vin qui oscillait sur un trépied de bronze, le comte Olaf Labinski aperçut un spectacle effrayant qui le fit frissonner malgré sa bravoure[ci]. Une table de marbre noir supportait le corps d'un jeune homme nu jusqu'à la ceinture et gardant une immobilité cadavérique ; de son torse hérissé de flèches comme celui de saint Sébastien, il ne coulait pas une goutte de sang ; on l'eût pris pour une image de martyr coloriée, où l'on aurait oublié de teindre de cinabre les lèvres des blessures.

« Cet étrange médecin, dit en lui-même Olaf, est peut-être un adorateur de Shiva, et il aura sacrifié cette victime à son idole. »

« Oh ! il ne souffre pas du tout ; piquez-le sans crainte, pas un muscle de sa face ne bougera » ; et le docteur lui enlevait les flèches du corps, comme l'on retire les épingles d'une pelote.

Quelques mouvements rapides de mains dégagèrent le patient du réseau d'effluves qui l'emprisonnait, et il s'éveilla le sourire de l'extase sur les lèvres comme sortant d'un rêve bienheureux. M. Balthazar Cherbonneau le congédia du geste, il se retira par une petite porte coupée dans la boiserie dont l'alcôve était revêtue.

« J'aurais pu lui couper une jambe ou un bras sans qu'il s'en aperçût, dit le docteur en plissant ses rides en façon de sourire ; je ne l'ai pas fait parce que je ne crée pas encore, et que l'homme, inférieur au lézard en cela, n'a pas une sève assez puissante pour reformer les membres qu'on lui retranche. Mais si je ne crée pas, en revanche je rajeunis. » Et il enleva le voile qui recouvrait une femme âgée magnétiquement endormie sur un fauteuil, non loin de la table de marbre noir ; ses traits, qui avaient pu être beaux, étaient flétris, et les ravages du temps se lisaient sur les contours amaigris de ses bras, de ses épaules et de sa poitrine. Le docteur fixa sur elle pendant quelques minutes, avec une intensité opiniâtre, les regards de ses prunelles bleues ; les lignes altérées se raffermirent, le galbe du sein reprit sa pureté virginale, une chair blanche et satinée remplit les maigreurs du col ; les joues s'arrondirent et se veloutèrent comme des pêches de toute la fraîcheur de la jeunesse ; les yeux s'ouvrirent scintillants dans un fluide vivace ; le masque de vieillesse, enlevé comme par magie, laissait voir la belle jeune femme disparue depuis longtemps.

« Croyez-vous que la fontaine de Jouvence ait versé quelque part ses eaux miraculeuses ? dit le docteur au comte stupéfait de cette transformation. Je le crois, moi, car l'homme n'invente rien, et chacun de ses rêves est une divination ou un souvenir[cj]. Mais abandonnons cette forme un instant repétrie par ma volonté, et consultons cette jeune fille qui dort tranquillement dans ce coin. Interrogez-la, elle en sait plus long que les pythies et les sibylles. Vous pouvez l'envoyer dans un de vos sept châteaux de Bohême[ck], lui demander ce que renferme le plus secret de vos tiroirs, elle vous le dira, car il ne faudra pas à son âme plus d'une seconde pour faire le voyage, chose, après tout, peu surprenante, puisque l'électricité parcourt soixante-dix mille lieues dans le même espace de temps, et l'électricité est à la pensée ce qu'est le fiacre au wagon[cl]. Donnez-lui la main pour vous mettre en rapport avec elle ; vous n'aurez pas besoin de formuler votre question, elle la lira dans votre esprit. »

La jeune fille, d'une voix atone comme celle d'une ombre, répondit à l'interrogation mentale du comte :

« Dans le coffret de cèdre il y a un morceau de terre saupoudrée de sable fin sur lequel se voit l'empreinte d'un petit pied.

– A-t-elle deviné juste ? » dit le docteur négligemment et comme sûr de l'infaillibilité de sa somnambule.

Une éclatante rougeur couvrit les joues du comte. Il avait en effet, au premier temps de leurs amours, enlevé dans une allée d'un parc l'empreinte d'un pas de Prascovie, et il la gardait comme une relique au fond d'une boîte incrustée de nacre et d'argent, du plus précieux travail, dont il portait la clef microscopique suspendue à son cou par un jaseron de Venise[cm].

M. Balthazar Cherbonneau, qui était un homme de bonne compagnie, voyant l'embarras du comte, n'insista pas et le conduisit à une table sur laquelle était posée une eau aussi claire que le diamant.

« Vous avez sans doute entendu parler du miroir magique où Méphistophélès fait voir à Faust l'image d'Hélène[cn] ; sans avoir un pied de cheval dans mon bas de soie et deux plumes de coq à mon chapeau, je puis vous régaler de cet innocent prodige. Penchez-vous sur cette coupe et pensez fixement à la personne que vous désirez faire apparaître ; vivante ou morte, lointaine ou rapprochée, elle viendra à votre appel, du bout du monde ou des profondeurs de l'histoire. »

Le comte s'inclina sur la coupe, dont l'eau se troubla bientôt sous son regard et prit des teintes opalines, comme si l'on y eût versé une goutte d'essence ; un cercle irisé des couleurs du prisme couronna les bords du vase, encadrant le tableau qui s'ébauchait déjà sous le nuage blanchâtre.

Le brouillard se dissipa. – Une jeune femme en peignoir de dentelles, aux yeux vert de mer, aux cheveux d'or crêpelés, laissant errer comme des papillons blancs ses belles mains distraites sur l'ivoire du clavier, se dessina ainsi que sous une glace au fond de l'eau redevenue transparente, avec une perfection si merveilleuse qu'elle eût fait mourir tous les peintres de désespoir : – c'était Prascovie Labinska, qui sans le savoir, obéissait à l'évocation passionnée du comte.

« Et maintenant passons à quelque chose de plus curieux », dit le docteur en prenant la main du comte et en la posant sur une des tiges de fer du baquet mesmérique. Olaf n'eut pas plutôt touché le métal chargé d'un magnétisme fulgurant, qu'il tomba comme foudroyé[co].

Le docteur le prit dans ses bras, l'enleva comme une plume, le posa sur un divan, sonna, et dit au domestique qui parut au seuil de la porte :

« Allez chercher M. Octave de Saville. »

VI

Le roulement d'un coupé se fit entendre dans la cour silencieuse de l'hôtel, et presque aussitôt Octave se présenta devant le docteur ; il resta stupéfait lorsque M. Cherbonneau lui montra le comte Olaf Labinski étendu sur un divan avec les apparences de la mort. Il crut d'abord à un assassinat et resta quelques instants muet d'horreur ; mais, après un examen plus attentif, il s'aperçut qu'une respiration presque imperceptible abaissait et soulevait la poitrine du jeune dormeur.

« Voilà, dit le docteur, votre déguisement tout préparé ; il est un peu plus difficile à mettre qu'un domino loué chez Babin ; mais Roméo, en montant au balcon de Vérone, ne s'inquiète pas du danger qu'il y a de se casser le cou ; il sait que Juliette l'attend là-haut dans la chambre sous ses voiles de nuit ; et la comtesse Prascovie Labinska vaut bien la fille des Capulets. »

Octave, troublé par l'étrangeté de la situation, ne répondait rien ; il regardait toujours le comte, dont la tête légèrement rejetée en arrière posait sur un coussin, et qui ressemblait à ces effigies de chevaliers couchés au-dessus de leurs tombeaux dans les cloîtres gothiques, ayant sous leur nuque roidie un oreiller de marbre sculpté. Cette belle et noble figure qu'il allait déposséder de son âme lui inspirait malgré lui quelques remords.

Le docteur prit la rêverie d'Octave pour de l'hésitation : un vague sourire de dédain erra sur le pli de ses lèvres, et lui dit :

« Si vous n'êtes pas décidé, je puis réveiller le comte, qui s'en retournera comme il est venu, émerveillé de mon pouvoir magnétique ; mais, pensez-y bien, une telle occasion peut ne jamais se retrouver. Pourtant, quelque intérêt que je porte à votre amour, quelque désir que j'aie de faire une expérience qui n'a jamais été tentée en Europe, je ne dois pas vous cacher que cet échange d'âmes a ses périls. Frappez votre poitrine, interrogez votre cœur. – Risquez-vous franchement votre vie sur cette carte suprême ? L'amour est fort comme la mort, dit la Bible[cp].

– Je suis prêt, répondit simplement Octave.

– Bien, jeune homme, s'écria le docteur en frottant ses mains brunes et sèches avec une rapidité extraordinaire, comme s'il eût voulu allumer du feu à la manière des sauvages. – Cette passion qui ne recule devant rien me plaît. Il n'y a que deux choses au monde : la passion et la volonté. Si vous n'êtes pas heureux, ce ne sera certes pas de ma faute. Ah ! mon vieux Brahma-Logum, tu vas voir du fond du ciel d'Indra où les apsaras[cq] t'entourent de leurs chœurs voluptueux, si j'ai oublié la formule irrésistible que tu m'as râlée à l'oreille en abandonnant ta carcasse momifiée. Les mots et les gestes, j'ai tout retenu. – À l'œuvre ! à l'œuvre ! Nous allons faire dans notre chaudron une étrange cuisine[cr], comme les sorcières de Macbeth, mais sans l'ignoble sorcellerie du Nord. – Placez-vous devant moi, assis dans ce fauteuil ; abandonnez-vous en toute confiance à mon pouvoir. Bien ! les yeux sur les yeux, les mains contre les mains. – Déjà le charme agit. Les notions de temps et d'espace se perdent, la conscience du moi[cs] s'efface, les paupières s'abaissent ; les muscles, ne recevant plus d'ordres du cerveau, se détendent ; la pensée s'assoupit, tous les fils délicats qui retiennent l'âme au corps sont dénoués. Brahma, dans l'œuf d'or où il rêva dix mille ans, n'était pas plus séparé des choses extérieures[ct], saturons-le d'effluves, baignons-le de rayons. »

Le docteur, tout en marmottant ces phrases entrecoupées, ne discontinuait pas un seul instant ses passes : de ses mains tendues jaillissaient des jets lumineux qui allaient frapper le front ou le cœur du patient, autour duquel se formait peu à peu une sorte d'atmosphère visible, phosphorescente comme une auréole.

« Très bien ! fit M. Balthazar Cherbonneau, s'applaudissant lui-même de son ouvrage. Le voilà comme je le veux. Voyons, voyons, qu'est-ce qui résiste encore par là ? s'écria-t-il après une pause, comme s'il lisait à travers le crâne d'Octave le dernier effort de la personnalité près de s'anéantir. Quelle est cette idée mutine qui, chassée des circonvolutions de la cervelle, tâche de se soustraire à mon influence en se pelotonnant sur la monade primitive, sur le point central de la vie ? Je saurai bien la rattraper et la mater. »

Pour vaincre cette involontaire rébellion, le docteur rechargea plus puissamment encore la batterie magnétique de son regard, et atteignit la pensée en révolte entre la base du cervelet et l'insertion de la moelle épinière, le sanctuaire le plus caché, le tabernacle le plus mystérieux de l'âme. Son triomphe était complet.

Alors il se prépara avec une solennité majestueuse à l'expérience inouïe qu'il allait tenter ; il se revêtit comme un mage d'une robe de lin, il lava ses mains dans une eau parfumée, il tira de diverses boîtes des poudres dont il se fit aux joues et au front des tatouages hiératiques ; il ceignit son bras du cordon des brahmes, lut deux ou trois Slocas[cu] des poèmes sacrés, et n'omit aucun des rites minutieux recommandés par le *sannyâsi* des grottes d'Eléphanta.

Ces cérémonies terminées, il ouvrit toutes grandes les bouches de chaleur, et bientôt la salle fut remplie d'une atmosphère embrasée qui eût fait se pâmer les tigres dans les jungles, se craqueler leur cuirasse de vase sur le cuir rugueux des buffles, et s'épanouir avec une détonation la large fleur de l'aloès.

« Il ne faut pas que ces deux étincelles de feu divin, qui vont se trouver nues tout à l'heure et dépouillées pendant quelques secondes de leur enveloppe mortelle, pâlissent ou s'éteignent dans notre air glacial », dit le docteur en regardant le thermomètre, qui marquait alors 120 degrés Fahrenheit[cv].

Le docteur Balthazar Cherbonneau, entre ces deux corps inertes, avait l'air, dans ses blancs vêtements, du sacrificateur d'une de ces religions sanguinaires qui jetaient des cadavres d'hommes sur l'autel de leurs dieux. Il rappelait ce prêtre de Vitziliputzili, la farouche idole mexicaine dont parle Henri Heine dans une de ses ballades, mais ses intentions étaient à coup sûr plus pacifiques[cw].

Il s'approcha du comte Olaf Labinski toujours immobile, et prononça l'ineffable syllabe, qu'il alla rapidement répéter sur Octave profondément endormi. La figure ordinairement bizarre de M. Cherbonneau[cx] avait pris en ce moment une majesté singulière ; la grandeur du pouvoir dont il disposait ennoblissait ses traits désordonnés, et si quelqu'un l'eût vu accomplissant ces rites mystérieux avec une gravité sacerdotale, il n'eût pas reconnu en lui le docteur hoffmannique qui appelait, en le défiant, le crayon de la caricature.

Il se passa alors des choses bien étranges : Octave de Saville et le comte Olaf Labinski parurent agités simultanément comme d'une convulsion d'agonie, leur visage se décomposa, une légère écume leur monta aux lèvres ; la pâleur de la mort décolora leur peau ; cependant deux petites lueurs bleuâtres et tremblotantes scintillaient incertaines au-dessus de leurs têtes.

À un geste fulgurant du docteur qui semblait leur tracer leur route dans l'air, les deux points phosphoriques se mirent en mouvement, et, laissant derrière eux un sillage de lumière, se rendirent à leur demeure nouvelle : l'âme d'Octave occupa le corps du comte Labinski, l'âme du comte celui d'Octave ; l'avatar était accompli.

Une légère rougeur des pommettes indiquait que la vie venait de rentrer dans ces argiles humaines restées sans âme pendant quelques secondes, et dont l'Ange noir eût fait sa proie sans la puissance du docteur[cy].

La joie du triomphe faisait flamboyer les prunelles bleues de Cherbonneau, qui se disait en marchant à grands pas dans la chambre : « Que les médecins les plus vantés en fassent autant, eux si fiers de

raccommoder tant bien que mal l'horloge humaine lorsqu'elle se détraque :
Hippocrate, Galien, Paracelse, Van Helmont, Boerhaave, Tronchin,
Hahnemann, Rasori[cz], le moindre fakir indien, accroupi sur l'escalier
d'une pagode, en sait mille fois plus long que vous ! Qu'importe le
cadavre quand on commande à l'esprit ! »

En finissant sa période, le docteur Balthazar Cherbonneau fit plusieurs cabrioles d'exultation, et dansa comme les montagnes dans le
Sir-Hasirim[da] du roi Salomon ; il faillit même tomber sur le nez, s'étant
pris le pied aux plis de sa robe brahminique, petit accident qui le rappela
à lui-même et lui rendit tout son sang-froid.

« Réveillons nos dormeurs », dit M. Cherbonneau après avoir essuyé
les raies de poudre colorées dont il s'était strié la figure et dépouillé son
costume de brahme, – et, se plaçant devant le corps du comte Labinski
habité par l'âme d'Octave, il fit les passes nécessaires pour le tirer de
l'état somnambulique[db], secouant à chaque geste ses doigts chargés du
fluide qu'il enlevait.

Au bout de quelques minutes, Octave-Labinski (désormais nous le
désignerons de la sorte pour la clarté du récit) se redressa sur son séant,
passa ses mains sur ses yeux et promena autour de lui un regard étonné
que la conscience du moi n'illuminait pas encore. Quand la perception
nette des objets lui fut revenue, la première chose qu'il aperçut, ce fut sa
forme placée en dehors de lui sur un divan. Il se voyait ! non pas réfléchi
par un miroir, mais en réalité. Il poussa un cri, – ce cri ne résonna pas
avec le timbre de sa voix et lui causa une sorte d'épouvante ; – l'échange
d'âmes ayant eu lieu pendant le sommeil magnétique, il n'en avait pas
gardé mémoire et éprouvait un malaise singulier. Sa pensée, servie par
de nouveaux organes, était comme un ouvrier à qui l'on a retiré ses outils
habituels pour lui en donner d'autres. Psyché dépaysée battait de ses ailes
inquiètes la voûte de ce crâne inconnu, et se perdait dans les méandres
de cette cervelle où restaient encore quelques traces d'idées étrangères.

« Eh bien, dit le docteur lorsqu'il eut suffisamment joui de la surprise
d'Octave-Labinski, que vous semble de votre nouvelle habitation ? Votre
âme se trouve-t-elle bien installée dans le corps de ce charmant cavalier,
hetman, hospodar ou magnat[dc], mari de la plus belle femme du monde ?
Vous n'avez plus envie de vous laisser mourir comme c'était votre projet
la première fois que je vous ai vu dans votre triste appartement de la rue
Saint-Lazare, maintenant que les portes de l'hôtel Labinski vous sont

toutes grandes ouvertes et que vous n'avez plus peur que Prascovie ne vous mette la main devant la bouche, comme à la villa Salviati, lorsque vous voudrez lui parler d'amour ! Vous voyez bien que le vieux Balthazar Cherbonneau, avec sa figure de macaque, qu'il ne tiendrait qu'à lui de changer pour une autre, possède encore dans son sac à malices d'assez bonnes recettes.

— Docteur, répondit Octave-Labinski, vous avez le pouvoir d'un Dieu, ou, tout au moins, d'un démon.

— Oh ! oh ! n'ayez pas peur, il n'y a pas la moindre diablerie là-dedans. Votre salut ne périclite pas : je ne vais pas vous faire signer un pacte avec un parafe rouge. Rien n'est plus simple que ce qui vient de se passer. Le Verbe qui a créé la lumière peut bien déplacer une âme. Si les hommes voulaient écouter Dieu à travers le temps et l'infini, ils en feraient, ma foi, bien d'autres.

— Par quelle reconnaissance, par quel dévouement reconnaître cet inestimable service ?

— Vous ne me devez rien ; vous m'intéressiez, et pour un vieux Lascar comme moi, tanné à tous les soleils, bronzé à tous les événements, une émotion est une chose rare. Vous m'avez révélé l'amour, et vous savez que nous autres rêveurs un peu alchimistes, un peu magiciens, un peu philosophes, nous cherchons tous plus ou moins l'absolu. Mais levez-vous donc, remuez-vous, marchez et voyez si votre peau neuve ne vous gêne pas aux entournures. »

Octave-Labinski obéit au docteur et fit quelques tours par la chambre ; il était déjà moins embarrassé ; quoique habité par une autre âme, le corps du comte conservait l'impulsion de ses anciennes habitudes, et l'hôte récent se confia à ces souvenirs physiques, car il lui importait de prendre la démarche, l'allure, le geste du propriétaire expulsé.

« Si je n'avais opéré moi-même tout à l'heure le déménagement de vos âmes, je croirais, dit en riant le docteur Balthazar Cherbonneau, qu'il ne s'est rien passé que d'ordinaire pendant cette soirée, et je vous prendrais pour le véritable, légitime et authentique comte lituanien Olaf Labinski, dont le moi sommeille encore là-bas dans la chrysalide que vous avez dédaigneusement laissée. Mais minuit va sonner bientôt ; partez pour que Prascovie ne vous gronde pas et ne vous accuse pas de lui préférer le lansquenet ou le baccarat. Il ne faut pas commencer votre vie d'époux par une querelle, ce serait de mauvais augure. Pendant ce temps, je m'occuperai de réveiller votre ancienne enveloppe avec toutes les précautions et les égards qu'elle mérite. »

Reconnaissant la justesse des observations du docteur, Octave-Labinski se hâta de sortir. Au bas du perron piaffaient d'impatience les magnifiques chevaux bais du comte, qui, en mâchant leurs mors, avaient devant eux couvert le pavé d'écume. – Au bruit de pas du jeune homme, un superbe chasseur vert, de la race perdue des heiduques[dd], se précipita vers le marchepied, qu'il abattit avec fracas. Octave, qui s'était d'abord dirigé machinalement vers son modeste brougham[de], s'installa dans le haut et splendide coupé, et dit au chasseur, qui jeta le mot au cocher : « À l'hôtel ! » La portière à peine fermée, les chevaux partirent en faisant des courbettes, et le digne successeur des Almanzor et des Azolan se suspendit aux larges cordons de passementerie avec une prestesse que n'aurait pas laissé supposer sa grande taille.

Pour des chevaux de cette allure la course n'est pas longue de la rue du Regard au faubourg Saint-Honoré ; l'espace fut dévoré en quelques minutes, et le cocher cria de sa voix de Stentor : La porte !

Les deux immenses battants, poussés par le suisse, livrèrent passage à la voiture, qui tourna dans une grande cour sablée et vint s'arrêter avec une précision remarquable sous une marquise rayée de blanc et de rose.

La cour, qu'Octave-Labinski détailla avec cette rapidité de vision que l'âme acquiert en certaines occasions solennelles, était vaste, entourée de bâtiments symétriques, éclairée par des lampadaires de bronze dont le gaz dardait ses langues blanches dans des fanaux de cristal semblables à ceux qui ornaient autrefois le Bucentaure[df], et sentait le palais plus que l'hôtel ; des caisses d'orangers dignes de la terrasse de Versailles étaient posées de distance en distance sur la marge d'asphalte qui encadrait comme une bordure le tapis de sable formant le milieu.

Le pauvre amoureux transformé, en mettant le pied sur le seuil, fut obligé de s'arrêter quelques secondes et de poser sa main sur son cœur pour en comprimer les battements. Il avait bien le corps du comte Olaf Labinski, mais il n'en possédait que l'apparence physique ; toutes les notions que contenait cette cervelle s'étaient enfuies avec l'âme du premier propriétaire, – la maison qui désormais devait être la sienne lui était inconnue, il en ignorait les dispositions intérieures ; – un escalier se présentait devant lui, il le suivit à tout hasard, sauf à mettre son erreur sur le compte d'une distraction.

Les marches de pierre poncée éclataient de blancheur et faisaient ressortir le rouge opulent de la large bande de moquette retenue par des baguettes de cuivre doré qui dessinait au pied son moelleux chemin ; des jardinières remplies des plus belles fleurs exotiques montaient chaque degré avec vous.

Une immense lanterne découpée et fenestrée[dg], suspendue à un gros câble de soie pourpre orné de houppes et de nœuds, faisait courir des frissons d'or sur les murs revêtus d'un stuc blanc et poli comme le marbre, et projetait une masse de lumière sur une répétition de la main de l'auteur, d'un des plus célèbres groupes de Canova[dh], *L'Amour embrassant Psyché*.

Le palier de l'étage unique était pavé de mosaïques d'un précieux travail, et aux parois, des cordes de soie suspendaient quatre tableaux de Paris Bordone, de Bonifazzio, de Palma le Vieux et de Paul Véronèse[di], dont le style architectural et pompeux s'harmonisait avec la magnificence de l'escalier.

Sur ce palier s'ouvrait une haute porte de serge relevée de clous dorés ; Octave-Labinski la poussa et se trouva dans une vaste antichambre où sommeillaient quelques laquais en grande tenue, qui, à son approche, se levèrent comme poussés par des ressorts et se rangèrent le long des murs avec l'impassibilité d'esclaves orientaux.

Il continua sa route. Un salon blanc et or, où il n'y avait personne, suivait l'antichambre. Octave tira une sonnette. Une femme de chambre parut.

« Madame peut-elle me recevoir ?

— Madame la comtesse est en train de se déshabiller, mais tout à l'heure elle sera visible. »

VII

Resté seul avec le corps d'Octave de Saville, habité par l'âme du comte Olaf Labinski, le docteur Balthazar Cherbonneau se mit en devoir de rendre cette forme inerte à la vie ordinaire. Au bout de quelques passes, Olaf-de-Saville (qu'on nous permette de réunir ces deux noms pour désigner un personnage double) sortit comme un fantôme des limbes du profond sommeil, ou plutôt de la catalepsie qui l'enchaînait, immobile et roide, sur l'angle du divan ; il se leva avec un mouvement automatique que la volonté ne dirigeait pas encore, et chancelant sous un vertige mal dissipé. Les objets vacillaient autour de lui, les incarnations de Wishnou dansaient la sarabande le long des murailles,

le docteur Cherbonneau lui apparaissait sous la figure du sannyâsi d'Éléphanta, agitant ses bras comme des ailerons d'oiseau et roulant ses prunelles bleues dans les orbes de rides brunes, pareils à des cercles de besicles[dj] ; – les spectacles étranges auxquels il avait assisté avant de tomber dans l'anéantissement magnétique réagissaient sur sa raison, et il ne se reprenait que lentement à la réalité : il était comme un dormeur réveillé brusquement d'un cauchemar, qui prend encore pour des spectres ses vêtements épars sur les meubles, avec de vagues formes humaines, et pour des yeux flamboyants de cyclope les patères de cuivre des rideaux, simplement illuminées par le reflet de la veilleuse.

Peu à peu cette fantasmagorie s'évapora ; tout revint à son aspect naturel ; M. Balthazar Cherbonneau ne fut plus un pénitent de l'Inde, mais un simple docteur en médecine, qui adressait à son client un sourire d'une bonhomie banale.

« Monsieur le comte est-il satisfait des quelques expériences que j'ai eu l'honneur de faire devant lui ? disait-il avec un ton d'obséquieuse humilité où l'on aurait pu démêler une légère nuance d'ironie ; – j'ose espérer qu'il ne regrettera pas trop sa soirée et qu'il partira convaincu que tout ce qu'on raconte sur le magnétisme n'est pas fable et jonglerie, comme le prétend la science officielle. »

Olaf-de-Saville répondit par un signe de tête en manière d'assentiment, et sortit de l'appartement, accompagné du docteur Cherbonneau, qui lui faisait de profonds saluts à chaque porte.

Le brougham s'avança en rasant les marches, et l'âme du mari de la comtesse Labinska y monta avec le corps d'Octave de Saville sans trop se rendre compte que ce n'était là ni sa livrée ni sa voiture..

Le cocher demanda où monsieur allait.

« Chez moi », répondit Olaf-de-Saville, confusément étonné de ne pas reconnaître la voix du chasseur vert qui, ordinairement, lui adressait cette question avec un accent hongrois des plus prononcés. Le brougham où il se trouvait était tapissé de damas bleu foncé ; un satin bouton d'or capitonnait son coupé, et le comte s'étonnait de cette différence tout en l'acceptant comme on fait dans le rêve où les objets habituels se présentent

sous des aspects tout autres sans pourtant cesser d'être reconnaissables ;
il se sentait aussi plus petit que de coutume ; en outre, il lui semblait
être venu en habit chez le docteur, et, sans se souvenir d'avoir changé
de vêtement, il se voyait habillé d'un paletot d'été en étoffe légère qui
n'avait jamais fait partie de sa garde-robe ; son esprit éprouvait une gêne
inconnue, et ses pensées, le matin si lucides, se débrouillaient péniblement. Attribuant cet état singulier aux scènes étranges de la soirée, il
ne s'en occupa plus, il appuya sa tête à l'angle de la voiture, et se laissa
aller à une rêverie flottante, à une vague somnolence qui n'était ni la
veille ni le sommeil.

Le brusque arrêt du cheval et la voix du cocher criant « La porte ! »
le rappelèrent à lui ; il baissa la glace, mit la tête dehors et vit à la clarté
du réverbère une rue inconnue, une maison qui n'était pas la sienne.

« Où diable me mènes-tu, animal ? s'écria-t-il. Sommes-nous donc
faubourg Saint-Honoré, hôtel Labinski ?

— Pardon, monsieur ; je n'avais pas compris », grommela le cocher
en faisant prendre à sa bête la direction indiquée.

Pendant le trajet, le comte transfiguré se fit plusieurs questions
auxquelles il ne pouvait répondre. Comment sa voiture était-elle partie sans lui, puisqu'il avait donné ordre qu'on l'attendît ? Comment
se trouvait-il lui-même dans la voiture d'un autre ? Il supposa qu'un
léger mouvement de fièvre troublait la netteté de ses perceptions, ou
que peut-être le docteur thaumaturge, pour frapper plus vivement sa
crédulité, lui avait fait respirer pendant son sommeil quelque flacon de
hachisch ou de toute autre dogue hallucinatrice dont une nuit de repos
dissiperait les illusions.

La voiture arriva à l'hôtel Labinski ; le suisse, interpellé, refusa
d'ouvrir la porte, disant qu'il n'y avait pas de réception ce soir-là, que
monsieur était rentré depuis plus d'une heure et madame retirée dans
ses appartements.

« Drôle, es-tu ivre ou fou ? dit Olaf-de-Saville en repoussant le colosse
qui se dressait gigantesquement sur le seuil de la porte entrebâillée,
comme une de ces statues en bronze qui, dans les contes arabes, défendent
aux chevaliers errants l'accès des châteaux enchantés.

— Ivre ou fou vous-même, mon petit monsieur, répliqua le suisse,
qui, de cramoisi qu'il était naturellement, devint bleu de colère.

— Misérable ! rugit Olaf-de-Saville, si je ne me respectais....

— Taisez-vous ou je vais vous casser sur mon genou et jeter vos morceaux sur le trottoir, répliqua le géant en ouvrant une main plus large et plus grande que la colossale main de plâtre exposée chez le gantier de la rue Richelieu; il ne faut pas faire le méchant avec moi, mon petit jeune homme, parce qu'on a bu une ou deux bouteilles de vin de Champagne de trop. »

Olaf-de-Saville, exaspéré, repoussa le suisse si rudement, qu'il pénétra sous le porche. Quelques valets qui n'étaient pas couchés encore accoururent au bruit de l'altercation.

« Je te chasse, bête brute, brigand, scélérat! je ne veux pas même que tu passes la nuit à l'hôtel; sauve-toi, ou je te tue comme un chien enragé. Ne me fais pas verser l'ignoble sang d'un laquais. »

Et le comte, dépossédé de son corps, s'élançait les yeux injectés de rouge, l'écume aux lèvres, les poings crispés, vers l'énorme suisse, qui, rassemblant les deux mains de son agresseurs dans une des siennes, les y maintint presque écrasées par l'étau de ses gros doigts courts, charnus et noueux comme ceux d'un tortionnaire du Moyen Âge.

« Voyons, du calme, disait le géant, assez bonasse au fond, qui ne redoutait plus rien de son adversaire et lui imprimait quelques saccades pour le tenir en respect. — Y a-t-il du bon sens de se mettre dans des états pareils quand on est vêtu en homme du monde, et de venir ensuite comme un perturbateur faire des tapages nocturnes dans les maisons respectables? On doit des égards au vin, et il doit être fameux celui qui vous a si bien grisé! c'est pourquoi je ne vous assomme pas, et je me contenterai de vous poser délicatement dans la rue, où la patrouille vous ramassera si vous continuez vos esclandres; — un petit air de violon vous rafraîchira les idées.

— Infâmes, s'écria Olaf-de-Saville en interpellant les laquais, vous laissez insulter par cette abjecte canaille votre maître, le noble comte Labinski! »

À ce nom, la valetaille poussa d'un commun accord une immense huée; un éclat de rire énorme, homérique, convulsif, souleva toutes ces poitrines chamarrées de galons: « Ce petit monsieur qui se croit le comte Labinski! ha! ha! hi! hi! l'idée est bonne! »

Une sueur glacée mouilla les tempes d'Olaf-de-Saville. Une pensée aiguë lui traversa la cervelle comme une lame d'acier, et il sentit se figer la moelle de ses os. Smarra[dk] lui avait-il mis son genou sur la poitrine ou vivait-il de la vie réelle ? Sa raison avait-elle sombré dans l'océan sans fond du magnétisme, ou était-il le jouet de quelque machination diabolique ? – Aucun de ses laquais si tremblants, si soumis, si prosternés devant lui, ne le reconnaissait. Lui avait-on changé son corps comme son vêtement et sa voiture ?

« Pour que vous soyez bien sûr de n'être pas le comte Labinski, dit un des plus insolents de la bande, regardez là-bas, le voilà lui-même qui descend le perron, attiré par le bruit de votre algarade. »

Le captif du suisse tourna les yeux vers le fond de la cour, et vit debout sous l'auvent de la marquise un jeune homme de taille élégante et svelte, à figure ovale, aux yeux noirs, au nez aquilin, à la moustache fine, qui n'était autre que lui-même, ou son spectre modelé par le diable, avec une ressemblance à faire illusion.

Le suisse lâcha les mains qu'il tenait prisonnières. Les valets se rangèrent respectueusement contre la muraille, le regard baissé, les mains pendantes, dans une immobilité absolue, comme les icoglans à l'approche du padischah[dl], ils rendaient à ce fantôme les honneurs qu'ils refusaient au comte véritable.

L'époux de Prascovie, quoique intrépide comme un Slave, c'est tout dire, ressentit un effroi indicible à l'approche de ce Ménechme, qui, plus terrible que celui du théâtre, se mêlait à la vie positive et rendait son jumeau méconnaissable.

Une ancienne légende de famille lui revint en mémoire et augmenta encore sa terreur. Chaque fois qu'un Labinski devait mourir, il en était averti par l'apparition d'un fantôme absolument pareil à lui. Parmi les nations du Nord, voir son double, même en rêve, a toujours passé pour un présage fatal, et l'intrépide guerrier du Caucase, à l'aspect de cette vision extérieure de son moi, fut saisi d'une insurmontable horreur superstitieuse ; lui qui eût plongé son bras dans la gueule des canons prêts à tirer, il recula devant lui-même.

Octave-Labinski s'avança vers son ancienne forme, où se débattait, s'indignait et frissonnait l'âme du comte, et lui dit d'un ton de politesse hautaine et glaciale :

« Monsieur, cessez de vous compromettre avec ces valets. M. le comte Labinski, si vous voulez lui parler, est visible de midi à deux heures. Madame la comtesse reçoit le jeudi les personnes qui ont eu l'honneur de lui être présentées. »

Cette phrase débitée lentement et en donnant de la valeur à chaque syllabe, le faux comte se retira d'un pas tranquille, et les portes se refermèrent sur lui.

On porta dans la voiture Olaf-de-Saville évanoui. Lorsqu'il reprit ses sens, il était couché sur un lit qui n'avait pas la forme du sien, dans une chambre où il ne se rappelait pas être jamais entré ; près de lui se tenait un domestique étranger qui lui soulevait la tête et lui faisait respirer un flacon d'éther.

« Monsieur se sent-il mieux ? demanda Jean au comte, qu'il prenait pour son maître.

— Oui, répondit Olaf-de-Saville ; ce n'était qu'une faiblesse passagère.

— Puis-je me retirer ou faut-il que je veille[dm] monsieur ?

— Non, laissez-moi seul ; mais, avant de vous retirer, allumez les torchères près de la glace.

— Monsieur n'a pas peur que cette vive clarté ne l'empêche de dormir ?

— Nullement ; d'ailleurs je n'ai pas sommeil encore.

— Je ne me coucherai pas, et si monsieur a besoin de quelque chose, j'accourrai au premier coup de sonnette », dit Jean, intérieurement alarmé de la pâleur et des traits décomposés du comte.

Lorsque Jean se fut retiré après avoir allumé les bougies, le comte s'élança vers la glace, et, dans le cristal profond et pur où tremblait la scintillation des lumières, il vit une tête jeune, douce et triste, aux abondants cheveux noirs, aux prunelles d'un azur sombre, aux joues pâles, duvetées d'une barbe soyeuse et brune, une tête qui n'était pas la sienne, et qui du fond du miroir le regardait avec un air surpris. Il s'efforça d'abord de croire qu'un mauvais plaisant encadrait son masque dans la bordure incrustée de cuivre et de burgau[dn] de la glace à biseaux vénitiens. Il passa la main derrière ; il ne sentit que les planches du parquet ; il n'y avait personne.

Ses mains, qu'il tâta, étaient plus maigres, plus longues, plus veinées ; au doigt annulaire saillait en bosse une grosse bague d'or avec un chaton d'aventurine[do] sur laquelle un blason était gravé, — un écu fascé de gueules et d'argent, et pour timbre un tortil de baron. Cet anneau n'avait jamais appartenu au comte, qui portait d'or à l'aigle de sable essorant, becqué, patté et onglé de même ; le tout surmonté de la couronne à perles[dp]. Il fouilla ses poches, il y trouva un petit portefeuille contenant des cartes de visite avec ce nom : « Octave de Saville. »

Le rire des laquais à l'hôtel Labinski, l'apparition de son double, la physionomie inconnue substituée à sa réflexion dans le miroir pouvaient être, à la rigueur, les illusions d'un cerveau malade ; mais ces habits différents, cet anneau qu'il ôtait de son doigt, étaient des preuves matérielles, palpables, des témoignages impossibles à récuser. Une métamorphose complète s'était opérée en lui à son insu, un magicien, à coup sûr, un démon peut-être, lui avait volé sa forme, sa noblesse, son nom, toute sa personnalité, en ne lui laissant que son âme sans moyens de la manifester.

Les histoires fantastiques de Pierre Schlemihl et de la *Nuit de Saint-Sylvestre* lui revinrent en mémoire ; mais les personnages de Lamotte-Fouqué et d'Hoffmann n'avaient perdu, l'un que son ombre, l'autre son reflet[dq], et si cette privation bizarre d'une projection que tout le monde possède inspirait des soupçons inquiétants, personne du moins ne leur niait qu'ils ne fussent eux-mêmes.

Sa position, à lui, était bien autrement désastreuse : il ne pouvait réclamer son titre de comte Labinski avec la forme dans laquelle il se trouvait emprisonné. Il passerait aux yeux de tout le monde pour un impudent imposteur, ou tout au moins pour un fou. Sa femme même le méconnaîtrait affublé de cette apparence mensongère. – Comment prouver son identité ? Certes, il y avait mille circonstances intimes, mille détails mystérieux inconnus de toute autre personne, qui, rappelés à Prascovie, lui feraient reconnaître l'âme de son mari sous ce déguisement ; mais que vaudrait cette conviction isolée, au cas où il l'obtiendrait, contre l'unanimité de l'opinion ? Il était bien réellement et bien absolument dépossédé de son moi. Autre anxiété : sa transformation se bornait-elle au changement extérieur de la taille et des traits, ou habitait-il en réalité le corps d'un autre ? En ce cas, qu'avait-on fait du sien ? Un puits de chaux l'avait-il consumé ou était-il devenu la propriété d'un hardi voleur ? Le double aperçu à l'hôtel Labinski pouvait être un spectre, une vision, mais aussi un être physique, vivant, installé dans cette peau que lui aurait dérobée, avec une habileté infernale, ce médecin à figure de fakir.

Une idée affreuse lui mordit le cœur de ses crochets de vipère : « Mais ce comte Labinski fictif, pétri dans ma forme par les mains du démon, ce vampire qui habite maintenant mon hôtel, à qui mes valets obéissent contre moi, peut-être à cette heure met-il son pied fourchu sur le seuil de cette chambre où je n'ai jamais pénétré que le cœur ému comme le premier soir, et Prascovie lui sourit-elle doucement et penche-t-elle avec une rougeur divine sa tête charmante sur cette épaule parafée de la griffe du diable, prenant pour moi cette larve menteuse, ce brucolaque, cette empouse[dr], ce hideux fils de la nuit et de l'enfer. Si je courais à l'hôtel, si j'y mettais le feu pour crier, dans les flammes, à Prascovie : On te trompe, ce n'est pas Olaf ton bien-aimé que tu tiens sur ton cœur ! Tu vas commettre innocemment un crime abominable et dont mon âme désespérée se souviendra encore quand les éternités se seront fatigué les mains à retourner leurs sabliers ! »

Des vagues enflammées affluaient au cerveau du comte, il poussait des cris de rage inarticulés, se mordait les poings, tournait dans la chambre comme une bête fauve. La folie allait submerger l'obscure conscience qu'il lui restait de lui-même ; il courut à la toilette d'Octave, remplit une cuvette d'eau et y plongea sa tête, qui sortit fumante de ce bain glacé.

Le sang-froid lui revint. Il se dit que le temps du magisme et de la sorcellerie était passé ; que la mort seule déliait l'âme du corps ; qu'on n'escamotait pas de la sorte, au milieu de Paris, un comte polonais accrédité de plusieurs millions chez Rothschild, allié aux plus grandes familles, mari aimé d'une femme à la mode, décoré de l'ordre de Saint-André de première classe, et que tout cela n'était sans doute qu'une plaisanterie d'assez mauvais goût de M. Balthazar Cherbonneau, qui s'expliquerait le plus naturellement du monde, comme les épouvantails des romans d'Anne Radcliffe.

Comme il était brisé de fatigue, il se jeta sur le lit d'Octave et s'endormit d'un sommeil lourd, opaque, semblable à la mort, qui durait encore lorsque Jean, croyant son maître éveillé, vint poser sur la table les lettres et les journaux.

VIII

Le comte ouvrit les yeux, et promena autour de lui un regard investigateur ; il vit une chambre à coucher confortable, mais simple ; un tapis ocellé[ds], imitant la peau de léopard, couvrait le plancher ; des rideaux de tapisserie, que Jean venait d'entrouvrir, pendaient aux fenêtres et masquaient les portes ; les murs étaient tendus d'un papier velouté vert uni, simulant le drap. Une pendule formée d'un bloc de marbre noir, au cadran de platine, surmontée de la statuette en argent oxydé de la Diane de Gabies, réduite par Barbedienne[dt] et accompagnée de deux couples antiques, aussi en argent, décorait la cheminée en marbre blanc à veines bleuâtres ; le miroir de Venise où le comte avait découvert la veille qu'il ne possédait plus sa figure habituelle, et un portrait de femme âgée, peint par Flandrin[du], sans doute celui de la mère d'Octave, étaient les seuls ornements de cette pièce un peu triste et sévère ; un divan, un fauteuil à la Voltaire placé près de la cheminée, une table à tiroirs, couverte de papiers et de livres, composaient un ameublement commode, mais qui ne rappelait en rien les somptuosités de l'hôtel Labinski.

« Monsieur se lève-t-il ? » dit Jean de cette voix ménagée qu'il s'était faite pendant la maladie d'Octave, et en présentant au comte la chemise de couleur, le pantalon de flanelle à pied et la gandoura d'Alger, vêtements du matin de son maître. Quoiqu'il répugnât au comte de mettre les habits d'un étranger, à moins de rester nu il lui fallait accepter ceux que lui présentait Jean, et il posa ses pieds sur la peau d'ours soyeuse et noire qui servait de descente de lit.

Sa toilette fut bientôt achevée, et Jean, sans paraître concevoir le moindre doute sur l'identité du faux Octave-de-Saville qu'il aidait à s'habiller, lui dit : « A quelle heure monsieur désire-t-il déjeuner ?

– À l'heure ordinaire », répondit le comte, qui, afin de ne pas éprouver d'empêchement dans les démarches qu'il comptait faire pour recouvrer sa personnalité, avait résolu d'accepter extérieurement son incompréhensible transformation.

Jean se retira, et Olaf-de-Saville ouvrit les deux lettres qui avaient été apportées avec les journaux, espérant y trouver quelques renseignements ; la première contenait des reproches amicaux, et se plaignait de bonnes relations de camaraderie interrompues sans motif ; un nom inconnu pour lui la signait. La seconde était du notaire d'Octave, et le pressait de venir toucher un quartier de rente échu depuis longtemps, ou du moins d'assigner un emploi à ses capitaux qui restaient improductifs.

« Ah çà, il paraît, se dit le comte, que l'Octave de Saville dont j'occupe la peau bien contre mon gré existe réellement ; ce n'est point un être fantastique, un personnage d'Achim d'Arnim ou de Clément Brentano ; il a un appartement, des amis, un notaire, des rentes à émarger, tout ce qui constitue l'état civil d'un gentleman. Il me semble bien cependant, que je suis le comte Olaf Labinski. »

Un coup d'œil jeté sur le miroir le convainquit que cette opinion ne serait partagée de personne ; à la pure clarté du jour, aux douteuses lueurs des bougies, le reflet était identique.

En continuant la visite domiciliaire, il ouvrit les tiroirs de la table : dans l'un il trouva des titres de propriété, deux billets de mille francs et cinquante louis, qu'il s'appropria sans scrupule pour les besoins de la campagne qu'il allait commencer, et dans l'autre un portefeuille en cuir de Russie fermé par une serrure à secret.

Jean entra, en annonçant M. Alfred Humbert, qui s'élança dans la chambre avec la familiarité d'un ancien ami, sans attendre que le domestique vînt lui rendre la réponse du maître.

« Bonjour, Octave, dit le nouveau venu, beau jeune homme à l'air cordial et franc ; que fais-tu, que deviens-tu, es-tu mort ou vivant ? On ne te voit nulle part ; on t'écrit, tu ne réponds pas. – Je devrais te bouder, mais, ma foi, je n'ai pas d'amour-propre, en affection, et je viens te serrer la main. – Que diable ! on ne peut pas laisser mourir de mélancolie son camarade de collège au fond de cet appartement lugubre comme la cellule de Charles Quint au monastère de Yuste[dv]. Tu te figures que tu es malade, tu t'ennuies, voilà tout ; mais je te forcerai à te distraire, et je vais t'emmener d'autorité à un joyeux déjeuner où Gustave Raimbaud enterre sa liberté de garçon. »

En débitant cette tirade d'un ton moitié fâché, moitié comique, il secouait vigoureusement à la manière anglaise la main du comte qu'il avait prise.

« Non, répondit le mari de Prascovie, entrant dans l'esprit de son rôle, je suis plus souffrant aujourd'hui que d'ordinaire ; je ne me sens pas en train ; je vous attristerais et vous gênerais.

– En effet, tu es bien pâle et tu as l'air fatigué ; à une occasion meilleure ! Je me sauve, car je suis en retard de trois douzaines d'huîtres vertes et d'une bouteille de vin de Sauterne, dit Alfred en se dirigeant vers la porte ; Raimbaud sera fâché de ne pas te voir. »

Cette visite augmenta la tristesse du comte. – Jean le prenait pour son maître. Alfred pour son ami. Une dernière épreuve lui manquait. La porte s'ouvrit ; une dame dont les bandeaux étaient entremêlés de fils d'argent, et qui ressemblait d'une manière frappante au portrait suspendu à la muraille, entra dans la chambre, s'assit sur le divan, et dit au comte :

« Comment vas-tu, mon pauvre Octave ? Jean m'a dit que tu étais rentré tard hier, et dans un état de faiblesse alarmante ; ménage-toi bien, mon cher fils, car tu sais combien je t'aime, malgré le chagrin que me cause cette inexplicable tristesse dont tu n'as jamais voulu me confier le secret.

— Ne craignez rien, ma mère, cela n'a rien de grave, répondit Olaf-de-Saville ; je suis beaucoup mieux aujourd'hui. »

Madame de Saville, rassurée, se leva et sortit, ne voulant pas gêner son fils, qu'elle savait ne pas aimer à être troublé longtemps dans sa solitude.

« Me voilà bien définitivement Octave de Saville, s'écria le comte lorsque la vieille dame fut partie ; sa mère me reconnaît et ne devine pas une âme étrangère sous l'épiderme de son fils. Je suis donc à jamais peut-être claquemuré dans cette enveloppe ; quelle étrange prison pour un esprit que le corps d'un autre ! Il est dur pourtant de renoncer à être le comte Olaf Labinski, de perdre son blason, sa femme, sa fortune, et de se voir réduit à une chétive existence bourgeoise. Oh ! je la déchirerai, pour en sortir, cette peau de Nessus qui s'attache à mon moi, et je ne la rendrai qu'en pièces à son premier possesseur. Si je retournais à l'hôtel ? Non ! — Je ferais un scandale inutile, et le suisse me jetterait à la porte, car je n'ai plus de vigueur dans cette robe de chambre de malade ; voyons, cherchons, car il faut que je sache un peu la vie de cet Octave de Saville qui est moi maintenant. Et il essaya d'ouvrir le portefeuille. Le ressort touché par hasard céda, et le comte tira, des poches de cuir, d'abord plusieurs papiers, noircis d'une écriture serrée et fine, ensuite un carré de vélin ; — sur le carré de vélin une main peu habile, mais fidèle, avait dessiné, avec la mémoire du cœur et la ressemblance que n'atteignent pas toujours les grands artistes, un portrait au crayon de la comtesse Prascovie Labinska, qu'il était impossible de ne pas reconnaître du premier coup d'œil.

Le comte demeura stupéfait de cette découverte. À la surprise succéda un furieux mouvement de jalousie ; comment le portrait de la comtesse se trouvait-il dans le portefeuille secret de ce jeune homme inconnu, d'où lui venait-il, qui l'avait fait, qui l'avait donné ? Cette Prascovie si religieusement adorée serait-elle descendue de son ciel d'amour dans une intrigue vulgaire ? Quelle raillerie infernale l'incarnait, lui, le mari, dans le corps de l'amant de cette femme, jusque-là crue si pure ? — Après avoir été l'époux, il allait être le galant ! Sarcastique métamorphose, renversement de position à devenir fou, il pourrait se tromper lui-même, être à la fois Clitandre et George Dandin !

Toutes ces idées bourdonnaient tumultueusement dans son crâne ; il sentait sa raison près de s'échapper, et il fit, pour reprendre un peu de calme, un effort suprême de volonté. Sans écouter Jean qui l'avertissait que le déjeuner était servi, il continua avec une trépidation nerveuse l'examen du portefeuille mystérieux.

Les feuillets composaient une espèce de journal psychologique, abandonné et repris à diverses époques ; en voici quelques fragments, dévorés par le comte avec une curiosité anxieuse :

« Jamais elle ne m'aimera, jamais, jamais ! J'ai lu dans ses yeux si doux ce mot si cruel, que Dante n'en a pas trouvé de plus dur pour l'inscrire sur les portes de bronze de la Cité Dolente : "Perdez tout espoir." Qu'ai-je fait à Dieu pour être damné vivant ? Demain, après-demain, toujours, ce sera la même chose ! Les astres peuvent entrecroiser leurs orbes, les étoiles en conjonction former des nœuds, rien dans mon sort ne changera. D'un mot, elle a dissipé le rêve ; d'un geste, brisé l'aile à la chimère. Les combinaisons fabuleuses des impossibilités ne m'offrent aucune chance ; les chiffres, rejetés un milliard de fois dans la roue de la fortune, n'en sortiraient pas, – il n'y a pas de numéro gagnant pour moi ! »

« Malheureux que je suis ! je sais que le paradis m'est fermé et je reste stupidement assis au seuil, le dos appuyé à la porte, qui ne doit pas s'ouvrir, et je pleure en silence, sans secousses, sans efforts, comme si mes yeux étaient des sources d'eau vive. Je n'ai pas le courage de me lever et de m'enfoncer au désert immense ou dans la Babel tumultueuse des hommes. »

« Quelquefois, quand, la nuit, je ne puis dormir, je pense à Prascovie ; – si je dors, j'en rêve ; – oh ! qu'elle était belle ce jour-là, dans le jardin de la villa Salviati, à Florence ! – Cette robe blanche et ces rubans noirs, – c'était charmant et funèbre ! Le blanc pour elle, le noir pour moi ! – Quelquefois les rubans, remués par la brise, formaient une croix sur ce fond d'éclatante blancheur ; un esprit invisible disait tout bas la messe de mort de mon cœur. »

« Si quelque catastrophe inouïe mettait sur mon front la couronne des empereurs et des califes, si la terre saignait pour moi ses veines d'or, si les mines de diamant de Golconde et de Visapour[dw] me laissaient fouiller dans leurs gangues étincelantes, si la lyre de Byron résonnait sous mes doigts, si les plus parfaits chefs-d'œuvre de l'art antique et moderne me prêtaient leurs beautés, si je découvrais un monde, eh bien, je n'en serais pas plus avancé pour cela ! »

« À quoi tient la destinée ! j'avais envie d'aller à Constantinople, je ne l'aurais pas rencontrée ; je reste à Florence, je la vois et je meurs. »

« Je me serais bien tué ; mais elle respire dans cet air où nous vivons, et peut-être ma lèvre avide aspirera-t-elle – ô bonheur ineffable ! – une effluve lointaine de ce souffle embaumé ; et puis l'on assignerait à mon âme coupable une planète d'exil, et je n'aurais pas la chance de me faire aimer d'elle dans l'autre vie. – Être encore séparés là-bas, elle au paradis, moi en enfer : pensée accablante ! »

« Pourquoi faut-il que j'aime précisément la seule femme qui ne peut m'aimer ? D'autres qu'on dit belles, qui étaient libres, me souriaient de leur sourire le plus tendre et semblaient appeler un aveu qui ne venait pas. Oh ! qu'il est heureux lui ! Quelle sublime vie antérieure Dieu récompense-t-il en lui par le don magnifique de cet amour[dx] ? »

… Il était inutile d'en lire davantage. Le soupçon que le comte avait pu concevoir à l'aspect du portrait de Prascovie s'était évanoui dès les premières lignes de ces tristes confidences. Il comprit que l'image chérie, recommencée mille fois, avait été caressée loin du modèle avec cette patience infatigable de l'amour malheureux, et que c'était la madone d'une petite chapelle mystique, devant laquelle s'agenouillait l'adoration sans espoir.

« Mais si cet Octave avait fait un pacte avec le diable pour me dérober mon corps et surprendre sous ma forme l'amour de Prascovie ! »

L'invraisemblance, au XIXe siècle, d'une pareille supposition, la fit bientôt abandonner au comte, qu'elle avait cependant étrangement troublé.

Souriant lui-même de sa crédulité, il mangea, refroidi, le déjeuner servi par Jean, s'habilla et demanda la voiture. Lorsqu'on eut attelé, il se fit conduire chez le docteur Balthazar Cherbonneau ; il traversa ces salles où la veille il était entré s'appelant encore le comte Olaf Labinski, et d'où il était sorti salué par tout le monde du nom d'Octave de Saville. Le docteur était assis, comme à son ordinaire, sur le divan de la pièce du fond, tenant son pied dans sa main, et paraissait plongé dans une méditation profonde.

Au bruit des pas du comte, le docteur releva la tête.

« Ah ! c'est vous, mon cher Octave ; j'allais passer chez vous ; mais c'est bon signe quand le malade vient voir le médecin.

— Toujours Octave ! dit le comte, je crois que j'en deviendrai fou de rage ! » Puis, se croisant les bras, il se plaça devant le docteur, et, le regardant avec une fixité terrible :

« Vous savez bien, monsieur Balthazar Cherbonneau, que je ne suis pas Octave, mais le comte Olaf Labinski, puisque hier soir vous m'avez, ici même, volé ma peau au moyen de vos sorcelleries exotiques. »

À ces mots, le docteur partit d'un énorme éclat de rire, se renversa sur ses coussins, et se mit les poings au côté pour contenir les convulsions de sa gaieté.

« Modérez, docteur, cette joie intempestive dont vous pourriez vous repentir. Je parle sérieusement.

— Tant pis, tant pis ! cela prouve que l'anesthésie et l'hypocondrie pour laquelle je vous soignais se tournent en démence. Il faudra changer le régime, voilà tout.

— Je ne sais à quoi tient, docteur du diable, que je ne vous étrangle de mes mains », cria le comte en s'avançant vers Cherbonneau.

Le docteur sourit de la menace du comte, qu'il toucha du bout d'une petite baguette d'acier. – Olaf-de-Saville reçut une commotion terrible et crut qu'il avait le bras cassé.

« Oh ! nous avons les moyens de réduire les malades lorsqu'ils se regimbent, dit-il en laissant tomber sur lui ce regard froid comme une douche, qui dompte les fous et fait s'aplatir les lions sur le ventre. Retournez chez vous, prenez un bain, cette surexcitation se calmera[dy]. »

Olaf-de-Saville, étourdi par la secousse électrique, sortit de chez le docteur Cherbonneau plus incertain et plus troublé que jamais. Il se fit conduire à Passy chez le docteur B***[dz], pour le consulter.

« Je suis, dit-il au médecin célèbre, en proie à une hallucination bizarre ; lorsque je me regarde dans une glace, ma figure ne m'apparaît pas avec ses traits habituels ; la forme des objets qui m'entourent est changée ; je ne reconnais ni les murs ni les meubles de ma chambre ; il me semble que je suis une autre personne que moi-même.

— Sous quel aspect vous voyez-vous ? demanda le médecin ; l'erreur peut venir des yeux ou du cerveau.

— Je me vois des cheveux noirs, des yeux bleu foncé, un visage pâle encadré de barbe.

– Un signalement de passeport ne serait pas plus exact : il n'y a chez vous ni hallucination intellectuelle, ni perversion de la vue. Vous êtes, en effet, tel que vous dites.

– Mais non ! J'ai réellement les cheveux blonds, les yeux noirs, le teint hâlé et une moustache effilée à la hongroise.

– Ici, répondit le médecin, commence une légère altération des facultés intellectuelles.

– Pourtant, docteur, je ne suis nullement fou.

– Sans doute. Il n'y a que les sages qui viennent chez moi tout seuls. Un peu de fatigue, quelque excès d'étude ou de plaisir aura causé ce trouble. Vous vous trompez ; la vision est réelle, l'idée est chimérique : au lieu d'être un blond qui se voit brun, vous êtes un brun qui se croit blond.

– Pourtant je suis sûr d'être le comte Olaf Labinski, et tout le monde depuis hier m'appelle Octave de Saville.

– C'est précisément ce que je disais, répondit le docteur. Vous êtes M. de Saville et vous vous imaginez être M. le comte Labinski, que je me souviens d'avoir vu, et qui, en effet, est blond. – Cela explique parfaitement comment vous vous trouvez une autre figure dans le miroir ; cette figure, qui est la vôtre, ne répond point à votre idée intérieure et vous surprend[ea]. – Réfléchissez à ceci, que tout le monde vous nomme M. de Saville et par conséquent ne partage pas votre croyance. Venez passer une quinzaine de jours ici : les bains, le repos, les promenades sous les grands arbres dissiperont cette influence fâcheuse. »

Le comte baissa la tête et promit de revenir. Il ne savait plus que croire. Il retourna à l'appartement de la rue Saint-Lazare, et vit par hasard sur la table la carte d'invitation de la comtesse Labinska, qu'Octave avait montrée à M. Cherbonneau.

« Avec ce talisman, s'écria-t-il, demain je pourrai la voir ! »

IX

Lorsque les valets eurent porté à sa voiture le vrai comte Labinski chassé de son paradis terrestre par le faux ange gardien debout sur le seuil, l'Octave transfiguré rentra dans le petit salon blanc et or pour attendre le loisir de la comtesse.

Appuyé contre le marbre blanc de la cheminée dont l'âtre était rempli de fleurs, il se voyait répété au fond de la glace placée en symétrie sur la console à pieds tarabiscotés et dorés. Quoiqu'il fût dans le secret de sa métamorphose, ou, pour parler plus exactement, de sa transposition, il avait peine à se persuader que cette image si différente de la sienne fût le double de sa propre figure, et il ne pouvait détacher ses yeux de ce fantôme étranger qui était cependant devenu lui. Il se regardait et voyait un autre[eb]. Involontairement il cherchait si le comte Olaf n'était pas accoudé près de lui à la tablette de la cheminée, projetant sa réflexion au miroir ; mais il était bien seul ; le docteur Cherbonneau avait fait les choses en conscience.

Au bout de quelques minutes, Octave-Labinski ne songea plus au merveilleux avatar qui avait fait passer son âme dans le corps de l'époux de Prascovie ; ses pensées prirent un cours plus conforme à sa situation. Cet événement incroyable, en dehors de toutes les possibilités, et que l'espérance la plus chimérique n'eût pas osé rêver en son délire, était arrivé ! Il allait se trouver en présence de la belle créature adorée, et elle ne le repousserait pas ! La seule combinaison qui pût concilier son bonheur avec l'immaculée vertu de la comtesse s'était réalisée !

Près de ce moment suprême, son âme éprouvait des transes et des anxiétés affreuses : les timidités du véritable amour le faisaient défaillir comme si elle habitait encore la forme dédaignée d'Octave de Saville.

L'entrée de la femme de chambre mit fin à ce tumulte de pensées qui se combattaient. À son approche il ne put maîtriser un soubresaut nerveux, et tout son sang afflua vers son cœur lorsqu'elle lui dit :

« Madame la comtesse peut à présent recevoir monsieur. »

Octave-Labinski suivit la femme de chambre, car il ne connaissait pas les êtres de l'hôtel, et ne voulait pas trahir son ignorance par l'incertitude de sa démarche.

La femme de chambre l'introduisit dans une pièce assez vaste, un cabinet de toilette orné de toutes les recherches de luxe le plus délicat. Une suite d'armoires d'un bois précieux, sculptées par Knecht et Lienhart[ec], et dont les battants étaient séparés par des colonnes torses autour desquelles s'enroulaient en spirales de légères brindilles de convolvulus[ed] aux feuilles en cœur et aux fleurs en clochettes découpées avec un art infini, formait une espèce de boiserie architecturale, un portique d'ordre capricieux d'une élégance rare et d'une exécution achevée ; dans ces armoires étaient serrés les robes de velours et de moire, les cachemires, les mantelets, les dentelles, les pelisses de martre-zibeline, de renard bleu, les chapeaux aux mille formes, tout l'attirail de la jolie femme.

En face se répétait le même motif, avec cette différence que les panneaux pleins étaient remplacés par des glaces jouant sur des charnières comme des feuilles de paravent, de façon que l'on pût s'y voir de face, de profil, par-derrière, et juger de l'effet d'un corsage ou d'une coiffure. Sur la troisième face régnait une longue toilette plaquée d'albâtre-onyx, où des robinets d'argent dégorgeaient l'eau chaude et froide dans d'immense jattes du Japon enchâssées par des découpures circulaires du même métal ; des flacons en cristal de Bohême, qui, aux feux des bougies, étincelaient comme des diamants et des rubis, contenaient les essences et les parfums.

Les murailles et le plafond étaient capitonnés de satin vert d'eau, comme l'intérieur d'un écrin. Un épais tapis de Smyrne, aux teintes moelleusement assorties, ouatait le plancher.

Au milieu de la chambre, sur un socle de velours vert, était posé un grand coffre de forme bizarre, en acier de Khorassan ciselé, niellé et ramagé[ee] d'arabesques d'une complication à faire trouver simples les ornements de la salle des Ambassadeurs à l'Alhambra. L'art oriental semblait avoir dit son dernier mot dans ce travail merveilleux, auquel les doigts de fée des Péris avaient dû prendre part. C'était dans ce coffre que la comtesse Prascovie Labinska enfermait ses parures, des joyaux dignes d'une reine, et qu'elle ne mettait que fort rarement, trouvant avec raison qu'ils ne valaient pas la place qu'ils couvraient. Elle était trop belle pour avoir besoin d'être riche : son instinct de femme le lui disait. Aussi ne leur faisait-elle voir les lumières que dans les occasions solennelles où le faste héréditaire de l'antique maison Labinski devait paraître avec toute sa splendeur. Jamais diamants ne furent moins occupés.

Près de la fenêtre, dont les amples rideaux retombaient en plis puissants, devant une toilette à la duchesse, en face d'un miroir que lui penchaient deux anges sculptés par mademoiselle de Fauveau[ef] avec cette élégance longue et fluette qui caractérise son talent, illuminée de la lumière blanche de deux torchères à six bougies, se tenait assise la comtesse Prascovie Labinska, radieuse de fraîcheur et de beauté. Un bournous de Tunis d'une finesse idéale, rubané de raies bleues et blanches alternativement opaques et transparentes, l'enveloppait comme un nuage souple ; la légère étoffe avait glissé sur le tissu satiné des épaules et laissait voir la naissance et les attaches d'un col qui eût fait paraître gris le col de neige du cygne. Dans l'interstice des plis bouillonnaient les dentelles d'un peignoir de batiste, parure nocturne que ne retenait aucune ceinture ; les cheveux de la comtesse étaient défaits et s'allongeaient derrière elle en nappes opulentes comme le manteau d'une impératrice. — Certes, les torsades d'or fluide dont la Vénus Aphrodite exprimait des perles, agenouillée dans sa conque de nacre, lorsqu'elle sortit comme une fleur des mers de l'azur ionien, étaient moins blondes, moins épaisses, moins lourdes ! Mêlez l'ambre du Titien et l'argent de Paul Véronèse avec le vernis d'or de Rembrandt ; faites passer le soleil à travers la topaze, et vous n'obtiendrez pas encore le ton merveilleux de cette opulente chevelure, qui semblait envoyer la lumière au lieu de la recevoir, et qui eût mérité mieux que celle de Bérénice[eg] de flamboyer, constellation nouvelle, parmi les anciens astres ! Deux femmes la divisaient, la polissaient, la crespelaient et l'arrangeaient en boucles soigneusement massées pour que le contact de l'oreiller ne la froissât pas.

Pendant cette opération délicate, la comtesse faisait danser au bout de son pied une babouche de velours blanc brodée de cannetille d'or[eh], petite à rendre jalouses les khanouns et les odalisques du Padischah[ei]. Parfois, rejetant les plis soyeux du bournous, elle découvrait son bras blanc, et repoussait de la main quelques cheveux échappés, avec un mouvement d'une grâce mutine.

Ainsi abandonnée dans sa pose nonchalante, elle rappelait ces sveltes figures de toilettes grecques qui ornent les vases antiques et dont aucun artiste n'a pu retrouver le pur et suave contour, la beauté jeune et légère ; elle était mille fois plus séduisante encore que dans le jardin de la villa Salviati à Florence ; et si Octave n'avait pas été déjà fou d'amour, il le serait infailliblement devenu ; mais, par bonheur, on ne peut rien ajouter à l'infini.

Octave-Labinski sentit à cet aspect, comme s'il eût vu le spectacle le plus terrible, ses genoux s'entrechoquer et se dérober sous lui. Sa bouche se sécha, et l'angoisse lui étreignit la gorge comme la main d'un Thugg[ej] ; des flammes rouges tourbillonnèrent autour de ses yeux. Cette beauté le médusait.

Il fit un effort de courage, se disant que ces manières effarées et stupides, convenables à un amant repoussé, seraient parfaitement ridicules de la part d'un mari, quelque épris qu'il pût être encore de sa femme, et il marcha assez résolument vers la comtesse.

« Ah ! c'est vous, Olaf ! comme vous rentrez tard ce soir ! » dit la comtesse sans se retourner, car sa tête était maintenue par les longues nattes que tressaient ses femmes, et la dégageant des plis du bournous, elle lui tendit une de ses belles mains.

Octave-Labinski saisit cette main plus douce et plus fraîche qu'une fleur, la porta à ses lèvres et y imprima un long, un ardent baiser, – toute son âme se concentrait sur cette petite place.

Nous ne savons quelle délicatesse de sensitive, quel instinct de pudeur divine, quelle intuition irraisonnée du cœur avertit la comtesse : mais un nuage rose couvrit subitement sa figure, son col et ses bras, qui prirent cette teinte dont se colore sur les hautes montagnes la neige vierge surprise par le premier baiser du soleil. Elle tressaillit et dégagea lentement sa main, demi-fâchée, demi-honteuse ; les lèvres d'Octave lui avaient produit comme une impression de fer rouge[ek]. Cependant elle se remit bientôt et sourit de son enfantillage.

« Vous ne me répondez pas, cher Olaf ; savez-vous qu'il y a plus de six heures que je ne vous ai vu ; vous me négligez, dit-elle d'un ton de reproche ; autrefois vous ne m'auriez pas abandonnée ainsi toute une longue soirée. Avez-vous pensé à moi seulement ?

– Toujours, répondit Octave-Labinski.

– Oh ! non, pas toujours ; je sens quand vous pensez à moi, même de loin. Ce soir, par exemple, j'étais seule, assise à mon piano, jouant un morceau de Weber et berçant mon ennui de musique ; votre âme a voltigé quelques minutes autour de moi dans le tourbillon sonore des notes ; puis elle s'est envolée je ne sais où sur le dernier accord, et n'est pas revenue. Ne mentez pas, je suis sûre de ce que je dis. »

Prascovie, en effet, ne se trompait pas ; c'était le moment où chez le docteur Balthazar Cherbonneau le comte Olaf Labinski se penchait sur le verre d'eau magique[el], évoquant une image adorée de toute la force d'une pensée fixe. À dater de là, le comte, submergé dans l'océan sans fond du sommeil magnétique, n'avait plus eu ni idée, ni sentiment, ni volition.

Les femmes, ayant achevé la toilette nocturne de la comtesse, se retirèrent ; Octave-Labsinki restait toujours debout, suivant Prascovie d'un regard enflammé. – Gênée et brûlée par ce regard, la comtesse s'enveloppa de son bournous comme la Polymnie[em] de sa draperie. Sa tête seule apparaissait au-dessus des plis blancs et bleus, inquiète, mais charmante.

Bien qu'aucune pénétration humaine n'eût pu deviner le mystérieux déplacement d'âmes opéré par le docteur Cherbonneau au moyen de la formule du *sannyâsi* Brahma-Logum, Prascovie ne reconnaissait pas, dans les yeux d'Octave-Labinski, l'expression ordinaire des yeux d'Olaf, celle d'un amour pur, calme, égal, éternel comme l'amour des anges ; – une passion terrestre incendiait ce regard, qui la troublait et la faisait rougir. – Elle ne se rendait pas compte de ce qui s'était passé, mais il s'était passé quelque chose. Mille suppositions étranges lui traversèrent la pensée : n'était-elle plus pour Olaf qu'une femme vulgaire, désirée pour sa beauté comme une courtisane ? l'accord sublime de leurs âmes avait-il été rompu par quelque dissonance qu'elle ignorait ? Olaf en aimait-il une autre ? les corruptions de Paris avaient-elles souillé ce chaste cœur ? Elle se posa rapidement ces questions sans pouvoir y répondre d'une manière satisfaisante, et se dit qu'elle était folle : mais, au fond, elle sentait qu'elle avait raison. Une terreur secrète l'envahissait comme si elle eût été en présence d'un danger inconnu, mais deviné par cette seconde vue de l'âme, à laquelle on a toujours tort de ne pas obéir.

Elle se leva agitée et nerveuse et se dirigea vers la porte de sa chambre à coucher. Le faux comte l'accompagna, un bras sur la taille, comme Othello reconduit Desdémone à chaque sortie dans la pièce de Shakspeare ; mais quand elle fut sur le seuil, elle se retourna, s'arrêta un instant, blanche et froide comme une statue, jeta un coup d'œil effrayé au jeune homme, entra, ferma la porte vivement et poussa le verrou.

« Le regard d'Octave ! » s'écria-t-elle en tombant à demi évanouie sur une causeuse. Quand elle eut repris ses sens, elle se dit : « Mais comment se fait-il que ce regard, dont je n'ai jamais oublié l'expression, étincelle ce soir dans les yeux d'Olaf ? Comment en ai-je vu la flamme sombre et désespérée luire à travers les prunelles de mon mari ? Octave est-il mort ? Est-ce son âme qui a brillé un instant devant moi comme pour me dire adieu avant de quitter cette terre ? Olaf ! Olaf ! si je me suis trompée, si j'ai cédé follement à de vaines terreurs, tu me pardonneras ; mais si je t'avais accueilli ce soir, j'aurais cru me donner à un autre[en]. »

La comtesse s'assura que le verrou était bien poussé, alluma la lampe suspendue au plafond, se blottit dans son lit comme un enfant peureux avec un sentiment d'angoisse indéfinissable, et ne s'endormit que vers le matin ; des rêves incohérents et bizarres tourmentèrent son sommeil agité. — Des yeux ardents — les yeux d'Octave — se fixaient sur elle du fond d'un brouillard et lui lançaient des jets de feu, pendant qu'au pied de son lit une figure noire et sillonnée de rides se tenait accroupie, marmottant des syllabes d'une langue inconnue ; le comte Olaf parut aussi dans ce rêve absurde, mais revêtu d'une forme qui n'était pas la sienne.

Nous n'essayerons pas de peindre le désappointement d'Octave lorsqu'il se trouva en face d'une porte fermée et qu'il entendit le grincement intérieur du verrou. Sa suprême espérance s'écroulait. Eh quoi ! il avait eu recours à des moyens terribles, étranges, il s'était livré à un magicien, peut-être à un démon, en risquant sa vie dans ce monde et son âme dans l'autre pour conquérir une femme qui lui échappait, quoique livrée à lui sans défense par les sorcelleries de l'Inde. Repoussé comme amant, il l'était encore comme mari ; l'invincible pureté de Prascovie déjouait les machinations les plus infernales. Sur le seuil de la chambre à coucher elle lui était apparue comme un ange blanc de Swedenborg foudroyant le mauvais esprit.

Il ne pouvait rester toute la nuit dans cette situation ridicule ; il chercha l'appartement du comte, et au bout d'une enfilade de pièces et il en vit une où s'élevait un lit aux colonnes d'ébène, aux rideaux de tapisserie, où parmi les ramages et les arabesques étaient brodés des blasons. Des panoplies d'armes orientales, des cuirasses et des casques de chevaliers atteints par le reflet d'une lampe, jetaient des lueurs vagues dans l'ombre ; un cuir de Bohême gaufré d'or miroitait sur le mur. Trois ou quatre grands fauteuils sculptés, un bahut tout historié de figurines complétaient cet ameublement d'un goût féodal, et qui n'eût pas été déplacé dans la grande salle d'un manoir gothique ; ce n'était pas de la part du comte frivole imitation de la mode, mais pieux souvenir. Cette chambre reproduisait exactement celle qui habitait chez sa mère, et quoiqu'on l'eût souvent raillé — sur ce décor de cinquième acte —, il avait toujours refusé d'en changer le style[eo].

Octave-Labinski, épuisé de fatigues et d'émotions, se jeta sur le lit et s'endormit en maudissant le docteur Balthazar Cherbonneau. Heureusement, le jour lui apporta des idées plus riantes ; il se promit de se conduire désormais d'une façon plus modérée, d'éteindre son regard, et de prendre les manières d'un mari ; aidé par le valet de chambre du comte, il fit une toilette sérieuse et se rendit d'un pas tranquille dans la salle à manger, où madame la comtesse l'attendait pour déjeuner.

X

Octave-Labinski descendit sur les pas du valet de chambre, car il ignorait où se trouvait la salle à manger dans cette maison dont il paraissait le maître ; la salle à manger était une vaste pièce au rez-de-chaussée donnant sur la cour, d'un style noble et sévère, qui tenait à la fois du manoir et de l'abbaye : – des boiseries de chêne brun d'un ton chaud et riche, divisées en panneaux et en compartiments symétriques, montaient jusqu'au plafond, où des poutres en saillies et sculptées formaient des caissons hexagones coloriés en bleu et ornés de légères arabesques d'or ; dans les panneaux longs de la boiserie, Philippe Rousseau[ep] avait peint les quatre saisons symbolisées, non pas par des figures mythologiques, mais par des trophées de nature morte composés de productions se rapportant à chaque époque de l'année ; des chasses de Jadin[eq] faisaient pendant aux natures mortes de Ph. Rousseau, et au-dessus de chaque peinture rayonnait, comme un disque de bouclier, un immense plat de Bernard Palissy ou de Léonard de Limoges, de porcelaine du Japon, de majolique[er] ou de poterie arabe, au vernis irisé par toutes les couleurs du prisme ; des massacres de cerfs, des cornes d'aurochs alternaient avec les faïences, et, aux deux bouts de la salle, de grands dressoirs, hauts comme des retables d'églises espagnoles, élevaient leur architecture ouvragée et sculptée d'ornements à rivaliser avec les plus beaux ouvrages de Berruguete, de Cornejo Duque et de Verbruggen[es] ; sur leurs rayons à crémaillère brillaient confusément l'antique argenterie de la famille des Labinski, des aiguières aux anses chimériques, des salières à la vieille mode, des hanaps, des coupes, des pièces de surtout contournées par la bizarre fantaisie allemande, et dignes de tenir leur place dans le trésor de la Voûte-Verte de Dresde[et]. En face des argenteries antiques étincelaient les produits merveilleux de l'orfèvrerie moderne, les chefs-d'œuvre de Wagner, de Duponchel, de Rudolphi, de Froment-Meurice ; thés en vermeil à figurines de Feuchère et de Vechte[eu], plateaux niellés[ev], seaux à vin de Champagne aux anses de pampre, aux bacchanales en bas-relief; réchauds élégants comme des trépieds de Pompéi : sans parler des cristaux de Bohême, des verreries de Venise, des services en vieux Saxe et en vieux Sèvres.

Des chaises de chêne garnies de maroquin vert étaient rangées le long des murs, et sur la table aux pieds sculptés en serre d'aigle, tombait du plafond une lumière égale et pure tamisée par les verres blancs dépolis garnissant le caisson central laissé vide. – Une transparente guirlande de vigne encadrait ce panneau laiteux de ses feuillages verts.

Sur la table, servie à la russe, les fruits entourés d'un cordon de violettes étaient déjà posés, et les mets attendaient le couteau des convives sous leurs cloches de métal poli, luisantes comme des casques d'émirs ; un samovar de Moscou[ew] lançait en sifflant son jet de vapeur ; deux valets, en culotte courte et en cravate blanche, se tenaient immobiles et silencieux derrière les deux fauteuils, placés en face l'un de l'autre, pareils à deux statues de la domesticité.

Octave s'assimila tous ces détails d'un coup d'œil rapide pour n'être pas involontairement préoccupé par la nouveauté d'objets qui auraient dû lui être familiers.

Un glissement léger sur les dalles, un froufrou de taffetas lui fit retourner la tête. C'était la comtesse Prascovie Labinska qui approchait et qui s'assit après lui avoir fait un petit signe amical.

Elle portait un peignoir de soie quadrillée vert et blanc, garni d'une ruche de même étoffe découpée en dents de loup ; ses cheveux massés en épais bandeaux sur les tempes, et roulés à la naissance de la nuque en une torsade d'or semblable à la volute d'un chapiteau ionien, lui composaient une coiffure aussi simple que noble, et à laquelle un statuaire grec n'eût rien voulu changer ; son teint de rose carnée[ex] était un peu pâli par l'émotion de la veille et le sommeil agité de la nuit ; une imperceptible auréole nacrée entourait ses yeux ordinairement si calmes et si purs ; elle avait l'air fatigué et languissant, mais, ainsi attendrie, sa beauté n'en était que plus pénétrante, elle prenait quelque chose d'humain ; la déesse se faisait femme ; l'ange, reployant ses ailes, cessait de planer.

Plus prudent cette fois, Octave voila la flamme de ses yeux et masqua sa muette extase d'un air indifférent.

La comtesse allongea son petit pied chaussé d'une pantoufle en peau mordorée, dans la laine soyeuse du tapis-gazon placé sous la table pour neutraliser le froid contact de la mosaïque de marbre blanc et de brocatelle[ey] de Vérone qui pavait la salle à manger, fit un léger mouvement d'épaules comme glacée par un dernier frisson de fièvre, et, fixant ses beaux yeux d'un bleu polaire sur le convive qu'elle prenait pour son mari, car le jour avait fait évanouir les pressentiments, les terreurs et les fantômes nocturnes, elle lui dit d'une voix harmonieuse et tendre, pleine de chastes câlineries, une phrase en polonais!!! Avec le comte elle se servait souvent de la chère langue maternelle aux moments de douceur et d'intimité, surtout en présence des domestiques français, à qui cet idiome était inconnu.

Le Parisien Octave savait le latin, l'italien, l'espagnol, quelques mots d'anglais ; mais, comme tous les Gallo-Romains, il ignorait entièrement les langues slaves.

Les chevaux de frise de consonnes qui défendent les rares voyelles du polonais lui en eussent interdit l'approche quand bien même il eût voulu s'y frotter. –À Florence, la comtesse lui avait toujours parlé français ou italien, et la pensée d'apprendre l'idiome dans lequel Mickiewicz a presque égalé Byron ne lui était pas venue. On ne songe jamais à tout.

À l'audition de cette phrase il se passa dans la cervelle du comte, habitée par le *moi* d'Octave, un très singulier phénomène : les sons étrangers au Parisien, suivant les replis d'une oreille slave, arrivèrent à l'endroit habituel où l'âme d'Olaf les accueillait pour les traduire en pensées, et y évoquèrent une sorte de mémoire physique ; leur sens apparut confusément à Octave ; des mots enfouis dans les circonvolutions cérébrales, au fond des tiroirs secrets du souvenir, se présentèrent en bourdonnant, tout prêts à la réplique ; mais ces réminiscences vagues, n'étant pas mises en communication avec l'esprit, se dissipèrent bientôt, et tout redevint opaque. L'embarras du pauvre amant était affreux ; il n'avait pas songé à ces complications en gantant la peau du comte Olaf Labinski, et il comprit qu'en volant la forme d'un autre on s'exposait à de rudes déconvenues[ez].

Prascovie, étonnée du silence d'Octave, et croyant que, distrait par quelque rêverie, il ne l'avait pas entendue, répéta sa phrase lentement et d'une voix plus haute.

S'il entendait mieux le son des mots, le faux comte n'en comprenait pas davantage la signification ; il faisait des efforts désespérés pour deviner de quoi il pouvait s'agir ; mais pour qui ne les sait pas, les compactes langues du Nord n'ont aucune transparence, et si un Français peut soupçonner ce que dit une Italienne, il sera comme sourd en écoutant parler une Polonaise. — Malgré lui, une rougeur ardente couvrit ses joues ; il se mordit les lèvres, et, pour se donner une contenance, découpa rageusement le morceau placé sur son assiette.

« On dirait en vérité, mon cher seigneur, dit la comtesse, cette fois en français, que vous ne m'entendez pas, ou que vous ne me comprenez point...

— En effet, balbutia Octave-Labinski, ne sachant trop ce qu'il disait... cette diable de langue est si difficile !

— Difficile ! oui, peut-être pour des étrangers, mais pour celui qui l'a bégayée sur les genoux de sa mère, elle jaillit des lèvres comme le souffle de la vie, comme l'effluve même de la pensée.

— Oui, sans doute, mais il y a des moments où il me semble que je ne la sais plus.

— Que contez-vous là, Olaf ? quoi ! vous l'auriez oubliée, la langue de vos aïeux, la langue de la sainte patrie, la langue qui vous fait reconnaître vos frères parmi les hommes, et, ajouta-t-elle plus bas, la langue dans laquelle vous m'avez dit la première fois que vous m'aimiez !

— L'habitude de me servir d'un autre idiome... hasarda Octave-Labinski à bout de raisons.

— Olaf, répliqua la comtesse d'un ton de reproche, je vois que Paris vous a gâté ; j'avais raison de ne pas vouloir y venir. Qui m'eût dit que lorsque le noble comte Labinski retournerait dans ses terres, il ne saurait plus répondre aux félicitations de ses vassaux ? »

Le charmant visage de Prascovie prit une expression douloureuse ; pour la première fois la tristesse jeta son ombre sur ce front pur comme celui d'un ange ; ce singulier oubli la froissait au plus tendre de l'âme, et lui paraissait presque une trahison.

Le reste du déjeuner se passa silencieusement : Prascovie boudait celui qu'elle prenait pour le comte. Octave était au supplice, car il craignait d'autres questions qu'il eût été forcé de laisser sans réponse.

La comtesse se leva et rentra dans ses appartements.

Octave, resté seul, jouait avec le manche d'un couteau qu'il avait envie de se planter au cœur, car sa position était intolérable : il avait compté sur une surprise, et maintenant il se trouvait engagé dans les méandres sans issue pour lui d'une existence qu'il ne connaissait pas : en prenant son corps au comte Olaf Labinski, il eût fallu lui dérober

aussi ses notions antérieures, les langues qu'il possédait, ses souvenirs d'enfance, les mille détails intimes qui composent le moi d'un homme, les rapports liant son existence aux autres existences : et pour cela tout le savoir du docteur Balthazar Cherbonneau n'eût pas suffi. Quelle rage ! être dans ce paradis dont il osait à peine regarder le seuil de loin ; habiter sous le même toit que Prascovie, la voir, lui parler, baiser sa belle main avec les lèvres mêmes de son mari, et ne pouvoir tromper sa pudeur céleste, et se trahir à chaque instant par quelque inexplicable stupidité !
« Il était écrit là-haut que Prascovie ne m'aimerait jamais ! Pourtant j'ai fait le plus grand sacrifice auquel puisse descendre l'orgueil humain : j'ai renoncé à mon *moi* et consenti à profiter sous une forme étrangère de caresses destinées à un autre ! »

Il en était là de son monologue quand un groom s'inclina devant lui avec tous les signes du plus profond respect, en lui demandant quel cheval il monterait aujourd'hui..

Voyant qu'il ne répondait pas, le groom se hasarda, tout effrayé d'une telle hardiesse, à murmurer :

« Vultur ou Rustem ? ils ne sont pas sortis depuis huit jours.

— Rustem », répondit Octave-Labinski, comme il eût dit Vultur, mais le derniers nom s'était accroché à son esprit distrait.

Il s'habilla de cheval et partit pour le bois de Boulogne, voulant faire prendre un bain d'air à son exaltation nerveuse.

Rustem, bête magnifique de la race Nedji[fa], qui portait sur son poitrail, dans un sachet oriental de velours brodé d'or, ses titres de noblesse remontant aux premières années de l'hégire, n'avait pas besoin d'être excité. Il semblait comprendre la pensée de celui qui le montait, et dès qu'il eut quitté le pavé et pris la terre, il partit comme une flèche sans qu'Octave lui fît sentir l'éperon. Après deux heures d'une course furieuse, le cavalier et la bête rentrèrent à l'hôtel, l'un calmé, l'autre fumant et les naseaux rouges.

Le comte supposé entra chez la comtesse, qu'il trouva dans son salon, vêtue d'une robe de taffetas blanc à volants étagés jusqu'à la ceinture, un nœud de rubans au coin de l'oreille, car c'était précisément le jeudi, — le jour où elle restait chez elle et recevait ses visites.

« Eh bien, lui dit-elle avec un gracieux sourire, car la bouderie ne pouvait rester longtemps sur ses belles lèvres, avez-vous rattrapé votre mémoire en courant dans les allées du bois ?

– Mon Dieu, non, ma chère, répondit Octave-Labinski ; mais il faut que je vous fasse une confidence.

– Ne connais-je pas d'avance toutes vos pensées ? ne sommes-nous plus transparents l'un pour l'autre ?

– Hier, je suis allé chez ce médecin dont on parle tant.

– Oui, le docteur Balthazar Cherbonneau, qui a fait un long séjour aux Indes et a, dit-on, appris des brahmes une foule de secrets plus merveilleux les uns que les autres. – Vous vouliez même m'emmener ; mais je ne suis pas curieuse, – car je sais que vous m'aimez, et cette science me suffit.

– Il a fait devant moi des expériences si étranges, opéré de tels prodiges, que j'en ai l'esprit troublé encore. Cet homme bizarre, qui dispose d'un pouvoir irrésistible, m'a plongé dans un sommeil magnétique si profond, qu'à mon réveil je ne me suis plus trouvé les mêmes facultés : j'avais perdu la mémoire de bien des choses ; le passé flottait dans un brouillard confus : seul, mon amour pour vous était demeuré intact.

– Vous avez eu tort, Olaf, de vous soumettre à l'influence de ce docteur. Dieu, qui a créé l'âme, a le droit d'y toucher ; mais l'homme, en l'essayant, commet une action impie, dit d'un ton grave la comtesse Prascovie Labinska. – J'espère que vous n'y retournerez plus, et que, lorsque je vous dirai quelque chose d'aimable – en polonais –, vous me comprendrez comme autrefois »

Octave, pendant sa promenade à cheval, avait imaginé cette excuse de magnétisme pour pallier les bévues qu'il ne pouvait manquer d'entasser dans son existence nouvelle ; mais il n'était pas au bout de ses peines.

– Un domestique, ouvrant le battant de la porte, annonça un visiteur.

« M. Octave de Saville. »

Quoiqu'il dût s'attendre un jour ou l'autre à cette rencontre, le véritable Octave pâlit à ses simples mots comme si la trompette du jugement dernier lui eût brusquement éclaté à l'oreille. Il eut besoin de faire appel à tout son courage et de se dire qu'il avait l'avantage de la situation pour ne pas chanceler ; instinctivement il enfonça ses doigts dans le dos d'une causeuse, et réussit ainsi à se maintenir debout avec une apparence ferme et tranquille.

Le comte Olaf, revêtu de l'apparence d'Octave, s'avança vers la comtesse qu'il salua profondément.

« M. le comte Labinski.. M. Octave de Saville.. » fit la comtesse Labinska en présentant les gentilshommes l'un à l'autre.

Les deux hommes se saluèrent froidement en se lançant des regards fauves à travers le masque de marbre de la politesse mondaine, qui recouvre parfois tant d'atroces passions.

« Vous m'avez tenu rigueur depuis Florence, monsieur Octave, dit la comtesse d'une voix amicale et familière, et j'avais peur de quitter Paris sans vous voir. – Vous étiez plus assidu à la villa Salviati, et vous comptiez alors parmi mes fidèles.

– Madame, répondit d'un ton contraint le faux Octave, j'ai voyagé, j'ai été souffrant, malade même, et, en recevant votre gracieuse invitation, je me suis demandé si j'en profiterais, car il ne faut pas être égoïste et abuser de l'indulgence qu'on veut bien avoir pour un ennuyeux.

– Ennuyé peut-être ; ennuyeux, non, répliqua la comtesse ; vous avez toujours été mélancolique, – mais un de vos poètes ne dit-il pas de la mélancolie :

Après l'oisiveté, c'est le meilleur des maux[fb].

– C'est un bruit que font courir les gens heureux pour se dispenser de plaindre ceux qui souffrent », dit Olaf-de Saville.

La comtesse jeta un regard d'une ineffable douceur sur le comte, enfermé dans la forme d'Octave, comme pour lui demander pardon de l'amour qu'elle lui avait involontairement inspiré.

« Vous ne croyez plus frivole que je ne suis ; toute douleur vraie a ma pitié, et, si je ne puis la soulager, j'y sais compatir. – Je vous aurais voulu heureux, cher monsieur Octave ; mais pourquoi vous êtes-vous cloîtré dans votre tristesse, refusant obstinément la vie qui venait à vous avec ses bonheurs, ses enchantements et ses devoirs ? Pourquoi avez-vous refusé l'amitié que je vous offrais ? »

Ces phrases si simples et si franches impressionnaient diversement les deux auditeurs. – Octave y entendait la confirmation de la sentence prononcée au jardin Salviati, par cette bouche que jamais ne souilla le mensonge ; Olaf y puisait une preuve de plus de l'inaltérable vertu de la femme, qui ne pouvait succomber que par un artifice diabolique. Aussi une rage subite s'empara de lui en voyant son spectre animé par une autre âme installé dans sa propre maison, et il s'élança à la gorge du faux comte.

« Voleur, brigand, scélérat, rends-moi ma peau ! »

À cette action si extraordinaire, la comtesse se pendit à la sonnette, des laquais emportèrent le comte.

« Ce pauvre Octave est devenu fou ! » dit Prascovie pendant qu'on emmenait Olaf, qui se débattait vainement.

« Oui, répondit le véritable Octave, fou d'amour ! Comtesse, vous êtes décidément trop belle ! »

XI

Deux heures après cette scène, le faux comte reçut du vrai une lettre fermée avec le cachet d'Octave de Saville, – le malheureux dépossédé n'en avait pas d'autres à sa disposition. Cela produisit un effet bizarre à l'usurpateur de l'entité d'Olaf Labinski de décacheter une missive scellée de ses armes, mais tout devait être singulier dans cette position anormale.

La lettre contenait les lignes suivantes, tracées d'une main contrainte et d'une écriture qui semblait contrefaite, car Olaf n'avait pas l'habitude d'écrire avec les doigts d'Octave[fc].

« Lue par tout autre que par vous, cette lettre paraîtrait datée des Petites-Maisons[fd], mais vous me comprendrez. Un concours inexplicable de circonstances fatales, qui ne se sont peut-être jamais produites depuis que la terre tourne autour du soleil, me force à une action que nul homme n'a faite. Je m'écris à moi-même et mets sur cette adresse un nom qui est le mien, un nom que vous m'avez volé avec ma personne. De quelles machinations ténébreuses suis-je victime, dans quel cercle d'illusions infernales ai-je mis le pied, je l'ignore ; – vous le savez, sans doute. Ce secret, si vous n'êtes point un lâche, le canon de mon pistolet ou la pointe de mon épée vous le demandera sur un terrain où tout homme honorable ou infâme répond aux questions qu'on lui pose ; il faut que demain l'un de nous ait cessé de voir la lumière du ciel. Ce large univers est maintenant trop étroit pour nous deux : – je tuerai mon corps habité par votre esprit imposteur ou vous tuerez le vôtre, où mon âme s'indigne d'être emprisonnée. – N'essayez pas de me faire passer pour fou, – j'aurai le courage d'être raisonnable, et, partout où je vous rencontrerai, je vous insulterai avec une politesse de gentilhomme, avec un sang-froid de diplomate ; les moustaches de M. le comte Olaf

Labinski peuvent déplaire à M. Octave de Saville, et tous les jours on se marche sur le pied à la sortie de l'Opéra, mais j'espère que mes phrases, bien qu'obscures, n'auront aucune ambiguïté pour vous, et que mes témoins s'entendront parfaitement avec les vôtres pour l'heure, le lieu et les conditions du combat. »

Cette lettre jeta Octave dans une grande perplexité. Il ne pouvait refuser le cartel du comte, et cependant il lui répugnait de se battre avec lui-même, car il avait gardé pour son ancienne enveloppe une certaine tendresse. L'idée d'être obligé à ce combat par quelque outrage éclatant le fit se décider pour l'acceptation, quoique, à la rigueur, il pût mettre à son adversaire la camisole de force de la folie et lui arrêter ainsi le bras, mais ce moyen violent répugnait à sa délicatesse. Si, entraîné par une passion inéluctable, il avait commis un acte répréhensible et caché l'amant sous le masque de l'époux pour triompher d'une vertu au-dessus de toutes les séductions, il n'était pas pourtant un homme sans honneur et sans courage ; ce parti extrême, il ne l'avait d'ailleurs pris qu'après trois ans de luttes et de souffrances, au moment où sa vie, consumée par l'amour, allait lui échapper. Il ne connaissait pas le comte ; il n'était pas son ami ; il ne lui devait rien, et il avait profité du moyen hasardeux que lui offrait le docteur Balthazar Cherbonneau.

Où prendre des témoins ? sans doute parmi les amis du comte ; mais Octave, depuis un jour qu'il habitait l'hôtel, n'avait pu se lier avec eux.

Sur la cheminée s'arrondissaient deux coupes de céladon craquelé[fe], dont les anses étaient formées par des dragons d'or. L'une contenait des bagues, des épingles, des cachets et autres menus bijoux ; l'autre des cartes de visite où, sous les couronnes de duc, de marquis, de comte, en gothique, en ronde, en anglaise, étaient inscrits par des graveurs habiles une foule de noms polonais, russes, hongrois, allemands, italiens, espagnols, attestant l'existence voyageuse du comte, qui avait des amis dans tous les pays.

Octave en prit deux au hasard : le comte Zamoieczki et le marquis de Sepulveda. – Il ordonna d'atteler et se fit conduire chez eux. Il les trouva l'un et l'autre. Ils ne parurent pas surpris de la requête de celui qu'ils prenaient pour le comte Olaf Labinski. – Totalement dénués de la sensibilité des témoins bourgeois, ils ne demandèrent pas si l'affaire pouvait s'arranger et gardèrent un silence de bon goût sur le motif de la querelle, en parfaits gentilshommes qu'ils étaient.

De son côté, le comte véritable, ou, si vous l'aimez mieux, le faux Octave, était en proie à un embarras pareil : il se souvint d'Alfred Humbert et de Gustave Raimbaud, au déjeuner duquel il avait refusé d'assister, et il les décida à le servir en cette rencontre. – Les deux jeunes gens marquèrent quelque étonnement de voir engager dans un duel leur ami, qui depuis un an n'avait presque pas quitté sa chambre, et dont ils savaient l'humeur plus pacifique que batailleuse ; mais, lorsqu'il leur eut dit qu'il s'agissait d'un combat à mort pour un motif qui ne devait pas être révélé, ils ne firent plus d'objections et se rendirent à l'hôtel Labinski.

Les conditions furent bientôt réglées. Une pièce d'or jetée en l'air décida de l'arme, les adversaires ayant déclaré que l'épée ou le pistolet leur convenait également. On devait se rendre au bois de Boulogne à six heures du matin dans l'avenue des Poteaux, près de ce toit de chaume soutenu par des piliers rustiques, à cette place libre d'arbres où le sable tassé présente une arène propre à ces sortes de combats.

Lorsque tout fut convenu, il était près de minuit, et Octave se dirigea vers la porte de l'appartement de Prascovie. Le verrou était tiré comme la veille, et la voix moqueuse de la comtesse lui jeta cette raillerie à travers la porte :

« Revenez quand vous saurez le polonais, je suis trop patriote pour recevoir un étranger chez moi. »

Le matin, le docteur Cherbonneau, qu'Octave avait prévenu, arriva portant une trousse d'instruments de chirurgie et un paquet de bandelettes. – Ils montèrent ensemble en voiture. MM. Zamoieczki et de Sepulveda suivaient dans leur coupé.

« Eh bien, mon cher Octave, dit le docteur, l'aventure tourne donc déjà au tragique ? J'aurais dû laisser dormir le comte dans votre corps une huitaine de jours sur mon divan. J'ai prolongé au-delà de cette limite des sommeils magnétiques. Mais on a beau avoir étudié la sagesse chez les brahmes, les pandits et *les sannyâsis* de l'Inde, on oublie toujours quelque chose, et il se trouve des imperfections au plan le mieux combiné. Mais comment la comtesse Prascovie a-t-elle accueilli son amoureux de Florence ainsi déguisé ?

Je crois, répondit Octave, qu'elle m'a reconnu malgré ma métamorphose, ou bien c'est son ange gardien qui lui a soufflé à l'oreille de se méfier de moi ; je l'ai trouvée aussi chaste, aussi froide, aussi pure que la neige du pôle. Sous une forme aimée, son âme exquise devinait sans doute une âme étrangère. – Je vous disais bien que vous ne pouviez rien pour moi ; je suis plus malheureux encore que lorsque vous m'avez fait votre première visite.

Qui pourrait assigner une borne aux facultés de l'âme, dit le docteur Balthazar Cherbonneau d'un air pensif, surtout lorsqu'elle n'est altérée par aucune pensée terrestre, souillée par aucun limon humain, et se maintient telle qu'elle est sortie des mains du Créateur dans la lumière, la contemplation et l'amour[ff] ? – Oui, vous avez raison, elle vous a reconnu ; son angélique pudeur a frissonné sous le regard du désir et, par instinct, s'est voilée de ses ailes blanches. Je vous plains, mon pauvre Octave ! votre mal est en effet irrémédiable. – Si nous étions au Moyen Âge, je vous dirais : Entrez dans un cloître.

– J'y ai souvent pensé », répondit Octave.

On était arrivé. – Le coupé du faux Octave stationnait déjà à l'endroit désigné.

Le bois présentait à cette heure matinale un aspect véritablement pittoresque que la fashion lui fait perdre dans la journée ; l'on était à ce point de l'été où le soleil n'a pas encore eu le temps d'assombrir le vert du feuillage ; des teintes fraîches, transparentes, lavées par la rosée de la nuit, nuançaient les massifs, et il s'en dégageait un parfum de jeune végétation. Les arbres, à cet endroit, sont particulièrement beaux, soit qu'ils aient rencontré un terrain plus favorable, soit qu'ils survivent seuls d'une plantation ancienne, leurs troncs vigoureux, plaqués de mousse ou satinés d'une écorce d'argent, s'agrafent au sol par des racines noueuses, projettent des branches aux coudes bizarres, et pourraient servir de modèles aux études des peintres et des décorateurs qui vont bien loin en chercher de moins remarquables. Quelques oiseaux que les bruits du jour font taire pépiaient gaiement sous la feuillée ; un lapin furtif traversait en trois bonds le sable de l'allée et courait se cacher dans l'herbe, effrayé du bruit des roues.

Ces poésies de la nature surprise en déshabillé occupaient peu, comme vous le pensez, les deux adversaires et leurs témoins.

La vue du docteur Cherbonneau fit une impression désagréable sur le comte Olaf Labinski ; mais il se remit bien vite.

L'on mesura les épées, l'on assigna les places aux combattants, qui, après avoir mis habit bas, tombèrent en garde pointe contre pointe.

Les témoins crièrent : « Allez ! »

Dans tout duel, quel que soit l'acharnement des adversaires, il y a un moment d'immobilité solennelle ; chaque combattant étudie son ennemi en silence et fait son plan, méditant l'attaque et se préparant à la riposte ; puis les épées se cherchent, s'agacent, se tâtent pour ainsi dire sans se quitter : cela dure quelques secondes, qui paraissent des minutes, des heures, à l'anxiété des assistants.

Ici, les conditions du duel, en apparence ordinaires pour les spectateurs, étaient si étranges pour les combattants, qu'ils restèrent ainsi en garde plus longtemps que de coutume. En effet, chacun avait devant soi son propre corps et devait enfoncer l'acier dans une chair qui lui appartenait encore la veille. – Le combat se compliquait d'une sorte de suicide non prévue, et, quoique braves tous deux, Octave et le comte éprouvaient une instinctive horreur à se trouver l'épée à la main en face de leurs fantômes et prêts à fondre sur eux-mêmes.

Les témoins impatientés allaient crier encore une fois : « Messieurs, mais allez donc ! » lorsque les fers se froissèrent enfin sur leurs carres[fg].

Quelques attaques furent parées avec prestesse de part et d'autre.

Le comte, grâce à son éducation militaire, était un habile tireur ; il avait moucheté le plastron des maîtres les plus célèbres ; mais, s'il possédait toujours la théorie, il n'avait plus pour l'exécution ce bras nerveux habitué à tailler des croupières aux Mourides de Schamyl[fh] ; c'était le faible poignet d'Octave qui tenait son épée.

Au contraire, Octave, dans le corps du comte, se trouvait une vigueur inconnue, et, quoique moins savant, il écartait toujours de sa poitrine le fer qui la cherchait.

Vainement Olaf s'efforçait d'atteindre son adversaire et risquait des bottes hasardeuses. Octave, plus froid et plus ferme, déjouait toutes les feintes.

La colère commençait à s'emparer du comte, dont le jeu devenait nerveux et désordonné. Quitte à rester Octave de Saville, il voulait tuer ce corps imposteur qui pouvait tromper Prascovie, pensée qui le jetait en d'inexprimables rages.

Au risque de se faire transpercer, il essaya un coup droit pour arriver, à travers son propre corps, à l'âme et à la vie de son rival ; mais l'épée d'Octave se lia autour de la sienne avec un mouvement si preste, si sec, si irrésistible, que le fer, arraché de son poing, jaillit en l'air et alla tomber quelques pas plus loin.

La vie d'Olaf était à la discrétion d'Octave : il n'avait qu'à se fendre pour le percer de part en part. La figure du comte se crispa, non qu'il eût peur de la mort, mais il pensait qu'il allait laisser sa femme à ce voleur de corps, que rien désormais ne pourrait démasquer.

Octave, loin de profiter de son avantage, jeta son épée, et, faisant signe aux témoins de ne pas intervenir, marcha vers le comte stupéfait, qu'il prit par le bras et qu'il entraîna dans l'épaisseur du bois.

« Que me voulez-vous ? dit le comte. Pourquoi ne pas me tuer lorsque vous pouvez le faire ? Pourquoi ne pas continuer le combat, après m'avoir laissé reprendre mon épée, s'il vous répugnait de frapper un homme sans armes ? Vous savez bien que le soleil ne doit pas projeter ensemble nos deux ombres sur le sable, et qu'il faut que la terre absorbe l'un de nous.

– Écoutez-moi patiemment, répondit Octave. Votre bonheur est entre mes mains. Je puis garder toujours ce corps où je loge aujourd'hui et qui vous appartient en propriété légitime : je me plais à le reconnaître maintenant qu'il n'y a pas de témoins près de nous, et que les oiseaux seuls, qui n'iront pas le redire, peuvent nous entendre ; si nous recommençons le duel, je vous tuerai. Le comte Olaf Labinski, que je représente du moins mal que je peux, est plus fort à l'escrime qu'Octave de Saville, dont vous avez maintenant la figure, et que je serai forcé, bien à regret, de supprimer ; et cette mort, quoique non réelle, puisque mon âme y survivrait, désolerait ma mère. »

Le comte, reconnaissant la vérité de ces observations, garda un silence qui ressemblait à une sorte d'acquiescement.

« Jamais, continua Octave, vous ne parviendrez, si je m'y oppose, à vous réintégrer dans votre individualité ; vous voyez à quoi ont abouti vos deux essais. D'autres tentatives vous feraient prendre pour un monomane. Personne ne croira un mot de vos allégations, et, lorsque vous prétendrez être le comte Olaf Labinski, tout le monde vous éclatera de rire au nez, comme vous avez déjà pu vous en convaincre. On vous enfermera, et vous passerez le reste de votre vie à protester, sous les douches, que vous êtes effectivement l'époux de la belle comtesse Prascovie Labinska. Les âmes compatissantes diront en vous entendant : "Ce pauvre Octave !" vous serez méconnu comme le Chabert de Balzac, qui voulait prouver qu'il n'était pas mort. »

Cela était si mathématiquement vrai, que le comte abattu laissa tomber sa tête sur sa poitrine.

« Puisque vous êtes pour le moment Octave de Saville, vous avez sans doute fouillé ses tiroirs, feuilleté ses papiers ; et vous n'ignorez pas qu'il nourrit depuis trois ans pour la comtesse Prascovie Labinska un amour éperdu, sans espoir, qu'il a vainement tenté de s'arracher du cœur et qui ne s'en ira qu'avec sa vie, s'il ne le suit pas encore dans la tombe.

– Oui, je le sais, fit le comte en se mordant les lèvres.

– Eh bien, pour parvenir à elle j'ai employé un moyen horrible, effrayant, et qu'une passion délirante pouvait seule risquer ; le docteur Cherbonneau a tenté pour moi une œuvre à faire reculer les thaumaturges de tous les pays et de tous les siècles. Après nous avoir tous deux plongés dans le sommeil, il a fait magnétiquement changer nos âmes d'enveloppe. Miracle inutile ! Je vais vous rendre votre corps : Prascovie ne m'aime pas ! Dans la forme de l'époux, elle a reconnu l'âme de l'amant ; son regard s'est glacé sur le seuil de la chambre conjugale comme au jardin de la villa Salviati. »

Un chagrin si vrai se trahissait dans l'accent d'Octave, que le comte ajouta foi à ses paroles.

« Je suis un amoureux, ajouta Octave en souriant, et non pas un voleur ; et, puisque le seul bien que j'aie désiré sur cette terre ne peut m'appartenir, je ne vois pas pourquoi je garderai vos titres, vos châteaux, vos terres, votre argent, vos chevaux, vos armes. – Allons, donnez-moi le bras, ayons l'air réconciliés, remercions nos témoins, prenons avec nous le docteur Cherbonneau, et retournons au laboratoire magique d'où nous sommes sortis transfigurés ; le vieux brahme saura bien défaire ce qu'il a fait[6]. »

« Messieurs, dit Octave, soutenant pour quelques minutes encore le rôle du comte Olaf Labinski, nous avons échangé, mon adversaire et moi, des explications confidentielles qui rendent la continuation du combat inutile. Rien n'éclaircit les idées entre honnêtes gens comme de froisser un peu de fer. »

MM. Zamoieczki et Sepulveda remontèrent dans leur voiture. Alfred Humbert et Gustave Raimbaud regagnèrent leur coupé. – Le comte Olaf Labinski, Octave de Saville et le docteur Balthazar se dirigèrent grand train vers la rue du Regard.

XII

Pendant le trajet du bois de Boulogne à la rue du Regard, Octave de Saville dit au docteur Cherbonneau :

« Mon cher docteur, je vais mettre encore une fois votre science à l'épreuve : il faut réintégrer nos âmes chacune dans son domicile habituel. — Cela ne doit pas vous être difficile ; j'espère que M. le comte Labinski ne vous en voudra pas pour lui avoir fait changer un palais contre une chaumière et loger quelques heures sa personnalité brillante dans mon pauvre individu. Vous possédez d'ailleurs une puissance à ne craindre aucune vengeance. »

Après avoir fait un signe d'acquiescement, le docteur Balthazar Cherbonneau dit : « L'opération sera beaucoup plus simple cette fois-ci que l'autre ; les imperceptibles filaments qui retiennent l'âme au corps ont été brisés récemment chez vous et n'ont pas eu le temps de se renouer, et vos volontés ne feront pas cet obstacle qu'oppose au magnétiseur la résistance instinctive du magnétisé. M. le comte pardonnera sans doute à un vieux savant comme moi de n'avoir pu résister au plaisir de pratiquer une expérience pour laquelle on ne trouve pas beaucoup de sujets, puisque cette tentative n'a servi d'ailleurs qu'à confirmer avec éclat une vertu qui pousse la délicatesse jusqu'à la divination, et triomphe là où toute autre eût succombé. Vous regarderez, si vous voulez, comme un rêve bizarre cette transformation passagère, et peut-être plus tard ne serez-vous pas fâché d'avoir éprouvé cette sensation étrange que très peu d'hommes ont connue, celle d'avoir habité deux corps. — La métempsycose n'est pas une doctrine nouvelle ; mais, avant de transmigrer dans une autre existence, les âmes boivent la coupe d'oubli, et tout le monde ne peut pas, comme Pythagore, se souvenir d'avoir assisté à la guerre de Troie[fj].

Le bienfait de me réinstaller dans mon individualité, répondit poliment le comte, équivaut au désagrément d'en avoir été exproprié, cela soit dit sans aucune mauvaise intention pour M. Octave de Saville que je suis encore et que je vais cesser d'être. »

Octave sourit avec les lèvres du comte Labinski à cette phrase, qui n'arrivait à son adresse qu'à travers une enveloppe étrangère, et le silence s'établit entre ces trois personnages, à qui leur situation anormale rendait toute conversation difficile.

Le pauvre Octave songeait à son espoir évanoui, et ses pensées n'étaient pas, il faut l'avouer, précisément couleur de rose. Comme tous les amants rebutés, il se demandait encore pourquoi il n'était pas aimé, – comme si l'amour avait un pourquoi ! la seule raison qu'on en puisse donner est le parce que, réponse logique dans son laconisme entêté, que les femmes opposent à toutes les questions embarrassantes. Cependant il se reconnaissait vaincu et sentait que le ressort de la vie, retendu chez lui un instant par le docteur Cherbonneau, était de nouveau brisé et bruissait dans son cœur comme celui d'une montre qu'on a laissé tomber à terre[fk]. Octave n'aurait pas voulu causer à sa mère le chagrin de son suicide, et il cherchait un endroit où s'éteindre silencieusement de son chagrin inconnu sous le nom scientifique d'une maladie plausible. S'il eût été peintre, poète ou musicien, il aurait cristallisé sa douleur en chefs-d'œuvre, et Prascovie vêtue de blanc, couronnée d'étoiles, pareille à la Béatrice de Dante, aurait plané sur son inspiration comme un ange lumineux ; mais, nous l'avons dit en commençant cette histoire, bien qu'instruit et distingué, Octave n'était pas un de ces esprits d'élite qui impriment sur ce monde la trace de leur passage. Âme obscurément sublime, il ne savait qu'aimer et mourir.

La voiture entra dans la cour du vieil hôtel de la rue du Regard, cour au pavé serti d'herbe verte où les pas des visiteurs avaient frayé un chemin et que les hautes murailles grises des constructions inondaient d'ombres froides comme celles qui tombent des arcades d'un cloître : le Silence et l'Immobilité veillaient sur le seuil comme deux statues invisibles pour protéger la méditation du savant.

Octave et le comte descendirent, et le docteur franchit le marche-pied d'un pas plus leste qu'on n'aurait pu l'attendre de son âge et sans s'appuyer au bras que le valet de pied lui présentait avec cette politesse que les laquais de grande maison affectent pour les personnes faibles ou âgées.

Dès que les doubles portes se furent refermées sur eux, Olaf et Octave se sentirent enveloppés par cette chaude atmosphère qui rappelait au docteur celle de l'Inde et où seulement il pouvait respirer à l'aise, mais qui suffoquait presque les gens qui n'avaient pas été comme lui torréfiés trente ans aux soleils tropicaux. Les incarnations de Wishnou grima-çaient toujours dans leurs cadres, plus bizarres au jour qu'à la lumière ; Shiva, le dieu bleu, ricanait sur son socle, et Dourga[fl], mordant sa lèvre calleuse de ses dents de sanglier, semblait agiter son chapelet de crânes. Le logis gardait son impression mystérieuse et magique.

Le docteur Balthazar Cherbonneau conduisit ses deux sujets dans la pièce où s'était opérée la première transformation ; il fit tourner le disque de verre de la machine électrique, agita les tiges de fer du baquet mesmérien, ouvrit les bouches de chaleur de façon à faire monter rapidement la température, lut deux ou trois lignes sur des papyrus si anciens qu'ils ressemblaient à de vieilles écorces prêtes à tomber en poussière, et, lorsque quelques minutes furent écoulées, il dit à Octave et au comte :

« Messieurs, je suis à vous ; voulez-vous que nous commencions ? »

Pendant que le docteur se livrait à ces préparatifs, des réflexions inquiétantes passaient par la tête du comte.

« Lorsque je serai endormi, que va faire de mon âme ce vieux magicien à figure de macaque qui pourrait bien être le diable en personne ? – La restituera-t-il à mon corps ou l'emportera-t-il en enfer avec lui ? Cet échange qui doit me rendre mon bien n'est-il qu'un nouveau piège, une combinaison machiavélique pour quelque sorcellerie dont le but m'échappe ? Pourtant, ma position ne saurait guère empirer. Octave possède mon corps, et, comme il le disait très bien ce matin, en le réclamant sous ma figure actuelle je me ferais enfermer comme fou. S'il avait voulu se débarrasser définitivement de moi, il n'avait qu'à pousser la pointe de son épée ; j'étais désarmé, à sa merci ; la justice des hommes n'avait rien à y voir ; les formes du duel étaient parfaitement régulières et tout s'était passé selon l'usage. – Allons ! pensons à Prascovie, et pas de terreur enfantine ! Essayons du seul moyen qui me reste de la reconquérir ! »

Et il prit comme Octave la tige de fer que le docteur Balthazar Cherbonneau lui présentait.

Fulgurés par les conducteurs de métal chargés à outrance de fluide magnétique, les deux jeunes gens tombèrent bientôt dans un anéantissement si profond qu'il eût ressemblé à la mort pour toute personne non prévenue : le docteur fit les passes, accomplit les rites, prononça les syllabes comme la première fois, et bientôt deux petites étincelles apparurent au-dessus d'Octave et du comte avec un tremblement lumineux ; le docteur reconduisit à sa demeure primitive l'âme du comte Olaf Labinski, qui suivit d'un vol empressé le geste du magnétiseur.

Pendant ce temps, l'âme d'Octave s'éloignait lentement du corps d'Olaf, et au lieu de rejoindre le sien, s'élevait, s'élevait comme toute joyeuse d'être libre, et ne paraissait pas se soucier de rentrer dans sa prison[fm]. Le docteur se sentit pris de pitié pour cette Psyché qui palpitait des ailes, et se demanda si c'était un bienfait de la ramener vers cette vallée de misère. Pendant cette minute d'hésitation, l'âme montait toujours. Se rappelant son rôle, M. Cherbonneau répéta de l'accent le plus impérieux l'irrésistible monosyllabe et fit une passe fulgurante de volonté ; la petite lueur tremblotante était déjà hors du cercle d'attraction, et, traversant la vitre supérieure de la croisée, elle disparut.

Le docteur cessa des efforts qu'il savait superflus et réveilla le comte, qui, en se voyant dans un miroir avec ses traits habituels, poussa un cri de joie, jeta un coup d'œil sur le corps toujours immobile d'Octave comme pour se prouver qu'il était bien définitivement débarrassé de cette enveloppe, et s'élança dehors, après avoir salué de la main M. Balthazar Cherbonneau.

Quelques instants après, le roulement sourd d'une voiture sous la voûte se fit entendre, et le docteur Balthazar Cherbonneau resta seul face à face avec le cadavre d'Octave de Saville.

« Par la trompe de Ganésa ! s'écria l'élève du brahme d'Éléphanta lorsque le comte fut parti, voilà une fâcheuse affaire ; j'ai ouvert la porte de la cage, l'oiseau s'est envolé, et le voilà déjà hors de la sphère de ce monde, si loin que le *sannyâsi* Brahma-Logum lui-même ne le rattraperait pas ; je reste avec un corps sur les bras. Je puis bien le dissoudre dans un bain corrosif si énergique qu'il n'en resterait pas un atome appréciable, ou en faire en quelques heures une momie de Pharaon pareille à celles qu'enferment ces boîtes bariolées d'hiéroglyphes ; mais on commencerait des enquêtes, on fouillerait mon logis, on ouvrirait mes caisses, on me ferait toutes sortes d'interrogatoires ennuyeux.. »

Ici, une idée lumineuse traversa l'esprit du docteur ; il saisit une plume et traça rapidement quelques lignes sur une feuille de papier qu'il serra dans le tiroir de sa table.

Le papier contenait ces mots :

« N'ayant ni parents, ni collatéraux, je lègue tous mes biens à M. Octave de Saville, pour qui j'ai une affection particulière, – à la charge de payer un legs de cent mille francs à l'hôpital brahminique de Ceylan, pour les animaux vieux, fatigués ou malades, de servir douze cents francs de rente viagère à mon domestique indien et à mon domestique anglais, et de remettre à la bibliothèque Mazarine le manuscrit des lois de Manou. »

Ce testament fait à un mort par un vivant n'est pas une des choses les moins bizarres de ce conte invraisemblable et pourtant réel ; mais cette singularité va s'expliquer sur-le-champ.

Le docteur toucha le corps d'Octave de Saville, que la chaleur de la vie n'avait pas encore abandonné, regarda dans la glace son visage ridé, tanné et rugueux comme une peau de chagrin[fn], d'un air singulièrement dédaigneux, et faisant sur lui le geste avec lequel on jette un vieil habit lorsque le tailleur vous en apporte un neuf, il murmura la formule du sannyâsi Brahma-Logum.

Aussitôt le corps du docteur Balthazar Cherbonneau roula comme foudroyé sur le tapis, et celui d'Octave de Saville se redressa fort, alerte et vivace.

Octave-Cherbonneau se tint debout quelques minutes devant cette dépouille maigre, osseuse et livide qui, n'étant plus soutenue par l'âme puissante qui la vivifiait tout à l'heure, offrit presque aussitôt les signes de la plus extrême sénilité, et prit rapidement une apparence cadavéreuse.

« Adieu, pauvre lambeau humain, misérable guenille percée au coude, élimée sur toutes les coutures, que j'ai traînée soixante-dix ans dans les cinq parties du monde ! tu m'as fait un assez bon service, et je ne te quitte pas sans quelque regret. On s'habitue l'un et l'autre à vivre si longtemps ensemble ! mais avec cette jeune enveloppe, que ma science aura bientôt rendue robuste, je pourrai étudier, travailler, lire encore quelques mots du grand livre, sans que la mort le ferme au paragraphe le plus intéressant en disant : « C'est assez ! »

Cette oraison funèbre adressée à lui-même, Octave-Cherbonneau sortit d'un pas tranquille pour aller prendre possession de sa nouvelle existence[fo].

Le comte Olaf Labinski était retourné à son hôtel et avait fait demander tout de suite si la comtesse pouvait le recevoir.

Il la trouva assise sur un banc de mousse, dans la serre, dont les panneaux de cristal relevés à demi laissaient passer un air tiède et lumineux, au milieu d'une véritable forêt vierge de plantes exotiques et tropicales ; elle lisait Novalis, un des auteurs les plus subtils, les plus raréfiés, les plus immatériels qu'ait produits le spiritualisme allemand ; la comtesse n'aimait pas les livres qui peignent la vie avec des couleurs réelles et fortes, – et la vie lui paraissait un peu grossière à force d'avoir vécu dans un monde d'élégance, d'amour et de poésie.

Elle jeta son livre et leva lentement les yeux vers le comte. Elle craignait de rencontrer encore dans les prunelles noires de son mari ce regard ardent, orageux, chargé de pensées mystérieuses, qui l'avait si péniblement troublée et qui lui semblait – appréhension folle, idée extravagante – le regard d'un autre !

Dans les yeux d'Olaf éclatait une joie sereine, brûlait d'un feu égal un amour chaste et pur ; l'âme étrangère qui avait changé l'expression de ses traits s'était envolée pour toujours : Prascovie reconnut aussitôt son Olaf adoré, et une rapide rougeur de plaisir nuança ses joues transparentes. – Quoiqu'elle ignorât les transformations opérées par le docteur Cherbonneau, sa délicatesse de sensitive avait pressenti tous ces changements sans pourtant qu'elle s'en rendît compte.

« Que lisiez-vous là, chère Prascovie ? dit Olaf en ramassant sur la mousse le livre relié de maroquin bleu. – Ah ! l'histoire de Henri d'Ofterdingen[fp], – c'est le même volume que je suis allé vous chercher à franc étrier à Mohilev[fq], – un jour que vous aviez manifesté à table le désir de l'avoir. À minuit il était sur votre guéridon, à côté de votre lampe ; mais aussi Ralph en est resté poussif !

– Et je vous ai dit que jamais plus je ne manifesterais la moindre fantaisie devant vous. Vous êtes du caractère de ce grand d'Espagne qui priait sa maîtresse de ne pas regarder les étoiles, puisqu'il ne pouvait les lui donner.

Si tu en regardais une, répondit le comte, j'essayerais de monter au ciel et de l'aller demander à Dieu. »

Tout en écoutant son mari, la comtesse repoussait une mèche révoltée de ses bandeaux qui scintillait comme une flamme dans un rayon d'or. Ce mouvement avait fait glisser sa manche et mis à nu son beau bras que cerclait au poignet le lézard constellé de turquoises qu'elle portait le jour de cette apparition aux Cascines, si fatale pour Octave.

« Quelle peur, dit le comte, vous a causée jadis ce pauvre petit lézard que j'ai tué d'un coup de badine lorsque, pour la première fois, vous êtes descendue au jardin sur mes instantes prières ! Je le fis mouler en or et orner de quelques pierres ; mais, même à l'état de bijou, il vous semblait toujours effrayant, et ce n'est qu'au bout d'un certain temps que vous vous décidâtes à le porter.

– Oh ! j'y suis habituée tout à fait maintenant, et c'est de mes joyaux celui que je préfère, car il me rappelle un bien cher souvenir.

– Oui, reprit le comte ; ce jour-là, nous convînmes que, le lendemain, je vous ferais demander officiellement en mariage à votre tante. »

La comtesse, qui retrouvait le regard, l'accent du vrai Olaf, se leva, rassurée d'ailleurs par ces détails intimes, lui sourit, lui prit le bras et fit avec lui quelques tours dans la serre, arrachant au passage, de sa main restée libre, quelques fleurs dont elle mordait les pétales de ses lèvres fraîches, comme cette Vénus de Schiavone[fr] qui mange des roses.

« Puisque vous avez si bonne mémoire aujourd'hui, dit-elle en jetant la fleur qu'elle coupait de ses dents de perle, vous devez avoir retrouvé l'usage de votre langue maternelle... que vous ne saviez plus hier.

– Oh ! répondit le comte en polonais, c'est celle que mon âme parlera dans le ciel pour te dire que je t'aime, si les âmes gardent au paradis un langage humain. »

Prascovie, tout en marchant, inclina doucement sa tête sur l'épaule d'Olaf.

« Cher cœur, murmura-t-elle, vous voilà tel que je vous aime. Hier vous me faisiez peur, et je vous ai fui comme un étranger. »

Le lendemain, Octave de Saville, animé par l'esprit du vieux docteur, reçut une lettre lisérée de noir, qui le priait d'assister au service, convoi et enterrement de M. Balthazar Cherbonneau.

Le docteur, revêtu de sa nouvelle apparence, suivit son ancienne dépouille au cimetière, se vit enterrer, écouta d'un air de componction fort bien joué les discours que l'on prononça sur sa fosse, et dans lesquels on déplorait la perte irréparable que venait de faire la science ; puis il retourna rue Saint-Lazare et attendit l'ouverture du testament qu'il avait écrit en sa faveur.

Ce jour-là on lut aux *faits divers* dans les journaux du soir :

« M. le docteur Balthazar Cherbonneau, connu par le long séjour qu'il a fait aux Indes, ses connaissances philologiques et ses cures merveilleuses, a été trouvé mort, hier, dans son cabinet de travail. L'examen minutieux du corps éloigne entièrement l'idée d'un crime. M. Cherbonneau a sans doute succombé à des fatigues intellectuelles excessives ou péri dans quelque expérience audacieuse. On dit qu'un testament olographe découvert dans le bureau du docteur lègue à la bibliothèque Mazarine des manuscrits extrêmement précieux, et nomme pour son héritier un jeune homme appartenant à une famille distinguée, M. O. de S. »

JETTATURA

Le 14 décembre 1853 *La Presse* annonça *Le Jettatore*, désigné encore comme « Le jettateur » ; la nouvelle ne parut dans *Le Moniteur universel* que le 25 juin 1856 sous le titre *Paul d'Aspremont, conte* ; promise à Girardin qui la réclame avec véhémence et vainement, sa publication consacre la rupture avec lui. Elle devait se répartir sur 15 numéros en juin et en juillet 1856. Dès le mois de novembre le récit sous le titre de *Jettatura* était associé à *Avatar* dans le projet de contrat avec Hetzel qui unissait ces deux œuvres à deux autres « petits romans » à écrire[1]. En juin 1857 *Jettatura* était publié en volume chez Michel Lévy, il fera partie en 1863 des *Romans et contes*. Le récit a-t-il été un poème ? En mai 1870, Le *Parnasse contemporain* (2ᵉ série, 9ᵉ livraison) publie sous le titre « *Marine, fragment d'un poème inédit*[2] », un texte qui a pu être une première version en vers du petit roman[3]. On y voit au soleil couchant un navire débarquer sur une côte déserte un mystérieux inconnu, qui déclenche une tempête en regardant la petite embarcation qui l'a conduit au rivage. L'étude du texte des feuilletons n'est pas inutile. Nous avons relevé les changements apportés par Gautier lors du passage en livre, et aussi bien les changements en cours de publication : impudemment, Gautier modifie les noms propres sans avertissement.

À coup sûr la source première de la nouvelle est le voyage en Italie et à Naples d'où Gautier fut expulsé pour des raisons politiques. Mais cette fois encore le souvenir ne suffit pas ; Gautier donne les épreuves à corriger à un connaisseur de l'Italie, Marc-Monnier et lui demande

---

1 *C.G.*, t. VI, p. 245 et 249.
2 *Cf. Poésies complètes*, t. III, p. 309.
3 L'édition Jasinski lui donne comme titre, *Jettatura, fragment d'un poème*.

des renseignements topographiques pour confirmer le récit : place des hôtels, vue de leurs fenêtres.... Son correspondant le corrige avec diligence[1]. Depuis *Le Corricolo de Dumas* (1843) et *La Course en voiturin, Italie et Sicile,* de Paul de Musset (1845) tout voyageur devait évoquer la *jettatura* avec précision. C'est une donnée cardinale de la Méditerranée romantique et surtout de Naples. Gautier ne fait ici que reprendre et porter à un certain niveau de profondeur fantastique cette particularité de la vie napolitaine, le plus souvent traitée comme une étrangeté difficile à prendre au sérieux, même pour le temps d'un conte. Gautier se fait napolitain, d'autant mieux qu'il l'est profondément par la superstition. Le récit a comme source principale la culture napolitaine et la croyance de Gautier dans le mauvais œil.

Les romantiques, Gautier et Mérimée mis à part, n'ont tiré du mauvais œil que de l'étonnement et de l'amusement. Si l'on en croit l'ethnologue italien E. de Martino[2], pour qui le livre de Valletta est à la fois sérieux et plaisant et conduit à un jeu proprement napolitain sur la croyance, affirmée et refusée en même temps, le romantisme et Gautier en particulier auraient converti la superstition en tragique en trahissant sa véritable portée. Elle s'inscrit alors dans un naturalisme magique et fonde une démiurgie de l'homme, une exaltation de la puissance du héros maudit et fatal[3].

Gautier en tout cas croyait lui-même si complètement au *jettatore* qu'il redoutait d'en parler : dans *La Presse* du 9 octobre 1841[4], alors qu'il devait rendre compte d'une comédie mêlée de couplets de Dumanoir, Michel et Gonzalès, intitulée *Jettator* où il était question d'une mystification (un coureur de dots se faisait passer en Italie pour *jettatore*), Gautier déclare : « Nous n'avons pu rendre compte de cette pièce de peur qu'il ne nous arrive quelque malheur, c'est en tremblant que nous écrivons ce tremblement, à peine rassuré par la petite main de corail faisant les cornes et les médailles bénites suspendues à notre col. Car nous avons été poursuivis nous-mêmes par un *Jettator* de la plus terrible espèce et qui a causé à Paris autant de désastres que le choléra en personne. » Il

---

1   *Cf. C.G.,* t. VI, p. 300-301, avril 1857.
2   *Italie du Sud et magie,* Paris, Gallimard, 1963, p. 190 *sq.*
3   *Cf.* note cb.
4   Voir sur ce point Jean Richer, *Études et recherches sur Théophile Gautier prosateur,* Paris, Nizet, 1981, p. 30 *sq.,* où l'on trouvera une mise au point sur les sources du récit.

ne peut guère s'agir alors de la phobie que lui inspirait Offenbach. En 1841 encore[1], à propos de l'Odéon et du guignon qui semblait attaché à ce théâtre malchanceux, il écrit : « Sans doute un *Jettatore* aux prunelles glauques, au regard bifurqué passait par là lorsqu'on posait la première pierre de ce théâtre mal né[2] » ; dans *La Presse* du 7 septembre 1846 il devait parler de Persiani, mari d'une cantatrice, qui passait pour *jettatore*, « s'il faut en croire les Italiens qui font les cornes avec les doigts dès qu'ils l'aperçoivent ». Girardin (*Cor. Gén., t. III, p.* 77) s'empresse de lui écrire : « Persiani est furieux que vous l'ayez traité de *jettatore*. »

Mais c'est Judith qui en dit le plus sur Gautier obsédé par la *jettatura* et proclamant publiquement son obsession (voir *Le second rang du collier*, éd. citée p. 295 *sq.*) ; à l'en croire il avait dans son vestibule « le massacre d'un taureau espagnol » tué par une épée fameuse, c'était un trophée, un souvenir et une défense contre le mauvais œil pour toute sa famille, il le « redoutait extrêmement ». Il voyait autour de lui des porteurs de forces, d'influences, mais surtout le mauvais œil l'inquiétait « comme une sorte de magnétisme malfaisant » bien qu'involontaire ; il avait en outre « parmi ses breloques une branche aiguë de corail et il faisait tout de suite les cornes avec ses doigts si on prononçait certains noms ». Offenbach était *tabou* comme le plus dangereux des porteurs de mauvais œil ; selon Judith, il n'allait jamais l'écouter, il se faisait suppléer par d'autres pour en rendre compte ; elle relate une discussion de Gautier avec Toto ; celui-ci se rebelle contre les craintes de son père : il a été voir *La belle Hélène* et il ne lui est rien arrivé ; il prononce le nom maudit et il ne lui arrive rien ; finalement Gautier qui a multiplié les « cornes » durant ces propos lui flanque un coup de pied : « Tu vois qu'il t'arrive quelque chose !. »

C'est Stendhal sans doute qui avait lancé le thème : avec la *Vie de Rossini* (chap. XLV), puis le *Rome, Naples et Florence de 1826*[3] ; la superstition qui s'affiche naïvement l'amuse, surtout si elle coïncide avec des convictions progressistes, mais il sait aussi qu'elle est liée d'une manière consubstantielle au génie de l'Italie : pris à parti par des marins siciliens

---

1   *Histoire de l'Art dramatique*, t. II, p. 170.
2   La petite histoire nous apprend qu'en 1857 on croyait qu'un *jettatore* agissait à l'Opéra de Paris ; on lui attribuait tout ce qui allait mal.
3   *Voyages en Italie*, éd. Victor Del Litto, Paris, Gallimard, « Bibliothèque de la Pléiade », 1973, p. 563-565.

qui l'accusent d'avoir le mauvais œil, il se dit *in petto* que des marins américains ne feraient pas une chose pareille, mais aussi qu'ils ne seraient pas émus par un opéra. La vieille tradition de la philosophie occulte d'Agrippa et du traité *De fascino libri tres* de Leonard Vair (1583) laissait la place aux voyageurs, aux folkloristes romantiques suivis eux-mêmes très rapidement par les conteurs et les vaudevillistes qui faisaient du *jettatore* un héros fatal et destructeur, le type du méchant malgré lui et à son insu, qui semblait spécifiquement méditerranéen et qui sur le mode mineur devenait le malchanceux multipliant les désastres dans la vie quotidienne.

Mérimée qui en 1840 devait clore *Colomba* sur la suggestion que l'héroïne avait le mauvais œil, avait lui aussi lancé le thème en 1827 dans *La Guzla*, recueil de fausse ballades « illyriques » qui eut un vif succès, deux poèmes évoquaient en terre dalmate le mauvais œil, dont l'un, « Maxime et Zoé », l'introduisait dans une relation amoureuse, l'amant tuait sa maitresse de son regard et s'aveuglait lui-même. De même en 1833 un « petit romantique » Mathurin-Joseph Brisset publiait *Le Mauvais Œil, tradition dalmate* : il présentait d'abord ces hommes « dont la destinée fatale est d'apporter le malheur, la souffrance, la mort aux êtres qui attendent d'eux un regard d'intérêt, d'amitié, d'amour ou d'admiration » ; leurs yeux sont d'autant plus néfastes qu'ils sont émus, passionnés, heureux de plaire ou d'aimer : leur destin est d'aimer et de tuer. Son héros, Yanko, que Satan à sa naissance a affligé du mauvais œil, est un brigand dalmate épris d'une patricienne de Venise, son regard fait éclater un miroir et provoque un naufrage, puis il décide pour voir la femme aimée de cacher ses yeux sous un bandeau, puis de s'aveugler avec son poignard.

La même année, dans *Le Salmigondis, contes de toutes les couleurs*, t. IX, Roger de Beauvoir publiait *Le Jettator*, qui mettait en scène à Naples un français soupçonné de jettatura (il a lui aussi déclenché un terrible orage) ; survient un diplomate hollandais un peu étrange dont le Français est jaloux : il organise toute une série de malheurs (mule qui s'abat, cheval qui se cabre, plat de poisson qui tourne, déjeuner qui brûle) pour faire croire que son rival a le mauvais œil.

Avant Gautier, le thème oscille entre le traitement frénétique ou la mystification : le 22 novembre 1840, Berthoud écrit dans *La Presse* un récit *Gettatore*, histoire d'un étranger qui à Paris provoque toute une série de mésaventures, (s'il entre à la Bourse, les cours s'effondrent), il a une fiancée malade bien sûr, il est reconnu par un officier de marine anglais comme un *jettatore* qui provoque des *tempêtes*[1] ; en 1841, dans *L'Artiste*[2], Hippolyte Lucas sous le titre *Qui peut répondre de soi ?* a écrit une histoire de *jettatore*, mais c'est aussi un montage. À Rome un peintre français, pour se venger d'une coquette qui l'a séduit par jeu, fait alliance avec un *jettatore* napolitain, ou un élégant dandy soupçonné de l'être (il provoque les tempêtes, fait chanter faux les chanteurs, tomber les lustres et s'éteindre les bougies) ; il n'a pas de peine à séduire la coquette par ses lettres ; il lui donne rendez-vous à un bal où il doit paraître sous un masque aux yeux de verre ! C'est le peintre qui est sous le masque, et c'est la coquette qui est démasquée.

Mais le récit de Gautier est peut-être la plus belle histoire d'amour et de mort qu'il ait écrite et le point de perfection de son fantastique parce qu'il évoque un peuple, une culture, une ville, Naples, « ville oxymore... lieu élu car elle se prête par sa nature même à une aveuglante *irruption du mystère*, à la tangible manifestation des présages, à l'émergence des énergies affectives et irrationnelles..., ville-reine pour ceux qui croient qu'il existe dans l'univers des forces bénéfiques et des forces maléfiques [...]. »

Ces mots d'Anne-Marie Jaton[3] sont essentiels. Avec Pompéi, ville-momie, capable de revivre, vient Naples la ville où toutes les strates de l'histoire se conservent et coexistent, où le paganisme est toujours là, où le passé est le présent. Où rien n'est mort, où la rétrospection va de soi. Dans la *jettatura* s'affirme le pessimisme méditerranéen : rien ne vient atténuer la force du mal, qui se confond peut-être avec les forces de la nature. On peut réclamer le retour des dieux païens : à Naples ils ne sont jamais partis ; ville de *l'autre* vérité, ville qui enfoncée dans l'histoire s'oppose à la modernité, Naples est fantastique et tragique. « L'absolu de la vie » porte à la mort qui est peut-être la plénitude de la vie[4], pour le fatalisme méditerranéen, la vie n'est pas bonne, la vie et la mort, le bonheur et la souffrance sont dans un équilibre précaire, car il n'y a

---

1   *Cf.* Anika Adam et Michel Brix, « Gautier et Berthoud. Une source de *Jettatura* », *Bulletin*, 1995.
2   Signalé par J. Richer.
3   *Le Vésuve et la sirène, le mythe de Naples de Mme de Staël à Nerval, op. cit.*, p. 120-122.
4   *Ibid.*, p. 134.

pas d'*ordre*, ni humain, ni naturel, il n'y a que des forces, des fatalités étrangères à la morale, au bien et au mal. C'est bon pour l'Angleterre civilisée et raisonnable d'organiser une vie *rangée*, paisible et morale : qu'est-ce que la morale sinon un grand rangement des forces de la vie ?

À Naples, ville où la vérité est la superstition, règne le tragique, la ville se met en défense contre le surgissement des forces du désordre et de la mort, que représente l'étranger absolu, l'homme au mauvais œil, qui concentre en lui-même le mal. Au reste la superstition gagne tous les personnages sauf Alicia qui résiste à cette fatalité et préfère mourir de cette autre fatalité, la passion qui rend angélique ; mais chrétienne, raisonnable, incrédule, elle croit à la conscience, à la loyauté, à la parole donnée, à la liberté. Elle croit que Paul pourrait être guéri de sa monomanie. Elle croit à l'identité de la personne humaine.

Et nous sommes bien là au cœur du fantastique de Gautier : qui est le *jettatore* ? Qui habite en lui ? Qui regarde par ses yeux ? Est-il un cas de métamorphose ? Un cas de dédoublement de l'identité ? Repris par le savoir romantique (magnétisme, électricité), il reste avec saint Janvier l'essence du paganisme napolitain : le pouvoir magique de l'œil, l'acte même du regard devenu tout puissant et tout malfaisant, c'est l'indice d'une dualité humaine insurmontable, la négation de l'identité personnelle ; l'œil « mauvais » est double, on le sait, formé de deux pupilles ; *le jettatore* est lui-même et un autre, il y a en lui un être obscur et absolument néfaste.

Irresponsable, il fait le mal sans le vouloir. Est-il coupable ? Quelque chose d'*autre* que lui est en lui. Et *cet autre*, c'est le mal gratuit, le mal pour rien, le mal sans cause ni raison, le mal pur. Dans la *jettatura* s'affirme un pessimisme radical : rien ne vient atténuer l'évidence, l'énergie, le tragique du mal. Avec Paul, les personnages sont devant un problème qui n'a pas d'autre solution que sa mort ou son aveuglement, lui-même ne peut décider que sa disparition.

I

Le Léopold, superbe bateau à vapeur toscan qui fait le trajet de Marseille à Naples, venait de doubler la pointe de Procida. Les passagers étaient tous sur le pont, guéris du mal de mer par l'aspect de la terre, plus efficace que les bonbons de Malte et autres recettes employées en pareil cas.

Sur le tillac, dans l'enceinte réservée aux premières places, se tenaient des Anglais tâchant de se séparer les uns des autres le plus possible et de tracer autour d'eux un cercle de démarcation infranchissable ; leurs figures splénétiques étaient soigneusement rasées, leurs cravates ne faisaient pas un faux pli, leurs cols de chemises roides et blancs ressemblaient à des angles de papier bristol ; des gants de peau de Suède tout frais recouvraient leurs mains, et le vernis de lord Elliot miroitait sur leurs chaussures neuves. On eût dit qu'ils sortaient d'un des compartiments de leurs nécessaires ; dans leur tenue correcte, aucun des petits désordres de toilette, conséquence ordinaire du voyage. Il y avait là des lords, des membres de la chambre des Communes, des marchands de la Cité, des tailleurs de Regent's street et des couteliers de Sheffields tous convenables, tous graves, tous immobiles, tous ennuyés. Les femmes ne manquaient pas non plus, car les Anglaises ne sont pas sédentaires comme les femmes des autres pays, et profitent du plus léger prétexte pour quitter leur île. Auprès des ladies et des mistresses, beautés à leur automne, vergetées des couleurs de la couperose, rayonnaient, sous leur voile de gaze bleue, de jeunes misses au teint pétri de crème et de fraises, aux brillantes spirales de cheveux blonds, aux dents longues et blanches, rappelant les types affectionnés par les keepsakes et justifiant les gravures d'outre-Manche du reproche de mensonge qu'on leur adresse souvent. Ces charmantes personnes modulaient, chacune de son côté, avec le plus délicieux accent britannique, la phrase sacramentelle : « *Vedi Napoli e poi mori*[a] », consultaient leur Guide de voyage ou prenaient note de leurs impressions sur leur carnet, sans faire la moindre attention aux œillades à la don Juan de quelques fats parisiens qui rôdaient autour d'elles, pendant que les mamans irritées murmuraient à demi-voix contre l'impropriété française.

Sur la limite du quartier aristocratique se promenaient, fumant des cigares, trois ou quatre jeunes gens qu'à leur chapeau de paille ou de feutre gris, à leurs paletots-sacs constellés de larges boutons de corne, à leur vaste pantalon de coutil, il était facile de reconnaître pour des artistes, indication que confirmaient d'ailleurs leurs moustaches à la Van Dyck, leurs cheveux bouclés à la Rubens ou coupés en brosse à la Paul Véronèse ; ils tâchaient, mais dans un tout autre but que les dandies, de saisir quelques profils de ces beautés que leur peu de fortune les empêchait d'approcher de plus près, et cette préoccupation les distrayait un peu du magnifique panorama étalé devant leurs yeux.

À la pointe du navire, appuyés au bastingage ou assis sur des paquets de cordages enroulés, étaient groupés les pauvres gens des troisièmes places, achevant les provisions que les nausées leur avaient fait garder intactes, et n'ayant pas un regard pour le plus admirable spectacle du monde, car le sentiment de la nature est le privilège des esprits cultivés, que les nécessités matérielles de la vie n'absorbent pas entièrement.

Il faisait beau ; les vagues bleues se déroulaient à larges plis, ayant à peine la force d'effacer le sillage du bâtiment ; la fumée du tuyau, qui formait les nuages de ce ciel splendide, s'en allait lentement en légers flocons d'ouate, et les palettes des roues, se démenant dans une poussière diamantée où le soleil suspendait des iris, brassaient l'eau avec une activité joyeuse, comme si elles eussent eu la conscience de la proximité du port.

Cette longue ligne de collines qui, de Pausilippe au Vésuve, dessine le golfe merveilleux au fond duquel Naples se repose comme une nymphe marine se séchant sur la rive après le bain, commençait à prononcer ses ondulations violettes, et se détachait en traits plus fermes de l'azur éclatant du ciel ; déjà quelques points de blancheur, piquant le fond plus sombre des terres, trahissaient la présence des villas répandues dans la campagne. Des voiles de bateaux pêcheurs rentrant au port glissaient sur le bleu uni comme des plumes de cygne promenées par la brise et montraient l'activité sur la majestueuse solitude de la mer.

Après quelques tours de roue, le château Saint-Elme et le couvent Saint-Martin se profilèrent d'une façon distincte au sommet de la montagne où Naples s'adosse, par-dessus les dômes des églises, les terrasses des hôtels, les toits des maisons, les façades des palais, et les verdures des jardins encore vaguement ébauchés dans une vapeur lumineuse. – Bientôt le château de l'Œuf, accroupi sur son écueil lavé d'écume, sembla s'avancer vers le bateau à vapeur, et le môle avec son phare s'allongea comme un bras tenant un flambeau.

À l'extrémité de la baie, le Vésuve, plus rapproché, changea les teintes bleuâtres dont l'éloignement le revêtait pour des tons plus vigoureux et plus solides ; ses flancs se sillonnèrent de ravines et de coulées de laves refroidies, et de son cône tronqué comme des trous d'une cassolette, sortirent très visiblement de petits jets de fumée blanche qu'un souffle de vent faisait tomber.

On distinguait nettement Chiatamone, Pizzo Falcone, le quai de Santa Lucia, tout bordé d'hôtels, le Palazzo Reale avec ses rangées de balcons, le Palazzo Nuovo flanqué de ses tours à moucharabys[b], l'Arsenal, et les vaisseaux de toutes nations, entremêlant leurs mâts et leurs espars comme les arbres d'un bois dépouillé de feuilles, lorsque sortit de sa cabine un passager qui ne s'était pas fait voir de toute la traversée, soit que le mal de mer l'eût retenu dans son cadre[c], soit que par sauvagerie il n'eût pas voulu se mêler au reste des voyageurs, ou bien que ce spectacle, nouveau pour la plupart, lui fût dès longtemps familier et ne lui offrît plus d'intérêt.

C'était un jeune homme de vingt-six à vingt-huit ans, ou du moins auquel on était tenté d'attribuer cet âge au premier abord, car lorsqu'on le regardait avec attention on le trouvait ou plus jeune ou plus vieux, tant sa physionomie énigmatique mélangeait la fraîcheur et la fatigue. Ses cheveux d'un blond obscur tiraient sur cette nuance que les Anglais appellent *auburn*, et s'incendiaient au soleil de reflets cuivrés et métalliques, tandis que dans l'ombre ils paraissaient presque noirs ; son profil offrait des lignes purement accusées, un front dont un phrénologue eût admiré les protubérances, un nez d'une noble courbe aquiline, des lèvres bien coupées, et un menton dont la rondeur puissante faisait penser aux médailles antiques ; et cependant tous ces traits, beaux en eux-mêmes, ne composaient point un ensemble agréable. Il leur manquait cette mystérieuse harmonie qui adoucit les contours et les fond les uns dans les autres. La légende parle d'un peintre italien qui, voulant représenter l'archange rebelle, lui composa un masque de beautés disparates, et arriva ainsi à un effet de terreur bien plus grand qu'au moyen des cornes, des sourcils circonflexes et de la bouche en rictus[d]. Le visage de l'étranger produisait une impression de ce genre. Ses yeux surtout étaient extraordinaires ; les cils noirs qui les bordaient contrastaient avec la couleur gris pâle des prunelles et le ton châtain brûlé des cheveux. Le peu d'épaisseur des os du nez les faisait paraître plus rapprochés que les mesures des principes de dessin ne le permettent, et, quant à leur expression, elle était vraiment indéfinissable. Lorsqu'ils ne s'arrêtaient sur rien, une vague mélancolie, une tendance languissante s'y peignaient dans une lueur humide ; s'ils se fixaient sur quelque personne ou quelque objet, les sourcils se rapprochaient, se crispaient, et modelaient une ride perpendiculaire dans la peau du front : les prunelles, de grises devenaient vertes, se tigraient de points noirs, se striaient de fibrilles jaunes[e] ; le regard en jaillissait aigu, presque blessant ; puis tout reprenait sa placidité première, et le personnage à tournure méphistophélique redevenait un jeune homme du monde – membre du Jockey-Club, si vous voulez – allant passer la saison à Naples, et satisfait de mettre le pied sur un pavé de lave moins mobile que le pont du *Léopold*.

Sa tenue était élégante sans attirer l'œil par aucun détail voyant : une redingote bleu foncé, une cravate noire à pois dont le nœud n'avait rien d'apprêté ni de négligé non plus, un gilet de même dessin que la cravate, un pantalon gris clair, tombant sur une botte fine, composaient sa toilette ; la chaîne qui retenait sa montre était d'or tout uni, et un cordon de soie plate suspendait son pince-nez ; sa main bien gantée agitait une petite canne mince en cep de vigne tordu terminé par un écusson d'argent.

Il fit quelques pas sur le pont, laissant errer vaguement son regard vers la rive qui se rapprochait et sur laquelle on voyait rouler des voitures, fourmiller la population et stationner ces groupes d'oisifs pour qui l'arrivée d'une diligence ou d'un bateau à vapeur est un spectacle toujours intéressant et toujours neuf quoiqu'ils l'aient contemplé mille fois.

Déjà se détachait du quai une escadrille de canots, de chaloupes, qui se préparaient à l'assaut du *Léopold*, chargés d'un équipage de garçons d'hôtel, de domestiques de place, de facchini et autres canailles variées habituées à considérer l'étranger comme une proie ; chaque barque faisait force de rames pour arriver la première, et les mariniers échangeaient, selon la coutume, des injures, des vociférations capables d'effrayer des gens peu au fait des mœurs de la basse classe napolitaine.

Le jeune homme aux cheveux *auburn* avait, pour mieux saisir les détails du point de vue qui se déroulait devant lui, posé son lorgnon double sur son nez ; mais son attention, détournée du spectacle sublime de la baie par le concert de criailleries qui s'élevait de la flottille, se concentra sur les canots ; sans doute le bruit l'importunait, car ses sourcils se contractèrent, la ride de son front se creusa, et le gris des prunelles prit une teinte jaune.

Une vague inattendue, venue du large et courant sur la mer, ourlée d'une frange d'écume, passa sous le bateau à vapeur, qu'elle souleva et laissa retomber lourdement, se brisa sur le quai en millions de paillettes, mouilla les promeneurs tout surpris de cette douche subite, et fit, par la violence de son ressac, s'entrechoquer si rudement les embarcations, que trois ou quatre facchini tombèrent à l'eau. L'accident n'était pas grave, car ces drôles nagent tous comme des poissons ou des dieux marins, et quelques secondes après ils reparurent, les cheveux collés aux tempes, crachant l'eau amère par la bouche et les narines, et aussi étonnés, à coup sûr, de ce plongeon, que put l'être Télémaque, fils d'Ulysse, lorsque Minerve, sous la figure du sage Mentor, le lança du haut d'une roche à la mer pour l'arracher à l'amour d'Eucharis[f].

Derrière le voyageur bizarre, à distance respectueuse, restait debout, auprès d'un entassement de malles, un petit groom, espèce de vieillard de quinze ans, gnome en livrée, ressemblant à ces nains que la patience chinoise élève dans des potiches pour les empêcher de grandir[g] ; sa face plate, où le nez faisait à peine saillie, semblait avoir été comprimée dès l'enfance, et ses yeux à fleur de tête avaient cette douceur que certains naturalistes trouvent à ceux du crapaud. Aucune gibbosité n'arrondissait ses épaules ni ne bombait sa poitrine ; cependant il faisait naître l'idée d'un bossu, quoiqu'on eût vainement cherché sa bosse. En somme, c'était un groom très convenable, qui eût pu se présenter sans entraînement aux *races* d'Ascott ou aux courses de Chantilly ; tout gentleman-rider l'eût accepté sur sa mauvaise mine. Il était déplaisant, mais irréprochable en son genre, comme son maître.

L'on débarqua ; les porteurs, après des échanges d'injures plus qu'homériques, se divisèrent les étrangers et les bagages, et prirent le chemin des différents hôtels dont Naples est abondamment pourvu.

Le voyageur au lorgnon et son groom se dirigèrent vers l'hôtel de Rome[h], suivis d'une nombreuse phalange de robustes facchini qui faisaient semblant de suer et de haleter sous le poids d'un carton à chapeau ou d'une légère boîte, dans l'espoir naïf d'un plus large pourboire, tandis que quatre ou cinq de leurs camarades, mettant en relief des muscles aussi puissants que ceux de l'Hercule qu'on admire au Studj, poussaient une charrette à bras où ballottaient deux malles de grandeur médiocre et de pesanteur modérée.

Quand on fut arrivé aux portes de l'hôtel[i] et que le *padron di casa* eut désigné au nouveau survenant l'appartement qu'il devait occuper, les porteurs, bien qu'ils eussent reçu environ le triple du prix de leur course, se livrèrent à des gesticulations effrénées et à des discours où les formes suppliantes se mêlaient aux menaces dans la proportion la plus comique ; ils parlaient tous à la fois avec une volubilité effrayante, réclamant un surcroît de paie, et jurant leurs grands dieux qu'ils n'avaient pas été suffisamment récompensés de leur fatigue. – Paddy, resté seul pour leur tenir tête, car son maître, sans s'inquiéter de ce tapage, avait déjà gravi l'escalier, ressemblait à un singe entouré par une meute de dogues : il essaya, pour calmer cet ouragan de bruit, un petit bout de harangue dans sa langue maternelle, c'est-à-dire en anglais. La harangue obtint peu de succès. Alors, fermant les poings et ramenant ses bras à la hauteur de sa poitrine, il prit une pose de boxe très correcte, à la grande hilarité des facchini, et, d'un coup droit digne d'Adams ou de Tom Cribbs et porté au creux de l'estomac, il envoya le géant de la bande rouler les quatre fers en l'air sur les dalles de lave du pavé[j].

Cet exploit mit en fuite la troupe ; le colosse se releva lourdement, tout brisé de sa chute ; et sans chercher à tirer vengeance de Paddy, il s'en alla frottant de sa main, avec force contorsions, l'empreinte bleuâtre qui commençait à iriser sa peau, persuadé qu'un démon devait être caché sous la jaquette de ce macaque, bon tout au plus à faire de l'équitation sur le dos d'un chien, et qu'il aurait cru pouvoir renverser d'un souffle.

L'étranger, ayant fait appeler le *padron di casa*[k], lui demanda si une lettre à l'adresse de M. Paul d'Aspremont n'avait pas été remise à l'hôtel de Rome ; l'hôtelier répondit qu'une lettre portant cette suscription attendait, en effet, depuis une semaine, dans le casier des correspondances, et il s'empressa de l'aller chercher.

La lettre, enfermée dans une épaisse enveloppe de papier cream-lead[l] azuré et vergé, scellée d'un cachet de cire aventurine, était écrite de ce caractère penché aux pleins anguleux, aux déliés cursifs, qui dénote une

haute éducation aristocratique, et que possèdent, un peu trop uniformément peut-être, les jeunes Anglaises de bonne famille.

Voici ce que contenait ce pli, ouvert par M. d'Aspremont avec une
hâte qui n'avait peut-être pas la seule curiosité pour motif :

« *Mon cher monsieur Paul,*

« *Nous sommes arrivés à Naples depuis deux mois*[m]. *Pendant le voyage fait
à petites journées mon oncle s'est plaint amèrement de la chaleur, des moustiques,
du vin, du beurre, des lits ; il jurait qu'il faut être véritablement fou pour quitter un confortable cottage, à quelques milles de Londres, et se promener sur des
routes poussiéreuses bordées d'auberges détestables, où d'honnêtes chiens anglais
ne voudraient pas passer une nuit ; mais tout en grognant il m'accompagnait,
et je l'aurais mené au bout du monde ; il ne se porte pas plus mal et moi je me
porte mieux. — Nous sommes installés sur le bord de la mer, dans une maison
blanchie à la chaux et enfouie dans une sorte de forêt vierge d'orangers, de
citronniers, de myrtes, de lauriers-roses et autres végétations exotiques. — Du
haut de la terrasse on jouit d'une vue merveilleuse, et vous y trouverez tous les
soirs une tasse de thé ou une limonade à la neige, à votre choix. Mon oncle,
que vous avez fasciné*[a], *je ne sais pas comment, sera enchanté de vous serrer la
main. Est-il nécessaire d'ajouter que votre servante n'en sera pas fâchée non plus,
quoique vous lui ayez coupé les doigts avec votre bague, en lui disant adieu sur
la jetée de Folkestone ?*

« Alicia W. »

II

Paul d'Aspremont, après s'être fait servir à dîner dans sa chambre,
demanda une calèche. Il y en a toujours qui stationnent autour des grands
hôtels, n'attendant que la fantaisie des voyageurs ; le désir de Paul fut
donc accompli sur-le-champ. Les chevaux de louage napolitains sont
maigres à faire paraître Rossinante surchargée d'embonpoint ; leurs têtes
décharnées, leurs côtes apparentes comme des cercles de tonneaux, leur
échine saillante toujours écorchée, semblent implorer à titre de bienfait
le couteau de l'équarrisseur, car donner de la nourriture aux animaux
est regardé comme un soin superflu par l'insouciance méridionale ; les

harnais, rompus la plupart du temps, ont des suppléments de corde, et quand le cocher a rassemblé ses guides et fait clapper sa langue pour décider de départ, on croirait que les chevaux vont s'évanouir et la voiture se dissiper en fumée comme le carrosse de Cendrillon lorsqu'elle revient du bal passé minuit, malgré l'ordre de la fée[o]. Il n'en est rien cependant ; les rosses se raidissent sur leurs jambes et, après quelques titubations, prennent un galop qu'elles ne quittent plus : le cocher leur communique son ardeur, et la mèche de son fouet sait faire jaillir la dernière étincelle de vie cachée dans ces carcasses. Cela piaffe, agite la tête, se donne des airs fringants, écarquille l'œil, élargit la narine, et soutient une allure que n'égaleraient pas les plus rapides trotteurs anglais. Comment ce phénomène s'accomplit-il, et quelle puissance fait courir ventre à terre des bêtes mortes ? C'est ce que nous n'expliquerons pas. Toujours est-il que ce miracle a lieu journellement à Naples et que personne n'en témoigne de surprise.

La calèche de M. Paul d'Aspremont volait à travers la foule compacte, rasant les boutiques d'acquajoli[p] aux guirlandes de citrons, les cuisines de fritures ou de macaronis en plein vent, les étalages de fruits de mer et les tas de pastèques disposés sur la voie publique comme les boulets dans les parcs d'artillerie. À peine si les lazzaroni couchés le long des murs, enveloppés de leurs cabans, daignaient retirer leurs jambes pour les soustraire à l'atteinte des attelages ; de temps à autre, un corricolo, filant entre ses grandes roues écarlates, passait encombré d'un monde de moines, de nourrices, de facchini et de polissons, à côté de la calèche dont il frisait l'essieu au milieu d'un nuage de poussière et de bruit. Les corricoli sont proscrits maintenant, et il est défendu d'en créer de nouveaux ; mais on peut ajouter une caisse neuve à de vieilles roues, ou des roues neuves à une vieille caisse : moyen ingénieux qui permet à ces bizarres véhicules de durer longtemps encore à la grande satisfaction des amateurs de couleur locale[q].

Notre voyageur ne prêtait qu'une attention fort distraite à ce spectacle animé et pittoresque qui eût certes absorbé un touriste n'ayant pas trouvé à l'hôtel de Rome[r] un billet à son adresse, signé ALICIA W..

Il regardait vaguement la mer limpide et bleue, où se distinguaient, dans une lumière brillante, et nuancées par le lointain de teintes d'améthyste et de saphir, les belles îles semées en éventail à l'entrée du golfe, Capri, Ischia, Nisida, Procida, dont les noms harmonieux résonnent comme des dactyles grecs, mais son âme n'était pas là ; elle volait à tire-d'aile du côté de Sorrente, vers la petite maison blanche enfouie dans la verdure dont parlait la lettre d'Alicia. En ce moment la figure de M. d'Aspremont n'avait pas cette expression indéfinissablement déplaisante qui la caractérisait quand une joie intérieure n'en harmonisait pas les perfections disparates : elle était vraiment belle et sympathique, pour nous servir d'un mot cher aux Italiens ; l'arc de ses sourcils était détendu ; les coins de sa bouche ne s'abaissaient pas dédaigneusement, et une lueur tendre illuminait ses yeux calmes ; — on eût parfaitement compris en le voyant alors les sentiments que semblaient indiquer à son endroit les phrases demi-tendres, demi-moqueuses écrites sur le papier cream-lead. Son originalité soutenue de beaucoup de distinction ne devait pas déplaire à une jeune miss, librement élevée à la manière anglaise par un vieil oncle très indulgent.

Au train dont le cocher poussait ses bêtes, l'on eût bientôt dépassé Chiaja, la Marinella[s], et la calèche roula dans la campagne sur cette route remplacée aujourd'hui par un chemin de fer. Une poussière noire, pareille à du charbon pilé, donne un aspect plutonique à toute cette plage que recouvre un ciel étincelant et que lèche une mer du plus suave azur ; c'est la suie du Vésuve tamisée par le vent qui saupoudre cette rive, et fait ressembler les maisons de Portici et de Torre del Greco à des usines de Birmingham. M. d'Aspremont ne s'occupa nullement du contraste de la terre d'ébène et du ciel saphir, il lui tardait d'être arrivé. Les plus beaux chemins sont longs lorsque miss Alicia vous attend au bout, et qu'on lui a dit adieu il y a six mois[r] sur la jetée de Folkestone : le ciel et la mer de Naples y perdent leur magie.

La calèche quitta la route, prit un chemin de traverse, et s'arrêta devant une porte formée de deux piliers de briques blanchies, surmontées d'urnes de terre rouge, où des aloès épanouissaient leurs feuilles pareilles à des lames de fer blanc et pointues comme des poignards. Une claire-voie peinte en vert servait de fermeture. La muraille était remplacée par une haie de cactus, dont les pousses faisaient des coudes difformes et entremêlaient inextricablement leurs raquettes épineuses.

Au-dessus de la haie, trois ou quatre énormes figuiers étalaient par masses compactes leurs larges feuilles d'un vert métallique avec une vigueur de végétation tout africaine ; un grand pin parasol balançait son ombrelle, et c'est à peine si, à travers les interstices de ces frondaisons luxuriantes, l'œil pouvait démêler la façade de la maison brillant par plaques blanches derrière ce rideau touffu.

Une servante basanée, aux cheveux crépus, et si épais que le peigne s'y serait brisé, accourut au bruit de la voiture, ouvrit la claire-voie, et, précédant M. d'Aspremont dans une allée de lauriers-roses dont les branches lui caressaient la joue avec leurs fleurs, elle le conduisit à la terrasse où miss Alicia Ward prenait le thé en compagnie de son oncle.

Par un caprice très convenable chez une jeune fille blasée sur tous les conforts et toutes les élégances, et peut-être aussi pour contrarier son oncle, dont elle raillait les goûts bourgeois, miss Alicia avait choisi, de préférence à des logis civilisés, cette villa, dont les maîtres voyageaient, et qui était restée plusieurs années sans habitants. Elle trouvait dans ce jardin abandonné, et presque revenu à l'état de nature, une poésie sauvage qui lui plaisait ; sous l'actif climat de Naples, tout avait poussé avec une activité prodigieuse. Orangers, myrtes, grenadiers, limons, s'en étaient donné à cœur joie, et les branches, n'ayant plus à craindre la serpette de l'émondeur, se donnaient la main d'un bout de l'allée à l'autre, ou pénétraient familièrement dans les chambres par quelque vitre brisée. – Ce n'était pas, comme dans le Nord, la tristesse d'une maison déserte, mais la gaieté folle et la pétulance heureuse de la nature du Midi livrée à elle-même ; en l'absence du maître, les végétaux exubérants se donnaient le plaisir d'une débauche de feuilles, de fleurs, de fruits et de parfums ; ils reprenaient la place que l'homme leur dispute.

Lorsque le commodore – c'est ainsi qu'Alicia appelait familièrement son oncle – vit ce fourré impénétrable et à travers lequel on n'aurait pu s'avancer qu'à l'aide d'un sabre d'abatage, comme dans les forêts d'Amérique, il jeta les hauts cris et prétendit que sa nièce était décidément folle. Mais Alicia lui promit gravement de faire pratiquer de la porte d'entrée au salon et du salon à la terrasse un passage suffisant pour un tonneau de malvoisie[u], – seule concession qu'elle pouvait accorder au positivisme avunculaire. – Le commodore se résigna, car il ne savait pas résister à sa nièce, et en ce moment, assis vis-à-vis d'elle sur la terrasse, il buvait à petits coups, sous prétexte de thé, une grande tasse de rhum.

Cette terrasse, qui avait principalement séduit la jeune miss, était en effet fort pittoresque, et mérite une description particulière, car Paul d'Aspremont y reviendra souvent, et il faut peindre le décor des scènes que l'on raconte.

On montait à cette terrasse, dont les pans à pic dominaient un chemin creux, par un escalier de larges dalles disjointes où prospéraient de vivaces herbes sauvages. Quatre colonnes frustes, tirées de quelque ruine antique et dont les chapiteaux perdus avaient été remplacés par des dés[v] de pierre, soutenaient un treillage de perches enlacées et plafonnées de vigne. Des garde-fous tombaient en nappes et en guirlandes les lambruches[w] et les plantes pariétaires. Au pied des murs, le figuier d'Inde, l'aloès, l'arbousier poussaient dans un désordre charmant, et au-delà d'un bois que dépassaient un palmier et trois pins d'Italie, la vue s'étendait sur des ondulations de terrain semées de blanches villas, s'arrêtait sur la silhouette violâtre du Vésuve, ou se perdait sur l'immensité bleue de la mer.

Lorsque M. Paul d'Aspremont parut au sommet de l'escalier, Alicia se leva, poussa un petit cri de joie et fit quelques pas à sa rencontre. Paul lui prit la main à l'anglaise, mais la jeune fille éleva cette main prisonnière à la hauteur des lèvres de son ami avec un mouvement plein de gentillesse enfantine et de coquetterie ingénue.

Le commodore essaya de se dresser sur ses jambes un peu goutteuses, et il y parvint après quelques grimaces de douleur qui contrastaient comiquement avec l'air de jubilation épanoui sur sa large face ; il s'approcha, d'un pas assez alerte pour lui, du charmant groupe des deux jeunes gens, et tenailla la main de Paul de manière à lui mouler les doigts en creux les uns contre les autres, ce qui est la suprême expression de la vieille cordialité britannique.

Miss Alicia Ward appartenait à cette variété d'Anglaises brunes qui réalisent un idéal dont les conditions semblent se contrarier : c'est-à-dire une peau d'une blancheur éblouissante à rendre jaune le lait, la neige, le lis, l'albâtre, la cire vierge, et tout ce qui sert aux poètes à faire des comparaisons blanches ; des lèvres de cerise, et des cheveux aussi noirs que la nuit sur les ailes du corbeau. L'effet de cette opposition est irrésistible et produit une beauté à part dont on ne saurait trouver l'équivalent ailleurs. – Peut-être quelques Circassiennes élevées dès l'enfance au sérail offrent-elles ce teint miraculeux, mais il faut nous en fier là-dessus aux exagérations de la poésie orientale et aux gouaches de Lewis[x] représentant les harems du Caire. Alicia était assurément le type le plus parfait de ce genre de beauté.

L'ovale allongé de sa tête, son teint d'une incomparable pureté, son nez fin, mince, transparent, ses yeux d'un bleu sombre frangés de longs cils qui palpitaient sur ses joues rosées comme des papillons noirs lorsqu'elle abaissait ses paupières, ses lèvres colorées d'une pourpre éclatante, ses cheveux tombant en volutes brillantes comme des rubans de satin de chaque côté de ses joues et de son col de cygne, témoignaient en faveur de ces romanesques figures de femmes de Maclise[y], qui, à l'Exposition universelle, semblaient de charmantes impostures.

Alicia portait une robe de grenadine à volants festonnés et brodés de palmettes[z] rouges, qui s'accordaient à merveille avec les tresses de corail à petits grains composant sa coiffure, son collier et ses bracelets ; cinq pampilles suspendues à une perle de corail à facettes tremblaient au lobe de ses oreilles petites et délicatement enroulées. – Si vous blâmez cet abus du corail, songez que nous sommes à Naples, et que les pêcheurs sortent tout exprès de la mer pour vous présenter ces branches que l'air rougit.

Nous vous devons, après le portrait de miss Alicia Ward, ne fût-ce que pour faire opposition, tout au moins une caricature du commodore à la manière de Hogarth.

Le commodore, âgé de quelque soixante ans, présentait cette particularité d'avoir la face d'un cramoisi uniformément enflammé, sur lequel tranchaient des sourcils blancs et des favoris de même couleur, et taillés en côtelettes, ce qui le rendait pareil à un vieux Peau Rouge qui se serait tatoué avec de la craie. Les coups de soleil, inséparables d'un voyage d'Italie, avaient ajouté quelques couches de plus à cette ardente coloration, et le commodore faisait involontairement penser à une grosse praline entourée de coton. Il était habillé des pieds à la tête, veste, gilet, pantalon et guêtres, d'une étoffe vigogne[aa] d'un gris vineux, et que le tailleur avait dû affirmer, sur son honneur, être la nuance la plus à la mode et la mieux portée, en quoi peut-être ne mentait-il pas. Malgré ce teint enluminé et ce vêtement grotesque, le commodore n'avait nullement l'air commun. Sa propreté rigoureuse, sa tenue irréprochable et ses grandes manières indiquaient le parfait gentleman, quoiqu'il eût plus d'un rapport extérieur avec les Anglais de vaudeville comme les parodient Hoffmann ou Levassor[ab]. Son caractère, c'était d'adorer sa nièce et de boire beaucoup de porto et de rhum de la Jamaïque pour entretenir l'humide radical, d'après la méthode du caporal Trimm.

« Voyez comme je me porte bien maintenant et comme je suis belle !
Regardez mes couleurs ; je n'en ai pas encore autant que mon oncle ;
cela ne viendra pas, il faut l'espérer. – Pourtant ici j'ai du rose, du vrai
rose, dit Alicia en passant sur sa joue son doigt effilé terminé par un
ongle luisant comme l'agate ; j'ai engraissé aussi, et l'on ne sent plus ces
pauvres petites salières[ac] qui me faisaient tant de peine lorsque j'allais
au bal. Dites, faut-il être coquette pour se priver pendant trois mois
de la compagnie de son fiancé, afin qu'après l'absence il vous retrouve
fraîche et superbe ! »

Et en débitant cette tirade du ton enjoué et sautillant qui lui était
familier, Alicia se tenait debout devant Paul comme pour provoquer
et défier son examen.

« N'est-ce pas, ajouta le commodore, qu'elle est robuste à présent et
superbe comme ces filles de Procida qui portent des amphores grecques
sur la tête ?

– Assurément, commodore, répondit Paul ; miss Alicia n'est pas
devenue plus belle, c'était impossible, mais elle est visiblement en
meilleure santé que lorsque, par coquetterie, à ce qu'elle prétend, elle
m'a imposé cette pénible séparation. »

Et son regard s'arrêtait avec une fixité étrange sur la jeune fille posée
devant lui.

Soudain les jolies couleurs roses qu'elle se vantait d'avoir conquises
disparurent des joues d'Alicia, comme la rougeur du soir quitte les
joues de neige de la montagne quand le soleil s'enfonce à l'horizon ;
toute tremblante, elle porta la main à son cœur ; sa bouche charmante
et pâlie se contracta.

Paul alarmé se leva, ainsi que le commodore ; les vives couleurs
d'Alicia avaient reparu ; elle souriait avec un peu d'effort.

« Je vous ai promis une tasse de thé ou un sorbet ; quoique Anglaise,
je vous conseille le sorbet. La neige vaut mieux que l'eau chaude, dans
ce pays voisin de l'Afrique, et où le sirocco arrive en droite ligne. »

Tous les trois prirent place autour de la table de pierre, sous le plafond
des pampres ; le soleil s'était plongé dans la mer, et le jour bleu qu'on
appelle la nuit à Naples succédait au jour jaune. La lune semait des
pièces d'argent sur la terrasse, par les déchiquetures du feuillage ; – la
mer bruissait sur la rive comme un baiser, et l'on entendait au loin le
frisson de cuivre des tambours de basque accompagnant les tarentelles…

Il fallut se quitter ; – Vicé[ad], la fauve servante à chevelure crépue, vint avec un falot pour reconduire Paul à travers les dédales du jardin. Pendant qu'elle servait les sorbets et l'eau de neige, elle avait attaché sur le nouveau venu un regard mélangé de curiosité et de crainte. Sans doute, le résultat de l'examen n'avait pas été favorable pour Paul, car le front de Vice, jaune déjà comme un cigare, s'était rembruni encore, et, tout en accompagnant l'étranger, elle dirigeait contre lui, de façon qu'il ne pût l'apercevoir, le petit doigt et l'index de sa main, tandis que les deux autres doigts, repliés sous la paume, se joignaient au pouce comme pour former un signe cabalistique.

III

L'ami d'Alicia revint à l'hôtel de Rome par le même chemin : la beauté de la soirée était incomparable ; une lune pure et brillante versait sur l'eau d'un azur diaphane une longue traînée de paillettes d'argent dont le fourmillement perpétuel, causé par le clapotis des vagues, multipliait l'éclat. Au large, les barques de pêcheurs, portant à la proue un fanal de fer rempli d'étoupes enflammées, piquaient la mer d'étoiles rouges et traînaient après elles des sillages écarlates ; la fumée du Vésuve, blanche le jour, s'était changée en colonne lumineuse et jetait aussi son reflet sur le golfe. En ce moment la baie présentait cet aspect invraisemblable pour des yeux septentrionaux et que lui donnent ces gouaches italiennes encadrées de noir, si répandues il y a quelques années, et plus fidèles qu'on ne pense dans leur exagération crue.

Quelques lazzaroni noctambules vaguaient encore sur la rive, émus, sans le savoir, de ce spectacle magique, et plongeaient leurs grands yeux noirs dans l'étendue bleuâtre. D'autres, assis sur le bordage d'une barque échouée, chantaient l'air de *Lucie*[ae] ou la romance populaire alors en vogue : « *Ti voglio ben'assai* », d'une voix qu'auraient enviée bien des ténors payés cent mille francs. Naples se couche tard, comme toutes les villes méridionales ; cependant les fenêtres s'éteignaient peu à peu, et les seuls bureaux de loterie, avec leurs guirlandes de papier de couleur, leurs numéros favoris et leur éclairage scintillant, étaient ouverts encore, prêts à recevoir l'argent des joueurs capricieux que la fantaisie de mettre

quelques carlins ou quelques ducats sur un chiffre rêvé pouvait prendre
en rentrant chez eux.

Paul se mit au lit, tira sur lui les rideaux de gaze de la moustiquaire,
et ne tarda pas à s'endormir. Ainsi que cela arrive aux voyageurs après
une traversée, sa couche, quoique immobile, lui semblait tanguer et
rouler, comme si l'hôtel de Rome eût été le *Léopold*. Cette impression
lui fit rêver qu'il était encore en mer et qu'il voyait, sur le môle, Alicia
très pâle, à côté de son oncle cramoisi, et qui lui faisait signe de la main
de ne pas aborder ; le visage de la jeune fille exprimait une douleur
profonde, et en le repoussant elle paraissait obéir contre son gré à une
fatalité impérieuse.

Ce songe, qui prenait d'images toutes récentes une réalité extrême,
chagrina le dormeur au point de l'éveiller, et il fut heureux de se retrouver
dans sa chambre où tremblotait, avec un reflet d'opale, une veilleuse
illuminant une petite tour de porcelaine qu'assiégeaient les moustiques
en bourdonnant. Pour ne pas retomber sous le coup de ce rêve pénible,
Paul lutta contre le sommeil et se mit à penser aux commencements
de sa liaison avec miss Alicia, reprenant une à une toutes ces scènes
puérilement charmantes d'un premier amour.

Il revit la maison de briques roses, tapissée d'églantiers et de chè-
vrefeuilles, qu'habitait à Richmond miss Alicia avec son oncle, et où
l'avait introduit, à son premier voyage en Angleterre, une de ces lettres
de recommandation dont l'effet se borne ordinairement à une invitation
à dîner. Il se rappela la robe blanche de mousseline des Indes, ornée d'un
simple ruban, qu'Alicia, sortie la veille de pension, portait ce jour-là, et
la branche de jasmin qui roulait dans la cascade de ses cheveux comme
une fleur de la couronne d'Ophélie, emportée par le courant, et ses yeux
d'un bleu de velours, et sa bouche un peu entrouverte, laissant entrevoir
de petites dents de nacre et son col frêle qui s'allongeait comme celui
d'un oiseau attentif, et ses rougeurs soudaines lorsque le regard du jeune
gentleman français rencontrait le sien.

Le parloir à boiseries brunes, à tentures de drap vert, orné de gravures
de chasse au renard et de steeple-chases coloriés des tons tranchants de
l'enluminure anglaise, se reproduisait dans son cerveau comme dans
une chambre noire[af]. Le piano allongeait sa rangée de touches pareilles à
des dents de douairière. La cheminée, festonnée d'une brindille de lierre
d'Irlande, faisait luire sa coquille de fonte frottée de mine de plomb ;

les fauteuils de chêne à pieds tournés ouvraient leurs bras garnis de maroquin, le tapis étalait ses rosaces, et miss Alicia, tremblante comme la feuille, chantait de la voix la plus adorablement fausse du monde la romance d'*Anna Bolena* « *deh, non voler costringere* »[ag], que Paul, non moins ému, accompagnait à contretemps, tandis que le commodore, assoupi par une digestion laborieuse et plus cramoisi encore que de coutume, laissait glisser à terre un colossal exemplaire du *Times* avec supplément.

Puis la scène changeait : Paul, devenu plus intime, avait été prié par le commodore de passer quelques jours à son cottage dans le Lincolnshire… Un ancien château féodal, à tours crénelées, à fenêtres gothiques, à demi enveloppé par un immense lierre, mais arrangé intérieurement avec tout le confortable moderne, s'élevait au bout d'une pelouse dont le ray-grass[ah], soigneusement arrosé et foulé, était uni comme du velours ; une allée de sable jaune s'arrondissait autour du gazon et servait de manège à miss Alicia, montée sur un de ces ponies d'Ecosse à crinière échevelée qu'aime à peindre sir Edward Landseer[ai], et auxquels il donne un regard presque humain. Paul, sur un cheval bai-cerise que lui avait prêté le commodore, accompagnait miss Ward dans sa promenade circulaire, car le médecin, qui l'avait trouvée un peu faible de poitrine, lui ordonnait l'exercice.

Une autre fois un léger canot glissait sur l'étang, déplaçant les lis d'eau et faisant envoler le martin-pêcheur sous le feuillage argenté des saules. C'était Alicia qui ramait et Paul qui tenait le gouvernail ; qu'elle était jolie dans l'auréole d'or que dessinait autour de sa tête son chapeau de paille traversé par un rayon de soleil ! elle se renversait en arrière pour tirer l'aviron ; le bout verni de sa bottine grise s'appuyait à la planche du banc ; miss Ward n'avait pas un de ces pieds andalous tout courts et ronds comme des fers à repasser que l'on admire en Espagne, mais sa cheville était fine, son cou-de-pied bien cambré, et la semelle de son brodequin, un peu longue peut-être, n'avait pas deux doigts de large.

Le commodore restait *attaché* au rivage, non à cause de sa grandeur, mais de son poids qui eût fait sombrer la frêle embarcation ; il attendait sa nièce au débarcadère, et lui jetait avec un soin maternel un mantelet sur les épaules, de peur qu'elle ne se refroidît, – puis la barque rattachée à son piquet, on revenait luncher au château. C'était plaisir de voir comme

Alicia, qui ordinairement mangeait aussi peu qu'un oiseau, coupait à l'emporte-pièce de ses dents perlées une rose tranche de jambon d'York mince comme une feuille de papier, et grignotait d'un petit pain sans en laisser une miette pour les poissons dorés du bassin.

Les jours heureux passent si vite ! De semaine en semaine Paul retardait son départ, et les belles masses de verdure du parc commençaient à revêtir des teintes safranées ; des fumées blanches s'élevaient le matin de l'étang. Malgré le râteau sans cesse promené du jardinier, les feuilles mortes jonchaient le sable de l'allée ; des millions de petites perles gelées scintillaient sur le gazon vert du boulingrin, et le soir on voyait les pies sautiller en se querellant à travers le sommet des arbres chauves.

Alicia pâlissait sous le regard inquiet de Paul et ne conservait de coloré que deux petites taches roses au sommet des pommettes[aj]. Souvent elle avait froid, et le feu le plus vif de charbon de terre ne la réchauffait pas. Le docteur avait paru soucieux, et sa dernière ordonnance prescrivait à miss Ward de passer l'hiver à Pise et le printemps à Naples.

Des affaires de famille avaient rappelé Paul en France ; Alicia et le commodore devaient partir pour l'Italie, et la séparation s'était faite à Folkestone. Aucune parole n'avait été prononcée, mais miss Ward regardait Paul comme son fiancé, et le commodore avait serré la main au jeune homme d'une façon significative : on n'écrase ainsi que les doigts d'un gendre.

Paul, ajourné à six mois[ak], aussi longs que six siècles pour son impatience, avait eu le bonheur de trouver Alicia guérie de sa langueur et rayonnante de santé. Ce qui restait encore de l'enfant dans la jeune fille avait disparu ; et il pensait avec ivresse que le commodore n'aurait aucune objection à faire lorsqu'il lui demanderait sa nièce en mariage.

Bercé par ces riantes images, il s'endormit et ne s'éveilla qu'au jour. Naples commençait déjà son vacarme ; les vendeurs d'eau glacée criaient leur marchandise ; les rôtisseurs tendaient aux passants leurs viandes enfilées dans une perche : penchées à leurs fenêtres, les ménagères paresseuses descendaient au bout d'une ficelle les paniers de provisions qu'elles remontaient chargés de tomates, de poissons et de grands quartiers de citrouille. Les écrivains publics, en habit noir râpé et la plume derrière l'oreille, s'asseyaient à leurs échoppes ; les changeurs disposaient en piles, sur leurs petites tables, les grani, les carlins et les ducats ; les cochers faisaient galoper leurs haridelles quêtant les pratiques matinales, et les cloches de tous les campaniles carillonnaient joyeusement l'*Angelus*.

Notre voyageur, enveloppé de sa robe de chambre, s'accouda au balcon ; de la fenêtre on apercevait Santa Lucia, le fort de l'Œuf, et une immense étendue de mer jusqu'au Vésuve et au promontoire bleu où blanchissaient les vastes casini de Castellamare[al] et où pointaient au loin les villas de Sorrente.

Le ciel était pur, seulement un léger nuage blanc s'avançait sur la ville, poussé par une brise nonchalante. Paul fixa sur lui ce regard étrange que nous avons déjà remarqué ; ses sourcils se froncèrent. D'autres vapeurs se joignirent au flocon unique, et bientôt un rideau épais de nuées étendit ses plis noirs au-dessus du château de Saint-Elme. De larges gouttes tombèrent sur le pavé de lave, et en quelques minutes se changèrent en une de ces pluies diluviennes qui font des rues de Naples autant de torrents et entraînent les chiens et mêmes les ânes dans les égouts. La foule surprise se dispersa, cherchant des abris ; les boutiques en plein vent déménagèrent à la hâte, non sans perdre une partie de leurs denrées, et la pluie, maîtresse du champ de bataille, courut en bouffées blanches sur le quai désert de Santa Lucia[am].

Le facchino gigantesque à qui Paddy avait appliqué un si beau coup de poing, appuyé contre un mur sous un balcon dont la saillie le protégeait un peu, ne s'était pas laissé emporter par la déroute générale, et il regardait d'un œil profondément méditatif la fenêtre où s'était accoudé M. Paul d'Aspremont.

Son monologue intérieur se résuma dans cette phrase, qu'il grommela d'un air irrité :

« Le capitaine du *Léopold* aurait fait bien de flanquer ce *forestiere*[an] à la mer » ; et, passant sa main par l'interstice de sa grosse chemise de toile, il toucha le paquet d'amulettes suspendu à son col par un cordon.

IV

Le beau temps ne tarda pas à se rétablir, un vif rayon de soleil sécha en quelques minutes les dernières larmes de l'ondée, et la foule recommença à fourmiller joyeusement sur le quai. Mais Timberio, le portefaix, n'en parut pas moins garder son idée à l'endroit du jeune étranger français,

et prudemment il transporta ses pénates hors de la vue des fenêtres de
l'hôtel : quelques lazzaroni de sa connaissance lui témoignèrent leur
surprise de ce qu'il abandonnait une station excellente pour en choisir
une beaucoup moins favorable.

« Je la donne à qui veut la prendre, répondit-il en hochant la tête
d'un air mystérieux ; on sait ce qu'on sait. »

Paul déjeuna dans sa chambre, car, soit timidité, soit dédain, il
n'aimait pas à se trouver en public ; puis il s'habilla, et pour attendre
l'heure convenable de se rendre chez miss Ward, il visita le musée
des Studj : il admira d'un œil distrait la précieuse collection de vases
campaniens, les bronzes retirés des fouilles de Pompéi, le casque grec
d'airain vert-de-grisé contenant encore la tête du soldat qui le portait,
le morceau de boue durcie conservant comme un moule l'empreinte
d'un charmant torse de jeune femme surprise par l'éruption dans
la maison de campagne d'Arrius Diomedès, l'Hercule Farnèse et sa
prodigieuse musculature, la Flore, la Minerve archaïque, les deux
Balbus[ao], et la magnifique statue d'Aristide, le morceau le plus parfait
peut-être que l'Antiquité nous ait laissé. Mais un amoureux n'est
pas un appréciateur bien enthousiaste des monuments de l'art ; pour
lui le moindre profil de la tête adorée vaut tous les marbres grecs
ou romains.

Étant parvenu à user tant bien que mal deux ou trois heures aux
Studj, il s'élança dans sa calèche et se dirigea vers la maison de campagne où demeurait miss Ward. Le cocher, avec cette intelligence des
passions qui caractérise les natures méridionales, poussait à outrance ses
haridelles et bientôt la voiture s'arrêta devant les piliers surmontés de
vases de plantes grasses que nous avons déjà décrits. La même servante
vint entrouvrir la clairevoie ; ses cheveux s'entortillaient[ap] toujours en
boucles indomptables ; elle n'avait, comme la première fois, pour tout
costume qu'une chemise de grosse toile brodée aux manches et au col
d'agréments en fil de couleur et qu'un jupon en étoffe épaisse et bariolée
transversalement, comme en portent les femmes de Procida ; ses jambes,
nous devons l'avouer, étaient dénuées de bas, et elle posait à nu sur la
poussière des pieds qu'eût admirés un sculpteur. Seulement un cordon
noir soutenait sur sa poitrine un paquet de petites breloques de forme
singulière en corne et en corail, sur lequel, à la visible satisfaction de
Vicè, se fixa le regard de Paul.

Miss Alicia était sur la terrasse, le lieu de la maison où elle se tenait de préférence. Un hamac indien de coton rouge et blanc, orné de plumes d'oiseau, accroché à deux des colonnes qui supportaient le plafond de pampres, balançait la nonchalance de la jeune fille, enveloppée d'un léger peignoir de soie écrue de la Chine, dont elle fripait impitoyablement les garnitures tuyautées. Ses pieds, dont on apercevait la pointe à travers les mailles du hamac, étaient chaussés de pantoufles en fibres d'aloès, et ses beaux bras nus se recroisaient au-dessus de sa tête, dans l'attitude de la Cléopâtre antique, car, bien qu'on ne fût qu'au commencement de mai, il faisait déjà une chaleur extrême, et des milliers de cigales grinçaient en chœur sous les buissons d'alentour.

Le commodore, en costume de planteur et assis sur un fauteuil de jonc, tirait à temps égaux la corde qui mettait le hamac en mouvement.

Un troisième personnage complétait le groupe : c'était le comte Altavilla, jeune élégant napolitain dont la présence amena sur le front de Paul cette contraction qui donnait à sa physionomie une expression de méchanceté diabolique.

Le comte était, en effet un de ces hommes qu'on ne voit pas volontiers auprès d'une femme qu'on aime. Sa haute taille avait des proportions parfaites, des cheveux noirs comme le jais, massés par des touffes abondantes, accompagnaient son front uni et bien coupé ; une étincelle du soleil de Naples scintillait dans ses yeux, et ses dents larges et fortes, mais pures comme des perles, paraissaient encore avoir plus d'éclat à cause du rouge vif de ses lèvres et de la nuance olivâtre de son teint. La seule critique qu'un goût méticuleux eût pu formuler contre le comte, c'est qu'il était trop beau.

Quant à ses habits, Altavilla les faisait venir de Londres, et le dandy le plus sévère eût approuvé sa tenue. Il n'y avait d'italien dans toute sa toilette que des boutons de chemise d'un trop grand prix. Là le goût bien naturel de l'enfant du Midi pour les joyaux se trahissait. Peut-être aussi que partout ailleurs qu'à Naples on eût remarqué comme d'un goût médiocre[aq] le faisceau de branches de corail bifurquées, de mains de lave de Vésuve aux doigts repliés ou brandissant un poignard, de chiens allongés sur leurs pattes, de cornes blanches et noires, et autres menus objets analogues qu'un anneau commun suspendait à la chaîne de sa montre ; mais un tour de promenade dans la rue de Tolède ou à la Villa

Reale eût suffi pour démontrer que le comte n'avait rien d'excentrique en portant à son gilet ces breloques bizarres.

Lorsque Paul d'Aspremont se présenta, le comte, sur l'instante prière de miss Ward, chantait une de ces délicieuses mélodies populaires napolitaines, sans nom d'auteur, et, dont une seule, recueillie par un musicien, suffirait à faire la fortune d'un opéra. – À ceux qui ne les ont pas entendues, sur la rive de Chiaja ou sur le môle, de la bouche d'un lazzarone, d'un pêcheur ou d'une trovatelle[ar], les charmantes romances de Gordigiani, en pourront donner une idée. Cela est fait d'un soupir de brise, d'un rayon de lune, d'un parfum d'oranger et d'un battement de cœur.

Alicia, avec sa jolie voix anglaise un peu fausse, suivait le motif qu'elle voulait retenir, et elle fit, tout en continuant, un petit signe amical à Paul, qui la regardait d'un air assez peu aimable, froissé de la présence de ce beau jeune homme.

Une des cordes du hamac se rompit, et mis Ward glissa à terre, mais sans se faire mal ; six mains se tendirent vers elle simultanément. La jeune fille était déjà debout, toute rose de pudeur, car il est *improper* de tomber devant des hommes. Cependant, pas un des chastes plis de sa robe ne s'était dérangé.

« J'avais pourtant essayé ces cordes moi-même, dit le commodore, et miss Ward ne pèse guère plus qu'un colibri. »

Le comte Altavilla hocha la tête d'un air mystérieux : en lui-même évidemment il expliquait la rupture de la corde par une tout autre raison que celle de la pesanteur ; mais, en homme bien élevé, il garda le silence, et se contenta d'agiter la grappe de breloques de son gilet[as].

Comme tous les hommes qui deviennent maussades et farouches lorsqu'ils se trouvent en présence d'un rival qu'ils jugent redoutable, au lieu de redoubler de grâce et d'amabilité, Paul d'Aspremont, quoiqu'il eût l'usage du monde, ne parvint pas à cacher sa mauvaise humeur ; il ne répondait que par monosyllabes, laissait tomber la conversation, et en se dirigeant vers Altavilla, son regard prenait son expression sinistre ; les fibrilles jaunes se tortillaient sous la transparence grise de ses prunelles comme des serpents d'eau dans le fond d'une source.

Toutes les fois que Paul le regardait ainsi, le comte, par un geste en apparence machinal, arrachait une fleur d'une jardinière placée près de lui et la jetait de façon à couper l'effluve de l'œillade irritée[at].

« Qu'avez-vous donc à fourrager ainsi ma jardinière ? s'écria miss Alicia Ward, qui s'aperçut de ce manège. Que vous ont fait mes fleurs pour les décapiter ?

— Oh ! rien, miss ; c'est un tic involontaire, répondit Altavilla en coupant de l'ongle une rose superbe qu'il envoya rejoindre les autres.

— Vous m'agacez horriblement, dit Alicia ; et sans le savoir vous choquez une de mes manies. Je n'ai jamais cueilli une fleur. Un bouquet m'inspire une sorte d'épouvante : ce sont des fleurs mortes, des cadavres de roses, de verveines ou de pervenches, dont le parfum a pour moi quelque chose de sépulcral[au].

— Pour expier les meurtres que je viens de commettre, dit le comte Altavilla en s'inclinant, je vous enverrai cent corbeilles de fleurs vivantes. »

Paul s'était levé, et d'un air contraint tortillait le bord de son chapeau comme minutant une sortie.

« Quoi ! vous partez déjà ? dit miss Ward.

— J'ai des lettres à écrire, des lettres importantes.

— Oh ! le vilain mot que vous venez de prononcer là ! dit la jeune fille avec une petite moue ; est-ce qu'il y a des lettres importances quand ce n'est pas à moi que vous écrivez ?

— Restez donc, Paul, dit le commodore ; j'avais arrangé dans ma tête un plan de soirée, sauf l'approbation de ma nièce : nous serions allés d'abord boire un verre d'eau de la fontaine de Santa Lucia, qui sent les œufs gâtés, mais qui donne l'appétit ; nous aurions mangé une ou deux douzaines d'huîtres, blanches et rouges, à la poissonnerie, dîné sous une treille dans quelque osteria bien napolitaine, bu du falerne et du lacryma-christi[av], et terminé le divertissement par une visite au seigneur Pulcinella. Le comte nous eût expliqué les finesses du dialecte. »

Ce plan parut peu séduire M. d'Aspremont, et il se retira après avoir salué froidement.

Altavilla resta encore quelques instants ; et comme miss Ward, fâchée du départ de Paul, n'entra pas dans l'idée du commodore, il prit congé.

Deux heures après, mis Alicia recevait une immense quantité de pots de fleurs, des plus rares, et, ce qui la surprit davantage, une monstrueuse paire de cornes de bœuf de Sicile, transparentes comme le jaspe, polies comme l'agate, qui mesuraient bien trois pieds de long et se terminaient par de menaçantes pointes noires. Une magnifique monture de bronze doré permettait de poser les cornes, le piton en l'air, sur une cheminée, une console ou une corniche[aw].

Vicè, qui avait aidé les porteurs à déballer fleurs et cornes, parut comprendre la portée de ce fardeau bizarre.

Elle plaça bien en évidence, sur la table de pierre, les superbes croissants, qu'on aurait pu croire arrachés au front du taureau divin qui portait Europe, et dit : « Nous voilà maintenant en bon état de défense.

– Que voulez-vous dire, Vicè ? demanda miss Ward.

– Rien… sinon que le signor français a de bien singuliers yeux. »

V

L'heure des repas était passée depuis longtemps, et les feux de charbon qui, pendant le jour changeaient en cratère du Vésuve la cuisine de l'hôtel de Rome, s'éteignaient lentement en braise sous les étouffoirs de tôle ; les casseroles avaient repris leur place à leurs clous respectifs et brillaient en rang comme les boucliers sur le bordage d'une trirème antique ; – une lampe de cuivre jaune, semblable à celles qu'on retire des fouilles de Pompéi et suspendue par une triple chaînette à la maîtresse poutre du plafond, éclairait de ses trois mèches plongeant naïvement dans l'huile le centre de la vaste cuisine dont les angles restaient baignés d'ombre[ax].

Les rayons lumineux tombant de haut modelaient avec des jeux d'ombre et de clair très pittoresques un groupe de figures caractéristiques réunies autour de l'épaisse table de bois, toute hachée et sillonnée de coups de tranche-lard, qui occupait le milieu de cette grande salle dont la fumée des préparations culinaires avait glacé les parois de ce bitume si cher aux peintres de l'école de Caravage. Certes, l'Espagnolet[ay] ou Salvator Rosa, dans leur robuste amour du vrai, n'eussent pas dédaigné les modèles rassemblés là par hasard, où, pour parler plus exactement, par une habitude de tous les soirs.

Il y avait d'abord le chef Virgilio Falsacappa, personnage fort important, d'une stature colossale et d'un embonpoint formidable, qui aurait pu passer pour un des convives de Vitellius si, au lieu d'une veste de basin blanc, il eût porté une toge romaine bordée de pourpre : ses traits prodigieusement accentués formaient comme une espèce de caricature sérieuse de certains types des médailles antiques ;

d'épais sourcils noirs saillants d'un demi-pouce couronnaient ses yeux, coupés comme ceux des masques de théâtre ; un énorme nez jetait son ombre sur une large bouche qui semblait garnie de trois rangs de dents comme la gueule du requin. Un fanon puissant comme celui du taureau Farnèse[az] unissait le menton, frappé d'une fossette à y fourrer le poing, à un col d'une vigueur athlétique tout sillonné de veines et de muscles. Deux touffes de favoris, dont chacun eût pu fournir une barbe raisonnable à un sapeur, encadraient cette large face martelée de tons violents : des cheveux noirs frisés, luisants, où se mêlaient quelques fils argentés, se tordaient sur son crâne en petites mèches courtes, et sa nuque plissée de trois boursouflures transversales débordait du collet de sa veste ; aux lobes de ses oreilles, relevées par les apophyses de mâchoires capables de broyer un bœuf dans une journée, brillaient des boucles d'argent grandes comme le disque de la lune ; tel était maître Virgilio Falsacappa, que son tablier retroussé sur la hanche et son couteau plongé dans une gaine de bois faisaient ressembler à un victimaire plus qu'à un cuisinier.

Ensuite apparaissait Timberio le portefaix, que la gymnastique de sa profession et la sobriété de son régime, consistant en une poignée de macaroni demi-cru et saupoudré de cacio-cavallo[ba], une tranche de pastèque et un verre d'eau à la neige, maintenait dans un état de maigreur relative, et qui, bien nourri, eût certes atteint l'embonpoint de Falsacappa, tant sa robuste charpente paraissait faite pour supporter un poids énorme de chair. Il n'avait d'autre costume qu'un caleçon, un long gilet d'étoffe brune et un grossier caban jeté sur l'épaule.

Appuyé sur le bord de la table, Scazziga, le cocher de la calèche de louage dont se servait M. Paul d'Aspremont, présentait aussi une physionomie frappante ; ses traits irréguliers et spirituels étaient empreints d'une astuce naïve ; un sourire de commande errait sur ses lèvres moqueuses, et l'on voyait à l'aménité de ses manières qu'il vivait en relation perpétuelle avec les gens comme il faut ; ses habits achetés à la friperie simulaient une espèce de livrée dont il n'était pas médiocrement fier et qui, dans son idée, mettait une grande distance sociale entre lui et le sauvage Timberio ; sa conversation s'émaillait de mots anglais et français qui ne cadraient pas toujours heureusement avec le sens de ce qu'il voulait dire, mais qui n'en excitaient pas moins l'admiration des filles de cuisine et des marmitons, étonnés de tant de science.

Un peu en arrière se tenaient deux jeunes servantes dont les traits rappelaient avec moins de noblesse, sans doute, ce type si connu des monnaies syracusaines : front bas, nez tout d'une pièce avec le front, lèvres un peu épaisses, menton empâté et fort ; des bandeaux de cheveux d'un noir bleuâtre allaient se rejoindre derrière leur tête à un pesant chignon traversé d'épingles terminées par des boules de corail ; des colliers de même matière cerclaient à triple rang leurs cols de cariatide, dont l'usage de porter les fardeaux sur la tête avait renforcé les muscles. — Des dandies eussent à coup sûr méprisé ces pauvres filles qui conservaient pur de mélange le sang des belles races de la grande Grèce ; mais tout artiste, à leur aspect, eût tiré son carnet de croquis et taillé son crayon.

Avez-vous vu à la galerie du maréchal Soult le tableau de Murillo[bb] où les chérubins font la cuisine ? Si vous l'avez vu, cela nous dispensera de peindre ici les têtes des trois ou quatre marmitons bouclés et frisés qui complétaient le groupe.

Le conciliabule traitait une question grave. Il s'agissait de M. Paul d'Aspremont, le voyageur français arrivé par le dernier vapeur : la cuisine se mêlait de juger l'appartement.

Timberio le portefaix avait la parole, et il faisait des pauses entre chacune de ses phrases, comme un acteur en vogue, pour laisser à son auditoire le temps d'en bien saisir toute la portée, d'y donner son assentiment ou d'élever les objections.

« Suivez bien mon raisonnement, disait l'orateur ; le *Léopold* est un honnête bateau à vapeur toscan, contre lequel il n'y a rien à objecter, sinon qu'il transporte trop d'hérétiques anglais...

— Les hérétiques anglais paient bien, interrompit Scazziga, rendu plus tolérant par les pourboires.

— Sans doute ; c'est bien le moins que lorsqu'un hérétique fait travailler un chrétien, il le récompense généreusement, afin de diminuer l'humiliation.

— Je ne suis pas humilié de conduire un *forestiere* dans ma voiture ; je ne fais pas, comme toi, métier de bête de somme, Timberio.

— Est-ce que je ne suis pas baptisé aussi bien que toi ? répliqua le portefaix en fronçant le sourcil et en fermant les poings.

— Laissez parler Timberio, s'écria en chœur l'assemblée, qui craignait de voir cette dissertation intéressante tourner en dispute.

– Vous m'accorderez, reprit l'orateur calmé, qu'il faisait un temps superbe lorsque le *Léopold* est entré dans le port ?

– On vous l'accorde, Timberio, fit le chef avec une majesté condescendante.

– La mer était unie comme une glace, continua le facchino, et pourtant une vague énorme a secoué si rudement la barque de Gennaro qu'il est tombé à l'eau avec deux ou trois de ses camarades. – Est-ce naturel ? Gennaro a le pied marin cependant, et il danserait la tarentelle sans balancier sur une vergue.

– Il avait peut-être bu une fiasque d'Asprino de trop[bc], objecta Scazziga, le rationaliste de l'assemblée.

– Pas même un verre de limonade, poursuivit Timberio ; mais il y avait à bord du bateau à vapeur un monsieur qui le regardait d'une certaine manière, – vous m'entendez !

– Oh ! parfaitement, répondit le chœur en allongeant avec un ensemble admirable l'index et le petit doigt.

– Et ce monsieur, dit Timberio, n'était autre que M. Paul d'Aspremont.

– Celui qui loge au numéro 3, demanda le chef, et à qui j'envoie son dîner sur un plateau ?

– Précisément, répondit la plus jeune et la plus jolie des servantes ; je n'ai jamais vu de voyageur plus sauvage, plus désagréable et plus dédaigneux ; il ne m'a adressé ni un regard, ni une parole, et pourtant je vaux un compliment, disent tous ces messieurs.

– Vous valez mieux que cela, Gelsomina, ma belle, dit galamment Timberio ; mais c'est un bonheur pour vous que cet étranger ne vous ait pas remarquée.

– Tu es aussi par trop superstitieux, objecta le sceptique Scazziga, que ses relations avec les étrangers avaient rendu légèrement voltairien.

– À force de fréquenter les hérétiques tu finiras par ne plus même croire à saint Janvier[bd].

– Si Gennaro s'est laissé tombé à la mer, ce n'est pas une raison, continua Scazziga qui défendait sa pratique, pour que M. Paul d'Aspremont ait l'influence que tu lui attribues.

– Il te faut d'autres preuves : ce matin je l'ai vu à la fenêtre, l'œil fixé sur un nuage pas plus gros que la plume qui s'échappe d'un oreiller décousu, et aussitôt des vapeurs noires se sont assemblées, et il est tombé une pluie si forte que les chiens pouvaient boire debout[be]. »

Scazziga n'était pas convaincu et hochait la tête d'un air de doute.

— « Le groom ne vaut d'ailleurs pas mieux que le maître, continua Timberio, et il faut que ce singe botté ait des intelligences avec le diable pour m'avoir jeté par terre, moi qui le tuerais d'une chiquenaude.

— Je suis de l'avis de Timberio, dit majestueusement le chef de cuisine ; l'étranger mange peu ; il a renvoyé les zuchettes[bf] farcies, la friture de poulet et le macaroni aux tomates que j'avais pourtant apprêtés de ma propre main ! Quelque secret étrange se cache sous cette sobriété. Pourquoi un homme riche se priverait-il de mets savoureux et ne prendrait-il qu'un potage aux œufs et une tranche de viande froide ?

— Il a les cheveux roux, dit Gelsomina en passant les doigts dans la noire forêt de ses bandeaux.

— Et les yeux un peu saillants, continua Pepina, l'autre servante.

— Très rapprochés du nez, appuya Timberio.

— Et la ride qui se forme entre ses sourcils se creuse en fer à cheval, dit en terminant l'instruction le formidable Virgilio Falsacappa ; donc il est[bg]…

— Ne prononcez pas le mot, c'est inutile, cria le chœur moins Scazziga, toujours incrédule ; nous nous tiendrons sur nos gardes.

— Quand je pense que la police me tourmenterait, dit Timberio, si par hasard je lui laissais tomber une malle de trois cents livres sur la tête, à ce *forestiere* de malheur !

— Scazziga est bien hardi de le conduire, dit Gelsomina.

— Je suis sur mon siège, il ne me voit que le dos, et ses regards ne peuvent faire avec les miens l'angle voulu. D'ailleurs, je m'en moque.

— Vous n'avez pas de religion, Scazziga, dit le colossal Palforio[bh], le cuisinier à formes herculéennes ; vous finirez mal. »

Pendant que l'on dissertait de la sorte sur son compte à la cuisine de l'hôtel de Rome, Paul, que la présence du comte Altavilla chez miss Ward avait mis de mauvaise humeur, était allé se promener à la Villa Reale ; et plus d'une fois la ride de son front se creusa, et ses yeux prirent leur regard fixe. Il crut voir Alicia passer en calèche avec le comte et le commodore, et il se précipita vers la portière en posant son lorgnon sur son nez pour être sûr qu'il ne se trompait pas : ce n'était pas Alicia, mais une femme qui lui ressemblait un peu de loin. Seulement, les chevaux de la calèche, effrayés sans doute du mouvement brusque de Paul, s'emportèrent.

Paul prit une glace au café de l'Europe sur le largo du palais : quelques personnes l'examinèrent avec attention, et changèrent de place en faisant un geste singulier.

Il entra au théâtre de Pulcinella, où l'on donnait un spectacle *tutto da ridere*. L'acteur se troubla au milieu de son improvisation bouffonne et resta court ; il se remit pourtant ; mais au beau milieu d'un lazzi, son nez de carton noir se détacha, et il ne put venir à bout de le rajuster, et comme pour s'excuser, d'un signe rapide il expliqua la cause de ses mésaventures, car le regard de Paul, arrêté sur lui, lui ôtait tous ses moyens[bi].

Les spectateurs voisins de Paul s'éclipsèrent un à un ; M. d'Aspremont se leva pour sortir, ne se rendant pas compte de l'effet bizarre qu'il produisait, et dans le couloir il entendait prononcer à voix basse ce mot étrange et dénué de sens pour lui : un jettatore ! un jettatore !

VI

Le lendemain de l'envoi des cornes, le comte Altavilla fit une visite à miss Ward. La jeune Anglaise prenait le thé en compagnie de son oncle, exactement comme si elle eût été à Ramsgate dans une maison de briques jaunes, et non à Naples sur une terrasse blanchie à la chaux et entourée de figuiers, de cactus et d'aloès ; car un des signes caractéristiques de la race saxonne est la persistance de ses habitudes, quelque contraires qu'elles soient au climat. Le commodore rayonnait : au moyen de morceaux de glace fabriquée chimiquement avec un appareil, car on n'apporte que de la neige des montagnes qui s'élève derrière Castellamare, il était parvenu à maintenir son beurre à l'état solide, et il en étalait une couche avec une satisfaction visible sur une tranche de pain coupée en sandwich[bj].

Après ces quelques mots vagues qui précèdent toute conversation et ressemblent aux préludes par lesquels les pianistes tâtent leur clavier avant de commencer leur morceau, Alicia, abandonnant tout à coup les lieux communs d'usage, s'adressa brusquement au jeune comte napolitain :

« Que signifie ce bizarre cadeau de cornes dont vous avez accompagné vos fleurs ? Ma servante Vicè m'a dit que c'était un préservatif contre le *fascino* ; voilà tout ce que j'ai pu tirer d'elle.

— Vicè a raison, répondit le comte Altavilla en s'inclinant.

— Mais qu'est-ce que le *fascino* ? poursuivit la jeune miss ; je ne suis pas au courant de vos superstitions… africaines, car cela doit se rapporter sans doute à quelques croyances populaires.

— Le fascino est l'influence pernicieuse qu'exerce la personne douée, ou plutôt affligée du mauvais œil.

— Je fais semblant de vous comprendre, de peur de vous donner une idée défavorable de mon intelligence si j'avoue que le sens de vos paroles m'échappe, dit miss Alicia Ward ; vous m'expliquez l'inconnu par l'inconnu : *mauvais œil* traduit fort mal, pour moi, *fascino* ; comme le personnage de la comédie je sais le latin, mais faites comme si je ne le savais pas[bk].

— Je vais m'expliquer avec toute la clarté possible, répondit Altavilla ; seulement, dans votre dédain britannique, n'allez pas me prendre pour un sauvage et vous demander si mes habits ne cachent pas une peau tatouée de rouge et de bleu[bl]. Je suis un homme civilisé ; j'ai été élevé à Paris ; je parle anglais et français ; j'ai lu Voltaire ; je crois aux machines à vapeur, aux chemins de fer[bm], aux deux chambres comme Stendhal ; je mange le macaroni avec une fourchette ; — je porte le matin des gants de Suède, l'après-midi des gants de couleur, le soir des gants paille. »

L'attention du commodore, qui beurrait sa deuxième tartine, fut attirée par ce début étrange, et il resta le couteau à la main, fixant sur Altavilla ses prunelles d'un bleu polaire, dont la nuance formait un bizarre contraste avec son teint rouge brique.

« Voilà des titres rassurants, fit miss Alicia Ward avec un sourire ; et après cela je serais bien défiante si je vous soupçonnais de *barbarie*. Mais ce que vous avez à me dire est donc bien terrible ou bien absurde, que vous prenez tant de circonlocutions pour arriver au fait ?

— Oui, bien terrible, bien absurde et même bien ridicule, ce qui est pire, continua le comte ; si j'étais à Londres ou à Paris, peut-être en rirais-je avec vous, mais ici à Naples…

— Vous garderez votre sérieux ; n'est-ce pas cela que vous voulez dire ?

— Précisément.

— Arrivons au *fascino*, dit miss Ward, que la gravité d'Altavilla impressionnait malgré elle.

— Cette croyance remonte à la plus haute Antiquité. Il y est fait allusion dans la Bible. Virgile en parle d'un ton convaincu ; les amulettes de bronze trouvées à Pompeï, à Herculanum, à Stabies, les signes préservatifs dessinés sur les murs des maisons déblayées, montrent combien cette superstition était jadis répandue (Altavilla souligna le mot *superstition* avec une intention maligne). L'Orient tout entier y ajoute foi encore aujourd'hui. Des mains rouges ou vertes sont appliquées de chaque côté des maisons mauresques pour détourner la mauvaise influence. On voit une main sculptée sur le claveau de la porte du Jugement à l'Alhambra ; ce qui prouve que ce *préjugé* est du moins fort ancien s'il n'est pas fondé. Quand des millions d'hommes ont pendant des milliers d'années partagé une opinion, il est probable que cette opinion si généralement reçue s'appuyait sur des faits positifs, sur une longue suite d'observations justifiées par l'événement… J'ai peine à croire, quelque idée avantageuse que j'aie de moi-même, que tant de personnes, dont plusieurs à coup sûr étaient illustres, éclairées et savantes, se soient trompées grossièrement dans une chose où seul je verrais clair…

— Votre raisonnement est facile à rétorquer, interrompit miss Alicia Ward : le polythéisme n'a-t-il pas été la religion d'Hésiode, d'Homère, d'Aristote, de Platon, de Socrate même, qui a sacrifié un coq à Esculape, et d'une foule d'autres personnages d'un génie incontestable ?

— Sans doute, mais il n'y a plus personne aujourd'hui qui sacrifie des bœufs à Jupiter.

— Il vaut bien mieux en faire des beefstacks et des rumpsteaks, dit sentencieusement le commodore, que l'usage de brûler les cuisses grasses des victimes sur les chardons avait toujours choqué dans Homère.

— On n'offre plus de colombes à Vénus, ni de paons à Junon, ni de boucs à Bacchus ; le christianisme a remplacé ces rêves de marbre blanc dont la Grèce avait peuplé son Olympe ; la vérité a fait évanouir l'erreur, et une infinité de gens redoutent encore les effets du *fascino*, ou, pour lui donner son nom populaire, de la *jettatura*.

— Que le peuple ignorant s'inquiète de pareilles influences, je le conçois, dit miss Ward ; mais qu'un homme de votre naissance et de votre éducation partage cette croyance, voilà ce qui m'étonne.

— Plus d'un qui fait l'esprit fort, répondit le comte, suspend à sa fenêtre une corne, cloue un massacre[bn] au-dessus de sa porte, et ne marche que couvert d'amulettes ; moi, je suis franc, et j'avoue sans honte que lorsque je rencontre un *jettatore*, je prends volontiers l'autre côté de la rue, et que si je ne puis éviter son regard, je le conjure de mon mieux par le geste consacré. Je n'y mets pas plus de façon qu'un lazzarone, et je m'en trouve bien. Des mésaventures nombreuses m'ont appris à ne pas dédaigner ces précautions. »

Miss Alicia Ward était une protestante, élevée avec une grande liberté d'esprit philosophique, qui n'admettait rien qu'après examen, et dont la raison droite répugnait à tout ce qui ne pouvait s'expliquer mathématiquement. Les discours du comte la surprenaient. Elle voulut d'abord n'y voir qu'un simple jeu d'esprit ; mais le ton calme et convaincu d'Altavilla lui fit changer d'idée sans la persuader en aucune façon.

« Je vous accorde, dit-elle, que ce préjugé existe, qu'il est fort répandu, que vous êtes sincère dans votre crainte du mauvais œil, et ne cherchez pas à vous jouer de la simplicité d'une pauvre étrangère ; mais donnez-moi quelque raison physique de cette idée superstitieuse, car, dussiez-vous me juger comme un être entièrement dénué de poésie, je suis très incrédule : le fantastique, le mystérieux, l'occulte, l'inexplicable ont fort peu de prise sur moi.

— Vous ne nierez pas, miss Alicia, reprit le comte, la puissance de l'œil humain ; la lumière du ciel s'y combine avec le reflet de l'âme ; la prunelle est une lentille qui concentre les rayons de la vie, et l'électricité intellectuelle jaillit par cette étroite ouverture ; le regard d'une femme ne traverse-t-il pas le cœur le plus dur ? Le regard d'un héros n'aimante-t-il pas toute une armée ? Le regard du médecin ne dompte-t-il pas le fou comme une douche froide ? Le regard d'une mère ne fait-il pas reculer les lions ?

— Vous plaidez votre cause avec éloquence, répondit miss Ward, en secouant sa jolie tête ; pardonnez-moi s'il me reste des doutes.

— Et l'oiseau qui, palpitant d'horreur et poussant des cris lamentables, descend du haut d'un arbre, d'où il pourrait s'envoler, pour se jeter dans la gueule du serpent qui le fascine, obéit-il à un préjugé ? a-t-il entendu, dans les nids, des commères emplumées raconter des histoires de jettatura ? — Beaucoup d'effets n'ont-ils pas eu lieu par des causes inappréciables pour nos organes ? Les miasmes de la fièvre paludéenne, de la peste, du choléra, sont-ils visibles ? Nul œil n'aperçoit le fluide électrique sur la broche du paratonnerre, et pourtant la foudre est soutirée[bo] ! Qu'y a-t-il d'absurde à supposer qu'il se dégage de ce disque noir, bleu ou gris, un rayon propice ou fatal ? Pourquoi cette effluve ne serait-elle pas heureuse ou malheureuse d'après le mode d'émission et l'angle sous lequel l'objet la reçoit ?

— Il me semble, dit le commodore, que la théorie du comte a quelque chose de spécieux[bp] ; je n'ai jamais pu, moi, regarder les yeux d'or d'un crapaud sans me sentir à l'estomac une chaleur intolérable, comme si j'avais pris de l'émétique ; et pourtant le pauvre reptile avait plus de raison de craindre que moi qui pouvais l'écraser d'un coup de talon.

— Ah ! mon oncle ! si vous vous mettez avec M. d'Altavilla, fit miss Ward, je vais être battue. Je ne suis pas de force à lutter. Quoique j'eusse peut-être bien des choses à objecter contre cette électricité oculaire dont aucun physicien n'a parlé, je veux bien admettre son existence pour un instant, mais quelle efficacité peuvent avoir pour se préserver de leurs funestes effets les immenses cornes dont vous m'avez gratifiée ?

— De même que le paratonnerre avec sa pointe soutire la foudre, répondit Altavilla, ainsi les pitons aigus de ces cornes sur lesquelles se fixe le regard du jettatore détournent le fluide malfaisant et le dépouillent de sa dangereuse électricité. Les doigts dentus en avant et les amulettes de corail rendent le même service[bq].

— Tout ce que vous me contez là est bien fou, monsieur le comte, reprit miss Ward ; et voici ce que j'y crois comprendre : selon vous, je serais sous le coup du fascino d'un jettatore bien dangereux ; et vous m'avez envoyé des cornes comme moyens de défense ?

— Je le crains, miss Alicia, répondit le comte avec un ton de conviction profonde.

— Il ferait beau voir, s'écria le commodore, qu'un de ces drôles à l'œil louche essayât de fasciner ma nièce ! Quoique j'aie dépassé la soixantaine, je n'ai pas encore oublié mes leçons de boxe[br]. »

Et il fermait son poing en serrant le pouce contre les doigts pliés.

« Deux doigts suffisent, milord, dit Altavilla en faisant prendre à la main du commodore la position voulue. Le plus ordinairement la jettatura est involontaire ; elle s'exerce à l'insu de ceux qui possèdent ce don fatal, et souvent même, lorsque les jettatori arrivent à la conscience de leur funeste pouvoir, ils en déplorent les effets plus que personne ; il faut donc les éviter et non les maltraiter. D'ailleurs, avec les cornes, les doigts en pointe, les branches de corail bifurquées, on peut neutraliser ou du moins atténuer leur influence[bs].

— En vérité, c'est fort étrange, dit le commodore, que le sang-froid d'Altavilla impressionnait malgré lui.

— Je ne me savais pas si fort obsédée par les jettatori ; je ne quitte guère cette terrasse, si ce n'est pour aller faire, le soir, un tour en calèche le long de la Villa Reale, avec mon oncle, et je n'ai rien remarqué qui pût donner lieu à votre supposition, dit la jeune fille dont la curiosité s'éveillait, quoique son incrédulité fût toujours la même. Sur qui se portent vos soupçons ?

— Ce ne sont pas des soupçons, miss Ward ; ma certitude est complète, répondit le jeune comte napolitain.

— De grâce, révélez-nous le nom de cet être fatal ? » dit miss Ward avec une légère nuance de moquerie.

Altavilla garda le silence.

« Il est bon de savoir de qui l'on doit se défier », ajouta le commodore.

Le jeune comte napolitain parut se recueillir ; — puis il se leva, s'arrêta devant l'onde de miss Ward, lui fit un salut respectueux et lui dit :

— « Milord Ward, je vous demande la main de votre nièce. »

À cette phrase inattendue, Alicia devint toute rose, et le commodore passa du rouge à l'écarlate.

Certes, le comte Altavilla pouvait prétendre à la main de miss Ward ; il appartenait à une des plus anciennes et plus nobles familles de Naples ; il était beau, jeune, riche, très bien en cour, parfaitement élevé, d'une élégance irréprochable ; sa demande, en elle-même, n'avait donc rien de choquant ; mais elle venait d'une manière si soudaine, si étrange ; elle ressortait si peu de la conversation entamée, que la stupéfaction de l'oncle et de la nièce était tout à fait convenable. Aussi Altavilla n'en parut-il ni surpris ni découragé, et attendit-il la réponse de pied ferme.

« Mon cher comte, dit enfin le commodore, un peu remis de son trouble, votre proposition m'étonne — autant qu'elle m'honore. — En vérité, je ne sais que vous répondre ; je n'ai pas consulté ma nièce. — On parlait de fascino, de jettatura, de cornes, d'amulettes, de mains ouvertes ou fermées, de toutes sortes de choses qui n'ont aucun rapport au mariage, et puis voilà que vous me demandez la main d'Alicia ! — Cela ne se suit pas du tout, et vous ne m'en voudrez pas si je n'ai pas des idées bien nettes à ce sujet. Cette union serait à coup sûr très convenable, mais je croyais que ma nièce avait d'autres intentions. Il est vrai qu'un vieux loup de mer comme moi ne lit pas bien couramment dans le cœur des jeunes filles… »

Alicia, voyant son oncle s'embrouiller, profita du temps d'arrêt qu'il prit après sa dernière phrase pour faire cesser une scène qui devenait gênante, et dit au Napolitain :

« Comte, lorsqu'un galant homme demande loyalement la main d'une honnête jeune fille, il n'y a pas lieu pour elle de s'offenser, mais elle a droit d'être étonnée de la forme bizarre donnée à cette demande. Je vous priais de me dire le nom du prétendu jettatore dont l'influence peut, selon vous, m'être nuisible, et vous faites brusquement à mon oncle une proposition dont je ne démêle pas le motif.

— C'est, répondit Altavilla, qu'un gentilhomme ne se fait pas volontiers dénonciateur, et qu'un mari seul peut défendre sa femme. Mais prenez quelques jours pour réfléchir. Jusque-là, les cornes exposées d'une façon bien visible suffiront, je l'espère, à vous garantir de tout événement fâcheux. »

Cela dit, le comte se leva et sortit après avoir salué profondément.

Vicè[bt], la fauve servante aux cheveux crépus, qui venait pour emporter la théière et les tasses, avait, en montant lentement l'escalier de la terrasse, entendu la fin de la conversation ; elle nourrissait contre Paul d'Aspremont toute l'aversion qu'une paysanne des Abruzzes apprivoisée à peine par deux ou trois ans de domesticité, peut avoir à l'endroit d'un *forestiere* soupçonné de jettature ; elle trouvait d'ailleurs le comte Altavilla superbe, et ne concevait pas que miss Ward pût lui préférer un jeune homme chétif et pâle dont elle, Vicè, n'eût pas voulu, quand même il n'aurait pas eu le fascino. Aussi, n'appréciant pas la délicatesse de procédé du comte, et désirant soustraire sa maîtresse, qu'elle aimait, à une nuisible influence, Vicè se pencha vers l'oreille de miss Ward et lui dit :

« Le nom que vous cache le comte Altavilla, je le sais, moi.

— Je vous défends de me le dire, Vicè, si vous tenez à mes bonnes grâces, répondit Alicia. Vraiment toutes ces superstitions sont honteuses, et je les braverai en fille chrétienne qui ne craint que Dieu. »

VII

« Jettatore ! jettatore ! Ces mots s'adressaient bien à moi, se disait Paul d'Aspremont en rentrant à l'hôtel ; j'ignore ce qu'ils signifient, mais ils doivent assurément renfermer un sens injurieux ou moqueur. Qu'ai-je dans ma personne de singulier, d'insolite ou de ridicule pour attirer ainsi l'attention d'une manière défavorable ? Il me semble, quoique l'on soit assez mauvais juge de soi-même, que je ne suis ni beau, ni laid, ni grand, ni petit, ni maigre, ni gros, et que je puis passer inaperçu dans la foule. Ma mise n'a rien d'excentrique ; je ne suis pas coiffé d'un turban illuminé de bougies comme M. Jourdain dans la cérémonie du *Bourgeois gentilhomme* ; je ne porte pas une veste brodée d'un soleil d'or dans le dos ; un nègre ne me précède pas jouant des timbales ; mon individualité, parfaitement inconnue, du reste, à Naples, se dérobe sous le vêtement uniforme, domino de la civilisation moderne, et je suis dans tout pareil aux élégants qui se promènent rue de Tolède[bu] ou au largo du Palais, sauf un peu moins de cravate, un peu moins d'épingle, un peu moins de chemise brodée, un peu moins de gilet, un peu moins de chaînes d'or et beaucoup moins de frisure.

« Peut-être ne suis-je pas assez frisé ! – Demain je me ferai donner un coup de fer par le coiffeur de l'hôtel. Cependant l'on a ici l'habitude de voir des étrangers, et quelques imperceptibles différences de toilette ne suffisent pas à justifier le mot mystérieux et le geste bizarre que ma présence provoque. J'ai remarqué, d'ailleurs, une expression d'antipathie et d'effroi dans les yeux des gens qui s'écartaient de mon chemin. Que puis-je avoir fait à ces gens que je rencontre pour la première fois ? Un voyageur, ombre qui passe pour ne plus revenir, n'excite partout que l'indifférence, à moins qu'il n'arrive de quelque région éloignée et ne soit l'échantillon d'une race inconnue : mais les paquebots jettent, toutes les semaines, sur le môle des milliers de touristes dont je ne diffère en rien. Qui s'en inquiète, excepté les facchini, les hôteliers et les domestiques de place ? Je n'ai pas tué mon frère, puisque je n'en avais pas, et je ne dois pas être marqué par Dieu du signe de Caïn, et pourtant les hommes se troublent et s'éloignent à mon aspect : à Paris, à Londres, à Vienne, dans toutes les villes que j'ai habitées, je ne me suis jamais aperçu que je produisisse un effet semblable ; l'on m'a trouvé quelquefois fier, dédaigneux, sauvage ; l'on m'a dit que j'affectais le *sneer*[bv] anglais, que j'imitais lord Byron, mais j'ai reçu partout l'accueil dû à un gentleman, et mes avances, quoique rares, n'en étaient que mieux appréciées. Une traversée de trois jours de Marseille à Naples ne peut pas m'avoir changé à ce point d'être devenu odieux ou grotesque, moi que plus d'une femme a distingué et qui ai su toucher le cœur de miss Alicia Ward, une délicieuse jeune fille, une créature céleste, un ange de Thomas Moore[bw] ! »

Ces réflexions, raisonnables assurément, calmèrent un peu Paul d'Aspremont, et il se persuada qu'il avait attaché à la mimique exagérée des Napolitains, le peuple le plus gesticulateur du monde, un sens dont elle était dénuée.

Il était tard. – Tous les voyageurs, à l'exception de Paul, avaient regagné leurs chambres respectives ; Gelsomina, l'une des servantes dont nous avons esquissé la physionomie dans le conciliabule tenu à la cuisine sous la présidence de Virgilio Falsacappa, attendait que Paul fût rentré pour mettre les barres de clôture à la porte. Nanella, l'autre fille, dont c'était le tour de veiller, avait prié sa compagne plus hardie de tenir sa place, ne voulant pas se rencontrer avec le *forestiere* soupçonné de jettature ; aussi Gelsomina était-elle sous les armes : un énorme paquet d'amulettes se hérissait sur sa poitrine, et cinq petites cornes de corail tremblaient au lieu de pampilles à la perle taillée de ses boucles d'oreilles ; sa main, repliée d'avance, tendait l'index et le petit doigt avec une correction que le révérend curé Andréa de Jorio[bx] auteur de la *Mimica degli antichi investigata nel gestire napoletano*, eût assurément approuvée.

La brave Gelsomina, dissimulant sa main derrière un pli de sa jupe, présenta le flambeau à M. d'Aspremont, et dirigea sur lui un regard aigu, persistant, presque provocateur, d'une expression si singulière, que le jeune homme en baissa les yeux : circonstance qui parut faire beaucoup de plaisir à cette belle fille.

À la voir immobile et droite, allongeant le flambeau avec un geste de statue, le profil découpé par une ligne lumineuse, l'œil fixe et flamboyant, on eût dit la Némésis antique cherchant à déconcerter un coupable.

Lorsque le voyageur eut monté l'escalier et que le bruit de ses pas se fut éteint dans le silence, Gelsomina releva la tête d'un air de triomphe, et dit : « Je lui ai joliment fait rentrer son regard dans la prunelle, à ce vilain monsieur, que saint Janvier confonde ; je suis sûre qu'il ne m'arrivera rien de fâcheux. »

Paul dormit mal et d'un sommeil agité ; il fut tourmenté par toutes sortes de rêves bizarres se rapportant aux idées qui avaient préoccupé sa veille : il se voyait entouré de figures grimaçantes et monstrueuses, exprimant la haine, la colère et la peur ; puis les figures s'évanouissaient ; les doigts longs, maigres, osseux, à phalanges noueuses, sortant de l'ombre et rougis d'une clarté infernale, le menaçaient en faisant des signes cabalistiques ; les ongles de ces doigts, se recourbant en griffes de tigre, en serres de vautour, s'approchaient de plus en plus de son visage et semblaient chercher à lui vider l'orbite des yeux. Par un effort suprême, il parvint à écarter ces mains, voltigeant sur des ailes de chauve-souris ; mais aux mains crochues succédèrent des massacres de bœufs, de buffles et de cerfs, crânes blanchis animés d'une vie morte, qui l'assaillaient de leurs cornes et de leurs ramures et le forçaient à se jeter à la mer, où il se déchirait le corps sur une forêt de corail aux branches pointues ou bifurquées ; – une vague le rapportait à la côte, moulu, brisé, à demi mort ; et, comme le don Juan de lord Byron, il entrevoyait à travers son évanouissement une tête charmante qui se penchait vers lui ; – ce n'était pas Haydée[by], mais Alicia, plus belle encore que l'être imaginaire créé par le poète. La jeune fille faisait de vains efforts pour tirer sur le sable le corps que la mer voulait reprendre, et demandait à Vicè, la fauve servante, une aide que celle-ci lui refusait en riant d'un rire féroce : les bras d'Alicia se fatiguaient, et Paul retombait au gouffre.

Ces fantasmagories confusément effrayantes, vaguement horribles, et d'autres plus insaisissables encore rappelant les fantômes informes ébauchés dans l'ombre opaque des aquatintes de Goya torturèrent le dormeur jusqu'aux premières lueurs du matin ; son âme, affranchie par l'anéantissement du corps, semblait deviner ce que sa pensée éveillée ne pouvait comprendre, et tâchait de traduire ses pressentiments en image dans la chambre noire du rêve.

Paul se leva brisé, inquiet, comme mis sur la trace d'un malheur caché par ces cauchemars dont il craignait de sonder le mystère ; il tournait autour du fatal secret, fermant les yeux pour ne pas voir et les oreilles pour ne pas entendre ; jamais il n'avait été plus triste ; il doutait même d'Alicia ; l'air de fatuité heureuse du comte napolitain, la complaisance avec laquelle la jeune fille l'écoutait, la mine approbative du commodore, tout cela lui revenait en mémoire enjolivé de mille détails cruels, lui noyait le cœur d'amertume et ajoutait encore à sa mélancolie.

La lumière a ce privilège de dissiper le malaise causé par les visions nocturnes. Smarra[bz], offusqué, s'enfuit en agitant ses ailes membraneuses, lorsque le jour tire ses flèches d'or dans la chambre par l'interstice des rideaux. – Le soleil brillait d'un éclat joyeux, le ciel était pur, et sur le bleu de la mer scintillaient des millions de paillettes : peu à peu Paul se rasséréna ; il oublia ses rêves fâcheux et les impressions bizarres de la veille, ou, s'il y pensait, c'était pour s'accuser d'extravagance.

Il alla faire un tour à Chiaja pour s'amuser du spectacle de la pétulance napolitaine : les marchands criaient leurs denrées sur des mélopées bizarres en dialecte populaire, inintelligible pour lui qui ne savait que l'italien, avec des gestes désordonnés et une furie d'action inconnue dans le Nord ; mais toutes les fois qu'il s'arrêtait près d'une boutique, le marchand prenait un air alarmé, murmurait quelque imprécation à mi-voix, et faisait le geste d'allonger les doigts comme s'il eût voulu le poignarder de l'auriculaire et de l'index ; les commères, plus hardies, l'accablaient d'injures et lui montraient le poing.

VIII

M. d'Aspremont crut, en s'entendant injurier par la populace de Chiaja, qu'il était l'objet de ces litanies grossièrement burlesques dont les marchands[ca] de poisson régalent les gens biens mis qui traversent le marché ; mais une répulsion si vive, un effroi si vrai se peignaient dans tous les yeux, qu'il fut bien forcé de renoncer à cette interprétation ; le mot *jettatore*, qui avait déjà frappé ses oreilles au théâtre de San Carlino, fut encore prononcé, et avec une expression menaçante cette fois ; il s'éloigna donc à pas lents, ne fixant plus sur rien ce regard, cause de tant de trouble. En longeant les maisons pour se soustraire à l'attention publique, Paul arriva à un étalage de bouquiniste ; il s'y arrêta, remua et ouvrit quelques livres, en manière de contenance : il tournait ainsi le dos aux passants, et sa figure à demi cachée par les feuillets évitait toute occasion d'insulte. Il avait bien pensé un instant à charger cette canaille à coups de canne ; la vague terreur superstitieuse qui commençait à s'emparer de lui l'en avait empêché. Il se souvint qu'ayant une fois frappé un cocher insolent d'une légère badine, il l'avait attrapé à la tempe et tué sur le coup, meurtre involontaire dont il ne s'était pas consolé. Après avoir pris et reposé plusieurs volumes dans leur case, il tomba sur le traité de la *jettatura* du signor Niccolo Valetta[cb] ; ce titre rayonna à ses yeux en caractères de flamme, et le livre lui parut placé là par la main de la fatalité ; il jeta au bouquiniste, qui le regardait d'un air narquois, en faisant brimbaler deux ou trois cornes noires mêlées aux breloques de sa montre, les six ou huit carlins, prix du volume, et courut à l'hôtel s'enfermer dans sa chambre pour commencer cette lecture qui devait éclaircir et fixer les doutes dont il était obsédé depuis son séjour à Naples.

Le bouquin du signor Valetta est aussi répandu à Naples que les *Secrets du grand Albert*, l'*Etteila*[cc] ou la *Clef des songes* peuvent l'être à Paris. Valetta définit la jettature, enseigne à quelles marques on peut la reconnaître, par quels moyens on s'en préserve ; il divise les jettatori en plusieurs classes, d'après leur degré de malfaisance, et agite toutes les questions qui se rattachent à cette grave matière.

S'il eût trouvé ce livre à Paris, d'Aspremont l'eût feuilleté distraitement comme un vieil almanach farci d'histoire ridicules, et eût ri du sérieux avec lequel l'auteur traite ces billevesées ; dans la disposition d'esprit où il était, hors de son milieu naturel, préparé à la crédulité par une foule de petits incidents, il le lut avec une secrète horreur, comme un profane épelant sur un grimoire des évocations d'esprits et des formules de cabale. Quoiqu'il n'eût pas cherché à les pénétrer, les secrets de l'enfer se révélaient à lui ; il ne pouvait plus s'empêcher de les savoir, et il avait maintenant la conscience de son pouvoir fatal : il était jettatore ! Il fallait bien en convenir vis-à-vis de lui-même : tous les signes distinctifs décrits par Valetta, il les possédait.

Quelquefois il arrive qu'un homme qui jusque-là s'était cru doué d'une santé parfaite, ouvre par hasard ou par distraction un livre de médecine, et, en lisant la description pathologique d'une maladie, s'en reconnaisse atteint ; éclairé par une lueur fatale, il sent à chaque symptôme rapporté tressaillir douloureusement en lui quelque organe obscur, quelque fibre cachée dont le jeu lui échappait, et il pâlit en comprenant si prochaine une mort qu'il croyait bien éloignée. – Paul éprouva un effet analogue[cd].

Il se mit devant une glace et se regarda avec une intensité effrayante : cette perfection disparate, composée de beautés qui ne se trouvent pas ordinairement ensemble, le faisait plus que jamais ressembler à l'archange déchu, et rayonnait sinistrement dans le fond noir du miroir ; les fibrilles de ses prunelles se tordaient comme des vipères convulsives ;

ses sourcils vibraient pareils à l'arc d'où vient de s'échapper la flèche mortelle ; la ride blanche de son front faisait penser à la cicatrice d'un coup de foudre, et dans ses cheveux rutilants paraissaient flamber des flammes infernales ; la pâleur marmoréenne de la peau donnait encore plus de relief à chaque trait de cette physionomie vraiment terrible.

Paul se fit peur à lui-même : il lui semblait que les effluves de ses yeux, renvoyées par le miroir, lui revenaient en dards empoisonnés : figurez-vous Méduse regardant sa tête horrible et charmante dans le fauve reflet d'un bouclier d'airain.

L'on nous objectera peut-être qu'il est difficile de croire qu'un jeune homme du monde, imbu de la science moderne, ayant vécu au milieu du scepticisme de la civilisation, ait pu prendre au sérieux un préjugé populaire, et s'imaginer être doué fatalement d'une malfaisance mystérieuse. Mais nous répondrons qu'il y a un magnétisme irrésistible dans la pensée générale, qui vous pénètre malgré vous, et contre lequel une volonté unique ne lutte pas toujours efficacement : tel arrive à Naples se moquant de la jettatura, qui finit par se hérisser de précautions cornues et fuir avec terreur tout individu à l'œil suspect. Paul d'Aspremont se trouvait dans une position encore plus grave : – il avait lui-même le fascino, – et chacun l'évitait, ou faisait en sa présence les signes préservatifs recommandés par le signor Valetta. Quoique sa raison se révoltât contre une pareille appréciation, il ne pouvait s'empêcher de reconnaître qu'il présentait tous les indices dénonciateurs de la jettatura. – L'esprit humain, même le plus éclairé, garde toujours un coin sombre, où s'accroupissent les hideuses chimères de la crédulité, où s'accrochent les chauves-souris de la superstition. La vie ordinaire elle-même est si pleine de problèmes insolubles, que l'impossible y devient probable. On peut croire ou nier tout : à un certain point de vue, le rêve existe autant que la réalité.

Paul se sentit pénétré d'une immense tristesse. – Il était un monstre ! – Bien que doué des instincts les plus affectueux et de la nature la plus bienveillante, il portait le malheur avec lui ; son regard, involontairement chargé de venin, nuisait à ceux sur qui il s'arrêtait, quoique dans une intention sympathique. Il avait l'affreux privilège de réunir, de concentrer, de distiller les miasmes morbides, les électricités dangereuses, les influences fatales de l'atmosphère, pour les darder autour de lui[ce]. Plusieurs circonstances de sa vie, qui jusque-là lui avaient semblé obscures et dont il avait vaguement accusé le hasard, s'éclairaient maintenant d'un jour livide : il se rappelait toutes sortes de mésaventures énigmatiques, de malheurs inexpliqués, de catastrophes sans motifs dont il tenait à présent le mot ; des concordances bizarres s'établissaient dans son esprit et les confirmaient dans la triste opinion qu'il avait prise de lui-même[cf].

Il remonta sa vie année par année : il se rappela sa mère morte en lui donnant le jour, la fin malheureuse de ses petits amis de collège, dont le plus cher s'était tué en tombant d'un arbre, sur lequel lui, Paul, le regardait grimper ; cette partie de canot si joyeusement commencée avec deux camarades, et d'où il était revenu seul, après des efforts inouïs pour arracher des herbes les corps des pauvres enfants noyés par le chavirement de la barque ; l'assaut d'armes où son fleuret, brisé près du bouton et transformé ainsi en épée, avait blessé si dangereusement son adversaire, – un jeune homme qu'il aimait beaucoup : – à coup sûr, tout cela pouvait s'expliquer rationnellement, et Paul l'avait fait ainsi jusqu'alors ; pourtant, ce qu'il y avait d'accidentel et de fortuit dans ces événements lui paraissait dépendre d'une autre cause depuis qu'il connaissait le livre de Valetta : l'influence fatale, le fascino, la jettatura, devaient réclamer leur part de ces catastrophes. Une telle continuité de malheurs autour du même personnage n'était pas *naturelle*.

Une autre circonstance plus récente lui revint en mémoire, avec tous ses détails horribles, et ne contribua pas peu à l'affermir dans sa désolante croyance.

À Londres, il allait souvent au théâtre de la Reine, où la grâce d'une jeune danseuse anglaise l'avait particulièrement frappé. Sans en être plus épris qu'on ne l'est d'une gracieuse figure de tableau ou de gravure, il la suivait du regard parmi ses compagnes du corps de ballet, à travers le tourbillon des manœuvres chorégraphiques ; il aimait ce visage doux et mélancolique, cette pâleur délicate que ne rougissait jamais l'animation de la danse, ces beaux cheveux d'un blond soyeux et lustré, couronnés, suivant le rôle, d'étoiles ou de fleurs, ce long regard perdu dans l'espace, ces épaules d'une chasteté virginale frissonnant sous la lorgnette, ces jambes qui soulevaient à regret leurs nuages de gaze et luisaient sous la soie comme le marbre d'une statue antique ; chaque fois qu'elle passait devant la rampe, il la saluait de quelque petit signe d'admiration furtif, ou s'armait de son lorgnon pour la mieux voir[cg].

Un soir, la danseuse, emportée par le vol circulaire d'une valse, rasa de plus près cette étincelante ligne de feu qui sépare au théâtre le monde idéal du monde réel ; ses légères draperies de sylphide palpitaient comme des ailes de colombe prêtes à prendre l'essor. Un bec de gaz tira sa langue bleue et blanche, et atteignit l'étoffe aérienne. En un moment la flamme environna la jeune fille, qui dansa quelques secondes comme un feu follet au milieu d'une lueur rouge, et se jeta vers la coulisse, éperdue, folle de terreur, dévorée vive par ses vêtements incendiés[ch]. – Paul avait été très douloureusement ému de ce malheur, dont parlèrent tous les journaux du temps, où l'on pourrait retrouver le nom de la victime, si l'on était curieux de le savoir. Mais son chagrin n'était pas mélangé de remords. Il ne s'attribuait aucune part dans l'accident qu'il déplorait plus que personne.

Maintenant il était persuadé que son obstination à la poursuivre du regard n'avait pas été étrangère à la mort de cette charmante créature. Il se considérait comme son assassin ; il avait horreur de lui-même et aurait voulu n'être jamais né.

À cette prostration succéda une réaction violente ; il se mit à rire d'un rire nerveux, jeta au diable le livre de Valetta et s'écria : « Vraiment je deviens imbécile ou fou ! Il faut que le soleil de Naples m'ait tapé sur la tête. Que diraient mes amis du club s'ils apprenaient que j'ai sérieusement agité dans ma conscience cette belle question – à savoir si je suis ou non jettatore !

Paddy frappa discrètement à la porte. – Paul ouvrit, et le groom, formaliste dans son service, lui présenta sur le cuir verni de sa casquette, en s'excusant de ne pas avoir de plateau d'argent, une lettre de la part de miss Alicia.

M. d'Aspremont rompit le cachet et lut ce qui suit :

« Est-ce que vous me boudez, Paul ? – Vous n'êtes pas venu hier soir, et votre sorbet au citron s'est fondu mélancoliquement sur la table. Jusqu'à neuf heures j'ai eu l'oreille aux aguets, cherchant à distinguer le bruit des roues de votre voiture à travers le chant obstiné des grillons et les ronflements des tambours de basque ; alors il a fallu perdre tout espoir, et j'ai querellé le commodore. Admirez comme les femmes sont justes ! – Pulcinella avec son nez noir, don Limon et donna Pangrazia ont donc bien du charme pour vous[ci] ? car je sais par ma police que vous avez passé votre soirée à San Carlino. De ces prétendues lettres importantes, vous n'en avez pas écrit une seule. Pourquoi ne pas avouer tout bonnement et tout bêtement que vous êtes jaloux du comte Altavilla ? Je vous croyais plus orgueilleux, et cette modestie de votre part me touche. – N'ayez aucune crainte, M. d'Altavilla est trop beau, et je n'ai pas le goût des Apollons à breloques. Je devrais afficher à votre endroit un mépris superbe et vous dire que je ne me suis pas aperçue de votre absence ; mais la vérité est que j'ai trouvé le temps fort long, que j'étais de très mauvaise humeur, très nerveuse, et que j'ai manqué de battre Vicè, qui riait comme une folle – je ne sais pourquoi, par exemple. A. W. »

Cette lettre enjouée et moqueuse ramena tout à fait les idées de Paul aux sentiments de la vie réelle. Il s'habilla, ordonna de faire avancer la voiture, et bientôt le voltairien Scazziga fit claquer son fouet incrédule aux oreilles de ses bêtes qui se lancèrent au galop sur le pavé de lave, à travers la foule toujours compacte sur le quai de Santa Lucia.

« Scazziga, quelle mouche vous pique ? vous allez causer quelque malheur ! » s'écria M. d'Aspremont. Le cocher se retourna vivement pour répondre, et le regard irrité de Paul l'atteignit en plein visage. – Une pierre qu'il n'avait pas vue souleva une des roues de devant, et il tomba de son siège par la violence du heurt, mais sans lâcher ses rênes. – Agile comme un singe, il remonta d'un saut à sa place, ayant au front une bosse grosse comme un œuf de poule.

« Du diable si je me retourne maintenant quand tu me parleras ! – grommela-t-il entre ses dents. Timberio, Falsacappa et Gelsomina avaient raison, – c'est un jettatore ! Demain, j'achèterai une paire de cornes. Si ça ne peut pas faire de bien, ça ne peut pas faire de mal. »

Ce petit incident fut désagréable à Paul ; il le ramenait dans le cercle magique[cj] dont il voulait sortir : une pierre se trouve tous les jours sous la roue d'une voiture, un cocher maladroit se laisse choir de son siège, – rien n'est plus simple et plus vulgaire. Cependant l'effet avait suivi la cause de si près, la chute de Scazziga coïncidait si justement avec le regard qu'il lui avait lancé, que ses appréhensions lui revinrent :

« J'ai bien envie, se dit-il, de quitter dès demain ce pays extravagant, où je sens ma cervelle ballotter dans mon crâne comme une noisette sèche dans sa coquille. Mais si je confiais mes craintes à miss Ward, elle en rirait, et le climat de Naples est favorable à sa santé. – Sa santé ! mais elle se portait bien avant de me connaître ! Jamais ce nid de cygnes balancé sur les eaux, qu'on nomme l'Angleterre, n'avait produit une enfant plus blanche et plus rose ! La vie éclatait dans ses yeux pleins de lumière, s'épanouissait sur ses joues fraîches et satinées ; un sang riche et pur courait en veines bleues sous sa peau transparente ; on sentait à travers sa beauté une force gracieuse ! Comme sous mon regard elle a pâli, maigri, changé ! comme ses mains délicates devenaient fluettes ! Comme ses yeux si vifs s'entouraient de pénombres attendries ! On eût dit que la consomption lui posait ses doigts osseux sur l'épaule. – En mon absence, elle a bien vite repris ses vives couleurs ; le souffle joue librement dans sa poitrine que le médecin interrogeait avec crainte ; délivrée de mon influence funeste, elle vivrait de longs jours. – N'est-ce pas moi qui la tue ? – L'autre soir, n'a-t-elle pas éprouvé, pendant que j'étais là, une souffrance si aiguë, que ses joues se sont décolorées comme au souffle froid de la mort[ck] ? – Ne lui fais-je pas la jettatura sans le vouloir ? – Mais peut-être aussi n'y a-t-il là rien que de naturel. – Beaucoup de jeunes Anglaises ont des prédispositions aux maladies de poitrine. »

Ces pensées occupèrent Paul d'Aspremont pendant la route. Lorsqu'il se présenta sur la terrasse, séjour habituel de miss Ward et du commodore, les immenses cornes des bœufs de Sicile, présent du comte Altavilla, recourbaient leurs croissants jaspés à l'endroit le plus en vue. Voyant que Paul les remarquait, le commodore devint bleu : ce qui était sa manière de rougir, car, moins délicat que sa nièce, il avait reçu les confidences de Vicè…

Alicia, avec un geste de parfait dédain, fit signe à la servante d'emporter les cornes et fixa sur Paul son bel œil plein d'amour, de courage et de foi.

« Laissez-les à leur place, dit Paul à Vicè ; elles sont fort belles. »

IX

L'observation de Paul sur les cornes données par le comte Altavilla parut faire plaisir au commodore ; Vicè sourit, montrant sa denture dont les canines séparées et pointues brillaient d'une blancheur féroce ; Alicia, d'un coup de paupière rapide, sembla poser à son ami une question qui resta sans réponse.

Un silence gênant s'établit.

Les premières minutes d'une visite même cordiale, familière, attendue et renouvelée tous les jours, sont ordinairement embarrassées. Pendant l'absence, n'eût-elle duré que quelques heures, il s'est reformé autour de chacun une atmosphère invisible contre laquelle se brise l'effusion. C'est comme une glace parfaitement transparente qui laisse apercevoir le paysage et que ne traverserait pas le vol d'une mouche. Il n'y a rien en apparence, et pourtant on sent l'obstacle.

Une arrière-pensée dissimulée par un grand usage du monde préoccupait en même temps les trois personnages de ce groupe habituellement plus à son aise. Le commodore tournait ses pouces avec un mouvement machinal ; d'Aspremont regardait obstinément les pointes noires et polies des cornes qu'il avait défendu à Vicè d'emporter, comme un naturaliste cherchant à classer, d'après un fragment, une espèce inconnue ; Alicia passait son doigt dans la rosette du large ruban qui ceignait son peignoir de mousseline, faisant mine d'en resserrer le nœud.

Ce fut miss Ward qui rompit la glace la première, avec cette liberté enjouée des jeunes filles anglaises, si modestes et si réservées, cependant, après le mariage.

« Vraiment, Paul vous n'êtes guère aimable depuis quelque temps. Votre galanterie est-elle une plante de serre froide qui ne peut s'épanouir qu'en Angleterre, et dont la température de ce climat gêne le développement ? Comme vous étiez attentif, empressé, toujours aux petits soins, dans notre cottage du Lincolnshire ! Vous m'abordiez la bouche en cœur, la main sur la poitrine, irréprochablement frisé, prêt à mettre un genou à terre devant l'idole de votre âme ; — tel, enfin, qu'on représente les amoureux sur les vignettes de roman.

— Je vous aime toujours, Alicia, répondit d'Aspremont d'une voix profonde, mais sans quitter des yeux les cornes suspendues à l'une des colonnes antiques qui soutenaient le plafond de pampres.

— Vous dites cela d'un ton si lugubre, qu'il faudrait être bien coquette pour le croire, continua miss Ward ; — j'imagine que ce qui vous plaisait en moi, c'était mon teint pâle, ma diaphanéité, ma grâce ossianesque et vaporeuse ; mon état de souffrance me donnait un certain charme romantique que j'ai perdu.

— Alicia ! jamais vous ne fûtes plus belle.

— Des mots, des mots, des mots, comme dit Shakespeare[cl]. Je suis si belle que vous ne daignez pas me regarder. »

En effet, les yeux de M. d'Aspremont ne s'étaient pas dirigés une seule fois vers la jeune fille.

« Allons, fit-elle avec un grand soupir comiquement exagéré, je vois que je suis devenue une grosse et forte paysanne, bien fraîche, bien colorée, bien rougeaude, sans la moindre distinction, incapable de figurer au bal d'Almacks[cm], ou dans un livre de beautés, séparée d'un sonnet admiratif par une feuille de papier de soie.

— Miss Ward, vous prenez plaisir à vous calomnier, dit Paul les paupières baissées.

— Vous feriez mieux de m'avouer franchement que je suis affreuse.

— C'est votre faute aussi, commodore ; avec vos ailes de poulet, vos noix de côtelettes, vos filets de bœuf, vos petits verres de vin des Canaries, vos promenades à cheval, vos bains de mer, vos exercices gymnastiques, vous m'avez fabriqué cette fatale santé bourgeoise qui dissipe les illusions poétiques de M. d'Aspremont.

— Vous tourmentez M. d'Aspremont et vous vous moquez de moi, dit le commodore interpellé ; mais certainement, le filet de bœuf est substantiel et le vin des Canaries n'a jamais nui à personne.

— Quel désappointement, mon pauvre Paul ! quitter une nixe, un elfe, une willis, et retrouver ce que les médecins et les parents appellent une jeune personne bien constituée ! — Mais écoutez-moi, puisque vous n'avez plus le courage de m'envisager, et frémissez d'horreur. — Je pèse sept onces de plus qu'à mon départ d'Angleterre.

— Huit onces ! interrompit avec orgueil le commodore, qui soignait Alicia comme eût pu le faire la mère la plus tendre.

— Est-ce huit onces précisément ? Oncle terrible, vous voulez donc désenchanter à tout jamais M. d'Aspremont ? » fit Alicia en affectant un découragement moqueur.

Pendant que la jeune fille le provoquait par ces coquetteries, qu'elle ne se fût pas permises, même envers son fiancé, sans de graves motifs, M. d'Aspremont, en proie à son idée fixe et ne voulant pas nuire à miss Ward par son regard fatal, attachait ses yeux aux cornes talismaniques ou les laissait errer vaguement sur l'immense étendue bleue qu'on découvrait du haut de la terrasse.

Il se demandait s'il n'était pas de son devoir de fuir Alicia, dût-il passer pour un homme sans foi et sans honneur, et d'aller finir sa vie dans quelque île déserte où, du moins, sa jettature s'éteindrait faute d'un regard humain pour l'absorber.

« Je vois, dit Alicia continuant sa plaisanterie, ce qui vous rend si sombre et si sérieux ; l'époque de notre mariage est fixée à un mois ; et vous reculez à l'idée de devenir le mari d'une pauvre campagnarde qui n'a plus la moindre élégance. Je vous rends votre parole : vous pourrez épouser mon amie miss Sarah Templeton, qui mange des pickles et boit du vinaigre pour être mince ! »

Cette imagination la fit rire de ce rire argentin et clair de la jeunesse. Le commodore et Paul s'associèrent franchement à son hilarité.

Quand la dernière fusée de sa gaieté nerveuse se fut éteinte, elle vint à d'Aspremont, le prit par la main, le conduisit au piano placé à l'angle de la terrasse, et lui dit en ouvrant un cahier de musique sur le pupitre :

« Mon ami, vous n'êtes pas en train de causer aujourd'hui et, "ce qui ne vaut pas la peine d'être dit, on le chante" ; vous allez donc faire votre partie dans ce duettino, dont l'accompagnement n'est pas difficile : ce ne sont presque que des accords plaqués. »

Paul s'assit sur le tabouret, miss Alicia se mit debout près de lui, de manière à pouvoir suivre le chant sur la partition. Le commodore renversa sa tête, allongea ses jambes et prit une pose de béatitude anticipée, car il avait des prétentions au dilettantisme et affirmait adorer la musique ; mais dès la sixième mesure il s'endormait du sommeil des justes, sommeil qu'il s'obstinait, malgré les railleries de sa nièce, à appeler une extase, – quoiqu'il lui arrivât quelquefois de ronfler, symptôme médiocrement extatique.

Le duettino était une vive et légère mélodie, dans le goût de Cimarosa, sur des paroles de Métastase, et que nous ne saurions mieux définir qu'en la comparant à un papillon traversant à plusieurs reprises un rayon de soleil.

La musique a le pouvoir de chasser les mauvais esprits : au bout de quelques phrases, Paul ne pensait plus aux doigts conjurateurs, aux cornes magiques, aux amulettes de corail ; il avait oublié le terrible bouquin du signor Valetta et toutes les rêveries de la jettatura. Son âme montait gaiement, avec la voix d'Alicia, dans un air pur et lumineux.

Les cigales faisaient silence comme pour écouter, et la brise de mer qui venait de se lever emportait les notes avec les pétales des fleurs tombées des vases sur le rebord de la terrasse.

« Mon oncle dort comme les sept dormants dans leur grotte. S'il n'était pas coutumier du fait, il y aurait de quoi froisser notre amour-propre de virtuoses, dit Alicia en refermant le cahier. Pendant qu'il repose, voulez-vous faire un tour de jardin avec moi, Paul ? je ne vous ai pas encore montré mon paradis. »

Et elle prit à un clou planté dans l'une des colonnes, où il était suspendu par des brides, un large chapeau de paille de Florence.

Alicia professait en fait d'horticulture les principes les plus bizarres ; elle ne voulait pas qu'on cueillît les fleurs ni qu'on taillât les branches ; et ce qui l'avait charmée dans la villa, c'était, comme nous l'avons dit, l'état sauvagement inculte du jardin.

Les deux jeunes gens se frayaient une route au milieu des massifs qui se rejoignaient aussitôt après leur passage. Alicia marchait devant et riait de voir Paul cinglé derrière elle par les branches de lauriers-roses qu'elle déplaçait. À peine avait-elle fait une vingtaine de pas, que la main verte d'un rameau, comme pour faire une espièglerie végétale, saisit et retint son chapeau de paille en l'élevant si haut, que Paul ne put le reprendre.

Heureusement, le feuillage était touffu, et le soleil jetait à peine quelques sequins d'or sur le sable à travers les interstices des ramures.

« Voici ma retraite favorite », dit Alicia, en désignant à Paul un fragment de roche aux cassures pittoresques, que protégeait un fouillis d'orangers, de cédrats, de lentisques et de myrtes.

Elle s'assit dans une anfractuosité taillée en forme de siège, et fit signe à Paul de s'agenouiller devant elle sur l'épaisse mousse sèche qui tapissait le pied de la roche.

« Mettez vos deux mains dans les miennes et regardez-moi bien en face. Dans un mois, je serai votre femme. Pourquoi vos yeux évitent-ils les miens ? »

En effet, Paul, revenu à ses rêveries de jettature, détournait la vue.

« Craignez-vous d'y lire une pensée contraire ou coupable ? Vous savez que mon âme est à vous depuis le jour où vous avez apporté à mon oncle la lettre de recommandation dans le parloir de Richmond. Je suis de la race de ces Anglaises tendres, romanesques et fières, qui prennent en une minute un amour qui dure toute la vie, – plus que la vie peut-être, – et qui sait aimer, sait mourir[cn]. Plongez vos regards dans les miens, je le veux ; n'essayez pas de baisser la paupière, ne vous détournez pas, ou je penserai qu'un gentleman qui ne doit craindre que Dieu se laisse effrayer par de viles superstitions. Fixez sur moi cet œil que vous croyez si terrible et qui m'est si doux, car j'y vois votre amour, et jugez si vous me trouvez assez jolie encore pour me mener, quand nous serons mariés, promener à Hyde Park en calèche découverte.

Paul, éperdu, fixait sur Alicia un long regard plein de passion et d'enthousiasme. – Tout à coup la jeune fille pâlit ; une douleur lancinante lui traversa le cœur comme un fer de flèche : il sembla que quelque fibre se rompait dans sa poitrine, et elle porta vivement son mouchoir à ses lèvres. Une goutte rouge tacha la fine batiste, qu'Alicia replia d'un geste rapide.

« Oh ! merci, Paul ; vous m'avez rendue bien heureuse, car je croyais que vous ne m'aimiez plus ! »

X

Le mouvement d'Alicia pour cacher son mouchoir n'avait pu être si prompt que M. d'Aspremont ne l'aperçût ; une pâleur affreuse couvrit les traits de Paul car une preuve irrécusable de son fatal pouvoir venait de lui être donnée, et les idées les plus sinistres lui traversaient la cervelle ; la pensée du suicide se présenta même à lui ; n'était-il pas de son devoir de se supprimer comme un être malfaisant et d'anéantir ainsi la cause involontaire de tant de malheurs ? Il eût accepté pour son compte les épreuves les plus dures et porté courageusement le poids de la vie ; mais donner la mort à ce qu'il aimait le mieux au monde, n'était-ce pas aussi par trop horrible[co] ?

L'héroïque jeune fille avait dominé la sensation de douleur, suite du regard de Paul, et qui coïncidait si étrangement avec les avis du comte Altavilla. – Un esprit moins ferme eût pu se frapper de ce résultat, sinon surnaturel, du moins difficilement explicable ; mais, nous l'avons dit, l'âme d'Alicia était religieuse et non superstitieuse. Sa foi inébranlable en ce qu'il faut croire rejetait comme des contes de nourrice toutes ces histoires d'influences mystérieuses, et se riait des préjugés populaires les plus profondément enracinés. – D'ailleurs, eût-elle admis la jettature comme réelle, en eût-elle reconnu chez Paul les signes évidents, son cœur tendre et fier n'aurait pas hésité une seconde. – Paul n'avait commis aucune action où la susceptibilité la plus délicate pût trouver à reprendre, et miss Ward eût préféré tomber morte sous ce regard, prétendu si funeste, à reculer devant un amour accepté par elle avec le consentement de son oncle et que devait couronner bientôt le mariage. Miss Alicia Ward ressemblait un peu à ces héroïnes de Shakespeare chastement hardies, virginalement résolues, dont l'amour subit n'en est pas moins pur et fidèle, et qu'une seule minute lie pour toujours ; sa main avait pressé celle de Paul, et nul homme au monde ne devait plus l'enfermer dans ses doigts. Elle regardait sa vie comme enchaînée, et sa pudeur se fût révoltée à l'idée seule d'un autre hymen.

Elle montra donc une gaieté réelle ou si bien jouée qu'elle eût trompé l'observateur le plus fin, et, relevant Paul, toujours à genoux à ses pieds, elle le promena à travers les allées obstruées de fleurs et de plantes de son jardin inculte, jusqu'à une place où la végétation, en s'écartant, laissait apercevoir la mer comme un rêve bleu d'infini. – Cette sérénité lumineuse dispersa les pensées sombres de Paul : Alicia s'appuyait sur le bras du jeune homme avec un abandon confiant, comme si déjà elle eût été sa femme. Par cette pure et muette caresse, insignifiante de la part de toute autre, décisive de la sienne, elle se donnait à lui plus formellement encore, le rassurant contre ses terreurs, et lui faisant comprendre combien peu la touchaient les dangers dont on la menaçait. Quoiqu'elle eût imposé silence d'abord à Vicè, ensuite à son oncle, et que le comte Altavilla n'eût nommé personne, tout en recommandant de se préserver d'une influence mauvaise, elle avait vite compris qu'il s'agissait de Paul d'Aspremont ; les obscurs discours du beau Napolitain ne pouvaient faire allusion qu'au jeune Français. Elle avait vu aussi que Paul, cédant au préjugé si répandu à Naples, qui fait un jettatore de tout homme d'une physionomie un peu singulière, se croyait, par une inconcevable faiblesse d'esprit, atteint du fascino, et détournait d'elle ses yeux pleins d'amour, de peur de lui nuire par un regard ; pour combattre ce commencement d'idée fixe, elle avait provoqué la scène que nous venons de décrire, et dont le résultat contrariait l'intention, car il ancra Paul plus que jamais dans sa fatale monomanie[cp].

Les deux amants regagnèrent la terrasse, où le commodore, continuant à subir l'effet de la musique, dormait encore mélodieusement sur son fauteuil de bambou. – Paul prit congé, et miss Ward, parodiant le geste d'adieu napolitain, lui envoya du bout des doits un imperceptible baiser en disant : « À demain, Paul, n'est-ce pas ? » d'une voix toute chargée de suaves caresses.

Alicia était en ce moment d'une beauté radieuse, alarmante, presque surnaturelle, qui frappa son oncle réveillé en sursaut par la sortie de Paul. — Le blanc de ses yeux prenait des tons d'argent bruni et faisait étinceler les prunelles comme des étoiles d'un noir lumineux ; ses joues se nuançaient aux pommettes d'un rosé idéal, d'une pureté et d'une ardeur célestes, qu'aucun peintre ne posséda jamais sur sa palette ; ses tempes, d'une transparence d'agate, se veinaient d'un réseau de petits filets bleus, et toute sa chair semblait pénétrée de rayons : on eût dit que l'âme lui venait à la peau.

« Comme vous êtes belle aujourd'hui, Alicia ! dit le commodore.

— Vous me gâtez, mon oncle ; et si je ne suis pas la plus orgueilleuse petite fille des trois royaumes, ce n'est pas votre faute. Heureusement, je ne crois pas aux flatteries, même désintéressées.

— Belle, dangereusement belle, continua en lui-même le commodore ; elle me rappelle, trait pour trait, sa mère, la pauvre Nancy, qui mourut à dix-neuf ans. De tels anges ne peuvent rester sur terre : il semble qu'un souffle les soulève et que des ailes invisibles palpitent à leurs épaules ; c'est trop blanc, trop rosé, trop pur, trop parfait ; il manque à ces corps éthérés le sang rouge et grossier de la vie. Dieu, qui les prête au monde pour quelques jours, se hâte de les reprendre. Cet éclat suprême m'attriste comme un adieu.

— Eh bien, mon oncle, puisque je suis si jolie, reprit miss Ward, qui voyait le front du commodore s'assombrir, c'est le moment de me marier : le voile et la couronne m'iront bien.

— Vous marier ! êtes-vous donc si pressée de quitter votre vieux peau-rouge d'oncle, Alicia ?

— Je ne vous quitterai pas pour cela ; n'est-il pas convenu avec M. d'Aspremont que nous demeurerons ensemble ? Vous savez bien que je ne puis vivre sans vous.

— M. d'Aspremont ! M. d'Aspremont !… La noce n'est pas encore faite.

— N'a-t-il pas votre parole… et la mienne ? — Sir Joshua Ward n'y a jamais manqué.

— Il a ma parole, c'est incontestable, répondit le commodore évidemment embarrassé.

— Le terme de six mois que vous avez fixé n'est-il pas écoulé… depuis quelques jours ? dit Alicia, dont les joues pudiques rosirent encore davantage, car cet entretien, nécessaire au point où en étaient les choses, effarouchait sa délicatesse de sensitive.

– Ah ! tu as compté les mois, petite fille ; fiez-vous donc à ces mines discrètes !

– J'aime M. d'Aspremont, répondit gravement la jeune fille.

– Voilà l'enclouure[cq], fit sir Joshua Ward, qui, tout imbu des idées de Vicè et d'Altavilia, se souciait médiocrement d'avoir pour gendre un jettatore. – Que n'en aimes-tu un autre !

– Je n'ai pas deux cœurs, dit Alicia ; je n'aurai qu'un amour, dussé-je, comme ma mère, mourir à dix-neuf ans.

– Mourir ! ne dites pas de ces vilains mots, je vous en supplie, s'écria le commodore.

– Avez-vous quelque reproche à faire à M. d'Aspremont ?

– Aucun, assurément.

– A-t-il forfait à l'honneur de quelque manière que ce soit ? S'est-il montré une fois lâche, vil, menteur ou perfide ? Jamais a-t-il insulté une femme ou reculé devant un homme ? Son blason est-il terni de quelque souillure secrète ? Une jeune fille, en prenant son bras pour paraître dans le monde, a-t-elle à rougir ou à baisser les yeux ?

– M. Paul d'Aspremont est un parfait gentleman, il n'y a rien à dire sur sa respectabilité.

– Croyez, mon oncle, que si un tel motif existait, je renoncerais à M. d'Aspremont sur l'heure, et m'ensevelirais dans quelque retraite inaccessible ; mais nulle autre raison, entendez-vous, nulle autre ne me fera manquer à une promesse sacrée », dit miss Alicia Ward d'un ton ferme et doux.

Le commodore tournait ses pouces, mouvement habituel chez lui lorsqu'il ne savait que répondre, et qui lui servait de contenance.

« Pourquoi montrez-vous maintenant tant de froideur à Paul ? continua miss Ward. Autrefois vous aviez tant d'affection pour lui ; vous ne pouviez vous en passer dans notre cottage du Lincolnshire, et vous disiez, en lui serrant la main à lui couper les doigts, que c'était un digne garçon, à qui vous confieriez volontiers le bonheur d'une jeune fille.

– Oui, certes, je l'aimais, ce bon Paul, dit le commodore qu'émouvaient ces souvenirs rappelés à propos ; mais ce qui est obscur dans les brouillards de l'Angleterre devient clair au soleil de Naples[cr]…

– Que voulez-vous dire ? fit d'une voix tremblante Alicia abandonnée subitement par ses vives couleurs, et devenue blanche comme une statue d'albâtre sur un tombeau.

– Que ton Paul est un jettatore.

Comment ! vous ! mon oncle ; vous, sir Joshua Ward, un gentilhomme, un chrétien, un sujet de Sa Majesté Britannique, un ancien officier de la marine anglaise, un être éclairé et civilisé, que l'on consulterait sur toutes choses, vous qui avez l'instruction et la sagesse, qui lisez chaque soir la Bible et l'Evangile, vous ne craignez pas d'accuser Paul de jettature[cs] ! Oh ! je n'attendais pas cela de vous !

Ma chère Alicia, répondit le commodore, je suis peut-être tout ce que vous dites là lorsqu'il ne s'agit pas de vous, mais lorsqu'un danger, même imaginaire vous menace, je deviens plus superstitieux qu'un paysan des Abruzzes, qu'un lazzarone du Môle, qu'un ostricajo[ct] de Chiaja, qu'une servante de la Terre de Labour ou même qu'un comte napolitain. Paul peut bien me dévisager tant qu'il voudra avec ses yeux dont le rayon visuel se croise, je resterai aussi calme que devant la pointe d'une épée ou le canon d'un pistolet. Le fascino ne mordra pas sur ma peau tannée, hâlée et rougie par tous les soleils de l'univers. Je ne suis crédule que pour vous, chère nièce, et j'avoue que je sens une sueur froide me baigner les tempes quand le regard de ce malheureux garçon se pose sur vous. Il n'a pas d'intentions mauvaises, je le sais, et il vous aime plus que sa vie ; mais il me semble que, sous cette influence, vos traits s'altèrent, vos couleurs disparaissent, et que vous tâchez de dissimuler une souffrance aiguë ; et alors il me prend de furieuses envies de lui crever les yeux, à votre M. Paul d'Aspremont, avec la pointe des cornes données par Altavilla.

– Pauvre cher oncle, dit Alicia attendrie par la chaleureuse explosion du commandeur ; nos existences sont dans les mains de Dieu : il ne meurt pas un prince sur son lit de parade, ni un passereau des toits sous sa tuile, que son heure ne soit marquée là-haut ; le fascino n'y fait rien, et c'est une impiété de croire qu'un regard plus ou moins oblique puisse avoir une influence. Voyons, n'oncle[cu], continua-t-elle en prenant le terme d'affection familière du fou dans Le Roi Lear, vous ne parliez pas sérieusement tout à l'heure ; votre affection pour moi troublait votre jugement toujours si droit. N'est-ce pas, vous n'oseriez lui dire, à M. Paul d'Aspremont, que vous lui retirez la main de votre nièce, mise par vous dans la sienne, et que vous n'en voulez plus pour gendre, sous le beau prétexte qu'il est – jettatore !

— Par Joshua ! mon patron, qui arrêta le soleil, s'écria le commodore, je ne le lui mâcherai pas, à ce joli M. Paul. Cela m'est bien égal d'être ridicule, absurde, déloyal même, quand il y va de votre santé, de votre vie peut-être ! J'étais engagé avec un homme, et non avec un fascinateur. J'ai promis ; eh bien, je fausse ma promesse, voilà tout ; s'il n'est pas content, je lui rendrai raison. »

Et le commodore, exaspéré, fit le geste de se fendre, sans faire la moindre attention à la goutte qui lui mordait les doigts du pied.

« Sir Joshua Ward, vous ne ferez pas cela », dit Alicia avec une dignité calme.

Le commodore se laissa tomber tout essoufflé dans son fauteuil de bambou et garda le silence.

« Eh bien, mon oncle, quand même cette accusation odieuse et stupide serait vraie, faudra-t-il pour cela repousser M. d'Aspremont et lui faire un crime d'un malheur ? N'avez-vous pas reconnu que le mal qu'il pouvait produire ne dépendait pas de sa volonté, et que jamais âme ne fut plus aimante, plus généreuse et plus noble ?

— On n'épouse pas les vampires, quelques bonnes que soient leurs intentions, répondit le commodore.

— Mais tout cela est chimère, extravagance, superstition ; ce qu'il y a de vrai, malheureusement, c'est que Paul s'est frappé de ces folies, qu'il a prises au sérieux ; il est effrayé, halluciné ; il croit à son pouvoir fatal, il a peur de lui-même, et chaque petit accident qu'il ne remarquait pas autrefois, et dont aujourd'hui il s'imagine être la cause, confirme en lui cette conviction. N'est-ce pas à moi, qui suis sa femme devant Dieu, et qui le serai bientôt devant les hommes, – bénie par vous, mon cher oncle, – de calmer cette imagination surexcitée, de chasser ces vains fantômes, de rassurer, par ma sécurité apparente et réelle, cette anxiété hagarde, sœur de la monomanie, et de sauver, au moyen du bonheur, cette belle âme troublée, cet esprit charmant en péril ?

— Vous avez toujours raison, miss Ward, dit le commodore ; et moi, que vous appelez sage, je ne suis qu'un vieux fou. Je crois que cette Vicè est sorcière ; elle m'avait tourné la tête avec toutes ses histoires. Quant au comte Altavilla, ses cornes et sa bimbeloterie cabalistique me semblent à présent assez ridicules. Sans doute, c'était un stratagème imaginé pour faire éconduire Paul et t'épouser lui-même.

— Il se peut que le comte Altavilla soit de bonne foi, dit miss Ward en souriant ; — tout à l'heure vous étiez encore de son avis sur la jettature.

— N'abusez pas de vos avantages, miss Alicia ; d'ailleurs je ne suis pas encore si bien revenu de mon erreur que je n'y puisse retomber. Le meilleur serait de quitter Naples par le premier départ de bateau à vapeur, et de retourner tout tranquillement en Angleterre. Quand Paul ne verra plus les cornes de bœuf, les massacres de cerf, les doigts allongés en pointe, les amulettes de corail et tous ces engins diaboliques, son imagination se tranquillisera, et moi-même j'oublierai ces sornettes qui ont failli me faire fausser ma parole et commettre une action indigne d'un galant homme. — Vous épouserez Paul, puisque c'est convenu. Vous me garderez le parloir et la chambre du rez-de-chaussée dans la maison de Richmond, la tourelle octogone au castel de Lincolnshire, et nous vivrons heureux ensemble. Si votre santé exige un air plus chaud, nous louerons une maison de campagne aux environs de Tours, ou bien encore à Cannes, où lord Brougham possède une belle propriété, et où ces damnables superstitions de jettature sont inconnues, Dieu merci. — Que dites-vous de mon projet, Alicia ?

— Vous n'avez pas besoin de mon approbation, ne suis-je pas la plus obéissante des nièces ?

— Oui, lorsque je fais ce que vous voulez, petite masque[cv] », dit en souriant le commodore qui se leva pour regagner sa chambre.

Alicia resta quelques minutes encore sur la terrasse ; mais, soit que cette scène eût déterminé chez elle quelque excitation fébrile, soit que Paul exerçât réellement sur la jeune fille l'influence que redoutait le commodore, la brise tiède, en passant sur ses épaules protégées d'une simple gaze, lui causa une impression glaciale, et, le soir, se sentant mal à l'aise, elle pria Vicè d'étendre sur ses pieds froids et blancs comme le marbre une de ces couvertures arlequinées qu'on fabrique à Venise.

Cependant les lucioles scintillaient dans le gazon, les grillons chantaient, et la lune large et jaune montait au ciel dans une brume de chaleur[cw].

XI

Le lendemain de cette scène, Alicia, dont la nuit n'avait pas été bonne, effleura à peine des lèvres le breuvage que lui offrait Vicè tous les matins, et le reposa languissamment sur le guéridon près de son lit. Elle n'éprouvait précisément aucune douleur, mais elle se sentait brisée ; c'était plutôt une difficulté de vivre qu'une maladie, et elle eût été embarrassée d'en accuser les symptômes à un médecin[cx]. Elle demanda un miroir à Vicè, car une jeune fille s'inquiète plutôt de l'altération que la souffrance peut apporter à sa beauté que de la souffrance elle-même. Elle était d'une blancheur extrême ; seulement deux petites taches semblables à deux feuilles de rose du Bengale tombées sur une coupe de lait nageaient sur sa pâleur. Ses yeux brillaient d'un éclat insolite, allumés par les dernières flammes de la fièvre ; mais la cerise de ses lèvres était beaucoup moins vif, et pour y faire revenir la couleur, elle les mordit de ses petites dents de nacre.

Elle se leva, s'enveloppa d'une robe de chambre en cachemire blanc, tourna une écharpe de gaze autour de sa tête, — car, malgré la chaleur qui faisait crier les cigales, elle était encore un peu frileuse, — et se rendit sur la terrasse à l'heure accoutumée, pour ne pas éveiller la sollicitude toujours aux aguets du commodore. Elle toucha du bout des lèvres au déjeuner, bien qu'elle n'eût pas faim, mais le moindre indice de malaise n'eût pas manqué d'être attribué à l'influence de Paul par sir Joshua Ward, et c'est ce qu'Alicia voulait éviter avant toute chose.

Puis, sous prétexte que l'éclatante lumière du jour la fatiguait, elle se retira dans sa chambre, non sans avoir réitérer plusieurs fois au commodore, soupçonneux en pareille matière, l'assurance qu'elle se portait à ravir.

« À ravir… j'en doute, se dit le commodore à lui-même lorsque sa nièce s'en fut allée. — Elle avait des tons nacrés près de l'œil, de petites couleurs vives au haut des joues, — juste comme sa pauvre mère, qui, elle aussi, prétendait ne s'être jamais mieux portée. — Que faire ? Lui ôter Paul, ce serait la tuer d'une autre manière ; laissons agir la nature. Alicia est si jeune ! Oui, mais c'est aux plus jeunes et aux plus belles que la vieille Mob[cy] en veut ; elle est jalouse comme une femme. Si je faisais venir un docteur ? mais que peut la médecine sur un ange ! Pourtant tous les symptômes fâcheux avaient disparu… Ah ! si c'était toi, damné

Paul, dont le souffle fit pencher cette fleur divine, je t'étranglerais de mes propres mains. Nancy ne subissait le regard d'aucun jettatore, et elle est morte. – Si Alicia mourait ! Non, cela n'est pas possible. Je n'ai rien fait à Dieu pour qu'il me réserve cette affreuse douleur. Quand cela arrivera, il y aura longtemps que je dormirai sous ma pierre avec le *Sacred to the memory of sir Joshua Ward*, à l'ombre de mon clocher natal. C'est elle qui viendra pleurer et prier sur la pierre grise pour le vieux commodore… Je ne sais ce que j'ai, mais je suis mélancolique et funèbre en diable ce matin ! »

Pour dissiper ces idées noires, le commodore ajouta un peu de rhum de la Jamaïque au thé refroidi dans sa tasse, et se fit apporter son hooka^{cz}, distraction innocente qu'il ne se permettait qu'en l'absence d'Alicia, dont la délicatesse eût pu être offusquée même par cette fumée légère mêlée de parfum.

Il avait déjà fait bouillonner l'eau aromatisée du récipient et chassé devant lui quelques nuages bleuâtres, lorsque Vicè parut annonçant le comte Altavilla.

« Sir Joshua, dit le comte après les premières civilités, avez-vous réfléchi à la demande que je vous ai faite l'autre jour ?

– J'y ai réfléchi, reprit le commodore ; mais, vous le savez, M. Paul d'Aspremont a ma parole.

– Sans doute ; pourtant il y a des cas où une parole se retire ; par exemple, lorsque l'homme à qui on l'a donnée, pour une raison ou pour une autre, n'est pas tel qu'on le croyait d'abord.

– Comte, parlez plus clairement.

– Il me répugne de charger un rival ; mais, d'après la conversation que nous avons eue ensemble, vous devez me comprendre. Si vous rejetiez M. Paul d'Aspremont, m'accepteriez-vous pour gendre ?

– Moi, certainement ; mais il n'est pas aussi sûr que miss Ward s'arrangeât de cette substitution. – Elle est entêtée de ce Paul, et c'est un peu ma faute, car moi-même je favorisais ce garçon avant toutes ces sottes histoires. – Pardon, comte, de l'épithète, mais j'ai vraiment la cervelle à l'envers.

– Voulez-vous que votre nièce meure ? dit Altavilla d'un ton ému et grave.

– Tête et sang ! ma nièce mourir ! » s'écria le commodore en bondissant de son fauteuil et en rejetant le tuyau de maroquin de son hooka.

Quand on attaquait cette corde chez sir Joshua Ward, elle vibrait toujours.

« Ma nièce est-elle donc dangereusement malade ?

— Ne vous alarmez pas si vite, milord ; miss Alicia peut vivre, et même très longtemps.

— À la bonne heure ! vous m'aviez bouleversé.

— Mais à une condition, continua le comte Altavilla : c'est qu'elle ne voie plus M. Paul d'Aspremont.

— Ah ! voilà la jettature qui revient sur l'eau ! Par malheur, miss Ward n'y croit pas.

— Écoutez-moi, dit posément le comte Altavilla. — Lorsque j'ai rencontré pour la première fois miss Alicia au bal chez le prince de Syracuse, et que j'ai conçu pour elle une passion aussi respectueuse qu'ardente, c'est de la santé étincelante, de la joie d'existence, de la fleur de vie qui éclataient dans toute sa personne que je fus d'abord frappé. Sa beauté en devenait lumineuse et nageait comme dans une atmosphère de bien-être. — Cette phosphorescence la faisait briller comme une étoile ; elle éteignait Anglaises, Russes, Italiennes, et je ne vis plus qu'elle. — À la distinction britannique elle joignait la grâce pure et forte des anciennes déesses ; excusez cette mythologie chez le descendant d'une colonie grecque.

— C'est vrai qu'elle était superbe ! Miss Edwina O'Herty, lady Eleonor Lilly, mistress Jane Strangford, la princesse Véra Fédorowna Bariatinski faillirent en avoir la jaunisse de dépit, dit le commodore enchanté.

— Et maintenant ne remarquez-vous pas que sa beauté a pris quelque chose de languissant, que ses traits s'atténuent en délicatesses morbides, que les veines de ses mains se dessinent plus bleues qu'il ne faudrait, que sa voix a des sons d'harmonica d'une vibration inquiétante et d'un charme douloureux ? L'élément terrestre s'efface et laisse dominer l'élément angélique. Miss Alicia devient d'une perfection éthérée que, dussiez-vous me trouver matériel, je n'aime pas voir aux filles de ce globe. »

Ce que disait le comte répondait si bien aux préoccupations secrètes de sir Joshua Ward, qu'il resta quelques minutes silencieux et comme perdu dans une rêverie profonde.

« Tout cela est vrai ; bien que parfois je cherche à me faire illusion, je ne puis en disconvenir.

— Je n'ai pas fini, dit le comte ; la santé de miss Alicia avant l'arrivée de M. d'Aspremont en Angleterre avait-elle fait naître des inquiétudes ?

— Jamais : c'était la plus fraîche et la plus rieuse enfant des trois royaumes.

— La présence de M. d'Aspremont coïncide, comme vous le voyez, avec les périodes maladives qui altèrent la précieuse santé de miss Ward. Je ne vous demande pas, à vous, homme du Nord, d'ajouter une foi implicite à une croyance, à un préjugé, à une superstition, si vous voulez, de nos contrées méridionales, mais convenez cependant que ces faits sont étranges et méritent toute votre attention…

— Alicia ne peut-elle être malade… naturellement ? dit le commodore, ébranlé par les raisonnements captieux d'Altavilla, mais que retenait une sorte de honte anglaise d'adopter la croyance populaire napolitaine.

— Miss Ward n'est pas malade ; elle subit une sorte d'empoisonnement par le regard, et si M. d'Aspremont n'est pas jettatore, au moins il est funeste.

— Qu'y puis-je faire ? elle aime Paul, se rit de la jettature et prétend qu'on ne peut donner une pareille raison à un homme d'honneur pour le refuser.

— Je n'ai pas le droit de m'occuper de votre nièce ; je ne suis ni son frère, ni son parent, ni son fiancé ; mais si j'obtenais votre aveu, peut-être tenterais-je un effort pour l'arracher à cette influence fatale. Oh ! ne craignez rien ; je ne commettrai pas d'extravagance ; — quoique jeune, je sais qu'il ne faut pas faire de bruit autour de la réputation d'une jeune fille ; — seulement permettez-moi de me taire sur mon plan. Ayez assez de confiance en ma loyauté pour croire qu'il ne renferme rien que l'homme le plus délicat ne puisse avouer.

— Vous aimez donc bien ma nièce ? dit le commodore.

— Oui, puisque je l'aime sans espoir ; mais m'accorderez-vous la licence d'agir ?

— Vous êtes un terrible homme, comte Atlavilla ; eh bien ! tâchez de sauver Alicia à votre manière, je ne le trouverai pas mauvais, et même je le trouverai fort bon. »

Le comte se leva, salua, regagna sa voiture et dit au cocher de le conduire à l'hôtel de Rome.

Paul, les coudes sur la table, la tête dans ses mains, était plongé dans les plus douloureuses réflexions ; il avait vu les deux ou trois gouttelettes rouges sur le mouchoir d'Alicia, et toujours infatué de son idée fixe, il se reprochait son amour meurtrier ; il se blâmait d'accepter le dévouement de cette belle jeune fille décidée à mourir pour lui, et se demandait par quel sacrifice surhumain il pourrait payer cette sublime abnégation.

Paddy, le jockey-gnome, interrompit cette méditation en apportant la carte du comte Altavilla.

« Le comte Altavilla ! que peut-il me vouloir ? fit Paul excessivement surpris. Faites-le entrer. »

Lorsque le Napolitain parut sur le seuil de la porte, M. d'Aspremont avait déjà posé sur son étonnement ce masque d'indifférence glaciale qui sert aux gens du monde à cacher leurs impressions[da].

Avec une politesse froide il désigna un fauteuil au comte, s'assit lui-même, et attendit en silence, les yeux fixés sur le visiteur.

« Monsieur, commença le comte en jouant avec les breloques de sa montre, ce que j'ai à vous dire est si étrange, si déplacé, si inconvenant, que vous auriez le droit de me jeter par la fenêtre. – Épargnez-moi cette brutalité, car je suis prêt à vous rendre raison en galant homme.

– J'écoute, monsieur, sauf à profiter plus tard de l'offre que vous me faites, si vos discours ne me conviennent pas, répondit Paul, sans qu'un muscle de sa figure bougeât.

– Vous êtes jettatore ! »

À ces mots, une pâleur verte envahit subitement la face de M. d'Aspremont, une auréole rouge cercla ses yeux ; ses sourcils se rapprochèrent, la ride de son front se creusa, et de ses prunelles jaillirent comme des lueurs sulfureuses ; il se souleva à demi, déchirant de ses mains crispées les bras d'acajou du fauteuil. Ce fut si terrible qu'Altavilla, tout brave qu'il était, saisit une des petites branches de corail bifurquées suspendues à la chaîne de sa montre, et en dirigea instinctivement les pointes vers son interlocuteur.

Par un effort suprême de volonté, M. d'Aspremont se rassit et dit : « Vous aviez raison, monsieur ; telle est, en effet, la récompense que mériterait une pareille insulte ; mais j'aurai la patience d'attendre une autre réparation.

– Croyez, continua le comte, que je n'ai pas fait à un gentleman cet affront, qui ne peut se laver qu'avec du sang, sans les plus graves motifs. J'aime miss Alicia Ward.

– Que m'importe ?

– Cela vous importe, en effet, fort peu, car vous êtes aimé ; mais moi, don Felipe Altavilla, je vous défends de voir miss Alicia Ward.

– Je n'ai pas d'ordre à recevoir de vous.

– Je le sais, répondit le comte napolitain ; aussi je n'espère pas que vous m'obéissiez.

– Alors quel est le motif qui vous fait agir ? dit Paul.

J'ai la conviction que le fascino dont malheureusement vous êtes doué influe d'une manière fatale sur miss Alicia Ward. C'est là une idée absurde, un préjugé digne du Moyen Âge, qui doit vous paraître profondément ridicule ; je ne discuterai pas là-dessus avec vous. Vos yeux se portent vers miss Ward et lui lancent malgré vous ce regard funeste qui la fera mourir. Je n'ai aucun autre moyen d'empêcher ce triste résultat que de vous chercher une querelle d'Allemand. Au XVIe siècle, je vous aurais fait tuer par quelqu'un de mes paysans de la montagne ; mais aujourd'hui ces mœurs ne sont plus de mise. J'ai bien pensé à vous prier de retourner en France ; c'était trop naïf : vous auriez ri de ce rival qui vous eût dit de vous en aller et de le laisser seul auprès de votre fiancée sous prétexte de jettature. »

Pendant que le comte Altavilla parlait, Paul d'Aspremont se sentait pénétré d'une secrète horreur ; il était donc, lui chrétien, en proie aux puissances de l'enfer[ab], et le mauvais ange regardait par ses prunelles ! il semait les catastrophes, son amour donnait la mort ! Un instant sa raison tourbillonna dans son cerveau, et la folie battit de ses ailes les parois intérieures de son crâne.

« Comte, sur l'honneur, pensez-vous ce que vous dites ? s'écria d'Aspremont après quelques minutes d'une rêverie que le Napolitain respecta.

– Sur l'honneur, je le pense.

– Oh ! alors ce serait donc vrai ! dit Paul à demi-voix : je suis donc un assassin, un démon, un vampire ! je tue cet être céleste, je désespère ce vieillard ! » Et il fut sur le point de promettre au comte de ne pas revoir Alicia ; mais le respect humain et la jalousie qui s'éveillaient dans son cœur retinrent ses paroles sur ses lèvres.

« Comte, je ne vous cache point que je vais de ce pas chez miss Ward.

– Je ne vous prendrai pas au collet pour vous en empêcher ; vous m'avez tout à l'heure épargné les voies de fait, j'en suis reconnaissant ; mais je serai charmé de vous voir demain, à six heures, dans les ruines de Pompéi, à la salle des thermes, par exemple ; on y est fort bien. Quelle arme préférez-vous ? Vous êtes l'offensé : épée, sabre ou pistolet ?

– Nous nous battrons au couteau et les yeux bandés, séparés par un mouchoir dont nous tiendrons chacun un bout. Il faut égaliser les chances : je suis jettatore ; je n'aurais qu'à vous tuer en vous regardant, monsieur le comte ! »

Paul d'Aspremont partit d'un éclat de rire strident, poussa une porte et disparut.

XII

Alicia s'était établie dans une salle basse de la maison dont les murs étaient ornés de ces paysages à fresques qui, en Italie, remplacent les papiers. Des nattes de paille de Manille couvraient le plancher. Une table sur laquelle était jeté un bout de tapis turc et que jonchaient les poésies de Coleridge, de Shelley, de Tennyson et de Longfellow, un miroir à cadre antique et quelques chaises de canne composaient tout l'ameublement ; des stores de jonc de la Chine historiés de pagodes, de rochers, de saules, de grues et de dragons, ajustés aux ouvertures et relevés à demi, tamisaient une lumière douce ; une branche d'oranger[dc], toute chargée de fleurs que les fruits, en se nouant, faisaient tomber, pénétrait familièrement dans la chambre et s'étendait comme une guirlande au-dessus de la tête d'Alicia, en secouant sur elle sa neige parfumée.

La jeune fille, toujours un peu souffrante, était couchée sur un étroit canapé près de la fenêtre ; deux ou trois coussins du Maroc la soulevaient à demi ; la couverture vénitienne enveloppait chastement ses pieds ; arrangée ainsi, elle pouvait recevoir Paul sans enfreindre les lois de la pudeur anglaise.

Le livre commencé avait glissé à terre de la main distraite d'Alicia ; ses prunelles nageaient vaguement sous leurs longs cils et semblaient regarder au-delà du monde ; elle éprouvait cette lassitude presque voluptueuse qui suit les accès de fièvre, et toute son occupation était de mâcher les fleurs de l'oranger qu'elle ramassait sur sa couverture et dont le parfum amer lui plaisait. N'y a-t-il pas une Vénus mâchant des roses, du Schiavone[dd] ? Quel gracieux pendant un artiste moderne eût pu faire au tableau du vieux Vénitien en représentant Alicia mordillant des fleurs d'oranger !

Elle pensait à M. d'Aspremont et se demandait si vraiment elle vivrait assez pour être sa femme ; non qu'elle ajoutât foi à l'influence de la jettature, mais elle se sentait envahie malgré elle de pressentiments funèbres : la nuit même, elle avait fait un rêve dont l'impression ne s'était pas dissipée au réveil.

Dans son rêve, elle était couchée, mais éveillée, et dirigeait ses yeux vers la porte de sa chambre, pressentant que quelqu'un allait apparaître. – Après deux ou trois minutes d'attente anxieuse, elle avait vu se dessiner sur le fond sombre qu'encadrait le chambranle de la porte une forme svelte et blanche, qui, d'abord transparente et laissant, comme un léger brouillard, apercevoir les objets à travers elle, avait pris plus de consistance en avançant vers le lit.

L'ombre était vêtue d'une robe de mousseline dont les plis traînaient à terre ; de longues spirales de cheveux noirs, à moitié détordues, pleuraient le long de son visage pâle, marqué de deux petites taches roses aux pommettes ; la chair du col et de la poitrine était si blanche qu'elle se confondait avec la robe, et qu'on n'eût pu dire où finissait la peau et où commençait l'étoffe ; un imperceptible jaseron[de] de Venise cerclait le col mince d'une étroite ligne d'or ; la main fluette et veinée de bleu tenait une fleur – une rose-thé – dont les pétales se détachaient et tombaient à terre comme des larmes.

Alicia ne connaissait pas sa mère, morte un an après lui avoir donné le jour ; mais bien souvent elle s'était tenue en contemplation devant une miniature dont les couleurs presque évanouies, montrant le ton jaune d'ivoire, et pâles comme le souvenir des morts, faisaient songer au portrait d'une ombre plutôt qu'à celui d'une vivante, et elle comprit que cette femme qui entrait ainsi dans la chambre était Nancy Ward, – sa mère. – La robe blanche, le jaseron, la fleur à la main, les cheveux noirs, les joues marbrées de rose, rien n'y manquait, – c'était bien la miniature agrandie, développée, se mouvant avec toute la réalité du rêve.

Une tendresse mêlée de terreur faisait palpiter le sein d'Alicia. Elle voulait tendre ses bras à l'ombre, mais ses bras, lourds comme du marbre, ne pouvaient se détacher de la couche sur laquelle ils reposaient. Elle essayait de parler, mais sa langue ne bégayait que des syllabes confuses.

Nancy, après avoir posé la rose-thé sur le guéridon, s'agenouilla près du lit et mit sa tête contre la poitrine d'Alicia, écoutant le souffle des poumons, comptant les battements du cœur ; la joue froide de l'ombre causait à la jeune fille, épouvantée de cette auscultation silencieuse[df], la sensation d'un morceau de glace.

L'apparition se releva, jeta un regard douloureux sur la jeune fille et comptant les feuilles de la rose dont quelques pétales encore s'étaient séparés, elle dit : « Il n'y en a plus qu'une. »

Puis le sommeil avait interposé sa gaze noire entre l'ombre et la dormeuse, et tout s'était confondu dans la nuit.

L'âme de sa mère venait-elle l'avertir et la chercher ? Que signifiait cette phrase mystérieuse tombée de la bouche de l'ombre : – « Il n'y en a plus qu'une ? » – Cette pâle rose effeuillée était-elle le symbole de sa vie ? Ce rêve étrange avec ses terreurs gracieuses et son charme effrayant, ce spectre charmant drapé de mousseline et comptant des pétales de fleurs préoccupaient l'imagination de la jeune fille, un nuage de mélancolie flottait sur son beau front, et d'indéfinissables pressentiments l'effleuraient de leurs ailes noires[dg].

Cette branche d'oranger qui secouait sur elle ses fleurs n'avait-elle pas aussi un sens funèbre ? les petites étoiles virginales ne devaient donc pas s'épanouir sous son voile de mariée ? Attristée et pensive, Alicia retira de ses lèvres la fleur qu'elle mordait ; la fleur était jaune et flétrie déjà…

L'heure de la visite de M. d'Aspremont approchait. Miss Ward fit un effort sur elle-même, rasséréna son visage, tourna du doigt les boucles de ses cheveux, rajusta les plis froissés de son écharpe de gaze, et reprit en main son livre pour se donner une contenance.

Paul entra, et miss Ward le reçut d'un air enjoué, ne voulant pas qu'il s'alarmât de la trouver couchée, car il n'eût pas manqué de se croire la cause de sa maladie. La scène qu'il venait d'avoir avec le comte Altavilla donnait à Paul une physionomie irritée et farouche qui fit faire à Vice le signe conjurateur, mais le sourire affectueux d'Alicia eut bientôt dissipé le nuage.

« Vous n'êtes pas malade sérieusement, je l'espère, dit-il à miss Ward en s'asseyant près d'elle.

– Oh ! ce n'est rien, un peu de fatigue seulement : il a fait sirocco hier, et ce vent d'Afrique m'accable ; mais vous verrez comme je me porterai bien dans notre cottage du Lincolnshire ! Maintenant que je suis forte, nous ramerons chacun notre tour sur l'étang ! »

En disant ces mots, elle ne peut comprimer tout a fait une petite toux convulsive[dh].

M. d'Aspremont pâlit et détourna les yeux.

Le silence régna quelques minutes dans la chambre.

« Paul, je ne vous ai jamais rien donné, reprit Alicia en étant de son doigt déjà maigri une bague d'or toute simple ; prenez cet anneau, et portez-le en souvenir de moi ; vous pourrez peut-être le mettre, car vous avez une main de femme ; – adieu ! je me sens lasse et je voudrais essayer de dormir ; venez me voir demain. »

Paul se retira navré ; les efforts d'Alicia pour cacher sa souffrance avaient été inutiles ; il aimait éperdument miss Ward, et il la tuait ! cette bague qu'elle venait de lui donner, n'était-ce pas un anneau de fiançailles pour l'autre vie[di] ?

Il errait sur le rivage à demi fou, rêvant de fuir, de s'aller jeter dans un couvent de trappistes et d'y attendre la mort assis sur son cercueil, sans jamais relever le capuchon de son froc. Il se trouvait ingrat et lâche de ne pas sacrifier son amour et d'abuser ainsi de l'héroïsme d'Alicia : car elle n'ignorait rien, elle savait qu'il n'était qu'un jettatore, comme l'affirmait le comte Altavilla, et, prise d'une angélique pitié, elle ne le repoussait pas[dj] !

« Oui, se disait-il, ce Napolitain, ce beau comte qu'elle dédaigne, est véritablement amoureux. Sa passion fait honte à la mienne : pour sauver Alicia, il n'a pas craint de m'attaquer, de me provoquer, moi, un jettatore, c'est-à-dire, dans ses idées, un être aussi redoutable qu'un démon. Tout en me parlant, il jouait avec ses amulettes, et le regard de ce duelliste célèbre qui a couché trois hommes sur le carreau, se baissait devant le mien ! »

Rentré à l'hôtel de Rome, Paul écrivit quelques lettres, fit un testament par lequel il laissait à miss Alicia Ward tout ce qu'il possédait, sauf un legs pour Paddy, et prit les dispositions indispensables à un galant homme qui doit avoir un duel à mort le lendemain.

Il ouvrit les boîtes de palissandre où ses armes étaient renfermées dans les compartiments garnis de serge verte, remua épées, pistolets, couteaux de chasse, et trouva enfin deux stylets corses parfaitement pareils qu'il avait achetés pour en faire don à des amis.

C'étaient deux lames de pur acier, épaisses près du manche, tranchantes des deux côtés vers la pointe, damasquinées, curieusement terribles et montées avec soin. Paul choisit aussi trois foulards et fit du tout un paquet.

Puis il prévint Scazziga de se tenir prêt de grand matin pour une excursion dans la campagne.

« Oh ! dit-il, en se jetant tour habillé sur son lit, Dieu fasse que ce combat me soit fatal ! Si j'avais le bonheur d'être tué, – Alicia vivrait ! »

XIII

Pompéi, la ville morte, ne s'éveille pas le matin comme les cités vivantes, et quoiqu'elle ait rejeté à demi le drap de cendre qui la couvrait depuis tant de siècles, même quand la nuit s'efface, elle reste endormie sur sa couche funèbre.

Les touristes de toutes nations qui la visitent pendant le jour sont à cette heure encore étendus dans leur lit, tout moulus des fatigues de leurs excursions, et l'aurore, en se levant sur les décombres de la ville-momie[dk], n'y éclaire pas un seul visage humain. Les lézards seuls, en frétillant de la queue, rampent le long des murs, filent sur les mosaïques disjointes, sans s'inquiéter du *cave canem* inscrit au seuil des maisons désertes, et saluent joyeusement les premiers rayons du soleil. Ce sont les habitants qui ont succédé aux citoyens antiques, et il semble que Pompéi n'ait été exhumée que pour eux.

C'est un spectacle étrange de voir à la lueur azurée et rose du matin ce cadavre de ville saisie au milieu de ses plaisirs, de ses travaux et de sa civilisation, et qui n'a pas subi la dissolution lente des ruines ordinaires ; on croit involontairement que les propriétaires de ces maisons conservées dans leurs moindres détails vont sortir de leurs demeures avec leurs habits grecs ou romains ; les chars dont on aperçoit les ornières sur les dalles, se remettre à rouler ; les buveurs à entrer dans ces thermopoles où la marque des tasses est encore empreinte sur le marbre du comptoir. – On marche comme dans un rêve au milieu du passé ; on lit en lettres rouges, à l'angle des rues, l'affiche du spectacle du jour ! – seulement le jour est passé depuis plus de dix-sept siècles[dl]. – Aux clartés naissantes de l'aube, les danseuses peintes sur les murs semblent agiter leurs cro-tales, et du bout de leur pied blanc soulever comme dans une écume rose le bord de leur draperie, croyant sans doute que les lampadaires se rallument pour les orgies du triclinium ; les Vénus, les Satyres, les figures héroïques ou grotesques, animées d'un rayon, essaient de remplacer les habitants disparus, et de faire à la cité morte une population peinte. Les ombres colorées tremblent le long des parois, et l'esprit peut quelques minutes se prêter à l'illusion d'une fantasmagorie antique. Mais ce jour-là, au grand effroi des lézards, la sérénité matinale de Pompéi fut troublée par un visiteur étrange : une voiture s'arrêta à l'entrée de la voie des Tombeaux ; Paul en descendit et se dirigea à pied vers le lieu du rendez-vous.

Il était en avance, et, bien qu'il dût être préoccupé d'autre chose que d'archéologie, il ne pouvait s'empêcher, tout en marchant, de remarquer mille petits détails qu'il n'eût peut-être pas aperçus dans une situation habituelle. Les sens que ne surveille plus l'âme, et qui s'exercent alors pour leur compte, ont quelquefois une lucidité singulière. Des condamnés à mort, en allant au supplice, distinguent une petite fleur entre les fentes du pavé, un numéro au bouton d'un uniforme, une faute d'orthographe sur une enseigne, ou toute autre circonstance puérile qui prend pour eux une importance énorme. – M. d'Aspremont passa devant la villa de Diomèdes, le sépulcre de Mammia, les hémicycles funéraires, la porte antique de la cité, les maisons et les boutiques qui bordent la voie Consulaire, presque sans y jeter les yeux, et pourtant des images colorées et vives de ces monuments arrivaient à son cerveau avec une netteté parfaite ; il voyait tout, et les colonnes cannelées enduites à mi-hauteur de stuc rouge ou jaune, et les peintures à fresque, et les inscriptions tracées sur les murailles ; une annonce de location à la rubrique^{dm} s'était même écrite si profondément dans sa mémoire, que ses lèvres en répétaient machinalement les mots latins sans y attacher aucune espèce de sens.

Était-ce donc la pensée du combat qui absorbait Paul à ce point ? Nullement, il n'y songeait même pas ; son esprit était ailleurs : – dans le parloir de Richmond. Il tendait au commodore sa lettre de recommandation, et miss Ward le regardait à la dérobée ; elle avait une robe blanche, et des fleurs de jasmin étoilaient ses cheveux. Qu'elle était jeune, belle et vivace… alors !

Les bains antiques sont au bout de la voie Consulaire, près de la rue de la Fortune ; M. d'Aspremont n'eut pas de peine à les trouver. Il entra dans la salle voûtée qu'entoure une rangée de niches formées par des atlas de terre cuite, supportant une architrave ornée d'enfants et de feuillages. Les revêtements de marbre, les mosaïques, les trépieds de bronze ont disparu. Il ne reste plus de l'ancienne splendeur que les atlas d'argile et des murailles nues comme celles d'un tombeau ; un jour vague provenant d'une petite fenêtre ronde qui découpe en disque le bleu du ciel, glisse en tremblant sur les dalles rompues du pavé.

C'était là que les femmes de Pompéi venaient, après le bain, sécher leurs beaux corps humides, rajuster leurs coiffures, reprendre leurs tuniques et se sourire dans le cuivre bruni des miroirs. Une scène d'un genre bien différent allait s'y passer, et le sang devait couler sur le sol où ruisselaient jadis les parfums.

Quelques instants après, le comte Altavilla parut : il tenait à la main une boîte à pistolets, et sous le bras deux épées, car il ne pouvait croire que les conditions proposées par M. Paul d'Aspremont fussent sérieuses ; il n'y avait vu qu'une raillerie méphistophélique, un sarcasme infernal.

« Pourquoi faire ces pistolets et ces épées, comte ? dit Paul en voyant cette panoplie ; n'étions-nous pas convenus d'un autre mode de combat ?

— Sans doute ; mais je pensais que vous changeriez peut-être d'avis ; on ne s'est jamais battu de cette façon.

— Notre adresse fût-elle égale, ma position me donne sur vous trop d'avantages, répondit Paul avec un sourire amer ; je n'en veux pas abuser. Voilà des stylets que j'ai apportés ; examinez-les ; ils sont parfaitement pareils ; voici des foulards pour nous bander les yeux. — Voyez, ils sont épais, et *mon regard* n'en pourra percer le tissu. »

Le comte Altavilla fit un signe d'acquiescement.

« Nous n'avons pas de témoins, dit Paul, et l'un de nous ne doit pas sortir vivant de cette cave. Écrivons chacun un billet attestant la loyauté du combat ; le vainqueur le placera sur la poitrine du mort.

— Bonne précaution ! » répondit avec un sourire le Napolitain en traçant quelques lignes sur une feuille du carnet de Paul qui remplit à son tour la même formalité.

Cela fait, les adversaires mirent bas leurs habits, se bandèrent les yeux, s'armèrent de leurs stylets, et saisirent chacun par une extrémité le mouchoir, trait d'union terrible entre leurs haines[dn].

« — Êtes-vous prêt ? dit M. d'Aspremont au comte Altavilla.

— Oui », répondit le Napolitain d'une voix parfaitement calme.

Don Felipe Altavilla était d'une bravoure éprouvée, il ne redoutait au monde que la jettatura, et ce combat aveugle, qui eût fait frissonner tout autre d'épouvante, ne lui causait pas le moindre trouble ; il ne faisait ainsi que jouer sa vie à pile ou face, et n'avait pas le désagrément de voir l'œil fauve de son adversaire darder sur lui son regard jaune[do].

Les deux combattants brandirent leurs couteaux, et le mouchoir qui les reliait l'un à l'autre dans ces épaisses ténèbres se tendit fortement. Par un mouvement instinctif, Paul et le comte avaient rejeté leur torse en arrière, seule parade possible dans cet étrange duel ; leurs bras retombèrent sans avoir atteint autre chose que le vide.

Cette lutte obscure, où chacun pressentait la mort sans la voir venir, avait un caractère horrible. Farouches et silencieux, les deux adversaires reculaient, tournaient, sautaient, se heurtaient quelquefois, manquant ou dépassant le but ; on n'entendait que le trépignement de leurs pieds et le souffle haletant de leurs poitrines[dp].

Une fois Altavilla sentit la pointe de son stylet rencontrer quelque chose ; il s'arrêta croyant avoir tué son rival, et attendit la chute du corps : – il n'avait frappé que la muraille !

« Pardieu ! je croyais bien vous avoir percé de part en part, dit-il en se remettant en garde.

– Ne parlez pas, dit Paul, votre voix me guide. » Et le combat recommença.

Tout à coup les deux adversaires se sentirent détachés.

Un coup de stylet de Paul avait tranché le foulard.

« Trêve ! cria le Napolitain ; nous ne nous tenons plus, le mouchoir est coupé.

– Qu'importe ! continuons », dit Paul.

Un silence morne s'établit. En loyaux ennemis, ni M. d'Aspremont ni le comte ne voulaient profiter des indications données par leur échange de paroles. – Ils firent quelques pas pour se dérouter, et se remirent à se chercher dans l'ombre.

Le pied de M. d'Aspremont déplaça une petite pierre ; ce léger choc révéla au Napolitain, agitant son couteau au hasard, dans quel sens il devait marcher. Se ramassant sur ses jarrets pour avoir plus d'élan, Altavilla s'élança d'un bond de tigre et rencontra le stylet de M. d'Aspremont.

Paul toucha la pointe de son arme et la sentit mouillée… des pas incertains résonnèrent lourdement sur les dalles ; un soupir oppressé se fit entendre et un corps tomba tout d'une pièce à terre.

Pénétré d'horreur, Paul abatti le bandeau qui lui couvrait les yeux, et il vit le comte Altavilla pâle, immobile, étendu sur le dos et la chemise tachée à l'endroit du cœur d'une large plaque rouge.

Le beau Napolitain était mort !

M. d'Aspremont mit sur la poitrine d'Altavilla le billet qui attestait la loyauté du duel, et sortit des bains antiques plus pâle au grand jour qu'au clair de lune le criminel que Prud'hon fait poursuivre par les Erinnyes vengeresses[dq].

XIV

Vers deux heures de l'après-midi, une bande de touristes anglais, guidée par un cicérone, visitait les ruines de Pompéi ; la tribu insulaire, composée du père, de la mère, de trois grandes filles, de deux petits garçons et d'un cousin, avait déjà parcouru d'un œil glauque et froid, où se lisait ce profond ennui qui caractérise la race britannique, l'amphithéâtre, le théâtre de tragédie et de chant, si curieusement juxtaposés ; le quartier militaire, crayonné de caricatures par l'oisiveté du corps de garde ; le Forum, surpris au milieu d'une réparation, la basilique, les temples de Vénus et de Jupiter, le Panthéon et les boutiques qui les bordent. Tous suivaient en silence dans leur *Murray*[dr] les explications bavardes du cicérone et jetaient à peine un regard sur les colonnes, les fragments de statues, les mosaïques, les fresques et les inscriptions.

Ils arrivèrent enfin aux bains antiques, découverts en 1824, comme le guide le leur faisait remarquer. « Ici étaient les étuves, là le four à chauffer l'eau, plus loin la salle à température modérée » ; ces détails donnés en patois napolitain mélangé de quelques désinences anglaises paraissaient intéresser médiocrement les visiteurs, qui déjà opéraient une volte-face pour se retirer, lorsque miss Ethelwina, l'aînée des demoiselles, jeune personne aux cheveux blonds filasse, et à la peau truitée de taches de rousseur, fit deux pas en arrière, d'un air moitié choqué, moitié effrayé, et s'écria : « Un homme ! »

—Ce sera sans doute quelque ouvrier des fouilles à qui l'endroit aura paru propice pour faire la sieste ; il y a sous cette voûte de la fraîcheur et de l'ombre : n'ayez aucune crainte, mademoiselle, dit le guide en poussant du pied le corps étendu à terre. Holà ! réveille-toi, fainéant, et laisse passer Leurs Seigneuries. »

Le prétendu dormeur ne bougea pas.

« Ce n'est pas un homme endormi, c'est un mort », dit un des jeunes garçons, qui, vu sa petite taille, démêlait mieux dans l'ombre l'aspect du cadavre.

Le cicérone se baissa sur le corps et se releva brusquement, les traits bouleversés.

« Un homme assassiné ! s'écria-t-il.

— Oh ! c'est vraiment désagréable de se trouver en présence de tels objets ; écartez-vous, Ethelwina, Kitty, Bess, dit mistress Bracebridge, il ne convient pas à de jeunes personnes bien élevées de regarder un spectacle si impropre. Il n'y a donc pas de police dans ce pays-ci ! Le coroner[ds] aurait dû relever le corps.

Un papier ! fit laconiquement le cousin, roide, long et embarrassé de sa personne comme le laird de Dumbidike de *La Prison d'Edimbourg*[dt].

— En effet, dit le guide en prenant le billet placé sur la poitrine d'Altavilla, un papier avec quelques lignes d'écriture.

— « Lisez », dirent en chœur les insulaires, dont la curiosité était surexcitée.

« Qu'on ne recherche ni n'inquiète personne pour ma mort. Si l'on trouve ce billet sur ma blessure, j'aurai succombé dans un duel loyal.

« Signé FELIPE, comte d'ALTAVILLA. »

« C'était un homme comme il faut ; quel dommage ! soupira mistress Bracebridge, que la qualité de comte du mort impressionnait.

— Et un joli garçon, murmura tout bas Ethelwina, la demoiselle aux taches de rousseur.

— Tu ne te plaindras plus, dit Bess à Kitty, du manque d'imprévu dans les voyages : nous n'avons pas, il est vrai, été arrêtés par des brigands sur la route de Terracine à Fondi ; mais un jeune seigneur percé d'un coup de stylet dans les ruines de Pompéi, voilà une aventure. Il y a sans doute là-dessous une rivalité d'amour ; — au moins nous aurons quelque chose d'italien, de pittoresque et de romantique à raconter à nos amies. Je ferai de la scène un dessin sur mon album, et tu joindras au croquis des stances mystérieuses dans le goût de Byron.

— C'est égal, fit le guide, le coup est bien donné, de bas en haut, dans toutes les règles ; il n'y a rien à dire[du]. »

Telle fut l'oraison funèbre du comte Altavilla.

Quelques ouvriers, prévenus par le cicerone, allèrent chercher la justice, et le corps du pauvre Altavilla fut reporté à son château, près de Salerne.

Quant à M. d'Aspremont, il avait regagné sa voiture, les yeux ouverts comme un somnambule et ne voyant rien. On eût dit une statue qui marchait. Quoiqu'il eût éprouvé à la vue du cadavre cette horreur religieuse qu'inspire la mort, il ne se sentait pas coupable, et le remords n'entrait pour rien dans son désespoir. Provoqué de manière à ne pouvoir refuser, il n'avait accepté ce duel qu'avec l'espérance d'y laisser une vie désormais odieuse. Doué d'un regard funeste, il avait voulu un combat aveugle pour que la fatalité seule fût responsable. Sa main même n'avait pas frappé ; son ennemi s'était enferré ! Il plaignait le comte Altavilla comme s'il eût été étranger à sa mort. « C'est mon stylet qui l'a tué, se disait-il, mais si je l'avais regardé dans un bal, un lustre se fût détaché du plafond et lui eût fendu la tête. Je suis innocent comme la foudre, comme l'avalanche, comme le mancenillier, comme toutes les forces destructives et inconscientes. Jamais ma volonté ne fut malfaisante, mon cœur n'est qu'amour et bienveillance, mais je sais que je suis nuisible. Le tonnerre ne sait pas qu'il tue[dv] ; moi, homme, créature intelligente, n'ai-je pas un devoir sévère à remplir vis-à-vis de moi-même ? je dois me citer à mon propre tribunal et m'interroger. Puis-je rester sur cette terre où je ne cause que des malheurs ? Dieu me damnerait-il si je me tuais par amour pour mes semblables ? Question terrible et profonde que je n'ose résoudre ; il me semble que, dans la position où je suis, la mort volontaire est excusable. Mais si je me trompais ? pendant l'éternité, je serais privé de la vue d'Alicia, qu'alors je pourrais regarder sans lui nuire, car les yeux de l'âme n'ont pas le fascino. – C'est une chance que je ne veux pas courir. »

Une idée subite traversa le cerveau du malheureux jettatore et interrompit son monologue intérieur. Ses traits se détendirent ; la sérénité immuable qui suit les grandes résolutions dérida son front pâle : il avait pris un parti suprême.

« Soyez condamnés, mes yeux, puisque vous êtes meurtriers ; mais, avant de vous fermer pour toujours, saturez-vous de lumière, contemplez le soleil, le ciel bleu, la mer immense, les chaînes azurées des montagnes, les arbres verdoyants, les horizons indéfinis, les colonnades des palais, la cabane du pêcheur, les îles lointaines du golfe, la voile blanche rasant l'abîme, le Vésuve, avec son aigrette de fumée ; regardez, pour vous en souvenir, tous ces aspects charmants que vous ne verrez plus ; étudiez chaque forme et chaque couleur, donnez-vous une dernière fête. Pour aujourd'hui, funestes ou non, vous pouvez vous arrêter sur tout ; enivrez-vous du splendide spectacle de la création ! Allez, voyez, promenez-vous. Le rideau va tomber entre vous et le décor de l'univers ! »

La voiture, en ce moment, longeait le rivage ; la baie radieuse étincelait, le ciel semblait taillé dans un seul saphir ; une splendeur de beauté revêtait toutes choses.

Paul dit à Scazziga d'arrêter ; il descendit, s'assit sur une roche et regarda longtemps, longtemps, longtemps, comme s'il eût voulu accaparer l'infini. Ses yeux se noyaient dans l'espace et la lumière, se renversaient comme en extase, s'imprégnaient de lueurs, s'imbibaient de soleil ! La nuit qui allait suivre ne devait pas avoir d'aurore pour lui.

S'arrachant à cette contemplation silencieuse, M. d'Aspremont remonta en voiture et se rendit chez miss Alicia Ward.

Elle était, comme la veille, allongée sur son étroit canapé, dans la salle basse que nous avons déjà décrite. Paul se plaça en face d'elle, et cette fois ne tint pas ses yeux baissés vers la terre, ainsi qu'il le faisait depuis qu'il avait acquis la conscience de sa jettature.

La beauté si parfaite d'Alicia se spiritualisait par la souffrance : la femme avait presque disparu pour faire place à l'ange : ses chairs étaient transparentes, éthérées, lumineuses ; on apercevait l'âme à travers comme une lueur dans une lampe d'albâtre. Ses yeux avaient l'infini du ciel et la scintillation de l'étoile ; à peine si la vie mettait sa signature rouge dans l'incarnat de ses lèvres.

Un sourire divin illumina sa bouche, comme un rayon de soleil éclairant une rose, lorsqu'elle vit les regards de son fiancé l'envelopper d'une longue caresse. Elle crut que Paul avait enfin chassé ses funestes idées de jettature et lui revenait heureux et confiant comme aux premiers jours, et elle tendit à M. d'Aspremont, qui la garda, sa petite main pâle et fluette.

« Je ne vous fais donc plus peur ? dit-elle avec une douce moquerie à Paul qui tenait toujours les yeux fixés sur elle.

Oh ! laissez-moi vous regarder, répondit M. d'Aspremont d'un ton de voix singulier en s'agenouillant près du canapé ; laissez-moi m'enivrer de cette beauté ineffable ! » et il contemplait avidement les cheveux lustrés et noirs d'Alicia, son beau front pur comme un marbre grec, ses yeux d'un bleu noir comme l'azur d'une belle nuit, son nez d'une coupe si fine, sa bouche dont un sourire languissant montrait à demi les perles, son col de cygne onduleux et flexible, et semblait noter chaque trait, chaque détail, chaque perfection comme un peintre qui voudrait faire un portrait de mémoire ; il se rassasiait de l'aspect adoré, il se faisait une provision de souvenirs, arrêtant les profils, repassant les contours.

Sous ce regard ardent, Alicia, fascinée et charmée, éprouvait une sensation voluptueusement douloureuse, agréablement mortelle ; sa vie s'exaltait et s'évanouissait[dw] ; elle rougissait et pâlissait, devenait froide, puis brûlante. – Une minute de plus, et l'âme l'eût quittée.

Elle mit sa main sur les yeux de Paul, mais les regards du jeune homme traversaient comme une flamme les doigts transparents et frêles d'Alicia.

« Maintenant mes yeux peuvent s'éteindre, je la verrai toujours dans mon cœur », dit Paul en se relevant.

Le soir, après avoir assisté au coucher du soleil, – le dernier qu'il dût contempler, – M. d'Aspremont, en rentrant à l'hôtel de Rome, se fit apporter un réchaud et du charbon.

« Veut-il s'asphyxier ? dit en lui-même Virgilio Falsacappa en remettant à Paddy ce qu'il lui demandait de la part de son maître ; c'est ce qu'il pourrait faire de mieux, ce maudit jettatore ! »

Le fiancé d'Alicia ouvrit la fenêtre, contrairement à la conjecture de Falsacappa, alluma les charbons, y plongea la lame d'un poignard et attendit que le fer devînt rouge[dx].

La mince lame, parmi les braises incandescentes, arriva bientôt au rouge blanc ; Paul, comme pour prendre congé de lui-même, s'accouda sur la cheminée en face d'un grand miroir où se projetait la clarté d'un flambeau à plusieurs bougies ; il regarda cette espèce de spectre qui était lui, cette enveloppe de sa pensée qu'il ne devait plus apercevoir, avec une curiosité mélancolique : « Adieu, fantôme pâle que je promène depuis tant d'années à travers la vie, forme manquée et sinistre où la beauté se mêle à l'horreur, argile scellée au front d'un cachet fatal, masque convulsé d'une âme douce et tendre ! tu vas disparaître à jamais pour moi : vivant, je te plonge dans les ténèbres éternelles, et bientôt je t'aurai oublié comme le rêve d'une nuit d'orage. Tu auras beau dire, misérable corps, à ma volonté inflexible : "Hubert, Hubert, mes pauvres yeux[dy] !" tu ne l'attendriras point. Allons, à l'œuvre, victime et bourreau ! » Et il s'éloigna de la cheminée pour s'asseoir sur le bord de son lit.

Il aviva de son souffle les charbons du réchaud posé sur un guéridon voisin, et saisit par le manche la lame d'où s'échappaient en pétillant de blanches étincelles.

À ce moment suprême, quelle que fût sa résolution, M. d'Aspremont sentit comme une défaillance : une sueur froide baigna ses tempes ; mais il domina bien vite cette hésitation purement physique et approcha de ses yeux le fer brûlant.

Une douleur aiguë, lancinante, intolérable, faillit lui arracher un cri ; il lui sembla que deux jets de plomb fondu lui pénétraient par les prunelles jusqu'au fond du crâne ; il laissa échapper le poignard, qui roula par terre et fit une marque brune sur le parquet.

Une ombre épaisse, opaque, auprès de laquelle la nuit la plus sombre est un jour splendide, l'encapuchonnait de son voile noir ; il tourna la tête vers la cheminée sur laquelle devaient brûler encore les bougies ; il ne vit que des ténèbres denses, impénétrables, où ne tremblaient même pas ces vagues lueurs que les voyants perçoivent encore, les paupières fermées, lorsqu'ils sont en face d'une lumière. – Le sacrifice était consommé !

« Maintenant, dit Paul, noble et charmante créature, je pourrai devenir ton mari sans être un assassin. Tu ne dépériras plus héroïquement sous mon regard funeste : tu reprendras ta belle santé ; hélas ! je ne t'apercevrai plus, mais ton image céleste rayonnera d'un éclat immortel dans mon souvenir ; je te verrai avec l'œil de l'âme, j'entendrai ta voix plus harmonieuse que la plus suave musique, je sentirai l'air déplacé par tes mouvements, je saisirai le frisson soyeux de ta robe, l'imperceptible craquement de ton brodequin, j'aspirerai le parfum léger qui émane de toi et te fait comme une atmosphère. Quelquefois tu laisseras ta main entre les miennes pour me convaincre de ta présence, tu daigneras guider ton pauvre aveugle lorsque son pied hésitera sur son chemin obscur ; tu lui liras les poètes, tu lui raconteras les tableaux et les statues. Par ta parole, tu lui rendras l'univers évanoui ; tu seras sa seule pensée, son seul rêve ; privée de la distraction des choses et de l'éblouissement de la lumière, son âme volera vers toi d'une aile infatigable !

« Je ne regrette rien, puisque tu es sauvée : qu'ai-je perdu, en effet ? le spectacle monotone des saisons et des jours, la vue des décorations plus ou moins pittoresques où se déroulent les cent actes divers de la triste comédie humaine[dz]. – La terre, le ciel, les eaux, les montagnes, les arbres, les fleurs : vaines apparences, redites fastidieuses, formes toujours les mêmes ! Quand on a l'amour, on possède le vrai soleil, la clarté qui ne s'éteint pas ! »

Ainsi parlait, dans son monologue intérieur, le malheureux Paul d'Aspremont, tout enfiévré d'une exaltation lyrique où se mêlait parfois le délire de la souffrance.

Peu à peu ses douleurs s'apaisèrent ; il tomba dans ce sommeil noir, frère de la mort et consolateur comme elle.

Le jour, en pénétrant dans la chambre, ne le réveilla pas. – Midi et minuit devaient désormais, pour lui, avoir la même couleur ; mais les cloches tintant l'*Angelus* à joyeuses volées bourdonnaient vaguement à travers son sommeil, et, peu à peu devenant plus distinctes, le tirèrent de son assoupissement.

Il souleva ses paupières, et, avant que son âme endormie encore se fût souvenue, il eut une sensation horrible. Ses yeux s'ouvraient sur le vide, sur le noir, sur le néant, comme si, enterré vivant[ea], il se fût réveillé de léthargie dans un cercueil ; mais il se remit bien vite. N'en serait-il pas toujours ainsi ? ne devait-il point passer, chaque matin, des ténèbres du sommeil aux ténèbres de la veille ?

Il chercha à tâtons le cordon de la sonnette.

Paddy accourut.

Comme il manifestait son étonnement de voir son maître se lever avec les mouvements incertains d'un aveugle :

« J'ai commis l'imprudence de dormir la fenêtre ouverte, lui dit Paul, pour couper court à toute explication, et je crois que j'ai attrapé une goutte sereine[eb], mais cela se passera ; conduis-moi à mon fauteuil et mets près de moi un verre d'eau fraîche. »

Paddy, qui avait une discrétion tout anglaise, ne fit aucune remarque, exécuta les ordres de son maître et se retira.

Resté seul, Paul trempa son mouchoir dans l'eau froide, et le tint sur ses yeux pour amortir l'ardeur causée par la brûlure.

Laissons M. d'Aspremont dans son immobilité douloureuse et occupons-nous un peu des autres personnages de notre histoire.

La nouvelle de la mort étrange du comte Altavilla s'était promptement répandue dans Naples et servait de thème à mille conjectures plus extravagantes les unes que les autres. L'habileté du comte à l'escrime était célèbre ; Altavilla passait pour un des meilleurs tireurs de cette école napolitaine si redoutable sur le terrain ; il avait tué trois hommes et en avait blessé grièvement cinq ou six. Sa renommée était si bien établie en ce genre, qu'il ne se battait plus. Les duellistes les plus sur la hanche[ec] le saluaient poliment et, les eût-il regardés de travers, évitaient de lui marcher sur le pied. Si quelqu'un de ces rodomonts eût tué Altavilla, il n'eût pas manqué de se faire honneur d'une telle victoire. Restait la supposition d'un assassinat, qu'écartait le billet trouvé sur la poitrine du mort. On contesta d'abord l'authenticité de l'écriture ; mais la main du comte fut reconnue par des personnes qui avaient reçu de lui plus de cent lettres. La circonstance des yeux bandés, car le cadavre portait encore un foulard noué autour de la tête, semblait toujours inexplicable. On retrouva, outre le stylet planté dans la poitrine du comte, un second stylet échappé sans doute de sa main défaillante : mais si le combat avait eu lieu au couteau, pourquoi ces épées et ces pistolets qu'on reconnut pour avoir appartenu au comte, dont le cocher déclara qu'il avait amené son maître à Pompéi, avec ordre de s'en retourner si au bout d'une heure il ne reparaissait pas ?

C'était à s'y perdre.

Le bruit de cette mort arriva bientôt aux oreilles de Vicè, qui en instruisit sir Joshua Ward. Le commodore, à qui revint tout de suite en mémoire l'entretien mystérieux qu'Altavilla avait eu avec lui au sujet d'Alicia, entrevit confusément quelque tentative ténébreuse, quelque lutte horrible et désespérée où M. d'Aspremont devait se trouver mêlé volontairement ou involontairement. Quant à Vicè, elle n'hésitait pas à attribuer la mort du beau comte au vilain jettatore, et en cela sa haine la servait comme une seconde vue. Cependant M. d'Aspremont avait fait sa visite à miss Ward à l'heure accoutumée, et rien dans sa contenance ne trahissait l'émotion d'un drame terrible, il paraissait même plus calme qu'à l'ordinaire.

Cette mort fut cachée à miss Ward, dont l'état devenait inquiétant, sans que le médecin anglais appelé par sir Joshua pût constater de maladie bien caractérisée : c'était comme une sorte d'évanouissement de la vie, de palpitation de l'âme battant des ailes pour prendre son vol, de suffocation d'oiseau sous la machine pneumatique, plutôt qu'un mal réel, possible à traiter par les moyens ordinaires. On eût dit un ange retenu sur terre et ayant la nostalgie du ciel ; la beauté d'Alicia était si suave, si délicate, si diaphane, si immatérielle, que la grossière atmosphère humaine ne devait plus être respirable pour elle ; on se la figurait planant dans la lumière d'or du Paradis, et le petit oreiller de dentelles qui soutenait sa tête rayonnait comme une auréole. Elle ressemblait, sur son lit, à cette mignonne Vierge de Schoorel[ed], le plus fin joyau de la couronne de l'art gothique.

M. d'Aspremont ne vint pas ce jour-là : pour cacher son sacrifice, il ne voulait pas paraître les paupières rougies, se réservant d'attribuer sa brusque cécité à une tout autre cause.

Le lendemain, ne sentant plus de douleur, il monta dans sa calèche, guidé par son groom Paddy.

La voiture s'arrêta comme d'habitude à la porte en claire-voie. L'aveugle volontaire la poussa, et, sondant le terrain du pied, s'engagea dans l'allée connue. Vicè n'était pas accourue selon sa coutume au bruit de la sonnette mise en mouvement par le ressort de la porte ; aucun de ces milles petits bruits joyeux qui sont comme la respiration d'une maison vivante ne parvenait à l'oreille attentive de Paul ; un silence morne, profond, effrayant, régnait dans l'habitation, que l'on eût pu croire abandonnée. Ce silence qui eût été sinistre, même pour un homme clairvoyant, devenait plus lugubre encore dans les ténèbres qui enveloppaient le nouvel aveugle.

Les branches qu'il ne distinguait plus semblaient vouloir le retenir comme des bras suppliants et l'empêcher d'aller plus loin. Les lauriers lui barraient le passage ; les rosiers s'accrochaient à ses habits, les lianes le prenaient aux jambes, le jardin lui disait dans sa langue muette[ee] : « Malheureux ! que viens-tu faire ici ? Ne force pas les obstacles que je t'oppose, va-t'en ! » Mais Paul n'écoutait pas et, tourmenté de pressentiments terribles, se roulait dans le feuillage, repoussait les masses de verdure, brisait les rameaux et avançait toujours du côté de la maison.

Déchiré et meurtri par les branches irritées, il arriva enfin au bout de l'allée. Une bouffée d'air libre le frappa au visage et il continua sa route les mains tendues en avant.

Il rencontra le mur et trouva la porte en tâtonnant.

Il entra ; nulle voix amicale ne lui donna la bienvenue. N'entendant aucun son qui pût le guider, il resta quelques minutes hésitant sur le seuil. Une senteur d'éther, une exhalaison d'aromates, une odeur de cire en combustion, tous les vagues parfums des chambres mortuaires saisirent l'odorat de l'aveugle pantelant d'épouvante ; une idée affreuse se présenta à son esprit, et il pénétra dans la chambre.

Après quelques pas, il heurta quelque chose qui tomba avec grand bruit ; il se baissa et reconnut au toucher que c'était un chandelier de métal pareil aux flambeaux d'église et portant un long cierge.

Éperdu, il poursuivit sa route à travers l'obscurité. Il lui sembla entendre une voix qui murmurait tout bas des prières ; il fit un pas encore, et ses mains rencontrèrent le bord d'un lit ; il se pencha, et ses doigts tremblants effleurèrent d'abord un corps immobile et droit sous une fine tunique, puis une couronne de roses et un visage pur et froid comme le marbre.

C'était Alicia allongée sur sa couche funèbre.

« Morte ! s'écria Paul avec un râle étranglé ! morte ! et c'est moi qui l'ai tuée ! »

Le commodore, glacé d'horreur, avait vu ce fantôme[ef] aux yeux éteints entrer en chancelant, errer au hasard et se heurter au lit de mort de sa nièce : il avait tout compris. La grandeur de ce sacrifice inutile fit jaillir deux larmes des yeux rougis du vieillard, qui croyait bien ne plus pouvoir pleurer.

Paul se précipita à genoux près du lit et couvrit de baisers la main glacée d'Alicia ; les sanglots secouaient son corps par saccades convulsives. Sa douleur attendrit même la féroce Vicè, qui se tenait silencieuse et sombre contre la muraille, veillant le dernier sommeil de sa maîtresse.

Quand ces adieux muets furent terminés, M. d'Aspremont se releva et se dirigea vers la porte, roide, tout d'une pièce, comme un automate mû par des ressorts ; ses yeux ouverts et fixes, aux prunelles atones, avaient une expression surnaturelle : quoique aveugles, on aurait dit qu'ils voyaient. Il traversa le jardin d'un pas lourd comme celui des apparitions de marbre, sortit dans la campagne et marcha devant lui, dérangeant les pierres du pied, trébuchant quelquefois ; prêtant l'oreille comme pour saisir un bruit dans le lointain, mais avançant toujours.

La grande voix de la mer résonnait de plus en plus distincte ; les vagues, soulevées par un vent d'orage, se brisaient sur la rive avec des sanglots immenses, expression de douleurs inconnues, et gonflaient, sous les plis de l'écume, leurs poitrines désespérées ; des millions de larmes amères ruisselaient sur les roches, et les goélands inquiets poussaient des cris plaintifs.

Paul arriva bientôt au bord d'une roche qui surplombait. Le fracas des flots, la pluie salée que la rafale arrachait aux vagues et lui jetait au visage auraient dû l'avertir du danger ; il n'en tint aucun compte ; un sourire étrange crispa ses lèvres pâles, et il continua sa marche sinistre, quoique sentant le vide sous son pied suspendu.

Il tomba ; une vague monstrueuse le saisit, le tordit quelques instants dans sa volute et l'engloutit[eg].

La tempête éclata alors avec furie : les lames assaillirent la plage en files pressées, comme des guerriers montant à l'assaut, et lançant à cinquante pieds en l'air des fumées d'écume ; les nuages noirs se lézardèrent comme des murailles d'enfer, laissant apercevoir par leurs fissures l'ardente fournaise des éclairs ; des lueurs sulfureuses, aveuglantes, illuminèrent l'étendue ; le sommet du Vésuve rougit, et un panache de vapeur sombre, que le vent rabattait, ondula au front du volcan. Les barques amarrées se choquèrent avec des bruis lugubres, et les cordages trop tendus se plaignirent douloureusement. Bientôt la pluie tomba en faisant siffler ses hachures comme des flèches, – on eût dit que le chaos voulait reprendre la nature et en confondre de nouveau des éléments[eh].

Le corps de M. Paul d'Aspremont ne fut jamais retrouvé, quelques recherches que fit faire le commodore.

Un cercueil de bois d'ébène à fermoirs et à poignées d'argent, doublé de satin capitonné, et tel enfin que celui dont miss Clarisse Harlowe recommande les détails avec une grâce si touchante « à monsieur le menuisier », fut embarqué à bord d'un yacht par les soins du commodore, et placé dans la sépulture de famille du cottage du Lincolnshire. Il contenait la dépouille terrestre d'Alicia Ward, belle jusque dans la mort.

Quant au commodore, un changement remarquable s'est opéré dans sa personne. Son glorieux embonpoint a disparu. Il ne met plus de rhum dans son thé, mange du bout des dents, dit à peine deux paroles en un jour, le contraste de ses favoris blancs et de sa face cramoisie n'existe plus, – le commodore est devenu pâle[ei] !

SPIRITE

Nouvelle fantastique

S'il est vrai que *Spirite* est tout à la fois un testament spirituel de Gautier, une somme de ses rêveries, la synthèse de ce qu'il avait toujours cherché, le terme de son œuvre de fiction, et encore l'œuvre la plus auto-biographique qu'il ait écrite, qui tend même à une sorte de définition de lui-même, de portrait littéraire, bref une confession de l'écrivain et du poète fantastique, la genèse de l'œuvre alors se confond avec sa vie : le roman céleste est écrit et vécu par l'auteur qui en devient le héros. Gautier est sa propre source, et avec lui le romantisme des années 1830, dont les thèmes idéalistes et passionnels sont repris, orchestrés, comme si Gautier revenait à sa jeunesse, écrivait déjà son « histoire du roman-tisme », retournait à d'anciennes idées, comme il le faisait en écrivant enfin *Le Capitaine Fracasse*. Le projet du roman ne semble pas remonter en deçà de 1861 : dans les derniers jours de décembre 1861 et les pre-miers jours de janvier 1862, *Le Moniteur universel* annonce « un conte intitulé Spirit ». Cette année-là, en 1861, Allan Kardec a justement publié *Le Livre des médiums* précédé en 1857 du *Livre des esprits*, et en 1858 il a fondé *La Revue spirite*.

En fait on peut penser aussi que le récit *Le Magnétisme* promis à Hetzel en 1856 arrivait à naître sous cette forme. Gautier a-t-il écrit à cette date un début du roman, une première esquisse du projet, ou se borne-t-il à y rêver et à en parler ? Il s'est produit un évènement plus intime et plus fort : à son retour de Russie, en octobre 1861, il a retrouvé Carlotta Grisi, qui vit à Saint-Jean près de Genève avec le prince Radziwill. Gautier y passe une quinzaine de jours. Moment *rétrospectif*, le passé revient à lui : sans ce retour de Carlotta dans sa vie et la renaissance de sa passion pour elle, il n'aurait pas écrit *Spirite*. Puis le 3 octobre 1863 Eugénie Fort dont il s'est rapproché note dans son journal : « Il a commencé aujourd'hui un roman pour *Le Moniteur* : *Spirite*. Il avait travaillé toute la matinée, il avait gagné 200 F. Et s'il le fallait j'en pourrais faire tous les jours autant ». Cette même année, le 20 novembre 1863, Eugénie enregistre les propos de Gautier avant-coureurs de *Spirite* : « Nous ne sommes pas, nous sommes à l'état de devenir, je me sens devenir un esprit pur. Tout ce qui est matériel en moi disparaît, ce que je pense me semble plus réel que ce que je fais, » Elle s'inquiète de « ces idées », il semblait que « son cerveau était fatigué, il était mystique ».

C'était vrai, dans la mesure où, avant d'écrire son roman, et pour l'écrire, Gautier le vivait avec Carlotta Grisi ou avec l'ombre de Carlotta : l'ancienne danseuse étoile était une grand-mère de 46 ans, il est vrai toujours aussi timide et aussi réservée, « d'une volupté chaste et délicate », avait-il dit jadis. Il retourne à Saint-Jean en septembre 1864 pour six semaines, et ces étranges amants qui ne l'ont jamais été et sans doute ne le seront jamais davantage renouent ensemble, se retrouvent comme jadis, décident d'une double correspondance secrète, et du coup les deux ménages sont symétriquement dévastés ; le 20 janvier 1865 il écrit à l'Unique aimée : « Ne la sentez-vous parfois [ma pensée] qui vous enveloppe de son invisible caresse, [...] mon âme se détache de moi pour aller vers vous, avec une ardeur si désireuse, un élan si ailé qu'elle doit arriver jusqu'à vous et vous causer ce léger frisson que cause la présence d'un esprit. » La phrase pourrait figurer dans *Spirite* qui n'est pas encore commencé.

Car la rédaction de la nouvelle coïncide avec le nouveau séjour près de Carlotta commencé le 27 juillet 1865 et terminé à la mi-novembre. Il a prévu de se mettre « à l'histoire de l'Esprit », c'est l'affaire de 10, 12 ou 15 feuilletons ; en fait l'inspiration n'est pas au rendez-vous. Si le projet a été réellement avancé avant le mois de juillet 1865, il semble bien que le récit ne doive rien de très précis à cette ébauche ; le 29 juillet, il écrit à Judith : « Je voudrais bien faire Spirite, avant de rentrer, mais j'ai beau regarder et relire mon épreuve, il ne me vient rien du tout ; j'ai oublié cette histoire et ne sais trop par quoi la remplacer. Je finirai par y mettre n'importe quoi, ce sera toujours aussi bon ou aussi mauvais que ce que feront les autres[1]. »

---

1   *C.G.*, t. IX, p. 93.

Gautier s'est présenté au cours de cet été en train de chercher « sous les grands marronniers » la fin de *Spirite* « dont l'annonce souvent répétée en tête du journal ne laisse pas de nous alarmer un peu ». Sans doute parce qu'il devait aussi inventer et le début et tout le récit. Angoissé, malade, doutant de tout et de lui-même, pris de désespoir et de lassitude, il est en panne, et puis on lui demande une poésie pour l'impératrice, « j'abandonne provisoirement *Spirite* destiné à l'alimentation de ma smala pendant mon absence[1] ».

Mais le 12 août il envoie les deux premiers chapitres du récit et le 29 il écrit à Ernesta Grisi, « *Spirit* est lancé et marche bien[2] », il se « développe plus que je ne croyais » et au début de septembre, le 3e feuilleton est envoyé ; il réclame les épreuves, « l'épreuve réjouit le cœur de l'écrivain et lui fait quelquefois comprendre ce qu'il écrit ». Sa santé s'améliore (il souffre de coliques néphrétiques), le 9 il en est à 5 feuilletons et l'œuvre prend tournure ; il prévient ses sœurs, « c'est dans un genre tout particulier et gracieusement bizarre[3] ». Le 10 octobre il envoie son chapitre X, et tout est bouclé le 9 novembre, Gautier va partir de Genève et son fils lui annonce qu'on ne lui enverra pas les épreuves du dernier chapitre qui lui parviendraient après son départ. Le 22 novembre 1865 il signe le contrat de la publication de *Spirite* en livre chez Charpentier : le livre sera édité le 6 février 1866. *Spirite, nouvelle fantastique* paraît presque immédiatement dans *Le Moniteur*, le 17 novembre, le récit est publié sans doute avant que Gautier l'ait entièrement achevé ; les livraisons se terminent le 6 décembre.

On le sait, Gautier devait donner à Carlotta un exemplaire de sa nouvelle publiée en volume, il lui était spécialement destiné et il contenait cette dédicace imprimée : « *À Carlotta Grisi, / en témoignage de sympathie éternelle et profonde / ce livre est dédié par / Théophile Gautier / Villa Grisi, sur Saint-Jean, Genève, 1865* ». Le roman avait bien été écrit pour elle et par elle, « Ce livre venu de vous retournait à vous » ; et Carlotta a pu lui écrire à propos du succès du roman : « J'en prends une bonne part pour mon compte. Il me semble que je suis pour quelque chose dans votre invention[4]. » Le 17 novembre 1865[5], Gautier écrit

---

1 *Ibid.*, p. 94.
2 *Ibid.*, p. 105 et p. 107.
3 *Ibid.*, p. 109.
4 *Ibid.*, p. 166.
5 *Ibid.*, p. 134.

à celle qui fut Giselle, la Péri, à l'étoile de ses rêves, à la diva de son œuvre : « Mon âme est restée à Saint-Jean auprès de vous et je ne sais que faire de mon corps, je le mène chaque jour au *Moniteur* pour corriger les épreuves de *Spirite* dont la publication a commencé ce matin. Lisez ou plutôt relisez, car vous le connaissez déjà, ce pauvre roman qui n'a d'autre mérite que de refléter une image gracieuse, d'avoir été rêvé sous vos grands marronniers, et peut-être écrit avec une plume qu'avait touchée votre main. L'idée que vos yeux adorés se fixeront quelque temps sur ces lignes où palpite sous le voile d'une fiction le vrai, le seul amour de mon cœur, sera la plus douce récompense de mon travail. » C'est parce qu'il a retrouvé et ré-aimé la Sylphide qui fut son grand amour, que Gautier écrit *Spirite* : le fantastique suppose cette inspiratrice présente, et il s'établit un singulier va-et-vient entre ce qu'il vit et ce qu'il établit dans la fiction ; en janvier 1865 il fait don d'une lorgnette à Carlotta, et il écrit ces mots qui annoncent la fiction : « le souvenir est le miroir où l'on regarde les absents et je vous avoue que je regarde longtemps chaque jour dans cette glace magique » ; avant *Spirite, il lui écrit* comme s'il écrivait déjà *Spirite* : « Dans mon cœur votre chère image est posée comme une madone dans une petite chapelle, ornée de tout mon sentiment et toute ma poésie [...]. Nuit et jour j'y fais ma prière [...] et vous entendez de là-bas les discours muets que je vous tiens perpétuellement car si mon corps est retenu ici, votre pensée ne peut se séparer de vous et vous suit dans tous vos mouvements[1]. »

Sans aucun doute le vécu soutient, produit la fiction, mais il le fait d'autant mieux qu'il est lui-même souvenir, rétrospection, retour dans le présent d'un passé *intemporalisé, immortalisé.* Carlotta n'est plus Carlotta, Carlotta en un sens n'est plus, et le tragique des occasions ratées qui conduit Lavinia à la mort, a tué et magnifié le passé commun de Gautier et de Carlotta. En un sens c'est une ombre.

C'était elle qui figurait dans le roman sous le nom de Lavinia ; Gautier lui-même l'a décrite dans ce portrait où l'on peut retrouver Prascovie, ou Yolande de Foix ou l'apparition dans le miroir : des cheveux blonds ou châtain clair « des yeux bleus d'une limpidité et d'une douceur extrêmes [...], une bouche petite, mignarde, enfantine et presque toujours égayée

---

1   *Ibid.*, p. 15, 20 janvier 1865.

d'un frais sourire, [...] son teint est d'une délicatesse et d'une fraicheur bien rares, on dirait une rose thé qui vient de s'ouvrir ».

Après *Spirite*, il joue à être avec elle comme son héros avec son héroïne; il se sent sauvé, transformé, pardonné d'une faute originelle qui les a séparés, il lui écrit en mars 1866 ce texte qui prolonge le roman : « Je vous aime de toute mon âme, de tout mon esprit, de tout mon corps, avec le sang de mon cœur, la moelle de mes os, avec tout ce qui est moi dans le passé, le présent, l'avenir, dans ce monde-ci et dans l'autre. S'il n'y en a pas, mon amour créera un ciel pour vous y embrasser éternellement et se fondre avec vous dans une perle de lumière comme Malivert et Spirite. Oh, je voudrais vous envelopper d'une caresse infinie, perpétuelle, être votre atmosphère, passer par vos lèvres... vous transfuser ma pensée et mon âme[1]... »

Hélas, la fée de sa jeunesse n'était plus, Carlotta avait quarante-six ans, mais, comme l'a dit Judith[2], l'étoile radieuse était encore visible dans « la petite bourgeoise rangée » qui semblait « une mercière retirée fortune faite » ; il suffisait qu'apparaisse « le rayonnement des prunelles d'un bleu nocturne », qu'une « expression fugitive, une grâce du sourire » fassent revivre la femme divine : alors Gautier revoyait son rêve ; « la figure idéale de Gautier n'était pour lui que le reflet d'une image et il ne se doutait pas qu'il l'avait lui-même recréée. »

Ce qui justifiait plus profondément son rôle d'inspiratrice dans le roman fantastique, c'est qu'en un sens elle était *morte*[3], comme Lavinia, comme Gautier aussi, le destin, le hasard avaient finalement interdit leur amour : tout avait séparé les amants ; le récit d'un amour qui n'avait pas eu lieu, mais qui était déplacé du passé à l'avenir, de la réalité banale à la transfiguration idéaliste, comblait Gautier et Carlotta d'une joie rétrospective, ils éternisaient leur jeunesse, ils arrêtaient leur vie au moment initial de leur amour, et à celui d'une jubilation actuelle à jamais partagée : l'union des âmes corrigeait leur échec, l'amour sublime les rapprochait ; leur ratage était plus que compensé. Plus que jamais le fantastique transformait les rapports de la vie et de la mort, ou du réel et de l'idéal ; le révolu, le perdu, l'aboli revenaient, ils étaient repris

---

1 *Ibid.*, p. 196.
2 *Le Collier des jours. Le second rang du collier. Souvenirs littéraires, op. cit.*, p. 319 *sq.*
3 « Je suis né mort », dit Gautier (*C.G.*, t. IX, p. 284). Voir, dans *Histoire du romantisme suivi de Quarante portraits contemporains* (Paris, Gallimard, « Folio », 2011, p. 169), le portrait de Carlotta. Lavinia d'Aufideni est par l'onomastique « italienne » ou « latine » : comme Carlotta, comme Marie Mattei.

dans une relation idéale ; la mort ou son équivalent, l'échec, était la condition d'un bonheur absolu. C'était au fond le sens de la rétrospection fantastique : ceux qui ont connu la mort dans la vie, sont des initiés virtuels à la vie dans la mort. Le couple des amants d'outre-tombe avait comme répondant ces amants vivants qui connaissaient enfin l'amour fou et parfait. S'il n'avait pas écrit *Spirite*, Gautier eût-il à ce point aimé Carlotta ? Le fantastique de l'écrivain intervient activement dans la vie et la surélève. Ce qui n'est pas, ce qui n'a jamais été, ce qui n'est plus et ne peut pas être, c'est le réel et l'amour est l'idéal.

Après Spirite, Gautier est avec Carlotta comme son héros avec son héroïne, il vit à nouveau le roman en le vérifiant dans sa vie, qui elle-même se détériore ; il lui écrit : « Vous êtes la madone d'amour à qui je fais ma prière mentale et récite mes litanies d'épithètes gracieuses et passionnées [...] il y a des moments où il me semble qu'un rayon invisible pour les autres descend sur moi et qu'un souffle parfumé me caresse. C'est peut-être que vous pensez à moi et que votre âme vient vers la mienne poussée par une sympathie mystérieuse » ; Carlotta est la salvatrice, « l'unique amour, le seul désir, l'unique aspiration de ma vie [...] ma lumière, ma force et mon soutien[1]. »

Faut-il dire qu'avec Gautier le récit fantastique passe de l'impossible au vécu ? Il était Malivert, il avait donné à son héros son chat angora, ses vêtements exotiques, son mobilier, son portrait, ses goûts « barbares », ses voyages, ses lectures, son travail littéraire, sa vie en partie double, dans le réel et dans l'idéal, sa dualité amoureuse, et surtout son attente, son inépuisable volonté d'attendre la venue de l'Idée, l'apparition de l'Aimée absolue. Et il était récompensé : Carlotta n'avait-elle pas été l'incarnation du Rêve et de l'Idée ?

Et puis Gautier retrouvait dans cet ultime effort de son génie fantastique, toutes les mortes d'amour, toutes les femmes perdues, la petite Henriette connue à Mauperthuis, et la Cydalise, toutes les absentes qui revenaient réparer le passé, et même revivre ce qui n'avait jamais été vécu. Jamais la réversibilité du temps fantastique ne lui avait été aussi évidente et aussi nécessaire.

Le 27 juillet 1865, à Vevey, où il assiste à la fête des Vignerons, Gautier se souvient justement qu'il a débuté il y a trente-cinq ans dans la littérature, « fatal anniversaire ».

---

1   *C.G.*, t. IX, p. 196.

Mais la rédaction du roman a été difficile : Gautier retrouve lentement la sérénité et la paix. Selon Judith, il ne travailla bien qu'une fois sa famille réunie autour de lui ; sa fille en tout cas a joué aussi son rôle dans la création de *Spirite ;* un épisode entier, celui du couvent, est fondé sur ses souvenirs, auxquels Carlotta est aussi associée ; Gautier n'a pu manquer de parler de son œuvre à sa fille, de la consulter comme il l'avait fait pour *Fracasse*, de raconter ou de lire son récit à sa famille.

Le succès dépassa les espoirs de Gautier et lui donna une gloire embarrassante ; il fut pris au sérieux par le mouvement spirite et reçut son approbation, et le public réagit avec vigueur en ce sens. En décembre tout de suite il écrit à Carlotta que la nouvelle « en dehors de son effet littéraire » a produit un « effet magique des plus étranges » ; car « tout le monde des tables tournantes et des esprits frappeurs a été profondément remué » ; *Spirite* était happé par la vague spiritiste, Gautier devenait un médium, un magnétiseur, peut-être aussi un fantôme ; une photo truquée qui date de 1865 le représente comme une ombre qui entoure de ses bras un homme pour le protéger ou l'inspirer. Il reçut un abondant courrier : il y avait de quoi être secoué. Un Grenoblois, qui se prenait pour Malivert et s'étonnait de voir son histoire connue de Gautier, demandait de lui indiquer par poste restante comment sortir de la difficile situation d'aimer, lui vivant, une ombre ; une dame médium inconnue lui fit parvenir des vers de Musset écrits outre-tombe et datés du 2 décembre. La presse de Vienne exalta ses dons médiumiques ; un amant dont la maîtresse était morte lui demanda des moyens d'évocation. « Ma seule intention, répétait-il à Carlotta, était que le feuilleton vous plût et ne vous endormît pas dès la troisième ligne » ; mais il devait l'avouer : « Il paraît que j'ai touché sans le savoir à l'inconnu, au mystère, au grand secret, à quelque chose de terrible et de profond[1]. »

Il en était inquiet et rétrospectivement s'interrogeait sur les « prodiges » qui avaient entouré la rédaction de *Spirite :* le « monde invisible » l'avait-il entouré de ses messages et de ses sollicitations ? Alors c'était toute l'œuvre qui devenait une dictée faite à lui-même, « peut-être se trouve-t-il dans mon œuvre une partie involontaire ? ». Il gardait les vers du soi-disant Musset et ne les trouvait pas si mal. Hélas, le monde

---

1   *Ibid.*, p. 146-149.

de l'au-delà était toujours séparé du triste ici-bas, le réel restait désespérément, ou heureusement, vide et banal.

Gautier a-t-il été frappé par cette possibilité d'une présence autour de lui, en lui, par cette possibilité de pouvoirs surnaturels qu'il aurait possédés ? Mme Lefebvre cite une lettre de décembre 1866 de Toto à sa mère : « Le père commence à perdre la tête. *Spirite* a tapé dans ce tas d'hallucinés et de tourneurs de tables qui l'accablent de lettres saugrenues. » Elle en tire la conclusion qu'un certain trouble de Gautier mit fin à son œuvre fantastique : avait-il été trop loin dans ses rapports avec l'autre monde ?

SPIRITISME OU ROMANTISME ?

André Lebois[1] a défini *Spirite* comme « la plus belle fleur du spiritisme ». La phrase est peut-être malheureuse et réductrice. Jean-Claude Fizaine, dans l'édition de la Pléiade, écrit qu'il s'agit « d'une nouvelle fantastique sur le spiritisme ». Sur ou contre, ou les deux ? Autant le même critique a tort de refuser à Gautier ses superstitions, autant il est périlleux de voir se déployer dans ce roman qui serait consacré au spiritisme une ironie voltairienne ou une dualité de tons. L'excellent article d'Anne-Marie Lefebvre qui étudie l'une après l'autre toutes les rencontres possibles de Gautier avec les grandes têtes de l'occultisme et du spiritisme, montre avec prudence qu'il n'y a pas de preuves formelles de leur existence et conclut à l'indépendance de Gautier qui ne suit jamais personne : *Spirite*, l'histoire de la vierge morte et amoureuse, c'est « la plus belle et la plus complète expression du mythe personnel du poète ».

Le fantastique de Gautier reste lui-même, il inclut l'humour et le tragique mais il ne suppose pas au delà d'une certaine limite de relations d'adhésion, d'accord, de compréhension avec le spiritisme[2]. Il y a entre Gautier et le mouvement une sorte de tangence subtile et un refus délibéré qui coexiste avec des rencontres, nos notes tentent de le montrer, où se marque le développement propre de son fantastique.

Le roman présente une *vraisemblance* spiritiste, qui repose elle-même peut-être sur des lectures précises et même une documentation, et qui

---

1   Voir *L'Occultisme et l'amour*, Paris, Éditions Sodi, 1969, p. 154.
2   Voir l'article d'Anne-Marie Lefebvre, « Théophile Gautier et les spirites et illuminés de son temps », *Bulletin*, 1993, t. II.

a pu faire parler d'« orthodoxie » de Gautier dans son usage des thèmes et des croyances : Kardec en a parlé dans sa *Revue spirite* à deux reprises (décembre 1865 et mars 1866) en le déclarant conforme pour les idées et les pensées à la doctrine tout en avouant qu'il ne connaît pas Gautier. L'œuvre contient une matière spirite, mais choisie, orientée, déplacée. Gautier ne contredit pas, il suit même la vulgate du mouvement, il en profite à coup sûr ; cela n'implique ni adhésion, ni engagement personnel, ni foi de la part de Gautier ; les données d'emprunt qui peuvent soutenir son récit sont d'abord conformes à lui, et s'il inclut des éléments du spiritisme, il s'en libère : c'est là l'essentiel. Il y a un terrain commun entre lui et les mages du spiritisme : tout ce qui concerne à partir du magnétisme les communications extatiques, les relations directes d'esprit à esprit, donc les activités du médium (il serait chez Gautier l'artiste lui-même) ; et enfin, mais là justement on sort du spiritisme courant et vulgaire pour revenir à Swedenborg, les amours célestes.

La nouvelle explicitement sépare le baron de Feroë, en qui Malivert reconnaît volontiers un envoyé des puissances occultes, des « rêveries des magnétiseurs, des tables tournantes et des esprits frappeurs », le héros de *Spirite* n'est pas un *spiritiste*, « il sentait même une sorte de répulsion pour ces expériences où l'on veut mettre le merveilleux en coupe réglée ». Gautier choisit de se rattacher à Swedenborg, allusivement il prolonge Balzac et l'androgynie angélique de *Séraphîta*. Guy n'a pas la « foi facile » et son grief à l'encontre de la vague spiritiste va loin, c'est celui de Gautier à coup sûr : il s'agit d'« une mise en coupe réglée », une utilisation méthodique, calculée, rationalisée, rentabilisée du *surnaturel*, c'est-à-dire le contraire du *fantastique*, un effort pour le réduire, pour réduire l'inconnu et ses manifestations à un connu codifié, régularisé. Autrement dit, si des thèmes spiritistes sont assimilables par l'œuvre fantastique, s'ils apportent à l'écrivain vis-à-vis du public et vis à vis de lui-même, la garantie d'un *vraisemblable spiritiste* commun, la caution d'un accord implicite sur une vaste thématique servant de référence au conte proprement merveilleux, cet accompagnement ne doit pas masquer ce qui sépare radicalement *Spirite* du mouvement spiritiste, c'est-à-dire le romantisme d'une secte spiritualiste, le fantastique d'un discours plus idéologique que religieux ou idéaliste.

Dans la modernité démocratique, la production de sectes, de religions de substitution est infinie : l'Amérique en a le record très rapidement, en Europe sévissent en plus ces religions politico-sociales auxquelles justement Gautier refuse toute adhésion et que Nietzsche va dénoncer comme religions de substitution : le culte du progrès, de l'histoire, de la science, de la technique ; et les sectes religieuses ou parareligieuses ont un point commun : rendre le sacré scientifique, démontrable, expérimental, pratique. Et la crédulité rationalisée est sans limites. Elle nie le sacré en le généralisant : mais elle nie aussi bien le fantastique, l'effort proprement romantique pour affirmer la réalité de ce qui n'est pas, la force de l'esprit créateur, la puissance de la subjectivité passionnelle et esthétique, la dimension extatique de la vie proprement *psychique*.

On l'a dit, mais sans doute avec trop de légèreté : Gautier n'était que trop tenté de tout croire pour croire à quelque chose, trop épris du surnaturel pour le solidifier et l'égarer en une doctrine pesamment rationalisée et, pire encore, une sorte de magie grossière et chosifiée. Le fantastique exclut la fixation en système et le confort des certitudes, fussent-elles bizarres, fussent-elles flatteuses pour les crédulités des rationalistes.

Et il y a un problème de date : la vague spirite est à son apogée en France en 1855-1856 ; elle frappe de plein fouet le milieu de Mme de Girardin (qui meurt en 1855), milieu qui est profondément celui de Gautier, et il semble bien être resté froid et sceptique ou n'avoir choisi dans le spiritisme que ce qu'il a toujours cherché. En tout cas dans le milieu où il vit, il est au courant de tout, pas un livre paru, pas une table qui tourne à Paris ou à Jersey, pas une soirée d'exhibition de sujets remarquables qui ait pu lui échapper. Mais au fond il était préservé par sa croyance dans le magnétisme et les faits qui le démontraient. Arsène Houssaye[1] se souvient d'une séance chez les Girardin, en 1856 sans doute, où l'on faisait hardiment tourner les tables ; il y avait des hésitants, il y avait des fervents, mais tout le monde au fond était troublé ; arrive l'esprit de Balzac, on le questionne, il répond !

Vive émotion : Mme de Girardin se trouve mal ; c'était bien lui, il n'y avait pas de doute, c'étaient ses idées, sa manière de s'exprimer. « Mais, dit Houssaye, j'ai surpris un sourire railleur de plusieurs assistants plus spirituels que spirites », et il les énumère : le prince Napoléon, Girardin

---

1   Voir *Les Confessions. Souvenirs d'un demi-siècle*, t. V, Paris, Dentu, 1885-1891, p. 327 *sq.* Réimpr. : Genève, Slatkine Reprints, 1971.

lui-même, Théophile Gautier. « Je n'étais pas convaincu ni quelques autres. » Gautier croyait trop non pas aux esprits, mais à l'esprit, à l'âme, pour s'émouvoir de meubles remués et de revenants interviewés si longuement pour si peu de résultats.

Gautier n'a donc pas, contrairement à Victor Hugo, été réellement converti par la « Dixième Muse », Mme de Girardin ; on le représente s'amusant à lui lancer des mots salaces au cours des ténébreuses soirées ; il l'a justifiée d'avoir choisi l'au-delà par dégoût d'une société matérialiste : « Elle semblait rêver le charme de la mort ; quand l'ange funèbre est venu la prendre, elle l'attendait depuis longtemps[1]. »

Encore n'est-ce pas la seule fois où Gautier se faisait l'écho de ces spectacles de sujet magnétisé, hypnotique ou somnambulique[2] ; à de telles séances, Mme de Girardin, si un billet d'elle le conviait au « prodige d'un enlèvement magnétique » et à celui d'un « Monsieur lisant l'avenir dans un pot de pommade », pouvait toujours compter sur sa présence.

Lui, il croyait au pouvoir anormal de l'esprit, aux communications transcendant le temps et l'espace, aux rapports mystérieux entre les vivants et les morts, aux échanges entre les âmes, aux relations extatiques incluant le rêve, la relation amoureuse et la relation esthétique ; l'écartait de sa quête inlassable de l'inconnu, de la part perdue de l'homme, la pauvreté de la mise en scène magique du mouvement spirite ; le fantastique souffle où il veut, et non là où on l'attend et où on le convoque le soir après le dîner. Et on connaît sa réponse à Bergerat à propos du spiritisme et de *Spirite* : « mais enfin, vous qui croyez à tout, et qui avez 37 religions, avez-vous aussi celle-là ? – Non, je n'y crois plus, mais j'y ai cru en écrivant le livre ».

Ce qu'il a retenu par exemple c'est cet événement survenu parmi les spiritistes le 10 juin 1853 : ce jour-là un adepte de la doctrine prit un crayon, le plaça sur un papier, mit ses doigts dessus et il vit, malgré lui, sans lui, le crayon écrire. Ce jour-là l'écriture automatique était née ; mais toute écriture aussi bien est le contact avec l'autre Moi, celui qui est un Autre, qui est de l'autre côté du réel. À quelle puissance obéit-elle dans le cas jamais normal de l'écrivain ? Il sait, il voit, il est doué d'une hyperconscience qui est aussi d'un autre côté une non-conscience

1   *Souvenirs romantiques*, éd. citée, p. 213.
2   Voir sur ce point la thèse et l'article de Mme Lefebvre déjà cités.

de lui-même et de la réalité. Et tout écrivain croit en ce qu'il écrit, sinon il ne serait qu'un faiseur de copie, il ferait de l'écriture comme un comptable ou un journaliste.

Ni la Muse ni les fantômes ni l'amour ne sont aux ordres : c'est justement pour cela que Gautier a *cru* au *spiritisme* le temps d'écrire *Spirite*. Les témoignages sont probants : celui de Judith Gautier[1] d'abord, qui évoque Gautier au travail à Saint-Jean en juillet 1865 ; l'arrivée de sa famille le calma soudain, « les phénomènes bizarres qu'il avait jusque-là remarqués cessèrent de l'obséder » ; il croyait ce qu'il écrivait, il écrivait ce qu'il croyait ; c'était *normal*. L'imagination a une puissance réalisatrice, surtout dans le fantastique. Les esprits étaient au rendez-vous de l'inspiration ou de l'illusion, l'urgence d'écrire les avait appelés ; ce qu'il imaginait devenait vrai, ou inversement. Il redoutait de quitter le salon le soir pour aller écrire dans sa chambre : les esprits l'attendaient ; les impressions de Malivert étaient les siennes : les meubles craquaient anormalement, les armoires s'ouvraient, les miroirs se peuplaient de reflets d'ombres, il entendait des pas, des soupirs ; il avait peur des escaliers et des vieux corridors ; quelles rencontres lui étaient préparées ?

Il vivait son roman, et ce trouble était exactement celui qu'il avait jadis évoqué à propos d'Hoffmann. Le fantastique commence quand le réel se transforme et révèle des présences. « Le monde invisible paraissait s'émouvoir et s'efforcer d'entrer en communication avec le vivant créateur d'une fiction dont l'héroïne était un esprit. » C'était sa mise en scène à lui, elle n'avait rien à voir avec le rituel des questionneurs de table. Il y croyait sans y croire ; il n'y croyait pas, mais en avait peur, selon le mot célèbre. Il y croyait parce qu'il croyait à tout, la superstition comme l'imagination créatrice contient tous les possibles du monde, et tout ce qui peut exister tend à être.

Le 29 décembre 1865, Carlotta lui écrit que, depuis son départ, les esprits « ont quitté la maison, et les souris les ont fort piteusement remplacés[2] », et en janvier 1866 Gautier lui rétorque : « Quant à moi je n'entends plus rien, les buffets ne s'ouvrent plus, les planchers ne craquent plus sous un pied furtif, depuis que Spirite n'est plus là, tout

---

1   *Le Collier des jours. Le second rang du collier, op. cit.*, p. 323 *sq.*
2   *C.G.*, t. IX, p. 151.

se tait, les miroirs de Venise n'offrent plus à contempler que ma propre image, spectacle assez mélancolique ».

En décembre 1865, dans une lettre où il utilisait pratiquement les formules de Judith, il avait dit : « Peut-être était-ce le monde invisible qui voulait entrer en communication avec moi et se trouve-t-il dans mon œuvre une part involontaire ? » Alors Malivert était en Gautier. Mais quel écrivain, mis à part les zombis *écrivants* ou *scripteurs* de la modernité, n'a pas subi son œuvre, découvert qu'en écrivant il était plus et moins que lui-même ?

La nouvelle qui met en scène une dictée fut elle-même dictée par l'au-delà. Gautier n'eut de foi dans le spiritisme que par la bonne foi d'un honnête auteur ; c'est ce que confirme sa réponse à Bergerat. Alors que le spiritisme veut rationaliser l'impensable de la mort, démontrer que les liens entre les vivants et les morts ne sont pas coupés, et que les morts peuvent répondre aux convocations des vivants et venir s'expliquer devant eux, re-vivre quelques instants, *Spirite* repose sur la donnée inverse : c'est aux vivants de répondre aux morts, de les rejoindre, l'autre vie n'a rien à voir avec la vie d'ici-bas, la mort est un absolu, elle est irréversible et tragique. *Spirite* n'est pas spiritiste parce que le récit est une tragédie : l'optimisme sectaire est une négation du tragique.

Et quand règne le spiritisme, ce qui du côté de Gautier prépare *Spirite*, ce sont ses projets de récits sur le magnétisme, qui aboutissent au ballet *Gemma* en 1854 (récit d'un envoûtement par le magnétisme) ou qui sont liés au contrat de 1856 avec Hetzel pour la publication d'*Avatar* en volume ; l'œuvre sur le magnétisme qui devait s'ajouter à *Avatar* et à *Jettatura* était-elle un premier projet de *Spirite* ?

Gautier a donc connu le spiritisme sans en être capturé ; il l'a rencontré dans sa vie personnelle sans qu'on soit jamais absolument sûr qu'il ait été lié avec aucune des personnalités importantes du spiritisme. Judith Gautier a raconté[1] que son institutrice, Honorine Huet, très intéressée par ses crises de somnambulisme se mit à l'interroger sur les mystères qu'elle avait pu pénétrer et lui révéla qu'elle était spiritiste et affiliée à une secte, elle devait en 1874 publier *Les Mémoires de deux esprits ;* Judith eut droit à toutes les séances, aux batailles d'esprits dans

---

1   Voir *Le Collier des jours. Le second rang du collier,* chap. I. *Cf.* Stéphane Guégan, *op. cit.,* p. 668 *sq.,* sur cette partie de la vie de Gautier.

un buffet, aux danses effrénées des guéridons et des armoires, aux vibrations des touches de piano intouchées ; c'était très amusant pour des jeunes filles ; mais Estelle et Judith perdirent cette institutrice-initiatrice, connue plus tard comme médium. Mais par elle Gautier aurait pu connaître le comte d'Ourches, mesmérien d'origine, qui s'est intéressé le premier à la relation directe avec les esprits, par l'écriture ou par le piano[1].

Un autre spiritiste, Delaage, occultiste et chrétien, véritable personnalité parisienne qui selon Mme Lefebvre s'est trouvé toute proche de Gautier sans qu'on puisse prouver leurs relations (il avait le mauvais œil !) légitime si l'on veut *Spirite* : dans *Les Ressuscités du siècle et de l'enfer* (1855), il démontrait que le magnétisme permettait de comprendre l'ange : dans le sommeil hypnotique, « l'âme, cet ange intérieur » se délivre du corps et « manifeste les admirables facultés que la théologie reconnaît aux anges » ; ceux-ci « comme les magnétiseurs avec leurs somnambules conversent entre eux sans le secours grossier de la parole matérielle et articulée[2] » ; et de même la mise en œuvre de la *dictée* est la grande dette du roman envers le spiritisme doctrinal et pratique, et elle a relevé *d'abord* du somnambulisme et du magnétisme.

Par ce biais, il y a concordance entre le spiritisme et Gautier. Et Delaage a en effet rencontré Gautier, mais en 1847 ; dans son chapitre XIV, « La réalité de la vie future démontrée par le magnétisme », il cédait tout simplement la plume à Gautier et transcrivait une description, un « reportage » a dit Léon Cellier[3], qui le premier mit la main sur ce rapprochement, d'une soirée mondaine toute récente (« hier ») qui eut lieu chez Hugo[4] ; devant un auditoire de vedettes parisiennes (Mme de Girardin, Pradier, Chassériau, Sandeau, Gautier et Delaage). une femme « sibylline » vêtue de noire endort son acolyte, une jeune fille en blanc ; le musicien Adolphe Adam se met alors au piano et interprète un certain nombre de morceaux sublimes, mélancoliques, plaintifs, idylliques, patriotiques, vulgaires, et, à chaque fois, le sujet magnétisé mime la musique, devient une sainte, une nymphe, une déesse,

---

1 Autour de lui, on trouve un Suédois, le baron de Guldenstubbé auteur en 1857 d'une *Pneumatologie positive et expérimentale*, qui présente l'idée de l'écriture spirite.

2 *Les Ressuscités du siècle et de* l'enfer, Paris, Dentu, 1855, p. 156-157.

3 *Cf. Mallarmé et la morte* [...], *op. cit.*, p. 96-97.

4 *Cf. La Presse*, 7 septembre 1847.

et prend des poses dignes des plus grandes actrices et des plus belles danseuses (parmi lesquelles Carlotta est citée). Ignorante et inculte, la magnétisée est l'Inspirée, elle retrouve dans son corps le style des plus grands artistes : divinisée par l'impalpable injonction de la musique, « en moins de deux secondes elle avait fait le voyage de la mort à la vie, de la terre au ciel, de l'humanité à Dieu » ; avait-elle correspondu avec l'âme des génies morts ? Arrachée à la terre, « flèche perdue de l'âme lancée à travers l'infini […] dans son rêve amenée aux portes du paradis », ravie dans une extase que Gautier compare à celle du Saint-Symphorien d'Ingres dont les membres étaient ployés à rebours, elle partait, elle volait hors de son corps.

Il fallut la rappeler sur terre par des passes énergiques et la réveiller. Cette merveille du magnétisme était-elle vraie ? Gautier n'en doutait guère, et au pire retenait l'hypothèse d'une mise en scène, mais par une actrice géniale ! Ainsi une jeune fille qui ne savait même pas danser avait été « envahie soudain par une beauté inconnue », son âme « déliée des rapports humains » s'était trouvée miraculeusement aux sources de la création de l'art, exécutant des mouvements justes et nécessaires, dans une parfaite adéquation de l'« idée » et du geste, sans intermédiaire entre l'« ordre » et sa « réception » ; cette situation (qui n'est pas sans annoncer celle de Malivert et de Spirite communiant dans l'inspiration commune) prouvait-elle que la civilisation ne nous apprend que des gestes maniérés et convenables, alors que le grand style est naturel (« le style était au commencement »).

Puis Gautier voit dans cette scène « un symbole effrayant » : cette inspirée, cette étrangère miraculeuse, « cette nymphe, cette déesse, cette sainte », mettant pour finir son chapeau sur son auréole, revenant parmi nous, c'était « l'idée reprise par le réel, ce gros brutal » ; la Muse redevenait femme et la formule est dans *Spirite* pour qualifier les actes de Mme d'Ymbercourt. Retombée ainsi, l'inspiration, triste vérité pour le poète, ressemblait à « un accès de fièvre ».

Les spiritistes à la mode confirmaient de loin, en les vulgarisant, Balzac, ou Nerval, ou Hoffmann ; ils proposaient une nouvelle formulation (plus grossière, car plus matérialisée, plus chosifiée, donc à utiliser avec prudence) du Romantisme premier et fondamental qui avait exploré les états de transe, de négation de la conscience, d'exacerbation des pouvoirs autres de l'esprit. Sur ce point les témoignages ne montrent pas un Gautier sceptique : la comtesse Dash[1] raconte qu'en 1843 elle avait produit dans son salon une somnambule célèbre, Virginie, paysanne illettrée, ainsi qu'un autre sujet, Alexis, tous deux accompagnés de leur *médecin* respectif devant quatre-vingts personnes, toutes très célèbres ; il y avait Gautier bien sûr, et Hugo et Delaage sans doute qui fréquentait ce salon ; Virginie endormie voyait encore, Alexis les yeux bandés lisait à l'intérieur d'une enveloppe fermée que Hugo avait préparée et apportée.

Quand Gautier écrit *Spirite*, il suit (avec retard, la grande vague est arrivée en France en 1853 après être née aux États-Unis en 1847) la mode du surnaturel à bon marché. Il croit à un « spiritisme » adapté à lui-même le temps d'écrire *Spirite*, et il y croit d'autant mieux que ce n'est jamais qu'un cas particulier des communications possibles avec l'au-delà, des transmissions immatérielles par-delà l'espace et le temps, des états seconds dans lesquels l'âme humaine retrouve ses pouvoirs perdus et le surréel oublié ; le spiritisme, c'était encore et toujours l'agent magnétique, la mise en œuvre des influences impalpables et agissantes, l'irradiation objectivée de l'âme et de l'amour.

C'était toujours le magnétisme[2] qui d'abord affirmait que l'âme pouvait se libérer du corps et agir à distance, par-delà la vie et la mort, ou bénéficier d'un savoir inouï et surnaturel à condition de franchir les limites du moi et de sa conscience. Mais il ne pouvait pas s'abstraire de la vague spiritiste, il devait respecter la vraisemblance commune, une mise en scène de son fantastique ; un spiritisme, allégé, privé de ses pesantes certitudes doctrinales, de son lexique de professionnel, de ses pratiques de magie positiviste, se retrouve dans *Spirite* par des cheminements inattendus ou tout simplement par la logique propre du fantastique. Il n'a sans doute jamais rencontré Kardec[3].

Mais la plus étrange des complicités entre Gautier et un spiritiste qualifié porte sur l'idée même de *Spirite*. Selon Maxime Du Camp[4],

1   Dans *Mémoires des autres*, t. VI, Paris, Librairie Illustrée, 1896-1898, p. 71 *sq.*
2   Au moment où Gautier écrit son ballet *Gemma* (cf. E. Binney, *Les Ballets de Théophile Gautier*, Paris, Nizet, 1965, p. 218 *sq.*), le spiritisme est à la mode : Gautier s'oriente justement vers un sujet tiré du « magnétisme » ; c'est alors qu'il aurait lu le marquis de Mirville et sa *Pneumatologie* ; selon Maxime Du Camp, cette lecture ne l'avait pas trop rassuré ; mais magnétisme et spiritisme s'étayent mutuellement, et Cagliostro triomphe partout, en même temps que les tables tournent à qui mieux mieux.
3   Mme Lefebvre l'a cru. *Cf.* sa thèse p. 128 *sq.*, mais l'article postérieur à cette thèse ne revient pas sur ce point.
4   *Cf. Souvenirs littéraires, op. cit.*, p. 428.

Gautier aurait été très intéressé par le livre du marquis Eudes de Mirville dont *la Pneumatologie, Des esprits et de leurs manifestations fluidiques*, avait paru en 1851. Eugène de Mirville unissait des considérations sur le magnétisme au rappel des hallucinations dues au hachisch, et expliquait les miroirs magiques comme une expérience magnétique. Mais surtout *Le Monde spirituel ou science chrétienne de communiquer intérieurement avec les puissances célestes et les âmes bienheureuses (1857)* de Richard de Caudemberg présente avec *Spirite* des ressemblances très nettes, étudiées déjà par Yves Vadé[1], Jean Richer dans son édition et Mme Lefebvre dans sa thèse. En 1865, *Les Hauts Phénomènes de magie* de Gougenot des Mousseaux avait vertement repris Caudemberg pour la sensualité de son spiritisme : car ce polytechnicien devenu spirite était bien le seul à mêler de l'amour et du désir à ses relations avec les esprits.

Ce qui souligne sa proximité avec Gautier, c'est que la superstition rationalisée du spiritisme ne fait aucune place à la sexualité des esprits : sans l'amour que devient la nouvelle ? Que devient le fantastique lui-même, livré à l'aplatissement doctrinal et pratique des spirites militants ? Caudemberg présentait bien une définition de l'écriture automatique pour évoquer les esprits et s'entretenir avec eux, mais surtout il admettait un « sensualisme spirituel », des relations d'amour et de désir avec le monde extra-humain, et finalement[2] il racontait une de ses « aventures » d'amour avec l'au-delà : une jeune fille aimée jadis, qui était d'une beauté délicate et frêle, d'une de « ces beautés qui appartiennent plus au ciel qu'à la terre » (grands yeux bruns, longs cils soyeux, cheveux blond cendré, teint blanc, taille svelte, sourire doux), qui était morte de phtisie après avoir été calomniée par sa faute, vint enfin guider sa main, lui adresser des propos d'amour, des maximes de sagesse et de tendresse, l'entourer d'une chaleureuse atmosphère de sensualité, cela

---

1   Voir Yves Vadé, *L'Enchantement littéraire. Écriture et magie de Chateaubriand à Rimbaud*, Paris, Gallimard, 1990, qui a aussi étudié Louis Figuier, *Histoire du merveilleux dans les temps modernes*, 1860, à propos de la dictée médiumique et l'abandon de la volonté à une volonté autre : le sujet ignore ce qu'il a écrit et doit se relire. Alain Montandon dans son article « Des affinités de Théophile.Gautier et d'E. T. A. Hoffmann : *Spirite* et *Le Vase d'or* » signale « Les lettres d'un magnétiseur » de 1843 ; Gautier aurait assisté à des expériences (cf. *Gautier et l'Allemagne*, Actes du colloque de Siegen, juin 2003, sous la direction de Wolfgang Drost et Marie-Hélène Girard avec le concours de Walburger Hülk et Volker Roloff, Universitätverlag Siegen, 2010).

2   *Le Monde spirituel ou science chrétienne de communiquer intérieurement avec les puissances célestes et les âmes bienheureuses*, Paris, Dentu, 1857, p. 109 *sq.*

avec l'autorisation suprême de Dieu ; cet ange gardien un peu singulier lui apprenait ainsi que les sentiments pouvaient être renforcés par la séparation de la mort, que « ce bonheur des âmes tendres, ces doux épanchements du cœur, faisaient partie du bonheur du ciel et devaient se perpétuer dans l'éternité ». Il y avait aussi des sortes de baisers, de caresses[1] entre un mortel et un esprit-femme, d'impalpables relations qu'on n'ose plus dire physiques, mais qui unissaient les « corps » par-delà la mort et malgré l'immatérialité ; on pouvait embrasser la signature de l'esprit, donner un baiser en intention, l'échanger dans une simple caresse de l'air ; c'était bien le plaisir absolu, la volupté suprême, « dans l'autre monde, l'âme heureuse conserve tous les sentiments qu'elle éprouvait, sans déguisement et sans contrainte ».

Lavinia, victime des convenances, se libère de ces contraintes comme esprit amoureux. Caudemberg était le seul à unir terre et ciel par l'amour et à invoquer sainte Thérèse pour définir ces plaisirs fondés sur des « sensations de l'âme », des « caresses intérieures », des baisers divins : « Rien ne peut donner une idée de la douceur dont l'âme est inondée dans les moments d'une pareille intimité, quand des lèvres tièdes et légères semblent toucher mes lèvres, quand un souffle d'amour les traverse[2]. »

Rappelons-nous ce texte de Gautier qui date de cette époque : « Nous ne voyons rien là de plus merveilleux que tout ce qui nous environne ; nous sommes entourés de merveilles, de prodiges, de mystères auxquels nous ne comprenons rien et qui nous semblent tout simples par l'habitude ; en nous-mêmes gravitent des mondes ténébreux dont nous n'avons pas conscience ; l'infini et l'inconnu nous pressent et nous obsèdent, le magnétisme nous semble la chose du monde la plus simple. » Ce texte installe entre lui et les interviewers de morts un fossé infranchissable : ce sont des magiciens de café-concert. Le mystère est mystérieux, il est accessible au voyant et au poète, il suppose l'initiation à la beauté.

---

1   *Ibid.*, p. 136 *sq.*
2   *Ibid.*, p. 274.

SPIRITE *AVANT* SPIRITE

Ce récit-somme a évidemment des sources complexes et ramifiées ; l'on connaît la mémoire de Gautier et l'étendue des lectures assimilées par lui. Il y a les œuvres-guides, ou les œuvres-modèles, qui par leur simple existence proposent à Gautier une inspiration globale, une confirmation ou une autorité ; les œuvres qui avant *Spirite* permettent *Spirite*. Parmi elles il y a Balzac, ses romans mystiques et bien sûr, au premier rang, Séraphîta (la chatte blanche de Gautier se nommait Séraphîta !). Il a exalté cette œuvre, « une des plus étonnantes productions de la littérature moderne. Jamais Balzac ne serra de plus près la beauté idéale que dans ce livre » ; le début surtout qui a « quelque chose d'éthéré, de lumineux, de surnaturel » lui a donné le sentiment d'être « enlevé de la terre » ; avec *Louis Lambert*, *Séraphîta* constitue « le côté surnaturel de Balzac », qui ouvre « une porte assez large sur le monde invisible » ; et chose remarquable[1], il se souvient que, dans ce prélude de froid, de neige et d'altitude, il n'y a que deux couleurs, « le bleu céleste, le blanc de neige » : les deux tons qui se retrouvent dans l'harmonie angélique de la chambre de Spirite. De Balzac, qui pour lui est un « voyant », un maître des doctrines ésotériques, un lecteur de Swedenborg, un explorateur du monde spirituel, il retient surtout la grande aventure de l'Androgyne : le mythe transforme toutes les données habituelles du fantastique et toute la rationalité plate du spiritisme. Séraphîta, pourrait-on dire, permet à Gautier d'être sa propre source, de revenir au thème de *Mademoiselle de Maupin*, de transporter sa quête de l'hermaphrodite, de l'être complet, originel et dernier, dans l'au-delà, dans l'assomption mystique qui unit et confond les amants ; par la mort, la grande Initiatrice, les amants prédestinés peuvent constituer l'Être parfait, l'ange d'amour et de sagesse ; le rêve érotique et esthétique est réel dans le ciel ; l'homme voué à la dualité et au double atteint sa perfection dans la transfiguration angélique.

Spirite est donc un roman du Nord. Alain Montandon l'a montré en étudiant « les reflets nordiques » dont le principal est le personnage de Féroë[2]. Encore fallait-il que Balzac fût étayé par Swedenborg, et

---

1   *Cf. Souvenirs romantiques*, p. 170.
2   Voir aussi dans *Le Ciel du romantisme* (*Écritures XIX*, n° 4, 2008), l'étude de Michel Peifer, « Ciel mystique et fantastique éthéré », sur les rapports de *Spirite* et de *Séraphîta*.

il semble difficile que Gautier n'en ait pas un souvenir quelconque ; lui seul lui apprenait la possibilité pour les âmes de se marier dans le ciel et de parvenir, une fois délivrées du corps, à la perfection de l'être et de l'amour. Mais a-t-il lu et a-t-il relu les grands traités du mystique[1] ?

Il faut retenir aussi que les spéculations contemporaines sur l'au-delà et le devenir de l'homme en marche vers sa complétude se réfèrent couramment à l'Androgyne céleste : Jean Reynaud par exemple dans *Terre et ciel* admet les migrations et métamorphoses de l'âme dans son ascension continuelle vers la divinisation et accepte que l'âme ait un corps céleste, qu'il y ait une génération, un mariage dans l'au-delà, une sexualité céleste[2] ; il recoupe le livre de Caudemberg, avec lui le masculin et le féminin persistent au-delà de la mort, car l'image de l'être complet, la miniature de l'univers, c'est le « couple androgynique », divin abrégé où les antinomies se résument et s'accordent ; le mystère de l'androgyne « ne fait que poindre sur la terre », il se réalise dans les existences d'en haut ; les mariages célestes consacrent le mariage humain et la famille terrestre et réfutent le célibat.

« Pour moi, *Spirite* est un legs de Nerval à Gautier », a dit Pieyre de Mandiargues[3]. Lavinia n'est-elle pas une synthèse d'Adrienne la religieuse, de Sylvie la promise perdue, d'Aurélia l'épouse céleste, la morte bienfaisante, qui accueille au ciel le fiancé terrestre, un Malivert qui, contrairement à Nerval lui-même, a su résister au suicide et conquérir le salut en obéissant à la fiancée divine, en accomplissant la grande hiérogamie mythique qui l'unit à la Vierge de l'au-delà. Cette fois Gautier plus nervalien que jamais, non seulement célèbre son compagnon défunt, mais parvient à réaliser le souhait profond de son amour mystique.

Où s'arrête au juste ce thème, parmi toutes les œuvres qui avant lui, et en quelque sorte pour lui, ont uni un mortel et une créature de l'au-delà, ange ou démon ? C'est tout le romantisme qui a exploré

---

1   *Cf. Le Ciel et ses merveilles et l'enfer d'après ce qui a été entendu et vu*, publié en latin en 1758 à Londres (réédition par le Cercle Swedenborg, Meudon-Paris, 1973), et *La Sagesse des anges, la sagesse angélique sur le divin amour et la divine sagesse*, publié en latin en 1763 à Amsterdam (réédition par le Cercle Swedenborg, 1976), ou encore *L'Amour vraiment conjugal, Delitiae sapientiae de amore conjugali*, qui fut publié en latin à Amsterdam en 1763 (réédité aussi par le Cercle Swedenborg, 1974).

2   Voir éd. de 1854 p. 297 *sq.*

3   Dans la présentation de l'édition du roman, Paris, éd. Godefroy, 1982.

ce thème (et Gautier lui-même dans ses précédents récits ou ballets fantastiques), qui a montré le triomphe de l'amour sur les barrières de la mort, sur les limites de la finitude, qui a fait des êtres d'en haut ou d'en bas l'objet du désir de l'homme. Gautier connaissait[1], *Les Amours des anges* de Thomas Moore (le livre a été traduit en français en 1823), dont on sait l'importance pour Stendhal, Vigny, Lamartine, George Sand, Balzac, Quinet, Nerval, ou Éliphas Lévi[2].

L'on rencontre ici, pour ces amours surnaturels, pour ces aventures entre ciel et terre, et ces dialogues des âmes et des corps, un tel continent littéraire qu'une filiation suivie et précise est impossible. Par exemple que doit *Spirite* à Henri Heine, au *Livre de Lazare* (1854), auquel Gautier dans son étude sur le poète allemand publiée en 1856 en tête des *Reisebilder* faisait allusion ; il parlait du thème fondamental chez Heine de « l'âme vivant sans corps, de l'esprit se passant de la matière[3] », thème vécu par le poète paralysé, « cloué vivant dans la bière », et il renvoyait au « Dialogue de l'âme et du corps », poème du *Livre de Lazare ;* l'âme regrette son pauvre corps et lui dit : « Tu as toujours été mon moi, tu m'enveloppais amoureusement comme un vêtement de satin, doucement doublé d'hermine » ; mais « toute nue, dépouillée de mon cher corps », elle erre seule dans les éternités silencieuses ; si l'âme ne peut se détacher de ses liens terrestres, comme Spirite qui aime sur terre, le corps cassé et malade, qui n'est qu'une guenille, rêve du ciel où « peut-être l'on s'amuse » : comme Malivert, il veut l'immatérialité. Gautier a explicité en un sens ce chassé-croisé[4].

1   Il s'en souvient dans *La Péri* ; *cf.* E. Binney, *Les Ballets de Théophile* Gautier, *op. cit.*, p. 105 sq.

2   *Cf.* Marcel Voisin, *op. cit.*, p. 265 sq. Voir aussi *Figures de l'ange romantique, Cahiers du Centre de recherches sur l'image, le symbole, le mythe*, nᵒˢ 11 et 12, 1993.

3   *Cf.* p. VI.

4   Proche du thème de *Spirite*, mais se distinguant de lui, il y a le thème de l'ange séduit par une femme et humanisé par amour (voir l'étude de M. Milner, « Le sexe des anges. De l'ange amoureux à l'amante angélisée », dans *Romantisme*, n° 11, 1976). Le mythe d'une chute dans l'humanité, ou du mouvement inverse de montée hors des limites de la vie humaine, présenté dès 1823 par Moore ou Byron ne se confond pas malgré les ressemblances et les recoupements évidents avec celui du mariage céleste ; entre les deux il y a une autre définition de l'ange : ou il est, selon la tradition chrétienne, une créature céleste, intermédiaire entre Dieu et les hommes (l'ange gardien !), ou il s'agit de l'ange swedenborgien, qui est la forme épurée et parfaite de l'homme accédant à l'existence spirituelle, à son être essentiel et à l'accomplissement céleste du désir humain. C'est bien alors que les « anges » ont des sexes et qu'il y a des mariages dans le ciel.

« *Spirite*, ce roman imprégné de la pensée d'*Eurêka* », a dit avec quelque imprudence peut-être Georges Poulet : certes la tentation est grande de rattacher le récit de Gautier soit aux histoires de femmes revenues de l'au-delà si nombreuses chez Poe, soit aux grands dialogues par-delà la vie et la mort sur le devenir de l'homme confronté au néant de son être, ou plus exactement de son corps. Mais *Eurêka*, si l'on en croit Judith Gautier, son père l'aurait bien lu, mais l'aurait trouvé « aride et compliqué », d'une « lecture laborieuse » et telle qu'il déclarait : « Je ne suis pas sûr de l'avoir compris », au point qu'il aurait transmis à sa fille[1] le soin d'en parler dans *Le Moniteur*, ce qu'elle fit sous un pseudonyme, et ce qui lui aurait rapporté 80,40 francs et une lettre de Baudelaire.

En revanche, il y a chez Gautier un « néo-platonisme » spontané, l'image d'une « irradiation » primordiale d'un verbe qui se confond avec l'ondulation de la lumière, la croyance en une profération de l'être qui serait une émanation du soleil vivant et pensant, si bien que *Spirite* n'est peut-être qu'un roman de la lumière (terrestre, céleste, diaphane ou dense), si bien aussi que l'héroïne souvent proche de la chair divinisée, devient parfois pur esprit, parfois esprit sensible et immatériel[2] : tous ces éléments se trouvaient chez les illuminés et les mystiques tout proches de lui, par exemple Éliphas Lévi, dont le *Dogme et rituel de haute magie*[3] est riche en suggestions ; on y découvre entre autres l'idée des trois sortes d'esprits (captifs, errants et libres, envoyés en mission), l'hypothèse des couples d'âmes prédestinées, mais aussi une « pensée » de la lumière, ou des lumières hiérarchisées selon leur qualité substantielle ; d'où le Mage déduisait une « théorie » des corps et des agents magiques[4].

Œuvre-carrefour au retentissement infini, *Spirite* totalise ce pan immense de la littérature et de la spéculation romantiques ; elle tend la main en aval à Mallarmé, Rimbaud, celui du « Voyant », à Villiers de l'Isle-Adam, au surréalisme des médiums et de l'écriture automatique. Ce qui n'est pas exclusif de complicités plus précises, sinon de filiations directes et tangibles.

---

1   *Cf. Le Collier des jours. Le second rang du collier, op. cit.*, p. 63.

2   Voir à ce sujet les belles remarques de Barbara Sosien, *op. cit.* p. 123-124, p. 322 *sq.*

3   Paru en 1856, cité en note dans la réédition de 1861.

4   Sur l'influence d'Éliphas Lévi sur Gautier, voir les suggestions d'Alain Mercier, *Éliphas Lévi, et la pensée magique au XIXᵉ siècle*, Paris, Seghers, 1974, p. 149 *sq.*, et la thèse citée de Mme Lefebvre, son article ainsi que le recueil d'extraits présentés par F. Bowmann, dans *Éliphas Lévi, visionnaire romantique*, Paris, PUF, 1969.

Enfin Gautier n'est-il pas pour lui-même sa source principale ? Marcel Voisin l'a montré : il revenait encore et toujours à son thème, à *Une larme du diable*, à *Giselle*, à *La Péri* (dont le mythe central est que la terre est le rêve du ciel, et le ciel, le rêve de la terre). La nouvelle était son autoportrait, sa confession, c'était aussi pour la genèse de l'œuvre, la mise en scène romanesque d'impressions musicales, une admirable transposition d'art, la plus longue et la plus étrange que Gautier ait écrite, véritable exercice de voyance esthétique. C'est non seulement une symphonie en blanc et en bleu, unissant la neige et l'azur du ciel et de la mer ; c'est aussi une véritable symphonie, ou la transcription narrative d'une écoute musicale. A. Lebois le premier[1] avait rapproché *Spirite* d'un très beau texte du *Moniteur* du 17 décembre 1866 consacré au *Freischütz* que Gautier comparait à Hoffmann et à Wagner : ce sont des œuvres qui réveillent les esprits ; et le voilà qui réécrit *Spirite* : « Quelquefois l'hiver lorsque la pluie cingle les carreaux à travers l'obscurité de la nuit, que les arbres s'entrechoquent sous la rafale et qu'une vague torpeur de bien-être causée par la braise du foyer vous envahit sur votre fauteuil [...] un son bizarre, inexplicable, soupir des âmes et des choses, vous fait soudain tressaillir » ; tout vibre dans la pièce, et « tout votre être est remué profondément [...] il est évident qu'il va se passer quelque chose, vous n'êtes plus seul dans votre chambre [...]. Tel est l'effet que nous cause un prélude de Weber ». Tels sont les échos « venus du monde mystérieux qu'on pressent derrière le monde visible ».

Un bel article plus récent de Michel Delporte[2] a montré que, durant les années 1864 et 1865 où Gautier a pris en charge la rubrique lyrique dans *Le Moniteur*, il se livre à une véritable genèse métaphorique et musicale de la nouvelle ; son oreille voit, son œil écoute, sa main écrit les visions auditives ; avec *La Flûte enchantée*, il voit le Parthénon, le « rythme caché du dessin, sa mathématique secrète », il voit les lignes en apparence droites et qui sont en fait des courbes d'« une douceur infinie » se diriger vers un foyer idéal « que voit seulement la pensée du marbre » : il revoit ses souvenirs de Grèce, il écrit déjà la page de *Spirite*.

Le 26-27 décembre 1864, en écoutant la Patti (comme Lavinia) il a l'impression de l'éclosion d'une âme : « Il y avait dans ce chant d'une

---

1   *Op. cit.*, p. 154.
2   « Th. Gautier spectateur et critique d'opéra à travers le feuilleton du *Moniteur Universel* », *Bulletin*, 1986.

pureté exquise le tremblement sympathique d'un soupir ». La musique était bien pour Gautier ce nouveau langage que Rimbaud va attribuer à son « voyant » ; le 1er mai 1865, en écoutant Meyerbeer, il retient « une phrase étrange, d'une beauté inquiétante, surnaturelle, d'une sonorité inconnue à l'oreille humaine et qui semble venue d'une autre planète ; on dirait le soupir, le sanglot d'un esprit, la plainte inarticulée et sympathique de la nature ». Le 27 février 1865, Mozart lui évoquait encore le soupir d'une âme « ou les couples d'amants enlacés qui prennent des ailes et glissent comme des anges ou des colombes dans le ciel rosé de la pudeur ». Le 1er mai, il entendait « des chœurs aériens, légers et doux comme le bruit d'aile d'une âme qui s'envole ». Il lui restait à inventer un conte capable d'être lié aux impressions d'au-delà que la musique lui avait données.

LE TEXTE ET LE TITRE

Pour cette fois, il y a un manuscrit de Gautier : il se trouve sous la cote C 458, dans la collection Lovenjoul aujourd'hui déposée à la Bibliothèque de l'Institut de France ; on peut tenir dans ses mains le texte de *Spirite* superbement calligraphié par Gautier dans une écriture minuscule mais très belle ; des feuillets manquants (le *suicide* de Malivert, donné sans doute à Carlotta) ont été recopiés par Lovenjoul lui-même. S'agit-il du manuscrit originel ? Jean Richer dans son édition ne le pense pas et suppose qu'il s'agit du texte donné par Gautier au *Moniteur* et qui aurait été conservé par le directeur du journal alors que Gautier avait détruit son premier manuscrit. La vérité semble plus compliquée : c'est à coup sûr un état ancien du texte de Gautier qui est encore très mobile : par exemple, il hésite sur la graphie du nom de l'héroïne et sur celle du titre du récit : chaque chapitre reprend le titre, et ce titre varie ; les ratures nombreuses sont des ratures dignes d'un brouillon ou des corrections d'un texte rédigé : elles offrent la naissance du texte et ne sont pas incompatibles avec un premier retour sur un texte déjà écrit ; Gautier refait des phrases qui n'ont pas été terminées, il laisse sans suite une ébauche biffée comme il change un mot dans un ensemble intact, il écrit entre les lignes des additions, il semble chercher ses mots, essayer des synonymes l'un après l'autre, au courant de la plume, en parant au plus pressé, c'est-à-dire l'élimination du cliché et de la platitude ; on a bien l'impression d'un texte écrit cursivement, ou remanié immédiatement ou sans de longs délais.

Ces 58 folios bien collés et reliés présentent toutes *les phases* d'un travail complet, qui va jusqu'au découpage en feuilletons signés. Aucun élément ne contraint vraiment à supposer une version antérieure. Gautier maîtrisait l'ensemble de son récit dès l'origine, dès le moment où il a raconté *Spirite à* Julien Turgan (« je vais me mettre à faire l'histoire de l'Esprit que je t'ai contée et qui t'a plu[1] »), et surtout à Carlotta : en lui annonçant l'exemplaire tiré spécialement pour elle, Gautier lui rappelle que l'histoire a été « rêvée près de vous, … contée chapitre par chapitre » avant d'être lue en épreuves et en feuilletons[2].

Si ce n'est pas le premier jet de Gautier, le manuscrit en est bien proche : ce qu'on sait de la spontanéité presque définitive de l'écriture de Gautier empêche de supposer beaucoup de brouillons et de recommencements. Ratures ou variantes, ces corrections sont un peu hybrides ; si, comme Jean-Claude Fizaine dans l'édition de la Pléiade, on les considère comme des variantes, il faut alors les donner toutes, sans choix ; or elles sont relativement nombreuses quoique mineures et portant le plus souvent sur le choix d'un mot ; nous avons retenu les cas où Gautier sans rien raturer a laissé dans son manuscrit une double version, et un petit nombre d'occurrences où le texte raturé est intéressant pour la compréhension du texte définitif.

En plus de folios, le fonds Lovenjoul présente d'autres documents : des additions parfois copieuses de Gautier, qui sont collées sur des pages séparées. Selon toute vraisemblance elles ont été écrites après le manuscrit ou même livrées au *Moniteur* pour étoffer une première rédaction (ces passages sont souvent au début ou à la fin des chapitres) ou compléter le texte des épreuves déjà tirées.

D'autre part entre le manuscrit et *Le Moniteur* dont le texte est repris dans l'édition en livre en janvier 1866 chez Charpentier, il existe un certain nombre de différences sensibles, que nous avons recueillies ; elles conduisent à supposer un autre état intermédiaire du texte, ou bien des corrections directement faites sur les épreuves ; il s'agit parfois de noms propres, que Gautier a pu vérifier à Paris ; elles font apparaître

---

1 *C.G.*, t. IX, p. 88, 23 juillet 1865.
2 *Ibid.*, p. 178, mi-février 1866.

de mauvaises lectures que la version du *Moniteur* a entérinées, ou des virtualités intéressantes qui ont surgi dans le travail de Gautier.

Autrement dit, l'étude du manuscrit propose des variantes propres au manuscrit lui-même (*ms*), aux épreuves (*épr*), à l'édition dans *Le Moniteur* (*mu*).

Le problème du titre révèle les hésitations de Gautier qui semblent avoir duré jusqu'à la publication. Il raconte l'histoire d'un *esprit*, qui d'emblée est *l'Esprit*, la force spirituelle elle-même, qui s'identifie au *Spiritus*, dans tous les sens du mot, et l'être céleste ne peut être désigné que par son nom générique, il se nomme *Esprit* : c'est ainsi que l'héroïne inconnue est appelée au chapitre v, elle est *Spirite*. Mais la graphie *Spirit* continue à rivaliser avec *Spirite*. Le recours à l'anglais qui s'impose immédiatement l'éloigne, la magnifie et la sacralise par son étrangeté, en la rapprochant du mot latin, du mot originel, qui est resté dans le langage religieux mais qui est contourné comme le mot français et pour les mêmes raisons, ils sont tous deux trop familiers. Mais là commence la difficulté : il faudrait *spirit*, Gautier le sait si bien que dans toute durée de la création de son roman, il va hésiter entre *spirit* et *spirite*. Dans le manuscrit les deux noms de l'héroïne, les deux titres coexistent, se succèdent, se remplacent à l'infini, sans préférence marquée, sans évolution. Le 12 novembre 1865 il envoie à Carlotta le 13ᵉ feuilleton de *Spirit*, le 17 novembre, il lui raconte qu'il va chaque jour au *Moniteur* corriger les *épreuves de Spirite* : c'est le jour de la première livraison. A-t-il enfin choisi au dernier moment ?

Dans le *e* fatidique, il y a deux enjeux, contradictoires d'ailleurs. Le premier concerne Gautier, *spirit* est un mot neutre, désespérément neutre et son *esprit*, son être céleste et angélique, est féminin, il est *femme* dès le soupir qui le manifeste, il est même le féminin en lui-même. Le *e* fait violence à la langue, à la grammaire, mais il est indispensable, il impose d'emblée la féminité de l'héroïne, le passage fantastique non pas seulement de l'ange au féminin mais de *l'esprit* au féminin. Spirite est Lavinia, elle est la beauté et la tendresse, elle est la jeune morte, la morte amoureuse, et la Muse, elle est la vierge sacrée, elle est Pallas Athéna ou la *Panagia*, elle est comme la sylphide l'esprit au féminin qui a besoin de l'homme, au masculin, pour restituer l'androgyne céleste. *Spirit* trahit ou affaiblit, disons-le, banalise le récit, *Spirite* tout de suite féminise un terme réfractaire à la différence des sexes et jette le lecteur, s'il est sensible à la manipulation d'une langue étrangère, dans l'étrange et le paradoxe.

Mais *Spirite* indispensable en un sens est compromettant en un autre : les éditeurs de Gautier n'y tiennent pas, et le 28 août 1865 son fils Toto lui envoie les épreuves de tout ce qui est composé et l'informe que *Le Moniteur* a choisi *Spirit*[1] ; en même temps qu'il trouve que Mme d'Ymbercourt ne devrait pas dire « Guy » tout court à Malivert, il donne à son père ce conseil qui vient nettement des éditeurs : certes « cela s'emmanche bien, mystérieusement et étrangement », mais « je t'en supplie ne te laisse pas trop entraîner par le spiritisme », car dans le fond le public est incrédule et « il faut donner au surnaturel un aspect naturel ». Le conseil de rester à distance du mouvement *spiritiste* est évidemment un souci des éditeurs : ils redoutent une annexion du roman par eux (en effet Kardec lui sera favorable et Gautier constatera les étranges réactions des lecteurs « spirites »), susceptible d'éloigner un lectorat sceptique ou indifférent. Toute apparence de compromission avec la secte doit être écartée : il ne faut donc pas de *Spirite* comme titre et comme nom de l'héroïne. Le féminin de *spirit* en 1865 a une connotation bien marquée, il est devenu un nom commun, un ou une *spirite*, c'est bien banal ; Malivert aussi est un « spirite », et le titre deviendrait un clin d'œil adressé à la secte. Mais, dans *Spirite*, Gautier ne voit que le féminin de *spirit*, si bien que finalement ce titre s'impose à lui et qu'il l'impose à l'éditeur.

---

1   *Ibid.*, p. 103.

SPIRITE[a]

I

Guy de Malivert[b] était étendu, assis presque sur les épaules, dans un excellent fauteuil près de sa cheminée, où flambait un bon feu. Il semblait avoir pris ses dispositions pour passer chez lui une de ces soirées tranquilles dont la fatigue des joies mondaines fait parfois un plaisir et une nécessité aux jeunes gens à la mode. Un saute-en-barque[c] de velours noir agrémenté de soutaches en soie de même couleur, une chemise de foulard, un pantalon à pied de flanelle rouge, de larges pantoufles du Maroc où dansait son pied nerveux et cambré, composaient son costume, dont la confortabilité n'excluait pas l'élégance. Le corps débarrassé de toute pression incommode, à l'aise dans ces vêtements moelleux et souples, Guy de Malivert, qui avait fait à la maison un dîner d'une simplicité savante, égayé de deux ou trois verres d'un grand vin de Bordeaux retour de l'Inde, éprouvait cette sorte de béatitude physique, résultat de l'accord parfait des organes. Il était heureux sans qu'il lui fût arrivé aucun bonheur.

Près de lui, une lampe ajustée dans un cornet de vieux céladon[d] craquelé répandait la lumière laiteuse et douce de son globe dépoli, semblable à une lune qu'estompe un léger brouillard. La lueur en tombait sur un volume que Guy tenait d'une main distraite et qui n'était autre que l'*Evangeline*[e] de Longfellow.

Sans doute Guy admirait l'œuvre du plus grand poète qu'ait produit encore la jeune Amérique, mais il était dans cette paresseuse disposition d'âme où l'absence de pensée est préférable à la plus belle idée exprimée en termes sublimes. Il avait lu quelques vers, puis, sans quitter le livre, il avait appuyé sa tête au douillet capitonnage du fauteuil recouvert d'une guipure, et il jouissait délicieusement de ce temps d'arrêt de son cerveau. L'air tiède de la chambre l'enveloppait d'une suave caresse. Autour de lui tout était repos, bien-être, silence discret, quiétude intime. Le seul bruit perceptible était le sifflement d'un jet de gaz sortant d'une bûche et le tic-tac de la pendule dont le balancier rythmait le temps à voix basse.

On était en hiver ; la neige récemment tombée assourdissait le roulement lointain des voitures, assez rares dans ce quartier désert, car Guy habitait une des rues les moins fréquentées du faubourg Saint-Germain. Dix heures[f] venaient de sonner, et notre paresseux se félicitait de ne pas être en habit noir et en cravate blanche debout dans une embrasure de croisée au bal de quelque ambassade, ayant pour perspective les maigres omoplates d'une vieille douairière trop décolletée. Bien qu'il régnât dans la chambre une température de serre chaude, on sentait qu'il faisait froid dehors, rien qu'à l'ardeur avec laquelle brûlait le feu et au silence profond des rues. Le magnifique angora, compagnon de Malivert en cette soirée de *farniente*, s'était rapproché du foyer à roussir sa blanche fourrure, et le garde-feu doré l'empêchait seul de se coucher dans les cendres.

La pièce où Guy de Malivert goûtait ces joies paisibles tenait le milieu entre le cabinet d'étude et l'atelier. C'était une salle vaste et haute de plafond, qui occupait le dernier étage du pavillon habité par Guy et situé entre une grande cour et un jardin planté de ces arbres séculaires dignes d'une forêt royale, et qu'on ne trouve plus que dans l'aristocratique faubourg, car il faut du temps pour produire un arbre, et les parvenus n'en peuvent improviser pour donner de l'ombre à leurs hôtels bâtis avec la hâte d'une fortune qui craint la banqueroute[g].

Les murs étaient revêtus de cuir fauve, et le plafond se composait d'un entrecroisement de poutres en vieux chêne encadrant des caissons de sapin de Norvège, auxquels on avait laissé la couleur primitive du bois. Ces teintes sobres et brunes faisaient valoir les tableaux, les esquisses et les aquarelles suspendus aux parois de cette espèce de galerie où Malivert avait réuni ses curiosités et fantaisies d'art. Des corps de bibliothèque en chêne, assez bas pour ne pas gêner les tableaux, formaient autour de la pièce comme un soubassement interrompu par une porte unique. Les livres qui chargeaient ces rayons eussent surpris l'observateur par leur contraste ; on eût dit la bibliothèque d'un artiste et celle d'un savant mêlées ensemble. À côté des poètes classiques de tous les temps et de tous les pays, d'Homère, d'Hésiode, de Virgile, de Dante, d'Arioste, de Ronsard, de Shakespeare, de Milton, de Goethe, de Schiller, de lord Byron, de Victor Hugo, de Sainte-Beuve, d'Alfred de Musset, d'Edgar Poe, se trouvaient la *Symbolique* de Creuzer, la *Mécanique céleste* de Laplace, l'*Astronomie* d'Arago, la *Physiologie* de Burdach[h], le *Cosmos* de Humboldt, les œuvres de Claude Bernard et de Berthelot, et autres ouvrages de science pure. Guy de Malivert n'était cependant pas un savant. Il n'avait guère appris que ce qu'on montre au collège ; mais, après s'être refait son éducation littéraire, il lui avait semblé honteux d'ignorer toutes les belles découvertes qui font la gloire de ce siècle. Il s'était mis au courant de son mieux, et l'on pouvait parler devant lui astronomie, cosmogonie, électricité, vapeur, photographie, chimie, micrographie, génération spontanée ; il comprenait et parfois il étonnait son interlocuteur par une remarque ingénieuse et neuve.

Tel était Guy de Malivert à l'âge de vingt-huit ou vingt-neuf ans[i]. Sa tête, un peu éclaircie sur le haut du front, avait une expression ouverte et franche qui faisait plaisir à voir ; le nez, sans être d'une régularité grecque, ne manquait pas de noblesse et séparait deux yeux bruns au regard ferme ; la bouche, un peu épaisse, annonçait une bonté sympathique. Les cheveux, d'un brun chaud, se massaient en petites boucles fines et tordues qui repoussaient le fer du coiffeur, et une moustache d'un ton d'or roux ombrageait la lèvre supérieure. Bref, Malivert était ce qu'on appelle un joli garçon, et à son entrée dans le monde il avait eu des succès sans beaucoup les rechercher. Les mères ornées de filles à marier étaient aux petits soins pour lui, car il avait 40 000 francs de rente en terres et un oncle cacochyme plusieurs fois millionnaire dont il devait hériter. Position admirable ! Cependant Guy ne s'était pas marié ; il se contentait de faire un signe de tête approbateur aux sonates que les jeunes personnes exécutaient en sa présence ; il les reconduisait poliment à leur place après la contredanse, mais son entretien avec elles pendant les repos des figures se bornait à des phrases du genre de celle-ci : « Il fait bien chaud dans ce salon » ; aphorisme d'où il était impossible de déduire la moindre espérance matrimoniale. Ce n'était pas que Guy de Malivert manquât d'esprit ; il aurait trouvé aisément à dire quelque chose de moins banal s'il n'eût craint de s'empêtrer dans ces toiles ourdies de fils plus ténus que des fils d'araignée, tendues dans le monde autour des vierges nubiles dont la dot n'est pas considérable.

Lorsqu'il se voyait trop bien accueilli dans une maison, il cessait d'y aller, ou il partait pour un grand voyage, et à son retour il avait la satisfaction de se voir parfaitement oublié. On dira peut-être que Guy, comme beaucoup de jeunes gens d'aujourd'hui, trouvait dans le demi-monde de passagères unions morganatiques qui le dispensaient d'un mariage sérieux. Il n'en était rien. Sans être plus rigoriste que ne le comportait son âge, Malivert n'aimait pas ces beautés plâtrées, coiffées comme des caniches et ballonnées de crinolines extravagantes. Pure affaire de goût. Il avait eu comme tout le monde quelques bonnes fortunes. Deux ou trois femmes incomprises, plus ou moins séparées de leurs maris, l'avaient proclamé leur idéal, à quoi il avait répondu : « Vous êtes bien honnêtes », n'osant pas leur dire qu'elles n'étaient pas du tout son idéal à lui ; car c'était un garçon bien élevé que Malivert. Une petite figurante des Délassements-Comiques[j], à qui il avait donné quelques louis et un talma de velours[k], se prétendant trahie, avait essayé de s'asphyxier en son honneur ; mais, malgré ces belles aventures, Guy de Malivert, sincère envers lui-même, reconnaissait qu'arrivé à cet âge solennel de vingt-neuf ans, où le jeune homme va devenir homme jeune, il ignorait l'amour, tel du moins qu'il est dépeint dans les poèmes, les drames, les romans, ou même comme le représentaient ses camarades par leurs confidences ou leurs vantardises. Il se consolait très aisément de ce malheur en songeant aux ennuis, aux calamités et aux désastres qu'entraîne cette passion, et il attendait avec patience le jour où devait paraître, amené par le hasard, l'objet décisif qui le devait fixer[l].

Cependant, comme souvent le monde dispose de vous à sa fantaisie et selon sa convenance, il avait été décidé dans la société que fréquentait plus particulièrement Guy de Malivert qu'il était amoureux de Mme d'Ymbercourt[m], une jeune veuve à laquelle il faisait d'assez nombreuses visites. Les terres de Mme d'Ymbercourt jouxtaient celles de Guy ; elle possédait une soixantaine de mille francs de revenu et n'avait que vingt-deux ans. Elle avait fort convenablement regretté M. d'Ymbercourt, vieillard assez maussade, et sa position lui permettait de prendre un mari jeune et de bonne mine, d'une naissance et d'une fortune égale à la sienne. Le monde les avait donc mariés de son autorité privée, pensant que cette maison aurait un salon agréable, terrain neutre où l'on pourrait se rencontrer. Mme d'Ymbercourt acceptait tacitement cet hymen, et se regardait déjà un peu comme la femme de Guy, qui ne mettait aucun empressement à se déclarer, et même songeait à ne plus aller chez la jolie veuve, qu'il trouvait légèrement ennuyeuse aux airs légitimes qu'elle prenait par avance d'hoirie.

Ce soir-là même, Guy devait prendre le thé chez Mme d'Ymbercourt ; mais, après dîner, la nonchalance l'avait envahi ; il s'était senti si bien chez lui, qu'il avait reculé à l'idée de s'habiller et de sortir par sept ou huit degrés de froid, malgré la pelisse et le manchon d'eau bouillante placés dans sa voiture. Pour prétexte, il s'était dit que son cheval n'était pas ferré à glace et pourrait dangereusement glisser sur la neige durcie. D'ailleurs, il ne se souciait pas de laisser deux ou trois heures devant une porte, exposée à la bise, une bête que Crémieux[n], le célèbre marchand de chevaux des Champs-Élysées, lui avait vendue cinq mille francs. On voit que Guy était médiocrement amoureux, et que Mme d'Ymbercourt pouvait attendre longtemps la cérémonie qui lui permettrait de prendre un autre nom.

Comme Malivert, assoupi par la douce température de la chambre, où voltigeait la bleuâtre et odorante fumée de deux ou trois cabañas[o] dont les cendres remplissaient une petite coupe de bronze antique chinois, au pied en bois d'aigle[p], posée à côté de lui sur un guéridon qui supportait la lampe, commençait à sentir rouler sous ses paupières les premières poudres d'or du sommeil, la porte de la chambre s'ouvrit avec précaution, et un domestique parut, tenant sur un plateau d'argent une lettre mignonne, parfumée et cachetée d'une devise bien connue de Guy, car il prit tout de suite un air de mauvaise humeur. L'odeur de musc du papier parut aussi l'impressionner désagréablement. C'était un billet de Mme d'Ymbercourt, qui lui rappelait la promesse de venir chez elle prendre une tasse de thé.

« Le diable l'emporte, s'écria-t-il peu galamment, avec ses billets qui donnent la migraine ! Le beau plaisir de traverser la ville pour aller boire une tasse d'eau chaude où l'on a fait mariner quelques feuilles teintées de bleu de Prusse et de vert-de-gris, tandis que j'ai là dans cette boîte en laque de Coromandel du thé de caravane, du thé authentique, portant encore le cachet de la douane de Kiatka[q], le dernier poste russe sur la frontière de Chine ! Non, certes, je n'irai pas ! »

Un vague reste de politesse lui fit changer de résolution. Il dit à son valet de chambre de lui apporter ses habits ; mais quand il vit les jambes du pantalon pendre piteusement sur le dos du fauteuil, la chemise roide et blanche comme une carte porcelaine[r], l'habit noir aux bras ballants, les brodequins vernis miroités de reflets, les gants étendus comme des mains passées au laminoir, il fut prit d'un désespoir subit et se renfonça énergiquement dans sa chauffeuse.

« Décidément je reste. Jack, allez faire ma couverture ! »

Nous l'avons déjà dit là-haut, Guy était un garçon bien élevé, et, de plus, il avait le cœur bon. Agité d'un léger remords, il hésita sur le seuil de sa chambre à coucher qui lui souriait de tous ses conforts intimes, et se dit que la plus simple politesse exigeait qu'il envoyât un mot d'excuse à Mme d'Ymbercourt, prétextant une migraine, une affaire importante, une contrariété quelconque survenue à l'heure du départ, pour se dispenser honnêtement d'aller chez elle. Or, Malivert, bien que capable, sans être homme de lettres de profession, de faire un article de voyage ou une nouvelle pour la *Revue des Deux Mondes*, détestait écrire des lettres[s], et surtout cette sorte de billets de pure bienséance, comme les femmes en griffonnent par douzaines sur le coin de leur toilette, tandis que Clotilde ou Rose les accommodent. Il eût plutôt fait un sonnet sur des rimes difficiles et rares. Sa stérilité là-dessus était complète, et, pour éviter une réponse de deux lignes, il allait de sa personne à l'autre bout de la ville. Par terreur du billet, l'idée désespérée de se rendre chez Mme d'Ymbercourt vint à Guy de Malivert. Il s'approcha de la fenêtre, entrouvrit les rideaux, et vit à travers les vitres moites une nuit noire que de petits flocons blancs, tombant dru, tachetaient comme un dos de pintade. Il pensa par déduction à Grymalkin[t], secouant la peluche de neige attachée à son carapaçon verni. Il se représenta le passage désagréable du coupé au vestibule, le courant d'air de l'escalier que le calorifère ne neutralisait pas, et surtout Mme d'Ymbercourt, debout contre la cheminée, en grande toilette, décolletée à rappeler ce personnage d'un roman de Charles Dickens, qu'on désigne toujours sous le nom de *la poitrine*, et dont la blanche table sert à étaler le prospectus d'opulence d'un banquier ; il vit ses dents superbes encadrées dans un sourire immobile ; ses sourcils, d'un arc parfait, qu'on eût pu croire tracés à l'encre de Chine et qui pourtant ne devaient rien à l'art ; ses yeux magnifiques, son nez pur à servir de modèle dans un cahier de principes[u], sa taille que toutes les couturières proclamaient accomplie, ses bras ronds comme s'ils étaient tournés et chargés de bracelets trop massifs, et le souvenir de tous ces charmes que le monde lui destinait, en le mariant sans qu'il en eût grande envie avec la jeune veuve, lui inspira une mélancolie si profonde qu'il se dirigea vers son bureau, résolu, chose affreuse ! à écrire plutôt dix lignes que d'aller prendre le thé chez cette femme charmante.

Il plaça devant lui une feuille de papier cream-laid[v] frappé au timbre sec d'un G et d'un M capricieusement enlacés, trempa dans l'encre une fine plume d'acier emmanchée d'un dard de porc-épic, et écrivit, assez bas dans la page pour diminuer la place de la littérature, ce mot triomphant : « Madame ». Là, il fit une pause et appuya sa joue sur la paume de sa main, sa faconde ne lui fournissant rien de plus. Pendant quelques minutes il resta ainsi le poignet en position, les doigts allongés sur la plume et la cervelle involontairement occupée d'idées contraires au sujet de sa lettre. Comme si, en attendant la phrase qui ne venait pas, le corps de Malivert se fût ennuyé, sa main, prise de fourmillements et d'impatiences, semblait vouloir se passer d'ordre pour accomplir sa tâche. Les phalanges se détendaient et se repliaient comme pour tracer des caractères, et enfin Guy fut très étonné d'avoir écrit absolument sans conscience neuf ou dix lignes qu'il lut et dont le sens était à peu près de celui-ci[w] :

« Vous êtes assez belle et entourée d'assez d'adorateurs pour qu'on puisse vous dire sans vous offenser qu'on ne vous aime pas. C'est une mauvaise note pour le goût de celui qui fait un tel aveu… voilà tout. À quoi bon continuer des relations qui finiraient par engager deux âmes si peu faites l'une pour l'autre et les lier dans un malheur éternel ? Excusez-moi, je pars, vous n'aurez pas de peine à m'oublier ! »

« Ah ça ! dit Malivert en frappant la table du poing lorsqu'il eut relu sa lettre, est-ce que je suis fou ou somnambule ? L'étrange billet que voilà[x] ! Cela ressemble à ces lithographies de Gavarni où l'on voit en même temps dans la légende la phrase écrite et la phrase pensée, le faux et le vrai. Seulement, ici le mot ne trompe pas. Ma main, que je voulais forcer à un joli petit mensonge social, ne s'y est pas prêtée, et contrairement à l'usage, l'idée sincère est dans la lettre. »

Guy regarda attentivement le billet et il lui sembla que le caractère de l'écriture n'était pas tout à fait le même qu'il employait d'habitude. « Voilà, dit-il, un autographe qui serait contesté par les experts si ma littérature épistolaire en valait la peine. Comment diable cette bizarre transformation a-t-elle pu se faire ? Je n'ai cependant ni fumé d'opium, ni mangé de haschich, et ce ne sont pas les deux ou trois verres de vin de Bordeaux que j'ai bus qui peuvent m'avoir porté à la tête. J'ai la cervelle plus solide que cela. Que vais-je devenir si la vérité me coule ainsi de la plume sans que je le sente ? Par bonheur j'ai relu mon épître, n'étant jamais bien sûr de mon orthographe du soir. Quel effet auraient produit ces aimables lignes par trop véridiques, et quelle mine indignée et stupéfaite aurait eue Mme d'Ymbercourt en les lisant ! Peut-être eût-il mieux valu que la lettre partît telle quelle : j'aurais passé pour un monstre, pour un sauvage tatoué, indigne de mettre une cravate blanche, mais du moins cette liaison qui m'ennuie eût été brisée net comme verre ; et le verre ne se raccommode pas, même en y collant du papier. Si j'étais un peu superstitieux, il ne tiendrait qu'à moi de voir là dedans un avertissement du ciel au lieu d'une distraction inqualifiable. »

Après une pause, Guy prit un parti violent : « Allons chez Mme d'Ymbercourt, car je suis incapable de récrire cette lettre. » Il s'habilla rageusement, et, comme il allait sortir de sa chambre, il crut entendre un soupir, mais si faible, si léger, si aérien, qu'il fallait le profond silence de la nuit pour que l'oreille pût le saisir[y].

Ce soupir arrêta Malivert sur le seuil de son cabinet, et lui causa cette impression que le surnaturel fait éprouver aux plus braves. Il n'y avait rien de bien effrayant dans cette note vague, inarticulée et plaintive, et cependant Guy en fut plus troublé qu'il n'osait se l'avouer à lui-même.

« Bah ! c'est mon angora qui aura poussé une plainte en dormant », dit Malivert ; et, prenant des mains de son valet de chambre une pelisse de fourrure dans laquelle il s'enveloppa avec une correction qui prouvait de longs voyages en Russie, il descendit d'assez mauvaise humeur sur le perron au bas duquel l'attendait la voiture.

II

Blotti dans le coin de son coupé, les pieds sur sa boule d'eau bouillante, sa pelisse bien serrée[z] autour de lui, Malivert regardait sans les voir les bizarres jeux d'ombre et de lumière que faisaient contre la vitre couverte d'une légère buée des éclats soudains d'une boutique incendiée de gaz et encore ouverte à cette heure avancée, et les perspectives des rues étoilées de quelques points brillants.

La voiture traversa bientôt le pont de la Concorde, sous lequel coulait obscurément la Seine avec ses miroitements sombres et ses reflets de lanternes. Tout en roulant, Malivert ne pouvait s'empêcher de penser au soupir mystérieux qu'il avait entendu ou cru entendre au moment de quitter sa chambre. Il se disait tout ce que les sceptiques allèguent de raisons naturelles pour expliquer l'incompréhensible. Ce devait être, sans doute, le vent engagé dans la cheminée ou dans le corridor, quelque bruit du dehors modifié par l'écho, la vibration sourde d'une des cordes du piano ébranlée au passage d'une voiture pesante, ou même une plainte de son angora rêvant auprès du feu, comme il l'avait imaginé d'abord. Rien n'était plus probable ; le bon sens le voulait. Cependant Malivert, tout en reconnaissant combien ces explications étaient logiques, ne pouvait intérieurement s'en contenter ; un instinct secret lui affirmait que ce soupir n'était dû à aucune des causes auxquelles sa prudence philosophique l'attribuait ; il sentait que ce faible gémissement partait d'une âme et n'était pas un bruit vague de la matière ; il s'y mêlait un souffle et une douleur : d'où venait-il alors ? Guy n'y pensait qu'avec cette espèce d'anxiété pleine de questions qu'éprouvent les plus fermes esprits, qui, sans le chercher, se rencontrent avec l'inconnu. Il n'y avait personne dans la chambre – personne, excepté Jack, créature peu sentimentale – ; le soupir doucement modulé, harmonieux, attendri, plus léger qu'un susurrement de brise dans des feuilles de tremble, était féminin indubitablement ; on ne pouvait lui nier ce caractère.

Une autre circonstance intriguait Malivert : c'était une lettre qui s'était écrite pour ainsi dire toute seule, comme si une volonté étrangère à la sienne eût guidé ses doigts. L'excuse d'une distraction, dont Guy s'était payé d'abord, ne pouvait guère être prise au sérieux. Les sentiments de l'âme passent par le contrôle de l'esprit avant de se fixer sur le papier, et d'ailleurs ils ne vont pas s'y rédiger d'eux-mêmes pendant que le cerveau rêve à autre chose ; il fallait qu'une influence qu'il ne pouvait définir se fût emparée de lui pendant qu'il était absent de lui-même et eût agi à sa place, car il était bien sûr, maintenant qu'il y réfléchissait, de n'avoir pas dormi une seule minute ; toute la soirée il avait été paresseux, somnolent, engourdi par une torpeur de bien-être, mais à ce moment-là il était parfaitement éveillé. L'alternative contrariante d'aller chez Mme d'Ymbercourt ou de lui écrire un billet pour se dégager de l'invitation lui donnait même une certaine surexcitation fébrile ; ces lignes qui résumaient son idée secrète d'une façon si juste et plus nettement qu'il ne se l'était encore avoué, étaient dues à une intervention qu'il fallait bien qualifier de surnaturelle jusqu'à ce que l'analyse l'eût expliquée ou lui eût donné un autre titre.

Pendant que Guy de Malivert remuait ces questions dans sa tête, la voiture roulait par les rues, que le froid et la neige rendaient plus désertes qu'elles ne l'eussent été dans ces quartiers élégants et riches où la vie nocturne ne s'arrête que fort tard. La place de la Concorde, la rue de Rivoli, la place Vendôme, avaient été promptement laissées en arrière, et le coupé, prenant le boulevard, tourna le coin de la rue de la Chaussée-d'Antin, où demeurait Mme d'Ymbercourt.

En entrant dans la cour, Guy éprouva une sensation désagréable : deux files de voitures avec leurs cochers engoncés de fourrures stationnaient dans l'espace sablé qui en occupait le centre, et les chevaux ennuyés, secouant leurs mors, mêlaient sur le pavé des flocons d'écume à des flocons de neige.

« Voilà ce qu'elle appelle une soirée intime, un thé au coin du feu ! elle n'en fait jamais d'autres ! Tout Paris va être là ; et moi qui n'ai pas mis de cravate blanche ! grommela Malivert ; j'aurais mieux fait de me coucher, mais j'ai essayé d'être diplomate comme Talleyrand : je n'ai pas voulu suivre mon premier mouvement parce que c'était le bon. »

Il monta l'escalier d'un pas lent, et, après s'être débarrassé de sa pelisse, il se dirigea vers le salon, dont un laquais lui ouvrit les portes avec une sorte de déférence obséquieuse et confidentielle, comme à un homme qui serait bientôt le maître de la maison et au service duquel il désirait rester.

« Comment ! se dit tout bas Guy de Malivert, remarquant cette servilité plus accentuée qu'à l'ordinaire, il n'est pas jusqu'aux domestiques qui ne disposent de ma personne et ne me marient de leur autorité privée à Mme d'Ymbercourt ! Les bans ne sont pas publiés encore cependant. »

Mme d'Ymbercourt, en apercevant Guy qui s'avançait vers elle baissant la tête et faisant le gros dos, ce qui est le salut moderne, poussa un petit cri de satisfaction qu'elle essaya de corriger par un air de froideur boudeuse. Mais ses lèvres toujours souriantes, habituées à découvrir jusqu'à leurs gencives roses des dents d'une nacre irréprochable, ne purent se rapprocher pour former la jolie moue qu'on leur demandait, et la dame, voyant du coin de l'œil dans une glace que cette physionomie ne réussissait pas, prit le parti de se montrer bon enfant comme une femme indulgente qui sait qu'on ne doit pas exiger beaucoup aujourd'hui de la galanterie des hommes.

« Comme vous venez tard, monsieur Guy[aa] ! dit-elle en lui tendant une petite main si étroitement gantée qu'elle semblait de bois au toucher ;

vous vous êtes sans doute attardé à votre vilain club à fumer vos cigares et à battre les cartes ; aussi, et c'est votre punition, vous n'avez pas entendu le grand pianiste allemand Kreisler jouer le galop chromatique de Listz, ni la délicieuse comtesse Salvarosa chanter la romance du Saule comme jamais ne l'a fait la Malibran[ab]. »

Guy, en quelques phrases convenables, exprima le regret, qu'il ressentait à vrai dire médiocrement, d'avoir manqué le galop de virtuose et l'air de la femme du monde, et comme il se trouvait un peu gêné d'avoir autour du col, parmi ces gens très parés, deux doigts de soie noire au lieu de deux doigts de mousseline blanche, il chercha à s'échapper par la tangente et à gagner quelque coin moins inondé de lumière où ce solécisme involontaire de toilette se dissimulât plus aisément dans une ombre relative. Il eut beaucoup de peine à effectuer cette résolution, car Mme d'Ymbercourt le ramenait toujours au milieu du cercle par un coup d'œil ou quelque mot qui exigeait une réponse que Guy faisait la plus brève possible ; mais enfin il parvint à gagner une embrasure de porte conduisant du grand salon à un autre salon plus petit, arrangé en serre, tout treillagé et tout palissé[ac] de camélias.

Le salon de Mme d'Ymbercourt était blanc et or, tapissé de damas des Indes cramoisi ; des meubles larges, moelleux, bien capitonnés, le garnissaient. Le lustre à branches dorées faisait luire les bougies[ad] dans un feuillage de cristal de roche. Des lampes, des coupes et une grande pendule qui attestaient le goût de Barbedienne[ae] ornaient la cheminée de marbre blanc. Un beau tapis s'étalait sous le pied, épais comme un gazon. Les rideaux tombaient sur les fenêtres amples et riches, et, dans un panneau magnifiquement encadré souriait encore plus que le modèle, un portrait de la comtesse peint par Winterhalter.

Il n'y avait rien à dire de ce salon meublé de choses belles et chères, mais que peuvent se procurer tous ceux à qui leur bourse permet de ne pas redouter un long mémoire d'architecte et de tapissier. Sa richesse banale était parfaitement convenable, mais elle manquait de cachet. Aucune particularité n'y indiquait le choix, et, la maîtresse du logis absente, on eût pu croire qu'on était dans le salon d'un banquier, d'un avocat ou d'un Américain de passage. L'âme et la personnalité lui faisaient défaut. Aussi Guy, artiste de nature, trouvait-il ce luxe affreusement bourgeois et déplaisant au possible. C'était pourtant bien le fond duquel devait se

détacher Mme d'Ymbercourt, elle dont la beauté ne se composait que
de perfections vulgaires.

Au milieu de la pièce, sur un pouf circulaire surmonté d'un
grand vase de Chine où s'épanouissait une rare plante exotique dont
Mme d'Ymbercourt ne savait même pas le nom et que son jardinier
avait placée là, s'étalaient, assises dans des gazes, des tulles, des dentelles,
des satins, des velours, dont les flots bouillonnants leur remontaient
jusqu'aux épaules, des femmes, la plupart jeunes et belles, dont les
toilettes d'un caprice extravagant accusaient l'inépuisable et coûteuse
fantaisie de Worth[af]. Dans leurs chevelures brunes, blondes, rousses et
même poudrées, d'une opulence à faire supposer aux moins malveil-
lants que l'art devait y embellir la beauté, contrairement à la romance
de M. Planard[ag], scintillaient les diamants, se hérissaient les plumes,
verdoyaient les feuillages semés de gouttes d'eau, s'entrouvraient les
fleurs vraies ou chimériques, bruissaient les brochettes de sequins,
s'entrecroisaient les fils de perles, reluisaient les flèches, les poignards,
les épingles à deux boules, miroitaient les garnitures d'ailes de scarabée,
se contournaient les bandelettes d'or, se croisaient les rubans de velours
rouge, tremblotaient au bout de leur spirale les étoiles de pierreries et
généralement tout ce qui peut s'entasser sur la tête d'une femme à la
mode, sans compter les raisins, les groseilles et les baies à couleurs vives
que Pomone peut prêter à Flore pour rendre complète une coiffure de
soirée, s'il est permis à un lettré qui écrit en l'an de grâce 1865 de se
servir de ces appellations mythologiques.

Adossé au chambranle de la porte, Guy contemplait ces épaules
satinées sous leur fleur de poudre de riz, ces nuques où se tordaient des
cheveux follets, et ces poitrines blanches que trahissait parfois l'épaulette
trop basse d'un corsage ; mais ce sont là de petits malheurs auxquels se
résigne aisément une femme sûre de ses charmes. D'ailleurs le mouvement
pour remonter la manche est des plus gracieux, et le doigt qui corrige
l'échancrure d'une robe et lui donne un contour favorable fournit une
occasion de jolies poses. Notre héros se livrait à cette intéressante étude
qu'il préférait à de banales conversations, et selon lui c'était le bénéfice
le plus clair qu'on rapportât d'une soirée ou d'un bal. Il feuilletait
d'un œil nonchalant ces livres de beauté vivants, ces keepsakes animés
que le monde sème dans ses salons comme il place sur les tables des
stéréoscopes[ah], des albums et des journaux à l'usage des gens timides

embarrassés de leur contenance. Ce plaisir, il le goûtait avec d'autant plus de sécurité que, par suite du bruit répandu de son prochain mariage avec Mme d'Ymbercourt, il n'était plus obligé de surveiller ses regards jadis guettés par les mères désireuses de placer leurs filles. On n'attendait plus rien de lui. Il cessait d'être une proie, c'était un homme classé, et bien que plus d'une jugeât *in petto* qu'il eût pu faire un meilleur choix, la chose était acceptée. Même il eût pu sans conséquence adresser deux ou trois phrases de suite à une jeune personne. N'était-il pas déjà le mari de Mme d'Ymbercourt ?

Dans la même embrasure de porte que M. Guy de Malivert se tenait un jeune homme qu'il rencontrait souvent à son club, et dont il aimait assez la tournure d'esprit empreinte d'une bizarrerie septentrionale. C'était le baron de Féroë, un Suédois, compatriote de Swedenborg, comme lui penché sur l'abîme du mysticisme, et pour le moins aussi occupé de l'autre monde que de celui-ci. Le caractère de sa tête était étrange. Ses cheveux blonds tombant en mèches presque droites paraissaient plus clairs que sa peau, et sa moustache était d'un or si pâle qu'on eût dit de l'argent. Il y avait dans ses yeux d'un gris bleuâtre une expression indéfinissable, et leur regard, ordinairement à demi voilé par de longs cils blanchâtres, dardait parfois une flamme aiguë et semblait voir au delà de la portée humaine. Du reste, le baron de Féroë était trop parfait gentleman pour affecter la moindre excentricité ; ses façons étaient unies et froides, d'une correction anglaise, et il ne prenait pas devant les glaces des airs d'illuminé. Ce soir-là, comme au sortir du thé de Mme d'Ymbercourt il devait aller au bal de l'ambassade d'Autriche, il était en grande tenue, et sur son habit noir, dont le revers cachait à moitié la plaque d'un ordre étranger, brillaient, suspendues à une fine chaînette d'or, les croix de l'Éléphant et de Danebrog, le mérite de Prusse, l'ordre de Saint-Alexandre Newsky[ai], et autres décorations des cours du Nord qui prouvaient ses services diplomatiques.

C'était vraiment un homme singulier que le baron de Féroë, mais d'une singularité qui ne frappait pas tout d'abord, tellement elle était enveloppée de flegme diplomatique[aj]. On le voyait souvent dans le monde, aux réceptions officielles, au club, à l'Opéra ; mais, sous cette apparence d'homme à la mode, il vivait d'une façon mystérieuse. Il n'avait ni ami intime, ni camarade. Dans sa maison, parfaitement tenue, nul visiteur n'avait dépassé le premier salon, et la porte qui conduisait aux autres chambres ne s'était ouverte pour personne. Comme les Turcs, il ne livrait à la vie extérieure qu'une seule chambre, où visiblement il n'habitait pas. La visite partie, il rentrait dans les profondeurs de son appartement. À quoi s'y occupait-il ? C'est ce que nul ne savait. Il y faisait parfois des retraites assez longues, et les gens qui s'apercevaient de son absence l'attribuaient à quelque mission secrète, à quelque voyage en Suède, où demeurait sa famille ; mais quelqu'un qui eût passé, à une heure avancée, par la rue peu fréquentée où restait le baron, eût pu voir briller de la lumière à sa fenêtre, et quelquefois le découvrir lui-même accoudé au balcon et le regard perdu dans les étoiles. Mais nul n'avait intérêt à épier le baron de Féroë. Il rendait au monde strictement ce qu'il lui devait, et le monde n'en demande pas davantage. Auprès des femmes, sa politesse parfaite ne dépassait pas certaines limites, même lorsqu'elle eût pu, sans risque, s'aventurer un peu plus loin. Malgré sa froideur, il ne déplaisait pas. La pureté classique de ses traits rappelait la sculpture gréco-scandinave de Thorwaldsen[ak]. « C'est un Apollon gelé », disait de lui la belle duchesse de C…, qui, s'il fallait en croire les médisances, avait essayé de fondre cette glace.

Comme Malivert, le baron de Féroë regardait un dos charmant d'une blancheur neigeuse se présentant dans une attitude un peu courbée qui en arrondissait délicieusement les lignes et qu'une traîne de feuillage glauque, détachée de la coiffure faisait parfois frissonner comme un imperceptible chatouillement.

« Charmante personne ! dit le baron de Féroë à Guy, dont il avait suivi le regard ; quel dommage qu'elle n'ait pas d'âme ! Celui qui en deviendrait amoureux éprouverait le sort de l'étudiant Nathaniel dans l'*Homme au sable* d'Hoffmann[al] ; il courrait risque de serrer au bal un mannequin entre ses bras, et c'est une valse macabre que celle-là pour un homme de cœur.

— Rassurez-vous, cher baron, répondit en riant Guy de Malivert, je n'ai aucune envie de m'éprendre de l'être à qui appartiennent ces belles épaules, quoique de belles épaules ne soient pas en elles-mêmes un objet à dédaigner. En ce moment, je l'avoue à ma honte, je n'éprouve pas l'ombre de passion pour qui que ce soit.

— Quoi, pas même pour Mme d'Ymbercourt que vous allez, dit-on, épouser ? répliqua le baron de Féroë avec un air d'incrédulité ironique.

— Il y a de par le monde, dit Malivert, en se servant d'une phrase de Molière, des gens qui marieraient le Grand Turc avec la république de Venise ; mais j'espère bien rester garçon[am].

— Vous ferez bien, reprit le baron, dont la voix changea soudain d'accent et passa d'une familiarité amicale à une solennité mystérieuse ; ne vous engagez dans aucun lien terrestre. Restez libre pour l'amour, qui peut-être va vous visiter. Les esprits ont l'œil sur vous, et vous pourriez vous repentir éternellement dans l'extra-monde d'une faute commise dans celui-ci. »

Pendant que le jeune baron suédois disait cette phrase étrange, ses yeux, d'un bleu acier, brillaient singulièrement et lançaient des rayons dont Guy de Malivert crut sentir la chaleur à sa poitrine.

Après les événements bizarres de la soirée, cette recommandation mystérieuse ne le trouva pas aussi incrédule qu'il l'eût été la veille. Il tourna vers le Suédois ses yeux étonnés et pleins d'interrogations, comme pour le prier de parler plus clairement ; mais M. de Féroë regarda l'heure à sa montre, dit : « J'arriverai bien tard à l'ambassade », donna une énergique et rapide poignée de main à Malivert, et s'ouvrit vers la porte, sans froisser une robe, sans marcher sur une queue, sans compromettre un volant, un chemin suffisant pour son passage, avec une habileté délicate qui prouvait son habitude du monde[an].

« Eh bien ! Guy, vous ne venez donc pas prendre une tasse de thé ? » dit Mme d'Ymbercourt, qui avait enfin découvert son adorateur prétendu appuyé d'un air rêveur contre la porte du petit salon. Il fallut bien que Malivert s'acheminât derrière la maîtresse du logis jusqu'à la table où fumait la boisson chaude dans une urne d'argent entourée de tasses de Chine.

Le réel essayait de reconquérir sa proie sur l'idéal.

III

La phrase singulière du baron de Féroë et la disparition presque subite du jeune diplomate après l'avoir prononcée firent travailler l'imagination de Guy pendant qu'il retournait au faubourg Saint-Germain, emporté par le trot rapide de Grymalkin, auquel une bise glaciale rendait agréable l'idée de retourner à l'écurie, dans son box bien chaud et garni d'une litière nattée, quoique, en bête de bonne race qu'il était, il n'eût pas besoin de ce motif pour soutenir une grande allure.

« Que diable pouvait-il vouloir dire avec ses énigmes solennelles débitées d'un ton de mystagogue ? pensait Guy de Malivert, tout en laissant tomber les pièces de son vêtement entre les mains de Jack ; c'est cependant un gentleman de la civilisation la moins romanesque que le baron de Féroë ; il est net, poli et coupant comme un rasoir anglais, et ses manières, de la précision la plus exquise, sont d'une froideur à faire paraître tiède le vent du pôle. Qu'il ait voulu se jouer de moi, c'est une idée inadmissible. On ne se moque pas de Guy de Malivert, même quand on est brave comme le Suédois aux cils blancs ; et d'ailleurs, où serait le sel de cette plaisanterie ? Il n'en a pas joui, en tout cas, car il s'est aussitôt dérobé comme un homme qui n'en veut pas dire davantage. Bah ! ne songeons plus à ces billevesées ; je verrai le baron demain au club, et sans doute il sera plus explicite. Couchons-nous et tâchons de dormir, que les esprits aient ou non l'œil sur nous. »

En effet, Guy se coucha, mais le sommeil ne lui vint pas comme il l'espérait, quoiqu'il appelât à son aide les brochures les plus soporifiques et qu'il les lût avec une extrême intensité d'attention machinale. Malgré lui, il écoutait les imperceptibles bruits qui se dégagent encore du plus complet silence. La détente de la sonnerie de sa pendule avant de sonner l'heure ou la demie, un pétillement d'étincelles sous les cendres, le craquement de la boiserie contractée par la chaleur, le son de la goutte d'huile tombant dans la lampe, le souffle de l'air attiré par le foyer et sifflant tout bas sous la porte en dépit des bourrelets, la chute inopinée d'un journal de son lit à terre, le faisaient tressaillir, tellement ses nerfs étaient tendus, comme aurait pu le faire la brusque détonation d'une arme à feu. Son ouïe était surexcitée à ce point qu'il entendait les pulsations de ses artères et les battements de son cœur retentir jusque dans sa gorge. Mais, parmi tous ces murmures confus, il ne put démêler rien qui ressemblât à un soupir.

Ses yeux, qu'il fermait de temps à autre dans l'espoir d'y amener le sommeil, se rouvraient bientôt et scrutaient les recoins de la chambre avec une curiosité qui n'était pas sans appréhension. Guy désirait vivement voir quelque chose, et cependant il redoutait que son vœu fût accompli. Parfois, ses prunelles dilatées s'imaginaient apercevoir des formes vagues dans les angles où n'atteignait pas la lueur de la lampe rabattue par un abat-jour vert ; les plis des rideaux prenaient l'aspect de vêtements féminins et semblaient palpiter comme agités par le mouvement d'un corps, mais ce n'était qu'une pure illusion[ao]. Des bluettes, des points lumineux, des taches de dessin changeant, des papillons, des filets onduleux et vermiculés dansaient, fourmillaient, s'agrandissaient, se rapetissaient devant son regard fatigué, sans qu'il pût discerner rien d'appréciable.

Agité plus qu'on ne saurait dire, et sentant, quoiqu'il n'entendît et ne vît rien, la présence de l'inconnu dans sa chambre, il se leva, passa un mach'lah[ap] en poil de chameau qu'il avait rapporté du Caire, jeta deux ou trois bûches sur les braises et s'assit près de la cheminée, dans un grand fauteuil plus commode à l'insomnie qu'un lit défait par une veille fébrile. Près du fauteuil, il vit sur le tapis un papier froissé qu'il ramassa. C'était la lettre qu'il écrivait à Mme d'Ymbercourt, sous cette mystérieuse impulsion dont il ne pouvait encore se rendre compte. Il la ramassa, en défit les plis, et il remarqua, en l'examinant avec soin, que le caractère d'écriture de ces lignes ne ressemblait pas complètement au sien. On aurait dit une main impatiente qui n'aurait pu s'astreindre, dans un fac-similé, à suivre exactement le modèle, et aurait mêlé aux lettres de l'original des jambages et des déliés de sa propre écriture. L'aspect était plus élégant, plus svelte, plus féminin.

Tout en notant ces détails, Guy de Malivert songeait au *Scarabée d'or* d'Edgar Poe et à la sagacité merveilleuse avec laquelle William Legrand[aq] parvint à trouver le sens de la lettre en chiffres où le capitaine Kidd désigne d'une façon énigmatique la place précise de la cachette qui renferme ses trésors. Il aurait bien voulu posséder cette intuition profonde qui suppose d'une façon si hardie et si juste, supplée aux lacunes et renoue la trame des rapports interrompus. Mais ici Legrand lui-même, en lui adjoignant Auguste Dupin de la *Lettre volée* et de *l'Assassinat de la rue Morgue*, n'aurait pu humainement deviner la puissance secrète qui avait fait dévier la main de Malivert.

Cependant Guy finit par s'endormir de ce sommeil pesant et gêné qui succède à une nuit d'insomnie et qu'amène l'approche de l'aurore. Il se réveilla lorsque Jack entra pour rallumer le feu et aider son maître dans sa première toilette. Guy se sentait frileux et mal à l'aise ; il bâilla, s'étira, se secoua, s'aspergea d'eau froide, et, ranimé par ces

ablutions toniques, rentra bientôt en pleine possession de lui-même.
Le Matin aux yeux gris, comme dit Shakespeare, descendant non pas
la pente des collines vertes, mais la pente des toits blancs, se glissait
dans l'appartement, dont Jack avait ouvert les rideaux et les volets, et
redonnait à chaque chose son aspect réel en faisant envoler les chimères
nocturnes. Rien ne rassure comme la lumière du soleil, même quand
ce n'est qu'un pâle soleil d'hiver comme celui qui pénétrait à travers les
ramages arborescents dont la gelée avait étamé les vitres.

Revenu aux sentiments habituels de la vie, Malivert s'étonna de la
nuit d'agitation qu'il avait passée et se dit : « Je ne me savais pas si
nerveux » ; puis il rompit la bande des journaux qu'on venait de monter,
jeta un coup d'œil aux feuilletons, lut les faits divers, reprit le volume
d'*Evangeline* qu'il avait quitté la veille, fuma un cigare, et ces diverses
occupations l'ayant mené jusqu'à onze heures, il se fit habiller, et, pour
prendre un peu d'exercice, il se donna le but d'aller à pied déjeuner
au café Bignon[ar]. Une gelée matinale avait durci la neige de la nuit,
et en traversant les Tuileries, Malivert prit plaisir à voir les statues
mythologiques poudrées à blanc et les grands marronniers tout couverts
d'une peluche argentée. Il déjeuna bien et délicatement, en homme
qui veut réparer une veille fatigante, et il causa gaiement avec des
compagnons joyeux, la fine fleur de l'esprit et du scepticisme parisien,
et qui avaient adopté pour devise la maxime grecque : « Souviens-toi
de ne pas croire. » Pourtant, aux plaisanteries par trop vives, Guy
souriait d'un air un peu contraint. Il ne s'abandonnait pas avec une
pleine franchise aux paradoxes d'incrédulité et aux fanfaronnades
de cynisme. La phrase du baron de Féroë : « Les esprits ont l'œil sur
vous », lui revenait involontairement, et il lui semblait qu'il y avait
derrière lui un témoin d'une nature mystérieuse. Il se leva, salua de
la main les causeurs et fit quelques tours sur ce boulevard où passe
en un jour plus d'esprit qu'il n'en circule en un an dans tout le reste
du globe, et, le trouvant un peu désert à cause du froid et de l'heure,
il tourna machinalement l'angle de la rue de la Chaussée-d'Antin. Il
fut bientôt devant la maison de Mme d'Ymbercourt. Comme il allait
tirer le bouton de la porte, il crut sentir un souffle à son oreille, et
dans ce souffle entendre, murmurés très bas et cependant d'une façon
distincte, ces mots : « N'entrez pas[as]. » Il se retourna vivement et ne
vit personne.

« Ah ça ! décidément, se dit Malivert, est-ce que je deviens fou ? J'ai des hallucinations en plein jour maintenant ? Obéirai-je ou n'obéirai-je pas à cette injonction bizarre ? »

Dans le mouvement brusque qu'il avait fait pour se retourner, sa main posée sur le bouton de la sonnette l'avait lâché. Le ressort avait joué et fait vibrer le timbre ; la porte s'était ouverte, et le concierge, debout devant sa loge, regardait Malivert hésitant sur le seuil. Malivert entra, quoiqu'il n'en eût guère envie après l'incident extranaturel qui venait de se produire, et il fut reçu par Mme d'Ymbercourt dans le petit salon bouton d'or agrémenté de bleu où elle recevait les visites du matin et dont la nuance déplaisait particulièrement à Guy. « Le jaune n'est-il pas le fard des brunes ? » avait répondu la comtesse à Malivert, qui plus d'une fois s'était permis de solliciter le remplacement de cette odieuse tenture.

Mme d'Ymbercourt était habillée d'une jupe de taffetas noir et d'une veste de couleur voyante soutachée, brodée, chargée[at] de plus de jais et de passementerie que jamais *maja* allant à une *feria* ou à une course de taureaux n'en suspendit à sa basquine. La comtesse, quoique femme du monde, avait le tort de laisser exécuter sur elle quelques-uns de ces costumes impossibles que portent seules les poupées à bouche en cœur et à joues roses des gravures de modes.

Contre son habitude, Mme d'Ymbercourt avait l'air sérieux ; un nuage de contrariété obscurcissait son front ordinairement serein et les coins de ses lèvres s'étaient légèrement abaissés. Une de ses bonnes amies venait de la quitter et lui avait demandé, avec la feinte bonhomie des femmes en pareille occasion, à quelle époque était fixé son mariage avec Guy de Malivert. La comtesse avait rougi, balbutié, et répondu vaguement qu'il aurait lieu bientôt ; car Guy, que le monde lui donnait pour époux, ne lui avait jamais demandé sa main ni même fait la déclaration formelle, ce que Mme d'Ymbercourt attribuait à une timidité respectueuse, et aussi peut-être à ce sentiment d'incertitude que tout jeune homme éprouve au moment d'abandonner la libre vie de garçon. Mais elle croyait fermement qu'il se prononcerait un jour ou l'autre, et déjà elle se regardait si bien comme sa femme qu'elle avait arrangé dans sa tête les dispositions particulières que nécessiterait à l'hôtel la présence d'un époux. « Voici la chambre, le cabinet d'étude, le fumoir de Guy », s'était-elle dit plus d'une fois en mesurant de l'œil certaines pièces de ses appartements.

Quoiqu'elle ne lui plût guère, Guy ne pouvait s'empêcher de convenir que Mme d'Ymbercourt était correctement belle, jouissait d'une réputation intacte et possédait une fortune assez considérable. Il s'était laissé aller, sans charme, comme tous les gens dont le cœur est vide, à l'habitude de cette maison où on lui faisait meilleur accueil que dans toute autre. Il y revenait, parce qu'au bout de quelques jours d'absence, un billet d'une insistance aimable le forçait à reparaître.

D'ailleurs, pourquoi n'y serait-il pas allé ? Mme d'Ymbercourt recevait assez bonne compagnie, et il rencontrait là, certains jours, quelques-uns de ses amis qu'il lui eût été moins commode de chercher à travers l'éparpillement de la vie parisienne.

« Vous avez l'air un peu souffrant, dit Malivert à la comtesse ; est-ce que vous auriez passé une nuit agitée par les diablotins du thé vert ?

— Oh ! non ; j'y mets tant de crème qu'il n'a plus aucune force. Et puis je suis le Mithridate du thé, il n'agit plus sur moi. Ce n'est pas cela, je suis contrariée.

— Est-ce que ma visite tombe mal et dérange quelques-uns de vos projets ? Alors je me retire, et ce sera comme si, ne vous trouvant pas, j'eusse mis ma carte chez votre concierge.

— Vous ne me gênez nullement, et vous savez que je vous vois toujours avec plaisir, répondit la comtesse. Vos visites, je ne devrais peut-être pas le dire, me semblent même assez rares, quoiqu'elles paraissent trop fréquentes à d'autres.

— N'êtes-vous pas libre, sans parents fâcheux, sans frère importun, sans oncle radoteur, et sans tante chaperon, faisant de la tapisserie dans l'embrasure de la fenêtre ? La nature obligeante vous a débarrassée de cette broussaille d'êtres désagréables qui se hérissent trop souvent autour d'une jolie femme, pour ne vous laisser que leurs héritages. Vous pouvez recevoir qui vous voulez, car vous ne dépendez de personne.

— C'est vrai ! répliqua Mme d'Ymbercourt ; je ne dépends de personne, mais je dépends de tout le monde. Une femme n'est jamais émancipée, fût-elle veuve et en apparence maîtresse de ses actions. Toute une police de surveillants désintéressés l'entoure et s'occupe de ses affaires. Ainsi, mon cher Guy, vous me compromettez.

— Moi, vous compromettre ! s'écria Malivert avec une sincérité de surprise qui prouvait une modestie bien rare chez un jeune homme de vingt-huit ans, bien tourné, s'habillant chez Renard[au] et faisant venir ses pantalons d'Angleterre. Pourquoi moi plutôt que d'Arversac, Beaumont, Yanowski et Féroë, qui sont ici fort assidus ?

— Je ne saurais vous le dire, répondit la comtesse. Peut-être êtes-vous dangereux sans le savoir, ou le monde a-t-il reconnu en vous une puissance que vous ignorez. Le nom d'aucun de ces messieurs n'a été prononcé ; on trouve tout naturel qu'ils viennent à mes mercredis, me fassent quelques visites de cinq à six heures au retour de la promenade du lac, et me saluent dans ma loge aux Bouffons et à l'Opéra. Mais ces actions, innocentes en elles-mêmes, faites par vous, prennent, à ce qu'il paraît, une signification terrible[av].

Je suis cependant le garçon le plus uni du monde, et personne n'a jamais rien dit sur mon compte. Je n'ai pas un frac bleu comme Werther ni un pourpoint à crever comme don Juan. On ne m'a jamais vu jouer de la guitare sous un balcon ; je ne vais pas aux courses en break avec de petites dames aux toilettes tapageuses, et dans les soirées, je n'agite aucune question de sentiment devant les jolies femmes pour faire briller la pureté et la délicatesse de mon cœur. On ne me voit point me poser contre une colonne, la main dans mon gilet, et regarder silencieusement, d'un air sombre et fatal, une pâle beauté aux longues anglaises ressemblant à la Kitty Bell d'Alfred de Vigny. Ai-je aux doigts des bagues en cheveux et sur la poitrine un sachet renfermant des violettes de Parme données par elle ? Fouillez mes tiroirs les plus intimes, vous n'y trouverez ni portrait brun ou blond, ni liasses de lettres parfumées nouées d'une faveur ou d'un fermoir en caoutchouc, ni pantoufle brodée, ni masque à barbe de dentelle, ni aucun des brimborions dont les amoureux composent leur musée secret. Franchement ai-je l'air d'un homme à bonnes fortunes ?

— Vous êtes bien modeste, reprit Mme d'Ymbercourt, ou vous vous faites innocent à plaisir ; mais tout le monde, par malheur, n'est pas de votre avis. On trouve à redire aux soins que vous me rendez, quoique pour ma part je n'y voie aucun mal.

— Eh bien ! fit Malivert, j'espacerai mes visites, je ne viendrai plus que tous les quinze jours, tous les mois ; et puis je ferais un voyage. Où irai-je, par exemple ? Je connais l'Espagne, l'Italie, l'Allemagne, la Russie. Si j'allais en Grèce ! Ne pas avoir vu Athènes, l'Acropole et le Parthénon est un crime. On peut prendre la voie de Marseille ou s'embarquer à Trieste sur les bateaux à vapeur du Lloyd autrichien. On touche à Corfou ; on voit en passant Ithaque *soli occidenti bene objacentem*, bien exposée au soleil couchant, aujourd'hui comme du temps d'Homère. On pénètre jusqu'au fond du golfe de Lépante. L'on traverse l'isthme, on voit ce qui reste de cette Corinthe où il n'était pas donné à tout le monde d'aller. Un autre bateau vous reprend, et en quelques heures on est au Pirée. Beaumont m'a conté tout cela[aw]. Il était parti romantique enragé ; il a reçu là-bas sa métope sur la tête et ne veut plus entendre parler de cathédrales. C'est un classique rigide maintenant. Il prétend que, depuis les Grecs, l'humanité est retombée à l'état barbare, et que nos prétendues civilisations ne sont que des variétés de décadence. »

Mme d'Ymbercourt était médiocrement flattée de ce lyrisme géographique, et elle trouvait dans Guy de Malivert une docilité à ne pas la compromettre un peu trop grande. Ce soin de sa réputation poussé jusqu'à la fuite ne la satisfaisait pas.

« Qui vous demande d'aller en Grèce ? dit-elle à Guy. D'ailleurs, ajouta-t-elle avec une légère rougeur et un imperceptible tremblement de voix, n'y aurait-il pas un moyen bien plus simple de faire taire ces médisances que de quitter ses amis et de se risquer dans un pays qui n'est guère sûr, s'il faut en croire le *Roi des Montagnes*, de M. Edmond About[ax] ? »

Craignant d'avoir dit une phrase trop claire, la comtesse sentit un nuage rose plus vif que le premier lui couvrir le visage et le col. Sa respiration un peu haute faisait briller et bruire sur son sein les cannetilles[ay] de jais de sa veste. Puis reprenant courage, elle leva vers Malivert des yeux qu'une lueur d'émotion rendait vraiment beaux. Mme d'Ymbercourt aimait Guy, son trop silencieux adorateur, autant qu'une femme de sa nature pouvait aimer. La manière à la fois négligée et correcte dont il mettait sa cravate lui plaisait ; et, avec cette profonde logique féminine dont les philosophes les plus subtils ont peine à suivre les déductions, elle avait inféré de ce nœud que Malivert possédait toutes les qualités requises pour faire un excellent mari. Seulement, ce futur mari marchait vers l'autel d'un pas bien lent et ne semblait guère pressé d'allumer les flambeaux de l'hymen.

Guy comprenait bien ce que voulait dire Mme d'Ymbercourt ; mais plus que jamais il redoutait de s'engager par une phrase imprudente. Il répondit : « Sans doute, sans doute ; mais le voyage coupe court à tout, et, au retour, l'on voit ce qu'il y a de mieux à faire. »

À cette réponse si vague et si froide, la comtesse eut un mouvement de dépit et se mordit les lèvres. Guy, fort embarrassé, gardait le silence, et la situation se tendait, lorsque le valet de chambre vint y faire une diversion utile en annonçant : M. le baron de Féroë !

IV

En voyant entrer le baron suédois, Malivert ne put s'empêcher de pousser un léger soupir de satisfaction. Jamais visite n'était venue plus à propos. Aussi leva-t-il vers M. de Féroë un regard empreint de reconnaissance. Guy, sans cette interruption opportune, allait se trouver dans un singulier embarras ; il lui fallait répondre à Mme d'Ymbercourt d'une façon catégorique, et rien ne lui répugnait plus que ces explications brutalement formelles ; il aimait mieux tenir que promettre, et, même pour les choses indifférentes, il prenait garde de s'engager. Le regard que Mme d'Ymbercourt jeta sur le baron de Féroë n'était pas empreint de la même bienveillance que celui de Malivert, et si l'habitude du monde n'apprenait à dissimuler ce qu'on éprouve, on eût pu lire dans ce coup d'œil rapide un mélange de reproche, d'impatience et de colère. L'apparition de ce personnage malencontreux avait fait envoler une occasion qui ne renaîtrait peut-être pas de longtemps, et qu'il coûtait à Mme d'Ymbercourt de provoquer ; car, à coup sûr, Guy ne la chercherait pas, et même l'éviterait avec soin. Quoique, dans des cas nettement définis, Guy eût montré de la décision et du courage, il avait une certaine appréhension de ce qui pouvait fixer sa vie d'une manière ou d'une autre. Son intelligence lui ouvrait toutes les carrières ; mais il n'en avait voulu suivre aucune, la route choisie l'eût peut-être détourné de la vraie voie. On ne lui connaissait pas d'attachement, excepté l'habitude sans charme qui le ramenait chez la comtesse plus souvent qu'ailleurs, ce qui faisait supposer entre eux des projets de mariage. Toute espèce de lien ou d'obligation lui inspirait de la défiance, et l'on eût dit que, poussé par un instinct secret, il tâchait de se conserver libre pour quelque événement ultérieur.

Après l'échange des premières formules, vagues accords par lesquels on prélude à la conversation, comme on interroge le clavier avant d'attaquer le morceau, le baron de Féroë entama, par une de ces transitions qui vous amènent en deux phrases de la chute de Ninive au triomphe de

Gladiateur[az], une dissertation esthétique et transcendantale sur les plus abstrus opéras de Wagner, *le Vaisseau fantôme, Lohengrin* et *Tristan et Iseult*. Mme d'Ymbercourt, bien qu'elle fût d'une assez grande force au piano et l'une des élèves les mieux exercées de Herz[ba], n'entendait rien à la musique, et surtout à une musique aussi profonde, aussi mystérieuse, aussi compliquée que celle du maître dont le *Tannhaüser* a soulevé chez nous de si violents oranges. Aux analyses enthousiastes du baron, elle répondait de temps à autre, tout en ajoutant quelques points à une bande de tapisserie qu'elle avait prise dans une corbeille placée près du fauteuil où elle se tenait d'habitude, non loin de la cheminée, par ces objections banales qu'on ne manque pas de faire à toute musique nouvelle, et qu'on adressait à Rossini tout aussi bien qu'à Wagner, telles que manque de rythme, absence de mélodie, obscurité, abus des cuivres, complication inextricable de l'orchestre, tapage assourdissant, et enfin impossibilité matérielle de l'exécution[bb].

« Voilà une dissertation bien savante pour moi, qui ne suis en musique qu'un pauvre ignorant, ému par ce qui me semble beau, admirant Beethoven, et même Verdi, quoique cela ne soit pas bien porté, maintenant qu'il faut être, comme au temps des gluckistes et des piccinistes, pour le coin de la reine ou pour le coin du roi, et je vous laisse aux prises, ne pouvant apporter aucune lumière à la discussion, et capable tout au plus de pousser un hem ! hem ! comme le minime[bc] pris pour arbitre d'une discussion philosophique par Molière et Chapelle. »

Ayant dit ces mots, Guy de Malivert se leva pour prendre congé. Mme d'Ymbercourt, dont il secoua la main à l'anglaise, arrêta sur lui un regard qui voulait dire : « Restez », aussi clairement que la réserve d'une femme du monde le permettait, et ce regard suivit obliquement Malivert jusqu'à la porte, avec une nuance de tristesse qui l'eût touché sans doute s'il eût pu l'apercevoir ; mais son attention était occupée par la physionomie impérieusement tranquille du Suédois, qui semblait dire : « Ne vous exposez pas de nouveau au péril d'où je vous ai tiré. »

Quand il fut dans la rue, il pensa, non sans une sorte d'effroi, à l'avertissement surnaturel qu'il avait reçu avant d'entrer chez Mme d'Ymbercourt et à la visite du baron de Féroë, qui coïncidait d'une façon si singulière avec sa désobéissance à cet avis mystérieux. Le baron semblait lui avoir été envoyé comme soutien par les puissances occultes dont il sentait vaguement la présence autour de lui. Guy de

Malivert, sans être systématiquement incrédule ni sceptique, n'avait cependant par la foi facile, et on ne l'avait jamais vu donner dans les rêveries des magnétiseurs, des tables tournantes et des esprits frappeurs. Il sentait même une sorte de répulsion pour ces expériences où l'on veut mettre le merveilleux en coupe réglée, et il avait refusé de voir le célèbre Home[bd] dont un instant s'occupa tout Paris. La veille encore, il vivait en garçon insouciant, de belle humeur, assez heureux en somme d'être au monde, où il ne faisait pas trop mauvaise figure, renfermé dans le cercle des choses visibles et ne s'inquiétant pas si la planète entraînait avec elle dans sa ronde autour du soleil une atmosphère animée ou non d'un peuple d'êtres invisibles et impalpables. Cependant il ne pouvait s'empêcher d'en convenir, les conditions de sa vie étaient changées ; un élément nouveau, sans qu'il l'eût appelé, cherchait à s'introduire dans son existence jusque-là si paisible et dont il avait banni avec soin tous les sujets probables de trouble. C'était peu de chose encore : un soupir faible comme un gémissement de harpe éolienne, une substitution de pensée dans une lettre machinalement écrite, trois mots soufflés à l'oreille, la rencontre d'un baron swedenborgiste à l'air solennel et fatidique ; mais il était évident que l'esprit tournait autour de lui *quærens quem devoret*[be], comme dit la Bible dans son éternelle sagesse.

Tout en rêvassant de la sorte, Guy de Malivert était arrivé au rondpoint des Champs-Elysées sans avoir eu l'intention d'aller de ce côté-là plutôt que d'un autre. Son corps l'avait porté en ce sens, et il l'avait laissé faire. Il y avait peu de monde. Quelques rares obstinés qui, par hygiène, font de l'exercice en toute saison et pratiquent des trous dans la glace des rivières pour s'y baigner, revenaient du Bois le nez bleu et les joues violettes, montés sur des chevaux garantis par des genouillères. Deux ou trois d'entre eux firent de la main un signe amical à Guy, qui reçut même, quoiqu'il fût à pied, un gracieux sourire d'une des célébrités du monde interlope étalant en voiture découverte le faste de fourrures conquises sur la Russie.

« Comme je suis à moi tout seul le public, on se dispute mon suffrage, pensa Malivert : Cora ne m'aurait pas adressé un pareil salut en été. Mais que diable suis-je venu faire ici ? Ce n'est pas la saison de dîner sous la tonnelle, au Moulin-Rouge[bf], avec Marco ou la baronne d'Ange, et d'ailleurs je suis en disposition peu folâtre ; pourtant il est l'heure de songer, comme dit Rabelais, à la réparation de dessous le nez[bg]. Voilà le soleil qui se couche derrière l'arc de l'Étoile. »

En effet, l'arc de cette porte immense, qui s'ouvre sur le ciel, encadrait un tableau de nuages bizarrement amoncelés et bordés sur le contour de leur silhouette d'une écume de lumière. Le vent du soir imprimait à ces formes flottantes un léger tremblement qui leur prêtait une sorte de vie, et comme dans ces illustrations de Gustave Doré[bh] où les rêveries qui hantent le cerveau du personnage se reflètent sur les nuées montrant au Juif-Errant le Christ gravissant le Calvaire, et à Don Quichotte les chevaliers errants en lutte avec des enchanteurs, on eût pu aisément trouver des figures et des groupes dans cet amas de vapeurs sombres traversées de rayons. Malivert crut y démêler des anges à grandes ailes de feu, planant sur une fourmilière d'êtres indistincts qui s'agitaient sur un banc de nuages noirs semblable à un promontoire baigné d'ombre au milieu d'une mer phosphorescente. Parfois une des figures inférieures se détachait de la foule et montait vers les régions éclairées, traversant le disque rouge du soleil. Arrivée là, elle volait un instant à côté d'un des anges et se fondait en lumière. Sans doute, il fallait que l'imagination achevât cette ébauche heurtée et changeante ; et d'un tableau de nuages, on peut dire comme Hamlet à Polonius : « C'est un chameau, à moins cependant que ce ne soit une baleine[bi] », et dans les deux cas il est permis de répondre par l'affirmative, sans être pour cela un courtisan imbécile.

La nuit qui descendait éteignit cette fantasmagorie vaporeuse. Le gaz s'allumant au bout des lampadaires traça bientôt, de la place de la Concorde à l'arc de l'Étoile, ces deux cordons de feu d'un effet magique, étonnement des étrangers qui entrent le soir dans Paris par cette avenue triomphale, et Guy héla un coupé de remise en maraude, par lequel il se fit mener à la rue de Choiseul[bj], où se trouve le club dont il faisait partie. Laissant son paletot aux mains des domestiques en livrée debout dans l'antichambre, il feuilleta le registre sur lequel s'inscrivent les dîneurs du jour, et vit avec satisfaction que le nom du baron de Féroë y était écrit. Il traça le sien au-dessous, puis traversa la salle de billard, où le garçon pointeur attendait mélancoliquement que quelques-uns de ces messieurs eussent le caprice de venir faire une partie, et plusieurs autres salles hautes, vastes, meublées avec toutes les recherches du confort moderne, entretenues dans une température égale par un puissant calorifère, ce qui n'empêchait pas d'énormes bûches de s'écrouler en braise sur les chenets monumentaux des grandes cheminées. À peine quatre ou cinq membres du cercle flânaient sur les divans ou, accoudés sur la grande table verte du salon de lecture, parcouraient distraitement les journaux et les revues rangés dans un ordre méthodique sans cesse troublé et rétabli. Deux ou trois expédiaient leur correspondance d'amour et d'affaires sur le papier du club.

L'heure du dîner approchait, et les convives causaient entre eux en attendant que le maître d'hôtel annonçât qu'on était servi. Guy commençait à craindre que le baron de Féroë ne vînt pas ; mais comme on passait dans la salle à manger, il arriva et prit place à côté de M. de Malivert. Le dîner, servi avec un grand luxe de cristaux, d'argenterie et de réchauds d'argent, était assez délicat, et chacun l'arrosait à sa manière, celui-ci de vin de Bordeaux, celui-là de vin de Champagne, tel autre de pale ale, suivant son caprice ou son habitude. Quelques-uns, d'un goût assez anglaisé, demandaient un verre de sherry ou de porto, que de grands laquais en culotte courte apportaient cérémonieusement sur des plateaux guillochés, au chiffre du club. Chacun suivait sa fantaisie, sans s'inquiéter de son voisin, car, au club, tout le monde est chez soi.

Contre son ordinaire, Guy faisait médiocrement honneur au dîner. La moitié des mets restaient sur son assiette, et la bouteille de château-margaux placée devant lui ne se vidait que bien lentement.

« Il n'y aurait pas besoin, dit le baron de Féroë, de vous adresser le reproche que l'ange blanc fit un jour à Swedenborg : "Tu manges trop[bk] !" Vous êtes ce soir d'une sobriété exemplaire, et l'on croirait que vous essayez de vous spiritualiser par le jeûne.

— Je ne sais si quelques bouchées de plus ou de moins me dégageraient l'âme de la matière, répondit Guy, et rendraient plus diaphanes les voiles qui séparent les choses invisibles des choses visibles, mais je ne me sens pas très en appétit. Certaines circonstances que vous paraissez ne pas ignorer m'ont, je l'avoue, un peu étonné depuis hier, et jeté dans une préoccupation qui ne m'est pas habituelle. Dans mon état normal, je ne suis pas distrait à table, mais aujourd'hui d'autres pensées me dominent malgré moi. Avez-vous des projets pour la soirée, baron ? Si vous n'aviez rien d'utile ou d'agréable à faire, je vous proposerais, après le café, de fumer quelques cigares de compagnie, sur le divan du petit salon de musique, où nous ne serons pas troublés, à moins qu'il ne prenne fantaisie à quelqu'un de ces messieurs de tracasser le piano, ce qui est peu probable. Nos musiciens sont tous absents ce soir et occupés à voir la répétition générale du nouvel opéra. »

Le baron de Féroë acquiesça de la façon la plus polie à la proposition de Malivert, et il répondit gracieusement qu'il ne pouvait y avoir une meilleure manière d'employer le temps. Les deux gentlemen s'établirent donc sur le divan et s'occupèrent d'abord à tirer des bouffées régulières d'excellents cigares de la *vuelta de abajo*[bl], chacun rêvant de son côté à l'entretien nécessairement bizarre qui ne devait pas tarder à s'engager. Après quelques observations sur la qualité du tabac qu'ils fumaient, sur la préférence qu'on doit accorder à la robe brune sur la robe blonde, le baron suédois entama lui-même le sujet que Malivert brûlait d'aborder.

« J'ai d'abord quelques excuses à vous faire de l'avis énigmatique que je me suis permis de vous donner l'autre soir chez Mme d'Ymbercourt ; vous ne m'aviez pas fait de confidences, et c'est une sorte d'indiscrétion à moi d'être entré dans votre pensée sans que vous me l'ayez ouverte. Je ne l'aurais pas fait, car il n'est pas dans ma nature de quitter mon rôle d'homme du monde pour celui de magicien, si je ne vous eusse porté un vif intérêt et si je n'avais reconnu à des signes perceptibles pour les seuls adeptes que vous aviez reçu récemment la visite d'un esprit, ou tout au moins que le monde invisible cherchait à se mettre en communication avec vous. »

Guy affirma que le baron ne l'avait choqué en rien, et que, dans une situation si nouvelle, il était, au contraire, fort heureux d'avoir rencontré un guide qui semblait si au courant des choses surnaturelles et dont le caractère sérieux lui était parfaitement connu.

« Vous sentez bien, répondit le baron avec une légère inclination de tête en manière de remerciement, que je ne me départs pas aisément de cette réserve ; mais vous en avez peut-être vu assez pour ne pas croire que tout finit où s'arrêtent nos sens, et je ne crains pas désormais, si notre entretien se porte vers ces sujets mystérieux, que vous me preniez pour un visionnaire ou un illuminé ; ma position me met au-dessus du soupçon de charlatanisme, et, d'ailleurs, je ne livre au monde que ma vie extérieure. Je ne vous demande pas ce qui vous est arrivé, mais je vois qu'on s'occupe de vous hors de la sphère où s'enferme habituellement la vie commune.

– Oui, dit Guy de Malivert, quelque chose d'indéfinissable flotte autour de moi, et je ne pense pas commettre une indiscrétion envers les esprits avec qui vous êtes au mieux en vous racontant en détail ce que vous avez pressenti avec votre intuition extrahumaine. » Et Guy fit part au baron de Féroë des événements qui avaient signalé pour lui la soirée précédente.

Le baron suédois l'écouta en filant le bout de sa moustache d'or pâle avec une extrême attention, mais sans manifester la moindre surprise. Il garda pendant un instant le silence et parut profondément réfléchir ; puis, comme si cette phrase résumait tout un enchaînement de pensées intérieures, il dit tout d'un coup à Guy :

« Monsieur de Malivert, est-ce que jamais une jeune fille est morte d'amour pour vous ?

– Ni jeune fille ni jeune femme, que je sache du moins, répondit Malivert ; je n'ai pas la fatuité de penser que je puisse inspirer de pareils désespoirs. Mes amours, si l'on[bm] peut appeler ainsi le baiser distrait de deux fantaisies, ont été très paisibles, très peu romantiques, aussi facilement dénouées que nouées, et, pour éviter les scènes pathétiques que j'ai en horreur, je me suis toujours arrangé de façon à être trahi et quitté ; mon amour-propre faisait volontiers ce petit sacrifice à mon repos. Ainsi, je ne crois pas avoir laissé derrière moi dans la vie beaucoup d'Arianes inconsolables ; dans ces historiettes de mythologie parisienne, l'arrivée de Bacchus précédait régulièrement le départ de Thésée. D'ailleurs, je dois l'avouer, dussé-je vous donner une idée médiocre de mes facultés affectives, je n'ai jamais senti pour personne cette passion intense, exclusive, éperdue, dont tout le monde parle sans l'avoir éprouvée peut-être. Aucun être ne m'a inspiré l'idée de m'attacher à lui par un lien indissoluble, ne m'a fait rêver ces projets d'existences doubles confondues en une seule et ces fuites vers un de ces paradis d'azur, de lumière et de fraîcheur que l'amour, dit-on, sait construire, même dans une chaumière ou dans un grenier.

– Cela ne veut pas dire, mon cher Guy, que vous ne soyez capable de passion ; il y a bien des sortes d'amours, et, sans doute, vous étiez réservé, là où se décide le sort des âmes, à de plus hautes destinées. Mais il en est temps encore, le consentement de la volonté donne seul prise aux esprits sur nous. Vous êtes sur le seuil d'un monde illimité, profond, mystérieux, plein d'illusions et de ténèbres où se combattent des influences bonnes et mauvaises qu'il faut savoir discerner ; on y voit des merveilles et des épouvantements à troubler la raison humaine. Nul ne revient du fond de cet abîme sans en garder sur le front une pâleur qui ne s'efface pas ; l'œil charnel ne contemple pas impunément ce qui est réservé à l'œil de l'âme ; ces voyages hors de notre sphère causent d'inexprimables lassitudes et inspirent en même temps des nostalgies désespérées. Arrêtez-vous sur cette limite redoutable, ne passez pas d'un monde dans l'autre et ne répondez pas à l'appel qui cherche à vous attirer hors de la vie sensible. Les évocateurs sont en sûreté dans le cercle qu'ils tracent autour d'eux et que les esprits ne peuvent franchir. Que la réalité soit pour vous ce cercle ; n'en sortez pas, car alors votre pouvoir cesse. Vous voyez que, pour un hiérophante, je ne pousse guère au prosélytisme.

— Ai-je donc à craindre, dit Malivert, des aventures périlleuses dans ce monde invisible qui nous entoure et dont la présence ne se révèle qu'à un petit nombre de privilégiés ?

— Non, répondit le baron de Féroë, rien d'appréciable pour l'œil humain ne vous arrivera, mais votre âme peut rester profondément et à jamais troublée.

— L'esprit qui me fait l'honneur de s'occuper de moi est donc de nature dangereuse ?

— C'est un esprit de sympathie, de bienveillance et d'amour. Je l'ai rencontré dans un milieu de lumière ; mais le ciel a son vertige comme le gouffre. Songez à l'histoire du berger amoureux d'une étoile.

— Cependant, répliqua Malivert, la phrase que vous m'avez dite chez Mme d'Ymbercourt semblait m'avertir de me garder de tout engagement terrestre.

— Je le devais, répondit le baron de Féroë ; il fallait vous prévenir de rester libre dans le cas où vous auriez répondu aux manifestations de l'esprit ; mais puisque vous ne l'avez pas fait encore, remarquez que vous vous appartenez toujours ; peut-être feriez-vous mieux de rester ainsi et de continuer votre vie habituelle.

— Et d'épouser Mme d'Ymbercourt, par exemple, répondit Guy de Malivert avec un sourire ironique.

— Et pourquoi pas ? dit le baron de Féroë. Elle est jeune, elle est belle, elle vous aime, et j'ai vu dans ses yeux un véritable chagrin de votre refus détourné. Il ne serait pas impossible qu'il lui vînt une âme.

– C'est un risque que je ne veux pas courir. Ne vous efforcez pas tant, cher baron, par une sollicitude que je comprends, de me rattacher à l'existence vulgaire. J'en suis plus dégagé qu'on ne pourrait le croire d'abord. Si j'ai réglé ma vie physique d'une façon agréable et commode, cela ne prouve de ma part aucune sensualité. Le bien-être m'est au fond parfaitement indifférent. Si j'ai trouvé plus convenable de paraître insouciant et joyeux que d'affecter des mélancolies romantiques de mauvais goût, il ne s'ensuit pas que le monde tel qu'il est me charme et me contente. Il est vrai, je ne parle pas dans les salons, devant un cercle de femmes prétentieuses, du cœur, de la passion, de l'idéal, mais j'ai fardé mon âme fière et pure, libre de tout culte vulgaire dans l'attente du dieu inconnu[bn]. »

Pendant que Malivert parlait ainsi avec plus de feu que les gens du monde n'en mettent à ce qu'ils disent, les yeux du baron de Féroë étincelaient et sa physionomie prenait cette expression d'enthousiasme qu'il cachait ordinairement sous un masque d'indifférence glaciale.

Il était satisfait de voir Guy résister à la tentation prosaïque et se maintenir dans la volonté spirituelle.

« Puisque vous êtes décidé, mon cher Guy, retournez chez vous ; sans doute vous recevrez quelques communications nouvelles. Moi, je reste ; j'ai gagné hier cent louis à d'Aversac ; je lui dois une revanche.

« La répétition de l'opéra doit être finie, car j'entends nos amis qui reviennent en fredonnant de leur voix la plus fausse les motifs qu'ils n'ont pas retenus.

« Sauvez-vous ; ce charivari vous désaccorderait l'âme. »

Guy donna une poignée de main au baron et monta dans sa voiture, qui l'attendait à la porte du club.

V

Guy de Malivert rentra chez lui parfaitement décidé à tenter l'aventure. Quoiqu'il ne parût pas romanesque, il l'était cependant ; mais une haute et farouche pudeur lui faisait cacher ses sentiments, et il ne demandait pas au monde plus qu'il ne lui livrait. Des relations agréablement indifférentes le reliaient à la société sans l'y enchaîner, et c'étaient des liens qu'il était toujours facile de dénouer ; mais on conçoit que son âme rêvât un bonheur qu'il n'avait pas rencontré jusqu'alors.

D'après ce que lui avait dit le baron de Féroë au club sur la projection de volonté nécessaire pour amener les esprits du fond du monde invisible sur les limites de celui-ci, Malivert rassembla toutes les puissances de son être, et formula intérieurement le désir d'entrer en communication plus directe avec l'esprit mystérieux qu'il pressentait autour de lui et qui ne devait pas résister beaucoup à l'évocation puisqu'il avait essayé tout seul de se manifester[bo].

Cela fait, Malivert, qui était dans l'atelier-salon où il se trouvait au début de cette histoire, se mit à regarder et à écouter avec une attention extrême. Il ne vit et n'entendit d'abord rien, et cependant les objets qui meublaient cette pièce, statuettes, tableaux, vieux buffets sculptés, curiosités exotiques, trophées d'armes, lui paraissaient avoir pris des aspects étranges et qu'ils n'avaient pas d'ordinaire. Les lumières et les ombres projetées par la lampe leur prêtaient une vie fantastique. Un magot en jade semblait rire jusqu'aux oreilles de son rire enfantin et vieillot, et une Vénus de Milo, dont un rayon découpait sur un fond sombre les seins aigus, gonflait de dépit sa narine orgueilleuse et abaissait dédaigneusement les coins de sa bouche arquée. Le dieu chinois et la déesse grecque désapprouvaient l'entreprise de Malivert. On eût pu le croire, du moins, à l'expression qu'ils prenaient ainsi éclairés. Insensiblement les yeux de Malivert, comme sollicités par un avertissement intérieur, se dirigèrent vers un miroir de Venise suspendu à la tapisserie en cuir de Cordoue.

C'était un de ces miroirs du siècle dernier, comme on en voit souvent dans les toilettes et les départs pour le bal de Longhi, le Watteau de la décadence vénitienne, et comme on en rencontre encore quelques-uns chez les marchands de bric-à-brac du Ghetto. La glace à biseau était encadrée d'ornements de cristal taillé, et surmontée d'un fouillis de rinceaux[bp] et de fleurs de la même matière qui, sur la teinte unie du fond, tantôt prenaient l'apparence de l'argent mat, tantôt lançaient par leurs facettes des éclairs prismatiques. Au milieu de ce scintillement, la glace, de petite dimension comme tous les miroirs de Venise, paraissait d'un noir bleuâtre, indéfiniment profond, et ressemblait à une ouverture pratiquée sur un vide rempli d'idéales ténèbres.

Chose bizarre, aucun des objets opposés ne s'y réfléchissait : on eût dit une de ces glaces de théâtre que le décorateur couvre de teintes vagues et neutres pour empêcher la salle de s'y refléter.

Un vague instinct faisait pressentir à Malivert que, si quelque révélation devait avoir lieu cette nuit, elle se ferait par ce moyen. Le miroir, sur lequel ordinairement il ne jetait jamais les yeux, exerçait sur lui une sorte de fascination et absorbait invinciblement son regard. Mais avec quelque fixité qu'il attachât sa vue sur ce point, il ne distinguait guère que ce noir dont les baguettes de cristal faisaient encore ressortir l'intensité mystérieuse. Enfin il crut démêler dans cette ombre[bq] comme une vague blancheur laiteuse, comme une sorte de lueur lointaine et tremblotante qui semblait se rapprocher. Il se retourna pour voir quel objet dans la chambre pouvait projeter ce reflet ; il ne vit rien. Quoique Malivert fût brave et qu'il l'eût prouvé en mainte occasion, il ne put s'empêcher de sentir le duvet se hérisser sur sa peau, et le petit frisson dont parle Job[br] lui parcourut la chair. Il allait volontairement cette fois et en connaissance de cause franchir le seuil redoutable. Il mettait le pied hors du cercle que la nature a tracé autour de l'homme. Sa vie pouvait être désorbitée et tourner désormais autour d'un point inconnu. Quoique les incrédules en puissent rire, jamais démarche n'eut plus de gravité, et Guy en sentait toute l'importance ; mais un attrait irrésistible l'entraînait et il continua de plonger obstinément sa vue dans le miroir de Venise. Qu'allait-il voir ? Sous quelle apparence l'esprit se présenterait-il pour se rendre sensible à la perception humaine ? Serait-ce une figure gracieuse ou terrible, apportant la joie ou l'épouvante ?[bs] Guy, bien que la lueur du miroir n'eût encore pris aucune forme distincte, était persuadé que ce serait un esprit féminin. Le soupir qu'il avait entendu la veille résonnait trop tendrement dans son cœur pour qu'il n'en fût pas ainsi. Avait-il appartenu à la terre, venait-il d'une région supérieure ou d'une planète lointaine ? C'est ce qu'il ne pouvait savoir. Cependant, d'après la question du baron de Féroë, il pensait que ce devait être une âme ayant passé par les conditions de la vie terrestre, et qu'une attraction, dont il apprendrait sans doute les motifs plus tard, ramenait vers son ancienne sphère.

La tache lumineuse du miroir commençait à se dessiner d'une façon plus distincte et à se teindre de couleurs légères, immatérielles pour ainsi dire, et qui auraient fait paraître terreux les tons de la plus fraîche palette. C'était plutôt l'idée d'une couleur que la couleur elle-même, une vapeur traversée de lumière et si délicatement nuancée que tous les mots humains ne sauraient la rendre. Guy regardait toujours, en proie à l'émotion la plus anxieusement nerveuse. L'image se condensait de plus en plus sans atteindre pourtant la précision grossière de la réalité, et Guy de Malivert put enfin voir, délimitée par la bordure de la glace comme un portrait par son cadre, une tête de jeune femme, ou plutôt de jeune fille, d'une beauté dont la beauté mortelle n'est que l'ombre.

Une pâleur rosée légèrement colorait cette tête où les ombres et les lumières étaient à peine sensibles, et qui n'avait pas besoin, comme les figures terrestres, de ce contraste pour se modeler, n'étant pas soumise au jour qui nous éclaire. Ses cheveux, d'une teinte d'auréole, estompaient comme une fumée d'or le contour de son front. Dans ses yeux à demi baissés nageaient des prunelles d'un bleu nocturne, d'une douceur infinie, et rappelant ces places du ciel qu'au crépuscule envahissent les violettes du soir. Son nez fin et mince était d'une idéale délicatesse ; un sourire à la Léonard de Vinci, avec plus de tendresse et moins d'ironie, faisait prendre aux lèvres des sinuosités adorables ; le col flexible, un peu ployé sur la tête, s'inclinait en avant et se perdait dans une demi-teinte argentée qui eût pu servir de lumière à une autre figure[bt].

Cette faible esquisse, faite nécessairement avec des paroles créées pour rendre les choses de notre monde, ne saurait donner qu'une idée bien vague de l'apparition que Guy de Malivert contemplait dans le miroir de Venise. Le voyait-il de l'œil charnel[bu] ou de l'œil de l'âme ? L'image existait-elle en réalité, et une personne qui n'eût pas été sous le même influx nerveux que Guy aurait-elle pu l'apercevoir ? C'est une question qu'il n'est pas aisé de résoudre ; mais, en tout cas, ce qu'il voyait, quoique *semblable*, ne *ressemblait* en rien à ce qui passe, en cette vie, pour une tête de belle femme. C'était bien les mêmes traits, mais épurés, transfigurés[bv], idéalisés, et rendus perceptibles par une substance en quelque sorte immatérielle, n'ayant que juste la densité indispensable pour être saisie dans l'épaisse atmosphère terrestre par des prunelles dont les voiles ne sont pas tombés encore. L'esprit ou l'âme qui se communiquait à Guy de Malivert avait sans doute emprunté la forme de son ancienne enveloppe périssable, mais telle qu'elle devait être dans un milieu plus subtil, plus éthéré, où ne peuvent vivre que les fantômes des choses[bw] et non les choses elles-mêmes. Cette vision plongeait Guy dans un ravissement ineffable ; le sentiment de crainte qu'il avait éprouvé d'abord s'était dissipé, et il se livrait sans réserve à l'étrangeté de la situation, ne discutant rien, admettant tout et décidé à trouver le surnaturel naturel. Il se rapprocha de la glace, croyant saisir plus distinctement encore les traits de l'image : elle resta comme elle lui était apparue d'abord, très près, et cependant très loin, et ressemblant à la projection sur la face intérieure du cristal d'une figure placée à une distance humainement incommensurable. La réalité de ce qu'il voyait, si l'on peut se servir d'un tel mot en pareille circonstance, était évidemment ailleurs, dans des régions profondes, lointaines, énigmatiques, inaccessibles aux vivants, et sur le bord desquelles la pensée la plus hardie ose à peine s'aventurer. Guy essaya vainement de rattacher cette figure à quelque souvenir terrestre ; elle était pour lui entièrement nouvelle, et cependant il lui semblait la reconnaître ; mais où l'avait-il vue ? Ce n'était pas dans ce monde sublunaire et terraqué.[bx]

C'était donc la forme sous laquelle désirait se montrer *Spirite*, car Guy de Malivert, ne sachant comment se désigner à lui-même l'apparition entrevue dans la glace, l'avait baptisée ainsi en attendant qu'il sût quelle désignation lui convenait mieux[by]. Il lui sembla bientôt que l'image se décolorait et s'évanouissait dans les profondeurs du miroir ; elle n'y paraissait plus que comme la vapeur légère d'un souffle, et puis cette vapeur même s'effaça. La fin de l'apparition fut marquée par le reflet subit d'un cadre doré suspendu sur la muraille opposée ; le miroir avait repris sa propriété réflective.

Quand il fut bien sûr que l'apparition ne se renouvellerait pas, ce soir-là du moins et de cette manière, Guy se jeta dans son fauteuil, et quoique deux heures du matin vinssent de sonner à la pendule, dont le timbre argentin lui conseillait de se coucher, il ne pouvait se résoudre à se mettre au lit. Cependant il se sentait fatigué ; ces émotions d'un genre si nouveau, ces premiers pas faits en dehors du monde réel lui avaient causé cette lassitude nerveuse qui fait fuir le sommeil. Ensuite, en s'endormant il craignait de manquer quelque manifestation de Spirite.

Les pieds allongés sur la barre du garde-feu devant le foyer qui s'était ranimé tout seul, Guy réfléchit à ce qui venait d'arriver, et dont, il y avait deux jours seulement, il eût certes nié la possibilité. Il songeait à cette charmante tête rappelant, pour les faire oublier comme de vaines ombres, les beautés que font entrevoir les magies du rêve, l'imagination des poètes et le génie des peintres. Il y découvrait mille suavités indicibles, mille attraits que la nature ni l'art ne sauraient réunir en un type, et il augura bien, d'après cet échantillon, de la population de l'extramonde. Puis il se demanda quelle sympathie étrange, quelle affinité mystérieuse et jusque-là inavouée, pouvaient attirer vers lui du fond de l'infini cet ange, cette sylphide, cette âme, cet esprit dont il ignorait encore l'essence[bz], et qu'il ne savait à quel ordre immatériel rattacher. Il n'osait se flatter d'avoir inspiré de l'amour à un être d'une nature si supérieure, car la fatuité n'était pas le défaut de Malivert, et pourtant il ne pouvait s'empêcher de reconnaître que Spirite, par le soupir qu'elle avait poussé, par la lettre dont elle avait changé le sens, par la défense murmurée à la porte de Mme d'Ymbercourt, par la phrase suggérée sans doute au baron suédois, semblait éprouver pour lui, Guy de Malivert, simple mortel, un sentiment d'une nature toute féminine et que dans ce monde on aurait appelé jalousie. Mais ce qu'il comprit tout de suite, c'est qu'il était éperdument, désespérément et irrévocablement amoureux et envahi tout d'un coup d'une passion que l'éternité n'assouvirait pas.

À partir de ce moment, toutes les femmes qu'il avait connues s'effacèrent de sa mémoire. À l'apparition de Spirite, il avait oublié l'amour terrestre comme Roméo oublie Rosalinde quand il voit Juliette. Il eût été Don Juan que les trois mille noms charmants se fussent d'eux-mêmes biffés de son livre. Ce ne fut pas sans une certaine terreur qu'il se sentit baigné dans cette flamme soudaine qui dévorait toute idée, toute volonté, toute résistance, et ne laissait de vivant dans l'âme que l'amour ; mais il était trop tard, il ne s'appartenait plus. Le baron de Féroë avait raison, c'est une chose formidable que de franchir vivant les barrières de la vie et de s'aventurer, corps opaque, parmi les ombres, sans avoir à la main le rameau d'or qui commande aux fantômes[ca].

Une idée terrible traversa la tête de Malivert. Si Spirite avait le caprice de ne pas reparaître, par quel moyen la ramènerait-il ? Et si ce moyen n'existait pas, comment pourrait-il supporter les ténèbres du soleil[cb] après avoir un instant contemplé la vraie lumière ? Le sentiment d'un immense malheur envahit tout son être, et il tomba dans un accablement extrême ; il eut un instant, long comme une éternité, d'affreux désespoir. À cette supposition, que ne confirmait aucun indice, les larmes lui montèrent aux yeux, s'amassèrent entre ses cils, et, quoiqu'il fît effort pour les contenir, honteux vis-à-vis de lui-même d'une telle faiblesse, finirent par déborder et couler lentement sur ses joues. Pendant qu'il pleurait, il sentit avec une surprise mêlée de ravissement un voile plus fin que les plus légères étoffes, de l'air tramé, du vent tissu[cc], qui passait sur son visage comme une caresse et séchait, en les buvant, les gouttes amères. Le frôlement d'aile d'une libellule n'eût pas été plus délicat. Ce n'était pas une illusion, car le contact s'était renouvelé trois fois, et, ses larmes taries, Malivert crut voir se fondre dans l'ombre, comme un petit nuage dans le ciel, un diaphane flocon blanc.

À cette attentive et tendre sympathie, Malivert ne put douter que Spirite, qui semblait toujours voltiger invisible autour de lui, ne répondît à son appel et ne trouvât avec sa lucidité d'être supérieur des moyens faciles de correspondre. Spirite pouvait venir dans le monde qu'il habitait, du moins autant qu'une âme peut se mêler à des vivants, et il lui était interdit, à lui mortel, par les empêchements et les pesanteurs de la chair, de la poursuivre dans le milieu idéal où elle se mouvait. En disant que Malivert passa du plus sombre désespoir à la joie la plus pure, nous ne surprendrons personne. Si une simple mortelle dix fois en un jour vous précipite aux enfers et vous fait remonter aux cieux, vous inspirant tour à tour l'idée d'aller vous brûler la cervelle ou d'acheter au bord du lac de Côme une villa pour y abriter éternellement votre bonheur, vous pensez bien que les émotions produites par un esprit doivent être encore d'une autre violence.

Si la passion de Guy pour Spirite semble bien soudaine, il faut songer que l'amour naît souvent d'un coup d'œil, et qu'une femme lorgnée de loin au théâtre dans une loge ne diffère pas beaucoup d'un reflet d'âme aperçu dans un miroir, et que bien des passions sérieuses n'ont pas eu d'autres débuts ; d'ailleurs, à l'insu de Guy, cet amour était moins subit qu'il n'en avait l'air. Depuis longtemps Spirite tournait dans l'atmosphère de Guy, préparant, sans qu'il s'en doutât, son âme à des communications surnaturelles, lui suggérant à travers sa frivolité mondaine des pensées allant plus loin que les vaines apparences, lui créant des nostalgies d'idéal par de confus souvenirs de mondes supérieurs, le détournant des vaines amours, et lui faisant pressentir un bonheur que la terre ne pouvait lui donner. C'était elle qui avait brisé autour de Malivert tous les fils tendus, tous les commencements de toiles ourdies ; qui lui révélait le ridicule ou la perfidie de telle ou telle maîtresse passagère, et jusqu'à ce jour lui avait gardé l'âme libre d'engagement indissoluble. Elle l'avait arrêté sur le bord de l'irrémissible, car l'existence de Guy, quoiqu'il ne s'y fût produit aucun événement d'une signification appréciable au point de vue humain, touchait à un moment décisif ; les balances mystérieuses pesaient son sort : c'est ce qui avait déterminé Spirite à sortir de l'ombre où s'enveloppait sa protection secrète et à se manifester à Guy, qu'il ne suffisait plus de diriger par des influences occultes. Quel était le motif de cet intérêt ? Spirite agissait-elle d'un mouvement spontané, ou bien obéissait-elle à un ordre émané de cette sphère radieuse où l'on *peut* ce que l'on *veut*, selon l'expression de Dante ?[cd] C'est ce qu'elle seule était en état de révéler et qu'elle révélera peut-être bientôt.

Enfin Malivert se coucha et ne tarda pas à s'endormir. Son sommeil fut léger, transparent et rempli de merveilleux éblouissements qui n'avaient pas le caractère des rêves, mais bien plutôt celui de la vision[ce]. Des immensités bleuâtres, où des traînées de lumière creusaient des vallées d'argent et d'or se perdant en perspectives sans bornes, s'ouvraient devant ses yeux fermés ; puis ce tableau s'évanouissait pour laisser voir à une profondeur plus grande des ruissellements d'une phosphorescence aveuglante, comme une cascade de soleils liquéfiés qui tomberait de l'éternité dans l'infini ; la cascade disparut à son tour, et à sa place s'étendit un ciel de ce blanc intense et lumineux qui revêtit jadis les transfigurés du Thabor. De ce fond, qu'on eût pu croire l'extrême paroxysme de la splendeur, pointaient çà et là des élancements stellaires, des jets plus vifs, des scintillations plus intenses encore. Il y avait dans cette lumière, sur laquelle les étoiles les plus brillantes se fussent découpées en noir, comme le bouillonnement d'un devenir perpétuel. De temps en temps, devant cette irradiation immense passaient, comme des oiseaux devant le disque du soleil, des esprits discernables non par leur ombre, mais par une lumière différente. Dans cet essaim, Guy de Malivert crut reconnaître Spirite, et il ne se trompait pas, quoiqu'elle ne parût qu'un point brillant dans l'espace, qu'un globule sur la clarté incandescente. Par ce rêve qu'elle provoquait, Spirite avait voulu se montrer à son adorateur dans son milieu véritable. L'âme, dénouée pendant le sommeil des liens du corps, se prêtait à cette vision, et Guy put voir quelques minutes avec l'œil intérieur, non pas l'extramonde lui-même, dont la contemplation n'est permise qu'à des âmes tout à fait dégagées, mais un rayon filtrant sous la porte mal fermée de l'inconnu, comme d'une rue sombre on voit sous la porte d'un palais illuminé en dedans une raie de vive lumière qui fait présumer la splendeur de la fête. Ne voulant pas fatiguer l'organisation encore trop humaine de Malivert, Spirite dissipa les visions et le replongea de l'extase dans le sommeil ordinaire. Guy eut la sensation, en retombant dans la nuit du rêve vulgaire, d'être pris comme un coquillage dans une pâte de marbre noir par des ténèbres d'une densité impénétrable ; puis tout s'effaça, même cette sensation, et Guy, pendant deux heures, se retrempa dans ce non-être d'où la vie jaillit plus jeune et plus fraîche.

Il dormit ainsi jusqu'à dix heures, et Jack, qui guettait le réveil de son maître, lui voyant les yeux ouverts, poussa tout à fait le battant de la porte qu'il tenait entrebâillée, entra dans la chambre, tira les rideaux, et, marchant vers le lit de Malivert, lui présenta sur un plateau d'argent deux lettres qu'on venait d'apporter. L'une était de Mme d'Ymbercourt et l'autre du baron de Féroë : ce fut celle du baron que Guy ouvrit la première.

VI

Le billet du baron de Féroë ne contenait que ces mots : « César a-t-il franchi le Rubicon ? » Celui de Mme d'Ymbercourt, beaucoup moins bref[ef], insinuait, à travers quelques phrases entortillées, qu'il ne fallait pas prendre trop au sérieux de vagues commérages, et que cesser tout d'un coup des visites habituelles était peut-être plus compromettant que de les multiplier. Le tout se terminait par une phrase sur Adelina Patti[cg], semblant indiquer à Malivert qu'une place lui était réservée aux Italiens dans la loge 22. Sans doute Guy admirait beaucoup la jeune diva ; mais, dans l'état d'esprit où il se trouvait, il préférait l'entendre un autre soir, et il se promit bien d'inventer un moyen de manquer au rendez-vous.

Il y a dans l'esprit humain une tendance à douter des choses extraordinaires quand le milieu où elles se sont produites a repris l'aspect habituel. Ainsi Malivert, en regardant au grand jour le miroir de Venise qui bleuissait[ch] au centre de son encadrement de cristal taillé, se demandait-il, n'y voyant plus que la réflexion de sa propre figure, s'il était bien vrai que ce morceau de verre poli lui eût présenté, il y avait quelques heures à peine, la plus délicieuse image que jamais œil mortel eût contemplée. Sa raison avait beau vouloir attribuer cette vision céleste à un rêve, à un délire trompeur, son cœur démentait sa raison. Quoiqu'il soit bien difficile d'apprécier la réalité du surnaturel, il sentait que tout cela était vrai et que derrière le calme des apparences s'agitait tout un monde de mystère. Pourtant rien n'était changé dans cet appartement si tranquille naguère, et les visiteurs n'y eussent rien remarqué de particulier ; mais, pour Guy, désormais le battant de tout buffet, de toute armoire, pouvait ouvrir une porte sur l'infini. Les moindres bruits, qu'il prenait pour des avertissements, le faisaient tressaillir.

Pour se soustraire à cette excitation nerveuse, Guy résolut de faire une grande promenade ; il croyait pressentir que les apparitions de Spirite seraient nocturnes ; et d'ailleurs, si elle avait des communications à lui faire, son ubiquité fantastique lui donnait les moyens de le retrouver et de se manifester à lui partout où il serait. Dans cette intrigue, si l'on peut donner ce nom à des rapports si vagues, si frêles, si aériens, si impalpables, le rôle de Malivert était nécessairement passif. Son idéale maîtresse pouvait à chaque instant faire irruption dans son monde, et, lui, était incapable de la suivre dans les espaces imaginaires qu'elle habitait.

Il avait neigé l'avant-veille. Chose rare à Pais, la blanche nappe ne s'était pas fondue, sous l'influence d'un vent tiède, en cette froide bouillie plus horrible encore que la boue noire du vieux pavé et que la fange jaune du nouveau macadam ; un froid vif l'avait cristallisée, et elle criait comme du verre pilé sous les roues des voitures et les semelles des piétons. Grymalkin était beau trotteur, et Malivert avait rapporté de Saint-Pétersbourg un traîneau et un harnachement russe complet. Les occasions de traînage ne sont pas fréquentes dans notre climat tempéré et les sportsmen les saisissent avec enthousiasme. Guy avait l'amour-propre de son traîneau, le plus correctement tenu certes qui fût à Paris, et qui aurait pu paraître avec honneur aux courses sur la glace de la Néva. Cette course rapide dans un air salubrement glacé lui souriait. Il avait appris, pendant un hiver rigoureux passé en Russie, à savourer les voluptés septentrionales de la neige et du froid ; il aimait à glisser sur le tapis blanc à peine rayé par l'acier des patins, conduisant des deux mains comme les ivoschtchiks[ci] un cheval de grande allure. Il fit atteler et eut bientôt gagné la place de la Concorde et les Champs-Elysées. La piste n'était pas faite et relevée comme sur la Perspective Nevski ; mais la neige était assez épaisse pour que le traîneau pût filer sans cahots trop sensibles. On ne saurait exiger d'un hiver parisien la perfection d'un hiver moscovite. Au bois de Boulogne, on eût pu se croire aux *îles*, tant la couche s'étendait unie et blanche, surtout dans les allées transversales où il passe moins de voitures et de cavaliers. Guy de Malivert prit une route qui traversait[cj] un bois de sapins, dont les bras noirâtres, chargés d'une neige que le vent n'avait pas secouée, lui rappelaient ses promenades de Russie. Les fourrures ne lui manquaient pas, et la bise ne lui semblait qu'un tiède zéphyr à côté de l'air à faire geler le mercure qu'il avait affronté là-bas.

Une foule considérable se pressait aux abords du lac, et l'affluence de voitures y était aussi grande qu'aux plus belles journées d'automne ou de printemps, lorsque quelques courses où sont engagés des chevaux célèbres attirent à l'hippodrome de Longchamp les curieux de tout rang et de toute fortune. On voyait à demi couchées dans le berceau des calèches à huit ressorts, sous une vaste peau d'ours blanc denticulée d'écarlate, les véritables femmes du monde, pressant contre leurs manteaux de satin doublés de fourrure leurs chauds manchons de martre zibeline. Sur les sièges à grosses passementeries, des cochers de bonne maison, majestueusement assis, les épaules garanties par une palatine de renard, regardaient, d'un œil non moins dédaigneux que celui de leurs maîtresses, passer les petites dames conduisant elles-mêmes des poneys attelés à quelque véhicule extravagant et prétentieux. Il y avait aussi beaucoup de voitures fermées ; car, à Paris, l'idée d'aller en voiture découverte par cinq ou six degrés de froid semble par trop arctique et boréale. Un certain nombre de traîneaux se faisaient remarquer parmi toute cette carrosserie à roues, qui semblait n'avoir pas prévu la neige ; mais le traîneau de Malivert l'emportait sur tous les autres. Des seigneurs russes qui flânaient par là, contents comme des rennes dans la neige, daignèrent approuver l'élégante courbure de la *douga*[ck] et la façon correcte dont les fines courroies du harnais y étaient attachées.

Il était à peu près trois heures ; une légère brume ouatait le bord du ciel, et sur le fond gris se détachaient les délicates nervures des arbres dépouillés, qui ressemblaient, avec leurs minces rameaux, à ces feuilles dont on a enlevé la pulpe pour n'en garder que les fibrilles. Un soleil sans rayons, pareil à un large cachet de cire rouge, descendait dans cette vapeur. Le lac était couvert de patineurs. Trois ou quatre jours de gelée avaient suffisamment épaissi la glace pour qu'elle pût porter le poids de cette foule. La neige, balayée et relevée sur les bords, laissait voir la surface noirâtre et polie, rayée en tous sens par le tranchant des patins, comme ces miroirs de restaurateurs où les couples amoureux

griffonnent leurs noms avec des carres[cl] de diamants. Près de la rive se
tenaient des loueurs de patins à l'usage des amateurs bourgeois, dont les
chutes servaient d'intermèdes comiques à cette fête d'hiver, à ce ballet
du *Prophète* exécuté en grand. Dans le milieu du lac, les célébrités du
patin, en svelte costume, se livraient à leurs prouesses. Ils filaient comme
l'éclair, changeaient brusquement de route, évitaient les chocs, s'arrêtaient
soudain en faisant mordre le talon de la lame, décrivaient des courbes, des
spirales, des huit, dessinaient des lettres comme ces cavaliers arabes qui,
avec la pointe de l'éperon, écrivent à rebrousse-poil le nom d'Allah sur
le flanc de leur monture. D'autres poussaient, dans de légers traîneaux
fantasquement ornés, de belles dames emmaillotées de fourrure, qui
se renversaient et leur souriaient, ivres de rapidité et de froid. Ceux-ci
guidaient par le bout du doigt quelque jeune élégante, coiffée d'un bon-
net à la russe ou à la hongroise, en veste à brandebourgs et à soutaches
bordées de renard bleu, en jupes de couleurs voyantes retroussées à demi
par des agrafes, en mignonnes bottes vernies qu'enlaçaient, comme les
bandelettes d'un cothurne, les courroies du patin. Ceux-là, luttant de
vitesse, glissaient sur un seul pied, profitant de la force d'impulsion,
penchés en avant comme l'Hippomène et l'Atalante qu'on voit sous
les marronniers dans un parterre des Tuileries. Le moyen de gagner la
course, aujourd'hui comme autrefois, eût peut-être été de laisser tomber
des pommes d'or devant ces Atalantes costumées par Worth ; mais il
y en avait d'assez bonne maison pour qu'un nœud de brillants ne les
arrêtât pas une minute. Ce fourmillement perpétuel de costumes d'une
élégance bizarre et d'une riche originalité, cette espèce de bal masqué
sur la glace, formait un spectacle gracieux, animé, charmant, digne du
pinceau de Watteau, de Lancret ou de Baron[cm]. Certains groupes faisaient penser à ces dessus de porte des vieux châteaux représentant les
quatre Saisons, où l'Hiver est figuré par de galants seigneurs poussant,
dans des traîneaux à col de cygne, des marquises masquées de loups
de velours, et faisant de leurs manchons une boîte aux lettres à billets
doux. A vrai dire, le masque manquait à ces jolis visages fardés par les
roses du froid, mais la demi-voilette étoilée d'acier ou frangée de jais
pouvait au besoin en tenir lieu.

Malivert avait arrêté son traîneau près du lac et regardait cette
scène divertissante et pittoresque dont les principaux acteurs lui étaient
connus. Il savait assez le monde pour distinguer les amours, les intrigues,

les flirtations qui faisaient mouvoir cette foule choisie qu'on a bientôt démêlée de la foule vague, de ce troupeau de comparses ameuté sans le comprendre autour de tout spectacle, et dont l'utilité est d'empêcher l'action d'apparaître trop nue et trop claire. Mais il contemplait tout cela d'un œil désormais désintéressé, et même il vit passer sans en éprouver la moindre jalousie une personne forte charmante, qui naguère avait eu des bontés pour lui, appuyée d'une façon intime et sympathique au bras d'un beau patineur.

Bientôt il rendit les rênes à Grymalkin, qui piaffait d'impatience dans la neige, lui tourna la tête vers Paris et se mit à descendre l'allée du lac, Longchamp perpétuel de voitures où les piétons ont le plaisir de voir reparaître dix ou douze fois en une heure la même berline à caisse jaune garnie de sa douairière solennelle, et le même petit coupé œil de corbeau, montrant à sa portière un bichon de la Havane et une tête de biche[cn] coiffée à la chien, plaisir dont ils ne semblent pas se lasser.

Guy s'en retournait modérant l'allure de sa bête, qui eût pu renverser quelqu'un dans cette allée trop fréquentée pour abandonner le noble animal à toute sa vitesse, et d'ailleurs il n'est pas de bon ton d'aller grand train sur cette piste privilégiée. Il vit venir vers lui une calèche bien connue qu'il aurait désiré ne pas rencontrer. Mme d'Ymbercourt était assez frileuse, et Guy ne pensait pas qu'elle sortirait par un froid de cinq à six degrés, en quoi il montrait qu'il ne connaissait guère les femmes, car aucune température ne saurait les empêcher d'aller dans un endroit à la mode et où le genre exige qu'on soit vue. Or rien n'était plus élégant, cet hiver-là, que de paraître au bois de Boulogne et de faire un tour sur le lac glacé, rendez-vous, entre trois et cinq heures, de ce que *tout Paris*, pour nous servir du langage des chroniques, peut réunir sur un point quelconque de noms et d'individualités célèbres à divers titres. Il est honteux pour une femme un peu bien située de ne pas voir, parmi les beautés du jour, figurer ses initiales sur quelque gazette bien renseignée. Mme d'Ymbercourt était assez belle, assez riche, assez à la mode pour se croire obligée de se conformer au rite de la fashion, et elle accomplissait, en tremblant un peu sous les pelleteries qu'elle portait en dehors comme toutes les Françaises, le pèlerinage du lac. Malivert avait bien envie de laisser Grymalkin, qui n'eût pas mieux demandé, prendre le grand trot. Mais Mme d'Ymbercourt l'avait aperçu, et force lui fut de faire côtoyer la voiture de la comtesse par son traîneau.

Il causait avec elle d'une façon générale et distraite, alléguant un grand dîner qui finirait tard pour éviter la visite aux Italiens, lorsqu'un traîneau frôla presque le sien. Ce traîneau était attelé d'un magnifique cheval de la race Orloff[co], sous robe gris de fer, avec une crinière blanche et une de ces queues dont les crins brillent comme des fils d'argent. Contenu par un cocher russe à large barbe, en caftan de drap vert et toque en velours bordée d'astrakan, il s'indignait fièrement sous le frein et steppait[cp] en balançant la tête de façon à faire toucher ses genoux par ses naseaux. L'élégance du véhicule, la tenue du cocher, la beauté du cheval, attirèrent l'attention de Guy ; mais que devint-il lorsque dans la femme assis à l'angle du traîneau, et qu'il avait prise d'abord pour une de ces princesses russes qui viennent pendant une ou deux saisons éblouir Paris de leur luxe excentrique – si Paris peut être ébloui de quelque chose –, il reconnut ou crut reconnaître des traits de ressemblance avec une figure entrevue et désormais inaltérablement gravée au fond de son âme, mais que certes il ne s'attendait pas à rencontrer au bois de Boulogne, après l'avoir vue apparaître, comme Hélène à Faust, dans une sorte de miroir magique[cq] ? À cette vue il tressaillit si brusquement que Grymalkin, recevant la commotion nerveuse, en fit un écart. Guy, jetant à Mme d'Ymbercourt quelques mots d'excuse sur l'impatience de son cheval qu'il ne pouvait maîtriser, se mit à suivre le traîneau qui lui-même accéléra son allure.

Comme étonnée d'être suivie, la dame tourna à demi la tête sur l'épaule pour voir qui se permettait cette hardiesse, et quoiqu'elle ne se présentât que dans cette pose appelée profil perdu[cr] par les artistes, Guy devina à travers les réseaux noirs de la voilette un bandeau d'or ondulé, un œil d'un bleu nocturne, et sur la joue ce rose idéal dont la neige des hautes cimes, colorée par le soleil couchant, peut seule donner une idée lointaine. Au lobe de l'oreille brillait une turquoise, et sur la portion de nuque visible entre le collet de la pelisse et le bord du chapeau se tordait une petite boucle follette, légère comme un souffle, fine comme des cheveux d'enfant. C'était bien l'apparition de la nuit, mais avec ce degré de réalité que doit prendre un fantôme en plein jour et près du lac au bois de Boulogne. Comment Spirite se trouvait-elle là, revêtue d'une forme si humainement charmante et sans doute visible pour d'autres que pour lui ? – car il était difficile de croire, même en admettant l'impalpabilité de l'apparition, que le cocher, le cheval et le traîneau fussent des ombres. – C'est une question que Guy ne prit pas le temps de résoudre, et pour s'assurer qu'il n'était pas trompé par une de ces ressemblances qui se dissipent quand on les examine de plus près, il voulut devancer le traîneau afin de voir en face ce visage mystérieux. Il rendit tout à Grymalkin, qui partit comme une flèche, et dont, pendant quelques minutes, le souffle, en jets de vapeur blanche, atteignait le dossier du traîneau poursuivi ; mais, quoique ce fût une brave bête, Grymalkin n'était pas de force à lutter contre un trotteur russe, le plus bel échantillon de la race qu'eût peut-être jamais vu Malivert. Le cocher en caftan fit entendre un léger clappement de langue, et le cheval gris de fer, en quelques impétueuses foulées, eut bientôt distancé Grymalkin et mis entre les deux traîneaux un espace suffisant pour rassurer sa maîtresse, si toutefois elle était alarmée.

L'idée de la dame qui ressemblait si fort à Spirite n'était sans doute pas de désespérer la poursuite de Malivert, car son traîneau reprit une allure plus modérée. La course avait conduit les deux véhicules dans l'allée de sapins, qui n'était en ce moment obstruée par aucune voiture, et la chasse s'établit d'une façon régulière. Pourtant Grymalkin ne put atteindre le steppeur de la race Orloff. Son plus grand effort parvenait à peine à maintenir égale la distance entre un traîneau et l'autre. Les fers des chevaux faisaient voler de blancs flocons qui s'écrasaient en poussière glacée contre le cuir verni du pare-neige, et des fumées blanchâtres produites par la transpiration des nobles coursiers les enveloppaient comme des nuages élastiques. A l'extrémité de l'allée, que barraient des voitures venant par la grande route, les deux traîneaux se trouvèrent un instant côte à côte, et Guy put voir pendant quelques secondes le visage de la fausse Russe, dont le vent soulevait la voilette. Un sourire d'une malice céleste errait sur ses lèvres[cs], dont les sinuosités formaient l'arc tracé par la bouche de Monna Lisa. Ses yeux étoilaient et bleuissaient comme des saphirs, et une vapeur un peu plus rose colorait ses joues veloutées. Spirite, c'était bien elle, baissa son voile, et le cocher excita sa bête, qui s'élança en avant avec une impétuosité terrible. Guy poussa un cri d'épouvanté, car au même moment une grande berline traversait le chemin, et, oubliant que Spirite était un être immatériel à l'abri de tous les accidents terrestres, il crut à un choc épouvantable ; mais le cheval, le cocher et le traîneau passèrent à travers la voiture comme à travers un brouillard, et bientôt Malivert les perdit de vue.

Grymalkin semblait effrayé ; des frissons nerveux le faisaient trembler sur ses jambes, ordinairement si fermes, comme s'il ne s'expliquait pas la disparition du traîneau. Les animaux ont des instincts d'une mystérieuse profondeur ; ils voient ce qui souvent échappe à l'œil distrait de l'homme, et on dirait que plusieurs d'entre eux possèdent le sentiment du surnaturel. Il se rassura bientôt en reprenant sur le bord du lac la file des voitures authentiques.

En descendant l'avenue de l'Impératrice, Guy rencontra le baron de Féroë qui revenait aussi du bois sur un léger droschki[ct] : le baron, après avoir demandé à Malivert du feu pour allumer son cigare, lui dit d'un air moitié mystérieux, moitié railleur : « Mme d'Ymbercourt ne sera pas contente ; quelle scène elle vous fera ce soir aux Italiens, si vous avez l'imprudence d'y aller ! Car je ne pense pas que ce steeple-chase de traîneaux ait été de son goût. Mais dites à Jack de jeter une couverture sur Grymalkin ; il pourrait bien attraper une fluxion de poitrine. »

VII

Guy n'en était plus à s'étonner des choses étranges, et il ne trouvait pas absolument extraordinaire qu'un traîneau passât à travers une voiture. Cette aisance à franchir les obstacles contre lesquels se seraient brisés des véhicules terrestres démontrait bien un attelage fantastique sorti des écuries du brouillard, et qui ne pouvait conduire que Spirite. — Décidément Spirite était jalouse, ou du moins, comme toutes ses actions le prouvaient, désirait écarter Malivert de Mme d'Ymbercourt, et le moyen était bon sans doute, car, en tournant le rond-point de l'Étoile, Guy vit la comtesse dans sa calèche, qui semblait écouter d'un air fort indulgent les propos sans doute aimables que lui tenait M. d'Aversac, galamment penché sur le garrot de son cheval mis au pas.

« Ceci est la revanche du traîneau, se dit Malivert, mais je ne suis pas homme à me piquer au jeu. D'Aversac est un faux garçon d'esprit, comme Mme d'Ymbercourt est une fausse belle femme. Ils se conviennent parfaitement : je les juge d'une façon tout à fait désintéressée depuis que les affaires de ce monde ne me concernent plus. Ils feraient "des époux assortis dans les liens du mariage", comme dit je ne sais plus quelle chanson. »

Tel fut le résultat du manège de Mme d'Ymbercourt, qui, apercevant Guy, s'était penchée un peu plus peut-être qu'il ne convenait sur le bord de la calèche pour répondre aux gracieusetés de M. d'Aversac. La pauvre comtesse pensait ramener son tiède adorateur par une excitation d'amour-propre. Elle n'avait fait qu'entrevoir la tournure de Spirite, mais elle avait deviné en elle une rivale redoutable. L'empressement de Guy, d'ordinaire si calme, à poursuivre ce traîneau mystérieux, et cette femme que jamais personne n'avait rencontrée au Bois, l'avait blessée au vif ; car elle ne s'était pas payée de l'excuse donnée avec tant de précipitation, et ne croyait pas que Grymalkin se fût emporté. D'Aversac, qui se rengorgeait d'aise, n'ayant pas l'habitude d'être si bien traité, attribuait modestement à son propre mérite ce qu'il eût été plus sage d'expliquer par un dépit féminin. Dans sa magnanimité, il plaignit même ce pauvre Malivert, trop sûr de l'affection de Mme d'Ymbercourt. On peut aisément supposer tous les projets que la fatuité du sire, aidée[cu] d'une apparence, se plut à bâtir vite sur ce petit événement.

Ce jour-là, Guy dînait en ville, dans une maison où il était difficile de manquer à une invitation faite longtemps d'avance. Heureusement les convives étaient nombreux, et sa préoccupation ne fut pas remarquée. Le repas terminé, il échangea quelques paroles avec la maîtresse du logis, et, sa présence suffisamment constatée, il opéra une savante retraite vers le second salon, où il donna des poignées de main à des hommes considérables de sa connaissance, qui s'étaient repliés là pour causer plus à l'aise de choses importantes ou secrètes ; après quoi il disparut et passa au cercle, où il pensait rencontrer le baron de Féroë. Il le trouva, en effet, assis devant une petite table à tapis vert, qui jouait à l'écarté avec le rayonnant d'Aversac, à qui nous devons cette justice de dire qu'il essaya de cacher sa joie intime pour ne pas humilier Malivert. Contrairement au proverbe : « Heureux au jeu, malheureux en amour », d'Aversac gagnait, ce qui eût dû, pour peu qu'il eût été superstitieux, lui inspirer quelques doutes sur la légitimité de ses espérances. La partie achevée, comme le baron perdait, il put se lever, se prétendre fatigué et refuser galamment la revanche que lui offrait son adversaire. Le baron de Féroë et Guy de Malivert sortirent ensemble et firent quelques tours sur le boulevard dont le club est voisin.

« Que penseront les habitués de ce salon qu'on appelle le Bois, dit Guy au baron, de cette femme, de ce traîneau, de ce cheval, de ce cocher, si merveilleusement remarquables et que personne ne connaît ?

La vision n'a été manifeste que pour vous, la comtesse, sur laquelle l'esprit voulait agir, et moi qui, en ma qualité d'initié, vois ce qui est insaisissable pour le reste des hommes. Soyez sûr que si Mme d'Ymbercourt parle de la belle princesse russe et du magnifique steppeur, on ne saura pas ce qu'elle veut dire.

— Croyez-vous, dit Malivert au baron, que je revoie bientôt Spirite.

— Attendez-vous à une visite prochaine, répondit M. de Féroë ; mes correspondances d'outre-monde m'avertissent qu'on s'occupe beaucoup de vous là-bas.

— Sera-ce cette nuit ou demain, chez moi ou dans un milieu imprévu, comme cela est arrivé aujourd'hui ? s'écria Malivert avec l'impatience d'un amoureux avide de passion et d'un néophyte curieux de mystère.

— Cela, je ne saurais vous le dire précisément, répliqua le baron suédois ; les esprits, pour qui le temps n'existe pas ou n'existe plus, n'ont pas d'heure, puisqu'ils plongent dans l'éternité. Pour Spirite, vous voir ce soir ou dans mille ans serait la même chose ; mais les esprits qui daignent entrer en communication avec nous autres, pauvres mortels, tiennent compte de la brièveté de notre vie, de l'imperfection et de la fragilité de nos organes ; ils savent qu'entre une apparition et l'autre, mesurée au cadran éternel, la périssable enveloppe de l'homme aurait le temps cent fois de tomber en poussière, et il est probable que Spirite ne vous fera pas languir. Elle est descendue dans notre sphère et paraît décidée à ne remonter dans la sienne que son projet accompli.

— Mais quel est ce dessein ? dit Malivert. Vous à qui rien n'est fermé dans ce monde surnaturel, vous devez connaître le motif qui entraîne ce pur esprit vers un être soumis encore aux conditions de la vie.

— Là-dessus, mon cher Guy, répondit le baron de Féroë, mes lèvres sont scellées ; il ne faut pas répéter le secret des esprits. J'ai été averti de vous mettre en garde contre toute séduction terrestre et de vous empêcher de fermer des liens qui enchaîneraient peut-être votre âme dans un lieu où elle aurait un éternel regret de n'être plus libre. Ma mission ne va pas au delà. »

En causant ainsi, Malivert et le baron, suivis de leurs voitures qui marchaient au pas sur la chaussée, arrivèrent à la Madeleine, dont la colonnade grecque, argentée par les pâles rayons d'une lune d'hiver, prenait, au bout de la large rue Royale, un air de Parthénon que le jour lui enlève[cv]. Arrivés là, les deux amis se séparèrent et remontèrent dans leurs coupés.

Rentré chez lui, Malivert se jeta dans son fauteuil, et, le coude appuyé sur la table, se mit à rêver. L'apparition de Spirite dans la glace lui avait inspiré ce désir immatériel, cette volition ailée que fait naître la vue d'un ange ; mais sa présence au bord du lac sous une forme plus réellement féminine lui mettait au cœur toute la flamme de l'amour humain. Il se sentait baigné par des effluves ardentes et possédé par cet amour absolu que ne rassasie pas l'éternelle possession. Comme il songeait, le poing allongé sur la table couverte de papiers, il vit sur le fond sombre du tapis turc se dessiner une main[cw] étroite de forme allongée et d'une perfection que l'art n'a pas égalée et que la nature essayerait en vain d'atteindre : une main diaphane, aux doigts effilés, aux ongles luisants comme de l'onyx, dont le dos laissait transparaître quelques veines d'azur semblables à ces reflets bleuâtres irisant la pâte laiteuse de l'opale, et qu'éclairait une lumière qui n'était pas celle de la lampe. Pour la fraîcheur rosée du ton et l'idéale délicatesse de la forme, ce ne pouvait être que la main de Spirite. Le poignet mince, fin, dégagé, plein de race, se perdait dans une vapeur de vagues dentelles. Comme pour bien indiquer que la main n'était là qu'un signe, le bras et le corps étaient absents. Pendant que Guy la regardait avec des yeux qui ne s'étonnaient plus de l'extraordinaire, les doigts de la main s'allongèrent sur une des feuilles de papier à lettres qui jonchaient confusément la table et simulèrent les mouvements que nécessite l'écriture. Ils semblaient tracer des lignes, et quand ils eurent parcouru toute la page avec cette rapidité des acteurs écrivant une lettre dans quelque scène de comédie, Guy se saisit de la feuille, croyant y trouver des phrases écrites, des signes inconnus ou connus. Le papier était tout blanc. Guy regardait la feuille d'un air assez décontenancé ; il l'approchait de la lampe, la scrutait dans tous les sens et sous toutes les incidences de lumière sans y découvrir la moindre trace de caractères formés. Cependant la main continuait sur une autre feuille le même travail imaginaire, et ne donnant en apparence aucun résultat.

« Que signifie ce jeu ? se demanda Malivert. Spirite écrirait-elle avec de l'encre sympathique qu'il faut approcher du feu pour faire sortir les lettres tracées ? Mais les doigts mystérieux ne tiennent ni plume, ni ombre de plume. Qu'est-ce que cela veut dire ? Dois-je servir moi-même de secrétaire à l'esprit, être mon propre médium, pour me servir du terme consacré ? Les esprits, dit-on, qui peuvent produire des illusions et des apparences, créer dans le cerveau de ceux qu'ils obsèdent des spectacles effrayants ou splendides, sont incapables d'agir sur la réalité matérielle et de déplacer un fétu. »

Il se souvint de l'impulsion qui lui avait fait écrire le billet à Mme d'Ymbercourt, et il pensa que, par un influx nerveux, Spirite parviendrait peut-être à lui dicter intérieurement ce qu'elle voulait lui dire. Il n'y avait qu'à laisser aller sa main et faire taire autant que possible ses propres idées pour ne pas les mêler à celles de l'esprit. Se recueillant et s'isolant du monde extérieur, Guy imposa silence au tumulte de sa cervelle surexcitée, haussa un peu la mèche de sa lampe qui baissait, prit une plume chargée d'encre, posa la main sur un papier, et, le cœur palpitant d'une espérance craintive, attendit.

Au bout de quelques minutes Guy éprouva un effet singulier, il lui sembla que le sentiment de sa personnalité le quittait, que ses souvenirs individuels s'effaçaient comme ceux d'un rêve confus, et que ses idées s'en allaient hors de vue, comme ces oiseaux qui se perdent dans le ciel. Quoique son corps fût toujours près de la table, gardant la même attitude, Guy intérieurement était absent, évanoui, disparu. Une autre âme, ou du moins une autre pensée se substituait à la sienne et commandait à ces serviteurs qui, pour agir, attendent l'ordre du maître inconnu. Les nerfs de ses doigts tressaillirent et commencèrent à exécuter des mouvements dont il n'avait pas la conscience, et le bec de la plume se mit à courir sur le papier, traçant des signes rapides avec l'écriture de Guy légèrement modifiée par une impulsion étrangère. Voici ce que Spirite dictait à son médium. On a retrouvé parmi les papiers de Malivert cette confession de l'extramonde, et il nous a été permis de la transcrire.

Dictée de Spirite[cx]

Il faut d'abord que vous connaissiez l'être indéfinissable pour vous qui s'est glissé dans votre existence. Quelle que soit votre pénétration, vous ne pourriez parvenir à démêler sa vraie nature, et, comme dans une tragédie mal faite où le héros décline ses noms, qualités et réfé-rences, je suis forcée de m'expliquer moi-même ; mais j'ai cette excuse que nul autre ne pourrait le faire à ma place. Votre cœur intrépide, qui n'a pas hésité sur mon appel à s'engager dans les mystérieuses terreurs de l'inconnu, n'a pas besoin d'être rassuré. Le danger, d'ailleurs, s'il existait, ne vous empêcherait pas de poursuivre l'aventure. Ce monde invisible, dont le réel est le voile, a ses pièges et ses abîmes, mais vous n'y tomberez pas. Des esprits de mensonge et de perversité le parcourent ; il y a des anges noirs comme il y a des anges blancs, des puissances rebelles et des puissances soumises, des forces bienfaisantes et des forces nuisibles. Le bas de l'échelle mystique, dont le sommet plonge dans l'éternelle lumière, est assiégé par les ténèbres. J'espère qu'avec mon aide vous graviez les échelons lumineux. Je ne suis ni un ange, ni un démon, ni un de ces esprits intermédiaires qui portent à travers les immensités la volonté divine, comme le fluide nerveux communique aux membres du corps la volonté humaine ; je suis simplement une âme attendant encore son jugement, mais à qui la bonté céleste permet de pressentir une sentence favorable[cy]. J'ai donc habité votre terre, et je pourrais dire, comme l'épitaphe mélancolique du berger dans le tableau du Poussin : *Et in Arcadia ego*. Sur cette citation latine, n'allez pas me prendre pour l'âme d'une femme de lettres. Dans le milieu où je suis, on a l'intuition de tout, et les divers langages qu'a parlés le genre humain avant et après la dispersion de Babel nous sont également familiers. Les mots ne sont que l'ombre de l'idée, et nous avons l'idée même à l'état essentiel. S'il y avait un âge là où le temps n'existe plus[cz], je serais bien jeune dans ma nouvelle patrie : peu de jours se sont passés depuis que, déliée par la mort, j'ai quitté l'atmosphère que vous respirez et où me ramène un sentiment que n'a point effacé la transition d'un monde à l'autre. Ma vie terrestre, ou, pour mieux dire, ma dernière apparition sur votre planète, a été bien courte ; mais elle a suffi pour me donner le temps d'éprouver ce qu'une âme tendre peut sentir de plus douloureux. Lorsque le baron de Féroë cherchait la nature de l'esprit dont les vagues manifestations vous troublaient, et qu'il vous demandait si jamais quelque femme, quelque jeune fille était morte d'amour pour vous, il était plus près de la vérité qu'il ne le croyait, et quoique vos souvenirs ne pussent rien vous rappeler, puisque le fait vous était inconnu, cette assertion a remué profondément votre âme, et votre trouble se cachait mal sous une dénégation sceptiquement enjouée.

Sans que vous l'ayez aperçue, mon existence a passé près de la vôtre. Vos yeux étaient portés ailleurs, et je restai pour vous dans l'ombre.

La première fois que je vous vis, c'était au parloir du couvent des Oiseaux[da], où vous alliez visiter votre sœur qui était là en pension, ainsi que moi, mais dans une classe plus élevée, car je n'avais encore que treize ou quatorze ans tout au plus, et je ne paraissais pas mon âge, tant j'étais frêle, mignonne et blonde. Vous ne fîtes aucune attention à cette petite fille, à cette enfant qui, tout en croquant le chocolat praliné de chez Marquis que lui avait apporté sa mère, vous lançait de côté un regard furtif. Vous pouviez alors avoir vingt ou vingt-deux ans, et dans ma naïveté enfantine, je vous trouvais très beau. L'air de bonté et d'affection avec lequel vous parliez à votre sœur me touchait et me séduisait, et je souhaitais d'avoir un frère qui vous ressemblât. Mon imagination de fillette n'allait pas plus loin. Comme les études de Mlle de Malivert étaient terminées, on la retira du couvent et vous ne revîntes plus ; mais votre image ne s'effaça pas de mon souvenir. Elle se conserva sur le vélin blanc de mon âme comme ces traits légers tracés au crayon par une main habile et qu'on retrouve longtemps après, presque invisibles mais persistants, seuls vestiges parfois d'un être disparu. L'idée qu'un si grand personnage pût m'avoir remarquée, moi qui étais encore dans la classe des petites et que les pensionnaires plus avancées traitaient avec une sorte de dédain, eût été par trop ambitieuse, et elle ne me vint même pas, du moins à cette époque ; mais je pensais bien souvent à vous, et dans ces chastes romans que rêvent les imaginations les plus innocentes, c'est vous qui remplissiez toujours le rôle du Prince Charmant, vous qui me délivriez de périls fantastiques, vous qui m'enleviez à travers les souterrains, vous qui mettiez en fuite les corsaires et les brigands et me rameniez au roi mon père ; car, pour un tel héros, il fallait bien au moins une infante, une princesse, et j'en prenais modestement la qualité. D'autres fois le roman se changeait en pastorale : vous étiez berger, j'étais bergère, et nos troupeaux se confondaient sur un pré du vert le plus tendre. Sans vous en douter, vous aviez pris une place considérable dans ma vie, et vous y dominiez en souverain. Je reportais à vous mes petits succès d'écolière, et je travaillais de toutes mes forces pour mériter votre approbation. Je me disais : « Il ne sait pas que j'ai gagné un prix ; mais s'il le savait, il serait content », et, naturellement paresseuse, je me remettais à l'œuvre avec une nouvelle énergie. — N'est-ce pas une chose singulière que cette âme d'enfant qui se donne en secret et se reconnaît vassale d'un seigneur de son choix qui n'a pu même soupçonner cet hommage lige ? N'est-il pas plus étrange encore que cette impression première ne se soit jamais effacée ? car elle a duré toute une vie, hélas ! bien courte, et se continue au delà. À votre aspect, quelque chose avait frémi en moi d'indéfinissable et de mystérieux, dont je n'ai compris le sens que lorsque mes yeux, en se fermant, se sont ouverts pour toujours. Mon état d'être impalpable, de pur esprit, me permet maintenant de vous raconter ces choses que cacherait peut-être une fille de la terre ; mais l'immaculée blancheur d'une âme ne saurait rougir : la pudeur céleste avoue l'amour[db].

Deux ans se passèrent ainsi. D'enfant j'étais devenue jeune fille, et mes rêves commençaient à devenir un peu moins puérils, tout en gardant leur innocence ; il ne s'y mêlait plus autant de rose et de bleu, ils ne finissaient pas toujours dans des lumières d'apothéoses. J'allais souvent au fond du jardin m'asseoir sur un banc, loin de mes compagnes occupées à des jeux ou à des conversations chuchotées, et je murmurais comme une sorte de litanie les syllabes de votre nom ; mais quelquefois j'avais cette hardiesse de penser que ce nom pourrait peut-être devenir le mien à la suite de hasards ou d'aventures embrouillées comme une comédie de cape et d'épée dont j'arrangeais l'intrigue à plaisir.

J'étais d'une famille qui pouvait marcher de pair avec la vôtre, et mes parents jouissaient d'une fortune et d'un rang à ôter à ce lointain projet d'union, que je formais bien timidement dans le coin le plus secret de mon cœur, toute apparence de chimère ou de folle visée. Rien n'était plus naturel que de vous rencontrer un jour dans un monde où nous avions accès tous deux. Mais vous plairais-je ? Me trouveriez-vous jolie ? C'est une demande à laquelle mon étroit miroir de pensionnaire ne répondait pas non, ce dont vous pouvez juger aujourd'hui par le reflet que j'ai envoyé à votre glace de Venise et mon apparition au bois de Boulogne. Si, par hasard, vous ne faisiez pas plus attention à la jeune fille qu'à l'enfant du couvent des Oiseaux ! Cette pensée me remplissait d'un découragement profond, mais la jeunesse ne désespère jamais longtemps, et bientôt je revenais à des imaginations plus riantes. Il me semblait impossible qu'en me voyant vous ne reconnussiez pas votre bien, votre conquête, l'âme scellée à votre sceau, celle qui s'était vouée à votre adoration dès l'enfance, en un mot la femme créée exprès pour vous. Je ne me disais pas cela d'une façon aussi claire ; je n'avais pas sur les mouvements de mon cœur les lumières que j'ai acquises, maintenant que je puis voir les deux côtés de la vie ; mais c'était un instinct profond, une foi aveugle, un sentiment irrésistible. Malgré ma virginale ignorance et une candeur que personne ne poussa peut-être plus loin, j'avais dans l'âme une passion qui devait me dévorer et qui se révèle aujourd'hui pour la première fois. Au couvent je n'avais pas fait d'amie et je vivais seule avec votre pensée. Jalouse de mon secret, je redoutais les épanchements et les confidences, et toute liaison qui m'eût distraite de mon idée unique n'eût pu me convenir. On m'appelait « la sérieuse », et les maîtresses me proposaient pour exemple.

J'attendais l'époque fixée pour ma sortie du couvent avec moins d'impatience qu'on ne le supposerait ; c'était un répit entre la pensée et l'action.

Tant que j'étais renfermée entre ces hautes murailles, j'avais le droit de me bercer indolemment dans mon rêve sans me rien reprocher ; mais une fois envolée de la cage, il fallait diriger mon vol, tendre à mon but, monter vers mon étoile, et les usages, les mœurs, les convenances, les pudeurs infinies, les voiles multipliés dont la civilisation l'entoure, interdisent à une jeune fille toute initiative de cœur. Aucune démarche pour se révéler à son idéal ne lui est permise. Une juste fierté s'oppose à ce qu'elle offre ce qui doit être sans prix. Il faut que ses yeux restent baissés, ses lèvres muettes, son sein immobile ; que nulle rougeur, que nulle pâleur ne la trahisse quand elle se trouve en face de l'objet secrètement aimé, qui souvent s'éloigne, croyant au dédain ou à l'indifférence. Que d'âmes faites l'une pour l'autre, faute d'un mot, d'un regard, d'un sourire, ont pris des chemins divergents qui les séparaient de plus en plus et rendaient leur réunion à jamais impossible ! Que d'existences déplorablement manquées ont dû leur malheur à une semblable cause inaperçue de tous et parfois ignorée des victimes mêmes ! J'avais souvent fait ces réflexions, et elles se représentaient plus fortes à mon esprit au moment où j'allais quitter le couvent pour entrer dans le monde. Cependant je maintenais ma résolution. Le jour de ma sortie arriva. Ma mère vint me chercher, et je fis mes adieux à mes compagnes avec une médiocre effusion de sensibilité. Je ne laissais dans ces murs, où s'étaient écoulées plusieurs années de ma vie, aucune amitié, aucun souvenir. Votre pensée seule formait tout mon trésor.

VIII

Ce fut avec un vif sentiment de plaisir que j'entrai dans la chambre, ou plutôt dans le petit appartement que m'avait préparé ma mère pour ma sortie du couvent des Oiseaux. Il consistait en une chambre à coucher, un grand cabinet de toilette et un salon, dont les fenêtres donnaient sur un jardin, qui s'augmentait de la perspective des jardins avoisinants. Un mur bas, tout tapissé d'un épais rideau de lierre, servait de ligne de démarcation ; mais la pierre ne paraissait nulle part, et l'on ne voyait qu'une succession d'arbres antiques, de marronniers gigantesques, qui simulaient un parc illimité. À peine si, au dernier plan, l'œil saisissait entre les touffes les plus lointaines l'angle d'un toit, le coude bizarre d'un tuyau de cheminée, signature que Paris appose au bas de tous ses horizons. C'est une satisfaction rare et réservée à la richesse que d'avoir devant soi, au milieu de la grande ville, un large espace vague et libre, de l'air, du ciel, du soleil et de la verdure. N'est-il pas désagréable de sentir trop près de soi d'autres existences, des passions, des vices, des malheurs, et la délicate pudeur de l'âme n'est-elle pas un peu froissée par ce voisinage immédiat ? Aussi éprouvai-je une vraie joie en regardant à travers mes fenêtres cette oasis de fraîcheur, de silence et de solitude. On était au mois d'août, car j'avais fini ma dernière année scolaire au couvent, et le feuillage conservait encore toute l'intensité de sa verdure, mais avec le ton plus chaud cependant que donne à la végétation le passage de l'été. Au milieu du parterre qui se dessinait sous mes croisées, un massif de géraniums en pleine floraison éblouissait les yeux de son feu d'artifice écarlate ; le gazon qui entourait cette corbeille de fleurs, tapis de velours vert en raygrass^{dc} d'Angleterre, faisait valoir par sa nuance d'émeraude ce rouge plus ardent que le feu. Dans l'allée de sable fin, moirée comme un ruban avec les dents du râteau, les oiseaux sautillaient en toute confiance et avaient l'air d'être chez eux. Je me promis bien de m'associer à leurs promenades sans les faire envoler.

Ma chambre était tendue de cachemire blanc divisé par des câbles de soie bleue. C'était aussi la couleur des meubles et des rideaux. Dans mon petit salon décoré de la même manière, un magnifique piano d'Érard^{dd} offrait son clavier à mes mains, qui essayèrent tout de suite sa moelleuse sonorité. Une bibliothèque en bois de rose, placée en face du piano, contenait ces livres purs, ces chastes poètes qu'une vierge peut lire, et ses rayons inférieurs abritaient les partitions des grands compositeurs : Bach y coudoyait Haydn, Mozart était à côté de Beethoven comme Raphaël auprès de Michel-Ange ; Meyerbeer s'appuyait à Weber. Ma mère avait réuni là mes admirations, mes maîtres favoris. Une élégante jardinière pleine de fleurs d'un parfum doux s'épanouissait au centre de la pièce comme un énorme bouquet. On me traitait en enfant gâté. J'étais fille unique, et toute l'affection de mes parents se concentrait naturellement sur moi.

Je devais faire mon entrée dans le monde au commencement de la saison, c'est-à-dire dans deux ou trois mois, à l'époque où finissent les villégiatures, les voyages, les séjours aux villes d'eaux et de jeux, les hospitalités de château, les chasses, les courses, et tout ce que la bonne compagnie invente pour user ce temps qu'il n'est pas décent aux gens comme il faut de passer à Paris, où quelques affaires, cette année-là, avaient retenu mes parents. Cela me plaisait plus de rester à la ville que d'aller dans le vieux château, assez triste, au fond de la Bretagne, qui me voyait arriver régulièrement aux vacances. Je pensais d'ailleurs que j'aurais des chances de vous rencontrer, d'entendre parler de vous, de me trouver avec des gens de votre connaissance ; mais j'appris d'une façon indirecte que vous étiez parti depuis longtemps pour un voyage en Espagne qui devait durer quelques mois encore. Vos amis, à qui vous écriviez rarement, ne vous attendaient pas avant l'hiver ; on vous prétendait pris, là-bas, aux réseaux de quelque mantille. Cela ne m'inquiétait guère, et j'avais, malgré ma modestie, l'amour-propre de croire que mes bandeaux d'or pourraient lutter contre toutes les nattes de jais de l'Andalousie. J'appris aussi que vous écriviez dans les Revues sous le pseudonyme latinisé d'un de vos noms de baptême, connu seulement de vos intimes, et que chez vous le parfait gentleman cachait un écrivain distingué. Avec une curiosité facile à comprendre, je cherchai à travers la collection des journaux tous les articles marqués de ce signe. Lire un écrivain, c'est se mettre en communication d'âme ; un livre n'est-il pas une confidence adressée à un ami idéal, une conversation dont l'interlocuteur est absent ? Il ne faut pas toujours prendre au pied de la lettre ce que dit un auteur : on doit faire la part des systèmes philosophiques ou littéraires, des affectations à la mode en ce moment-là, des réticences exigées, du style voulu ou commandé, des imitations admiratives et de tout ce qui peut modifier les formes extérieures d'un écrivain. Mais, sous tous ces déguisements, la vraie attitude de l'âme finit par se révéler pour qui sait lire ; la sincère pensée est souvent entre les lignes, et le secret du poète, qu'il ne veut pas toujours livrer à la foule, se devine à la longue ; l'un après l'autre les voiles tombent et les mots des énigmes se découvrent. Pour me former une idée de vous, j'étudiai avec une attention extrême ces récits de voyage, ces morceaux de philosophie et de critique, ces nouvelles et ces pièces de vers semées çà et là à d'assez longs intervalles et qui marquaient des phases diverses de votre esprit. Il est moins difficile de connaître un auteur subjectif qu'un auteur objectif[ile] : le premier exprime ses sentiments, expose ses idées et juge la société et la création en vertu d'un idéal ; le second présente les objets tels que les offre la nature ; il procède par images, par descriptions ; il amène les choses sous les yeux du lecteur ; il dessine, habille et colore exactement ses personnages, leur met dans la bouche les mots qu'ils ont dû dire et réserve son opinion. Cette manière était la vôtre. À première vue on eût pu vous accuser d'une certaine impartialité dédaigneuse qui ne mettait pas beaucoup de différence entre un lézard et un homme, entre la rougeur d'un coucher de soleil et l'incendie d'une ville ; mais, en y regardant de près, à des jets rapides, à des élans brusques, aussitôt arrêtés, on pouvait deviner une sensibilité profonde contenue par une pudeur hautaine qui n'aime pas à laisser voir ses émotions.

Ce jugement littéraire s'accordait avec le jugement instinctif de mon cœur ; et maintenant que rien ne m'est caché, je sais combien il était juste. Toutes les emphases sentimentales, larmoyantes et hypocritement vertueuses vous faisaient horreur, et, pour vous, duper l'âme était le pire des crimes. Cette idée vous rendait d'une sobriété extrême dans l'expression des pensées tendres ou passionnées. Vous préfériez le silence au mensonge ou à l'exagération sur ces choses sacrées, dussiez-vous passer aux yeux de quelques sots pour insensible, dur et même un peu cruel. Je me rendis compte de tout cela, et je ne doutai pas un instant de la bonté de votre cœur. Pour la noblesse de votre esprit, il ne pouvait s'élever la moindre incertitude ; votre dédain altier de la vulgarité, de la platitude, de l'envie et de toutes les laideurs morales la démontrait suffisamment. À force de vous lire, j'acquis une connaissance de vous, que je n'avais vu qu'une fois, égale à celle que m'aurait donnée une intimité de tous les jours. J'avais pénétré dans les recoins les plus secrets de votre pensée, je savais vos points de départ, vos buts, vos mobiles, vos sympathies et vos antipathies, vos admirations et vos dégoûts, toute votre personnalité intellectuelle, et j'en déduisais votre caractère. Quelquefois, au milieu d'une lecture, frappée d'un passage qui était pour moi une révélation, je me levais et j'allais au piano jouer, comme une sorte de commentaire de votre phrase, un motif de couleur et de sentiment analogues qui la prolongeait en vibrations retentissantes ou mélancoliques. Je me plaisais à entendre dans un autre art l'écho de votre idée ; peut-être ces rapports étaient-ils imaginaires et n'auraient-ils pu être saisis par d'autres que par moi, mais à coup sûr quelques-uns étaient réels ; je le sais à présent que j'habite à la source éternelle de l'inspiration, et que je la vois descendre en étincelles lumineuses sur les têtes de génie.

Pendant que je lisais celles de vos œuvres que je pouvais me procurer, car le cercle d'action d'une jeune fille est si limité que la démarche la plus simple lui devient difficile, la saison s'avançait, les cimes des arbres se mordoraient des teintes safranées de l'extrême automne ; les feuilles, l'une après l'autre, se détachaient des branches, et le jardinier, malgré tous ses soins, ne pouvait empêcher le sable et le gazon d'en être à demi couverts. Parfois, lorsque je me promenais au jardin sous les marronniers, la chute d'un marron me tombant sur la tête comme une balle, ou roulant à mes pieds de sa capsule ouverte, interrompait ma rêverie et me faisait involontairement tressaillir. On rentrait dans la serre les plantes délicates et les arbrisseaux frileux. Les oiseaux prenaient cet air inquiet qu'ils ont aux approches de l'hiver, et le soir on les entendait se quereller à travers les ramures dépouillées de feuilles. Enfin la saison allait s'ouvrir ; le beau monde, le monde élégant, le monde riche revenait à Paris de tous les points de l'horizon. On recommençait à voir aux Champs-Élysées les voitures sérieuses à panneaux blasonnés monter lentement vers l'arc de l'Étoile pour profiter d'un dernier rayon de soleil. Le Théâtre-Italien répandait dans les journaux la liste de ses chanteurs, le programme de son répertoire, et annonçait sa prochaine ouverture. Je me réjouissais à cette idée que ce mouvement général de retour vous ramènerait d'Espagne, et que, las de gravir les sierras, vous auriez quelque plaisir à paraître dans les bals, les soirées, les réunions où j'espérais vous rencontrer.

En allant au bois de Boulogne avec ma mère, je vous vis passer à cheval près de notre voiture, mais si rapidement que j'eus à peine le temps de vous reconnaître. C'était la première fois que je vous apercevais depuis votre visite au couvent des Oiseaux ; tout le sang m'afflua au cœur, et je reçus comme une commotion électrique. Sous prétexte de froid, je baissai ma voilette pour cacher l'altération de mes traits, et je me rencognai silencieusement dans l'angle du coupé. Ma mère releva la glace et dit : « Il ne fait pas chaud, le brouillard commence à se lever, rentrons, à moins que tu ne veuilles continuer la promenade. » Je fis un signe d'acquiescement : j'avais vu ce que je voulais voir, je savais que vous étiez à Paris.

Nous avions un jour de loge aux Italiens. C'était pour moi une grande fête d'aller entendre ces chanteurs dont j'avais lu tant d'éloges, et que je ne connaissais point. Un autre espoir aussi me remuait doucement le cœur, et je n'ai pas besoin de vous le dire. Notre jour arriva. On donnait la *Sonnambula*[df], et la Patti devait chanter. Maman m'avait fait préparer une toilette simple et charmante convenable à mon âge : un dessous de taffetas blanc recouvert d'une robe de tarlatane avec des nœuds de perles et de velours bleu. Ma coiffure consistait en une bandelette de velours de même couleur, dont les bouts flottaient sur mes épaules, et qui était entourée d'une torsade de perles. Tout en me regardant au miroir de ma toilette pendant que la femme de chambre donnait la dernière main à son œuvre, je me disais : « Aime-t-il le bleu ? Dans le *Caprice*, d'Alfred de Musset, Mme de Léry prétend que c'est une couleur bête[dg]. » Cependant je ne pouvais m'empêcher de trouver que ce ruban bleu faisait bien dans mes cheveux blonds ; si vous m'aviez vue, je crois que vous m'auriez aimée. Clotilde, la femme de chambre, en faisant bouffer les plis de ma jupe et en rajustant quelques nœuds à mon corsage, fit cette remarque, que « mademoiselle était bien jolie ce soir ».

La voiture nous déposa devant le péristyle, ma mère et moi ; mon père devait nous rejoindre plus tard, et nous commençâmes à monter lentement le grand escalier, dont les marches étaient couvertes d'un tapis rouge. Enveloppées dans une tiède atmosphère de vétiver et de patchouli, des femmes en grande toilette, dissimulée encore par les manteaux, les pelisses, les burnous, les écharpes, les sorties de bal, qu'elles allaient laisser aux mains de valets de pied, gravissaient les degrés, traînant après elles des flots de moire, de satin et de velours, et s'appuyant du bout des doigts aux bras d'hommes graves cravatés de blanc, et dont le frac noir portant à la boutonnière des brochettes de décorations annonçait qu'ils avaient l'intention d'aller, au sortir des Italiens, à quelque soirée officielle ou diplomatique. Des jeunes gens minces, sveltes, la raie au milieu des cheveux, et de l'élégance la plus correcte, suivaient à quelques pas, rattachés au groupe par un sourire.

Tout cela n'a rien de nouveau sans doute, et vous feriez ce tableau mieux que moi ; mais ce spectacle était neuf pour une petite pensionnaire qui faisait son entrée dans le monde. La vie est toujours la même ; c'est une pièce de théâtre dont seuls les spectateurs changent ; mais celui qui n'a pas vu la pièce s'y intéresse comme si elle était faite exprès pour lui, et à sa première représentation[dh]. J'étais gaie, je me sentais en beauté ; quelques lorgnons approbateurs s'étaient fixés sur moi, quelques femmes avaient détourné la tête, après m'avoir détaillée d'un rapide regard sans trouver rien à reprendre ni à ma personne ni à ma toilette.

Un secret pressentiment m'avertissait que je vous verrais ce soir-là. Cette espérance donnait à mes traits une légère animation et amenait sur mes joues un coloris plus vif qu'à l'ordinaire. Nous nous installâmes dans notre loge, et bientôt les lorgnettes se braquèrent sur moi. J'étais une figure nouvelle, et cela se remarque au Théâtre-Italien, qui est comme un grand salon où tout le monde se connaît. La présence de ma mère disait mon nom, et je compris à des têtes penchées l'une vers l'autre qu'on parlait de moi dans plusieurs loges, favorablement sans doute, car des sourires bienveillants suivaient les phrases chuchotées. Cela me gênait un peu d'être le point de mire des regards, et, décolletée pour la première fois, je sentais mes épaules frissonner sous la gaze qui les recouvrait de sa demi-transparence. La toile en se levant, car on avait fort négligemment écouté l'ouverture, fit se retourner les têtes vers la scène et mit fin à mon embarras. À coup sûr l'aspect de cette belle salle étoilée de diamants et de bouquets, avec ses dorures, ses lumières, ses blanches cariatides, m'avait produit un effet de surprise admirative, et la musique de Bellini, exécutée par des artistes de premier ordre, m'entraînait dans un monde enchanté ; mais pourtant le véritable intérêt du spectacle n'était pas là pour moi. Pendant que mes oreilles écoutaient les suaves cantilènes du maestro sicilien, mes yeux furtivement scrutaient chaque loge, parcouraient le balcon et fouillaient les rangs de l'orchestre afin de vous y découvrir. Vous n'arrivâtes que vers la fin du premier acte, et, la toile baissée, vous fîtes un demi-tour vers la salle, d'un air assez ennuyé et regardant vaguement les loges sans fixer votre lorgnette sur aucune. Vous aviez le visage bruni par six mois d'Espagne, et dans la physionomie une certaine expression nostalgique comme si vous regrettiez le pays que vous veniez de quitter. Le cœur me battait avec une force extrême pendant que vous faisiez cette rapide inspection, car un instant je crus que vos yeux s'étaient arrêtés sur moi ; mais je m'étais trompée. Je vous vis quitter votre place et reparaître quelques instants après dans une loge en face de la nôtre. Elle était occupée par une jolie femme très parée, dont les cheveux noirs luisaient comme du satin et dont la robe d'un rose pâle se confondait presque avec le ton de chair de la poitrine. Des diamants scintillaient sur sa tête, à ses oreilles, à son cou et à ses bras. Sur le rebord de velours, à côté de ses jumelles, s'épanouissait un gros bouquet de violettes de Parme et de camélias. Au fond, dans la pénombre, on distinguait un personnage âgé, chauve, obèse, dont le revers d'habit cachait à moitié une plaque d'ordre exotique. La dame vous parlait avec un visible plaisir, et vous lui répondiez d'une façon détachée et tranquille, sans paraître autrement flatté de ses démonstrations plus qu'amicales. Le chagrin de ne pas avoir été remarquée de vous était compensé par la joie de sentir que vous n'aimiez pas cette femme aux yeux hardis, au sourire provocant, à la toilette étincelante[di].

Au bout de quelques minutes, comme les instruments commençaient à s'accorder pour le second acte, vous prîtes congé de la dame aux diamants et du vieillard à la plaque, et vous revîntes à votre place. La représentation s'acheva sans que vous tourniez la tête, et dans mon âme j'éprouvais comme un mouvement d'impatience contre vous. Je m'étonnais que vous ne deviniez pas qu'une jeune fille en toilette blanche, relevée d'agréments bleus, désirait fort être aperçue par le seigneur qu'elle s'était secrètement choisi. Depuis si longtemps je souhaitais me trouver dans le même endroit que vous ! Ce vœu était réalisé et vous ne vous doutiez même pas de ma présence ! Vous auriez dû, ce me semblait, ressentir un frisson sympathique[dj], vous retourner, chercher lentement dans la salle la cause de cette commotion secrète, arrêter votre regard sur ma loge, porter la main à votre cœur et tomber en extase. Un héros de roman n'y eût pas manqué ; mais vous n'étiez pas un héros de roman.

Mon père, retenu par un grand dîner, ne vint qu'au milieu du second acte, et, vous apercevant à l'orchestre, il dit : « Guy de Malivert est là ; je ne savais pas qu'il fût revenu d'Espagne. Ce voyage nous vaudra force combats de taureaux dans la Revue, car Guy est un peu barbare. » Cela me faisait plaisir d'entendre votre nom prononcé par des lèvres paternelles.

Vous n'étiez pas un inconnu dans ma famille. Un rapprochement était possible, facile même. Cette idée me consola un peu de l'insuccès de ma soirée. La représentation s'acheva sans autre incident que les pluies de bouquets, les rappels et les ovations de la Patti. En attendant sous le vestibule que le laquais vînt annoncer la voiture, je vous vis passer avec un ami et tirer un cigare d'un étui de fine sparterie de Manille. Le désir de fumer vous rendait insensible à cette exhibition de beautés et de laideurs, il faut le dire, étagées sur les dernières marches de l'escalier. Vous vous faufiliez à travers cet amas d'étoffes sans trop de souci de les froisser, et vous gagnâtes bientôt la porte avec votre camarade qui marchait dans le sillon ouvert par vous.

Revenue chez moi, à la fois heureuse et mécontente, je me couchai après avoir essayé distraitement quelques-uns des motifs de la *Sonnambula*, comme pour prolonger la vibration de la soirée, et je m'endormis en pensant à vous…

IX

Il arrive souvent, lorsqu'au bout d'un certain temps on confronte le souvenir avec l'image, que l'imagination a travaillé comme un peintre qui poursuit un portrait en l'absence du modèle, adoucissant les méplats, fondant les teintes, estompant les contours, et ramenant malgré lui le type à son idéal particulier. Je ne vous avais pas vu depuis plus de trois ans, mais mon cœur avait gardé exactement la mémoire de vos traits ; seulement vous ressembliez moins que mon souvenir à ce que vous étiez alors. Votre physionomie avait pris de la fermeté et de l'accent, et le hâle des voyages avait donné à votre teint une couleur plus chaude et plus robuste. L'homme se dessinait davantage dans le jeune homme, et vous aviez cet air d'autorité tranquille et de force sûre d'elle-même qui plaît peut-être plus aux femmes que la beauté. Je n'en gardai pas moins précieusement au fond de mon âme ce premier dessin[dk], ce croquis léger, mais ineffaçable, de l'être qui devait exercer tant d'influence sur moi, comme on conserve une miniature du jeune âge à côté du portrait actuel. Mes rêves ne vous avaient pas nui, et je ne fus pas obligée, en vous renvoyant, de vous dépouiller d'un manteau de perfections fantastiques.

Je songeais à tout cela, pelotonnée dans mon lit et regardant trembloter le reflet de la veilleuse sur les roses bleues du tapis, en attendant le sommeil qui ne venait pas, mais qui descendit vers le matin sur mes yeux, mêlé de songes sans suite et de vagues harmonies.

À quelques semaines de là, nous reçûmes une invitation pour un grand bal que donnait la duchesse de C... C'est une importante affaire pour une jeune fille qu'un premier bal. La chose prenait pour moi d'autant plus d'intérêt qu'il était probable que vous assisteriez à cette fête, car la duchesse était forte de vos amies. Les bals sont nos batailles, perdues ou gagnées. C'est là que la jeune fille, sortie des ombres du gynécée, brille de tout son éclat. L'usage, pendant ce court espace de temps, lui donne, sous prétexte de danse, une sorte de liberté relative, et le bal est pour elle un foyer de l'Opéra où les dominos ont le visage découvert. Une invitation à un quadrille, à une mazourka, permet de l'approcher et de lui adresser quelques mots pendant les figures de la contredanse ; mais bien souvent le petit carnet où elle inscrit les invitations qu'on lui a faites, parmi une longue liste, ne contient pas la seule qu'elle eût désirée.

Il fallut s'occuper de ma toilette ; une toilette de bal est tout un poème ; celle d'une jeune fille présente de vraies difficultés. Elle doit être simple, mais d'une simplicité riche, qualités qui s'excluent ; une robe légère, d'une entière blancheur, comme dit la romance[dl], ne serait pas de mise. Je me décidai, après bien des hésitations, pour une robe à double jupe en gaze lamée d'argent, relevée par des bouquets de myosotis, dont le bleu s'harmonisait à merveille avec la parure de turquoises que mon père m'avait choisie chez Janisset ; des poinçons de turquoises, imitant la fleur dont ma robe était semée, formaient ma coiffure. Ainsi armée, je me crus capable de paraître sans trop de désavantage parmi les toilettes splendides et les beautés célèbres. Vraiment, pour une simple fille de la terre, j'avais assez bonne façon.

La duchesse de C... habitait un de ces vastes hôtels du faubourg Saint-Germain bâtis pour les existences grandioses d'autrefois, et que la vie moderne a peine à remplir ; il faut la foule et le luxe d'une fête pour leur rendre leur ancienne animation. Du dehors, on était loin de soupçonner l'étendue de cet hôtel quasi princier ; un haut mur resserré entre deux maisons encadrant une porte cochère monumentale, qui portait à son attique, en lettres d'or sur une tablette de marbre vert : *Hôtel de C...*,

était tout ce qu'on voyait de la rue. Une longue allée de tilleuls centenaires taillés en arcade, à la vieille mode française, et que l'hiver avait
effeuillés, conduisait à une immense cour, au fond de laquelle s'élevait
l'hôtel, de pur style Louis XIV, avec ses hautes fenêtres, ses pilastres à
demi engagés et ses combles à la Mansart, rappelant l'architecture de
Versailles. Une marquise de coutil rose et blanc, soutenue par des hampes
de bois sculpté, se projetait en avant des marches du perron, recouvertes
d'un riche tapis. J'eus le temps d'examiner tous ces détails à la clarté
que répandaient des ifs[dm] de lampions, car l'affluence, quoique choisie,
était si nombreuse qu'il fallait prendre la file, comme à une réception
de cour. La voiture nous déposa devant le perron, et nous jetâmes nos
pelisses sur le bras de notre valet de pied. Auprès de la porte vitrée,
dont il ouvrait et refermait les battants, se tenait un suisse gigantesque,
de l'encolure la plus authentique. Sous le vestibule, on passait entre
une haie de laquais en grande livrée, poudrés à blanc, tous de haute
taille, tous immobiles et d'un sérieux parfait ; on eût dit les cariatides
de la domesticité. Ils semblaient sentir l'honneur d'être laquais d'une
telle maison. Toute la cage de l'escalier, dans laquelle un palazzino
d'aujourd'hui eût tenu à l'aise, était tapissée d'immenses camélias. À
chaque palier, une grande glace permettait aux femmes de réparer, tout
en montant, ces petits désordres que causent à une toilette de bal les
manteaux, si légers qu'ils soient, et que trahissait la vive lumière d'un
lustre qui descendait, au bout d'un câble doré, d'un plafond en coupole,
où, parmi l'azur et les nuages, le pinceau de quelque élève de Lebrun ou
de Mignard avait fait voltiger en raccourci une allégorie mythologique
dans le goût du temps.

Aux entre-deux des fenêtres on voyait des paysages de forme oblongue,
d'un style sévère et d'une couleur rembrunie, qu'on aurait pu attribuer
à Poussin, ou tout au moins à Gaspard Dughet[dn]. C'était l'opinion
d'un peintre célèbre qui gravissait l'escalier à côté de nous, et qui avait
encadré son lorgnon dans son œil pour les mieux voir. Aux retours de
la rampe, sur les socles où s'accrochait la balustrade, merveille de serru-
rerie, des statues de marbre, de Lepautre et de Théodon, portaient des
candélabres dont la clarté soutenait celle du lustre, et qui, par la gaieté
de la lumière, faisaient commencer la fête dès l'escalier.

À la porte de l'antichambre, tapissée de tentures des Gobelins d'après
les cartons d'Oudry, et boisée de vieux chêne, se tenait un huissier en

noir, la chaîne d'argent au col, qui, d'une voix plus ou moins retentissante, d'après l'importance du titre, jetait au premier salon le nom des
arrivants.

Le duc, grand, mince, ne présentant que les lignes allongées comme
un lévrier de race, avait l'air parfaitement noble, et malgré son âge il
gardait des vestiges de son ancienne élégance. Dans la rue, sa qualité
n'eût été un doute pour personne. Placé à quelques pas de l'entrée, il
accueillait les invités d'un mot gracieux, d'une poignée de main, d'un
salut, d'un signe de tête, d'un sourire, avec un sentiment exquis de ce
qui était dû à chacun et une grâce si parfaite que tous étaient satisfaits
et se croyaient spécialement favorisés. Il salua ma mère d'une façon
respectueusement amicale, et comme c'était la première fois qu'il me
voyait, il me tourna en peu de mots un madrigal semi-paternel, semi-
galant qui sentait sa vieille cour.

Près de la cheminée se tenait la duchesse, fardée avec une complète
insouciance de toute illusion, portant une perruque visible et étalant
sur une poitrine maigre, intrépidement décolletée, des diamants historiques. Elle était comme consumée d'esprit, et sous ses larges paupières
bistrées ses yeux brillaient encore d'un feu extraordinaire. La duchesse
était vêtue d'une robe de velours grenat foncé, avec de grands volants
de point d'Angleterre, et une baguette de diamants au corsage. D'une
main distraite elle s'envoyait de temps à autre à la figure quelques ondes
d'air frais au moyen d'un large éventail dont la feuille avait été peinte
par Watteau, tout en parlant aux groupes qui venaient lui rendre leurs
devoirs. En faisant ce manège, elle avait fort grand air. Elle échangea
quelques phrases avec ma mère, qui me présenta à elle, et comme je
m'inclinais, elle effleura mon front de ses lèvres froides et me dit :
« Allez, mignonne, et surtout ne manquez pas une seule contredanse. »

Cette cérémonie accomplie, nous entrâmes dans le salon voisin, d'où
l'on débouchait dans la salle de danse. Sur le damas rouge des parois,
dans des cadres magnifiques et de l'époque des peintures, ressortaient
des portraits de famille qui n'étaient pas mis là par orgueil nobiliaire,
mais seulement comme chefs-d'œuvre d'art. Il y en avait de Clouet, de
Porbus, de Van Dyck, de Philippe de Champagne, de Largillière[do], tous
dignes de la tribune d'un musée. Ce qui me plaisait dans le luxe de
cette maison, c'est que rien n'y semblait récent. Les peintures, les ors, les
damas, les brocarts, sans être fanés, étaient éteints et n'agaçaient pas les

yeux par l'éclat criard de la nouveauté. On sentait que cette richesse était immémoriale et que cela avait toujours été ainsi. Le salon de danse était d'une dimension qu'on ne trouve guère que dans les palais. De nombreuses girandoles et des torchères, placées dans les trumeaux des fenêtres, y causaient avec leurs milliers de bougies une sorte d'embrasement lumineux à travers lequel les peintures azurées du plafond, où s'élançaient des guirlandes de nymphes et d'amours, apparaissaient comme à travers une vapeur rose. Malgré cette multitude de feux, la pièce était si vaste que l'air n'y manquait pas et qu'on respirait à l'aise. L'orchestre était placé dans une sorte de tribune, au fond du salon, au centre d'un massif de plantes rares. Sur des banquettes de velours disposées en amphithéâtre s'étageaient des lignes de femmes éblouissantes de parures, sinon de beauté, quoiqu'il y en eût de très jolies. Le coup d'œil était magnifique. Nous étions entrés précisément dans l'intervalle d'une danse à l'autre. Assise près de ma mère, sur un bout de banquette qui s'était trouvé libre, je regardais ce spectacle nouveau pour moi avec un étonnement curieux. Les hommes, après avoir reconduit leurs danseuses, se promenaient dans le milieu du salon, lorgnant à droite et à gauche, et passaient une sorte de revue des femmes pour faire leur choix. C'était la partie jeune du bal, les hommes un peu arrivés ne se permettant plus de danser. Il y avait là de jeunes attachés d'ambassade, des secrétaires de légation, des auditeurs au Conseil d'Etat en expectative, de futurs maîtres des requêtes encore imberbes, des officiers à leur première campagne, des membres du Moutard-Club d'un sérieux diplomatique, des sportsmen en herbe rêvant une écurie, des élégants dont les favoris en nageoires n'étaient guère qu'un duvet, des fils de famille ayant l'aplomb précoce d'un grand nom et d'une grande fortune. Il se mêlait même à cette jeunesse quelques personnages graves, chamarrés de décorations, donc le crâne poli luisait comme de l'ivoire à la lumière des lustres ou se dissimulait sous une perruque trop noire ou trop blonde. En passant, ils adressaient quelques mots de politesse aux douairières contemporaines de leur jeune temps, puis, se détournant, ils examinaient en connaisseurs émérites et désintéressés le sérail féminin étalé sous leurs yeux chaussés de binocles. Les premiers sons de l'orchestre les fit refluer aussi vite que leurs pieds goutteux le leur permettaient vers les salons plus calmes, où, sur des tables éclairés par des chandeliers coiffés d'abat-jour verts, se jouaient la bouillotte ou l'écarté.

Comme vous le pensez bien, je ne manquais pas d'invitations. Un jeune Hongrois, en costume de magnat tout soutaché, tout brodé, tout constellé de boutons en pierreries, s'inclina gracieusement devant moi et me requit d'une mazourka. Il avait une figure régulière, d'une pâleur romantique, avec de grands yeux noirs un peu sauvages et des moustaches effilées comme des aiguilles. Un Anglais de vingt-deux ou vingt-trois ans, qui ressemblait à lord Byron, sauf qu'il n'était pas boiteux, un attaché d'une des cours du Nord, et quelques autres, vinrent s'inscrire sur mon carnet. Bien que le vieux maître de danse du couvent me vantât comme une de ses meilleures élèves et qu'il louât ma grâce, ma souplesse et mon sentiment de la mesure, je n'étais pas, il faut l'avouer, tout à fait à mon aise. J'éprouvais, comme disent les journaux, l'émotion inséparable d'un début. Il me semblait, ainsi que se l'imaginent les gens timides, que tous les yeux étaient fixés sur moi. Heureusement mon Hongrois était un excellent danseur ; il soutint mes premiers pas, et bientôt, soulevée par la musique, enivrée de mouvement, je me rassurai et me laissai entraîner dans ce tourbillon de jupes flottantes avec une sorte de plaisir nerveux ; mais cependant je n'oubliais pas ma pensée habituelle et le but qui m'avait fait venir au bal. En passant près des portes, d'un regard rapide je cherchais à vous découvrir dans les salons voisins. Je vous aperçus enfin dans une embrasure, causant avec un personnage à face brune, à long nez, à large barbe noire, coiffé d'un fez rouge, vêtu de l'uniforme de Nizam, portant la plaque de Médjidieh[dp], quelque bey ou quelque pacha. Quand l'évolution de la danse me ramena devant, vous étiez encore là, parlant avec animation à ce Turc d'une placidité orientale, et vous ne daigniez pas jeter un coup d'œil sur les jolies figures qui passaient devant vous, rosées par la danse, dans un papillotement de lumière.

Je ne perdis cependant pas tout espoir, et, pour le moment, je me contentai de la satisfaction de savoir que vous étiez là. D'ailleurs la soirée n'était pas finie, et quelque heureux hasard pouvait nous rapprocher. Mon danseur me reconduisit à ma place, et de nouveau les hommes se remirent à circuler dans l'espace circonscrit par les banquettes. Vous fîtes quelques pas avec votre Turc parmi cette foule mouvante, regardant les femmes et les toilettes, mais du même œil dont vous auriez considéré des tableaux et des statues. De temps à autre vous communiquiez vos réflexions à votre ami le pacha, qui souriait gravement dans sa barbe. Je voyais tout cela à travers les branches de mon éventail, que je refermai, je l'avoue, lorsque vous approchâtes de l'endroit où nous étions assises. Le cœur me battait violemment, et je me sentais rosir jusqu'aux épaules. Il était impossible, cette fois, que j'échappasse à votre examen, car vous rasiez les banquettes d'aussi près que le permettait la frange étincelante de gazes, de dentelles, de volants qui débordait sur le chemin ; mais le malheur voulut que deux ou trois amis de ma mère s'arrêtassent devant nous et lui fissent des compliments dont j'avais ma part. Ce paravent d'habits noirs me masquait entièrement. Il vous fallut contourner le groupe, et je restai encore inaperçue, quoique j'eusse un peu penché la tête dans l'espérance que vous me verriez. Mais vous ne pouviez deviner que ces fracs inclinés respectueusement vous cachaient une jeune fille assez jolie dont vous étiez la pensée unique, et qui n'était venue à ce bal que pour vous. Je vous vis sortir du salon de danse par l'autre extrémité, la calotte rouge du Turc me servant de point de repère pour ne pas vous perdre dans ce fourmillement d'habits sombres qui servent pour la fête comme pour le deuil. Toute ma joie tomba, et je me sentis profondément découragée. Le Destin semblait s'amuser avec une taquinerie ironique à vous écarter de moi. Je m'acquittai des danses promises, et me prétendant un peu fatiguée, je n'acceptai plus d'invitations. Le bal avait perdu son charme ; les toilettes me semblaient fanées, et les lumières pâlissaient. Mon père, qui jouait dans un salon voisin et qui avait perdu une centaine de louis avec un vieux général, vint nous prendre pour faire le tour des appartements et nous montrer la serre sur laquelle s'ouvrait la dernière pièce et dont on disait des merveilles. Rien, en effet, n'était plus magnifique. On aurait pu se croire dans une forêt vierge, tant les bananiers, les pamplemousses, les palmiers et les plantes tropicales s'y épanouissaient vigoureusement au sein d'une chaude atmosphère saturée de parfums exotiques. Au fond de la serre, une naïade de marbre blanc épanchait son urne dans une gigantesque coquille de la mer du Sud, entourée de mousse et de plantes d'eau. Là, je vous aperçus encore une fois ; vous donniez le bras à votre sœur, mais vous marchiez devant nous et nous ne pouvions nous rencontrer, car nous suivions dans le même sens l'étroit sentier sablé de poudre jaune et bordé de verdure qui contournait les massifs d'arbustes, de fleurs et de végétaux.

Nous fîmes encore quelques tours à travers les salons, où l'on circulait plus librement, car danseurs et danseuses, pour reprendre des forces, s'étaient dirigés vers le buffet, servi avec une élégante profusion dans une galerie boisée d'ébène rehaussé d'or et ornée de tableaux de Desportes[dq] représentant des fleurs, des fruits, du gibier d'une splendide couleur que le temps n'avait fait qu'enrichir. Tous ces détails, regardés d'un œil vague, ont été fidèlement retenus par ma mémoire, et je m'en souviens encore dans ce monde où la vie ne semble plus que le rêve d'une ombre ; ils se lient pour moi à des sensations si vives, qu'elles m'ont forcée à revenir sur la terre. Je retournai à la maison aussi triste que j'étais partie joyeuse, et je mis mon air d'abattement sur le compte d'une pointe de migraine. En échangeant contre un peignoir de nuit cette toilette qui n'avait servi à rien, puisque je ne désirais être belle que pour vous, je me disais avec un soupir : « Pourquoi ne m'a-t-il pas invitée à danser comme l'ont fait ce Hongrois, cet Anglais et ces autres gentlemen dont je ne me souciais nullement ? c'était pourtant bien simple. Quoi de plus naturel au bal ? Mais tout le monde m'a regardée, excepté le seul être dont je souhaitais l'attention. Décidément mon pauvre amour n'a pas de chance. » Je me couchai, et quelques larmes roulèrent de mes cils sur l'oreiller...

Là s'arrêta la première dictée de Spirite. Depuis longtemps déjà la lampe s'était éteinte, faute d'huile, et Malivert, comme les somnambules qui n'ont pas besoin de lumière extérieure, écrivait toujours ; les pages s'ajoutaient aux pages sans que Guy en eut la conscience. Tout à coup, l'impulsion qui guidait sa main cessa, et sa propre pensée, suspendue par celle de Spirite, lui revint. Les premières lueurs du jour filtraient à travers les rideaux de la chambre. Il les ouvrit, et la clarté blafarde d'une matinée d'hiver lui montra sur la table plusieurs feuillets couverts d'une écriture fébrile et rapide, ouvrage de sa nuit. Quoiqu'il les eût écrits de sa main, il en ignorait le contenu. Avec quelle ardente curiosité, avec quelle émotion profonde il lut les naïves et chastes confidences de cette âme charmante, de cet être adorable dont il avait été innocemment le bourreau, il n'est pas besoin de le dire. Ce tardif aveu d'amour venu de l'autre monde et soupiré par une ombre le jetait dans des regrets désespérés et d'impuissantes rages contre lui-même. Comment avait-il pu être assez stupide, assez aveugle, pour passer ainsi à côté de son bonheur sans l'apercevoir ? Mais il finit par se calmer, et, levant par hasard les yeux vers le miroir de Venise, il vit le reflet de Spirite qui lui souriait.

X^{dr}

C'est une sensation étrange que de recevoir la révélation d'un bonheur rétrospectif qui a passé près de vous sans être aperçu ou qu'on a manqué par sa faute. Jamais le regret de l'irréparable n'est plus amer : on voudrait reprendre ses jours écoulés, on fait d'admirables plans de conduite, on se doue après coup de perspicacités étonnantes : mais la vie ne se retourne pas comme un sablier. Le grain tombé ne remontera jamais. Guy de Malivert se reprochait vainement de n'avoir pas su deviner cette créature charmante qui n'était pas enfouie dans un harem de Constantinople, ni cachée derrière les grilles d'un couvent d'Italie ou d'Espagne, ni gardée comme Rosine par un tuteur jaloux ; mais qui était de son monde, qu'il pouvait voir tous les jours, et dont aucun obstacle sérieux ne le séparait. Elle l'aimait ; il l'eût demandée, il l'eût obtenue, et il eût joui de cette félicité suprême et rare d'être uni, dès cette terre, à l'âme faite pour son âme. À la façon dont il adorait l'ombre, il comprenait quelle passion la femme lui eût inspirée. Mais bientôt ses idées prirent un autre cours : il cessa de récriminer contre lui-même et se reprocha ces vulgaires doléances. Qu'avait-il perdu, puisque Spirite avait conservé son amour au-delà du tombeau et s'arrachait des profondeurs de l'infini pour descendre jusqu'à la sphère habitée par lui ? La passion qu'il éprouvait n'était-elle pas plus noble, plus poétique, plus éthérée, plus rapprochée de l'éternel amour, dégagée ainsi de toute contingence terrestre, ayant pour objet une beauté idéalisée par la mort ? L'union humaine la plus parfaite n'a-t-elle pas ses lassitudes, ses satiétés et ses ennuis ? L'œil le plus ébloui voit, au bout de quelques années, les charmes adorés pâlir ; l'âme se fait moins visible à travers la chair flétrie, et l'amour étonné cherche son idole disparue.

Ces réflexions et le train ordinaire de la vie avec ses exigences, auxquelles ne peuvent se soustraire les rêveurs les plus enthousiastes, conduisirent Malivert jusqu'au soir qu'il attendait impatiemment. Quand il se fut enfermé dans son cabinet et assis près de la table comme la veille en posture d'écrire, la petite main blanche, fluette, veinée de bleu, reparut, faisant signe à Malivert de prendre la plume. Il obéit, et ses doigts commencèrent à se mouvoir d'eux-mêmes sans que son cerveau leur dictât rien. À sa pensée s'était substituée celle de Spirite.

Dictée de Spirite[ds]

... Je ne voudrais pas vous ennuyer d'une façon posthume en vous
racontant toutes mes déconvenues. Un jour, cependant, j'eus une joie
bien vive, et je crus que la destinée malicieuse qui semblait se faire
un jeu de me dérober à vos regards allait cesser ses taquineries. Nous
devions dîner le samedi suivant chez M. de L... Le fait m'eût été bien
indifférent si je n'eusse appris dans la semaine par le baron de Féroë,
qui venait quelquefois à la maison, que vous deviez faire partie de cette
agape moitié mondaine, moitié littéraire ; car M. de L... se plaisait à
recevoir des artistes et des écrivains : c'était un homme de goût, un
connaisseur en livres et en peintures, qui avait une bibliothèque et un
cabinet de tableaux d'un choix irréprochable. Vous alliez quelquefois à
ses soirées ainsi que plusieurs auteurs célèbres ou en train de se faire un
nom. M. de L... se piquait de savoir découvrir les talents, et il n'était
pas de ceux qui ne croient qu'aux réputations toutes faites. Je me disais
dans mon exaltation enfantine : « Enfin je le tiens ce fugitif, cet insaisissable : cette fois il ne pourra m'échapper ; quand nous serons assis à
la même table, peut-être à côté l'un de l'autre, éclairés par cinquante
bougies, quelque distrait qu'il soit, il faudra bien qu'il m'aperçoive... à
moins cependant qu'il n'y ait entre nous une corbeille de fleurs ou une
pièce du surtout qui me masque. »

Les jours qui me séparaient encore du bienheureux samedi me
parurent d'une incommensurable durée, aussi longs que les heures
de classe du couvent. Ils se passèrent enfin, et nous arrivâmes tous les
trois, mon père, ma mère et moi, chez M. de L..., une demi-heure à
peu près avant l'heure du repas. Les invités disséminés dans le salon
formaient des groupes de causeries, allaient et venaient, regardaient
les tableaux, ouvraient les brochures jetées sur la table ou disaient
des nouvelles de théâtre à quelques femmes assises sur un divan près
de la maîtresse de la maison. Parmi eux se trouvaient deux ou trois
écrivains illustres que mon père me nomma et dont la physionomie
ne me parut pas en rapport avec le caractère de leur œuvre. Vous
n'étiez pas encore arrivé, les convives étaient au complet, et M. de
L... commençait à se plaindre de votre inexactitude, lorsqu'un grand
laquais entra apportant sur un plateau d'argent où se trouvait un crayon
pour signer et constater l'heure, un télégramme de votre part venant

de Chantilly et contenant ces mots en style électrique : « Manqué le train ; ne m'attendez pas ; désespéré. »

Le désappointement était cruel. Toute la semaine, j'avais caressé cette espérance qui s'évanouissait au moment d'être accomplie. Une tristesse que j'eus grand-peine à dissimuler s'empara de moi, et les roses que l'animation avait fait monter à mes joues se décolorèrent. Heureusement les portes de la salle à manger s'ouvrirent, et le maître d'hôtel annonça que « madame était servie ». Le mouvement qui se fit parmi les convives empêcha qu'on ne remarquât mon trouble. Quand tout le monde fut assis, une place resta vide à ma droite : c'était la vôtre, et pour que je n'en pusse douter, votre nom était écrit en belle ronde sur une carte enjolivée de fines arabesques en couleurs et posée près de votre rangée de verres. Ainsi l'ironie de la destinée était complète. Sans ce vulgaire contretemps de chemin de fer, je vous aurais eu pendant toute la durée du repas, frôlant ma robe, et votre main pouvant effleurer la mienne dans ces mille petits services qu'à table la galanterie la moins empressée croit devoir rendre à une femme. Quelques paroles banales d'abord, comme tout prélude de conversation, eussent été échangées entre nous, puis la glace rompue, l'entretien fût devenu plus intime, et votre esprit n'eût pas tardé à comprendre mon cœur. Peut-être ne vous aurais-je pas déplu, et, quoique arrivant d'Espagne, m'eussiez-vous pardonné la blancheur rosée de mon teint et l'or pâle de mes cheveux. Si vous étiez venu à ce dîner, votre vie et la mienne prenaient à coup sûr une autre direction. Vous ne seriez plus garçon, je vivrais, et je ne serais pas réduite à vous faire des déclarations d'outre-tombe. L'amour dont vous vous êtes épris pour mon ombre me permet de croire, sans trop d'orgueil, que vous n'eussiez pas été insensible à mes charmes terrestres ; mais cela ne devait pas être. Ce siège non occupé, qui m'isolait des autres convives, me paraissait un symbole de mon sort ; il m'annonçait l'attente vaine et la solitude au milieu de la foule. Ce sinistre présage n'a été que trop bien rempli. Mon voisin de gauche était, à ce que je sus depuis, un personnage académique fort aimable, quoique savant. Il essaya à plusieurs reprises de me faire parler, mais je ne répondais que par monosyllabes, et encore ces monosyllabes s'adaptaient si mal aux demandes, que l'interlocuteur rebuté me prit pour une sotte et m'abandonna pour converser avec son autre voisine.

À peine touchai-je du bout des lèvres à quelques mets ; je me sentais le cœur si gros que je ne pouvais manger. Le dîner se termina enfin et l'on passa au salon, et des causeries disséminées s'établirent selon les sympathies des convives. Dans un groupe assez rapproché du fauteuil où j'étais assise pour que j'entendisse tout ce qui s'y disait, votre nom, prononcé par M. d'Aversac, excita ma curiosité. « Ce diable de Malivert, disait d'Aversac, est entiché de son pacha ; de son côté, le pacha raffole de Malivert ; ils ne se quittent plus. Mohamed, Mustapha, je ne sais trop comment il s'appelle, veut emmener Guy en Egypte. Il parle de mettre à sa disposition un bateau à vapeur pour remonter jusqu'aux premières cataractes ; mais Guy, qui est aussi barbare que le Turc est civilisé, préférerait une cange comme plus pittoresque. Ce projet sourit à Malivert qui trouve qu'il fait bien froid à Paris. Il aimerait assez hiverner au Caire et y continuer ses études sur l'architecture arabe commencées à l'Alhambra ; mais s'il va là-bas, j'ai peur qu'on ne le revoie jamais et qu'il n'embrasse l'islamisme comme Hassan, le héros de *Namouna*.

– Il en est bien capable, répondit un jeune homme mêlé au groupe ; il a toujours manifesté un goût médiocre pour la civilisation occidentale.

– Bah ! reprit un autre, quand il aura porté quelques costumes exacts, pris une douzaine de bains de vapeur, acheté aux Djellabs[dt] une ou deux esclaves qu'il revendra à perte, grimpé sur les pyramides, crayonné le profil camard du sphinx, il reviendra fouler tranquillement l'asphalte du boulevard des Italiens, qui est après tout le seul endroit habitable de l'univers. »

Cette conversation me jeta dans un grand trouble. Vous alliez partir ; pour combien de temps ? Qui le savait ? Aurais-je la chance de vous rencontrer avant votre départ et de vous laisser au moins mon image à emporter ? C'est un bonheur auquel je n'osais plus croire après tant d'essais inutiles.

De retour à la maison, après avoir rassuré ma mère, qui sur ma pâleur m'avait crue malade, ne pouvant soupçonner ce qui se passait dans mon âme, je me mis à réfléchir profondément sur ma situation. Je me demandai si cet entêtement des circonstances à nous séparer n'était pas comme un secret avis de la destinée auquel il serait dangereux de ne pas obéir. Peut-être deviez-vous m'être fatal et avais-je tort de m'obstiner ainsi à me trouver sur votre passage. Ma raison seule parlait, car mon cœur n'acceptait pas cette idée et voulait jusqu'au bout courir les risques de son amour. Je me sentais invinciblement attachée à vous, et ce lien, si frêle en apparence, était plus solide qu'une chaîne de diamants. Par malheur il ne liait que moi.

« Que le sort des femmes est douloureux ! me disais-je : condamnées à l'attente, à l'inaction, au silence, elles ne peuvent, sans manquer à la pudeur, manifester leurs sympathies ; il faut qu'elles subissent l'amour qu'elles inspirent et elles ne doivent jamais déclarer celui qu'elles ressentent. Dès que mon âme s'est éveillée, un sentiment unique s'est emparé d'elle, sentiment pur, absolu, éternel, et l'être qui en est l'objet l'ignorera peut-être toujours. Comment lui faire savoir qu'une jeune fille, qu'il aimerait sans doute s'il pouvait soupçonner un tel secret, ne vit et ne respire que pour lui ? »

Un instant j'eus l'idée de vous écrire une de ces lettres comme parfois, dit-on, les auteurs en reçoivent, où, sous le voile de l'admiration, se laissent deviner des sentiments d'un autre genre et qui sollicitent quelque rendez-vous non compromettant dans un théâtre ou dans une promenade ; mais ma délicatesse féminine se révoltait contre l'emploi d'un pareil moyen, et j'avais peur que vous ne me prissiez pour un bas bleu voulant faire par votre protection recevoir un roman à la *Revue des Deux Mondes*.

D'Aversac avait dit vrai. La semaine suivante vous étiez parti pour le Caire avec votre pacha. Ce départ, qui rejetait mes espérances à une époque incertaine, m'inspira une mélancolie que j'avais peine à cacher. L'intérêt de ma vie était suspendu. Je n'avais plus de coquetterie, et quand j'allais dans le monde, je laissais ma femme de chambre décider du choix de mes parures. À quoi bon être belle puisque vous n'étiez pas là ! Je l'étais cependant encore assez pour être entourée comme Pénélope d'une cour de prétendants. Peu à peu, notre salon fréquenté par les amis de mon père, hommes graves et un peu mûrs, s'était peuplé de figures plus jeunes, très assidues à nos vendredis. Dans les embrasures des portes, je voyais de beaux ténébreux correctement frisés, dont le nœud de cravate avait coûté de profondes méditations, me jeter à la dérobée des regards passionnés et fascinateurs. D'autres, pendant les figures de la contredanse, quand il y avait sauterie au piano, poussaient des soupirs que je mettais, sans être touchée le moins du monde, sur le compte de l'essoufflement. Quelques-uns plus hardis risquaient quelques phrases morales et poétiques sur les félicités d'une union bien assortie et se prétendaient faits tout exprès pour le bonheur légitime. Comme ils étaient tous soignés, parfaits, irréprochables, d'une délicatesse idéale ! Le parfum de leurs cheveux venait de chez Houbigant[du], leurs habits étaient taillés par Renard. Que pouvait demander de plus une imagination exigeante et romanesque ? Aussi ces beaux jeunes gens paraissaient-ils naïvement surpris du peu d'impression qu'ils produisaient sur moi. Les plus dépités allèrent, je crois, jusqu'à me soupçonner de poésie. Quelques partis sérieux se présentèrent. Ma main fut plus d'une fois demandée à mes parents ; mais, consultée, je répondis toujours, par la négative, trouvant à propos des objections excellentes. On n'insistait pas, j'étais si jeune qu'il n'y avait pas lieu de se presser pour se repentir plus tard de la précipitation du choix. Croyant à quelque préférence cachée, ma mère m'interrogea et je fus sur le point de m'ouvrir à elle, mais une invincible pudeur me retint. Cet amour que j'éprouvais seule et que vous ignoriez me semblait un secret que je ne devais pas dévoiler sans votre assentiment. Il ne m'appartenait pas tout à fait, et vous en aviez une moitié. Je gardai donc le silence, et d'ailleurs comment avouer, même à la plus indulgente des mères, cette passion folle – elle pouvait paraître telle – née d'une impression d'enfance dans le parloir d'un couvent, opiniâtrement maintenue au fond de mon âme et que rien ne justifiait au point de vue humain ? Si j'eusse parlé, ma mère, car mon choix n'avait rien de blâmable ni d'impossible, eût sans doute cherché à nous réunir et trouvé pour vous faire prononcer quelqu'un de ces subterfuges que savent, en pareille occasion, inventer les femmes les plus honnêtes et les plus vertueuses. Mais cette idée répugnait à ma probité virginale. Je ne voulais entre vous et moi aucun intermédiaire. Vous deviez me remarquer et me deviner vous-même. À ce prix seul je pouvais être heureuse et me pardonner d'avoir été la première à vous aimer. Il fallait cette consolation et cette excuse à ma pudeur de jeune fille. Ce n'était ni orgueil ni coquetterie, mais un pur sentiment de dignité féminine.

Le temps se passa et vous revîntes d'Égypte. On commença à parler de vos assiduités chez Mme d'Ymbercourt, dont on vous prétendait fort amoureux. Mon cœur s'alarma et je désirai voir ma rivale. On me la montra dans sa loge aux Italiens. Je tâchai de la juger impartialement et je la trouvai belle, mais sans charme et sans finesse, comme la copie d'une statue classique faite par un sculpteur médiocre[dv]. Elle réunissait tout ce qui forme l'idéal des sots et je m'étonnai que vous eussiez le moindre goût pour cette idole. Il manquait à la figure de Mme d'Ymbercourt, si régulière d'abord, le trait particulier, la grâce originale, le charme inopiné. Telle elle paraissait ce soir-là, telle elle devait toujours être. Malgré ce qu'on disait, j'eus l'amour-propre de n'être pas jalouse de cette femme. Cependant les bruits répandus sur votre mariage prenaient de la consistance. Comme les mauvaises nouvelles parviennent toujours à ceux qu'elles intéressent, j'étais informée de tout ce qui se passait entre vous et Mme d'Ymbercourt. L'un disait que les premiers bans étaient publiés ; l'autre allait jusqu'à fixer le jour précis de la cérémonie. Je n'avais pas le moyen de vérifier l'exactitude ou la fausseté de ces bruits. Cela paraissant à tout le monde une affaire arrangée et très convenable sous tous les rapports, il me fallut bien y croire. Pourtant la voix secrète de mon cœur m'affirmait que vous n'aimiez pas Mme d'Ymbercourt. Mais souvent des mariages se font sans amour pour avoir une maison, pour régulariser sa position dans le monde, par ce besoin de repos qu'on éprouve après les écarts et les fougues de la jeunesse. Un profond désespoir s'empara de moi. Je voyais ma vie se fermer, mon chaste rêve caressé si longtemps s'évanouir à jamais. Je ne pouvais même plus penser à vous dans le coin le plus mystérieux de mon âme, car vous, appartenant à une autre devant Dieu et les hommes, cette pensée inno-cente jusqu'alors devenait coupable, et dans ma passion de jeune fille il ne s'était rien glissé dont mon ange gardien pût rougir. Une fois, je vous rencontrai au bois de Boulogne chevauchant près de la calèche de Mme d'Ymbercourt, mais je me rejetai au fond de la voiture, prenant autant de soin pour me cacher que j'en eusse mis auparavant pour être vue. Cette rapide vision fut la dernière[dw].

J'avais dix-sept ans à peine. Qu'allais-je devenir ? Comment finir une existence secrètement brisée dès son début ? Fallait-il accepter un des partis qu'approuveraient mes parents dans leur sagesse ? C'est ce qu'en pareille occasion ont fait bien des jeunes filles séparées comme moi de leur idéal par d'obscures fatalités. Mais ma loyauté se révoltait contre un semblable compromis. Selon moi, ma première et unique pensée d'amour ayant été pour vous, je ne pouvais en ce monde appartenir qu'à vous seul, et toute autre union m'eût paru une sorte d'adultère. Mon cœur n'avait qu'une page ; vous y aviez écrit votre nom sans le vouloir, et nul autre ne devait l'y remplacer. Votre mariage ne me relevait pas de ma fidélité. Inconscient de mon amour, vous étiez libre, mais moi j'étais liée. L'idée d'être la femme d'un autre m'inspirait une insurmontable horreur, et après plusieurs prétendants refusés, sachant combien est difficile dans le monde la position de vieille fille, je me décidai à quitter le siècle et à entrer en religion. Dieu seul pouvait abriter ma douleur et la consoler peut-être[dx].

XI

J'entrai, comme novice, au couvent[dy] des sœurs de la Miséricorde, malgré les remontrances et les supplications de mes parents, qui attendrirent mais n'ébranlèrent pas mon courage. Si ferme que soit la résolution dont on est armé, c'est un moment terrible que celui de la séparation suprême. Au bout d'un long couloir, une grille marque la limite du monde et du cloître. La famille peut accompagner jusqu'à ce seuil infranchissable pour tout profane la vierge qui se dévoue à Dieu. Après les derniers embrassements, dont des figures mornes et voilées attendent la fin d'un air impassible, le battant s'entrouvre juste assez pour laisser passer la novice que des bras d'ombre semblent entraîner, et il retombe avec un bruit de fer qui se prolonge dans le silence des corridors comme un tonnerre sourd. Le son que rend le couvercle d'un cercueil qui se ferme n'est pas plus lugubre et ne retentit pas plus douloureusement sur le cœur. Je me sentis pâlir, et un froid glacial m'enveloppa. Je venais de faire mon premier pas hors de la vie terrestre, désormais close pour moi. Je pénétrais dans cette région froide où les passions s'éteignent, où les souvenirs s'effacent, où les rumeurs du siècle n'arrivent plus. Là rien n'existe que la pensée de Dieu. Elle suffit à remplir le vide effrayant et le silence qui règne en ces lieux, aussi profond que celui de la tombe. J'en puis parler puisque je suis morte[dz].

Ma piété, quoique tendre et fervente, n'était pas poussée jusqu'à l'exaltation mystique. C'était un motif humain plutôt qu'une vocation impérieuse qui m'avait fait chercher la paix à l'ombre du cloître. J'étais une naufragée de l'âme, brisée sur un écueil inconnu, et mon drame, invisible pour tous, avait eu son dénouement tragique. Au commencement, j'éprouvai donc ce que dans la vie dévote on appelle des aridités, des fatigues, des retours vers le monde, de vagues désespérances, dernières tentations de l'esprit du siècle voulant reprendre sa proie ; mais bientôt ce tumulte s'apaisa. L'habitude des prières et des pratiques religieuses, la régularité des offices et la monotonie d'une règle calculée pour dompter les rébellions de l'âme et du corps tournèrent vers le ciel des pensées qui se souvenaient encore trop de la terre. Votre image vivait toujours dans mon cœur, mais je parvins à ne plus vous aimer qu'en Dieu.

Le couvent des sœurs de la Miséricorde[ea] n'est pas un de ces cloîtres romantiques comme les mondains en imagineraient pour abriter un désespoir d'amour. Point d'arcades en ogive, de colonnettes festonnées de lierre, de rayon de lune pénétrant par le trèfle d'une rosace brisée et jetant sa lueur sur l'inscription d'une tombe. Point de chapelle aux vitraux diaprés, aux piliers fuselés, aux clefs de voûtes découpées à jour, excellent motif de décoration ou de diorama. La religiosité qui cherche à soutenir le christianisme par son côté pittoresque et poétique n'y trouverait aucun thème à descriptions dans le genre de Chateaubriand. La bâtisse en est moderne et n'offre pas le moindre recoin obscur pour loger une légende. Rien n'y amuse les yeux ; aucun ornement, aucune fantaisie d'art, ni peinture, ni sculpture ; ce ne sont que lignes sèches et rigides. Une clarté blanche illumine comme un jour d'hiver la pâleur des longs couloirs, aux parois coupées par les portes symétriques des cellules, et glace d'une lumière frisante les planchers luisants. Partout règne une sévérité morne, insouciante du beau et ne songeant point à revêtir l'idée d'une forme. Cette architecture maussade a l'avantage de ne pas distraire des âmes qui doivent être abîmées en Dieu. Aux fenêtres placées haut, des barreaux de fer se croisent serrés, et par leurs noirs quadrilles ne laissent du dehors entrevoir que le ciel bleu ou gris. On est là au milieu d'une forteresse élevée contre les embûches du monde. La solidité de la clôture suffit. La beauté serait superflue.

Elle-même, la chapelle ne se livre qu'à moitié aux dévotions des fidèles extérieurs. Une grande grille montant du sol à la voûte, et garnie d'épais rideaux verts, s'interpose comme la herse d'une place de guerre entre l'église et le chœur réservé aux religieuses. Des stalles de bois aux sobres moulures et lustrées par le frottement, le garnissent de chaque côté. Au fond, vers le milieu, sont placés trois sièges pour la supérieure et ses deux assistantes. C'est là que les sœurs viennent entendre l'office divin, le voile baissé et traînant leur longue robe noire, sur laquelle se dessine une large bande d'étoffe blanche, semblable à la croix d'un drap funèbre dont on aurait retranché les bras. De la tribune à treillis où se tiennent les novices, je les regardais saluer la supérieure et l'autel, s'agenouiller, se prosterner, s'engloutir dans leurs stalles changées en prie-Dieu. À l'élévation, le rideau du milieu s'entrouvre à demi et permet d'entrevoir le prêtre consommant le saint sacrifice à l'autel placé en face du chœur. La ferveur de ces adorations m'édifiait et me confirmait dans ma résolution de rompre avec le monde, vers lequel je pouvais encore revenir. Dans cette atmosphère d'extase et d'encens, aux tremblantes lueurs de cierges jetant un rayon pâle sur ces fronts prosternés, mon âme se sentait pousser des ailes et tendait de plus en plus à s'élever vers les régions éthérées. Le plafond de la chapelle s'emplissait d'azur et d'or, et dans une trouée du ciel[eb], il me semblait voir du bord d'un nuage lumineux les anges se pencher vers moi avec un sourire et me faire signe de venir à eux, et je n'apercevais plus la teinte fausse du badigeon, le goût médiocre du lustre et la pauvreté des peintures encadrées de bois noir.

Le temps de prononcer mes vœux approchait ; on m'entourait de ces encouragements flatteurs, de ces prévenances délicates, de ces caresses mystiques, de ces espoirs de félicité parfaite qu'on prodigue dans les couvents aux jeunes novices près de consommer le sacrifice et de se vouer pour toujours au Seigneur. Je n'avais pas besoin de ce soutien, et je pouvais marcher à l'autel d'un pas ferme. Hormis la tendresse de mes parents, forcée, je le croyais du moins, de renoncer à vous, je ne regrettais rien au monde, et ma résolution de n'y pas rentrer était immuable.

Mes épreuves terminées, le jour solennel arriva. Le couvent, d'ordinaire si paisible, était animé d'une sorte d'agitation contenue par la sévère discipline monastique. Les religieuses allaient et venaient dans les couloirs, oubliant parfois ce pas de fantôme que recommande la règle, car c'est un grand événement qu'une prise d'habit. Une nouvelle brebis va se joindre au troupeau et tout le bercail s'émeut. La toilette mondaine dont la novice se revêt pour la dernière fois est un sujet de curiosité, de joie et d'étonnement[ec]. On admire avec une sorte de crainte ce satin, ces dentelles, ces perles, ces joyaux destinés à représenter les pompes de Satan. Ainsi parée, je fus conduite au chœur. La supérieure et ses assistantes étaient à leurs places, et dans leurs stalles les religieuses inclinées priaient. Je prononçai les paroles sacramentelles qui me séparaient à jamais des vivants, et, comme le rituel de la cérémonie l'exige, je repoussai du pied le riche carreau de velours sur lequel, à de certains moments, j'avais dû m'agenouiller ; j'arrachai mon collier et mes bracelets, et je me défis de mes parures en signe de renoncement à la vanité et au luxe. J'abjurai la coquetterie de la femme, et cela ne me fut pas difficile, puisque je n'avais pas le droit de vous plaire et d'être belle pour vous.

Puis vint la scène la plus redoutée et la plus lugubre de ce drame religieux : le moment où l'on coupe les cheveux à la nouvelle sœur, vanité désormais inutile. Cela rappelle la toilette du condamné. Seulement la victime est innocente ou tout au moins purifiée par le repentir. Quoique j'eusse bien sincèrement et du fond du cœur fait le sacrifice de toute attache humaine, une blancheur de mort couvrit mon visage lorsque l'acier des ciseaux grinça dans ma longue chevelure blonde étalée que soutenait une religieuse. Les boucles d'or tombaient à flocons épais sur les dalles de la sacristie où l'on m'avait emmenée, et je les regardais d'un œil fixe pleuvoir autour de moi. J'étais atterrée et pénétrée d'une secrète horreur. Le froid du métal, en m'effleurant la nuque, me faisait tressaillir nerveusement comme au contact d'une hache. Mes dents claquaient, et la prière que j'essayais de dire ne pouvait parvenir à mes lèvres. Des sueurs glaciales comme celles de l'agonie baignaient mes tempes. Ma vue se troublait, et la lampe suspendue devant l'autel de la Vierge me semblait s'éteindre dans un brouillard. Mes genoux se dérobèrent sous moi, et je n'eus que le temps de dire, en étendant les bras comme pour me raccrocher au vide : « Je me meurs. »

On me fit respirer des sels, et quand je revins à moi, étonnée des clartés du jour comme une ombre sortant du tombeau, je me trouvai entre les bras des sœurs qui me soutenaient avec un empressement placide et comme accoutumées à de pareilles défaillances.

« Cela ne sera rien, me dit d'un air compatissant la plus jeune des sœurs. Le plus difficile est fait ; recommandez-vous à la sainte Vierge et tout ira bien ; la même chose m'est arrivée quand j'ai prononcé mes vœux. C'est un dernier effort du Malin. »

Deux sœurs me revêtirent de la robe noire de l'ordre et me passèrent l'étole blanche, et, me ramenant au chœur, jetèrent sur ma tête rasée le voile, linceul symbolique qui me faisait morte au monde et ne me laissait plus visible qu'à Dieu. Une légende pieuse que j'avais entendu raconter, affirmait que si l'on demandait au ciel une grâce sous les plis du voile funèbre, elle vous était accordée. Quand le voile m'enveloppa, j'implorai de la bonté divine la faveur de vous révéler mon amour après ma mort, si un tel vœu n'avait rien de coupable. Il me sembla, à je ne sais quelle joie intérieure et subite, que ma prière était exaucée, et j'en éprouvai un grand soulagement, car c'était là ma peine secrète, la pointe qui me piquait au cœur et me faisait nuit et jour souffrir comme une pointe de haire cachée sous les vêtements. J'avais bien renoncé à vous dans ce monde, mais mon âme ne pouvait consentir à garder éternellement son secret.

Vous raconterai-je mon existence au couvent ? Là, les jours suivent les jours, inflexiblement pareils. Chaque heure a sa prière, sa dévotion, sa tâche à remplir ; la vie marche d'un pas égal à l'éternité, heureuse d'approcher du but. Et cependant, ce calme apparent recouvre parfois bien des langueurs, des tristesses et des agitations. La pensée, quoique matée par la prière et la méditation, s'égare en rêverie. La nostalgie du monde vous prend. Vous regrettez la liberté, la famille, la nature ; vous songez au vaste horizon inondé de lumière, aux prairies étoilées de fleurs, aux collines avec leurs ondulations boisées, aux fumées bleuâtres qui montent le soir des campagnes, à la route où roulent les voitures, au fleuve que sillonnent les barques, à la vie, au mouvement, au bruit joyeux, à la variété sans cesse renaissante des objets. On voudrait aller, courir, voler ; on envie à l'oiseau ses ailes ; on s'agite dans son tombeau, on franchit en idée les hautes murailles du couvent, et la pensée revient aux endroits aimés, aux scènes d'enfance et de jeunesse, qui revivent avec une magique vivacité de détail[ed]. Vous arrangez d'inutiles plans de bonheur, oubliant que le verrou de l'irrévocable est désormais tiré sur vous. Les âmes les plus religieuses sont exposées à ces tentations, à ces souvenirs, à ces mirages que la volonté repousse, que la prière essaie de dissiper, mais qui n'en renaissent pas moins dans le silence et la solitude de la cellule, entre ces quatre murs blancs qui n'ont pour toute décoration qu'un crucifix de bois noir. Votre pensée, éloignée d'abord par la ferveur des premiers moments, me revenait plus fréquente et plus attendrie. Le regret d'une félicité perdue m'oppressait douloureusement le cœur, et souvent des larmes silencieuses coulaient le long de mes joues pâles sans que j'en eusse conscience. La nuit, parfois, je pleurais en rêvant, et le matin je trouvais mon rude traversin tout mouillé de cette rosée amère. Dans des songes plus heureux, je me voyais sur le perron d'une villa, montant avec vous, au retour d'une promenade, un escalier blanc tacheté de découpures bleuâtres par l'ombre de grands arbres voisins. J'étais votre femme et vous me jetiez des regards caressants et protecteurs. Tout obstacle entre nous avait disparu. Mon âme ne consentait pas à ces riants mensonges dont elle se défendait comme d'un péché. Je m'en confessais, j'en faisais pénitence. Je veillais dans la prière et je luttais contre le sommeil pour me soustraire à ces illusions coupables, mais elles revenaient toujours.

Ce combat minait mes forces, qui ne tardèrent pas à s'altérer. Sans être maladive, j'étais délicate. La rude vie claustrale, avec ses jeûnes, ses abstinences, ses macérations, la fatigue des offices nocturnes, le froid sépulcral de l'église, les rigueurs d'un long hiver dont me préservait mal un mince froc d'étamine, et, plus que tout cela, les combats de l'âme, les alternatives d'exaltation et d'abattement, de doute et de ferveur, la crainte de ne pouvoir livrer au divin Époux qu'un cœur distrait par un attachement humain et d'encourir les vengeances célestes, car Dieu est jaloux et ne peut souffrir de partage ; peut-être aussi la jalousie que m'inspirait Mme d'Ymbercourt, toutes ces causes agissaient sur mon organisation d'une façon désastreuse. Mon teint avait pris le ton mat de la cire de cierge ; mes yeux agrandis par la maigreur brillaient fiévreusement dans leur orbite meurtrie ; les veines de mes tempes se dessinaient en réseaux d'un azur plus foncé, et mes lèvres avaient perdu leurs fraîches couleurs roses. Les violettes de la mort prochaine commençaient à y fleurir. Mes mains étaient devenues fluettes, transparentes et pâles comme des mains d'ombre[ee]. La mort n'est pas considérée au couvent comme dans le monde ; on la voit arriver avec joie : c'est la délivrance de l'âme, la porte ouverte du ciel, la fin des épreuves et le commencement de la béatitude. Dieu retire à lui plutôt que les autres ses préférées, celles qu'il aime, et il abrège leur passage dans cette vallée de misères et de larmes. Des prières pleines d'espérance dans leur psalmodie funèbre entourent le grabat de la moribonde que les sacrements purifient de toute souillure terrestre et sur qui rayonne déjà la lueur de l'autre vie. Elle est pour ses sœurs un objet d'envie et non d'épouvante.

Je voyais s'approcher le terme fatal sans frayeur ; j'espérais que Dieu me pardonnerait un amour unique, si chaste, si pur, si involontaire, et que je m'étais efforcée d'oublier dès qu'il avait paru coupable à mes yeux, et voudrait bien me recevoir en sa grâce. Je fus bientôt si faible qu'il m'arrivait de m'évanouir dans mes prosternations et de rester étendue comme morte sous mon voile, la face contre le plancher ; on respectait mon immobilité, qu'on prenait pour de l'extase ; puis, voyant que je ne me relevais pas, deux religieuses se penchaient vers moi, me redressaient comme un corps inerte, et, les mains sous mes aisselles, me reconduisaient ou plutôt me rapportaient à ma cellule, que bientôt je ne dus plus quitter. Je restais de longues heures toute habillée sur mon lit, égrenant mon rosaire entre mes doigts amaigris, perdue dans quelque vague méditation et me demandant si mon vœu serait accompli après ma mort. Mes forces décroissaient visiblement, et ces remèdes qu'on apportait à mon mal pouvaient diminuer ma souffrance, mais non me guérir. Je ne le souhaitais pas d'ailleurs, car j'avais par delà cette vie un espoir longtemps caressé, et dont la réalisation possible m'inspirait une sorte de curiosité d'outre-tombe. Mon passage de ce monde dans l'autre se fit de la manière la plus douce[ef]. Tous les liens de l'esprit et de la matière étaient brisés, excepté un fil plus ténu mille fois que ces fils de la Vierge qui flottent dans les airs par les beaux jours d'automne, et qui seul retenait mon âme, prête à ouvrir ses ailes au souffle de l'infini. Des alternatives de lumière et d'ombre, pareilles à ces lueurs intermittentes que jette une veilleuse avant d'expirer, palpitaient devant mes yeux déjà troubles. Les prières que les sœurs agenouillées murmuraient auprès de moi et auxquelles je m'efforçais de me joindre mentalement ne m'arrivaient que comme des bourdonnements confus, des rumeurs vagues et lointaines. Mes sens amortis ne percevaient plus rien de la terre, et ma pensée, abandonnant mon cerveau, voltigeait incertaine, dans un rêve bizarre, entre le monde matériel et le monde immatériel, n'appartenant plus à l'un et n'étant pas encore à l'autre, pendant que machinalement mes doigts pâles comme de l'ivoire froissaient et ramenaient les plis du drap. Enfin mon agonie commença et on m'étendit à terre, un sac de cendre sous la tête, pour mourir dans l'humble attitude qui convient à une pauvre servante de Dieu rendant sa poussière à la poussière. L'air me manquait de plus en plus ; j'étouffais ; un sentiment d'angoisse extraordinaire me serrait la poitrine : l'instinct de la nature luttait encore contre la destruction : mais bientôt cette lutte inutile cessa, et dans un faible soupir mon âme s'exhala de mes lèvres.

XII

Des mots humains ne peuvent rendre la sensation d'une âme qui, délivrée de sa prison corporelle, passe de cette vie dans l'autre, du temps dans l'éternité et du fini dans l'infini. Mon corps immobile et déjà revêtu de cette blancheur mate, livrée de la mort, gisait sur sa couche funèbre, entouré des religieuses en prière, et j'en étais aussi détachée que le papillon peut l'être de la chrysalide, coque vide, dépouille informe qu'il abandonne pour ouvrir ses jeunes ailes à la lumière inconnue et soudainement révélée[eg]. À une intermittence d'ombre profonde avait succédé un éblouissement de splendeurs, un élargissement d'horizons, une disparition de toute limite et de tout obstacle, qui m'enivraient d'une joie indicible. Des explosions de sens nouveaux me faisaient comprendre les mystères impénétrables à la pensée et aux organes terrestres. Débarrassée de cette argile soumise aux lois de la pesanteur, qui m'alourdissait naguère encore, je m'élançais avec une alacrité folle dans l'insondable éther. Les distances n'existaient plus pour moi, et mon simple désir me rendait présente où je voulais être. Je traçais de grands cercles d'un vol plus rapide que la lumière à travers l'azur vague des espaces, comme pour prendre possession de l'immensité, me croisant avec des essaims d'âmes et d'esprits.

Une lumière fourmillante[eh], brillant comme une poussière diaman-tée, formait l'atmosphère ; chaque grain de cette poussière étincelante, comme je m'en aperçus bientôt, était une âme. Il s'y dessinait des courants, des remous, des ondulations, des moires comme dans cette poudre impalpable qu'on étend sur les tables d'harmonie pour étudier les vibrations sonores, et tous ces mouvements causaient dans la splen-deur des recrudescences d'éclat. Les nombres que les mathématiques peuvent fournir au calcul se plongeant dans les profondeurs de l'infini ne sauraient, avec leurs millions de zéros ajoutant leur énorme puissance au chiffre initial, donner une idée même approximative de l'effrayante multitude d'âmes qui composent cette lumière différente de la lumière matérielle autant que le jour diffère de la nuit.

Aux âmes ayant déjà passé par les épreuves de la vie, depuis la création de notre monde et celle des autres univers, se joignaient les âmes en expectative, les âmes vierges, qui attendaient leur tour de s'incarner dans un corps, sur une planète d'un système quelconque. Il y en avait assez pour peupler pendant des milliards d'années tous ces univers, expiration de Dieu, qu'il doit résorber en ramenant à lui son souffle quand l'ennui de son œuvre le prendra. Ces âmes, quoique dissemblables d'essence et d'aspect, selon le monde qu'elles devaient habiter, malgré l'infinie variété de leurs types, rappelaient toutes le type divin, et étaient faites à l'image de leur créateur. Elles avaient pour monade constitutive l'étincelle céleste. Ces âmes étaient blanches comme le diamant, les autres colorées comme le rubis, l'émeraude, le saphir, la topaze et l'améthyste. Faute d'autres termes que vous puissiez comprendre, j'emploie ces noms de pierreries, vils cailloux, cristaux opaques, aussi noirs que l'encre, et dont les plus brillants ne seraient que des taches sur ce fond de splendeurs vivantes.

Parfois passait quelque grand ange portant un ordre de Dieu au bout de l'infini et faisant osciller les univers aux palpitations de ses ailes démesurées. La voie lactée ruisselait sur le ciel, fleuve de soleils en fusion. Les étoiles que je voyais sous leur forme et leur grandeur véritables, dans leur énormité dont l'imagination de l'homme ne saurait se faire aucune idée, scintillaient avec des flamboiements immenses et farouches ; derrière celles-là et entre leurs interstices, à des profondeurs de plus en plus vertigineuses, j'en apercevais d'autres et d'autres encore, de sorte que le fond du firmament n'apparaissait nulle part et que j'aurais pu me croire enfermée au centre d'une prodigieuse sphère toute constellée d'astres à l'intérieur. Leurs lumières blanches, jaunes, bleues, vertes, rouges, atteignaient des intensités et des éclats à faire paraître noire[ei] la clarté de notre soleil, mais que les yeux de mon âme supportaient sans peine. J'allais, je venais, montant, descendant, parcourant en une seconde des millions de lieues à travers des lueurs d'aurores, des reflets d'iris, des irradiations d'or et d'argent, des phosphorescences diamantées, des élancements stellaires, dans toutes les magnificences, toutes les béatitudes et tous les ravissements de la lumière divine. J'entendais la musique des sphères dont un écho parvint à l'oreille de Pythagore[ej] ; les nombres mystérieux, pivots de l'univers, en marquaient le rythme. Avec un harmonieux ronflement, puissant comme le tonnerre et doux comme la flûte, notre monde, entraîné par son astre central, circulait lentement dans l'espace, et j'embrassais d'un seul regard les planètes, depuis Mercure jusqu'à Neptune, décrivant leurs ellipses, accompagnées de leurs satellites. Une intuition rapide me révélait les noms dont les nomme le ciel. Je connaissais leur structure, leur pensée, leur but ;

aucun secret de leur vie prodigieuse ne m'était caché. Je lisais à livre ouvert dans ce poème de Dieu qui a pour lettres des soleils. Que ne m'est-il permis de vous en expliquer quelques pages ! mais vous vivez encore parmi les ténèbres inférieures, et vos yeux s'aveugleraient à ces clartés fulgurantes.

Malgré l'ineffable beauté de ce merveilleux spectacle, je n'avais cependant pas oublié la terre, le pauvre séjour que je venais de quitter. Mon amour, vainqueur de la mort, me suivait au delà du tombeau, et je voyais avec une volupté divine, une félicité radieuse, que vous n'aimiez personne, que votre âme était libre et qu'elle pourrait être à moi pour toujours. Je savais alors ce que j'avais pressenti. Nous étions prédestinés l'un à l'autre. Nos âmes formaient ce couple céleste qui, en se fondant, fait un ange ; mais ces deux moitiés du tout suprême, pour se réunir dans l'immortalité, doivent s'être cherchées dans la vie, devinées sous les voiles de la chair, à travers les épreuves, les obstacles et les diversions[ek]. Moi seule avais senti la présence de l'âme sœur et m'étais élancée vers elle, poussée par l'instinct qui ne trompe pas. Chez vous la perception, plus confuse, n'avait fait que vous mettre en garde contre les liens et les amours vulgaires. Vous compreniez qu'aucune de ces âmes n'était faite pour vous, et, passionné sous une apparente froideur, vous vous réserviez pour un plus haut idéal. Grâce à la faveur qui m'était accordée, je pouvais vous faire connaître cet amour que vous aviez ignoré pendant ma vie, et j'espérais vous inspirer le désir de me suivre dans la sphère que j'habite. Je n'avais pas de regret. Qu'est-ce que la plus heureuse liaison humaine auprès du bonheur dont jouissent deux âmes dans l'éternel baiser de l'amour divin ? Jusqu'au moment suprême, ma tâche se bornait à empêcher le monde de vous engager dans ses voies et de vous écarter de moi à jamais. Le mariage lie dans ce monde et dans l'autre, mais vous n'aimiez pas Mme d'Ymbercourt ; ma qualité d'esprit me permettait de lire dans votre cœur et je n'avais rien à craindre de ce côté ; cependant vous pouviez vous lasser de ne pas voir apparaître l'idéal rêvé, et, par fatigue, indolence, découragement, besoin d'en finir, vous laisser aller à cette union vulgaire.

Quittant les zones lumineuses, je m'abaissai vers la terre, que je vis passer sous moi roulant avec elle sa brumeuse atmosphère et ses bandes de nuages. Je vous trouvai sans peine et j'assistai, témoin invisible, à votre vie, lisant dans votre pensée et l'influençant à votre insu. Par ma présence que vous ne soupçonniez pas, j'éloignais les idées, les désirs, les caprices qui eussent pu vous détourner du but vers lequel je vous dirigeais. Je détachais peu à peu votre âme de toute entrave terrestre[el] ; pour vous mieux garder, je répandais dans votre logis un vague enchantement qui vous le faisait aimer. Vous y sentiez autour de vous comme une impalpable et muette caresse, et vous y éprouviez un inexplicable bien-être : il vous semblait, sans pouvoir vous en rendre compte, que votre bonheur était enfermé entre ces murailles que je peuplais. Un amant qui, par une nuit d'orage, lit près d'un bon feu le poète qu'il préfère, pendant que sa maîtresse endormie repose un bras sur sa tête dans l'alcôve profonde, livrée à de doux songes, a ce sentiment de félicité intime, de claustration amoureuse ; rien ne vaut au dehors la peine qu'il franchisse ce seuil adoré ; tout le monde est pour lui enfermé dans cette chambre[em]. Il fallait peu à peu vous préparer à mon apparition et me mettre mystérieusement en rapport avec vous ; entre un esprit et un vivant non initié les communications sont difficiles. Un profond abîme sépare ce monde-ci de l'autre. Je l'avais franchi, mais ce n'était pas assez ; je devais me rendre sensible à vos yeux couverts encore du bandeau et ne voyant pas l'immatériel à travers l'opacité des choses.

Mme d'Ymbercourt, poursuivant toujours son idée de mariage, vous attirait chez elle et harcelait votre nonchalance de ses empressements. Substituant ma volonté à votre pensée endormie, je vous fis écrire au billet de la dame cette réponse où se trahissaient vos secrets sentiments et qui vous causa tant de surprise. L'idée du surnaturel s'éveilla chez vous, et, plus attentif, vous comprîtes qu'une puissance mystérieuse se mêlait à votre vie. Le soupir que je poussai lorsque, malgré l'avertissement, vous vous décidâtes à sortir, quoique faible et vague comme une vibration de harpe éolienne, vous troubla profondément et remua dans votre âme d'occultes sympathies. Vous y aviez deviné un accent de souffrance féminine. Je ne pouvais encore me manifester à vous d'une façon plus précise, car vous n'étiez pas assez dégagé des ombres de la matière, et j'apparus au baron de Féroë, un disciple de Swedenborg, un voyant, pour lui recommander de vous dire cette phrase mystérieuse qui vous mit en garde contre les périls que vous couriez et vous donna le désir de pénétrer dans le monde des esprits où vous appelait mon amour. Vous savez le reste. Dois-je remonter là-haut ou rester ici-bas, et l'ombre sera-t-elle plus heureuse que la femme[en] ?...

Ici, l'impulsion qui faisait courir sur le papier la plume de Malivert s'arrêta, et la pensée du jeune homme, suspendue par l'influence de Spirite, reprit possession de son cerveau. Il lut ce qu'il venait d'écrire d'une façon inconsciente, et s'affermit dans la résolution d'aimer uniquement et jusqu'à la mort cette âme charmante qui avait souffert pour lui dans son court passage sur la terre. « Mais quelles seront nos relations ? se disait-il ; Spirite m'emmènera-t-elle dans les régions où elle plane, ou voltigera-t-elle autour de moi, visible pour moi seul ? Me répondra-t-elle si je lui parle, et comment l'entendrai-je ? »

C'étaient là des questions qu'il n'était pas facile de résoudre ; aussi Malivert, après les avoir agitées, les abandonna-t-il, et resta plongé dans une longue rêverie dont Jack le fit sortir en annonçant le baron de Féroë.

Les deux amis échangèrent une poignée de main, et le Suédois aux moustaches d'or pâle se jeta dans un fauteuil.

« Guy, je viens sans façon vous demander à déjeuner, dit-il en allongeant ses pieds sur le garde-feu ; je suis sorti de bonne heure, et en passant devant votre maison, cette fantaisie m'a pris de vous faire une visite presque aussi matinale que celle d'un garde du commerce.

— Vous avez bien fait, baron, et c'est là un heureux caprice, répondit Malivert en sonnant Jack, à qui il donna des ordres pour qu'on servît le déjeuner et qu'on mît deux couverts.

— On dirait, mon cher Guy, que vous ne vous êtes pas couché, dit le baron en regardant les bougies qui avaient brûlé jusqu'aux bobèches et les feuillets d'écriture épars sur la table. Vous avez travaillé cette nuit. Cela va-t-il bientôt paraître ? Est-ce un roman, est-ce un poème ?

— C'est peut-être un poème, répondit Malivert, mais il n'est pas de ma composition : je n'ai fait que tenir la plume sous une inspiration supérieure à la mienne.

— Je comprends, reprit le baron, Apollon dictait, Homère écrivait : ces vers-là sont les meilleurs.

— Ce poème, si c'en est un, n'est pas en vers, et ce n'est pas un dieu de la mythologie qui me le soufflait.

— Pardon ! j'oubliais que vous êtes romantique, et qu'il faut laisser devant vous Apollon et les Muses dans le dictionnaire de Chompré ou les lettres à Émilie[eo].

— Puisque vous avez été en quelque sorte mon mystagogue et mon initiateur au surnaturel, mon cher baron, je n'ai aucun motif de vous

cacher que ces feuillets pris pour de la copie, comme disent les impri-
meurs, m'ont été dictés, cette nuit et les précédentes, par l'esprit qui
s'intéresse à moi et qui semble vous avoir connu sur terre, car vous êtes
nommé dans son récit.

— Vous vous êtes servi de medium, parce que les rapports ne sont
pas encore bien établis entre vous et l'esprit qui vous visite, répondit le
baron de Féroë ; mais bientôt vous n'aurez plus besoin de ces moyens
lents et grossiers de communication. Vos âmes se pénétreront par la
pensée et le désir, sans aucun signe extérieur. »

Jack vint annoncer que le déjeuner était servi. Malivert, tout bouleversé
de cette aventure étrange, de cette bonne fortune d'outre-tombe que
don Juan eût enviée, touchait à peine les morceaux placés devant lui. Le
baron de Féroë mangeait, mais avec une sobriété swedenborgienne, car
celui qui veut vivre en commerce avec les esprits doit atténuer autant
que possible la matière.

« Vous avez là d'excellent thé, dit le baron ; du thé^{ep} vert à pointes
blanches, cueilli après les premières pluies du printemps, et que les
mandarins boivent sans sucre, à petites gorgées, dans des tasses enveloppées de filigrane de peur de se brûler les griffes. C'est la boisson
par excellence des songeurs, et l'excitation qu'elle produit est tout
intellectuelle. Rien ne secoue plus légèrement la pesanteur humaine et
ne prédispose mieux à la vision des choses que le vulgaire ne voit pas.
Puisque vous allez maintenant vivre dans une sphère immatérielle, je
vous recommande ce breuvage. Mais vous ne m'écoutez pas, mon cher
Guy, et je conçois votre distraction. Une situation si nouvelle doit vous
préoccuper étrangement.

— Oui, je l'avoue, répondit Malivert, je suis dans une sorte d'ivresse,
et je me demande à chaque instant si je ne suis pas en proie à quelque
hallucination.

— Chassez de telles idées qui feraient fuir à jamais l'esprit, ne cherchez pas à expliquer l'inexplicable, et abandonnez-vous avec une foi
et une soumission absolues à l'influence qui vous guide. Le moindre
doute amènerait une rupture et vous causerait d'éternels regrets. Une
permission rarement accordée réunit dans le ciel les âmes qui ne se sont
pas rencontrées dans la vie ; profitez-en, et montrez-vous digne d'un
pareil bonheur.

– J'en serai digne, croyez-le bien, et je ne ferai pas souffrir une autre fois à Spirite les douleurs que je lui ai infligées bien innocemment pendant qu'elle habitait encore ce monde. Mais j'y pense à présent, dans le récit qu'elle m'a dicté, cette âme adorable ne m'a pas dit le nom dont elle se nommait sur terre.

– Tenez-vous à le savoir ? Allez au Père-Lachaise, gravissez la colline, et près de la chapelle vous verrez une tombe de marbre blanc sur laquelle est sculptée une croix couchée et ornée à son croisillon d'une couronne de roses^{eq} aux délicates feuilles de marbre, chef-d'œuvre d'un ciseau célèbre. Dans le médaillon formé par la couronne, une courte inscription vous apprendra ce que je n'ai pas été autorisé formellement à vous dire. La tombe, dans son muet langage, parlera à ma place, quoique, à mon avis, ce soit là une curiosité vaine. Qu'importe un nom terrestre, quand il s'agit d'un éternel amour ? Mais vous n'êtes pas encore tout à fait détaché des idées humaines, et cela se conçoit. Il n'y a pas longtemps que vous avez mis le pied hors du cercle qui ferme la vie ordinaire. »

Le baron de Féroë prit congé. Guy s'habilla, fit atteler et courut chez les fleuristes les plus en renom pour trouver une gerbe de lilas blanc^{er}. On était en plein hiver ; il eut peine à trouver ce qu'il voulait. Mais, à Paris, l'impossible, quand on peut le payer, n'existe pas. Il le trouva donc, et gravit la colline le cœur palpitant et les yeux humides.

Quelques flocons de neige pas encore fondus brillaient comme des larmes d'argent sur les feuilles sombres des ifs, des cyprès, des sapinettes et des lierres, et relevaient de touches blanches les moulures des tombeaux, le sommet et les bras des croix funèbres. Le ciel était bas, d'un gris jaunâtre, lourd comme du plomb, un vrai ciel fait pour se poser sur un cimetière, et la bise aigre gémissait en passant à travers ces ruelles de monuments faits à la taille des morts, et mesurés strictement sur le néant humain. Malivert eut bientôt gagné la chapelle, et non loin de là dans un cadre de lierre d'Irlande, il vit la blanche tombe qu'une légère couche de neige rendait plus blanche encore. Il se pencha sur la grille et lut cette inscription gravée au centre de la couronne de roses : « Lavinia d'Aufideni, en religion sœur Philomène^{es}, morte à dix-huit ans. » Il allongea le bras par-dessus la clôture, et fit tomber sa gerbe de lilas sur l'inscription^{et}, et, quoique sûr du pardon, resta quelques minutes près de la tombe dans une rêveuse contemplation, et le cœur gros de remords : n'était-il pas le meurtrier de cette pure colombe si vite retournée au ciel ?

Pendant[eu] qu'il était ainsi accoudé à la grille du monument, laissant couler ses larmes qui tombaient tièdes sur la froide neige, second linceul de la tombe virginale, dans l'épais rideau des nuages grisâtres une éclaircie s'était formée. Comme une lumière à travers les gazes superposées dont on diminue le nombre, le disque du soleil apparaissait moins indistinct, d'un blanc pâle et plus semblable à la lune qu'à l'astre du jour, un vrai soleil fait pour les morts ! Peu à peu la trouée se fit, et de l'ouverture s'échappa un long rayon visible sur le fond sombre de la brume, qui vint éclairer et faire scintiller sous le mica de la neige, comme sous une rosée d'hiver, la gerbe de lilas blanc et la couronne de roses en marbre.

Dans le tremblement lumineux du rayon où jouaient quelques atomes gelés, Malivert crut distinguer une forme svelte et blanche qui s'élevait de la tombe comme une légère fumée d'une cassolette d'argent, enveloppée des plis flottants d'un suaire de gaze, semblable à la robe dont les peintres revêtent les anges, et qui lui faisait de la main un signe amical.

Un nuage passa sur le soleil et la vision se dissipa. Guy de Malivert se retira murmurant le nom de Lavinia d'Aufideni, regagna sa voiture, et rentra dans Paris peuplé partout de vivants qui ne se doutent pas qu'ils sont morts, car la vie intérieure leur manque.

XIII[ev]

À dater de ce jour, l'existence de Malivert se scinda en deux portions distinctes, l'une réelle, l'autre fantastique. Rien, en apparence, n'était changé chez lui : il allait au club, dans le monde ; on le voyait au bois de Boulogne et sur le boulevard. Si quelque représentation intéressante avait lieu, il y assistait, et, à le voir correctement mis, bien chaussé, ganté de frais, se promener dans la vie humaine, nul ne se serait douté que ce jeune homme était en communication avec les esprits[ew], et au sortir de l'Opéra entrevoyait les mystérieuses profondeurs de l'univers invisible. Cependant, qui l'eût bien examiné l'eût trouvé plus sérieux, plus pâle, plus maigre et comme spiritualisé. L'expression de son regard n'était plus la même ; on eût pu y voir, lorsqu'il n'était pas distrait par la conversation, une sorte de béatitude dédaigneuse. Heureusement le monde n'observe que si son intérêt l'exige, et le secret de Malivert ne fut pas soupçonné.

Le soir de la visite au cimetière, qui lui avait appris le nom terrestre de Spirite, attendant une manifestation qu'appelaient toutes les forces de sa volonté[ex], il entendit, comme des gouttes de pluie tombant dans un bassin d'argent, résonner une gamme sur le piano. Il n'y avait personne, mais ces prodiges n'étonnaient plus Malivert. Quelques accords furent plaqués de manière à commander l'attention et éveiller la curiosité de l'âme. Guy regarda vers le piano, et peu à peu s'ébaucha dans une vapeur lumineuse l'ombre charmante d'une jeune fille. L'image était d'abord si transparente, que les objets placés derrière elle se dessinaient à travers les contours, comme on voit le fond d'un lac à travers une eau limpide. Sans prendre aucune matérialité, elle se condensa ensuite suffisamment pour avoir l'apparence d'une figure vivante, mais d'une vie si légère, si impalpable, si aérienne, qu'elle ressemblait plutôt au reflet d'un corps dans une glace qu'à ce corps lui-même. Certaines esquisses de Prud'hon à peine frottées, aux contours noyés et perdus, baignées de clair-obscur et comme entourées d'une brume crépusculaire, dont les draperies blanches semblent faites avec des rayons de lune, peuvent donner une idée lointaine de la gracieuse apparition assise devant le piano de Malivert. Ses doigts, d'une pâleur faiblement rosée, erraient sur le clavier d'ivoire comme des papillons blancs, ne faisant qu'effleurer les touches, mais évoquant le son par ce frêle contact qui n'eût pas courbé une barbe de plume. Les notes[ey], sans avoir besoin d'être frappées, jaillissaient toutes seules lorsque les mains lumineuses flottaient au-dessus d'elles. Une longue robe blanche, d'une mousseline idéale plus fine mille fois que les tissus de l'Inde dont une pièce passe à travers une bague, retombait à plis abondants autour d'elle et bouillonnait sur le bout de son pied en feston d'écume neigeuse. Sa tête, un peu penchée en avant, comme si une partition eût été ouverte sur le pupitre, faisait ressortir la nuque, où se tordaient, avec des frissons d'or, de légères boucles de cheveux follets, et la naissance d'épaules nacrées, opalines, dont la blancheur se fondait dans celle de la robe. Parmi les bandeaux palpitants et gonflés comme par un souffle, luisait une bandelette étoilée aux bouts renoués sur le chignon. De la place où était Malivert, l'oreille et un coin de joue apparaissaient frais, roses, veloutés d'un ton à rendre terreuses les couleurs de la pêche. C'était Lavinia, ou Spirite, pour lui conserver le nom qu'elle a jusqu'ici porté dans cette histoire. Elle tourna rapidement la tête pour s'assurer que Guy était attentif et qu'elle pouvait commencer. Ses yeux bleus brillaient d'une lueur tendre et avaient une douceur céleste qui pénétra le cœur de Guy. Il y avait encore quelque chose de la jeune fille dans ce regard d'ange.

Le morceau qu'elle joua était l'œuvre d'un grand maître, une de ces inspirations où le génie humain semble pressentir l'infini, et qui formulent avec puissance tantôt les secrètes postulations de l'âme, tantôt lui rappellent le souvenir des cieux et des paradis d'où elle a été chassée. D'ineffables mélancolies y soupirent, d'ardentes prières y jaillissent, de sourds murmures s'y font entendre, dernières révoltes de l'orgueil précipité de la lumière dans l'ombre. Spirite rendait tous ces sentiments avec une maestria à faire oublier Chopin, Listz, Thalberg[ez], ces magiciens du clavier. Il semblait à Guy qu'il écoutait de la musique pour la première fois. Un art nouveau se révélait à lui, et mille idées inconnues se remuaient dans son âme ; les notes éveillaient en lui des vibrations si profondes, si lointaines, si antérieures, qu'il croyait les avoir entendues dans une première vie, depuis oubliée. Non seulement Spirite rendait toutes les intentions du maître, mais elle exprimait l'idéal qu'il rêvait et auquel l'infirmité humaine ne lui avait pas toujours permis d'atteindre ; elle complétait le génie, elle perfectionnait la perfection, elle ajoutait à l'absolu !

Guy s'était levé et dirigé vers le piano comme un somnambule qui marche sans avoir conscience de ses pas ; il se tenait debout, le coude sur l'angle de la caisse, les yeux éperdument plongés dans ceux de Spirite.

La figure de Spirite était vraiment sublime. Sa tête, qu'elle avait relevée et un peu renversée en arrière, montrait son visage illuminé des splendeurs de l'extase. L'inspiration et l'amour brillaient d'un éclat surnaturel dans ses yeux, dont les prunelles d'azur disparaissaient presque sous la paupière supérieure. Sa bouche à demi entrouverte laissait luire un éclair de nacre, et son col baigné de transparences bleuâtres, comme celui des têtes plafonnantes du Guide, avait des rengorgements de colombe mystique. La femme diminuait en elle et l'ange augmentait[fa], et l'intensité de lumière qu'elle répandait était si vive que Malivert fut contraint de détourner la vue.

Spirite s'aperçut de ce mouvement, et d'une voix plus harmonieuse et plus douce que la musique qu'elle jouait elle murmura : « Pauvre ami ! j'oubliais que tu es encore retenu dans ta prison terrestre et que tes yeux ne peuvent supporter le plus faible rayon de la vraie lumière. Plus tard je me montrerai à toi, telle que je suis, dans la sphère où tu me suivras. Maintenant l'ombre de ma forme mortelle suffit à te manifester ma présence, et tu peux me contempler ainsi sans péril[fb]. »

Par d'insensibles transitions, elle revint de la beauté surnaturelle à la beauté naturelle. Les ailes de Psyché, qui avaient palpité un instant à son dos, rentrèrent dans ses blanches épaules[fc]. Son apparence immatérielle se condensa un peu et un nuage lacté se répandit dans ses suaves contours, les marquant davantage, comme une eau où l'on jette une goutte d'essence fait mieux voir les lignes du cristal qui la contient. Lavinia reparaissait à travers Spirite, un peu plus vaporeuse sans doute, mais avec une réalité suffisante pour faire illusion.

Elle avait cessé de jouer du piano et regardait Malivert debout devant elle ; un léger sourire errait sur ses lèvres, un sourire d'une ironie céleste et d'une malice divine, raillant en la consolant la débilité humaine, et ses yeux, amortis à dessein, exprimaient encore l'amour le plus tendre, mais tel qu'une chaste jeune fille eût pu le laisser voir sur terre dans une liaison permise, et Malivert put croire, pendant quelques minutes, qu'il se trouvait avec cette Lavinia qui l'avait tant cherché pendant qu'elle était vivante, et dont l'avaient toujours éloigné les taquineries de la fatalité. Éperdu, fasciné, palpitant d'amour, oubliant qu'il n'avait devant lui qu'une ombre, il s'avança et, par un mouvement instinctif, il voulut prendre une des mains de Spirite, posées encore sur le clavier, et la porter à ses lèvres ; mais ses doigts se refermèrent sur eux-mêmes sans rien saisir, comme s'ils eussent passé à travers un brouillard.

Quoiqu'elle n'eût rien à craindre, Spirite recula avec un geste de pudeur offensée[fd] ; mais bientôt son sourire angélique reparut et elle leva à la hauteur des lèvres de Guy, qui sentit comme une vague fraîcheur et un parfum faible et délicieux, sa main faite de transparence et de lumière rosée.

« Je ne pensais pas, dit-elle d'une voix qui n'était pas formulée en paroles, mais que Guy entendait dans le fond de son cœur, je ne pensais pas que je ne suis plus une jeune fille, mais bien une âme, une ombre, une vapeur impalpable, n'ayant plus rien des sens humains, et ce que Lavinia peut-être t'eût refusé, Spirite te l'accorde, non comme une volupté, mais comme un signe d'amour pur et d'union éternelle » ; – et elle laissa quelques secondes sa main fantastique sous le baiser imaginaire de Guy.

Bientôt elle se remit au piano et fit jaillir du clavier une mélodie d'une puissance et d'une douceur incomparables, où Guy reconnut une de ses poésies, – celle qu'il aimait le mieux, – transposée de la langue du vers dans la langue de la musique. C'était une inspiration dans laquelle, dédaigneux des joies vulgaires, il s'élançait d'un essor désespéré vers les sphères supérieures où le désir du poète doit être enfin satisfait. – Spirite, avec une intuition merveilleuse, rendait l'au-delà des mots, le non-sorti du verbe humain, ce qui reste d'inédit dans la phrase la mieux faite, le mystérieux, l'intime et le profond des choses, la secrète aspiration qu'on s'avoue à peine à soi-même, l'indicible et l'inexprimable, le *desideratum* de la pensée au bout de ses efforts, et tout le flottant, le flou, le suave qui déborde du contour trop sec de la parole. Mais à ces battements d'ailes qui s'enlevaient dans l'azur d'un élan si effréné, elle ouvrait le paradis des rêves réalisés, des espérances accomplies. Elle se tenait debout sur le seuil lumineux, dans une scintillation à faire pâlir les soleils, divinement belle et pourtant humainement tendre, ouvrant les bras à l'âme altérée d'idéal, but et récompense, couronne d'étoiles et coupe d'amour, Béatrix révélée seulement au delà du tombeau. Dans une phrase enivrée de la passion la plus pure, elle disait, avec des réticences divines et des pudeurs célestes, qu'elle-même, dans les loisirs de l'éternité et les splendeurs de l'infini, comblerait tous ces vœux inassouvis. Elle promettait au génie le bonheur et l'amour, mais tel que l'imagination de l'homme, même en rapport avec un esprit, ne pourrait les concevoir.

Pendant ce finale elle s'était levée ; ses mains ne faisaient plus le simulacre d'effleurer le clavier, et les mélodies s'échappaient du piano en vibrations visibles et colorées, se répandant à travers l'atmosphère de la chambre par ondulations lumineuses comme celles qui nuancent l'explosion radieuse des aurores boréales. Lavinia avait disparu et Spirite reparaissait, mais plus grande, plus majestueuse, entourée d'une lueur vive ; de longues ailes battaient à ses épaules ; elle avait déjà, quoique visiblement elle voulût rester, quitté le plancher de la chambre. Les plis de sa robe flottaient dans le vide ; un souffle supérieur l'emportait, et Malivert se retrouva seul, dans un état d'exaltation facile à comprendre. Mais peu à peu le calme lui revint et une langueur délicieuse succéda à cette excitation fébrile. Il sentait cette satisfaction qu'éprouvent si rarement les poètes et, dit-on, les philosophes, d'être compris dans toutes les délicatesses et les profondeurs de son génie. Quel éblouissant et radieux commentaire Spirite avait fait de cette pièce de vers dont jamais lui, l'auteur, n'avait si bien compris le sens et la portée ! comme cette âme s'identifiait avec la sienne ! comme cette pensée pénétrait sa pensée !

Le lendemain il voulut travailler ; sa verve, éteinte depuis long-temps, se ranimait, et les idées se pressaient tumultueusement dans son cerveau. Des horizons illimités, des perspectives sans fin s'ouvraient devant ses yeux. Un monde de sentiments nouveaux fermentait dans sa poitrine, et pour les exprimer il demandait à la langue plus qu'elle ne peut donner. Les vieilles formes, les vieux moules éclataient et quelque-fois la phrase en fusion jaillissait et débordait, mais en éclaboussures superbes, semblables à des rayons d'étoiles brisées. Jamais il ne s'éleva à une pareille hauteur, et les plus grands poètes eussent signé ce qu'il écrivit ce jour-là.

Comme, une strophe achevée, il rêvait à la suivante, il laissa vague-ment errer ses yeux autour de l'atelier et il vit Spirite couchée à demi sur le divan, qui, la main au menton, le coude enfoncé dans un coussin, le bout de ses doigts effilés jouant dans les nuages blonds de ses cheveux, le regardait d'un air amoureusement contemplatif. Elle semblait être là depuis longtemps ; mais elle n'avait pas voulu révéler sa présence, de peur d'interrompre le travail de Guy. Et comme Malivert se levait de son fauteuil pour se rapprocher d'elle, Spirite lui fit signe de ne pas se déranger, et, d'une voix plus douce que toutes les musiques, elle répéta strophe pour strophe, vers pour vers, la pièce à laquelle travaillait Guy. Par une mystérieuse sympathie elle sentait la pensée de son amant, la suivait dans son essor et même la dépassait ; car non seulement elle voyait, mais elle prévoyait, et elle dit complète la stance inachevée dont il cherchait encore la chute.

La pièce, on se l'imagine aisément, lui était adressée. Quel autre sujet eût pu traiter Malivert ? Entraîné par son amour pour Spirite, à peine s'il se souvenait de la terre, et il plongeait en plein ciel aussi haut, aussi loin que des ailes attachées à des épaules humaines pouvaient atteindre.

« — Cela est beau, dit Spirite, dont Malivert entendait la voix résonner dans sa poitrine, car elle n'arrivait pas à son oreille comme les bruits ordinaires[fe] ; cela est beau même pour un esprit ; le génie est vraiment divin, il invente l'idéal, il entrevoit la beauté supérieure et l'éternelle lumière. Où ne monte-t-il pas lorsqu'il a pour ailes la foi et l'amour ! Mais redescendez, revenez aux régions où l'air est respirable pour les poumons mortels. Tous vos nerfs tressaillent comme des cordes de lyre, votre front fume comme un encensoir. Des lueurs étranges et fiévreuses brillent dans vos yeux. Craignez la folie, l'extase y touche. Calmez-vous, et si vous m'aimez, vivez encore de la vie humaine, je le veux. »

Pour lui obéir, Malivert sortit, et quoique les hommes ne lui apparussent plus que comme des ombres lointaines, comme des fantômes avec lesquels il n'avait plus de rapport, il tâcha de s'y mêler ; il parut s'intéresser aux nouvelles et aux bruits du jour, et sourit à la description du prodigieux costume que portait Mlle*** au dernier bal d'impures ; même il accepta de jouer au whist chez la vieille duchesse de C... : toute action lui était indifférente.

Mais, malgré ses efforts pour se rattacher à la vie, une attraction impérieuse l'attirait hors de la sphère terrestre. Il voulait marcher et se sentait soulever. Un irrésistible désir le consumait. Les aspirations de Spirite ne lui suffisaient plus, et son âme s'élançait après elle lorsqu'elle disparaissait, comme si elle eût essayé de se détacher de son corps.

Un amour excité par l'impossible et où brûlait encore quelque chose de la flamme terrestre le dévorait et s'attachait à sa chair comme à la peau d'Hercule la tunique empoisonnée de Nessus. Dans ce rapide contact avec l'Esprit, il n'avait pu dépouiller complètement le vieil homme.

Il ne pouvait saisir entre ses bras le fantôme aérien de Spirite, mais ce fantôme représentait l'image de Lavinia avec une illusion de beauté suffisante pour égarer l'amour et lui faire oublier que cette forme adorable, aux yeux pleins de tendresse, à la bouche voluptueusement souriante, n'était, après tout, qu'une ombre et qu'un reflet.

Guy voyait devant lui, à toute heure de nuit et de jour, *l'alma adorata*, tantôt comme un pur idéal à travers la splendeur de Spirite, tantôt sous l'apparence plus humainement féminine de Lavinia. – Cette fois, elle planait au-dessus de sa tête avec le vol éblouissant d'un ange ; d'autre fois, comme une maîtresse en visite, elle semblait assise dans le grand fauteuil, allongée sur le divan, accoudée à la table ; elle paraissait regarder les papiers étalés sur le bureau, respirer les fleurs des jardinières, ouvrir les livres, remuer les bagues dans la coupe d'onyx posée sur la cheminée, et se livrer aux enfantillages de passion que se permet une jeune fille entrée par hasard dans la chambre de son fiancé.

Spirite se plaisait à se montrer aux yeux de Guy telle qu'eût été Lavinia en pareille situation si le sort eût favorisé son amour ; elle refaisait, après la mort, son chaste roman de pensionnaire chapitre par chapitre. Avec un peu de vapeur colorée elle reproduisait ses toilettes d'autrefois, plaçait dans ses cheveux la même fleur ou le même ruban. Son ombre reprenait les grâces, les attitudes et les poses de son corps virginal. Elle voulait, par une coquetterie prouvant que la femme n'avait pas totalement disparu chez l'ange, que Malivert l'aimât non seulement d'un amour posthume adressé à l'esprit, mais comme elle était pendant sa vie terrestre, quand elle cherchait aux Italiens, au bal, dans le monde, l'occasion toujours manquée de le voir.

Si ses lèvres n'eussent effleuré le vide quand, transporté de désir, fou d'amour, ivre de passion, il s'oubliait à quelque inutile caresse, il aurait pu croire que lui, Guy de Malivert, avait réellement épousé Lavinia d'Aufideni, tant, parfois, la vision devenait nette, colorée et vivante. Dans une consonance parfaite de sympathie, il entendait intérieurement, mais comme dans un entretien véritable, la voix de Lavinia avec son timbre jeune, frais, argentin, répondant à ses effusions brûlantes par de chastes et pudiques tendresses.

C'était un vrai supplice de Tantale ; la coupe pleine d'une eau glacée approchait de ses lèvres ardentes tendue par une main amoureuse, mais il ne pouvait pas même en effleurer les bords ; les grappes parfumées, couleur d'ambre et de rubis, se courbaient sur sa tête, et elles se relevaient fuyant une étreinte impossible.

Les courts intervalles pendant lesquels le quittait Spirite, rappelée sans doute par quelque ordre inéluctable prononcé « là où on peut ce qu'on veut », lui étaient devenus insupportables, et quand elle disparaissait, il se serait volontiers brisé le crâne contre le mur qui se refermait sur elle.

Un soir il se dit : « Puisque Spirite ne peut revêtir un corps et se mêler à ma vie autrement que par la vision, si je dépouillais cette gênante enveloppe mortelle, cette forme épaisse et lourde qui m'empêche de m'élever avec l'âme adorée aux sphères où planent les âmes ? »

Cette résolution lui parut sage. Il se leva et alla choisir parmi un trophée d'armes sauvages pendues à la muraille, — casse-tête, tomahawks, zagaies, coutelas d'abatis, — une flèche empennée de plumes de perroquet et armée d'une pointe barbelée en os de poisson. Cette flèche avait été trempée dans le *curare*, ce venin terrible dont les Indiens d'Amérique ont seuls le secret et qui foudroie ses victimes sans que nul contrepoison puisse les sauver.

Il tenait la flèche près de sa main qu'il allait piquer, lorsque soudain Spirite apparut devant lui, éperdue, effarée, suppliante, et lui jeta au cou ses bras d'ombre avec un mouvement de passion folle, le serrant sur son cœur de fantôme, le couvrant de baisers impalpables. La femme avait oublié qu'elle n'était plus qu'un esprit[ff].

« Malheureux, s'écria-t-elle, ne fais pas cela, ne te tue pas pour me rejoindre ! Ta mort ainsi amenée nous séparerait sans espoir et creuserait entre nous des abîmes que des millions d'années ne suffiraient pas à franchir. Reviens à toi, supporte la vie, dont la plus longue n'a pas plus de durée que la chute d'un grain de sable ; pour supporter le temps, songe à l'éternité où nous pourrons nous aimer toujours, et pardonne-moi d'avoir été coquette. La femme a voulu être aimée comme l'esprit, Lavinia était jalouse de Spirite, et j'ai failli te perdre à jamais. »

Reprenant sa forme d'ange, elle étendit les mains au-dessus de la tête de Malivert, qui sentit descendre sur lui un calme et une fraîcheur célestes.

XIV

Mme d'Ymbercourt s'étonna du peu d'effet que ses coquetteries avec M. d'Aversac avaient produit sur Guy de Malivert ; cet insuccès bouleversait toutes ses idées de stratégie féminine. Elle croyait que rien ne ravivait l'amour comme une pointe de jalousie, mais elle oubliait qu'il fallait, pour la vérité de la maxime, que l'amour existât ; car elle ne pouvait supposer qu'un garçon qui venait assez régulièrement à ses mercredis depuis trois ans, qui lui apportait parfois un bouquet les jours d'Italiens et se tenait sans dormir au fond de sa loge, ne fût pas un peu épris de ses charmes. N'était-elle pas jeune, belle, élégante, riche ? Ne jouait-elle pas du piano comme un premier prix du Conservatoire ? Ne versait-elle pas le thé avec la correction de lady Pénélope elle-même ? N'écrivait-elle pas ses billets du matin d'une écriture anglaise, longue, penchée, anguleuse, tout à fait aristocratique ? Que pouvait-on trouver à reprendre à ses voitures qui venaient de chez Binder[fg], à ses chevaux vendus et garantis par Crémieux ? Ses laquais n'avaient-ils pas belle

encolure et ne sentaient-ils pas leurs laquais de bonne maison ? Ses
dîners ne méritaient-ils pas l'approbation des gourmets ? — Tout cela
lui semblait composer un idéal assez confortable.

Cependant la dame au traîneau entrevue au bois de Boulogne lui
trottait par la cervelle, et plusieurs fois elle était allée faire le tour du
lac dans l'idée de la rencontrer et de voir si Malivert la suivait. La dame
ne reparut pas, et la jalousie de Mme d'Ymbercourt dut s'exercer dans
le vide ; personne d'ailleurs ne la connaissait et ne l'avait remarquée.
Guy en était-il amoureux, ou avait-il cédé à un simple mouvement de
curiosité lorsqu'il avait lancé Grymalkin à la poursuite du steppeur ?
C'est ce que Mme d'Ymbercourt ne put démêler. Elle revint donc à
l'idée qu'elle avait effarouché Guy en lui donnant à entendre qu'il la
compromettait ; cette phrase, qu'elle n'avait dite que pour le forcer à
une déclaration formelle, elle regrettait de l'avoir prononcée : car Guy,
trop fidèle à la consigne et d'ailleurs occupé de Spirite[fh], s'était abstenu
de toute visite. Cette parfaite obéissance piquait la comtesse, qui aurait
préféré moins de soumission. Quoique ses soupçons ne s'appuyassent que
sur la rapide vision du bois de Boulogne, elle pressentait quelque amour
caché derrière ce soin excessif de sa réputation. Pourtant rien n'était
changé dans la vie apparente de Guy, et Jack, secrètement interrogé
par la femme de chambre de Mme d'Ymbercourt, assura qu'il n'avait
pas entendu depuis bien longtemps le moindre frou-frou de soie sur
l'escalier dérobé de son maître, qui sortait peu, ne voyait guère que le
baron de Féroë, vivait en cénobite et passait une grande partie de ses
nuits à écrire.

D'Aversac redoublait d'assiduités et Mme d'Ymbercourt les acceptait
avec cette tacide reconnaissance d'une femme un peu délaissée qui a
besoin d'être rassurée sur ses charmes par de nouvelles adorations. Elle
n'aimait pas M. d'Aversac, mais elle lui savait gré de priser si haut ce
que Guy semblait dédaigner ; aussi, le mardi, à une représentation de *La
Traviata*[fi], fit-on la remarque que la place de Malivert était occupée par
d'Aversac, ganté et cravaté de blanc, un camélia à la boutonnière, frisé
et pommadé comme un homme à bonnes fortunes qui a des cheveux et
tout rayonnant de fatuité heureuse. Depuis longtemps il nourrissait cette
ambition de plaire à Mme d'Ymbercourt, mais la préférence marquée
accordée à Guy de Malivert l'avait rejeté sur le troisième ou quatrième
plan, parmi les adorateurs vagues qui tournent de plus ou moins loin

autour d'une jolie femme, attendant une occasion, rupture ou dépit, qui ne se présente jamais.

Il était plein de petites attentions : il tendait la lorgnette ou le programme, souriait aux moindres mots, se penchait mystérieusement pour répondre, et quand Mme d'Ymbercourt joignait le bout de ses gants blancs pour approuver quelque point d'orgue de la diva, il applaudissait à tout rompre, levant les mains à la hauteur de sa tête ; bref, il prenait publiquement possession de son emploi de cavalier servant.

Déjà l'on se disait dans quelques loges : « Est-ce que le mariage de Malivert et de Mme d'Ymbercourt ne se fera pas ? » Il y eut un mouvement de curiosité lorsque Guy, après le premier acte, parut à l'entrée de l'orchestre et qu'on le vit, en inspectant la salle, regarder distraitement la loge de la comtesse. D'Aversac lui-même, qui l'avait aperçu, éprouva un léger sentiment de malaise ; mais les lorgnettes les plus perspicaces ne purent saisir le moindre signe de contrariété sur le visage de Malivert. Il ne rougit ni ne pâlit ; ses sourcils ne se contractèrent pas ; aucun muscle de sa face ne bougea ; on ne lui vit pas cette mine terrible et farouche des amants jaloux à l'aspect de leur belle courtisée par un autre ; il avait l'air calme, d'une sérénité parfaite ; l'expression de sa physionomie était celle que donne le rayonnement d'une joie secrète, et sur ses lèvres voltigeait comme dit le poète :

> *Le sourire mystérieux*
> *Des voluptés intérieures*[1]

« Guy serait aimé d'une fée ou d'une princesse qu'il n'aurait pas l'air plus triomphant, dit un vieil habitué du balcon, don Juan émérite. Si Mme d'Ymbercourt y tient, elle peut porter le deuil de ce mariage projeté, car elle ne s'appellera jamais Mme de Malivert. »

Pendant l'entracte, Guy fit une courte visite à la loge de la comtesse pour prendre congé d'elle, car il allait faire un voyage de quelques mois en Grèce. Sa politesse avec d'Aversac fut naturelle, sans contrainte, sans exagération ; il n'eut pas cet air froidement cérémonieux que prennent les gens vexés, et il serra avec une tranquillité parfaite la main de Mme d'Ymbercourt, dont la contenance trahissait le trouble, quelque effort qu'elle fît pour paraître indifférente. La rougeur qui avait coloré ses joues lorsque Guy avait quitté son fauteuil d'orchestre pour venir à la loge avait fait place à une pâleur où la poudre de riz n'avait aucune part. Elle espérait du dépit, de la colère, un mouvement de passion, une marque de jalousie, peut-être même une querelle. Ce sang-froid qui n'était pas joué la démontait et la prenait au dépourvu. Elle croyait que Malivert l'aimait, et elle voyait qu'elle s'était trompée. Cette découverte blessait à la fois son orgueil et son cœur. Guy lui avait inspiré un goût plus vif qu'elle ne l'imaginait elle-même, et elle se sentit malheureuse. La comédie qu'elle jouait, dès qu'elle ne servait plus à rien, l'ennuyait et la fatiguait. Malivert parti, elle s'accouda sur le rebord de sa loge, ne répondant que par monosyllabes aux galanteries que lui adressait d'Aversac, décontenancé de ce silence et de cette froideur. Sans qu'il se l'expliquât, au printemps avait succédé l'hiver. Un givre soudain recouvrait les roses, « Ai-je dit ou fait quelque sottise ? se disait le pauvre garçon naguère si bien accueilli, ou par hasard se moquerait-on de moi ? Guy, tout à l'heure, avait une aisance affectée et la comtesse semblait bien émue. Aimerait-elle toujours Malivert ? » Cependant, comme d'Aversac se savait épié par un certain nombre de lorgnettes, il continua son rôle, se penchant vers la comtesse et lui murmurant à l'oreille d'un air intime et mystérieux des banalités que tout le monde eût pu entendre.

Le vieil habitué, que ce petit drame amusait, en suivait les péripéties du coin de l'œil. « D'Aversac fait à mauvais jeu bonne mine, il n'est pas assez fort pour cette partie. Cependant c'est un sot, et les sots ont parfois de la chance auprès des femmes. La sottise s'entend volontiers avec la folie, et Laridon succède à César[fk], surtout lorsque César ne veut plus de son empire ; mais quelle peut être la nouvelle maîtresse de Guy ? » Telles étaient les réflexions que faisait ce vétéran de Cythère, aussi fort sur la théorie qu'il l'avait été sur la pratique, et il suivait le regard de Malivert pour voir s'il ne s'attachait pas à quelqu'une des belles personnes qui brillaient dans les loges comme des bijoux dans leur écrin. « Serait-ce cette blonde vaporeuse à la guirlande de feuilles d'argent, à la robe vert d'eau, à la parure d'opale, qui semble s'être fardée avec un rayon de lune, comme une elfe ou une nixe, et qui contemple le lustre d'un air sentimental comme si c'était l'astre des nuits ? ou bien encore cette brune aux cheveux plus sombres que la nuit, au profil coupé dans le marbre, aux yeux de diamant noir, à la bouche de pourpre, si vivace sous sa chaude pâleur, si passionnée sous son calme de statue, et qu'on prendrait pour une fille de la Vénus de Milo si ce chef-d'œuvre divin daignait avoir des enfants ? Non, ce n'est pas cela – ni la lune, ni le soleil. Cette princesse russe, là-bas, à l'avant-scène, avec son luxe fou, sa beauté exotique et sa grâce extravagante, pourrait avoir des chances. Guy aime assez la bizarrerie, et, à cause de ses voyages, il a des goûts un peu barbares. Non, ce n'est pas celle-là. Il vient de la regarder d'un œil aussi froid que s'il examinait un coffret de malachite[fl]. Pourquoi pas cette Parisienne, dans cette loge découverte, mise avec un goût parfait, si fine, si spirituelle, si jolie, dont chaque mouvement a l'air d'être réglé par une flûte et soulève une écume de dentelles comme si elle dansait sur un panneau d'Herculanum ? Balzac aurait consacré trente pages à la description d'une pareille femme, et ce n'aurait pas été du style mal employé : elle en vaut la peine. Mais Guy n'est pas assez civilisé pour goûter ce charme qui séduisait, plus que la beauté même, l'auteur de la *Comédie humaine*. Allons, il faut renoncer à pénétrer aujourd'hui ce mystère, se dit le vieux beau en renfermant dans son étui une lorgnette qui ressemblait à une pièce d'artillerie. La dame des pensées de Malivert n'est pas ici décidément. »

À la sortie, d'Aversac se tenait debout sous le péristyle avec toute l'élégance que peut se donner un gentleman, empaqueté dans son paletot, près de Mme d'Ymbercourt, qui avait jeté sur sa toilette une pelisse de satin bordée de cygne dont le capuchon, retombant sur ses épaules, lui laissait la tête dégagée. La comtesse était pâle, et ce soir-là vraiment belle. La douleur qu'elle ressentait prêtait à sa physionomie, ordinairement d'une régularité froide, une expression et une vie qui lui avaient manqué jusqu'alors. Du reste, elle semblait avoir complètement oublié son cavalier, qui restait à deux pas d'elle avec une gravité composée, cherchant à dissimuler et à dire beaucoup de choses.

« Qu'a donc ce soir Mme d'Ymbercourt ? disaient les jeunes gens qui stationnaient sous le vestibule pour passer la revue féminine ; on dirait qu'il lui est venu une beauté nouvelle. D'Aversac est un heureux coquin.

– Pas si heureux que cela, dit un jeune homme à figure spirituelle et fine qui ressemblait à un portrait de Van Dyck détaché de son cadre. Ce n'est pas lui qui donne à la tête de la comtesse, inexpressive d'habitude comme un masque de cire moulé sur une Vénus de Canova, cette animation et cet accent. L'étincelle vient d'ailleurs. D'Aversac n'est pas le Prométhée de cette Pandore[fm]. Le bois ne saurait faire vivre le marbre.

– C'est égal, reprit un autre, Malivert est bien dégoûté de quitter la comtesse en ce moment. Elle mérite mieux que d'Aversac pour vengeur. Je ne sais si Guy trouvera mieux, et il pourrait bien se repentir de son dédain.

– Il aurait tort, répondit le portrait de Van Dyck ; suivez bien mon raisonnement. Mme d'Ymbercourt est plus belle aujourd'hui que d'ordinaire, parce qu'elle est émue. Or, si Malivert ne la quittait pas, elle n'éprouverait aucune émotion, et ses traits, classiquement corrects, garderaient leur insignifiance ; le phénomène qui vous frappe n'aurait pas lieu. Donc Malivert fera bien de partir pour la Grèce, comme il l'a annoncé hier au club. *Dixi.* »

Le valet de pied appelant la voiture de Mme la comtesse mit fin à cette conversation, et plus d'un jeune homme éprouva le péché d'envie en voyant d'Aversac monter près de Mme d'Ymbercourt dans le grand coupé, dont la portière fut refermée sur lui par le laquais, remonté sur le siège en un clin d'œil. La voiture partit grand train. D'Aversac, à moitié recouvert par des flots de satin, si près de cette femme, aspirant le vague parfum qui s'en exhalait, tâcha de profiter de ce court tête-à-tête pour dire à la comtesse quelques mots d'une galanterie un peu plus tendre. Il fallait trouver sur le champ quelque chose de décisif et de passionné, car il n'y a pas loin de la place Ventadour à la rue de la Chaussée-d'Antin ; mais l'improvisation n'était pas le fort du rival de Guy. Mme d'Ymbercourt, il faut le dire, ne l'encourageait guère ; silencieuse, blottie dans l'angle du coupé, elle mordillait le coin de son mouchoir brodé de dentelle.

Pendant que d'Aversac s'efforçait de mener à fin une phrase laborieusement amoureuse, Mme d'Ymbercourt, qui n'en avait pas écouté un mot, tout occupée à suivre sa propre pensée, lui prit brusquement le bras et lui dit d'une voix brève : « Est-ce que vous connaissez la nouvelle maîtresse de M. de Malivert ? »

Cette question inopinée et singulière choqua beaucoup d'Aversac. Elle était d'une convenance douteuse et lui prouvait que la comtesse n'avait pas pensé un instant à lui. Le château de cartes de ses espérances s'écroulait à ce souffle de passion.

« Je ne la connais pas, balbutia d'Aversac, et je la connaîtrais, la discrétion, la délicatesse… m'empêcheraient… Tout galant homme en pareil cas sait son devoir…

– Oui, oui, reprit la comtesse d'un accent saccadé, les hommes se soutiennent tous entre eux, même lorsqu'ils sont rivaux. Je ne saurai rien… » Puis après un court silence, reprenant un peu d'emprise sur elle-même, elle dit : « Pardon, mon cher monsieur d'Aversac, j'ai les nerfs horriblement agacés et je sens que je dis des choses folles ; ne m'en veuillez pas et venez me voir demain ; je serai plus calme. Mais nous voici arrivés, dit-elle en lui tendant la main ; où faut-il qu'on vous mette ? » Et d'un pas rapide elle descendit du coupé et monta le perron sans vouloir souffrir que d'Aversac l'aidât.

On voit qu'il n'est pas toujours aussi agréable que les jeunes gens naïfs se l'imaginent de reconduire une belle dame en voiture des Italiens à la Chaussée-d'Antin. D'Aversac, assez penaud, se fit descendre au club de la rue de Choiseul, où son cocher l'attendait. Il joua et perdit une centaine de louis, ce qui ne contribua pas à le remettre en belle humeur. En rentrant chez lui, il se disait : « Comment ce diable de Malivert s'y prend-il pour se faire ainsi aimer des femmes ? »

Mme d'Ymbercourt, après s'être abandonnée aux soins de sa femme de chambre, qui la défit et l'accommoda pour la nuit, s'enveloppa d'un peignoir de cachemire blanc et s'accouda à son pupitre, la main plongée dans ses cheveux. Elle resta ainsi quelque temps, les yeux fixés sur son papier, roulant sa plume entre ses doigts. Elle voulait écrire à Guy, mais c'était là une lettre difficile à faire. Les pensées, qui lui arrivaient tumultueuses, s'en allaient lorsqu'elle essayait de les enfermer dans une phrase. Elle griffonna cinq ou six brouillons surchargés, raturés, illisibles, malgré sa belle écriture anglaise, sans pouvoir parvenir à se satisfaire. Les uns disaient trop, les autres disaient trop peu. Aucun ne rendait les sentiments de son cœur. Tous furent déchirés et jetés au feu. Elle s'arrêta enfin à cette rédaction :

« Ne vous fâchez pas, mon cher Guy, d'un mouvement de coquetterie bien innocent, je vous le jure, car il n'avait d'autre but que de vous rendre un peu jaloux et de vous ramener à moi. Vous savez bien que je vous aime, quoique vous ne m'aimiez guère. Votre air si froid, si tranquille, m'a glacé le cœur. Oubliez ce que je vous ai dit. C'était une méchante amie qui m'avait fait parler. Ce départ pour la Grèce est-il vrai ? Avez-vous, à ce point, besoin de me fuir, moi qui n'ai d'autre idée que de vous complaire ? Ne vous en allez pas ; je serais trop malheureuse de votre absence. »

La comtesse signa ce billet « Cécile d'Ymbercourt », le cacheta de ses armes et voulut l'envoyer sur-le-champ ; mais comme elle se levait pour appeler quelqu'un, la pendule sonna deux heures : il était trop tard pour dépêcher un homme au fond du faubourg Saint-Germain, où demeurait Guy. « C'est bon, dit-elle, j'enverrai ma lettre de grand matin, et Guy l'aura à son réveil… pourvu qu'il ne soit pas déjà parti. »

Elle se coucha fatiguée, brisée, fermant en vain les yeux, elle pensait à la dame au traîneau et se disait que Malivert l'aimait, et la jalousie lui enfonçait ses fines aiguilles dans le cœur. Enfin elle s'endormit, mais d'un sommeil agité, plein de soubresauts plus pénibles que la veille. Une petite lampe suspendue au plafond, en guise de veilleuse, et enfermée dans un globe de verre bleu dépoli, répandait dans la chambre une lueur azurée assez semblable à celle du clair de lune ; elle éclairait d'un jour doux et mystérieux la tête de la comtesse dont les cheveux dénoués avaient roulé en larges boucles noires sur la blancheur de l'oreiller et qui laissait pendre un de ses bras hors du lit.

Au chevet, peu à peu se condensa une légère vapeur transparente et bleuâtre comme la fumée qui sort d'un brûle-parfum ; cette vapeur prit des contours plus arrêtés et devint bientôt une jeune fille d'une beauté céleste, à qui sa chevelure d'or faisait une auréole lumineuse ; Spirite, car c'était elle, regardait dormir la jeune femme avec cet air de pitié mélancolique que les anges doivent avoir devant la souffrance humaine, et, se penchant vers elle comme l'ombre d'un rêve, elle lui fit tomber sur le front deux ou trois gouttes d'une liqueur sombre que renfermait une petite buire semblable aux urnes lacrymatoires qu'on trouve dans les anciens tombeaux, en murmurant : « Puisque tu n'es plus un danger pour celui que j'aime et que tu ne peux plus séparer son âme de la mienne, j'ai pitié de toi, car tu souffres à cause de lui, et je t'apporte le divin népenthès[fn]. Oublie et sois heureuse, ô toi qui as causé ma mort ! »

La vision disparut. Les traits de la belle dormeuse se détendirent comme si à un cauchemar pénible avait succédé un songe agréable ; un léger sourire voltigea sur ses lèvres ; par un mouvement inconscient, elle ramena dans le lit son beau bras nu qui avait pris la froideur du marbre comme il en avait déjà la blancheur, et se pelotonna sous le léger édredon. Son sommeil tranquille et réparateur dura jusqu'au matin, et quand elle s'éveilla, la première chose qu'elle aperçut, ce fut sa lettre posée sur la table de nuit.

« Faut-il la faire porter ? dit Aglaé, qui venait d'entrer dans la chambre pour ouvrir les rideaux et voyait les yeux de sa maîtresse se diriger vers la missive.

Oh, non ! s'écria vivement Mme d'Ymbercourt ; jette-la au feu. » Puis elle ajouta en elle-même : « Où donc avais-je la tête d'écrire une pareille lettre ? J'étais folle ! »

XV

Le bateau à vapeur faisant le trajet de Marseille à Athènes était arrivé à la hauteur du cap Malia[fo], la dernière dentelure de cette feuille de mûrier qui forme la pointe de la Grèce et lui a donné son nom moderne. On avait laissé en arrière les nuages, les brouillards et les frimas ; on allait de la nuit à la lumière, du froid à la chaleur. Aux teintes grises du ciel d'Occident avait succédé l'azur du ciel oriental, et la mer d'un bleu profond ondulait mollement sous une brise favorable dont le pyroscaphe profitait en déployant ses voiles de foc noircies par la fumée et semblables à ces voiles de couleur sombre que Thésée hissa par mégarde en revenant de l'île de Crète, où il avait vaincu le minotaure. Février touchait à sa fin, et déjà les approches du printemps, si tardif chez nous, se faisaient sentir dans ce climat heureux aimé du soleil. L'air était si tiède que la plupart des passagers, déjà aguerris contre le mal de mer, restaient sur le pont occupés à regarder la côte qu'on entrevoyait dans les vapeurs bleues du soir. Au-dessus de cette zone assombrie émergeait une montagne visible encore et retenant un rayon de jour sur son sommet lamé de neige. C'était le Taygète ; ce qui donnait l'occasion aux voyageurs bacheliers ès lettres et sachant quelques bribes de latin de citer avec une pédanterie satisfaite le vers si connu de Virgile[fp]. Un Français qui cite à propos, chose rare, un vers latin, est bien près du parfait bonheur. Quant à citer un vers grec, c'est une félicité réservée aux Allemands et aux Anglais sortant d'Iéna ou d'Oxford.

Sur les bancs à claire-voie et les pliants qui encombraient l'arrière du navire se tenaient de jeunes misses coiffées de petits chapeaux à voilettes bleues, leurs abondants cheveux roux enfermés dans un filet, leur gibecière de voyage pendue au col par une courroie, et vêtues de paletots à larges boutons. Elles contemplaient la côte embrumée par l'ombre du soir avec des jumelles assez fortes pour distinguer les satellites de Jupiter. Quelques-unes plus hardies et ayant le pied marin arpentaient le pont de ce pas gymnastique que les sergents de la garde, professeurs de marche, enseignent aux demoiselles d'outre-Manche. D'autres causaient avec des gentlemen d'une tenue irréprochable et d'une correction parfaite. Il y avait aussi des Français, des élèves de l'école d'Athènes, des peintres, des architectes prix de Rome, qui allaient se tremper aux sources du vrai beau. Ceux-là, avec tout l'entrain de la jeunesse ayant devant elle l'espérance et un petit pécule en poche, faisaient des plaisanteries, riaient bruyamment, fumaient des cigares, et se livraient à de chaudes discussions d'esthétique. Les renommées des grands maîtres anciens et modernes étaient discutées, niées, portées aux nues ; tout était admirable ou ridicule, sublime ou stupide, car les jeunes gens sont excessifs et ne connaissent pas de moyen terme. Ce ne sont pas eux qui marieraient le roi *Modus* et la reine *Ratio* : ce mariage de convenance ne se fait que plus tard.

À ce groupe animé, drapé dans son manteau comme un philosophe du Portique, était mêlé un jeune homme qui n'était ni peintre, ni sculpteur, ni architecte, et que les artistes voyageurs prenaient pour arbitre lorsque la discussion aboutissait de part et d'autre à quelque négation obstinée. C'était Guy de Malivert. Ses remarques judicieuses et fines montraient un véritable connaisseur, un critique d'art digne de ce nom, et ces jeunes gens si dédaigneux, qui flétrissent de l'épithète de bourgeois tout être n'ayant pas manié la brosse, le ciseau ou le tire-ligne, les écoutaient avec une certaine déférence, et quelquefois même les adoptaient. La conversation s'épuisa, car tout s'épuise, même une conversation sur l'idéal et le réel, et les interlocuteurs, le gosier un peu desséché, descendirent dans la cabine pour s'humecter le larynx de quelque grog ou de quelque autre breuvage chaud et cordial. Malivert resta seul sur le pont. La nuit était tout à fait tombée. Dans le ciel d'un azur noir, les étoiles brillaient avec des scintillations d'une vivacité et d'un éclat dont on ne peut se faire une idée quand on n'a pas vu le ciel de la Grèce. Leurs reflets[fq] s'allongeaient dans l'eau, y traçaient des sillages, comme l'auraient fait des lumières posées sur la rive ; l'écume brassée par les aubes des roues rejaillissait en millions de diamants qui brillaient un instant et se fondaient en bleuâtres phosphorescences. Le noir pyroscaphe semblait nager dans un bain de lumière. C'était un de ces spectacles qui exciteraient l'admiration du Philistin le plus obtus, et Malivert, qui n'était pas un Philistin, en jouissait délicieusement. Il n'eut pas même l'idée de descendre dans la salle de l'entre-pont, où règne toujours une chaleur nauséabonde, particulièrement sensible quand on vient de l'air frais, et il continua à se promener de l'arrière à l'avant du navire, contournant les Levantins installés le long du bordage sur leurs tapis ou leurs minces matelas du côté de la proue, parmi les paquets de chaînes et les rouleaux de cordages, et quelquefois faisant baisser son voile à quelque femme qui, ne se croyant pas vue, le soulevait pour aspirer la fraîcheur nocturne. Guy, comme on le voit, tenait la promesse qu'il avait faite de ne pas compromettre Mme d'Ymbercourt.

Il s'accouda sur le bastingage, et se laissa aller à une rêverie pleine de douceur. Sans doute depuis que l'amour de Spirite l'avait dégagé des curiosités terrestres, le voyage de Grèce ne lui inspirait plus le même enthousiasme qu'autrefois. C'est un autre voyage qu'il eût voulu faire[fr], mais il ne songeait plus à avancer son départ pour ce monde où sa pensée plongeait déjà. Il savait maintenant les conséquences du suicide, et il attendait sans trop s'impatienter que l'heure de s'envoler avec l'ange qui le visitait fût venue. Assuré de son bonheur futur, il se laissait aller à la sensation présente et jouissait en poète du magnifique spectacle de la nuit. Comme lord Byron, il aimait la mer[fs]. Cette éternelle inquiétude et cette plainte qui ne se tait jamais, même aux heures les plus calmes, ces brusques révoltes et ces fureurs insensées contre l'obstacle immuable avaient toujours plu à son imagination qui voyait dans cette turbulence vaine une secrète analogie avec l'inutile effort humain. Ce qui le charmait surtout de la mer, c'était le vaste isolement, le cercle d'horizon toujours semblable et toujours déplacé, la solennelle monotonie et l'absence de tout signe de civilisation. La même houle qui soulevait le bateau à vapeur dans sa large ondulation avait lavé les flancs des vaisseaux « aux flancs creux » dont parle Homère, et il ne lui en restait aucune trace. Son eau avait précisément le ton qui la colorait lorsque la flotte des Grecs la sillonnait. Dans sa fierté, la mer ne garde pas comme la terre les cicatrices du passage de l'homme. Elle est vague, immense et profonde comme l'infini. Aussi, jamais Malivert ne se sentait plus joyeux, plus libre, plus en possession de lui-même que lorsque, debout à la proue d'un navire s'élevant, s'abaissant, il s'avançait dans l'inconnu. Mouillé par la lanière d'écume rejaillissant sur le pont, les cheveux imprégnés de la vapeur

saline, il lui semblait qu'il marchait sur les eaux[ft], et, comme un cavalier s'identifie avec la vitesse de sa monture, il s'attribuait la rapidité du
vaisseau, et sa pensée bondissait au-devant des vagues.

Près de Malivert, Spirite était descendue sans bruit, comme une
plume ou un flocon de neige, et sa main s'appuyait à l'épaule du jeune
homme. Quoique Spirite fût invisible pour tout le monde, il est permis
de se figurer le groupe charmant que formaient Malivert et son aérienne
amie. La lune s'était levée, large et claire, pâlissant les étoiles, et la nuit
était devenue une espèce de jour bleu, un jour de grotte d'azur, d'un ton
vraiment magique. Un rayon dessinait à la proue du navire cet Amour
et cette Psyché brillant dans le scintillement diamanté de l'écume
comme de jeunes dieux à la proue d'une birème antique. Sur la mer,
avec un perpétuel fourmillement lumineux, s'étalait une large traînée
de paillettes d'argent, reflet de l'astre émergé de l'horizon et montant
lentement dans le ciel. Parfois un dauphin, descendant peut-être de
celui qui portait Arion, traversait de son dos noir le sillage étincelant
et rentrait brusquement dans l'ombre, ou bien dans le lointain, comme
un point rouge vacillant, se révélait le fanal de quelque barque. De
temps à autre, comme une découpure violette, la côte d'un îlot, bientôt
dépassée, apparaissait.

« C'est là, sans doute, disait Spirite, un merveilleux spectacle, un des
plus beaux, sinon le plus beau, qu'un œil humain puisse contempler ;
mais qu'est-ce à côté des prodigieuses perspectives du monde que je
quitte pour descendre vers vous, et où bientôt nous volerons l'un près de
l'autre "comme des colombes appelées par le même désir[fu] ?" Cette mer,
qui vous semble si grande, n'est qu'une goutte dans la coupe de l'infini,
et cet astre pâle qui l'éclaire, imperceptible globule d'argent, se perd
dans les effroyables immensités, dernier grain de la poussière sidérale.
Oh ! que je l'eusse admiré près de vous, ce spectacle, lorsque j'habitais
encore la terre et que je me nommais Lavinia ! Mais ne croyez pas que
j'y reste insensible, j'en comprends la beauté à travers votre émotion.

– Quelle impatience vous me donnez de l'autre vie, Spirite ! répondit
Malivert ; et comme avec ardeur je m'élance vers ces mondes aux splendeurs éblouissantes, au-dessus de toute imagination et de toute parole,
que nous devons parcourir ensemble et où rien ne nous séparera plus !

– Oui, vous les verrez ; vous en connaîtrez les magnificences et les
délices, si vous m'aimez, si vous m'êtes fidèle, si jamais votre pensée

ne se détourne vers rien d'inférieur, si vous laissez, comme au fond d'une eau qui repose, tomber au fond de vous l'impur et grossier limon humain. À ce prix, il nous sera permis de savourer, unis éternellement l'un à l'autre, la tranquille ivresse de l'amour divin, de cet amour sans intermittence, sans faiblesse, sans lassitude, et dont l'ardeur ferait fondre les soleils comme des grains de myrrhe sur le feu. Nous serons l'unité dans la dualité, le moi dans le non-moi, le mouvement dans le repos, le désir dans l'accomplissement, la fraîcheur dans la flamme. Pour mériter ces félicités suprêmes, songez à Spirite qui est au ciel et ne vous souvenez pas trop de Lavinia, qui dort là-bas sous sa couronne de roses blanches sculptées.

– Ne vous aimé-je pas éperdument, dit Malivert, avec toute la pureté et l'ardeur dont une âme encore retenue sur cette terre peut être capable ?

– Mon ami, répondit Spirite, persévérez ainsi, je suis contente de vous. »

Et comme elle disait ces mots, ses yeux de saphir étoilaient[fv] pleins d'amoureuses promesses, et un sourire voluptueusement chaste entrouvrait sa bouche adorable.

L'entretien se prolongea entre le vivant et l'ombre jusqu'à ce que les premières lueurs de l'aube eussent commencé à mêler leurs teintes roses aux nuances violettes de la lune, dont le disque s'effaçait peu à peu. Bientôt un segment de soleil parut au-dessus de la barre d'un bleu sombre que la mer formait à l'horizon, et le jour se répandit avec une explosion sublime. Spirite, ange de lumière[fw], n'avait rien à redouter du soleil, et elle resta quelques minutes sur la proue, étincelante de clartés roses et les feux du matin jouant comme des papillons d'or dans sa chevelure soulevée par la brise de l'Archipel. Si elle choisissait de préférence la nuit pour faire ses apparitions, c'était parce que, le mouvement de la vie humaine vulgaire étant suspendu, Guy se trouvait plus libre, moins observé et délivré du risque de passer pour fou à cause d'actions d'une extériorité forcément bizarre.

Comme elle vit Malivert pâle et glacé dans le frisson de l'aurore, elle lui dit d'un ton doucement grondeur : « Allons, pauvre créature d'argile, ne luttez pas contre la nature ; il fait froid, la rosée marine trempe le pont et mouille les cordages. Rentrez dans la cabine, allez dormir » ; et puis elle ajouta avec une grâce toute féminine : « Le sommeil ne nous sépare pas. Je serai dans tous tes rêves, et je t'emmènerai là où tu ne peux encore venir pendant la veille[fx]. »

En effet, le sommeil de Guy fut traversé de songes azurés, radieux, surnaturels, où il volait côte à côte avec Spirite à travers des élysées et des paradis, mélange de lueurs, de végétations et d'architectures idéales, dont aucune phrase de nos pauvres langues si bornées, si imparfaites, si opaques, ne saurait éveiller l'idée même la plus lointaine.

Il est inutile de décrire avec détail les impressions de voyage de Malivert ; ce serait sortir du cadre de ce récit, et d'ailleurs Guy, occupé de son amour et distrait par un désir inexorable, faisait beaucoup moins attention qu'autrefois aux choses matérielles ; il n'apercevait plus la nature que dans un lointain vague, brumeux et splendide, servant de fond à son idée fixe. Le monde n'était pour lui que le paysage de Spirite, et encore trouvait-il les plus beaux sites peu dignes de cet emploi.

Cependant le lendemain, au lever du jour, il ne put retenir un cri d'admiration et de surprise lorsque, le bateau à vapeur entrant dans la rade du Pirée[fy], il découvrit le merveilleux tableau qu'éclairait le matin : le Parnès, l'Hymette, formaient, avec leurs pentes couleur d'améthyste, comme les coulisses du splendide décor dont le Lycabète, bizarrement découpé, et le Pentélique occupaient le fond. Au milieu, comme un trépied d'or sur un autel de marbre, s'élevait sur l'Acropole le Parthénon illuminé par les lueurs vermeilles du matin ; les teintes bleuâtres des lointains, apparaissant à travers les interstices des colonnes écroulées, rendaient encore plus aérienne et plus idéale la noble forme du temple. Malivert eut le frémissement que donne la sensation du beau, et il comprit ce qui jusqu'alors lui avait semblé obscur. Tout l'art grec se révélait à lui, romantique[fz], dans cette rapide vision, c'est-à-dire la parfaite proportion de l'ensemble, la pureté absolue des lignes, la suavité incomparable de la couleur faite de blancheur, d'azur et de lumière.

Aussitôt débarqué, sans s'occuper de ses bagages, laissés au soin de Jack, il se jeta dans un de ces fiacres qui, à la honte de la civilisation moderne, emportent, à défaut de chars antiques, les voyageurs du Pirée vers Athènes sur une route blanche de poussière et bordée çà et là de quelques oliviers enfarinés. Le véhicule de Malivert, tout démantelé et rendant un son inquiétant de ferraille, était emporté au galop par deux petits chevaux maigres d'un gris pommelé, à la crinière relevée et coupée en brosse : on eût dit le squelette, ou plutôt la maquette en terre des chevaux de marbre qui se cabrent sur les métopes du Parthénon ; leurs aïeux, sans doute, avaient posé pour Phidias. Ils étaient fouaillés à tour de bras par un éphèbe revêtu d'un costume de Palikare[ga], qui peut-être, conducteur d'un plus brillant attelage, eût jadis remporté le prix des chars aux courses d'Olympie.

Laissant les autres voyageurs envahir l'hôtel d'Angleterre, Guy se fit conduire au pied de la colline sacrée où le genre humain, dans sa fleur de jeunesse, de poésie et d'amour, entassa ses plus purs chefs-d'œuvre comme pour les présenter à l'admiration des dieux. Il monta l'ancienne rue des Trépieds, enfouie sous d'informes cahutes, foulant d'un pas respectueux cette poussière faite de merveilles, et déboucha enfin sur cet escalier des Propylées dont on a soulevé des marches pour en faire des pierres tombales ; il gravit cet étrange cimetière parmi un tumulte de dalles soulevées, entre les soubassements, dont l'un porte le petit temple de la Victoire Aptère[gb], et l'autre servait de piédestal à la statue équestre de Cimon et de terre-plein à la Pinacothèque où se conservaient les chefs-d'œuvre de Zeuxis, d'Apelles, de Timanthe et de Protogène[gc].

Il franchit les Propylées de Mnésiclès, chef-d'œuvre digne de servir de porte au chef-d'œuvre d'Ictinus et de Phidias, avec un sentiment d'admiration religieuse ; il avait presque honte, lui barbare d'Occident, de marcher avec des bottes sur ce sol sacré.

Au bout de quelques pas, il se trouva devant le Parthénon – le temple de la Vierge[gd] –, le sanctuaire de Pallas-Athénè, la plus pure conception du polythéisme.

L'édifice se déployait dans la bleue sérénité de l'air avec une placidité superbe et une majestueuse suavité. Une divine harmonie présidait à ses lignes, qui, sur un rythme secret, chantaient l'hymne de la beauté. Toutes, doucement, tendaient à un idéal inconnu, convergeaient vers un point mystérieux, mais sans effort, sans violence, et comme sûres de l'atteindre. Au-dessus du temple, on sentait planer cette pensée vers laquelle l'angle des frontons, les entablements, les colonnes aspiraient et semblaient vouloir monter, imprimant d'imperceptibles courbes à l'horizontal et au perpendiculaire[ge]. Les belles colonnes doriques, drapées dans les plis de leurs cannelures et un peu rejetées en arrière, faisaient rêver à de chastes vierges qu'alanguit un vague désir[gf].

Une couleur blonde et chaude enveloppait la façade dans une atmosphère d'or, et, sous le baiser du temps, le marbre avait pris une nuance vermeille et comme une rougeur pudique[gg].

Sur les marches du temple, entre les deux colonnes derrière lesquelles s'ouvre la porte du pronaos[gh], Spirite se tenait debout dans cette pure clarté grecque si peu favorable aux apparitions, au seuil même de ce Parthénon si clair, si parfait, si lumineusement beau. Une longue robe blanche, sculptée à petits plis comme les tuniques des canéphores[gi], descendait de ses épaules jusque sur le bout de ses petits pieds nus. Une couronne de violettes – de ces violettes dont Aristophane célèbre la fraîcheur dans une de ses parabases[gj] – ceignait ses cheveux d'or aux bandeaux ondés. Costumée ainsi, Spirite ressemblait à une vierge des Panathénées descendue de sa frise. Mais dans ses yeux de pervenche brillait une lueur attendrie qu'on ne voit pas aux yeux de marbre blanc. À cette radieuse beauté plastique, elle ajoutait la beauté de l'âme.

Malivert monta les degrés et s'approcha de Spirite, qui tendit la main vers lui. Alors, dans un éblouissement rapide, il vit le Parthénon comme il était aux jours de sa splendeur. Les colonnes tombées avaient repris leur place ; les figures du fronton arrachées par lord Elgin[gk], ou brisées par les bombes vénitiennes, s'étaient groupées sur les frontons, pures, intactes, dans leurs attitudes humainement divines. Par la porte de la cella, Malivert entrevit, remontée sur son piédestal, la statue d'or et d'ivoire[gl] de Phidias, la céleste, la vierge, l'immaculée Pallas-Athénè ; mais à ce prodige il ne jeta qu'un regard distrait et ses yeux cherchèrent aussitôt les yeux de Spirite.

Ainsi dédaignée, la vision rétrospective s'était évanouie.

« Oh ! murmura Spirite, l'art lui-même est oublié pour l'amour. Son âme se détache de plus en plus de la terre. Il brûle, il se consume. Bientôt, chère âme, il sera accompli, ton désir ! »

Et le cœur de la jeune fille battant encore dans la poitrine de l'esprit, un soupir souleva son blanc péplos.

XVI

Quelques jours après cette visite au Parthénon, Guy de Malivert résolut de faire une tournée dans les environs d'Athènes, et d'aller visiter ces belles montagnes qu'il découvrait de sa fenêtre. Il prit un guide et deux chevaux, et laissa Jack à l'hôtel comme inutile et même gênant. Jack était un de ces domestiques plus difficiles à contenter que leur maître et dont le désagrément ne se révèle qu'en voyage. Il avait ses manies comme une vieille fille et trouvait tout détestable, les chambres, les lits, les mets, les vins, et à tout moment, outré de la barbarie du service, il s'écriait : « Ah ! les sauvages ! » En outre, s'il reconnaissait à Malivert quelque talent pour écrire, il le jugeait en lui-même incapable de se gouverner et passablement fou, surtout depuis quelque temps, et il s'était donné la mission de le surveiller. Un froncement de sourcil de Malivert le faisait d'ailleurs reculer à son plan, et le mentor, avec une merveilleuse facilité de métamorphose, reprenait le rôle de valet de chambre.

Guy fit glisser un certain nombre de pièces d'or dans une ceinture de cuir qu'il portait sous ses vêtements, mit des pistolets aux fontes de sa selle, et en partant n'assigna pas de jour fixe pour son retour, voulant se laisser la liberté de l'imprévu, de l'aventure, du vagabondage à tout hasard. Il savait que Jack, accoutumé à ses disparitions, ne s'alarmerait pas de plusieurs jours et même de plusieurs semaines de retard, et resterait dans une quiétude parfaite dès qu'il aurait appris au cuisinier de l'hôtel à faire cuire le bifteck selon ses idées – saisi au dehors et rose en dedans – à l'anglaise.

L'excursion de Guy, sauf changement d'idée, devait se borner au Parnès^{gm} et ne pas dépasser cinq ou six jours. Mais, au bout d'un mois, ni Malivert ni son guide n'avaient reparu. Aucune lettre n'était venue à l'hôtel annonçant un changement ou une prolongation d'itinéraire ; la somme emportée par Guy devait tirer à sa fin, et ce silence commençait à devenir inquiétant. « Monsieur ne me demande pas d'argent, se dit Jack un matin, en mangeant un bifteck enfin cuit à point qu'il arrosait d'un vin blanc de Santorin assez agréable, malgré son petit goût de résine ; cela n'est pas naturel, il doit lui être arrivé quelque chose. S'il continuait son voyage, il m'aurait indiqué une ville pour lui envoyer des fonds, puisque c'est moi qui tiens la bourse. Pourvu qu'il ne se

soit pas cassé le cou ou les reins dans quelque précipice ! Aussi, quelle
diable d'idée a-t-il de chevaucher toujours par des pays sales, mal pavés,
absurdes, faméliques, tandis que nous pourrions être à Paris, douillet-
tement installés dans un intérieur confortable, à l'abri des insectes, des
moustiques et autres vilaines bêtes qui vous font venir des ampoules !
Dans la belle saison je ne dis pas, je conçois qu'on aille à Ville-d'Avray,
à la Celle-Saint-Cloud, à Fontainebleau – non pas à Fontainebleau, il
y a trop de peintres ! – et encore, j'aime mieux Paris. On a beau dire,
la campagne est faite pour les paysans et les voyages pour les commis
voyageurs, puisque c'est leur état. Mais cela finit par n'être pas drôle
d'être planté à l'auberge pour reverdir dans une ville où il n'y a que
des ruines à voir. Dieu ! sont-ils bêtes, les maîtres, avec leurs vieilles
pierres, comme si des bâtiments neufs et bien entretenus n'étaient pas
cent fois plus agréables à l'œil ! Décidément, monsieur manque tout à
fait d'égards envers moi. C'est vrai, je suis son domestique, mon devoir
est de le servir ; mais il n'a pas le droit de me faire mourir d'ennui à
l'hôtel d'Angleterre ! – S'il lui était arrivé quelque malheur à ce cher
maître – après tout c'est un bon maître – je ne m'en consolerais que si
je trouvais une meilleure place ! J'ai bien envie d'aller à sa recherche,
mais de quel côté ? qui sait où sa fantaisie l'a poussé ! aux sites les plus
extravagants et les plus impraticables, dans ces casse-cou et ces fondrières
qu'il appelle pittoresques et dont il prend le signalement sur son album
comme si c'était chose curieuse ! Allons, je lui donne encore trois jours
pour réintégrer le domicile, après quoi je le fais tambouriner et afficher à
tous les carrefours comme un chien perdu, avec promesse de récompense
honnête à qui le ramènera. »

En sa qualité de serviteur sceptique et moderne, se moquant fort
du valet de chambre dévoué et fidèle à la mode ancienne, l'honnête
Jack raillait son inquiétude très véritable. Au fond il aimait Guy de
Malivert et lui était attaché. Quoiqu'il se sût porté sur le testament de
son maître pour une somme qui lui assurait une modeste aisance, il
n'en désirait par la mort.

L'hôte commençait à se montrer soucieux, non de Malivert, dont
la dépense était payée, mais des deux chevaux qu'il avait fournis pour
l'expédition. Comme il se lamentait sur le sort problématique de ces
deux bêtes sans pareilles, d'un pied si sûr, d'une allure si douce, d'une
bouche si tendre et qu'on conduisait avec un fil de soie, Jack, impatienté,

lui dit d'un air de dédain suprême : « Eh bien ! si elles sont crevées, vos deux rosses, on vous les payera » ; assurance qui rendit toute sa sérénité au brave Diamantopoulos.

Chaque soir la femme du guide, belle et robuste matrone qui eût pu remplacer la cariatide enlevée au Pandrosion[gn] et que supplée un moulage de terre cuite, venait demander si Stavros[go], son mari, n'était pas revenu avec ou sans le voyageur. Après la réponse invariablement négative, elle allait s'asseoir sur une pierre à peu de distance de l'hôtel, défaisait la natte blonde postiche qui cerclait ses cheveux noirs, dont elle secouait les mèches, se portait les ongles aux joues comme si elle eût voulu s'égratigner, poussait des soupirs de ventriloque et se livrait aux démonstrations théâtrales de la douleur antique. Ce n'est pas qu'au fond elle fût très touchée, car Stavros était un assez piètre sujet fort ivrogne, qui la battait quand il était gris, et rapportait peu d'argent au ménage quoiqu'il en gagnât assez à mener des étrangers en laisse ; mais elle devait aux convenances de manifester un désespoir suffisant. Une médisance qui n'était pas une calomnie l'accusait de faire consoler ses veuvages intermittents par un beau palikare à la taille de guêpe, à la fustanelle[gp] évasée en cloche, mesurant bien soixante mètres de fine étoffe plissée, à la calotte rouge dont la houppe de soie bleue lui descendait jusqu'au milieu du dos. Cette douleur vraie ou fausse, exprimée en rauques sanglots qui rappelaient les aboiements d'Hécube, ennuyait et troublait fort Jack, qui, bien qu'incrédule, était un peu superstitieux. « Je n'aime pas, disait-il cette femme qui hurle au perdu comme un chien sentant la mort. » Et les trois jours qu'il avait accordés comme limite extrême pour le retour de Malivert étant expirés, il alla faire sa déclaration à la justice.

On se livra aux plus actives recherches dans la direction probable qu'avaient dû prendre Malivert et son guide. La montagne fut battue dans tous les sens, et, dans un chemin creux on trouva une carcasse de cheval couchée sur le flanc, entièrement déshabillée de son harnais et déjà à moitié dévorée par les corbeaux. Une balle lui avait brisé l'épaule et l'animal avait dû s'abattre sur le coup avec son cavalier. Autour de la bête morte le terrain semblait avoir été foulé comme dans une lutte, mais trop de temps s'était écoulé déjà depuis l'époque présumée de l'attaque, qui devait remonter à plusieurs semaines ; il n'y avait pas grande induction à tirer de ces vestiges à demi effacés par la pluie ou le

vent. Dans un buisson de lentisques, voisin de la route, une branche avait
été coupée à moitié au passage d'un projectile : la portion supérieure
avait fléchi et pendait desséchée.

La balle, qui était celle d'un pistolet, fut retrouvée plus loin dans
le champ. La personne assaillie paraissait s'être défendue. Quelle avait
été l'issue de la lutte ? On devait croire qu'elle avait été fatale, puisque
Malivert ni son guide n'avaient reparu. Le cheval fut reconnu pour un
de ceux qu'avait loués Diamantopoulos au jeune voyageur français. Mais,
faute d'éléments plus précis, l'instruction ne put aller plus loin. Toute
trace des agresseurs, de la victime ou des victimes, car il devait y en
avoir deux, se perdait. Le fil conducteur se cassait dès le commencement.

Le signalement détaillé de Malivert et de Stavros fut envoyé à tous
les endroits possibles où le tracé des routes avait dû les conduire. On
ne les avait vus nulle part. Leur voyage s'était terminé là. Peut-être des
brigands avaient-ils amené Malivert dans quelque caverne inaccessible
de montagne avec l'idée d'en tirer rançon ; mais cette supposition tombait d'elle-même au bout de quelques minutes d'examen. Les bandits
auraient envoyé un des leurs déguisés à la ville, et trouvé moyen de faire
passer à Jack une lettre contenant les conditions du rachat, avec menace
de mutilation en cas de retard et de mort en cas de refus, ainsi que
se traitent ces sortes d'affaires. C'est ce qui n'avait pas eu lieu. Aucun
papier de ce genre n'était venu de la montagne à Athènes, et la poste
aux lettres des brigands n'avait pas fonctionné[gq].

Jack, que l'idée de retourner en France sans son maître, dont on
pourrait le croire l'assassin, troublait singulièrement, bien qu'il n'eût
pas bougé de l'hôtel d'Angleterre, ne savait à quel saint se vouer, et
plus que jamais il maudissait cette manie de voyage qui entraînait un
homme bien mis dans des sites farouches où des voleurs en costume de
carnaval les tiraient comme un lièvre.

Quelques jours après ces recherches, Stavros reparut à l'hôtel, mais
dans quel état, grands dieux ! hâve, maigre, défait, l'air effaré et fou,
comme un spectre qui sort du tombeau sans en avoir secoué la terre.
Son costume riche et pittoresque, dont il tirait vanité et qui produisait
un si bon effet sur les voyageurs épris de couleur locale, lui avait été
enlevé et était remplacé par des guenilles sordides tout empreintes de la
boue des bivouacs ; une peau de mouton graisseuse couvrait ses épaules,
et nul n'aurait reconnu en lui le guide favori des touristes. Son retour

inattendu fut signalé à la justice. Stavros fut provisoirement arrêté, car enfin, quoique bien connu dans Athènes et relativement honnête, il était parti avec un voyageur et revenait seul : circonstance que les juges méticuleux ne trouvent pas volontiers naturelle. Cependant Stavros parvint à démontrer son innocence. Son industrie de guide s'opposait logiquement à ce qu'il détruisît les voyageurs dont il tirait profit et qu'il n'avait d'ailleurs pas besoin d'assassiner pour les voler. Pourquoi aurait-il été attendre au bord du chemin des victimes qui le suivaient de leur plein gré sur la grande route, lui accordant de leur or une part suffisante ? Mais le récit qu'il faisait de la mort de Malivert était des plus étranges et vraiment difficile à croire. Selon lui, pendant qu'ils chevauchaient paisiblement l'un et l'autre dans le chemin creux à la place où l'on avait trouvé la carcasse du cheval, une détonation d'arme à feu s'était fait entendre, suivie d'une autre à un intervalle inappréciable. Le premier coup avait renversé le cheval que montait M. de Malivert, et le second atteint le voyageur même, qui, par un mouvement instinctif, avait porté la main aux fontes de sa selle et lâché au hasard un coup de pistolet.

Trois ou quatre bandits s'étaient élancés des buissons pour dépouiller Malivert. Deux autres l'avaient fait descendre de cheval, lui Stavros, et le tenaient par les bras, quoiqu'il n'essayât pas une résistance inutile.

Jusque-là ce récit ne différait pas beaucoup des vulgaires histoires de grand chemin, mais la suite était beaucoup moins croyable, quoique le guide l'affirmât sous la foi du serment. Il prétendait avoir vu près de Malivert mourant, dont le visage, loin d'exprimer les angoisses de l'agonie, rayonnait au contraire d'une joie céleste, une figure d'une éclatante blancheur et d'une merveilleuse beauté qui devait être la *Panagia*gr, et qui posait sur la blessure du voyageur, comme pour lui ôter la souffrance, une main de lumière.

Les bandits, effrayés de l'apparition, s'étaient enfuis à quelque distance, et alors la belle dame avait pris l'âme du mort et s'était envolée au ciel avec elle.

On ne put jamais le faire varier dans cette déposition. Le corps du voyageur avait été caché sous une roche déplacée, au bord d'un de ces torrents dont le lit toujours sec en été est rempli de lauriers-roses. Quant à lui, pauvre diable ne valant pas la peine d'être tué, après l'avoir dépouillé de ses beaux habits, on l'avait emmené bien loin dans les montagnes pour qu'il n'allât pas dénoncer le meurtre, et c'était avec grande peine qu'il était parvenu à s'échapper.

Stavros fut relâché ; s'il eût été coupable, il lui eût été facile de gagner les îles où les côtes d'Asie avec l'argent de Malivert. Son retour prouvait son innocence. Le récit de la mort de Malivert fut envoyé à Mme de Marillac, sa sœur, à peu près dans les mêmes termes où Stavros l'avait fait. L'apparition de Spirite y était même mentionnée, mais comme une hallucination produite par la frayeur sur le guide, dont le cerveau ne paraissait pas bien sain.

À peu près à l'heure où cette scène de meurtre se passait sur le mont Parnès, le baron de Féroë était retiré, selon sa coutume, au fond de son appartement inaccessible, occupé à lire cet étrange et mystérieux ouvrage de Swedenborg qui a pour titre *les Mariages de l'autre vie*[85].

Au milieu de sa lecture il sentit un trouble particulier, comme lorsqu'il était averti de quelque révélation. La pensée de Malivert traversa son cerveau, quoiqu'elle n'y fût amenée par aucune transition naturelle. Une lueur se répandit dans sa chambre, dont les murs devinrent transparents, et qui s'ouvrit comme un temple hypèthre[86], laissant voir à une immense profondeur, non pas le ciel qui arrête les yeux humains, mais le ciel pénétrable aux seuls yeux des voyants.

Au centre d'une effervescence de lumière qui semblait partir du fond de l'infini, deux points d'une intensité de splendeur plus grande encore, pareils à des diamants dans de la flamme, scintillaient, palpitaient et s'approchaient, prenant l'apparence de Malivert et de Spirite. Ils volaient l'un près de l'autre, dans une joie céleste et radieuse, se caressant du bout de leurs ailes, se lutinant avec de divines agaceries.

Bientôt ils se rapprochèrent de plus en plus, et, comme deux gouttes de rosée roulant sur la même feuille de lis, ils finirent par se confondre dans une perle unique.

« Les voilà heureux à jamais ; leurs âmes réunies forment un ange d'amour, dit avec un soupir mélancolique le baron de Féroë. Et moi, combien de temps me faudra-t-il encore attendre ? »

NOTES

AVATAR

a. Le mot, qui est encore un néologisme oriental, se trouve dans le Littré, avec la définition suivante : « Dans la religion indienne descente d'un dieu sur la terre et en particulier les incarnations de Vishnou qui sont en dix principales formes. » Si Gautier a lu les chapitres de Creuzer sur la religion de l'Inde, il a pu y découvrir, avec la satisfaction que l'on devine, tant il y retrouvait son « panthéisme », sa passion des métamorphoses, et son refus d'un univers fixé, une doctrine de l'émanation des formes divines à partir d'une divinité unique et supérieure, de l'incarnation des dieux capables de rentrer les uns dans les autres, l'incarnation recommencée supposant des réincarnations sans fin. « Ils ne font que changer de formes, la vie et la mort se succèdent dans un cercle perpétuel et la substance demeure au milieu de toutes les variations » (p. 149), disait Creuzer à propos de l'opposition des principes de création et de destruction. De même pour *The Hindu Panteon*, p. 13, un avatar ou avatara *« is a descent of the Deity in the shape of a mortal »*. Autrement dit, il n'y a pas de mort, pas de néant, pas de perte possible, le divin n'est jamais distant de la forme humaine, et il produit un monde vertigineux de fables. Donc le mot-titre, beaucoup moins banalisé que maintenant, place l'aventure parisienne et moderne dans le contexte d'une immense mythologie.

b. *Cf.* Térence, *L'Eunuque* (acte I, sc. 2, v. 105). « Je suis plein de fentes et je fuis de toutes parts. ». Dans ce roman circulaire, les premières lignes renvoient aux dernières : c'est la vie, qui est malade chez Octave ; elle semble fuir hors de lui, s'arrête et en de brèves pauses mystérieuses. Et cette vie, c'est son âme, qui tend à se séparer de son corps comme elle le fera à la fin : par là il ressemble au merveilleux fakir que l'on va voir ; il peut transcender par cette faiblesse vitale les limites de la vie et de la mort : il vit à peine, il est mort dans la vie.

c. Dans *Melancolia*, poème de 1834, Gautier avait déjà évoqué le « grand soleil tout noir » de la gravure de Dürer de 1514 (dont le titre n'est pas « Melancholia », mais *Melencolia*). Il avait tenté dans ce premier texte une transposition d'art : il traduisait la gravure en vers et imaginait sa Mélancolie en personnage de tableau. Sur cet oxymore célèbre, voir Hélène Tuzet, « L'image du soleil noir », dans *Revue des sciences humaines*, 1957.

d. Première apparition de ce thème de la chaleur, de la lumière qui calcinent les hommes, et qui s'oppose à celui du froid dans toute la nouvelle ; Octave, mourant déjà, est évidemment du côté du froid.

e. *Boulle* (1654-1732), sculpteur, ébéniste, inventeur d'une marqueterie spéciale, incrustée d'écaille et de cuivre.

f. Description symbolique et non dénuée d'humour, où les choses participant à la « pensée » d'Octave sont atteintes par la même suspension de la vie ; où elles vivent dans la mesure où elles ne vivent plus, mais sont plongées dans la restriction, la stagnation, la dégradation ; ainsi se compose un mobilier intérieur, un « paysage » de la mélancolie ou de la vie négative. Tout au fond de cette description on trouvera le modèle balzacien.

g. C'est l'âme qui est malade chez Octave : il n'y a plus en lui le feu, la lumière de l'âme (« l'étincelle »), elle s'est (déjà) « envolée » virtuellement. La maladie morale a éteint les composantes de la vie spirituelle : volonté, espérance et désir. Absent de la vie réelle, Octave a aussi abdiqué de toute vie idéale. Comme malade, il relève d'une médecine morale de l'âme, celle de Cherbonneau. Mais le personnage pose tout le problème du refus de la mélancolie par Gautier : sa mélancolie autodestructrice pourrait être plus profonde que son amour malheureux ; et « le mal du siècle » est l'objet d'un diagnostic critique, c'est un refus de vivre, un désir de mort, un retournement de la vie contre elle-même, ou de la *pensée*, de la vie morale, de la passion contre la vitalité. Un excès de désir qui détruit le moi. Octave renonce d'emblée à être un *moi*, à être *son moi*, il le dira plus bas. L'asthénie confondue avec le romantisme est le propre d'un moi qui est trop et trop peu lui-même : en ce sens *Avatar* est « l'éducation sentimentale » ratée d'un amant qui a renoncé à vivre, qui se sépare de tout et de lui-même ; l'avatar est aussi une thérapie de la personne, Cherbonneau ne le cache pas, et sur ce point il échoue. Plus fort que son pouvoir, il y a la fatalité tragique, et le défaitisme d'Octave, le fait qu'n'étant attiré par rien en dehors de lui, sinon une passion mortelle, il est désintéressé de lui-même : entre ces premières lignes et les dernières, il n'y a que le sursis inutile de l'*avatar*, qui peut-être implique un consentement joyeux à la vie et à la mort.

h. *Cf. Le Club des Hachichins*, chap. VI, où le mot *kief* désigne le bien-être complet, la sieste, le repos absolu ; voir Nerval, *Voyage en Orient*, *O.C.*, t. II, Pléiade, p. 457, le chapitre « Le kief ». Octave a le visage, idéalisé, féminisé sans doute, de Gautier lui-même. Même chevelure, même calme, même teint ; c'est Gautier réincarné : l'avatar commence tout de suite par un Gautier plus jeune, plus purement beau, plus élégant.

i. Le « fantastique en habit noir » contourne avec soin les thèmes qui ont fait le succès des *Jeunes-France* ; Octave n'est pas Onuphrius : il n'est pas la victime du romantisme ou de la mode. Il est donc défini négativement par rapport aux clichés romantiques. La « fille de marbre », ou fille sans cœur, est venue, elle, des *Filles de marbre*, drame en cinq actes de Théodore Barrière et Lambert Thiboust, représenté le 17 mai 1853 au Vaudeville. C'était une réplique à *La Dame aux Camélias* d'Alexandre Dumas fils qui prenait à contre-pied le thème de la courtisane amoureuse ; Gautier en a fait un compte rendu dans *La Presse* du 23 mai 1853. Voir dans R. Jasinski, *À travers le XIXᵉ siècle*, p. 171, une lettre d'Alice Ozy à Gautier où vivement indignée par cette satire des courtisanes elle fait sa propre apologie (« Je ne suis pas une fille de marbre. ») et demande à Gautier de prendre la défense de ses semblables.

j. Allusions à l'histoire du romantisme : dans *Manfred* de Byron, le héros qui incarne la négativité romantique escalade la Jungfrau pour tenter de se jeter dans le vide. *Escousse* (1813-1832), est l'exemple célèbre du suicidé romantique : poète et dramaturge, il s'est tué avec son ami Auguste Lebras au moyen d'un réchaud de charbon ; suicide littéraire, pour insuccès, suicide ostentatoire, suicide agressif et révolté. Les années 1830 voient les romantiques frénétiques tentés de « passer à l'acte » et de se suicider. C'est dans la réalité l'histoire de Chatterton.

k. Le fantastique peut utiliser la science, mais en refusant le matérialisme et le positivisme. Il est chez Gautier un manifeste idéaliste.

l. Le docteur Cherbonneau existe et Gautier joue sur l'ambiguïté du fictif et du réel : il y a un savant orientaliste qui se nomme ainsi, il est célèbre et il a été le condisciple de Gautier au Collège Charlemagne. Il a publié en janvier 1853 dans *Le journal asiatique* une « Lettre à M. Defrémery sur Ahmed Baba le Tombouctien », et en 1855 il a édité un *Essai sur l'histoire de la littérature arabe au Soudan*. Il est connu, et le *Moniteur universel* exploite cette demi-mystification : entre deux livraisons de la nouvelle, le 11 mars 1856, Édouard Thierry, autre rédacteur du journal, rend compte de l'*Essai* de Cherbonneau : « Mon camarade de collège, Auguste Cherbonneau, s'il vous plaît, et non pas Balthazar… ». Balthazar, nom d'un roi Mage, prénom d'un mage. Cherbonneau enfin, le vrai, a aussi publié en 1852, 1853, 1856, des traductions des *Mille et Une nuits*.

Dans *Partie carrée* (O.C. t. X, Genève, Slatkine reprints, 1978, p. 179 *sq.*) Dakcha se présente comme la première esquisse de Cherbonneau : le vieil illuminé, le fanatique indien a la même maigreur desséchée, « et comme momifiée », des yeux creux et brillants « comme ceux d'un animal et dont l'âge n'avait pas amorti une seule étincelle », des joues qui adhèrent aux mâchoires, c'est « un spectre jaune » qui semble avoir vécu des millénaires, cependant « ses prunelles sont le seul point vivant dans sa face morte ».

m. *Lochs*, selon Littré, le mot orthographié ordinairement *looch* est un terme de pharmacie, qui désigne un médicament liquide de la consistance d'un sirop épais et administré par la voie orale.

n. Chez Octave le caractère fantastique est caché ; chez le docteur, il est si apparent qu'il est évidemment « fantastique » et hoffmannesque. Il appartient au versant grotesque d'Hoffmann, il est une caricature de l'homme, un cauchemar vivant, un jeu sur la forme humaine, une ratée de la nature, un paradoxe ; bref, il relève du « comique absolu » baudelairien. On se reportera à propos de son grotesque aux pages de G. Ponnau (*op. cit.* p. 150 *sq.*) sur les bouffons du fantastique qui sont le négatif du savant prométhéen, la dérision de la *libido sciendi* et son inversion. Singe de Dieu peut-être, bien qu'il ne veuille rien créer, Cherbonneau est le singe de l'homme, un macaque à face humaine.

o. *Pandit* : savant ou docteur indien du corps des brahmes et voué à l'enseignement (Littré). Le docteur est l'antithèse d'Octave : dans l'un la vie est saine, et l'âme morte, dans l'autre il n'y a plus de vie matérielle, il n'y a que la vie et la force de l'âme (du regard) qui demeure dans un corps décharné ; d'où le soupçon (qui annonce l'avatar final et qui admettrait que le docteur n'en est pas à son premier coup) que ses yeux auraient pu être volés à un enfant : la transplantation d'organes expliquerait que le docteur n'a pas le regard de son corps, peut-être le corps de son âme. Le vol des yeux d'un enfant est le grand thème de *L'Homme au sable* d'Hoffmann.

p. C'est-à-dire, d'après le *Grand Larousse du XIXᵉ siècle*, « fanatique indou qui prétend s'unir étroitement au Grand Être en se rendant insensible aux impressions extérieures ». Par deux fois dans *Partie carrée* (éd. citée, p. 202) : « J'ai entendu plus d'une fois des brahmes assis sur une peau de gazelle entre les quatre réchauds mystiques, parler de ce qui se pouvait et de ce qui ne se pouvait », puis dans les dernières lignes, (p. 327) où le héros déçu dans ses espoirs de libération de l'Inde recommence, inlassable, de terribles tortures ascétiques, toujours assis entre ses quatre réchauds), Gautier a repris cette image qui lui plaît manifestement, car en 1858 (*cf. Les Plus Belles Lettres de Théophile Gautier*, Paris, p. 76) alors qu'il est enrhumé, il écrit à Feydeau « Je suis assis sur ma peau comme les Sanyasis de l'Inde, non pas entre quatre réchauds, mais entre quatre mouchoirs… » Cette position de pénitent exposé à la chaleur du feu était décrite par Sonnerat (*Voyage aux Indes* […], p. 260 *sq*) ; c'est aussi dans E. Burnouf que Gautier selon l'article de H. David, a pu trouver ce trait (*Cf.* E. Burnouf, *Introduction à l'histoire du bouddhisme indien*, Paris, t. I, 1844 ; t. II, 1852).

q. Nouveau signe prémonitoire de la puissance d'avatar. L'âme d'Octave est docile à la poignée de main du docteur qui est en fait une communication et une action « magnétiques ».

r. *Lypémanie* : Ou tristesse maniaque, passion triste et oppressive, maladie répertoriée par la psychiatrie du XIXᵉ siècle, en particulier par Esquirol qui a déjà fait une apparition ridicule à la fin d'*Onuphrius* et qui préfère ce néologisme pédant au mot « mélancolie ». Cherbonneau récuse tous les termes des psychiatres contemporains : la maladie « fantastique » est une maladie des principes spirituels, la volonté, l'âme, qui n'agissent plus sur le corps et qui tendent à se libérer de la vie dans une sorte de dévoiement de l'esprit.

s. Déjà dans son article sur *Le Haschich* Gautier a évoqué ce désir de se fondre dans la vie universelle. Cette confusion commençante entre le moi provisoire et la Substance éternelle et universelle qui relève de la difficulté du moi à n'être que lui-même, renvoie à une sorte de panthéisme peut-être « indien » et rejoint aussi l'esthétique de Gautier, pour qui le génie est un microcosme, un tout lié à l'harmonie du Tout et la traduisant dans la mesure où il participe à elle ; son âme est un petit monde complet qui est le miroir du Tout.

t. La mélancolie d'Octave, état de retrait hors de la réalité et de désinvestissement de la vie, est présentée comme un divorce plus profond de l'âme et du corps : les deux substances ne coïncident plus, ne vont plus ensemble ; l'une est un mécanisme qui s'arrête, l'autre, la conscience lucide de cette scission.

u. Le spiritualisme « fantastique » de Cherbonneau prend des accents propres à l'énergétique balzacienne : la pensée est une force matérielle, elle se dépense comme un fluide actif, la volonté agit et peut tuer. Dans *Louis Lambert* le regard du héros « est chargé de pensée comme une bouteille de Leyde est chargée d'électricité » ; dans *Les Martyrs ignorés* la pensée « fluide de la nature des impondérables [...] agit comme une bouteille de Leyde ». Gautier parle lui-même d'« électricité intellectuelle ». C'est en 1746 que la bouteille de Leyde révéla la force du courant électrique condensé.

v. « C'est une vieille histoire qui reste toujours nouvelle et celui à qui elle vient d'arriver en a le cœur brisé », citation prise dans *Intermezzo*, recueil paru en 1823 et partiellement traduit et présenté par Nerval dans la *Revue des Deux Mondes* en septembre 1848.

w. « La loggia est une sorte de Musée en plein air », dit Gautier dans son *Voyage en Italie* (Paris, Charpentier, 1875, p. 350) : il décrit le monument, rappelle que son nom (« loge des lances ») lui vient d'une caserne qui « existait non loin de là » et commente le Persée de Cellini.

x. *Cf. ibid.*, p. 332 : « Nous nous trouvâmes devant le café Doni, ce Tortoni de Florence » ; c'est là que deux bouquetières « se précipitèrent » sur Gautier, elles étaient « un peu basanées mais assez belles, costumées avec une sorte d'élégance et coiffées de ces fameux chapeaux de paille d'Italie à tresse fine [...] ; Florence est la ville des fleurs. »

y. Gautier allait lui aussi aux Cascine « pour voir des figures humaines » (*ibid.*, p. 353 *sq.*), et définissait la promenade célèbre comme une « espèce de Champs-Élysées et de Hyde Park toscan où de trois heures à cinq heures afflue [...] tout ce que la ville renferme de riche, de noble, d'élégant et même de prétentieux ». Aux Cascine (« dont le nom signifie laiteries »), ce sont en effet les voitures arrêtées au rond-point qui servent « de canapés et de fauteuils » (p. 358) ; Gautier a résumé dans le récit sa description du *Voyage* : « La promenade aux Cascine était un des épisodes importants de la journée. Il s'y tenait une espèce de bourse d'amour où se côtaient les actions des femmes [...] les intrigues et les amours allaient leur train sans trop de scandale... Les amants en pied, les attentifs et les simples galants venaient rendre visite à la calèche de leur choix [...] ». Gautier se réécrit sereinement. Le passage sur les Cascine a paru dans *Le Pays* le 13 mars 1852, puis dans *Quand on voyage*, en 1865, avant d'être repris dans le *Voyage en Italie.*

z. Chose étrange, ce texte n'est pas entièrement de Gautier. Cette apparition où la beauté, le luxe, l'étrangeté constituent une véritable apparition progressive de la Femme idéale, on la doit (comme l'a révélé Mme Cottin dans son article, « Marie Mattei inspiratrice de Gautier », dans la *Revue d'histoire littéraire de la France*, juillet-septembre 1965), à Marie Mattei ; dans une lettre à Gautier (*C.G.*, t. IV, p. 220, 9 sept. 1850) elle décrit avec un « égotisme » vraiment surprenant comment elle a arrangé sa toilette et fait son entrée dans la célèbre promenade. Voici cet avant-texte :

« En revenant de chez moi il m'a pris un désir d'aller aux Cascine. Je connais si bien les Italiens que malgré mon dénuement, ma détresse de toilette, j'ai décidé que je me montrerai en calèche aux Cascine. En une minute j'ai organisé un plan peu compliqué de costume. La robe n'existait pas puisque j'étais enveloppée dans mon châle de chine blanc ; le chapeau avait des brides inconnues à Florence. Il était sept heures du soir, tout ce blanc ressortait sur le fond brun de la voiture ; ma main droite était cachée dans les plis du châle, mais la gauche, tu connais ce coude qui sort d'un paquet de dentelles noires coupé par le plus voyant bracelet et la mitaine noire au poignet joignait le gant blanc terminé par un camélia très brun. Je ne pense pas te dire en trois pages d'écriture cet effet, mais toi, tu comprends, et ainsi posée j'ai été bravement au feu de toutes les curiosités. Depuis le temps que je manque, personne ne m'a reconnue. J'ai repris ma raison et ma pose, j'ai été me mettre à ce rond point et pendant vingt minutes, je peux le dire, il n'y a aucun mérite à Florence, j'ai fait une sensation éclatante, lorsque l'effet m'a semblé au point, je suis repartie brusquement… ». Et la dernière page du *Voyage* reprend la lettre de sa maîtresse ; avant de se réécrire dans *Avatar*, Gautier réécrit une lettre d'amour : « Une apparition mystérieuse intrigua beaucoup aussi, à cette époque, la curiosité cosmopolite de Florence : une femme seule et du plus grand air, avait paru aux Cascines – allongée sur le fond d'une calèche brune, drapée d'un grand châle de crêpe de chine blanc dont les franges lui venaient presque jusqu'aux pieds, coiffée d'un chapeau parisien – signé madame Royer en toutes petites lettres, et qui faisait une fraîche auréole à son profil pur et fin découpé comme un camée antique, et contrastant par son type grec, avec une élégance toute moderne et cette tenue presque anglaise à force de distinction froide. Son cou bleuâtre, tant il était blanc, le rose uni de sa joue, son œil d'un bleu clair, semblaient la désigner pour une beauté du Nord ; mais l'étincelle de cet œil de saphir était si vive, qu'il fallait qu'elle eût été allumée à quelque ciel méridional ; ses cheveux, soulevés en bandeaux crêpelés, avaient ces tons brunis et cette force vivace qui caractérisent les blondes des pays chauds ; – l'un de ses bras était noyé dans les plis du châle, comme celui de la Mnémosyne, l'autre, coupé par un bracelet d'un effet tranchant, sortait demi-nu du flot de dentelle d'une manche à sabot, et faisait badiner contre la joue, du bout d'une petite main gantée, un camellia d'un pourpre foncé – avec un geste de distraction rêveuse évidemment habituel : était-elle Anglaise, Italienne, ou Française ? C'est ce que nul ne peut résoudre, car personne ne la connaissait. Elle fit le tour des Cascine, s'arrêta un instant sur le rond-point… et reprit le chemin de la ville. Le lendemain on l'attendit vainement, elle ne reparut pas. Quel était le secret de cette unique promenade ? L'inconnue venait-elle à quelque rendez-vous mystérieux donné d'un bout de l'Europe à l'autre ?… » »

Vient enfin la troisième version, celle « fictive » d'*Avatar*. À partir des éléments initiaux proposés par sa maîtresse, Gautier a œuvré dans un triple sens : enrichissement des détails de mode et de costume, magnification croissante de l'héroïne par l'étrangeté de la beauté, le mystère, le nombre et la délicatesse des analogies où elle se mire, enfin par l'invention de la Beauté elle-même comme donnée absolue et surnaturelle. Dès le deuxième texte Marie Mattei disparaît dans l'oxymore d'une beauté du Nord et du Sud à la fois, d'une « blonde des pays chauds ». Puis celui-ci à son tour est remplacé par l'harmonie plus délicate et plus parfaite d'une « symphonie » en blanc : les variations plus subtiles décrivent l'analogie du blanc ; les yeux bleu saphir comme le ciel deviennent bleu vert comme les glaciers. La description tend à une transposition d'art, non pas celle d'un chef-d'œuvre créé, mais celle d'« un chef-d'œuvre humain ». En tout cas, R. Jasinski, dans *Les Années romantiques de Théophile Gautier*, retrouve dans le portrait de la comtesse celui de Marie Mattei, associée profondément à *Avatar* : même teint pâle et rose, mêmes « yeux bleus d'enfer », même sens de l'élégance et de la toilette. Il est vrai que Marie aimait les effets vigoureux et fumait volontiers le cigare en public.

aa. Si l'héroïne semble reprise du poème d'*Émaux et Camées* « Symphonie en blanc majeur », c'est qu'elle ressemble, aussi à Mme Kalergis, femme de l'ambassadeur de Grèce en France sous Louis-Philippe (voir C. Photiadès, *Marie Kalergis, née comtesse Nesselrode 1822-1874*, Plon, 1924). Mais surtout la comtesse est la nouvelle Anadyomène, la Vénus moderne qui apparaît, qui naît sous nos yeux par l'arrivée de la splendide calèche qui vient de nulle part. Gautier semble renouveler la nativité mythique de la déesse : la divinité fantastique et moderne est toute la Beauté, elle résume et contient la beauté de tout.

ab. Gautier qui connaît bien son Shakespeare devrait écrire « Rosaline », Roméo est d'abord amoureux d'une Rosaline et cet amour s'évanouit dès la première vue de Juliette. Il y a confusion avec l'héroïne de *Comme il vous plaira*.

ac. Pour le nom de ses personnages, Gautier s'est peut-être souvenu de *La Fausse Maîtresse* de Balzac qui met en scène la comtesse Laginska.

ad. *Rehaut :* terme de peinture, retouche servant à faire ressortir des figures, ornements, moulures ; *Sinople :* terme de blason, qui désigne une couleur verte.

ae. Le roman de Stendhal a été réédité en 1846 et surtout en 1854. On n'oubliera pas qu'Octave a le même prénom que le héros d'*Armance* dont on retrouvera le nom dans *Spirite*.

af. Justement le docteur use d'un langage stendhalien, le mot « amour-passion », la notion de « maladie » pour le désigner, la référence aux cas rares, lointains, presque exotiques, où l'amour est encore synonyme de mort.

ag. *Baccio Bandinelli* (1493-1560), sculpteur florentin, qui travailla pour le compte du pape Léon X et du duc Côme Ier ; il fut parfois opposé comme rival à Michel-Ange ; Gautier lui-même dans le *Voyage* (p. 343) compare la statue de Bandinelli, *Hercule tuant Cacus* au *David* de Michel-Ange, comparaison toute à l'honneur du premier. *Bartolomeo Ammanati* (1511-1592), sculpteur et architecte florentin, est son disciple ; il fut aussi en faveur auprès de Côme Ier, et auprès du pape Grégoire XIII ; il a travaillé à Florence, dans les principales villes d'Italie et subi l'influence de Michel-Ange.

ah. *Le Khorassan*, ancien pays des Parthes, fait maintenant partie de l'Iran dont il est la région nord-est. Sa capitale s'appelle Mesched. *Niellé :* orné de nielles, c'est-à-dire d'ornements gravés en creux et dont les traits sont remplis d'un émail noir. Il est vraisemblable que la *Victoire rattachant sa sandale* est la Victoire qui figure dans la frise du parapet du temple d'Athéna Nikè à Athènes ; dans *Loin de Paris* (Paris, Michel Lévy, 1865, p. 253) Gautier parle de cette draperie : « Ce n'est plus du marbre, c'est de l'air tramé, du vent tissé qui se joue en flocons d'amour autour de ces formes charmantes, avec une volupté chaste et pourtant émue. »

ai. Le *quartier* d'un soulier est la pièce de cuir qui entoure le talon.

aj. Nouvelle coupure dans le récit ; il commence à Paris par la présentation d'Octave, et se continue par un retour en arrière, en Italie, où nous découvrons l'origine de la mélancolie d'Octave ; nous revenons à Paris, et au temps présent, au bonheur surnaturel des époux Labinski comparé au malheur d'Octave : c'est une nouvelle description, un *état des lieux* qui indique cette perfection humaine réalisée par le couple heureux. Plus loin, le récit repartira dans un nouveau *flash back*, mais radical celui-là, vers l'Inde, les origines premières, les débuts absolus de tout.

ak. C'est le palais de l'Élysée qui fut à partir de 1787 la propriété de la duchesse de Bourbon-Condé.

al. Gautier reprend ici la fin de son poème « Watteau » (1835) : « Je regardai longtemps par la grille, / C'était un parc dans le goût de Watteau : / [...] Je m'en allai l'âme triste et ravie ; / En regardant j'avais compris cela. / Que j'étais près du rêve de ma vie, / Que mon bonheur était enfermé là. »

am. Gautier, comme il le fera à plusieurs reprises dans la nouvelle pour des énumérations variées, ouvre une corne d'abondance de plantes à caractère surtout ornemental. Je me borne à indiquer sans termes techniques ce qui peut permettre au lecteur de suivre le texte en se référant au français familier : *cactier raquette*, ou figuier d'Inde, *asclépiade*, plante à graines soyeuses, *millepertuis*, plante ainsi nommée parce que ses feuilles portent de petites poches d'huile volatile, *saxifrage*, le mot recouvre un grand nombre de plantes, c'est la famille des saxifragées, dont fait partie la *cymbalaire; joubarbe*, ou artichaut sauvage, *lychnide*, vulgairement nommée fleur de coucou, ou narcisse des bois.

an. Suite de la corne d'abondance botanique : *aristoloche*, plante d'origine exotique qui n'a pas de répondant dans le langage ordinaire, *grenadille* ou fleur de la passion, *campanule*, le mot renvoie à toute fleur à forme de clochette, *gypsophile*, encore plus vague, le terme s'applique à des plantes aimant les terrains gypseux, *glycines de Chine*, ou glycine à fleurs bleues, *périplocas*, vulgairement appelé arbre à soie, *vernis du Japon* (ou mieux de Chine), indéfinissable aussi, *planes de Virginie*, *plane* est le nom vulgaire des platanes et des érables, *saule blanc*, ou saule ordinaire qui pousse le long des ruisseaux, *ray-grass*, ou en anglais moderne, *rye-grass*, c'est-à-dire ivraie ou fausse ivraie, ou faux seigle.

ao. Le *peerage* est l'ensemble des pairs d'Angleterre, c'est-à-dire de tous ceux qui ont un titre supérieur à baronet. Titania et Oberon sont des personnages du *Songe d'une nuit d'été* de Shakespeare, un peu plus bas « la reine des Fées » est une allusion à Titania

ap. Henri Baron (1816-1885) est un peintre de l'École française qui fit ses débuts en 1840 et fut salué par un compte-rendu favorable de Gautier ; il se rattache au romantisme de Diaz ou Devéria. C'est un peintre brillant et gai, amoureux des scènes joyeuses, des couleurs vives, du luxe, des élégances, un peintre d'esprit. La villa florentine de la comtesse réunissait l'ancien et le nouveau, la beauté de jadis et le confort moderne. Ici le couple parfait assemble toutes les beautés et tous les luxes : reprenant le symbole du jardin idéal, l'unissant à la maison parfaite, Gautier recrée la nature à l'état libre, mais aussi spontané et dirigé. Il fait coexister les espèces lointaines et les familières, le gazon anglais, élégant, le sable ratissé, et l'exubérance des plantes sauvages, le mystère et la netteté dandy, le réel et le féerique, le parisien et le lointain ou le classique. La nature devient œuvre, à moins que ce ne soit l'inverse ; le bonheur requiert l'exaltation de la vie et de l'art unis et fondus. La merveille aristocratique prélude à la merveille tout court.

aq. *Schamyl* ou Chamyl (1797-1871) dirigea de 1834 à 1859 la résistance des montagnards caucasiens à la colonisation russe. Iman, chef religieux, il devint le sultan des montagnards dont il unifia les efforts au sein d'un état islamique. Il fut vaincu et capturé en 1859, et vécut en captivité en Russie. Il est mort à La Mecque. *Mourides* : le mot en arabe signifie « novice » et s'applique en général aux adeptes des doctrines initiatiques et ésotériques du soufisme.

ar. Ce poème publié en 1823 par Thomas Moore (1779-1852) eut une influence considérable en France : on sait ce que Lamartine doit au thème des amours des anges et des mortelles ; en un autre sens, Spirite est aussi une sorte d'ange amoureuse d'un mortel.

as. Tout se tient dans cet univers édénique et réel, dans cette représentation terrestre de l'absolu que figure le couple des époux Labinski ; dans le récit s'instaure un déséquilibre irrémédiable entre les deux personnages principaux et rivaux. Gautier, si souvent favorable à l'aristocratie, imagine ici la perfection d'une aristocratie authentique et totale, à la fois ancienne et moderne, possédant toutes les supériorités sociales et morales, toutes les qualités du corps et de l'esprit, vivant d'une vie exaltée et parfaite, image d'une humanité complète, exhaussée par son bonheur, sa bonté, sa richesse, sa beauté, ses vertus au-dessus de l'humanité ordinaire ; et cette aristocratie absolue est aussi la réalisation d'un mythe, c'est le couple exemplaire dont l'unité ressuscite l'Androgyne premier : les deux âmes des époux n'en font qu'une. Promis dès l'origine l'un à l'autre, au nom d'une communauté originelle et fondamentale, ils sont plus qu'unis. ils sont un seul être ; ils communiquent à distance l'un avec l'autre. Tout leur est donné, comme une grâce suprême, comme une marque de divinisation, comme la preuve qu'ils sont à eux deux l'homme essentiel, l'homme de l'Idée, l'homme premier et ultime, ou comme l'*aristos* des Grecs, l'homme le meilleur, l'homme au superlatif.

at. Citation de *L'Enfer*, dans l'épisode de Paolo et Francesca de Rimini, chant V, v. 82 : « Ainsi que, du désir appelées, les colombes / À leur doux nid, d'une aile ouverte et plane / Volent par l'air, tout ainsi ces deux âmes, … » (*La Divine Comédie*, Paris, Classiques Garnier, 1977, p. 33). L'image consacre l'angélisme du couple parfait, soustrait au poids de la matière, promis au vol aérien, retourné à l'état angélique, du fait qu'il est uni et fondé sur l'amour absolu.

au. Le jeune premier de Gautier totalise de son côté, sans mièvrerie ni féminisation, à l'exemple des dandys balzaciens, l'ensemble des dons humains et des références mythiques : *éphèbe céleste, ange guerrier*, grand seigneur exotique et fabuleux, il a la beauté et la force, la grâce et la puissance, le charme qui plaît, l'éclair mâle qui inquiète ; blond aux yeux bruns, il est vraiment comme la comtesse l'a été aux Cascine, « une apparition étincelante ». Ce couple olympien (mais bon) fait penser aux personnages aristocratiques de Balzac ou de Barbey d'Aurevilly.

av. Phrase qui renvoie au poème de Th. Moore mentionné plus tôt : ce n'est pas une simple référence textuelle ; il y a, latent, un angélisme dans *Avatar*, à la fois dans l'impossibilité de toute rencontre entre l'ange (Prascovie) et le mortel banal, et dans la métamorphose non développée, mais potentielle du couple idéal en ange. C'est un autre avatar. Mais la « méchante sorcière » a condamné Octave à l'échec radical et tragique, comme Paul ou Spirite.

aw. Nous rétablissons ici le texte du *Moniteur universel* ; c'est tout simplement le seul à présenter un sens ; les éditions suivantes ont supprimé le mot « guéri », et les éditeurs modernes ont bravement imprimé un non-sens que l'on retrouve dans beaucoup de textes.

ax. Le Dieu de Gautier s'ennuie, comme ses créatures fantastiques pour qui l'éternité est longue ; le divin a la nostalgie de l'humain : de la réincarnation.

ay. L'Inde, monde premier, a bénéficié de la révélation primitive dont toutes les religions sont des fragments ou des reprises ; comme une sorte d'Égypte antérieure, elle détient le savoir ésotérique fondamental. Dans ses articles sur l'Exposition universelle, Gautier avait expliqué sa passion d'enfance pour l'Inde, « où ont pris naissance à des époques qui se perdent dans la nuit des temps et qui déconcertent toute chronologie, les théogonies, les civilisations, les sciences, les arts, les langues dont les nôtres ne sont que des effluves ou des dégénérescences ». L'Égypte et la Grèce sont jeunes ; en Inde, « quand la terre jeune encore s'épanchait en créations dithyrambiques et monstrueuses […] régnait dans une nature d'une exubérance folle, un panthéisme effréné ; onze millions de dieux fourmillaient à travers les inextricables enlacements des forêts vierges… » (*Caprices et zigzags*, éd. 1852, p. 236-237). L'Inde conserve le Verbe primitif, la parole qui est science et puissance ; elle est langue, sculpture, mythe, textes sculptés ou écrits, ou peints, mot enfin, le mot qui comme la poésie agit sur le monde et le recrée.

az. *Cf. ibid.* : « Que de fois en songeant à ce pays étrange, […] nous nous sommes créé d'éblouissants mirages » avec la pagode Djaggernath « dont les tours superposées s'enfoncent dans le ciel comme une autre Babel qu'a respectée la colère de Dieu », avec les « profondeurs insondées du temple souterrain d'Ellora, cathédrale en creux, moule et matrice d'où semblent sortir les innombrables édifices sacrés de l'Inde, dédales obscurs, *caecums* architecturaux, serpentant dans le ventre de la montagne, et dont la pointe de Piranèse serait impuissante à rendre les opaques ténèbres et les noires perspectives ébauchées dans la nuit par un rayon livide ». *Ellora* (dont parle aussi Nerval dans *Aurélia*, II, chap. vi) se trouvait dans l'État de Nizam et d'Haïderabad ; le site est célèbre pour ses temples souterrains creusés dans la montagne ou installés dans des cavernes ; ils sont bouddhiques et brahmaniques et remontent aux alentours de l'an mille après J.-C.

ba. Chézy (*Sacountala*, p. 207) évoquait à propos d'Indra, dieu du ciel, cette montagne mythique qui est sa résidence paradisiaque ; voir encore *The Hindu Pantheon*, p. 64 et planche 18. Gautier néglige la croyance selon laquelle le Gange naît de la tête de Siva. Voir encore Creuzer (*Religions de l'Antiquité* [...], p. 136 et 146) sur le mont Mérou, « mont sacré d'où la source de vie se répand sur la terre [...] point central de la terre ».

bb. Sur le mot sacré qui affirme et bénit à la fois, voir Creuzer, *op. cit.* p. 151, pour qui la Trinité ou Trimourti est « représentée dans la liturgie sainte par le mot *oum* ou *ôm* formé de trois syllabes sanscrites » ; même donnée dans *The Hindu Pantheon*, p. 413 ; dans *Lois religieuses, morales et civiles de Manou*, p. 21, qui orthographie le monosyllabe en a, u, m. Selon *l'Histoire des religions* (Paris, Gallimard, « Bibliothèque de la Pléiade », 1970, t. I, p. 1048), c'est une syllabe contractée qui se divise pour la récitation rituelle et hypnotique en a, u, m ; la représentation de chaque dieu par une lettre, au reste variable, participe bien à une efficience mystique ou magique de la parole.

bc. Dans *Sacountala* (p. 163), il est question d'un anachorète qui reste indéfiniment immobile, fixant le soleil, « le corps déjà à moitié plongé dans un monticule de sable que les termites amoncèlent sans crainte autour de lui [...] et recélant, parmi ses cheveux relevés en partie en un énorme faisceau sur le sommet de sa tête et flottant en partie sur ses larges épaules, une foule d'oiseaux qui, pleins de confiance, y ont construit leurs nids comme dans un arbre touffu ».

bd. Ville sainte de l'Inde, maintenant Puri, qui se trouvait dans la présidence du Bengale, à 500 km au sud-ouest de Calcutta. Célèbre par ses monuments, sa pyramide de 70 m, sa grande pagode de granit rouge, une statue en bois de Vichnou (Sonnerat, p. 218, en a donné une description). Plus célèbre encore par ses pèlerinages et ses fêtes : la grande idole de Vichnou était promenée sur un char gigantesque, et la cérémonie donnait lieu à des scènes épouvantables de sacrifices humains volontaires ou d'atrocités comme celles qu'indique Gautier.

be. *The Hindu Pantheon* offre, avec dessins à l'appui (p. 162, planche 31) de telles représentations des ascètes, véritables morts-vivants, morts à leur corps, morts aussi par leur fixité qui les apparente aux momies. On voit dans les figures du livre anglais un fakir qui a la main fermée au-dessus de sa tête et dont les ongles ont percé la paume. Un autre qui tient ses mains unies au-dessus de sa tête et dont les ongles sortent à travers les mains. Moor lui-même avait vu un *sanniyasi* qui s'était infligé ses souffrances. Il le décrivait, l'interviewait ; il était resté douze ans dans une position impossible, les bras levés en l'air. On comparera aux paroles du gymnosophiste Dakcha (*op. cit.* p. 193 *sq.*) : « J'ai voulu détruire cette chair infirme pour que l'âme dégagée pût remonter à la source des choses et lire dans la pensée des dieux. Le don de voir, je l'ai chèrement payé [...] Mes ongles ont en poussant percé mes mains fermées, les termites bâtissaient leur cité à côté de moi, les oiseaux du ciel faisaient leur nid dans mes cheveux hérissés en broussaille, les hippopotames cuirassés de fange venaient se frotter à moi comme à un tronc d'arbre, les tigres aiguisaient leurs griffes sur mes côtes, me prenant pour une roche. Les enfants cherchaient à m'arracher les yeux en les voyant luire comme les morceaux de cristal dans ce tas de fange inerte. »

bf. Dans l'avatar Gautier exploite la donnée fantastique de la réincarnation, mais aussi celle, plus capitale à ses yeux, de la désincarnation ; le changement de corps vaut aussi comme libération de l'âme : dans la nouvelle métamorphose que réalise l'ascète, l'âme reconquiert ses pouvoirs. Alors la mythologie hindoue le cède à la mythologie romantique qui exalte la puissance de l'extase, du rêve, de la vision, de la libre circulation en esprit dans l'univers. Dans sa lettre à Nerval sur *La Péri*, Gautier (*C.G.*, t. II, p. 40 *sq.*) a utilisé les mêmes termes et montré son héros « amoureux de l'impossible » cherchant avec l'opium à « dénouer les liens qui enchaînent l'âme au corps », demandant à l'hallucination « ce que la réalité lui refuse » ; à l'ennui de l'homme répond la lassitude des êtres divins qui rêvent d'union avec les mortels : le prouvent les amours des anges, les avatars de Brahma et Vichnou, le désir des dieux d'une perpétuelle réincarnation. Si le dieu « descend », l'homme monte.

bg. L'ascète indien devient un mage romantique : *cf.* G. Poulet, *Études* [...], p. 303 *sq.*, et L. Cellier, *Mallarmé et la morte qui parle, op. cit.*, p. 153-155 ; *Avatar* prolonge l'aspect goethéen et nervalien d'*Arria Marcella* : le mage libéré de la matière accède par sa pénitence au royaume des Mères, il remonte le temps, le parcourt librement jusqu'à l'origine du Tout. Gautier reprend le mot « ondulations » pour désigner cet univers plein et éternel où tout se propage en ondes, où se transmettent les images et les vérités selon un mouvement qui reproduit ce qui est acquis et reconduit ce qui est virtuel et possible. Selon Poulet et Cellier, le mot « ondulation » renvoie à un enrichissement de Nerval-Goethe par Gautier, que peut recouper l'influence indirecte de Poe : dans *Eurêka*, dans *Puissance de la parole*, se trouve cette même idée d'un mouvement ondulatoire qui s'identifie à la création tout entière telle qu'elle naît de la pensée divine. En remontant le cours de l'éternité le mage parvient à Dieu, au Verbe, au Logos éternel et au principe de toutes choses ; le visionnaire doué du pouvoir divin peut alors par la parole participer à la création, s'identifier à l'intelligence infinie et prononcer le *fiat lux* originel. Cherbonneau serait alors aussi l'avatar du poète.

bh. Variante dans *Le Moniteur Universel*, « celui du Titan escaladant ».

bi. Célèbres magnétiseurs qui escortent *Mesmer* (1734-1815) dans le texte comme ils l'ont fait (plus ou moins) dans la réalité. *Deslon* (1750-1786), médecin du comte d'Artois, d'abord patient de Mesmer, puis son disciple, et son ami, enfin son rival, provoqua un schisme dans la secte en 1784 : il refusait tout point de vue « psychique » et tentait une synthèse avec la médecine. Le marquis de *Puységur* (1751-1825), autre disciple de Mesmer, qui utilisait pour magnétiser ses vassaux à Buzancy un arbre magnétisé, découvrit un peu par hasard, grâce à un garde-chasse qu'il soignait, le *somnambulisme* artificiel : endormi par son magnétiseur, le patient jouissait d'une extraordinaire lucidité sur son passé et lui-même ; grâce à Puységur, la cure magnétique (la psychanalyse n'a rien inventé) se fondait sur la parole. *Deleuze* (1753-1835), magnétiseur des générations suivantes, auteur en 1819 d'une *Histoire critique du magnétisme animal*, fut aide-naturaliste, puis bibliothécaire au Muséum ; le magnétisme de Puységur le ramena au christianisme. Il n'est pas sans quelque ressemblance avec le docteur Minoret d'*Ursule Mirouët*. Par contre l'allusion à *Maxwell* n'est pas trop claire : les querelles du magnétisme reprirent parfois les théories des précurseurs, dont William Maxwell dont il s'agit ici sans doute, et qui publia en 1679 un *De medicina magnetica* qui fut aussi traduit en allemand, puis assimilé au mesmérisme et critiqué en tant que tel.

bj. États « seconds », qui sont mitoyens entre le magnétisme et le fantastique, comme l'est encore le rêve, dans la mesure où la perte des facultés ordinaires de l'homme et son absence à lui-même s'accompagnent de la découverte de nouvelles facultés, d'un surcroît de conscience ou de pouvoir spirituel. L'inconscience semble une sorte d'avatar, ou de libération de la personnalité ordinaire, entrée dans une sur-personnalité.

bk. *Jérôme Cardan* (vers 1501-1576), pratiquait et enseignait toutes les sciences, en particulier l'astrologie. (Il eut quelques ennuis en présentant l'horoscope de Jésus-Christ et le sien propre.) Auteur d'une autobiographie, il possédait un démon familier et son ascétisme lui permettait à volonté de tomber en extase. Il a laissé une œuvre de médecin, et surtout de mathématicien. *Epoptes* : en grec, qui observe, qui contemple ; le mot s'applique aux initiés des mystères d'Éleusis parvenus au plus haut degré de connaissance. – *Nebiim* : prophètes hébreux de l'Ancien Testament, doués de voyance. – *Trophonius* : héros de Béotie, constructeur légendaire du temple d'Apollon à Delphes, dont le tombeau est un lieu oraculaire. – *Apollonius de Thyane* : philosophe néo-pythagoricien du Ier siècle après J.-C, célèbre thaumaturge et véritable mage, dont les païens opposèrent les miracles et les pouvoirs à ceux du Christ. Il avait voyagé en Inde et était végétarien.

Le docteur Cherbonneau s'oriente d'emblée vers le côté occultiste du magnétisme. On a pu interpréter la transe magnétique comme une révélation, un oracle, une communication surhumaine ou surnaturelle. Dans le dédoublement du moi, semblait surgir une inspiration, se développer une voyance. L'usage d'une écriture automatique que l'on va retrouver dans *Spirite* fait immédiatement partie de cette variante spiritualiste du mesmérisme ; voir Rausky, *op. cit.* p. 200 *sq.*, sur l'école lyonnaise. Balzac lui-même avec *Louis Lambert* ou *Ursule Mirouët*, dans la mesure où il établit un lien entre le magnétisme et la théorie de la volonté, ou entre magnétisme et mystique swedenborgienne (voir à ce sujet les pages de Mme Ambrière-Fargeaud consacrées à *Ursule Mirouët*, *La Comédie humaine*, t. III, Paris, Gallimard, « Bibliothèque de la Pléiade », 1976, p. 756 *sq.*), rend Cherbonneau plausible : pour lui le crisiaque magnétisé laisse apparaître l'âme, et s'apparente aux expériences de transe divine (« les crises nerveuses des Pythies » : l'expression modernise et actualise dans le vocabulaire scientifique la fureur de la Pythie), de vision mystique, d'initiation, de magie. Il transcrit en données de science toutes les communications avec le divin, il en fait des actions volontaires, et il transforme cette « science » en exploration de l'au-delà et en action sur lui. Il s'agit bien d'un « rêve scientifique » : les deux mots ne sont pas contradictoires, ils désignent le fantastique.

bl. Le *prakrit* ou *prâcrit* est le nom commun donné aux dialectes vulgaires, inférieurs au sanscrit (langue parfaite), antérieurs aussi à sa naissance (IVe siècle avant J.-C).

bm. Ou « crier d'une voix rauque », selon Littré, qui donne un exemple tiré de Buffon : « Les tigres rauquent, les lions rugissent. »

bn. *Cf.* Chézy, *Sacountala*, note 39, p. 207 : « Nom général donné à tous les personnages pieux et instruits qui par la contemplation des vérités divines et de sévères mortifications cherchent à dompter leurs sens et à se rapprocher de l'essence de Brahma » ; le nom, ajoute Chézy, s'applique aux « anciens Richis » plus ou moins divinisés et aux nouveaux « saints ».

Cette évocation de la nature indienne fait penser à celle que Gautier avait écrite en 1845 (*Histoire de l'Art dramatique*, t. IV, p. 171 *sq.*) à propos des *Éléphants de la Pagode* : au déchaînement des formes répond l'exubérance d'une faune et d'une flore également monstrueuses et gigantesques. Berceau de la sagesse et de la science, l'Inde est la contrée première, originelle, où tout est primitif et excessif. Voir encore *Caprices et zigzags*, éd. citée, p. 238 *sq.*, et p. 242 sur le rêve indien de Gautier, les monstres et les merveilles d'un monde qui n'est encore qu'un chaos d'êtres terrifiants et de formes impossibles.

bo. Terme portugais qui désigne le *naja* ou couleuvre à chaperon, qui est en effet l'emblème de Shiva. Comme l'Égypte, l'Inde offre en formes et en images une mythologie sensible. Déjà à propos des *Éléphants de la pagode* en 1845 Gautier avait évoqué ce grotesque sacré de l'Inde : l'éléphant lui-même lui semblait une « énormité monstrueuse », un caprice étrange « du souverain sculpteur » né dans les « premiers jours de la création », et il partait de là pour rêver aux temples, aux « bas reliefs monstrueux où se déroulent en strophes de granit les poèmes des cosmogonies et des avatars, idoles aux bras de polype, à la trompe d'éléphant, aux jambes cerclées de bracelets, abîmées dans la contemplation du lotus mystique, statue tricéphale de Brahma, de Vichnou et de Shiva, tout ce peuple de divinités hideuses tortillées comme des racines de mandragore pleines d'excroissances et de ramifications, inventées par le symbolisme effréné de l'Inde ». Dans *Partie Carrée* (éd. citée, p. 182) il avait parlé encore des frises sculptées de l'Inde où l'on voit « les symboles mystérieux de profondes pensées cosmogoniques » ; l'Inde propose un fourmillement illimité de symboles. Mais aussi bien Gautier ne se limite pas à un impressionnisme : il parle avec précision de l'hindouisme et il relève les erreurs de Scribe dans « *Le dieu et la bayadère* » (*Histoire de l'Art dramatique*, t. III, p. 215 *sq.*, juin 1844). Pour l'évocation de la *Tritvam* ou triade, il suit ici Chézy (*op. cit.* note 1, p. 189 *sq.*) qui décrit les trois grandes personnifications du principe divin : le dieu créateur, le dieu conservateur, le dieu destructeur ; mais plus nettement, comme l'a montré H. David, Gautier s'inspire d'Edward Moor qui détaillait cette trinité divine, énumérait les attributs symboliques de chacun, (par exemple pl. 12, Vichnou et ses épouses avec « le serpent Naja […] appelé en Inde à partir du portugais *cobra de capella* »), spécifiait (p. 38, 58) que Shiva était « un dieu bleu ».

bp. Dieu à tête d'éléphant, fils aîné de Shiva, décrit par Moor (*The Hindu Pantheon*, p. 59, 67, et pl. 20, p. 169), dieu sagace et prudent, représenté souvent chevauchant un rat (symbole de sagesse), que Gautier semble chérir particulièrement (comme les Hindous eux-mêmes) parce qu'il est le dieu-monstre par excellence, et parce que Gautier aime l'éléphant, et pressent en lui, comme il le dit en 1845, un animal qui rêve de s'associer à l'homme, de communiquer avec lui, de se compléter en participant à une existence supérieure. « Nous produisons le même effet que les dieux nous produiraient s'il en descendait sur la terre. » Étrange page dont on trouverait des semblables chez Michelet. Voir *Caprices et zigzags* (p. 189) sur l'Inde « pays dont le tigre est le chat, une contrée pleine d'idoles à cent bras, aux nez en trompe d'éléphant, d'arbres prodigieux, aux fleurs gigantesques et aux poisons violents ».

bq. Le nom se retrouve exactement dans Sonnerat, *op. cit.* p. 154 : il s'agit en effet d'un temple de Shiva que le voyageur a visité et décrit lors d'une fête ; il faudrait sans doute orthographier « Tiruvannamalai » : la ville est non loin de Pondichéry.

br. Petite île sur la côte occidentale de l'Inde à l'est de Bombay ; célèbre par ses temples creusés dans le roc et par une gigantesque statue d'éléphant maintenant détruite.

bs. *Bridaient sur ses dents*, emploi difficile de *brider* comme verbe actif suivi de la préposition *sur* ; *brider* peut signifier serrer, resserrer, retenir, contenir. Il faut sans doute mettre *brider* au passif et lire : ses lèvres étaient bridées (serrées, resserrées) sur ses dents déchaussées.

bt. *Canope* : vase utilisé dans le rituel funéraire égyptien pour conserver les entrailles des corps momifiés.

bu. L'âme se matérialise en restant sur les limites de la matière : elle est un éclair électrique, un fragment de feu et de lumière, une vapeur à peine colorée, une sorte de gaz volatil et brillant. N'y a-t-il pas au fond de cette matérialisation une image-cliché que Gautier a pu trouver dans les notes de *Sacountala* (p. 189) ? À propos de la trinité hindouiste, Chézy parlait du principe unique du divin, éternel, autosuffisant, « se manifestant sous mille formes provisoires, étincelle divine finissant après des transmigrations dans divers corps successifs par être absorbée dans l'éternel foyer dont elle n'est qu'une émanation ». Dans la libération fantastique de l'âme, la métaphore devient réalité. Déjà, en tout cas en 1843 (*Histoire de l'Art dramatique*, t. II, p. 336) Gautier avait rendu compte d'un spectacle tiré des *Mille et une Nuits*, et de lui-même, Gautier, où il parlait de « deux charmantes petites flammes bleues, tremblotantes et papillonnantes » qui sont les âmes de deux sultanes Schéhérazade et Dinarzade.

bv. *Cf.* Job, livre IV, versets 14-15 : « Un frisson d'épouvante me saisit et remplit tous mes os d'effroi. Un souffle glissa sur ma face… », et Leconte de Lisle, *Poèmes antiques*, « Bhagavat » : « Puissé-je, libre enfin de ce désir amer, / M'ensevelir en toi comme on plonge à la mer ! ». Rapprochement suggéré par P.-G. Castex, *op. cit.* p. 242. Sur la fascination du néant chez Gautier, voir les bonnes remarques de Velthuis, *Théophile Gautier, l'homme et l'artiste*, Université de Groningue, 1924, p. 43 *sq.*, et un poème comme « Trou de serpent » (*Poésies*, t. II, p. 104) ou « Thébaïde » (*ibid.*, p. 65). Le néant pour Gautier est un retour consolateur au principe originel. La description du fakir peut aussi faire penser à Leconte de Lisle, *Poèmes antiques*, « Çunacépa », à propos de l'ermite Vicvamitra : « Ses maigres bras brûlés par le soleil / Pendaient le long du corps ; ses jambes décharnées, / Du milieu des cailloux et des herbes fanées, / Se dressaient sans ployer comme des pieux de fer. / Ses ongles recourbés s'enfonçaient dans la chair ; / Et sur l'épaule aiguë et sur l'échiné osseuse / Tombait jusqu'aux jarrets sa chevelure affreuse, / Inextricable amas de ronces, noir réseau, / De fange desséchée et de fientes d'oiseau, … »

bw. Médecin certes, magnétiseur aussi, mais déjà faiseur de miracles, vainqueur de la mort, exerçant sa puissance aux confins de la vie, là où justement l'âme quitte le corps ou le réintègre, le docteur devient insidieusement un nécromant, mais un nécromant bienfaisant, et même humanitaire. Il va mettre sa puissance et ses sortilèges au service de l'amour : de l'idéal.

bx. Dans l'actuel VIᵉ arrondissement, entre la rue du Cherche-Midi et la rue de Rennes : c'est alors un vieux quartier, à la limite du faubourg Saint-Germain, bien loin du Paris élégant et moderne où se déroule le reste de la nouvelle.

by. Chaleur toute symbolique au fond : l'excès de vie d'une nature extrême produit cette chaleur insupportable, dynamique pour le docteur, engourdissante pour les autres, facteur de vie et de mort. Facteur de vie, car, dans cette matrice du monde qu'est l'Inde, il faut, comme dans un nid ou une couveuse, une chaleur qui favorise la vie ; facteur enfin de dématérialisation : la fournaise qui brûle, tanne, bronze, calcine le docteur, volatilise la matière en lui. Inversement, comme pour Nerval, le monde froid, le refroidissement du monde, sont des signes de déclin. Gautier n'a pas encore découvert en Russie une « spiritualité » du froid.

bz. Société secrète ou secte d'étrangleurs : leur crime rituel (ils ne versent pas le sang) est un acte religieux. Ils sont au service du principe destructeur-créateur incarné en Shiva ou en sa femme, la déesse Dourga ou Kâli. Les romanciers comme Méry qui a écrit *Les étrangleurs* de l'Inde ont exploité ce superbe thème. Sur ces tapis tissés en prison, voir dans *Caprices et zigzags*, (éd. citée p. 270), l'explication que donne Gautier : les étrangleurs repentants travaillent en prison. Les « mains qui ne savaient que serrer des gorges râlantes » font des tapis « à fond grisâtre, souillés d'ornements noirâtres et rougeâtres […] de l'aspect le plus funèbre et le plus sinistre, c'est aussi laid qu'un tapis anglais naturel. Quel supplice cela a dû être pour ces pauvres Thuggs amoureux de beaux dessins et de couleurs harmonieuses de tisser cet abominable tapis expiatoire ! ». Et aussi p. 258, sur « le côté hideux de l'Inde », c'est-à-dire les tortures pénitentielles, les étrangleurs, les sacrifices humains en l'honneur de « Dourga, la femme monstrueuse de Shiva, le dieu de la destruction ». Pour Gautier la barbarie est un tout : monstrueuse et féconde en formes, en productions étonnantes.

ca. *Cf. Omphale*, t. I, note j.

cb. Ville de l'Inde, alors capitale d'un état indépendant, et décrite par Soltykoff, *Voyages*, t. I, p. 187 *sq.* Il y a vu des Thuggs (*id.*, p. 220).

cc. Gautier est incontestablement informé : il n'y a rien à redire dans son énumération des neuf avatars de Vichnou, la dixième restant à venir. Chézy (p. 254), Creuzer, Moor (p. 180 *sq.*) les lui présentaient, Moor surtout, qui était le plus clair et le plus précis ; la difficulté, c'est que pour le septième avatar, Gautier évite de le nommer, car il est désigné aussi par le nom de Rama, et se distingue pourtant du précédent qui se nomme aussi Rama ; voir ce point *Histoire des religions*, Pléiade, t. I p. 1011 *sq. Mahadevi* est un autre nom de Shiva.

Pour le géant aux mille bras, Cartasuciriargunen tué par un Rama, la 6ᵉ incarnation, voir la mise au point de P. Tortonese, éd. citée p. 1654 : il figure dans le *Mahabharata*, qui n'est traduit en français qu'en 1863 ; il est l'objet de quelques traductions partielles, aucune ne présente l'épisode. Gautier le connaît-il alors par des recueils d'images ? Le voyage de Sonnerat en contient, le Cabinet des Estampes de la Bibliothèque Nationale en présente aussi.

La comparaison de Krishna avec le Christ se trouve dans Moor (p. 197 *sq.*). L'idée comparatiste qui assimile toute tradition religieuse à une « mythologie » unique devait plaire à Gautier : en visitant Saint-Marc (*cf. Voyage en Italie*, chap. ix), il avait soudain l'impression de se trouver dans un temple pré-chrétien, dans « une église faite avant la religion. Les siècles se reculent dans une perspective infinie. Cette Trinité n'est-elle pas une *trimurti* ? Cette Vierge tient-elle sut ses genoux Horus ou Krischna ? Est-ce Isis ou Paarvati ? Cette figure en croix souffre-t-elle la passion de Jésus ou les épreuves de Vichnou ? » Quant à la naissance de Brahma dans une feuille de lotus sorti du nombril de Vichnou, lui-même endormi en position fœtale au milieu de la mer de lait sur un serpent primitif dont les têtes le couvrent comme un dais, Chézy (p. 194), Moor (p. 15, 24, pl. 6, 7, p. 28), Creuzer (p. 176) lui en offraient le spectacle, avec cette seule variante, que le serpent sacré aux têtes innombrables était représenté le plus souvent avec cinq têtes, mais aussi avec sept ou trois. Le mythe a aussi intéressé Flaubert qui l'a intégré au défilé des dieux dans *La Tentation de saint Antoine* (Gallimard, « Folio », 2006, p. 163-164).

cd. Ces éléments indiquent la complexité du personnage du docteur, qui par l'alchimie, référence « faustienne » rappelant les savoirs interdits et merveilleux, rejoint les légendes et le fantastique traditionnel ; mais aussi il hérite des procédés bizarres et un peu ridicules de Mesmer : le fameux baquet, réservoir de « fluide » autour duquel les patients faisaient la chaîne et, communiquant entre eux et avec le liquide, attendaient la crise libératrice. Le fluide était une sorte d'électricité, et le baquet était conçu comme une sorte de « bouteille » électrique ; la psychiatrie « romantique » utilisait comme stimulant physique, pour produire un choc capable d'ébranler les nerfs et de dynamiser le malade, des machines électriques, des bouteilles de Leyde à la décharge pourtant bien anodine, mais qui faisait beaucoup d'effets. Le célèbre docteur Koreff sous la Monarchie de Juillet utilisait ce type de réactif.

ce. Trait fondamental de l'hindouisme, l'existence « du renonçant », ou *sannyasin*, qui, mendiant, errant, se livre à une dépossession totale et cherche un rapport direct et personnel avec l'Absolu. Le mot est dans Sonnerat (*op. cit.* p. 256). Il est dans Moor (*op. cit.* p. 162) avec cette orthographe dans le long passage sur les souffrances volontaires des ascètes.

cf. Trio d'escamoteurs et de *magiciens* célèbres : *Comus* (mort en 1820), assez mystérieux puisqu'il portait un faux nom, se disait « le premier physicien de France » ; *Comte* (1788-1859), « artiste ventriloque et professeur de physique amusante », eut un théâtre à partir de 1825 dont la devise était : « Prestiges, illusions, magie, ventriloquie et fantasmagorie. » Il finit par créer un théâtre pour enfants avec des enfants-acteurs, théâtre « moral » au reste, et enfin un théâtre normal. *Bosco* (1793-1862), d'origine italienne, fut soldat, prisonnier des Russes, escamoteur merveilleux et célèbre, remarquable dans les tours de cartes et les mystifications ; on a dit que Thiers était le « Bosco de la tribune ».

cg. Passage commenté par Poulet, *op. cit.* p. 305 ; cette théorie « ondulatoire » du monde vient du *Faust II*, développé par Gautier dans des directions qui sont en même temps explorées par E. Poe, et qui seront encore évoquées dans *Spirite* : le monde est conçu comme « irradiation » du Verbe, comme un « déploiement de la pensée divine s'irradiant », dit Poulet. Lumière, parole, pensée divines sont « l'esprit » qui meut la matière et la détermine ; mais Cherbonneau en dit plus : d'une part la matière n'est qu'apparences (idée « hindouiste », reprise par Schopenhauer), un jeu provisoire de formes qui se font et se défont ; d'autre part, cet idéalisme absolu s'en tient aux limites de la nature et même de la science (il se borne à manipuler des forces naturelles, il est « paranaturel » et non surnaturel). Enfin, ce qui est moins « indien » et s'écarte d'une spiritualité vouée à dominer le corps et les fonctions vitales, le docteur aboutit à une démiurgie agissante, à une intervention active et dominatrice dans la réalité. S'il détient les secrets de la puissance originelle du Verbe, il s'en sert pour devenir lui-même Dieu, ou Satan.

ch. Version « balzacienne » du pénitent indien : Cherbonneau est doué d'une volonté qui est à la fois une force de la nature, un fluide ou une flamme naturels, comme l'électricité (l'âme est une étincelle), et une force de l'esprit ; elle dispose souverainement des puissances les plus énergiques de la nature : aussi le docteur se moque-t-il de ses confrères qui viennent de découvrir les moyens chimiques et mécaniques d'agir sur la douleur : en 1846, découverte en Amérique des vertus de l'éther sulfurique ; en 1847, en France, des propriétés du chloroforme. Comme ses confrères, avant d'opérer la dissociation de l'âme et du corps, le docteur anesthésie ses patients. Mais sans drogues et sans produits chimiques.

ci. Il est bien vrai tout de même aussi que le docteur est un illusionniste et un prestidigitateur : il manie les forces de l'univers, il a dompté le feu vital et divin, mais ce qui l'entoure est un vaste décor. On a vu les avatars des dieux, les silhouettes grotesques et provisoires de la substance traversant à l'infini des formes. Maintenant il se livre à un spectacle, à des exhibitions stupéfiantes où il dispose de sujets, qui sont des auxiliaires, ou des compères, et au cours desquelles il va successivement faire, de la douleur, du temps, de l'espace, de la réalité, des apparences. Avec lui tout arrive et ne laisse pas de traces : insensibilité totale, analogue au ravissement du martyr ou de l'hystérique, effacement de l'âge (Méphistophélès rajeunit Faust, et Cherbonneau à la fin se donne un corps de jeune homme), vision à distance, télépathie. Avec le docteur le monde devient un songe ; le corps est une « pelote » dont il enlève des épingles, la femme est « une forme un instant repétrie par ma volonté ». A. Houssaye dans *Souvenirs de jeunesse, op. cit.*, p. 145, raconte qu'il a vu chez V. Hugo, le « magicien » Esquiros magnétiser un peintre de ses amis, et une fois le sujet endormi lui percer la main avec une aiguille sans lui provoquer de douleur.

cj. C'est une des convictions de Gautier et de Nerval aussi : toute chose connue est reconnue, toute invention a déjà été, et toute imagination sera réalité ; aussi bien tout mythe et tout rêve ont été et seront. Principe qui s'applique aux découvertes techniques : elles viennent d'un rêve, et le rêve sera machine. Voir dans *Fusains et eaux-fortes* (O.C., éd. citée, p. 258 *sq.*), « À propos des ballons », paru dans *L'Événement* le 2 août 1848 ; partant de l'idée que l'homme rêve de voler, Gautier affirme : « Toute idée formulée sera accomplie, tout rêve passe dans l'action : l'idée de ce rêve ce sont les formes immatérielles des choses, et rien ne peut se concevoir qui ne soit, pas même les aberrations les plus monstrueuses ; on n'invente que ce qui existe ou peut exister. » La réalité est bien une pure forme que l'esprit a trouvée ou trouvera et suscitera immanquablement.

ck. Cette allusion aux domaines du comte vient du titre d'un roman parodique de Nodier, *Histoire du roi de Bohême et de ses sept châteaux*, publié en 1830.

cl. Ainsi l'électricité, comme la vapeur devient-elle une confirmation, une preuve du fantastique.

cm. *Jaseron* ou jaseran, terme d'abord militaire désignant une cotte de mailles, puis terme d'orfèvrerie, il s'agit d'une espèce de chaîne de petits anneaux servant à suspendre au cou des croix, des médaillons.

cn. Allusion au *Faust I* où, dans la scène dite « Cuisine de sorcière », Faust est fasciné par une image féminine entrevue dans un miroir magique ; il ne s'agit pas d'Hélène ; mais voyant les effets du miroir et du philtre que Faust a bu, Méphistophélès dit à la fin de l'épisode : « Avec ce philtre dans le corps, tu verras bientôt Hélène en chaque femme » ; ce qui annonce la rencontre avec Marguerite qui suit immédiatement.

co. Le baquet psychique a été inventé comme une sorte d'accumulateur de fluide magnétique ; le fantastique docteur en tire une véritable décharge électrique, ou condense et amplifie le fluide magnétique au point de le douer d'une terrible efficacité mécanique et hypnotique à la fois : le comte est électrocuté et endormi !

cp. Citation du *Cantique des Cantiques*, VIII, 6, qui contient peut-être tout le sens du fantastique de Gautier, et qui figure dans *La Morte amoureuse* et dans *Arria Marcella*.

cq. Les *apsaras* sont des nymphes capiteuses qui constituent la cour d'Indra dans son Olympe paradisiaque, le mont Mérou ; elles viennent en mission voluptueuse sur la terre pour séduire les ascètes qui pourraient à force de souffrances volontaires devenir trop puissants. Sacountala (*cf.* Chézy, p. 200 sur les apsaras) était la fille d'un pénitent et d'une apsara ; Creuzer (p. 258) les range parmi les 32 millions de divinités secondaires et en dénombre 600 000.

cr. Allusion au *Faust I* (*cf. supra* note cn) autant qu'à Shakespeare.

cs. L'avatar, Gautier semble en convenir, repose sur une dépersonnalisation ; la métempsycose, Michelet par exemple ne s'en console pas, s'opère aussi au détriment de l'âme individuelle. Aussi devient-elle une donnée philosophique chez Schopenhauer. Reste que l'amour absolu auquel Octave se sacrifie est aussi un renoncement au moi (et à la vie) et que dans ses opérations le docteur se conforme au principe du magnétisme : la soumission de la volonté du patient à la volonté supérieure du magnétiseur.

ct. Creuzer (p. 179) expose ce mythe de la création : l'auteur du monde, principe de toutes choses, après avoir chassé les ténèbres voulut « tirer toutes choses de sa propre substance, il créa d'abord les eaux, et il y déposa une semence féconde » ; il en sortit un œuf d'or « resplendissant à l'égal du soleil » ; c'est de lui que Brahma le père des mondes « prit naissance par sa propre énergie ». Après un séjour dans son œuf, par sa seule pensée, il le divise en deux moitiés égales qui forment la terre et le ciel. Creuzer un peu plus loin indique que dans la mythologie indienne les âges ont 12 000 années divines chacun. Le même mythe se trouve raconté dans *Les lois religieuses, morales et civiles* de Manou, trad. du sanscrit par Loiseleur-Deslongchamps, Paris, 1850, p. 3.

cu. Dans la poésie indienne, strophes de deux vers et de 16 syllabes chacun.

cv. Remarquable rapport entre le fantastique et la numération propre à la « science » : le surnaturel ne s'accomplit que dans des conditions données de température. Mais ne s'agit pas seulement de recréer « le climat » de l'Inde où agit le mot de l'ascète originel. Chaleur et froid s'opposent spirituellement autant que physiquement.

cw. Sur le dieu Vitziliputzili, voir *Le Pied de momie*, t. I, note m. Allusion aux *Poèmes et légendes* de Heine dont l'édition de 1855 comprend le *Romancero* où se trouve la ballade sur la conquête du Mexique déjà traduite dans la *Revue des Deux Mondes* en 1851.

cx. Il s'agit d'un véritable avatar du docteur : de grotesque il devient majestueux, de caricature littéraire il devient un vrai mage ; le docteur accomplit une cérémonie sacrée, inquiétante, certes, comme un officiant divinisé.

cy. Bon ou mauvais, satanique ou bienfaisant ? Le docteur est ici reconnu comme plus puissant que la mort : ses deux patients sont morts et reviennent à la vie.

cz. Kyrielle de noms hétéroclites qui unit pêle-mêle toutes les époques et toutes les espèces de médecine. *Hippocrate*, le grand médecin grec (IV-Ve siècle avant J.-C.), *Galien*, grec aussi, IIe siècle après J.-C., *Van Helmont* (1577-1644), médecin-chirurgien qui a longtemps enseigné à Louvain, mais dont les grandes découvertes se situent en chimie : il a « inventé » les gaz. *Boerhaave* (1668-1738) a enseigné à Leyde ; il fut d'abord théologien, puis médecin, botaniste, chimiste. *Tronchin* (1709-1781), médecin genevois qui a longtemps vécu à

Paris comme premier médecin du duc d'Orléans, il a beaucoup écrit dans l'*Encyclopédie*; il mit l'inoculation à la mode. *Hahnemann* (1755-1843), médecin saxon qui découvrit les principes de l'homéopathie; il en fit l'essai sur lui-même; persécuté dans son pays il vint à Paris où il eut beaucoup de succès. *Rasori* (1766-1837), médecin milanais, théoricien vitaliste, est plutôt connu pour ses relations avec Stendhal dont il fut l'ami et le médecin; conspirateur et emprisonné, il ressemble assez au Ferrante Palla de *La Chartreuse de Parme*. *Paracelse* (1493-1541), d'origine suisse, médecin, alchimiste, fit au cours de ses nombreux voyages des cures éclatantes et enseigna avec beaucoup de succès à l'université de Bâle; il prétendait prolonger la vie, guérir les incurables et finit sa vie en théosophe ambulant et peut-être fou.

da. Transcription approximative du titre hébreu du *Cantique des cantiques*. Comme si la nature du docteur lui interdisait une identité durable, son avatar vers le haut le laisse retomber dans un autre avatar, où il retrouve son grotesque et sa bouffonnerie.

db. Le mot est à prendre dans le sens où l'utilise la psychiatrie magnétique : le sommeil du sujet est provoqué, il vise à une libération en lui de l'esprit, grâce à un dédoublement qui fait naître un second moi, plus mystérieux et plus lucide à la fois, que l'on peut aussi interpréter comme l'âme du malade. Gautier va jusqu'au bout du magnétisme spiritualiste et le combine avec la métempsycose.

dc. Autre mélange de titres de noblesse ou de souveraineté qui renvoie aux Cosaques (*hetman* ou *ataman*), à la Pologne et à la Hongrie (*magnat*), à l'Empire ottoman (*hospodar* : titre donné à certains vassaux, en particulier chrétiens, du sultan).

dd. *Heiduques* : nom d'une milice de fantassins hongrois chargés de défendre les frontières, puis dès le XVIIIe siècle nom d'un domestique vêtu à la hongroise, portant même un sabre et des épaulettes.

de. Voiture à quatre roues avec un cheval désignée par le nom de l'homme politique anglais qui l'avait inventée. *Almanzor* est un personnage des *Précieuses ridicules* et *Azolan* apparaît dans *Les Liaisons dangereuses*.

df. Vaisseau d'apparat sur lequel le doge de Venise célébrait, chaque année le jour de l'Ascension, ses noces avec la mer.

dg. *Fenestrée*, Gautier emploie une graphie archaïque pour ce terme qui signifie, percer de fenêtres ou de trous.

dh. Le groupe du grand sculpteur néo-classique italien (1757-1822) date de 1792 et se trouve au Louvre.

di. Gautier cite quatre peintres de l'école vénitienne : *Paris Bordone* (1500-1571), élève de Titien, disciple de Giorgione, vécut à la cour de France; *Bonifazzio* ou Bonifazio Véronèse (1487-1553) a appartenu à l'atelier de Titien. *Palma le Vieux* (1480-1528) est connu pour ses tableaux d'histoire. Paolo Caliari dit *Véronèse* (1528-1588).

dj. Le décor indien qui représente des avatars se confond avec la réalité : il s'est réalisé dans le nouvel avatar, et il constitue une sorte de double du monde parisien.

dk. Nouvelle allusion au conte de Nodier *Smarra ou les démons de la nuit* paru en 1821, réédité en 1850 et 1852. Smarra est le mauvais esprit qui inspire les cauchemars (le mot étymologiquement désigne le mauvais rêve typique où le dormeur se sent piétiné par un cheval fantastique). Tony Johannot avait illustré Nodier par un frontispice où une créature effrayante venait s'accroupir sur la poitrine du rêveur.

dl. Le *padischah* est le terme ottoman qui désigne le sultan et les *icoglans* sont des sortes de pages, ou de jeunes officiers de son palais. On notera que la Pologne de Gautier est l'objet d'une transcription méthodique qui mêle l'Europe centrale et l'Orient. *Ménechme*, le mot désigne les jumeaux identiques de la pièce de Plaute, il tend à devenir un nom commun.

dm. Je rétablis ici le texte du *Moniteur* qui ne comporte pas la malencontreuse virgule entre « veille » et « monsieur », que l'on trouve dans les éditions suivantes et courantes et qui ne semble pas heureuse.

dn. Le *burgau* est le nom vulgaire de coquilles univalves nacrées. Il désigne une sorte de nacre. Cette contemplation spéculaire où le héros est anxieux de se voir, c'est-à-dire de se voir lui-même ou de ne pas se voir comme un autre selon les cas, se retrouve dans *Maupin*, avec Rodolphe dans *Celle-ci, celle-là*, avec Onuphrius : elle reviendra dans *Jettatura*, dans *Fracasse* (chap. v).

do. L'*aventurine* est une pierre artificielle faite de verre ou de cuivre, ou un quartz coloré en jaune et en rouge avec des points d'or.

dp. Termes du blason : *fascé*, divisé en parties égales en nombre et en largeur ; *gueules*, la couleur rouge ; *tortil*, ruban qui s'enlace autour d'un cercle orné de perles, c'est l'ornement spécial du baron, alors que le comte a droit à une vraie couronne perlée ; *sable*, la couleur noire ; *oiseau essorant*, représenté les ailes à demi-ouvertes et l'œil regardant le soleil.

dq. Gautier prête à Lamotte-Fouqué, auteur d'*Ondine*, l'histoire de l'homme qui a vendu au diable son ombre, l'*Histoire merveilleuse de Pierre Schlemihl* qui a été écrite par von Chamisso (1814). Hoffmann réunit les deux personnages dans *Les Aventures de la nuit de la Saint-Sylvestre*.

dr. Les *Infernaliana*, que Nodier a plus ou moins écrits, contiennent « L'histoire d'un brucolaque ». C'est le nom, dit Nodier, des vampires en Grèce. L'*empouse* est dans le *Faust II* (acte III, « Nuit de Walpurgis classique ») une créature démoniaque qui se dit « cousine » du diable et en son honneur a mis une « mignonne tête d'âne ». *Cf.* supra *Arria Marcella*,

ds. Marqué de taches arrondies qui simulent des yeux.

dt. La statue de marbre de Diane découverte à Gabies, petite cité antique au nord-est de Rome, se trouvait au Louvre. Ferdinand Barbedienne (1810-1892) mit au point avec un associé un procédé de réduction exacte des sculptures et l'exploita méthodiquement pour les statues antiques dont il fit des reproductions qui les transformaient en objets d'ornementation pour des appartements ordinaires.

du. Hippolyte Flandrin (1809-1864), disciple d'Ingres, peintre religieux, portraitiste fécond et un peu sombre, est à la mode dans les milieux « bourgeois » ; les Goncourt se sont moqués de lui dans *Manette Salomon* où il est le modèle du peintre académique Garnotelle.

dv. C'est à la fin de sa vie, de février 1557 à septembre 1558 que l'empereur Charles Quint se retira au monastère de Yuste en Estramadoure.

dw. Golconde, ville de l'Inde, dans le Deccan, qui fut la capitale d'un royaume jusqu'au XVIIe siècle, célèbre par le travail du diamant, dont la région était abondamment productrice. Visapour, ville du Deccan, sur la côte occidentale de l'Inde, capitale d'un royaume déchu (Goa en a fait partie), d'abord célèbre pour ses diamants, était aussi connue pour ses ruines, qui l'ont fait nommer « la Palmyre de l'Inde ».

dx. Ces extraits d'un journal intime d'Octave n'ont pas seulement un rôle narratif (varier le récit) ni dramatique (établir par le dedans le personnage d'Octave et en quelque sorte le bien fondé de sa démarche désespérée). Ils tendent à donner une dimension authentique à la passion du héros, et à unir deux thèmes, l'amour et le fantastique ; l'amour impossible n'est possible à la rigueur que par le fantastique ; mais cet amour est impossible, comme le sera celui de Spirite, par une absurdité de la destinée, apparemment plus tragique mais du même ordre que celle qui fait échouer toutes les rencontres dans *Spirite*. Naturellement Octave étend à l'au-delà cette forme de fatalité, de damnation dont il se sent la victime. C'est la mystérieuse combinaison du monde qui décide des amours, des affinités, des sympathies entre les âmes : le recours au fantastique ne pourra pas modifier l'inaltérable destin.

dy. Vu du côté du comte, le docteur Cherbonneau se réduit à la face sombre et satanique de tout pouvoir démesuré : sorcier démoniaque, « docteur du diable » ; mais l'épisode révèle en lui un aliéniste, un médecin des hypocondres, un thérapeute qui ne craint pas les fureurs des malades et leur tient tête avec des instruments paralysants ou un regard qui vaut une douche.

dz. L'initiale, le lieu sont des allusions claires à cette époque, surtout dans le milieu de Gautier : en 1853 et 1854 Nerval a été soigné dans la clinique du docteur Émile Blanche qui se trouvait à Passy (dans l'actuelle rue d'Ankara) ; à ne pas confondre avec le docteur Esprit Blanche qui s'est occupé aussi de Nerval en 1841.

ea. Le passage n'a pas seulement pour fonction de montrer que la folie, comme diagnostic social et rationnel, comme perte totale de soi, est l'horizon du fantastique ; il montre aussi, non sans humour peut-être, que la réalité peut être plus folle que la folie : le comte dit vrai, et c'est alors qu'on le prend pour un fou. Où est donc la vraie démarcation entre raison et folie ? Enfin le dialogue avec l'instance médicale fait apparaître jusqu'au vertige les dédoublements : l'avatar accompli a modifié l'union de l'âme et du corps en deux êtres ; mais du coup chacun devient deux : l'avatar multiplie les existences, et les rend antithétiques. Le thème du double, le thème du miroir conduisent à un jeu de miroirs et de dédoublements qui inscrit dans la nouvelle une sorte de théâtralité et d'humour. Mais le passage est aussi cruel pour la médecine officielle que la fin d'*Onuphrius*. Le docteur applique le schéma classique de la psychiatrie du XIXe siècle qui distingue les troubles perceptifs et les troubles mentaux. Bloqué dans le confort d'un savoir qui n'admet que lui-même, il se révèle absurde et inhumain, incapable de comprendre même la possibilité d'un cas *réel* et objectif qui outrepasse les limites de son savoir. Il confirme le mépris de Cherbonneau pour le savoir occidental.

eb. Symétriquement Octave connaît les mêmes fascinations vertigineuses. Son « double », son image dans le miroir, est un autre, le double d'un autre, un être doublement autre et étranger. Gautier reprend avec des différences les impressions d'Onuphrius devant son miroir.

ec. Selon Bergerat ces armoires se trouvaient dans la demeure de Gautier à Neuilly, et il avait lui-même conçu et dessiné ces meubles. *Knecht* (1808-1889), sculpteur sur bois, dont Gautier a fait l'éloge dans *Les beaux-arts en Europe* : « Ce n'est plus du bois, c'est de la plume, du duvet, qu'un souffle soulèverait à coup sûr » (t. II, p. 183) ; il s'agit d'un groupe : *Le moineau et la mouche* qui fait dire à Gautier : « On ne pratique plus guère aujourd'hui la sculpture sur bois, [.] l'art de Verbruggen, de Berruguete, de Cornejo-Duque, de Montanes [*cf. infra*, n. es] qui a produit tant de chefs-d'œuvre enclavés dans les menuiseries des chaires et des chœurs aux cathédrales de Flandre et d'Espagne » ; mais grâce à Knecht, « vous verrez que toutes les merveilles du passé qu'on admire sont encore possibles ». Il y a eu une Mme Lienhart, paysagiste, qui a exposé aux Salons de 1849 à 1870. Mais Gautier semble bien désigner le sculpteur Liénard, né en 1810, qui a travaillé pour des orfèvres et dans plusieurs églises parisiennes.

ed. Terme de botanique désignant le liseron.

ee. Voir *supra*, note ah. *Ramagé* : orné de ramages, c'est-à-dire de feuillages et de fleurs.

ef. Félicie de Fauveau (1799-1886), femme sculpteur qui eut aussi une large célébrité comme militante légitimiste. Elle prit part à l'action de la duchesse de Berry en Vendée en 1832 et échappa à la déportation en s'exilant en Belgique, puis à Florence. Gautier l'a louée pour sa fidélité au gothique italien, « à l'école d'Orcagna, de Nicolas Pisano, de Donatello et de Ghiberti » (*Les Beaux-Arts en Europe*, t. II, p. 125). « Sa Sainte Dorothée semble sculptée dans son arcane à trèfles découpés par un pieux ciseau du XVe siècle. »

eg. Bérénice : allusion à la reine d'Égypte, qui au IIIe siècle av. J.-C., sacrifia sa chevelure à Vénus, les 7 étoiles de la queue de la constellation du Lion reçurent en son honneur, le nom de « chevelure de Bérénice ». *Crespeler*, crêpelu, sont des mots vieillis, tirés du terme de coiffure, *crêpe*, qui désigne une manière de friser les cheveux (le français moderne emploie crépu).

eh. *Cannetille*, fil ou petite lame très fine d'or ou d'argent, et aussi fil argenté ou doré.

ei. Pour *padischa*, voir *supra* note dl. *Khanoun*, selon Nerval (*O.C.*, t. II, p. 310) au Caire, la *khanoun* est la « dame principale d'une maison ».

ej. Voir *supra*, note bz.

ek. Déjà dans *Le Roi Candaule*, Nyssia, que son mari a livrée à son insu au regard de Gygès, se sent vue « par un pressentiment instinctif » ou par une sensibilité extraordinaire de son épiderme qui perçoit « le rayon d'un œil passionné quoique invisible » (Pl, t. I, p. 974-980). Ensuite elle voit réellement l'œil de l'indiscret et alors « un cri pareil à celui d'une biche qui reçoit une flèche dans le flanc, au moment où elle rêve tranquille sous la feuillée fut sur le point de lui jaillir du gosier ». Elle se sent ensuite souillée, marquée, pénétrée par ce regard qui est devenu indélébile.

el. On avait pu croire que la comtesse était « évoquée » par le charme ; c'était aussi bien le contraire : le comte, au moins son âme, séparée déjà de son corps, avait rejoint la comtesse. Mais ce déplacement en esprit n'est-il pas dû en dernier recours à l'amour lui-même, à la parfaite union des époux dont les âmes sont accordées ?

em. *Polymnie*, allusion à une statue du Louvre représentant la muse de la Poésie lyrique ; Gautier (*La Presse*, 27 juillet 1850) la décrit ainsi : « Cette Polymnie s'enveloppe dans sa draperie avec une sévérité si coquette, un style si féminin, une antiquité si moderne, qu'on croirait une femme de nos jours s'arrangeant et se groupant dans son châle de cachemire ».

en. L'avatar se retourne contre Octave ; bien que Gautier l'ait décrit comme timide, il commet une faute contre l'amour parfait et total ; son regard exprime trop de désir, un excès de sensualité, une trop grande « flamme ». Et aussi peut-être, avec cette « flamme sombre et désespérée », révèle-t-il dans son œil la mélancolie mortelle, le refus de vivre, l'agression contre la vie dont il est porteur et qui est à l'origine de sa conversion au fantastique. Il introduit dans l'amour angélique un je-ne-sais-quoi de violent, de charnel, de possessif et de démoniaque, dont il va être puni.

eo. Le comte est un vrai féodal d'Europe centrale, il peut se permettre ce décor vraiment noble, mais il fait penser à celui de l'« homme moyen-âge », dans *Les Jeunes-France*, Wildmandstadius, qui s'est entouré à grand-peine d'un mobilier intégralement gothique.

ep. Philippe Rousseau (1816-1887), élève de Gros, s'était spécialisé dans les peintures d'animaux, les natures mortes et les paysages. Gautier lui a consacré des phrases élogieuses dans *Les Beaux-Arts en Europe*, t. II, p. 91 *sq.*

eq. *Louis Godefroy Jadin* (1805-1882), peintre de scènes de chasse et de vénerie, de « portraits de chiens », plaisait bien à Gautier qui en avait plusieurs tableaux. Il était l'ami de Dumas et l'a accompagné dans son voyage en Italie. Dans *Les Beaux-Arts en Europe*, t. II, p. 115 *sq.*, où Gautier explique la vogue de la peinture animalière par le panthéisme général (« Rien n'est à dédaigner, la plante comme la brute a son âme, et Dieu se joue partout dans la création »), il avait loué Jadin, « le Paul Véronèse des chiens », de savoir leur donner une physionomie vivante et individualisée. *Léonard Limosin* (1505-1575 ou 1577) travailla pour François Ier qui le pensionna et lui donna le titre de valet de chambre du roi ; peintre, dessinateur, il fut associé à l'école de Fontainebleau et s'illustra surtout comme émailleur.

er. *Majolique*, selon Littré, nom attribué dans le commerce de curiosités à toutes les faïences anciennes italiennes et espagnoles.

es. *Alonso Berruguete* (1480-1561), architecte et sculpteur espagnol, a travaillé pour Charles Quint, construit le Prado et sculpté la stalle de la cathédrale de Tolède. *Pedro Cornejo-Duque* (1677-1757), sculpteur espagnol qui a peint des retables dans les cathédrales de Séville, Grenade, Cordoue ; il est l'auteur des stalles de cette dernière cathédrale. *Vernnaegen* (1701-1759) est un sculpteur sur pierre et sur bois, c'est peut-être lui dont Gautier déforme le nom. Gautier unit ces trois artistes dans *Les Beaux-Arts en Europe* (t. II, p. 183) par leur trait commun : ils travaillent le bois ou sur le bois, et c'est un art perdu au XIXᵉ siècle.

et. Salles du Musée de Dresde qui doivent leur nom à leur peinture en vert ; réservées aux arts décoratifs elles réunissent des collections d'orfèvrerie, de joaillerie, de bronzes et d'ivoires. Gautier l'a visité en 1854.

eu. « Wagner, dit Gautier (*La Presse*, 4 avril 1855), commença la révolution romantique dans la joaillerie, c'était un grand artiste de la famille des Masso Fini, Finiguerra, Benvenuto Cellini, du Ghiberti, des Aldegraver, d'Albert Dürer. » S'agit-il de Friedrich Wagner (1803-1876), graveur de Nuremberg qui fit une carrière obscure à Paris ? De Martin Wagner (1777-1858) sculpteur, peintre et graveur allemand qui séjourna à Paris au début du siècle ? De Karl Wagner (1799-1841), ciseleur et orfèvre berlinois installé à Paris durant la Monarchie de Juillet ? *Edmond Duponchel* (1795-1868) est connu comme musicien et comme directeur de l'Opéra, il a brillé par ses décors ; mais cet homme de talent fut aussi architecte, décorateur, dessinateur en orfèvrerie et bijouterie ; il dirigea même une maison d'orfèvrerie. *Rudolphi* est peut-être un sculpteur italien qui travailla à Vienne au début du siècle ou un disciple de Karl Wagner travaillant à Paris. *Froment-Meurice* (1802-1855) est le moderne Cellini, l'orfèvre du romantisme ; Balzac est son client, ainsi que ses personnages ; Gautier lui a consacré une étude (*cf. Histoire du romantisme*, éd. citée p. 209, et *La Presse*, 4 avril 1855). Il « ciselle l'idée que cette forte génération a chantée, peinte, sculptée, modelée ». *Feuchère* (1807-1852) est un sculpteur et un graveur ; *Antoine Vechte* (1799-1868) sculpteur et orfèvre a exposé avec succès dans les Salons du milieu du siècle. Auteur de boucliers, de cuirasses, de vases, il a travaillé pour Froment-Meurice.

ev. Voir *supra*, note ah.

ew. Nommé d'abord dans *Le Moniteur* une « théière de Moscou ». Ce morceau de description de tous les raffinements de l'art et du luxe modernes rejoint par l'accumulation, l'exhaustivité, le mouvement de corne d'abondance ouverte à profusion, les descriptions totales (bric-à-brac d'antiquaire, civilisations défuntes) ; mais ici l'ordre, la modernité alliée au passé, l'exigence générale de goût, de richesse, de beauté, créent une « harmonie », un ensemble esthétique, fondé sur des correspondances subtiles qui renvoient à la poésie de Gautier, à celle de Baudelaire, au texte célèbre de Poe, *La philosophie de l'ameublement*. Gautier a bien dit : « Le poète aime le luxe comme une expression matérielle de la beauté » ; la somptuosité continue et totale fait de l'existence une évasion dans l'imaginaire, dans un musée réel.

ex. *Rose carnée* : terme de fleuriste, qui signifie, de couleur chair.

ey. *Cf.* Littré, marbre ainsi nommé à cause des couleurs qui le nuancent et qui l'ont fait comparer à l'étoffe qui imite le brocard.

ez. Ce beau passage fait penser à une lettre de Gautier à Sainte-Beuve de novembre 1863 (*C.G.*, t. VIII, p. 202-203) ; répondant à un article du critique sur lui, Gautier écrit : « Vous m'avez pénétré *intus* et *in cute*, jusqu'aux moelles les plus profondes, et je reste atterré de cette divine pénétration. Vous n'êtes pas un critique, vous êtes Vischnou le dieu des avatars et des incarnations. Vous habitez les gens et vous savez leur vie ; vous vous promenez dans les circonvolutions de leur cervelle et vous y découvrez des choses qu'eux-mêmes ne soupçonnaient pas. » Ainsi « effrayé et ravi » l'écrivain se déclare habité, exploré, visité à tâtons dans son être même par le critique : ce dédoublement de l'écrivain est celui d'Octave. D'autre part il faut noter que Gautier parle de l'âme en réservant à ce mot un sens spirituel ou vital, c'est ce qui fait être l'individu comme individu, et ces âmes installées dans un autre corps que le leur restent étrangères à des pans entiers de la personnalité du délogé : ainsi pour la mémoire des langues ou tout simplement du passé, pour la connaissance de la vie quotidienne (la disposition de l'hôtel des Labinski), il y a une rupture dans l'âme du comte. De même, le comte n'arrive pas à écrire avec les doigts d'Octave qui inversement plus bas bénéficie de la connaissance mentale et physique de l'escrime que possède le comte, Octave la retrouve en lui ; ces savoirs de la vie intime, intellectuelle ou corporelle sont ou ne sont pas transférés avec l'âme. Telle est la logique de l'invention fantastique et l'une des raisons de son échec : Olaf et Octave *restent* absolument eux-mêmes, et conscients d'être eux-mêmes, et ils sont amputés d'une partie de l'autre dans l'avatar et privés de l'accès à sa vie intérieure. D'un autre côté l'âme est respectée dans son sens profond au cours de ce jeu de permutation des corps et des âmes qui demeure étrangement profond et superficiel : au fond qu'est-ce que l'âme ?

fa. Région centrale de l'Arabie, célèbre pour ses chevaux qui passent pour être de pure race arabe.

fb. *Cf.* Musset, *À quoi rêvent les jeunes filles*, II, 1, où le duc Laerte dit : « Eh bien ! moi, tout cela m'amuse à la folie. / Je ne fais pas la guerre à la mélancolie. / Après l'oisiveté, c'est le meilleur des maux. »

fc. On va retrouver cette dualité de la main et de l'âme, écriture du moi et écriture d'un autre dans les épisodes du billet de Malivert à Mme d'Ymbercourt et dans celui de la dictée de Spirite.

fd. Ce nom d'un vieil hospice fondé au XVIe siècle est devenu, comme « Charenton », le terme générique désignant les asiles de fous.

fe. *Craquelé* : porcelaine qui a reçu un émail fendillé ; *céladon* : couleur vert pâle tirant sur la couleur du saule ou de la feuille de pêcher. Il est amusant de constater que les témoins du duel comme les chevaux que monte le faux Olaf sont choisis au hasard.

ff. C'est la version du *Moniteur* : « ... dans la lumière, la contemplation et l'amour. » Satanique/angélique, le docteur Cherbonneau ici penche du côté des anges : il comprend que le pouvoir qui a surpassé le sien est le pouvoir de l'innocence, de la pureté, de la pudeur, de l'amour absolu. Le vrai idéalisme, ou du moins le plus radical, s'est réalisé dans la comtesse et non dans le disciple des ascètes indiens ; l'amour seul renouvelle les conditions premières de l'humanité, ramène avant la toute puissance de la matière, le péché d'exister, et restitue à l'âme ses facultés infinies (ici la voyance, l'intuition, le pressentiment). Seul l'amour illimite la puissance de l'âme.

fg. *Carre*, le mot en général signifie angle, face, ou carrure ; donc selon Littré dans le langage de l'escrime, il renvie à chacune des faces d'une lame d'épée.

fh. Voir *supra*, note aq.

fi. Le « vieux brahme », possesseur de secrets datant de la création, opère néanmoins dans un « laboratoire » mais un « laboratoire magique ».

fj. Pythagore en effet par une grâce spéciale des dieux pouvait se rappeler (et raconter) ses incarnations successives ; il avait ainsi participé à la guerre de Troie et avait été blessé par Ménélas. Le récit s'évoque lui-même au futur : il se déclare déjà fini et parle de ses suites avec une sérénité, une désinvolture, une élégance dandy ; la politesse apprivoise le fantastique et participe à l'allègement du récit.

fk. Qu'on nous permette de mentionner ici que toutes les éditions modernes, sauf celle de la collection Bouquins impriment intrépidement une faute d'orthographe, « qu'on a laissée tomber à terre », qui ne figurait pas dans *Le Moniteur*.

fl. Chaque divinité de la « trinité » possède un principe d'action au nom féminin, ou force créatrice déléguée et personnifiée comme partie féminine de lui-même. La principale puissance déléguée de Shiva est son « épouse », nommée différemment selon les mythes : Mahadevi, la grande déesse, Kali, la déesse noire, ou Dourga, l'Inaccessible, divinité sanglante et guerrière, devenue l'idole de sectes fanatisées. Chézy (*op. cit.*, p. 90) décrivait Shiva lui-même comme un « ogre », énorme géant, avec une bouche béante, armée de terribles dents, un collier de crânes et d'ossements entrelacés, ce qui ne l'empêche pas d'être bon. Moor, mieux informé, semble-t-il, (*op. cit.*, p. 35 *sq.*) sur Shiva, ses « épouses » et son collier de crânes, parlait de Dourga comme d'une « vertu », d'une puissance d'action et de combat et, p. 147, pl. 27 et 28, il donnait des images de l'horrible « sacti », ou puissance féminine à qui il est offert des sacrifices humains ; mais c'était la déesse Kali dont il montrait les « immenses dents », plutôt des défenses fixées à même les lèvres. Le récit recommence : au même endroit, les mêmes scènes, le même décor, le même cycle en sens contraire ; c'est l'avatar : le retour du même. Dans la maison du docteur qui est hors de la vie et du temps, les dieux indiens figurent les mêmes avatars : seulement cette fois l'impression est plus sinistre, la divinité de la destruction a plus de sens et de poids.

fm. Le récit est donc circulaire, il revient à la présentation initiale d'Octave : la vie le quittait doucement, irrémédiablement. Ici, de la même manière, il la quitte, Cette mort volontaire, ce suicide joyeux par l'éloignement du corps, la fuite d'une chair déjà abandonnée, annonce la « mort » de Spirite au couvent. Elle anticipe aussi sur la fin prévue de Sigognac qui devait renoncer à vivre et, après avoir tenté par le théâtre une sorte d'avatar personnel, devait revenir désespéré dans son pauvre château et s'enfouir de lui-même dans un tombeau pour y attendre la mort. Enfin et peut-être surtout, la fin d'Octave fait penser à ce que Gautier écrivait le 30 janvier 1855 dans *La Presse* (*Souvenirs romantiques*, *op. cit.*, p. 220) sur la mort de Nerval : « Cet esprit si charmant, si ailé, si lumineux, si tendre, s'est évaporé à jamais ; il a secoué son enveloppe terrestre, comme un haillon dont il ne voulait plus et il est entré dans ce monde d'élohims, d'anges, de sylphes, dans ce paradis d'ombres adorées et de visions célestes qui lui était déjà familier. » Comme le poète, Octave semble passé à l'état d'ange. J. Richer au demeurant (*Nerval, expérience et création*, *op. cit.*, p. 637 *sq.*) a montré que chez Nerval le suicide était lié aux croyances dans la métempsycose et la réincarnation.

fn. Le chagrin est un cuir grenu fait d'ordinaire d'une peau d'âne ou de mulet ; mais la locution est une allusion au roman de Balzac qui sans doute donne une nouvelle dimension à Cherbonneau : comme l'antiquaire balzacien, il a vécu jusqu'ici d'une vie de savant et d'ascète, utilisant son pouvoir pour les autres, hors des passions en tout cas.

fo. Cette contemplation de son propre corps par Cherbonneau a un précédent dans un texte de Byron, *Le Difforme transformé*, traduit dans les *Œuvres complètes* du poète, donc connu en France (il figure dans la traduction éditée par Charpentier par exemple en 1838, p. 500 *sq.*) ; ce drame inachevé et imité de Faust présente un bossu, haï de tous, chassé par sa mère, un être différent et maudit, rejeté partout pour sa laideur. Un homme noir, l'Inconnu, survient et lui offre de lui donner en échange de son âme le corps qu'il voudra ; le bossu choisit d'être réincarné en Achille. L'Inconnu reprend son ancien corps, et on assiste à l'échange : l'âme du bossu est dans le corps d'Achille, il peut contempler son ancien corps, qui est là, sous ses yeux, avant que l'Inconnu ne s'en empare ; alors « un feu follet voltige dans le bois et vient se reposer sur le front du corps », l'Inconnu disparaît, et le corps inerte se ranime. Puis les deux compagnons vont participer au sac de Rome par le connétable de Bourbon !

fp. Roman initiatique que Novalis laissa inachevé à sa mort et qui fut publié en 1802. Il n'est pas traduit en français à la date où nous sommes, P. Tortonese suppose que Gautier l'évoque à partir de ce qu'en a dit H. Heine dans son *De l'Allemagne* : l'écrivain est symbolisé par sa lectrice, ou sa muse, une jeune fille blonde aux yeux bleus nommée Sophie, toujours habillée de bleu, qui a fait lire le roman au poète dans sa jeunesse, dans un exemplaire relié en *maroquin* rouge. Ici Prascovie et Novalis se représentent, se signifient mutuellement en une subtile unité.

fq. Ville de Russie d'Europe, sur le Dniepr, siège d'un gouvernement, et qui au XIXᵉ siècle comptait 23 000 habitants. La fin de la nouvelle développe dans ce duo le thème commencé avec l'épisode du Polonais inconnu d'Octave : le moi est dans sa mémoire, c'est le passé qui est la part irréductible de l'âme ; l'identification des souvenirs est la garantie de l'identité.

fr. La presse, le testament, la légalité consacrent et valident le surnaturel ; l'avatar de Cherbonneau a eu lieu, il prolonge à Paris les métamorphoses de dieux indiens, tandis que la comtesse se trouve métamorphosée en déesse : elle s'identifie à la Vénus de Schiavone. Andrea Meldolla dit Il Schiavone (1522-1563), peintre de l'école vénitienne, fut l'élève du Parmesan et travailla sous l'influence de Giorgione, Tintoret et Titien.

JETTATURA

a. Dans *Le Moniteur*, Gautier avait mis la formule fameuse à l'infinitif : *« Veder Napoli e poi morir. »* Ce liminaire, qui peut faire penser à celui de *L'Éducation sentimentale*, présente, rassemblée sur un bateau, l'humanité sous sa forme la plus plate, la plus inerte, la plus privée de sens, l'humanité du cliché, c'est-à-dire du tourisme organisé, et de la banalité prétentieuse ; à ce niveau du prosaïque, l'antifantastique par excellence, il y a les Anglais, peuple correct et mécanisé, réduit au matériel, puis les artistes non moins convenus dans leurs uniformes composés, puis les pauvres anonymes, qui ne comptent pas. Le récit commence par présenter le niveau de la réalité le plus livré à la finitude humaine et, en un sens, le plus rassurant. À quoi va s'opposer tout ce qui est Nature et Italie, la mer et Naples, et surtout l'homme seul, différent, unique, qui vient le dernier et par qui le fantastique arrive.

b. Mot arabe qui désigne les grillages de bois découpés et ouvragés qui sont placés en avant des fenêtres des maisons. C'est ici le cœur de Naples, mais Gautier désigne comme Palazzo Nuovo le Castello Nuovo, créé par Charles Iᵉʳ d'Anjou ; le port commence justement là ; le Pizzofalcone est une colline ; le vapeur toscan arrivant de Marseille découvre Naples après avoir doublé le Pausilippe suivant une trajectoire qui va du sud-ouest au nord-est.

c. *Cadre* : terme de marine, qui désigne un lit fixe, une couchette.

d. De quel peintre italien s'agit-il ? Il y a bien une tradition littéraire romantique qui attribue à Spinello d'Arezzo la première représentation d'un Satan beau (*cf.* M. Milner, *Le Diable dans la littérature française*, t. II, p. 157) : dans *L'Album britannique* en 1830 est paru un récit d'origine anglaise, *Les Visions du peintre Spinello* par Saint-John qui raconte l'histoire d'un artiste fasciné et obsédé par le visage de Satan qu'il a peint en lui conservant sa beauté d'ange (voir *Onuphrius*, t. I, note y). Le tableau du vrai Spinello Aretino était plus complexe, il avait uni une certaine beauté du diable à l'expression de la terreur et de l'angoisse. Mais selon Mario Praz, *op. cit.* p. 71, le premier peintre à avoir transformé l'image satanique est Lorenzo Lotto avec *La Cadutta di Lucifero* (1554-1556), et le premier poète à lui avoir donné « les charmes du rebelle indompté » est Milton. Il suivait sans doute l'exemple de Marino qui avait insisté dans le poème *« Strage degli innocenti »* sur la tristesse du regard de Satan.

Le *jettatore* de Stendhal est évoqué par des traits spécifiques, l'étrangeté des yeux, leur rapprochement, mais il s'inscrit d'abord dans une ressemblance satanique : les cheveux roux, la disparité des traits, surtout l'expression du regard et ses évolutions. Chez Paul, personnage si entièrement double qu'il en devient indéterminé, il oscille entre la contemplation vague et mélancolique et la fixation agressive de l'objet ; par là il est plus insidieusement satanique : la tristesse est celle de l'ange déchu, du vaincu, du condamné au mal ; c'est le regard « ardent et triste » du Satan baudelairien. D'une part il y a la nostalgie, « l'idée d'une puissance grondante et sans emploi », de l'autre la révolte, la détestation, « l'idée d'une insensibilité vengeresse ». C'est dans l'œil que s'exaspère la dualité du héros, mi-dandy, mi-Méphistophélès. Le visage de Paul manque d'harmonie interne, d'homogénéité : c'est aussi une idée de Lavater, reprise par Baudelaire, que le vice et la laideur sont également visibles dans la disproportion et la disconvenance des traits. Pour Lavater aussi la distance entre le nez et l'œil est le critère de la beauté du visage.

e. Dans *Le Roi Candaule* (Pl, t. I, p. 955), la reine Nyssia, qui n'a pas le mauvais œil mais qui a « des yeux extraordinaires » contenant l'infini et l'éternité et capables de prodigieuses variations, a des prunelles qui changent sans cesse de couleur, et qui laissent « entrevoir à des profondeurs incalculables des sables d'or et de diamant, sur lesquels des fibrilles vertes frétillaient et se tordaient en serpents d'émeraudes ». Dans l'œil en quelque sorte double de Paul, ce sont ces mêmes serpents, devenus jaunes, qui sont dangereux. Les descriptions successives de ses yeux feront apparaître la violence montante de son regard.

f. *Eucharis* : allusion à *Télémaque* de Fénelon (fin du livre VI) : allusion double, car Fénelon reprend et imite la mythologie et la littérature grecques. Ainsi s'élabore avec Gautier un effet de reproduction, de quasi-parodie. Mais reste le fait fantastique : la mer apporte l'homme monstrueux, et elle l'apporte avec une vague qui pour être inoffensive n'en est pas moins un signe, une menace. A la fin, la mer l'emportera dans les fureurs d'une tempête. Le récit se trouve entre cette vague intempestive et l'ouragan terrible.

g. Quel est le vrai monstre ? L'homme élégant et double, ou le « vieillard de quinze ans », le nain artificiel, être double aussi et désaccordé. On comparera ce texte à celui des *Beaux-arts en Europe* (t. I, p. 131), où, à propos du génie bizarre et des créations difformes de la Chine, Gautier écrit : « Vous avez sans doute vu ce nain de la rivière des Perles qu'on avait enfermé dans une potiche pour qu'il s'y rabougrît d'une façon curieuse ; c'est l'image la plus juste du génie chinois. »

h. Var. dans *Le Moniteur* : « vers l'hôtel de la Victoire, suivis ».

i. Var. dans *Le Moniteur* : « et que M. Martin Zir, le padron di casa eut désigné ». Gautier a supprimé l'allusion trop claire, qui suivait de près le liminaire du voyage de Dumas : « Nous étions descendus à l'hôtel de la Victoire, M. Martin Zir est le type du parfait hôtelier italien, homme de goût, homme d'esprit, antiquaire, [...] M. Martin Zir est tout excepté aubergiste. »

j. La description des *facchini* présente d'étonnantes ressemblances avec le même épisode dans la *Course en voiturin* de Paul de Musset. C'est un cliché du voyage dans le Sud de l'Italie : les porteurs s'emparent de force des bagages. Débarqué du *Léopold*, le touriste est la proie des portefaix (p. 78 *sq.*) : « Trois facchini auraient suffi pour porter mes bagages, il en vint une quinzaine se démenant comme des diables, qui s'emparèrent des malles comme de leur bien, en chargèrent une petite charrette et se partagèrent le butin de manière à paraître occupés tous les quinze » ; de même, quand il est question de la valise « soulevée comme une plume qui devient un poids énorme au moment d'être payée » (p. 121). La *Course en voiturin* présente aussi le « jettator » et son portrait-robot (p. 99).

Adams n'est pas connu. Mais Tom Cribbs (1781-1848), champion de boxe, a laissé un tel souvenir que les biographies britanniques sont intarissables sur sa carrière. Docker, marin, livreur de charbon, surnommé Black Diamond, Cribbs commença ses combats en 1805 et, malgré quelques revers, gagna des matches historiques qui valurent à son entraîneur, le captain Barclay, des sommes énormes ; il se retira invaincu et considéré comme une sorte de champion à vie en 1814 : il tint un certain nombre de pubs avant d'être ruiné. On ne saurait énumérer toutes ses vertus.

k. Var. dans *Le Moniteur* : « ayant fait appeler Martin Zir, lui demanda » ; l'hôtel est plus bas désigné comme « l'hôtel de la Victoire ».

l. Plus exactement *cream-laid*, papier vergé de couleur crème.

m. Dans *Le Moniteur* cette lettre se présente d'une manière un peu différente : « Nous sommes arrivés à Naples il y a quinze jours après un voyage très heureux. Mon oncle se plaint de la chaleur [la suite ne change pas], il jure qu'il faut […] ; mais tout en grognant il m'accompagne et je le mènerais au bout du monde […]. Nous sommes installés près de Sorrente… »

n. Mot à double sens : il y a la fascination, et le *fascino* néfaste, mais le mot est plus vrai que ne le croit celui qui le dit, il est littéralement vrai, et c'est tout le fantastique caché dans un cliché.

o. Les chevaux napolitains sont fantastiques, sortis d'un conte, nés d'un miracle quotidien qui les fait vivre encore et courir. Dumas les décrivait au cours d'un dialogue avec Martin Zir comme des « chevaux spectres », des « fantômes de chevaux qui vont vite, parce que les morts vont vite » (*Corricolo*, chap. II). En fait il s'agit de chevaux promis à l'abattoir, qui devraient donc être morts, mais qui ont un sursis comme chevaux du corricolo, lequel est lui-même spectral, car il est interdit d'en fabriquer, ce sont toujours les mêmes que l'on répare, ils ne meurent jamais. Voir plus bas note q.

p. *Acquajoli* : marchands d'eau glacée légèrement acidulée par une tranche de citron ; *cf. Corricolo*, chap. VII, sur « cette délicieuse boisson dont chaque verre ne coûte pas un liard ».

q. C'est presque une phrase textuelle de Dumas (*Corricolo*, chap. II) : « Il est défendu de faire des corricoli, mais il n'est pas défendu de mettre des roues neuves aux vieilles caisses, et des caisses neuves aux vieilles roues » ; Dumas allait plus loin dans le fantastique et l'humour : « Le corricolo est mort, … est immortel. » Pour la description des voyageurs du corricolo, Dumas se contentait d'écrire : « Moine, paysans, mari, conducteur, lazzaronis, gamins, enfant, additionnez le tout, ajoutez le nourrisson oublié, et vous aurez votre compte. Total, quinze personnes. ». Le corricolo apparaît dès la première page d'*Arria Marcella*.

r. Qui demeure encore dans la première version : « l'hôtel de la Victoire ».

s. La Riviera di Chiaia et la Marinella se trouvent de part et d'autre du Castello Nuovo et du port. Puis le voyageur s'en va vers le sud-est, par Portici et Torre del Greco (6 et 12 km).

t. Var. dans *Le Moniteur* : « il y a trois mois ».

u. Vin grec doux, ou plus généralement vin muscat. L'histoire anglaise conserve le souvenir d'un duc de Clarence noyé dans un tonneau de malvoisie.

v. Petits cubes de pierre placés ordinairement sous les colonnes, poteaux ou vases pour les isoler de la terre.

w. Nom vulgaire de la vigne croissant spontanément et à l'état sauvage.

x. *Cf. Les Beaux-Arts en Europe*, t. I, p. 98, sur une aquarelle de Lewis. « Une femme, Circassienne, ou Géorgienne, offre le type de plus pur de la race caucasique : ovale parfait, nez légèrement aquilin, petite bouche et grands yeux teints de kh'ol. » John Frederick

Lewis (1806-1876), peintre et aquarelliste anglais, dont Gautier a apprécié les œuvres rapportées de ses séjours en Orient.

y. Voir aussi *Les Beaux-Arts en Europe*, t. I, p. 12 *sq.*, sur les tableaux de Maclise : « Quelles romanesques et charmantes créatures dans leur grâce invraisemblable et leur fraîcheur féerique… » Daniel Maclise (1806-1870) peintre de l'école anglaise, auteur de tableaux d'histoire dont Gautier a retenu à l'Exposition universelle de 1855 *Merry England*, composition shakespearienne qui peut faire penser à Alicia, « col de cygne aux ondulations argentées, yeux dont les cils battent de l'aile comme des papillons noirs […] longs cheveux en spirales lustrées blonds comme l'épi ou bleus comme l'aile du geai, épaules au poli d'agate, lèvres que vous ouvrez à la joie comme des fleurs où la rosée a mis des perles, vous n'êtes pas réels sans doute, mais nous préférons vos mensonges au fac-similé du daguerréotype ».

z. *Palmettes*. Ornements en forme de palme. *Pampille* : Frange de passementerie caractérisée par un macaron terminé par des pendeloques (selon le *Trésor de la langue française*).

aa. *Vigogne* : c'est-à-dire de laine de vigogne ; le vigogne est un animal proche du lama qui donne une très bonne laine. *Vineux* : renvoie à une couleur rouge proche du vin rosé.

ab. *Hoffmann* : la référence à Hoffmann ne se justifie guère ici. À quels personnages d'Anglais Gautier fait-il allusion ? S'agit-il de François-Benoît *Hoffman* (1760-1828), dramaturge français et auteur d'opéras-comiques ? Pierre *Levassor* (1808-1870) est un acteur comique célèbre. D'abord employé de commerce, et acteur médiocre, il débuta vraiment en 1832 et eut un immense succès dans un nombre infini de pièces et dans plusieurs théâtres ; c'était un spécialiste du déguisement, de la caricature, de l'imitation des autres acteurs ; un jour pour gagner un pari il était parvenu à se déguiser en garçon de café pendant tout un repas où se trouvaient ses confrères du théâtre. Personne ne le reconnut. *Caporal Trimm* : personnage du roman de L. Sterne, *Vies et Opinions de Tristram Shandy*, qui préconise le genièvre pour chasser l'humidité excessive de l'organisme.

ac. *Salières* : Terme familier, selon Littré, désigne le vide qui existe derrière la clavicule chez les personnes maigres.

ad. Var. : dans *Le Moniteur*, la servante se nomme d'abord Giovannina.

ae. La romance en dialecte napolitain *Ti voglio ben'assai* (« je j'aime passionnément… ») a été créée en 1835 sur les paroles d'un poète populaire, R. Sacco, et sur une musique attribuée à Donizetti ; sur le succès de la chanson, voir A.-M. Jaton, *Le Vésuve et la sirène* […], *op. cit.*, p. 65, qui cite le témoignage de Paul de Musset lassé de toujours l'entendre. *Santa-Lucia*, œuvre de Cottrau et Cossich, remonte au milieu du siècle ou un peu avant.

af. *Cf.* le mot de Gautier rapporté par Bergerat, *Entretiens, souvenirs et correspondance, op. cit.*, p. 129 : « Mon cerveau fait du mieux qu'il peut son métier de chambre noire. »

ag. *Anna Bolena*, opéra de Donizetti, créé en 1831 en Italie et à Paris ; l'air (« Hé tu ne veux pas me forcer ») a d'abord été dans *Le Moniteur* désigné incorrectement, « Deh *!* non poter constringere ». On retiendra le burlesque léger de la scène, qui fait contrepoint avec la précédente, entièrement vouée à la beauté d'Alicia.

ah. Voir *Avatar*, note am.

ai. *Ed. Landseer* (1802-1873), peintre anglais issu d'une longue lignée d'artistes, spécialisé dans les peintures d'animaux, primé à l'Exposition universelle de 1855. Voir *Les Beaux-Arts en Europe*, t. I, p. 69 *sq.*, sur son tableau, *Les Animaux à la forge* où Gautier voit « un cheval bai-cerise à la robe satinée et chatoyante, aux formes pleines et rebondies ».

aj. Pour la première fois la mort, figurée par la pâleur et le froid, vient s'insinuer en Alicia et dans l'expression de la vie. La formule « sous le regard inquiet » est elle aussi à prendre au pied de la lettre : la juxtaposition de deux éléments va devenir un lien de cause à effet.

ak. Var. dans *Le Moniteur* : « ajourné à trois mois ».

al. *Casini* : en italien le mot renvoie d'abord à toute espèce de petite maison ; *Castellamare* : se trouve dans le golfe de Naples, au début de la presqu'île de Sorrente. Dans *Le Moniteur* le texte est sensiblement différent : « On apercevait le môle, la Marinella, le Vésuve, Castellamare et dans le lointain Sorrente. » ; *grani*, au sens propre, grain, comme *carlins*, toute petite monnaie traditionnelle de l'Italie.

am. Dans le *Corricolo* (chap. XVI) le prince napolitain *jettatore* dont Dumas raconte les aventures déclenche une averse épouvantable au cours d'une soirée brillante et cela en pleine sécheresse.

an. *Forestiere* : étranger ; mais Paul est l'étranger absolu, l'être négatif et étranger à l'humanité et non pas seulement à Naples.

ao. Cornelius Balbus, l'aîné et le jeune, l'oncle et le neveu, ont vécu au premier siècle av. J.-C., l'un était lié à César et à Cicéron, l'autre à Auguste.

ap. Var. dans *Le Moni*teur : « … se tortillaient toujours. »

aq. Paul de Musset (*op. cit.* p. 199) rencontrait un acteur-auteur napolitain nommé Altavilla. Le comte est beau, mais trop ; il y a en lui un excès, principe insidieux de grotesque et de dissonance ; ainsi la faute de goût des bijoux voyants et surtout de l'accumulation énorme de talismans ; tous énumérés, tous au pluriel, ils donnent une impression de surcharge. Le comte, malgré ses allures de dandy et de moderne, exprime hyperboliquement les superstitions.

ar. *Trovatello* : enfant trouvé. *Luigi Gordigiani* (1814-1860), baptisé le « Schubert italien », auteur d'opéras et surtout de mélodies regroupées dans ses *Stornelli*. Gautier a rendu compte d'un de ses concerts dans *La Presse* du 30 mars 1852. Le récit insiste beaucoup sur le folklore napolitain, l'expression spontanément musicale et artistique de l'homme du peuple. Naples est le pays des artistes cachés, des « ténors » en germes, d'un génie populaire, qui s'exprime aussi bien en histoires, en mythes, en superstitions. Ce génie, comme le suggère Gautier en disant de quoi est faite la romance, n'est-il pas en rapport mystérieux et profond avec la nature ?

as. Le *jettatore* (voir Dumas, en particulier chap. XVI) est ainsi responsable d'une foule de petits incidents quotidiens et presque anodins. Dumas les énumère à propos de son prince : par exemple, il fait tomber un plateau de glaces porté par un laquais, il provoque la chute d'un lustre ; mais aussi l'incendie d'un théâtre, la défaite d'une armée ; il condamne son gendre à une impuissance tenace, etc. Un événement est proche de celui-ci : le *jettatore* fait asseoir sur un fauteuil une dame, le fauteuil se brise, la dame furieuse, rougissante et confuse s'enfuit. C'est la maîtresse de maison : le bal auquel elle a invité le jettatore s'arrête et tout le monde s'en va.

at. *Cf.* Stendhal, *Voyages en Italie* (éd. citée, p. 564) : « Il faut rompre la colonne d'air entre l'œil du nécromant et ce qu'il regarde ; un liquide jeté est très propre à cet effet ; un coup de fusil est encore mieux. »

au. Alicia aime la nature brute. Ici il y a davantage : un signe prémonitoire ; elle redoute la mort des fleurs, elle sera une fleur morte, un cadavre de fleur, ou en fleur.

av. Voir *Arria Marcella*, t. I, note am.

aw. Stendhal (*Voyages en Italie*, éd. citée), chez un avocat fameux, trouve « dans son antichambre une corne de bœuf immense qui peut avoir dix pieds de haut […] C'est un paratonnerre contre la jettatura » ; Dumas, *Corricolo*, chap. XV : « Vous n'entrez pas dans une maison de Naples quelque peu aristocratique sans que le premier objet qui frappe vos yeux dans l'antichambre ne soit une paire de cornes ; plus ces cornes sont longues, plus elles sont efficaces. On les fait venir en général de Sicile ; c'est là qu'on trouve les plus belles. J'en ai vu qui avaient jusqu'à trois pieds de long… »

ax. On retiendra le burlesque (au sens originel du mot), les cuisines et leur personnel sont l'objet d'une élévation héroïque : cuisines comme le Vésuve, casseroles comme les boucliers sur une trirème, lampe digne des fouilles, personnages apparentés à ceux des grands peintres, à des sculptures.

ay. *Cf. Arria Marcella*, t. I, note ak.

az. *Taureau Farnèse* : célèbre groupe sculpté aux dimensions considérables pour l'Antiquité qui se trouve aux Studi, ou du moins la copie romaine en marbre d'un original hellénistique en bronze (milieu du 1er siècle av. J.-C.). *Fanon* : Littré indique que le mot désigne la peau pendante que les taureaux et les bœufs ont sous la gorge

ba. *Cf. Arria Marcella*, t. I, note aj. Que mange le lazzarone ? Dans sa pauvreté frugale et sa misère joyeuse qui « transforme la sobriété en une source de bonheur » (A.-M. Jaton, *op. cit.*, p. 61), il mange très peu. Dumas conteste le macaroni, et disserte sur la pizza et la pastèque, Paul de Musset lui donne trois brins de macaroni, du fromage en poudre et de l'eau glacée.

bb. Ce célèbre tableau de Murillo a en effet appartenu à la collection espagnole du maréchal Soult avant d'être acheté par le Louvre en 1852. Il représente en réalité le miracle de San Diego : le saint dont le couvent est ruiné et affamé, prie devant la table vide, il est en extase, élevé au-dessus du sol, et les anges dans le ciel font la cuisine pour lui.

bc. Var. dans *Le Moniteur* : « bu une fiasque de vin de Capri de trop ».

bd. Dumas (*Corricolo*, chap. XV) déclare que Naples est partagé entre deux principes, comme Ormuz et Ariman : « Son ennemi, c'est la jettatura, son protecteur, c'est saint Janvier. »

be. Cette « pointe » insigne n'est pas innocente : elle vient de Mathurin Régnier, *Satires*, X (*cf. O.C.*, Paris, Les Belles lettres, 1930, p. 94) ; à l'issue du repas ridicule, repris par Boileau, le héros trouve une pluie diluvienne, « et du haut des maisons tombait un tel dégoût / Que les chiens pouvaient boire debout ». Régnier, un autre « grotesque », que Gautier savait par cœur.

bf. Gautier francise l'italien *zucchetta*, qui désigne la courgette.

bg. Heureusement, dit Dumas (*Corricolo*, chap. XV) le jettatore est reconnaissable ; il est « maigre et pâle, il a le nez en bec de corbin, de gros yeux qui ont quelque chose de ceux du crapaud et qu'il recouvre ordinairement pour les dissimuler, d'une paire de lunettes : le crapaud, comme on le sait, a reçu du ciel le don fatal de la jettatura : il tue le rossignol en le regardant ». Gautier ajoute la proximité des yeux et du nez et la forme des rides du front ; les Napolitains confondent dans le signalement du jettatore les éléments plutôt sataniques (les cheveux) et aussi bien les éléments plus proches du vampire : le fait que Paul est un mélancolique qui n'a pas d'appétit, qui méprise les bons plats. La nouvelle suit une implacable progression dans la présentation du fantastique : le don de Paul est suggéré, deviné par le petit peuple napolitain, et le comte, défini, nommé, expliqué ; à ce moment, Paul et les autres en arrivent ensemble au même point de compréhension.

bh. *Palforio* : Voir *Aria Marcella*, note al.

bi. C'est aussi un des méfaits d'un prince *jettatore* dans Dumas (*Corricolo*, chap. XVI) : lors d'une soirée, il écoute une prima donna célèbre qui fait « un épouvantable couac » dès le prélude ; comprenant quelle « force néfaste » a détruit son talent, elle s'enfuit. Les invités comme les spectateurs du théâtre l'imitent peu à peu. Le jettatore reste seul : il est essentiellement l'homme seul.

bj. Le comique des touristes britanniques est un thème continu dans la littérature romantique et, depuis le début jusqu'à la fin, *Jettatura* y sacrifie complaisamment. Mais dans l'impassibilité close de l'Anglais toujours semblable à lui-même, il y a ici un sens supplémentaire : dans le contraste Naples-Angleterre, l'immuable affirmation des valeurs anglaises crée un pôle de sécurité et de modernité. Mais si les Anglais se rallient aux croyances « africaines » ?

bk. Miss Alicia connaît bien Molière, *Le Bourgeois gentilhomme*, acte II, scène IV, où Monsieur Jourdain répond au maître de Philosophie qui lui a demandé s'il savait le latin : « Oui, mais faites comme si je ne le savais pas : expliquez-moi ce que cela veut dire. »

bl. On connaît le mot célèbre sur le Russe, dont la chemise plissée recouvre le poil d'un ours.

bm. Var. dans *Le Moniteur* : « je crois aux machines à vapeur, aux chemins de fer, à la télégraphie électrique, je mange le macaroni avec une fourchette, je porte ». Le comte a lu Stendhal, certes, et se veut un esprit éclairé, européen, moderne ; mais il appartient aussi aux voyages de Stendhal, qui a en quelque sorte préfiguré Altavilla, comme si justement Gautier se souvenait de Stendhal en le faisant parler ; tel est le destin des « esprits forts » en Italie, en particulier à Naples : le plus « voltairien » d'entre eux ne résiste pas à la cérémonie de saint Janvier (une ampoule contient son sang, il a été martyrisé en 1389 et il doit se liquéfier à dates fixes) et croit alors éperdument, follement, au nom de tous « les souvenirs chéris de l'enfance » (*Voyages en Italie*, éd. citée, p. 563-565, 640 et 653-654). Tous les cas de Napolitains croyant au *fascino* appartiennent à la noblesse, aux classes cultivées, ce sont des savants et des gens de grand mérite. Le comte va reconnaître lui-même sa dualité d'« esprit fort » napolitain : incrédule, moderne, rationaliste, sauf pour le mauvais œil.

bn. Gautier semble bien suivre l'érudition un peu étrange de Dumas (*Corricolo*, chap. XV) qui rappelle l'origine phallique des cornes comme « symbole préservatif », et disserte sur la jettatura ou manière de jeter des sorts par le regard ; il cite un vers des *Bucoliques* (« Je ne sais quel mauvais œil jette un sort à mes jeunes agneaux », III, v. 103), l'Ecclésiaste (« Rien de plus terrible que le regard. »), saint Paul ; quant à la main magique de l'Alhambra, Gautier l'avait évoquée dans le *Voyage en Espagne* (éd. citée, p. 262), en la comparant aux petites mains de corail des Napolitains. Mais le discours du comte qui souligne la précarité d'une incroyance « philosophique » et d'un refus des « préjugés » renvoie à une approbation « raisonnée » de toutes les croyances premières, appuyée sur le consensus universel de l'humanité et sur une sorte de religion primitive et générale de l'homme. La superstition se révèle plus forte, plus stable que le paganisme, car antérieure à lui : *la rétrospection* remonte à elle.

bo. Var. dans *Le Moniteur* : « Nul œil n'aperçoit le fluide électrique sur le fil de fer du télégraphe et pourtant la nouvelle arrive […] » Cette fois *le fascino* est soustrait de son contexte spécifiquement méditerranéen ou napolitain ; il s'unit au magnétisme, au spiritisme même, à la science de toutes les influences occultes, de tous les fluides invisibles et réels (l'électricité), il se « naturalise » en une doctrine générale qui suppose l'action d'agents naturels et non sensibles, ou l'efficacité matérielle des agents moraux et intellectuels. Gautier, si l'on suit les analyses d'Ernesto De Martino (*Italie du Sud et magie, op. cit.*, p. 140 *sq.*), en revient aux doctrines de la magie naturelle de la Renaissance qui rationalisent le mauvais œil, en font un possible démiurgique de l'homme et le rattachent à une psychologie de l'image agissant par ses particules matérielles. L'œil est une puissance (idée singulièrement fascinante pour Gautier !), il a en dernier recours une action morale ; l'œil ou l'âme introduit une communication directe entre la vie morale et la nature sensible. N'y a-t-il pas une puissance dans l'expression amoureuse du regard ? Le « charme » devient une donnée d'expérience analysable : il exprime le désir et l'âme.

bp. Au sens positif, et étymologique, qui a une belle apparence. Les yeux du *jettatore* sont comparés à ceux du crapaud (*Corricolo*, chap. XV).

bq. Le geste rituel de conjuration du mauvai oeil et tout l'appareil protecteur contre son influence sont ainsi assimilés au paratonnerre et au détournement du fluide par des conducteurs qui le font dériver en dehors des cheminements périlleux pour l'homme.

br. Fidèle à son rôle de tout répéter en mineur, l'oncle répète le geste conjuratoire, mais il fait de la main magique le poing du boxeur.

bs. Ce dialogue central et capital est équilibré : appelé à donner une version acceptable du *fascino*, le comte ne s'en tire pas mal, et recourant à la notion extensible d'électricité, il établit un lien entre la superstition sans âge, et les doctrines qui soutiennent le fantastique de Gautier ; au fond il plaide pour lui-même, il y croit comme un *facchino*, et il ne croit pas en celui qui n'y croit pas. Mais le débat sur le fascino a viré avec la demande en mariage du comte et la référence indéniable à Paul, immédiatement repoussée par Alicia, ce qui pose le vrai problème : accepte-t-elle de l'aimer, d'être aimée de lui en le sachant, en le croyant *jettatore* ? Alors la passion va-t-elle inclure la mort, accepter le malheur de la malédiction et de la destruction ? Franchir les frontières du tragique ? Le trait inquiétant et inacceptable pour la « mentalité » moderne, rationaliste et morale, c'est que le jettatore irresponsable, malfaisant sans le savoir ni le vouloir, néfaste malgré lui et à son insu, se trouve par delà le bien et le mal. On ne le persécute pas, on s'en défie et on s'en protège. C'est la donnée de la tradition et du folklore, que le Romantique, selon De Martino (*op. cit.*, p. 200 *sq.*) a méconnue et travestie ; il y a quelque chose de léger à Naples dans les troubles provoqués par le mauvais œil ; mais la passion qui noue l'un à l'autre Paul et Alicia est mortelle et consentie par cette dernière.

bt. À partir d'ici, soit dans *Le Moniteur* du 5 juillet 1856, la servante, sans avertissement ni explication, change de nom et devient Vicè.

bu. Célèbre rue du centre de Naples qui a longtemps passé auprès des voyageurs pour la plus belle rue de toutes les villes d'Europe ; elle doit son nom à un vice-roi espagnol qui la fit percer en 1536.

bv. *Sneer* : Ou rire moqueur et méprisant. Paul, dandy certes, mais dandy « byronien », s'inquiète de sa tenue d'abord : elle est pour lui l'essentiel, et aussi bien une manière de tenir les hommes à distance ; dès lors qu'il est à la mode, que peut-on lui demander de plus ? Mais dans son monologue perce le sentiment d'être d'une autre espèce, d'être retranché des hommes par une « marque » néfaste, par son orgueil et sa dérision, bref par un comportement « romantique » et « noir ».

bw. Voir *supra*, *Avatar*, note ar.

bx. Andréa de Jorio a bien écrit le livre cité en 1832. Il se trouve à la Bibliothèque nationale, et Gautier a pu le lire. Auteur d'un Guide, directeur du musée de Naples, ce Jorio, que Stendhal avait mentionné incorrectement (*Voyages en Italie*, éd. citée, p. 565), passait lui-même pour doué du mauvais œil ; le roi de Naples qui le craignait refusa longtemps de le recevoir ; le roi céda un jour et mourut le lendemain d'apoplexie. Jorio parle en effet de l'utilisation des cornes naturelles ou des cornes artificielles (la main cornue). L'énorme accumulation de signes protecteurs, dans le cas de la servante comme dans celui du comte, donne une tonalité amusante à l'épisode : tonalité proprement napolitaine, que Gautier respecte ; il y a une surcharge ornementale, un trop dans la mimique, un excès dans la protection qui contribuent à « l'effet » de grotesque.

by. Allusion au *Don Juan* de Byron (chant II, st. CXII) ; le héros seul survivant d'un naufrage aborde épuisé sur un rivage inconnu où il s'évanouit ; quand il revient à lui il voit penchée sur lui « la charmante figure d'une jeune fille de dix-sept ans », c'est Haydée, jeune Grecque, fille d'un pirate.

bz. *Cf. Avatar*, note dk.

ca. Var. dans *Le Moniteur*, « dont les marchandes de poissons régalent ».

cb. Nicola Valletta (1748-1814) a publié en 1787 *Cicalata* (ou bavardage) *sul fascino volgarmente detto Jettatura*, livre réédité à Naples en 1819. Gautier l'a-t-il lu ? Les allusions vagues qu'il présente semblent bien renvoyer à Dumas (*Corricolo*, chap. xv) qui indiquait le prix du livre (6 carlins) et le réduisait à 12 questions : quelles sont les classes les plus dangereuses de jettatori (portant perruque, lunettes, tabatière, hommes ou femmes, femmes enceintes, moines, et dans quel ordre), les manières de jeter le sort, les moyens de reconnaître le fascinateur, et de s'en garantir (prières, talismans, cornes uniques ou doubles). Déjà Stendhal se faisait recommander par « un homme du premier mérite » la lecture de Valletta : « César, Cicéron, Virgile y croyaient, ces hommes-là nous valaient bien. »

Sur Valetta et le sens de son livre, voir De Martino, *op. cit.* p. 170 *sq.* Cet humaniste, ce « philosophe », lié à tout le milieu des Lumières à Naples, ce professeur de droit de l'Université, dont il fut le doyen en 1799, est un savant, un homme éclairé, pas du tout un apologiste des superstitions. Son livre qui retient tous les faits quotidiens prouvant le mauvais œil est selon De Martino d'une subtile ambiguïté qui définit sa disposition mi-sérieuse mi-facétieuse des Napolitains vis-à-vis de ces croyances. « Ce n'est pas vrai, mais j'y crois ; je n'y crois pas, mais c'est vrai. » De toute façon, on ne sait jamais. Tout est dans le ton qui crée une sorte de compromis entre la magie et la raison, la peur et la bouffonnerie ; alors (p. 205) la *jettatura* est « une modeste création locale inventée par un groupe d'homme éclairés qui n'étaient pas parvenus à vivre en toute gravité l'alternative entre magie et raison, et qui sur ce point particulier s'en étaient tenus à un compromis mi-sérieux, mi-facétieux. »

cc. Pot-pourri de livres étranges ou occultistes : *Albert le Grand* (1193-1280), théologien célèbre, grand savant, maître de saint Thomas d'Aquin, qui a enseigné dans toute l'Europe (à Paris de 1245 à 1248) avec un immense succès, était aussi alchimiste et versé dans les sciences occultes ; on a extrait de ses œuvres très nombreuses une compilation dite *Le Grand Albert* au XIVe et au XVe siècles, recueil de préceptes médicaux, de recettes étranges, de merveilles, de superstitions et même de magie (*De secretis mulierum, De virtutibus herbarum, lapidum, quorumdam animalium aliorumque*).

Aliette (1750-1810), polygraphe très fécond, a publié en particulier sous le nom d'Etteila (anagramme de son vrai nom) un ouvrage intitulé *Etteila ou manière de se recréer avec le jeu de cartes nommé les tarots* (1783). *La clef des songes*, ouvrage d'Artémidore Daldianos (IIe siècle ap. J.-C.)

cd. Pour Gautier, la certitude de Paul, après sa lecture, de posséder le don fatal de la jettatura pourrait être due à une contagion de la crédulité : à Naples, lieu commun des touristes, on croit au mauvais œil, l'étranger lui-même succombe à ce que Gautier va nommer « le magnétisme irrésistible de la pensée générale » ; autre argument qui conduit cette fois sur la piste toute rationnelle d'une suggestion par la lecture : Paul se conduit comme un malade imaginaire qui se reconnaît toutes les maladies en en lisant les symptômes (*cf.* De Martino, *op. cit.*, p. 194 sur la contamination superstitieuse à Naples). Reste le pouvoir de la vérité locale : il faut voir Naples et se faire l'âme napolitaine, renouer avec le fond d'archaïsme de toute l'humanité. En ménageant une possibilité de doute sur le cas de Paul, en analysant comment il est conduit à croire en son pouvoir, Gautier amène insidieusement le lecteur à une justification générale de la croyance et du fantastique.

ce. Le jettatore est doué d'un pouvoir de négativité : il concentre en lui les influences mauvaises ; être du désordre, désordre lui-même dans la création qu'il fait aller de travers et retourne contre elle-même, Paul a la conscience d'être un monstre, d'avoir en lui un autre monstrueux ; c'était déjà le sentiment de D'Albert qui percevait en lui la dualité du monstre et du créateur, le risque essentiel de l'art, qui conduit à la surhumanité ou à l'inhumanité. Plus généralement Naples, ville mythique, est la ville des métamorphoses et des monstres (*cf.* A.-M. Jaton, *op. cit.*, p. 77 *sq.*) : castrats, androgynes, êtres doubles ou mutilés, créatures grotesques et violentes, sanguinaires et bouffonnes telles qu'en montrent les récits de l'histoire napolitaine, surtout de la révolution de 1799 (*cf. Fragoletta*, 1829, de Latouche, le roman de Dumas, *La San Felice*) ; à Naples le substrat païen jamais disparu permet cette malléabilité d'un monde non fixé et produisant encore dans sa vigueur terrible des êtres aberrants. À Naples pourrait-on dire, devient évidence cette idée que l'ordre et le désordre, le connu et l'inconnu, le rêve et la réalité ne sont pas opposés, mais indifférenciés. Naples, c'est l'autre réalité, où la vie est presque un songe, où le mystère, l'étrange sont quotidiens. Tout est possible, même l'impossible. Tout est uni, la logique et le miracle. Ici « le regard devient agissant et le désir devient réalité » (A.-M. Jaton, *op. cit.*, p. 122).

cf. Dans cet examen de conscience et ce retour sur lui-même, Paul adopte la « mentalité » napolitaine, tout est signe pour lui, tout événement participe à une autre logique, et il reconstitue toute sa vie en fonction du fantastique enfin découvert comme la trame profonde de ses faits et gestes. Du coup, les coïncidences, les énigmes, les hasards, l'inexpliqué et le bizarre deviennent dans cet autre récit des relations de cause à effet. Dumas donnait l'exemple (*Corricolo*, chap. xvi) de ce que peut être, ainsi reconstituée, la carrière d'un jettatore : son prince, en fait le duc de Ventignano, sorte de jettatore national à qui l'on pouvait tout attribuer (il aurait fait échouer la construction de la ligne de chemin de fer Naples-Brindisi) provoquait des ravages « classiques », que l'on peut retrouver à la rigueur dans la vie de Paul (mort de sa mère en couches, accidents de ses petits camarades, incendie du théâtre Saint-Charles – ici la mort dans les flammes d'une danseuse) ; mais la vie de Paul est une suite d'actions sanglante et meurtrières. La jettatura napolitaine est moins dangereuse, elle repose, a noté De Martino qui reproche à Gautier de la prendre au sérieux au prix d'un contre-sens sur « la culture » de Naples, sur « une philosophie » badine et légère, incompatible avec le choix d'un héros satanique et maléfique.

cg. Judith Gautier (*Le Collier des jours. Le second rang du collier, op. cit.*, p. 298) donne comme exemple de l'influence désastreuse d'Offenbach la mort d'Emma Livry brûlée vive en dansant *Le Papillon*, ballet d'Offenbach ; c'était « sa plus récente victime [..] plusieurs des femmes qu'il fréquentait avaient péri par le feu ». Disculpons Offenbach. Emma Livry, jeune espoir de la danse française, née en 1842, est morte en réalité en 1863 (l'accident lors d'un autre ballet se produisit le 15 novembre 1862) ; elle connut un long martyr de huit mois avant de mourir. Mais Gautier se réfère bien à un fait-divers : *cf.* Minako Imura, « Gautier et ses danseuses fantômes », *Bulletin*, 1993, t. I ; en 1844 à Londres Clara Webster, qui avait dansé *La Péri* fut brulée vive sur scène, Gautier en a parlé dans *La Presse* du 23 décembre et repris l'épisode dans *La Belle Jenny*.

ch. La mort de la danseuse, en qui se résume toute la beauté, et toute la femme, toute la vitalité, est presque une transfiguration, qui annonce comme une « mise en abyme », le destin d'Alicia ; en mourant la danseuse a été la martyre de l'art, sa mort est comme un envol suprême, en s'enflammant elle devient elle-même un feu surnaturel, elle se consume en dansant, comme si la mort achevait la dématérialisation de l'artiste et de la femme. Paul est son assassin par son admiration, comme il le sera pour Alicia par son amour et celle-ci mourra come un ange, transfigurée par son martyr,

ci. Personnages proprement napolitains de la *commedia dell'arte*. Paul de Musset (*Course en voiturin, op. cit.*, p. 197 et 208) en parlait justement ; il nommait donna Rangrazia, bonne et bête et « toujours persuadée que les jeunes gens l'adorent », et don Limon, c'est « le nom donné aux incroyables de bas étage ».

cj. Ce cercle magique où Paul est pris, qui produit en lui croyances et obsessions, qui désintègre sa personnalité par l'effet d'un charme dont il est le porteur et la première victime, c'est la *jettatura* elle-même, c'est Naples, c'est lui-même ; toute l'ambiguïté de la nouvelle se trouve dans cette incertitude : la jettatura est-elle en Paul comme une idée fixe à la limite guérissable, ou est-ce lui qui est à elle ou en elle, possédé par une puissance surnaturelle et absurde dont il est le jouet ?

ck. La force agissante du regard est-elle d'autant plus grande qu'il est chargé de toute l'intensité de la passion et du désir ? Alors c'est le désir qui tue, c'est lui qui contient la mort et la vie. À partir de maintenant, puisque les amants savent, le récit fantastique se double d'une tragédie amoureuse ; Alicia et Paul marchent ensemble et concurremment vers le sacrifice par l'amour et pour l'amour.

cl. Réplique célèbre d'*Hamlet*, acte II, scène II. Alicia, cette jeune Anglaise tendre, enjouée, ironique, pudique, qui n'aime qu'une fois et avec modestie et audace, est à coup sûr une héroïne « shakespearienne » de Gautier. Elle meurt phtisique comme tant de jeunes Anglaises.

cm. On appelle ainsi une réception qui avait lieu tous les mercredis à Londres dans un établissement situé près du théâtre Saint-James et qui était présidée par six dames de la plus haute société et les plus « exclusives » qui soient. Ce haut lieu de l'aristocratisme ou du snobisme existait dès le XVIIIᵉ siècle. Le duc de Wellington qui s'y était présenté en pantalon ne fut pas admis : les hommes devaient être en culotte blanche.

cn. Pour le délivrer de ses idées obsédantes, pour le gagner à la confiance par la contagion de la sienne, Alicia veut être regardée ; mais ce mot pourrait laisser entendre aussi qu'elle consent à mourir d'amour. Alicia aime Paul parce qu'elle ne le croit pas jettatore, et peut-être bien qu'elle le croie. À la fin du chapitre, quand « la flèche » de l'œil est devenue une véritable arme, elle semble heureuse d'être aimée à en mourir.

co. En ce point, parallèlement, les deux héros marchent vers une mort consentie.

cp. Telle est l'autre face, plus rationnelle, de la conviction de Paul et peut-être de la croyance dans la jettatura ; le récit fait appel à l'explication psychologique. Selon Judith Gautier (*op. cit.*, p. 206), « il y avait autre chose qu'une instinctive superstition » dans la peur du mauvais œil de son père ; il croyait « aux impressions qui dépriment ou qui exaltent la force de l'homme ; une présence hostile dans une salle de spectacle peut paralyser le jeu d'un acteur, tandis que les sympathies sont pour lui comme un tremplin » ; ainsi l'idée du mauvais présage « diminue l'énergie de la volonté, arrête son élan », le superstitieux est un vaincu ; il faut « tranquilliser l'imagination par l'illusion d'une influence favorable, la vertu d'un talisman n'est pas tout à fait vaine, elle réside dans la foi qu'il inspire ». Sans talisman Alicia travaille à rendre confiance à Paul en lui-même.

cq. *Enclouure* : selon Littré, empêchement, nœud d'une difficulté ; dans *Le Moniteur* le mot est correctement orthographié, une faute s'introduit (« éclouure ») dans les versions suivantes dont nous ne tenons pas compte.

cr. Si l'on admet la superstition, cette pensée autre, cette révélation qui est à l'envers de la raison, mais double l'esprit dans ses profondeurs, Naples produit un effet d'évidence et d'illumination. Après Paul, le commodore subit cette contagion. Le dialogue de l'oncle et de la nièce reproduit de multiples dialogues de comédie, mais cette fois l'argument du dialogue est fantastique : comment donner la main de sa nièce à un jettatore ?

cs. Tirade parallèle à celle d'Altavilla se justifiant de croire au mauvaos œil : cette fois elle s'applique au commodore et à tous les traits qui définissent en lui le moderne. Et le commodore présente une défense qui explore l'autre versant de la jettatura : il y croit s'il a peur pour sa nièce ; la crédulité est une conséquence de sa crainte, une production inquiétante de l'angoisse.

ct. *Ostricajo* : ou écailleur, marchand d'huîtres.

cu. Telle est bien l'expression souvent utilisée par le fou, *nuncle*, par exemple I, 4.

cv. Au féminin, terme familier d'injure dont on se sert quelquefois (dans la comédie en particulier) pour qualifier une femme et lui reprocher sa laideur ou sa malice.

cw. Dès lors Alicia se glace et semble quittée par la vie : son entrée dans la mort coïncide avec l'acceptation de son mariage et de son sacrifice amoureux. La fiancée du jettatore est vouée à mourir.

cx. C'est la mort sans maladie, la mort-énigme, la consomption sans cause qui est seulement un reflux de la vie ; elle s'éteint d'autant mieux que l'héroïne angélique n'était pas faite pour vivre.

cy. *Mob* : La populace, la canaille en anglais, et, dans un emploi archaïque, la prostituée ; le commodore se livre à un effort métaphorique assez étonnant pour désigner la mort par un terme féminin et injurieux.

cz. *Hooka* : Ou hoka, pipe à eau en usage en Inde et semblable au narguilé des Turcs.

da. L'habit noir, ou le dandysme et les habitudes de la haute société, étaient déjà dans *Avatar* associés aux scènes de provocation et de duel. Après le duel avec soi-même, vient le duel avec un jettatore. De même, dans *La Peau de chagrin*, Balzac avait raconté un duel avec un adversaire doué du pouvoir miraculeux d'accomplir tous ses souhaits. Le défi était aussi une invitation à quitter les eaux thermales où se trouvait Raphaël de Valentin (*cf. La Comédie humaine*, t. X, éd. citée, p. 275, la scène du duel où le héros hypnotise son insulteur par « un regard homicide »).

db. Le fascinateur, ou jeteur de sorts, comme l'a montré De Martino, avant d'être admis par la « culture napolitaine », est proche du sorcier et utilise un pouvoir diabolique. Gautier curieusement y revient : son *jettatore* se sent possédé par le Démon. L'horreur de faire le mal sans le vouloir, d'abriter une autre personnalité qui regarde par ses yeux, rejoint le « byronisme » initial du personnage, son attitude d'archange déchu, sa sombre étrangeté. En lui le « chrétien » est vaincu par des puissances qui font éclater tout l'aspect positif, divin, lumineux, de l'homme.

dc. Dont on n'oubliera pas qu'il symbolise la virginité. Alicia, fleur de beauté, est assimilée à la fleur qui figure sa vie et son destin. Après l'apparition de sa mère, elle en percevra le sens funèbre.

dd. Voir supra, *Avatar*, note fr.

de. *Jaseron* ou jaseran : espèce de cotte de mailles, puis espèce de chaîne de petits anneaux qui sert à suspendre au cou des croix, des médaillons (Littré).

df. Var. dans *Le Moniteur* : « épouvantée de cette consultation silencieuse ».

dg. Malgré sa foi, malgré sa raison, malgré son amour et sa confiance, Alicia à son tour est attirée dans le cercle du mal, des images sombres, des idées noires, qui accablent la volonté et la vie. Mais, tandis que Paul s'abandonne à l'appel du mal en lui, Alicia lui résiste.

dh. La toux, les gouttes de sang crachées par Alicia, les taches rouges sur son visage, cette consomption renvoient à la maladie romantique par excellence, à cette *phtisie*, ou maladie de poitrine, ou tuberculose, dont le romantisme a considérablement usé, tant cette maladie « littéraire » qui place l'action de la mort à l'intérieur du souffle vital, répond dramatiquement, métaphoriquement, à la pensée romantique ou même fantastique. C'est la maladie romantique : la Cydalise en est morte en 1836, la jeune morte de *La Pipe d'opium* en est *déjà* morte ; c'est une maladie sans organe malade, qui est plutôt « une difficulté à vivre », une maladie de la vie elle-même, qui s'en va, s'écoule dans une sorte d'évanouissement progressif, où l'âme semble peu à peu renoncer à vivre et affirmer dans l'affaiblissement de la vie sa préférence pour la vie pure de l'esprit ; ainsi les deux cousines du *Nid de rossignols* qui meurent de chanter ; maladie *fatale* chez Alicia : sa mère en est morte, la mère et la fille se réunissent et se confondent dans la mort ; maladie paradoxale car ce sont les taches rouges du visage qui montrent les progrès du mal : c'est le rouge qui annonce la mort et non la vie, et tout le récit va suivre la montée du rouge de la mort ; maladie enfin qui est à ce point une forme de la vie qu'elle peut se confondre avec le fait d'aimer : « qui sait aimer sait mourir », va dire Alicia. Voir sur ce sujet l'essai suggestif de Susan Sontag *La maladie comme métaphore*, Seuil, 1979.

di. Suggestion importante, qui en appelle à *Spirite*.

dj. La *jettatura* une fois admise, le fantastique de Gautier s'avance vers cette autre démarche qui explore comment le pouvoir surnaturel peut se concilier avec les données de la vie et de l'amour : comment ne pas tuer celle qu'on aime ? Comment vivre sans regarder, un peu comme le héros de *La peau de chagrin* se heurtait à la question, comment vivre sans désirer ou vouloir ?

dk. Belle formule que nos avons vue à propos d'*Arria Marcella* qui résume tout le fantastique de Gautier, la recherche d'un au-delà de la vie et de la mort, qui fait le lien entre le thème égyptien et le thème pompéien. Cette nouvelle évocation de Pompéi, devenu une annexe touristique de Naples (Pompéi sans touristes, puis avec touristes anglais) reprend d'une manière très fidèle tous les éléments du fantastique d'*Arria Marcella*. Cette ruine qui n'est « pas ruinée » comme devait le dire Gautier dans *Le Moniteur* du 4 juin 1858 est sur le point de revivre : du moins le thème s'applique à un visiteur hypothétique qui n'est pas Paul. Pour lui les ruines sont inertes : spectacle de mort, elles sont le décor de la mort. Paul parcourt la ville, il voit tout avec une acuité exceptionnelle de vision (celle d'un condamné à mort). Rien ne vit à son contact, le rêve ne vient pas développer la réalité sous ses regards. Déjà le musée n'avait rien dit à Paul, il ne s'était pas animé sous son regard.

dl. Var. dans *Le Moniteur* : « depuis plus de seize siècles ». *Crotales* : le mot désigne dans l'antiquité les cliquettes dont se servent les danseuses pour rythmer leurs mouvements.

dm. *Rubrique* : ocre rouge artificiel. *Cf. Arria Marcella*, note ay.

dn. En s'aveuglant pour la première fois, Paul devient semblable à son adversaire ; le duel n'oppose pas des êtres différents : en se couvrant les yeux, en s'attachant à une seule étoffe, les deux combattants tendent à s'assimiler l'un l'autre. Mais le récit est formel : Paul n'a pas frappé Altavilla qui s'est élancé sur lui et s'est enferré sur son poignard. Il est sans responsabilité directe. Mais il est criminel par nature.

do. Le regard du mauvais œil est jaune : à Naples aussi c'était une injure fréquente envers saint Janvier que de l'appeler « face jaune » ; A.-M. Jaton (*op. cit.* p. 116) s'efforce d'expliquer cette injure que le XIXᵉ siècle semblait très bien comprendre. Le jaune est traditionnellement la couleur de la traîtrise. La jettatura est-elle une déloyauté fondamentale, une prise en traître, une obliquité dangereuse ?

dp. À partir du moment où Alicia commence à mourir, la nouvelle bascule sensiblement dans l'horreur. Déjà le passé de Paul n'était que sang et meurtres ; il y a le duel, puis il y aura son aveuglement, sa disparition. Le jettatore n'est pas un fauteur de troubles légers ; il est le fauteur d'un désordre absolu, qui se retourne contre lui ; la cruauté de ses actions, le caractère terrifiant de tout ce qu'il fait, le frappent le premier.

dq. Allusion au tableau de Prud'hon, *La Justice et la Vengeance divine poursuivant le Crime*, présenté au Salon de 1808 et acheté par le Louvre en 1826.

dr. Célèbre éditeur de guides touristiques. Effet de contraste : après l'horreur, le grotesque. Les touristes anglais sont une source inépuisable de ridicules civilisés et *cultivés*.

ds. Officier de police judiciaire en Angleterre chargé d'enquêter avec l'aide d'un jury sur les causes de toute mort violente ; le trait vient de *Colomba* (chap. XVIII), où le colonel Nevil « parlait de l'enquête du coroner, et de bien d'autres choses également inconnues en Corse » à propos de l'embuscade dont le héros est sorti victorieux.

dt. Dans ce roman de Walter Scott (1818), le jeune laird de Dumbidike joue au début le rôle d'un jeune homme gauche, un peu niais, amoureux transi et muet.

du. Tandis que la jeune miss renouvelle les chagrins et les déceptions de Miss Nevil en Italie au début de *Colomba*, le cicérone napolitain, connaisseur en coups de poignard, reprend pour sa part les leçons de Colomba elle-même pour le bon usage des couteaux (chap. v) : frapper toujours en remontant le coup, « comme cela il est mortel ».

dv. Le jettatore est menacé dans son identité ou plutôt il est sans identité ; mais la nouvelle de Gautier développe le thème du double sur le plan éthique : la conscience de Paul n'est pas atteinte. La possession fantastique, les forces incontrôlées qui agissent à sa place, se heurtent à sa pureté morale. Le fantastique évolue vers le sublime sacrificiel du héros : le grandissement moral du personnage est parallèle (et uni) à la transfiguration angélique d'Alicia. Le monstre est aussi un martyr.

dw. Ces oxymores sont réellement décisifs : Alicia « fascinée » au sens propre meurt en aimant, elle meurt d'un plaisir qui est mortel, le mauvais œil (mais il est agréable aussi), en provoquant cette union de la douleur et de la volupté, manifeste alors, plus qu'une superstition fantastique, la nature profonde de l'amour et la vocation d'Alicia qui est d'aimer et de mourir, d'aimer à en mourir, et la valeur de la vie qui se trouve dans la proximité avec la mort.

dx. Dans *Le Moniteur*, cette fin est séparée et constitue le chapitre xv publié le 23 juillet 1856.

dy. Allusion à Shakespeare, *Le roi Jean*, Acte IV, scène I, Hubert est chargé d'aveugler le jeune prince Arthur avec un fer rouge, celui-ci ne lui a jamais fait que du bien et le rappelle à son bourreau et il cherche à éveiller sa pitié et sa conscience, mais la phrase citée n'est pas littéralement prononcée, « faut-il que vous me brûliez les deux yeux avec un fer rouge ? … Oh épargnez mes yeux », finalement l'enfant gagne sa cause, « soit, vois et vis, je ne voudrais pas toucher tes yeux pour tous les trésors que ton oncle possède…j'avais juré et j'avais résolu de te les brûler avec ce fer-ci »

dz. L'expression semble bien renvoyer à Balzac, ou venir de La Fontaine, « Le bûcheron et Mercure » (Fables, livre V, 1), « Une ample comédie à cent actes divers / Et dont la scène est l'Univers ».

ea. L'expression renvoie à *Onuphrius*, mais elle fait apparaître l'évolution spiritualiste du fantastique de Gautier : Paul est « enterré » dans la nuit de la cécité, il est bien à la fois mort et vivant, mais la partie morte est corporelle, la partie vivante est spirituelle, l'enfouissement dans les ténèbres favorise la vie de l'âme, la vision des yeux de l'âme.

eb. *Goutte sereine* : dans l'ancienne médecine, le mot est synonyme d'amaurose, ou diminution de l'acuité visuelle sans altération oculaire apparente (*Trésor de la langue française*).

ec. Être sur la hanche : Terme d'escrime, qui signifie se mettre en garde et, au figuré, prendre une attitude agressive.

ed. Jan van Schoorel ou Schoorl ou Scorel (1495-1562), peintre hollandais, fixé à Utrecht, élève de Mabuse, qui a voyagé dans toute l'Europe et en Orient ; au xixᵉ siècle on le nommait aussi « le maître de la mort de Marie », par référence à un tableau de Cologne que la critique moderne a cessé de lui attribuer.

ee. Dans toutes les descriptions précédentes du jardin et de l'entrée de Paul, il y avait ce détail « réel », les branches qui l'arrêtaient et le retenaient ; le motif ici accentué et développé livre son sens virtuel et caché : les plantes et les arbustes le repoussaient, s'opposaient sourdement à son passage ; le jardin parle, s'anime, et la nature entière tente d'expulser l'étranger. Le détail qui semblait « réel » était annonciateur et riche d'un développement fantastique (les plantes sont vivantes) et symbolique.

ef. Alicia et Paul sont entrés vivants dans la mort, la première par une lente déperdition de la vie qui faisait déjà surgir en elle l'ange qu'elle devenait ; sa mort a été un passage de l'état d'ange terrestre à l'état d'ange céleste ; Paul aveugle, plongé dans la nuit du néant, est déjà aussi retranché de la vie et n'est plus que l'apparition de lui-même, c'est un fantôme vivant. Un peu plus bas, il voit, il voit étant aveugle, d'une manière surnaturelle ; il voit au-delà, hors de la réalité.

eg. Le héros noir, exception monstrueuse dans la création, désordre absolu, n'a pas de tombe ; l'océan emporte et engloutit le passant, le déraciné, l'inconnu qui est retranché de l'humanité, donc de la sépulture, et peut-être de l'origine. Il y a ici un souvenir de *Fragoletta* (1829), le roman napolitain de Latouche, dont le personnage central est à sa manière « un monstre », un androgyne véritable, apparaissant soit en homme soit en femme et toujours malfaisant (c'est une source de *Maupin*), il est tué par le héros du roman au cours d'un duel qui se déroule au bord de la mer à Naples ; sur sa demande, son corps est jeté à l'eau, la mer seule recueille le corps de l'être sans place, sans statut, sans identité. Encore proteste-t-elle chez Gautier en revenant au chaos et à la confusion première des éléments.

eh. Derrière le fantastique de Gautier, producteur de métamorphoses, niant les barrières entre les morts et les vivants, entre l'ici-bas et l'au-delà, entre le réel et l'idéal, prodigue en monstres et regrettant ou souhaitant le désordre, il y a bien un chaos refoulé et désiré ; à Naples comme l'ont montré les analyses d'A.-M. Jaton (*op. cit.*, p. 17 *sq.* et 95 *sq.*) le chaos est toujours proche, la nature non fixée peut se retourner, de paradis devenir enfer, de vie luxuriante, désert de mort ; les « oppositions sans fin » reposent sur ce possible que la mythologie romantique a toujours choyé. Ici, tous les éléments révoltés, joyeux et furieux à la fois, saluent la mort du jettatore, désordre absolu, par un désordre qui met tout l'ordre naturel en péril, et qui est comme une éruption générale de toutes les forces ; la mer, la pluie, le ciel, le vent, le volcan tentent de rétablir le désordre.

ei. Effet de contraste, une fin en mineur clôt la nouvelle sur des images de l'Angleterre, un cercueil luxueux, une allusion à une héroïne de la vertu, Clarissa Harlowe, du romancier très moral Richardson, un oncle qui change de couleur ; effet de satire et d'humour, effet aussi d'ambiguïté : la nouvelle par son dénouement laisse supposer que tout cela n'était pas si tragique, que tout n'est pas seulement tragique. Que tout n'est peut-être pas si fantastique, ou que le plus fantastique, c'est qu'un commodore britannique perde ses couleurs.

SPIRITE

a. Voir plus haut sur le titre. La graphie « Spirite » figure en tête du chapitre I. Il est difficile d'admettre que les chapitres n'aient pas été composés dans l'ordre narratif ; la graphie *Spirite* était sans doute préférée dès le début.

b. Le nom du héros emprunté à *Armance* de Stendhal place le roman dans une filiation stendhalienne ; l'œuvre a été rééditée en 1853 et 1854, et Stendhal est présent déjà dans *Avatar* et *Jettatura*. : dès que *l'amour-passion* est la donnée cardinale du roman (Guy est « romanesque », précise Gautier, et Lavinia aussi), *Stendhal* est là. Ici Gautier rend plus visible et plus centrale sa dette. Voir sur cette relation l'étude de Pauline Wahl-Willis, « *Armance* de Stendhal et *Spirite* de Gautier » (dans *Stendhal et le romantisme*, Actes du XVᵉ Congrès international stendhalien, Aran, éd. du Grand-Chêne, 1984), où elle montre que le théoricien du romantisme est bien connu de Gautier, et aussi rejeté largement par lui ; elle s'égare un peu sans doute à prouver que *Spirite* serait une sorte de reprise presque méthodique d'*Armance :* la Grèce est le tombeau d'Octave et de Guy. En fait nous ne savons pas si le « secret » du roman de Stendhal était connu de Gautier ; c'est peu vraisemblable et c'est sans importance : l'interprétation du roman n'exigeait pas le décryptage qui de nos jours en voile en grande partie le sens. Il y a peu de chances que le « babilan » stendhalien revive dans un double qui vit un amour céleste et doit renoncer à tout le « physique » du désir. L'impuissant n'est pas devenu angélique et cette mutation serait dépourvue de sens. Et ce n'est pas le vrai problème : Gautier a vu dans Octave ce qui est visible, ce qu'il faut voir en premier, sans songer aux *clés* du roman, un héros de roman radicalement exilé de la vie ordinaire, le héros d'une passion folle et partagée et qui n'aboutit pas, peut-être parce qu'elle rate toutes les occasions d'aboutir (comme l'amour de Spirite), bref l'analyse de la passion à l'état *pur*, constitutive de la vie, ne conduisant qu'à la mort. Je retiens enfin cette remarque de l'article : chez Stendhal, l'angélisme des personnages est métaphorique, il devient littéral chez Gautier.

c. C'est une veste sans manches ou à manches courtes à l'usage des marins ou des canotiers, devenue dans la mode féminine un court manteau.

d. Voir *Le Pied de momie*, note f.

e. La mention de cette œuvre parue en 1847 constitue une discrète « mise en abyme » à l'intérieur du récit. Longfellow évoque les atrocités commises contre les Acadiens, ces Français du Canada qui ont été déportés en masse par les Anglais ; deux amants Évangéline et Gabriel sont ainsi séparés le jour même de leur mariage. Dès lors, comme *Spirite*, le récit est une suite de rencontres manquées : Gabriel a été déporté en Louisiane, Évangéline le rejoint, mais ils se croisent sur le Mississipi, sans le savoir, et Évangéline ne trouve plus Gabriel parti vers l'Ouest. Elle le suit encore, l'attend, le manque plusieurs fois ; devenue sœur de la Miséricorde dans un hospice de Philadelphie, elle retrouve Gabriel malade et mourant. Autre rencontre textuelle : dans les cimetières où Évangéline cherche Gabriel qu'elle croit mort, « parfois une voix, une rumeur, un soupir inarticulé venait de sa main impalpable lui faire signe d'aller en avant ».

f. Var. *ms* : « Neuf heures » ; cette composition de l'ameublement, du vêtement, du confort, de la lumière, de la chaleur, du bien-être physique, et de la quiétude morale, constitue une atmosphère, un décor, mais ces « correspondances » ont plus de valeur et de sens : il y a dans cet univers heureux, si délibérément non fantastique, une intention, une conspiration des choses. Cet « intérieur » agit pour retenir Guy, et il est dû à l'action de Spirite. Étrange fantastique qui inverse tous les clichés de l'horreur et de la peur.

g. C'est bien cette différence entre la vraie aristocratie et les parvenus qui va séparer Guy de Mme d'Ymbercourt ; le luxe, le bon goût, l'élégance sont dans ce roman de la *high life* un premier retranchement de la matérialité vulgaire et grossière. Voir *Avatar*, note as.

h. Var. *ms* : « la Physiologie de Boermann ». Ce nom est remplacé par celui de Burdach, il ne renvoie à rien mais il n'a pas été corrigé dans le manuscrit ; *Creuzer* (1771-1858), professeur à Heidelberg, est l'auteur de *Symbolik und Mythologie der alten Völker* (à partir de 1810-1812 jusqu'en 1837-1844), traduit en français par Guigniault sous le titre *Religions de l'Antiquité considérées principalement dans leurs formes symboliques et mythologiques*. *Laplace* (1749-1827), astronome célèbre, est l'auteur d'un *Traité de mécanique céleste* réédité et complété à plusieurs reprises de 1799 à 1839. *Arago* (1786-1853), astronome, homme politique, a laissé un nombre considérable d'œuvres, et un *Traité d'astronomie populaire* publié après sa mort. *Burdach* (1776-1847), savant allemand, professeur très apprécié, a publié de 1826 à 1840, un grand *Traité de la physiologie considérée comme expérimentale* vite traduit en français. *Frédéric-Alexandre Humboldt* (1769-1859), célèbre comme voyageur et comme naturaliste, a bien écrit un *Cosmos* ou plus exactement un *Essai de description physique du monde* (1847-1851). Berthelot (1827-1907), professeur au Collège de France en 1851, a justement publié en 1864 des *Leçons sur les méthodes générales de synthèse en chimie organique*. Et c'est en 1865 que Claude Bernard a édité son *Introduction à l'étude de la médecine expérimentale*. Rappelons pour expliquer plus bas l'allusion à « la génération spontanée » que les travaux de Pasteur commencent à être célèbres en 1860. Malivert est curieux de poésie, certes, et aussi de fantastique, de mythologie comparée, de physiologie, mais encore, avec une singulière insistance, d'astronomie ; il s'intéresse au ciel. La révélation de l'au-delà va atteindre un esprit positif et sans crédulité. Gautier suit à sa manière l'exemple de Poe.

i.   Faut-il, comme le suggère la thèse de A.-M. Lefebvre, décomposer le chiffre 28 en 4 x 7, c'est-à-dire selon une arithmologie occultiste, quatre fois le cycle de sept ans, ce qui met Malivert dans le cycle de la sagesse ? Lavinia voit Guy à quatorze ans et meurt à dix-huit, dans le cycle de l'amour.

j.   Théâtre à la limite du théâtral, qui se trouvait Boulevard du Temple et qui était spécialisé dans les grands spectacles et en particulier les féeries.

k.   Petit manteau court en forme de pèlerine qui recouvre les épaules et le buste.

l.   Certes ce premier état du héros, méfiance à l'égard du mariage, distance par rapport aux femmes, réserve sentimentale, rapproche Malivert du héros d'*Armance* ; mais Guy, inerte, est surtout en attente. Une exigence d'absolu le préserve des banalités, des clichés amoureux, une virginité sentimentale le prépare à une aventure de plus haute portée ; il l'attend avec patience et certitude, ce qui l'apparente à d'Albert, le héros de *Maupin*, qui est en attente de l'apparition de la femme idéale, mais qui, contrairement à Guy, provoque le hasard de la rencontre. L'amour est bien une promesse et une fatalité préparée.

m.   Guy d'Ymbercourt est un chancelier de Bourgogne, exécuté à Gand en 1477 : il figure dans *Notre-Dame de Paris* (livre I, chap. IV, Paris, Gallimard, « Bibliothèque de la Pléiade », 1975, p. 40 et 1105). Nouveau retour par l'allusion et l'onomastique au romantisme flamboyant des années du gilet rouge ? Cette fiancée selon le monde, les fortunes, les convenances, la noblesse et l'histoire est en tout point *conforme* ; elle est le négatif exact de Spirite.

n.   Marchand de chevaux qui selon le Bottin de 1860 se trouvait à l'angle de la rue de Berri et des Champs-Elysées.

o.   Var. *ms* : « de deux ou trois regalias ».

p.   *Bois d'aigle* ou bois de garo : nom donné à divers arbres des Indes et de l'Indonésie qui fournissent un bois odoriférant utilisé pour des tabletteries et des objets décoratifs.

q.   Var. *ms* : « de Yatcha » ; Kiatkta au sud du lac Baïkal, chez les Bouriates, est à la frontière de la Russie et de la Mongolie, c'est-à-dire de la Chine. L'exotisme de Malivert, cette attirance (déjà) pour l'Orient, est aussi une exigence d'authenticité.

r.   L'expression me semble difficile ; le mot *carte* désigne ce que nous nommons carton, une feuille épaisse ; l'emploi de *porcelaine* comme adjectif ou adverbe pour désigner une couleur luisante et tirant vers le gris est attesté dans la langue du XVIᵉ siècle en particulier.

s.   Ce qui renforce la ressemblance de Gautier, le moins épistolier des écrivains, avec son personnage.

t.   Nom mystérieux qui figure dans *Macbeth* (I, 1) : « J'arrive, Graymalkin », s'écrie la troisième sorcière ; on nous dit que c'est le nom d'un chat, quelque chose comme « Mistigri ». D'abord armure, le *caparaçon* n'est plus qu'une housse ou une longue couverture.

u.   Principes de dessin, d'architecture, de musique : titres utilisés pour des recueils d'exemples à l'usage de l'enseignement élémentaire. L'héroïne de *Dickens* présentée par cette métonymie a un nom un peu difficile en français, et Gautier préfère l'allusion pour la désigner : c'est Mme Merdle, femme d'un banquier, qui figure dans *La Petite Dorrit* (traduit en 1858), elle sert donc à exposer des bijoux sur sa poitrine, sorte d'affiche publicitaire de la banque…

v.   Papier vergé de couleur blanche.

w.   Var. *mu* : le texte sur épreuves indique, « quatre ou cinq lignes ». De même l'allusion à Gavarni ne figure que dans le texte édité. L'aventure n'est pas sans rappeler celle d'Onuphrius. Mais ce rapt de la main, le changement de l'écriture, son automatisme lié à une distraction mentale appartiennent aux phénomènes que décrivent les spiritistes : Allan Kardec (*Livre des médiums*, § 127) distinguait l'écriture directe ou pneumatographie où l'esprit agit la plume sans intermédiaire, et même écrit sans plume, de la psychographie (§ 152 *sq.*) où le médium « dirige machinalement son bras ou sa main pour écrire sans avoir (c'est du moins le cas le plus ordinaire) la moindre conscience de ce qu'il écrit » ; il disait encore (§ 179 *sq.*) : « Lorsque l'esprit agit directement sur la main il donne à celle-ci une impulsion complètement indépendante de la volonté ; elle marche sans interruption et malgré le médium tant que l'esprit a quelque chose à dire et s'arrête quand il a fini, le médium n'a pas la moindre conscience de ce qu'il écrit » ; ou bien l'esprit peut agir sur l'âme du médium. Dans la psychographie (§ 219) l'écriture du médium change, elle est celle de l'esprit qui peut retrouver celle qu'il avait de son vivant. *Dans les Instructions pratiques sur les manifestations spirites* (rééd. Paris, Diffusion scientifique, p. 126), il donnait, comme signe annonciateur que l'esprit s'empare de la main, « une sorte de frémissement dans le bras et la main ». De même Girard de Caudemberg (*Le Monde spirituel ou la science chrétienne, op. cit.*, p. 98) conseillait de laisser sa main à l'esprit : « J'abandonne la plume à l'impulsion sans la regarder jamais », et, preuve d'une présence authentique, « cette écriture n'est pas du tout la mienne » ; ainsi sa jeune morte lui fit écrire sa signature (p. 114 *sq.*), puis des phrases lui vinrent d'une autre écriture (c'était un autre esprit qui viciait la communication), enfin la morte le fit écrire de son écriture à elle. Dans ce premier prodige, que Malivert définit comme un « avertissement du ciel » sans savoir qu'il a raison, il y a aussi cet aspect propre à Gautier et étranger aux spiritistes. La main a écrit la vérité, elle s'est séparée des petits « mensonges sociaux », des convenances et politesses pour dire vrai. Elle dit vrai même à Malivert qui semble prendre conscience en se relisant de ses sentiments pour la jeune veuve.

x. Var. *épr* : dans le manuscrit la fin du chapitre est considérablement écourtée : après « que voilà », Gautier faisait dire à Malivert cette phrase non rayée : « On ne peut pourtant pas écrire aux gens ce qu'on pense. Allons chez Mme d'Ymbercourt. Je suis incapable de réécrire cette lettre » ; et le texte continuait : « Il s'habilla rageusement et comme il allait sortir de sa chambre, il crut… ».

y. Var. *mu.* : toute la fin est postérieure au manuscrit ; il ne porte que ceci : « …saisir. Bah, c'est mon angora qui aura poussé une plainte en dormant, dit Malivert. »
Déjà dans *Le Magicien* d'Esquiros (éd. 1838, t. II, p. 97), un succube se fait connaître par une haleine sur une vitre, par un souffle qui effleure le héros pendant son sommeil. Dans *Une étrange histoire* de E. Bulwer-Lytton, publié par la *Revue britannique* de nov. 1861 à oct. 1862, le héros, médecin agnostique, disciple des matérialistes français, et grand ennemi du magnétisme, écrit une nuit ses *Recherches sur la vie organique* où il nie l'existence de l'âme ; il entend soudain près de lui un « soupir de compassion et de tristesse », et, dans le coin de la pièce, il voit « quelque chose de blanc, une vague apparence humaine » ; il pense soudain à celle qu'il aime, Lilian, et crie son nom ; sa fiancée est une créature angélique, une blonde aux yeux bleus, qui a un don de vision et une mystérieuse identité surnaturelle (elle se nomme « ombre de la mort ») et le médecin fait le serment d'aimer « jusqu'à la tombe, au-delà de la tombe ». Chez Gautier aussi le soupir est une protestation douloureuse, jalouse peut-être, contre l'entêtement du héros à suivre les passions du monde social et matériel.

z. Var. *ms* : « bien serrée autour de lui, tout en regardant les bizarres jeux d'ombre et de lumière que faisaient contre la vitre couverte d'une légère buée les éclats soudains d'une boutique incendiée de gaz et encore ouverte à cette heure avancée, la perspective d'une rue étoilée de quelques points brillants, et surtout le large vide de la Seine traversée au

Pont-Royal avec ses miroitements sombres et ses reflets de lanternes, Malivert ne pouvait s'empêcher de penser au soupir mystérieux… »

aa. Var. *ms* : *Guy !* Théophile fils écrit à son père au sujet de ce passage le 28 août 1865 (*C.G.*, t. IX, p. 103) : « il ne faudrait peut-être pas que Mme d'Ymbercourt fût familière avec Guy au point de l'appeler en soirée "Guy" tout court. Excuse-moi de ces critiques. » Ce qui suppose un premier texte où il n'y avait pas « Monsieur ».

ab. La *romance du saule* est une vieille chanson que Desdémone apprend d'une servante de sa mère dans *Othello* ; Rossini la mit en musique dans l'opéra *Otello* et la Malibran fut la grande interprète du rôle de 1828 à 1831. *Le Grand Galop chromatique* de Liszt qui date de 1837 est joué couramment par le musicien, c'est un exercice de grande virtuosité. Mais les noms de Kreisler et de Salvarosa, si proche de Salvator Rosa, le peintre italien, sont des noms hoffmannesques, parodiquement mentionnés par la peu fantastique Mme d'Ymbercourt.

ac. *Palissé* : terme de jardinage qui s'applique surtout aux arbres disposés en espalier.

ad. Var. *ms* : « luire ses bougies ».

ae. Voir *Avatar*, note dt.

af. Le couturier se trouvait rue de la Paix au numéro 7.

ag. Planard (1784-1853), auteur dramatique, produisit un nombre considérable de comédies, de comédies à couplets, de livrets d'opéras-comiques : il fut le grand rival de Scribe. Gautier (*La Presse*, 7 novembre 1843) cite ce mot de Planard, « toujours la nature embellit la beauté. »

ah. Cet instrument d'optique, qui donne le sentiment du relief au moyen de deux images planes superposées par la vision binoculaire, a été découvert en 1838 et perfectionné autour de 1850 ; il servait couramment à regarder des épreuves de photographie. La soirée chez Mme d'Ymbercourt est un deuxième prélude, antithèse du premier : au « monde » intime et discrètement spiritualisé de Malivert, qui était sa « correspondance », réplique l'univers matériel et criard de Mme d'Ymbercourt ; elle habite la Chaussée d'Antin, quartier plus « bourgeois » que le faubourg Saint-Germain de Guy ; dans la description (qui peut faire penser au salon de Mme Dambreuse dans *L'Éducation sentimentale*) les objets sont tout et éclipsent les hommes et les femmes ; la satire mondaine rejoint la satire esthétique : dans cet univers de la richesse (qui n'est pas le luxe) et de la matière également épanouies, la beauté n'est pas belle. Aussi la description est-elle exemplairement « réaliste ».

ai. Var. *ms* : « le mérite de Prusse, le saint Georges de Russie ». La bataille miraculeuse de Daneborg eut lieu en 1219 et opposa les Danois aux Livoniens.

aj. Dans le manuscrit, tout ce paragraphe n'existe pas ; après « diplomatique », le texte enchaîne : « Comme Malivert, le baron de Féroë regardait un dos… » Avec *singulier* et *singularité*, Gautier retrouve une tournure proprement stendhalienne (comme « notre héros » tout à l'heure) et justement prodiguée dans le début d'*Armance* pour le premier Malivert. Suédois, portant un nom norvégien, lié à Swedenborg par l'origine, le baron résume le Nord, l'exotisme superlatif des contrées qui équilibrent dans le romantisme le mythe du Midi, et qui sont depuis Mme de Staël inséparables du spiritualisme sous toutes ses formes. Cet homme du froid, homme de glace et des glaces, au visage décoloré, s'unit au thème du blanc et du gel : il est bizarre (mais non excentrique), parce qu'il est double. Symboliquement il se tient « dans la même embrasure de porte » que Guy : sur un seuil, entre deux pièces, entre deux mondes. L'initiateur, le guide spirituel, cet « adepte sobre » de l'aventure mystique, est un être à double fond, situé entre deux univers ; diplomate, dandy, parfait comme « homme du monde », il est moins « occupé » de ce monde que de l'autre, il est absent, nocturne, préoccupé du ciel, étranger au sens strict du mot ; il est étranger à tout désir charnel. Sa froideur n'est pourtant pas sans ardeur, mais c'est une ardeur mystique.

ak. Thorwaldsen (1768-1844), sculpteur danois néo-classique, qui vécut en Italie à partir de 1796, subit l'influence de Canova et revint à Copenhague en 1820 ; artiste très fécond il a laissé à Rome de beaux bas-reliefs décoratifs et des statues nombreuses ; il y a à Copenhague un musée consacré à son œuvre.

al. Déjà la main de Mme d'Ymbercourt était si « étroitement gantée qu'elle semblait de bois au toucher ». L'expression renvoie à *l'Homme au sable* d'Hoffmann, enfin nommé : le récit condamne la réalité désertée par l'esprit, livrée au mécanisme et symbolisée par Olympia, l'héroïne qui a l'apparence d'une femme et qui n'est qu'un automate matériel ; Mme d'Ymbercourt (le manuscrit dit aussi d'Imbercourt) femme sans « âme » comme « ce dos charmant », renvoie à Fœdora, l'héroïne sans cœur de *La Peau de chagrin*. Féroë provoque, comme *Spirite*, l'aveu de Malivert : il n'aime pas la femme entièrement constituée de mécanismes sociaux que la société lui attribue comme fiancée...

am. *Cf. L'Avare*, acte II, scène VI. L'allusion qui caractérise la « comédie » du monde permet l'avertissement clair : Guy est au centre d'un mystère organisé par l'au-delà. Féroë semble bien révéler l'essentiel du message swedenborgien : étant admis qu'il y a un devenir-ange promis à tout homme, que l'ange est la perfection de l'homme, que les anges ont des sexes, il y a des « mariages » dans le ciel, où les deux « époux » ne réalisent pas l'union de deux anges, mais l'union en un ange, l'unité enfin acquise de l'homme. C'est là, comme l'indique le titre d'un des traités de Swedenborg, « l'amour vraiment conjugal », c'est-à-dire total et spirituel qui unit l'ange homme et l'ange femme, car après la mort l'homme reste homme et la femme reste femme ; deux époux dans le ciel sont appelés non deux anges, mais un ange ; cependant (*cf. L'Amour vraiment conjugal*, Cercle Swedenborg, Meudon, 1974, § 27 et 41, p. 58 et 67), « on n'est pas donné en mariage dans le ciel [...] il n'y est pas fait de secondes noces » ; si l'union a été faite sur terre, « elle l'est également dans les cieux », mais on ne refait pas une nouvelle union ; pour des noces vraiment spirituelles, il ne faut pas se marier « dans l'autre siècle », sur terre ; l'autre vie (en témoignent deux « Mémorables ») consacre des unions déjà spirituelles. L'avertissement de Féroë est donc clair : un « lien terrestre » compromet la révélation de l'esprit, interdit l'initiation spiri-tuelle et amoureuse de Malivert, et surtout rend impossible la conjonction céleste et la naissance de l'Androgyne.

an. Homme du « monde », et de l'« extra-monde », le baron nordique est toujours double : glacé (avec ses yeux bleu acier) et ardent. Solennel et familier. Il a la science de l'au-delà, il sait ce qui se passe autour de Malivert, il l'annonce à mots couverts, mais il n'est pas lui-même l'objet de la révélation ; laissé seul à la fin, il demeure dans l'attente ; c'est qu'il n'aime pas, il a la sagesse, non l'amour. Il est et demeure séparé, célibataire spiritualiste.

ao. Gautier exploite toute la continuité du réel et du fantastique, tout le potentiel étrange du banal : mais cette fois ironiquement, l'attente qui épie la réalité ordinaire n'y verra rien ; l'insomnie obsédée de Malivert ne dégage aucun fantastique. *Bluettes* : petite étincelle bleue.

ap. *Mach'lah* : Manteau en poils de chameau porté en Orient.

aq. Var. *ms* « sagacité merveilleuse avec laquelle Edward parvient à trouver » ; l'erreur sur le prénom du héros est répétée plus bas. On sait par Judith (*Le Collier des jours. Le second rang du collier, op. cit.*, p. 52) avec quelle joie Gautier lut ce récit : « Quelle clarté, quelle simplicité apparente, quelle précision mathématique qui rend même les choses impos-sibles parfaitement vraies et même évidentes » ; il admirait entre autres la construction à rebours de la nouvelle qui répète un texte initialement donné.

ar. Le café Bignon, ou café-restaurant de Foy, se trouvait au 16, boulevard des Italiens.

as. Var. *ms* : « N'y montez pas. » L'*esprit* souffle quand et où il veut : absent dans l'attente insomniaque de Malivert, il se manifeste pour un deuxième message quand Malivert est en train d'enfreindre la mise en garde de Féroë, et il est pris alors pour une illusion.

at. La première version du manuscrit était plus joyeusement moqueuse « …soutachée, passequillée, festonnée… » Mme d'Ymbercourt est brune ; c'était jusqu'à l'avènement des héroïnes angéliques la marque de la beauté sensuelle et violente pour Gautier. Malivert aussi est brun, mais d'un brun plus subtil, relevé d'une « moustache d'un ton d'or roux ».

au. Tailleur élégant et réputé qui se trouvait au 2, boulevard des Italiens et au 1, rue Drouot.

av. Var. *épr* : les deux paragraphes qui suivent se trouvent sur un feuillet isolé entre les chapitres IV et V ; après « terrible », le texte du manuscrit enchaîne tout de suite : « Eh bien ! fit Malivert, j'espacerai… »
À la hardiesse de Mme d'Ymbercourt, qui n'a pas de réserve parce qu'elle n'a pas d'amour, Guy riposte par une surenchère d'innocence et d'indifférence, où il énumère tous les clichés de l'amant romantique et conquérant pour en distinguer son dandysme effacé et sans affectation.

aw. Var. *ms* : « D'Aversac m'a conté tout cela. »
Le récit prémonitoire du voyage en Grèce par Malivert lui-même (est-il inspiré ? rien ne le dit ; en tout cas il prophétise) est conforme aux réactions de Gautier qui a écrit à Cormenin le 22 septembre 1852 (*C.G.*, t. V, p. 104) : « Athènes m'a transporté. À côté du Parthénon, tout semble barbare et grossier. On se sent Muscoculge, Uscoque et Mohican en face de ces marbres si purs et si radieusement sereins ; la peinture moderne n'est qu'un tatouage de cannibale et la statuaire, un pétrissage de magots difformes. Revenant d'Athènes, Venise m'a semblé triviale et grotesquement décadente. » Dans son esquisse d'autobiographie, Gautier devait revenir sur la guérison de sa « maladie gothique ».

ax. *Edmond About* (1828-1884) : Normalien, élève de l'École d'Athènes, agrégé, journaliste, directeur de son propre journal, *Le XIXᵉ siècle*, écrivain politique, auteur de romans (à thèse souvent), il a publié en 1857 *Le roi des Montagnes*, roman qui se déroule en Grèce, et dont le héros, étudiant allemand, est capturé par des brigands qui demandent une rançon pour le libérer : roman satirique de la Grèce, des brigands et de ceux qui y croient. Mme d'Ymbercourt, qui a de la lecture, esquisse ici une seconde « mise en abyme » : Malivert sera bien victime de bandits grecs et l'on pourra croire d'abord qu'il a été enlevé en vue d'une rançon.

ay. Tissu de laiton étroit qui sert à soutenir les ornements.

az. *Gladiateur* : allusion possible à la tragédie d'Alexandre Soumet représentée en 1841 et dont Gautier a rendu compte (*La Presse*, 9 avril 1844) ?

ba. *Herz* (1806-1888), né à Vienne, pianiste, compositeur, professeur en 1842 au Conservatoire de Paris, fut un virtuose célèbre qui joua dans le monde entier ; c'est le professeur de piano à la mode ; il finit par créer sa fabrique de piano et sa propre école. C'est en 1861 que la représentation de *Tannhaüser* à Paris a déclenché une violente polémique ; n'oublions pas que Judith est une wagnérienne passionnée et qu'en 1864 Gautier a consacré un feuilleton, le 14 novembre, à cette ferveur esthétique.

bb. Dans la comédie mondaine et sentimentale, le baron intervient en fâcheux volontaire, en messager du surnaturel, et il invoque un débat de haute esthétique pour déconcerter la mondaine et permettre à Guy de prendre la fuite. La querelle des partisans de Glück et de ceux de Piccinni remonte à 1777.

bc. *Chapelle* (1626-1686) a porté le nom du lieu de sa naissance : La Chapelle-Saint-Denis. Bon vivant, épicurien, héros d'un très grand nombre d'anecdotes, ami de Boileau, Racine, La Fontaine, Molière, esprit aimable, c'était un original très amusant et aussi un conseiller littéraire ironique et contrariant. Sur cette anecdote, voir *La Vie de Molière* de Grimarest (1705). L'ordre religieux des Minimes a été créé au XVᵉ siècle en Calabre par saint François de Paule.

bd. *Daniel Douglas Home*, né en 1833 en Écosse, est un magnétiseur et un spirite pour soirées mondaines et cours princières. Éliphas Lévi et Allan Kardec ont parlé de lui. Venu des États-Unis il participa à la grande vogue des tables tournantes. Tout enfant il pouvait déplacer par sa seule influence son berceau et attirer ses jouets vers lui ; il faisait tourner les tables, il savait les faire monter jusqu'au plafond, lui-même avait le don de lévitation, devint lui les instruments de musique jouaient tout seuls ; il devait à la fin de sa vie avouer que les esprits n'existaient pas, « du moins je ne les ai jamais rencontrés ; non, un médium ne peut pas croire aux esprits, c'est même le seul qui n'y puisse jamais croire ; le médium ne peut croire à des êtres qui n'existent que par sa seule volonté ». Home souffrait enfin d'être très en faveur à la cour impériale. Les réactions de Malivert à l'égard du médium purement physique et matériel ont toutes les chances d'être celles de Gautier : il n'y a pas de fantastique matériel et codifié.

be. « Cherchant qui il dévorera », expression célèbre de saint Pierre, mais qui s'applique au démon : Gautier veut-il insinuer qu'à ce moment de l'histoire l'esprit pourrait être inspiré par le Mauvais Esprit ? Ou tout simplement que Guy est menacé d'être privé de sa liberté et de sa solitude ?

bf. Var. *ms* : « au Moulin-Rouge avec de petites dames ». La *baronne d'Ange* figure dans *Le Demi-Monde* d'Alexandre Dumas fils et *Marco* dans *Les Filles de Marbre*, drame mêlé de chant de Th. Barrière et L. Thiboust (1853) : c'est une actrice qui ruine le talent et la vocation d'un sculpteur. *Cf. Avatar*, n. i.

bg. *Cf.* Rabelais, *Pantagruel*, chap. XVII (ou XII de l'éd. de 1532) ; il s'agit de Panurge qui avait « soixante et trois manières de recouvrer de l'argent et deux cent quatorze de le dépendre, hormis la réparation de dessous le nez ».

bh. *Gustave Doré* (1832-1883) : dessinateur, graveur, peintre, sculpteur, commença sa carrière parisienne en 1847 par des caricatures, puis, malgré la multiplicité de ses talents, il se spécialisa dans le dessin et l'illustration ; son exceptionnelle fécondité, ses dons de voyant (il fut influencé par l'art graphique de Hugo) en fit le grand maître de l'illustration romantique ; il ne cessait pas pour autant de peindre et d'exposer aux Salons. Il a donc illustré Rabelais (1854), Balzac (les *Contes drolatiques*), E. Sue, Perrault, Cervantès, Chateaubriand, la Bible, Gautier lui-même (*Le capitaine Fracasse* en 1866), V. Hugo, La Fontaine, l'Arioste, E. Poe ; il eut même une période plus réaliste où il représenta l'épouvantable misère de certains quartiers de Londres (1868). Gautier mentionne ici en particulier les illustrations de *La Légende du Juif errant* (1856).

bi. *Cf. Hamlet*, III, II, où Hamlet demande à Polonius si un nuage ressemble à un chameau, puis à une belette, puis à une baleine et reçoit à chaque fois une réponse positive. Après le soupir, la lettre, l'avertissement du baron, les mots chuchotés, l'arrivée du baron encore, Malivert est entré dans le fantastique et le sait ; la phase préliminaire de son aventure va s'achever ; ici il est favorisé par une vision qui demeure possible, c'est-à-dire purement subjective et venue de l'interprétation qu'il peut donner des merveilleux nuages ; leur jeu de formes peut être déjà une ouverture céleste qui annonce exactement son destin, le choix de l'ange, son ascension, sa fusion avec l'aimée. Les nuages, porteurs de chimères, semblent ici s'entrouvrir, comme si la matière cessait d'être opaque ; nous sommes près de l'Étoile (Guy voit son *étoile*), l'Arc de Triomphe est une porte, par où passe la lumière visible pour lui seul, et il voit la scène de l'au-delà qu'il va connaître. Le soleil (terrestre) se couche, le soleil céleste se lève : mais ce n'est encore qu'une esquisse, une fantasmagorie, un jeu vaporeux. En tout cas, Malivert errant, et rêvant, a été conduit à l'« étoile ».

bj. Où se trouvait au numéro 22 le Cercle des arts fondé en 1836 et fréquenté par des artistes et des hommes du monde.

bk. Ou plutôt si l'on en croit Balzac dans *Séraphîta, La Comédie humaine*, t. XI, éd. citée, p. 767 : « Ne mange pas tant ! » ; ce mot de l'ange apparu au cours d'une vision et après un dîner copieux détermina en 1745 à Londres la vocation de Swedenborg selon son propre récit.

bl. Marque célèbre de cigares de La Havane, qui tire son nom de la topographie cubaine.

bm. Var. *ms* : Gautier était plus fidèle d'abord à la formule cynique du « libertinage » énoncée par Chamfort, « l'amour, tel qu'il existe dans la société n'est que l'échange de deux fantaisies et le contact passager de deux épidermes », il a repris le deuxième terme, le plus célèbre, dans la première version, puis il a ajouté le premier réécrit et affaibli ; dans le manuscrit il n'y a pas de choix.

bn. La révérence à un dieu ou à des dieux inconnus est un cliché antique et païen. Le « hiérophante » a mis à l'épreuve le « prosélyte » : Malivert sait tout, il est au courant de ce qui est préparé pour lui, il est devant le choix du charnel ou du spirituel. Les quatre premiers chapitres l'ont conduit à ce carrefour. La vision du soleil couchant lui a désigné une porte, et Féroë lui précise de quelle porte il s'agit. Mais son rôle va cesser : il est sur la porte, il avertit, il explique (il est intervenu trois fois), maintenant il initie préventivement, par le seul savoir, Malivert à ce qui est prévu pour lui-même, et il s'efface après l'avoir mis à l'épreuve. Le refus par Malivert d'un romantisme ostentatoire, d'un « mal du siècle » vulgaire, le choix d'une adaptation apparente laissant plus libre pour une révolte radicale, c'est la position profonde, personnelle et esthétique de Gautier. Le choix de l'attente est aussi celui de l'écrivain qui a *attendu* pour écrire *Spirite*.

bo. Cette évocation suppose les textes des spiritistes et des « magistes » ; mais Gautier s'en écarte par la pureté, l'évidence de sa démarche fantastique. A. Kardec (*Livre des médiums*, § 203, et 270-271) indiquait comment préparer la venue des esprits, comment faire venir un esprit désigné avec précision, il « arrive si vite qu'il semble avoir été prévenu » : se préoccuper d'avance de sa venue « est une sorte d'évocation anticipée ». Éliphas Lévi proposait une théorie de l'évocation du nécromant (les formes et les êtres se conservent dans la lumière astrale, l'imagination est un liant au fluide général a un pouvoir de réalisation, il faut que le mage se magnétise lui-même), un rituel qu'il avait mis en œuvre (*Dogme et rituel de Haute Magie*, t. I, *op. cit.*, p. 260 *sq.*) en faisant apparaître Apollonius de Tyane dans un miroir : « une forme blanchâtre s'y dessina, grandissant et s'approchant peu à peu. » Dans le t. II, p. 60 *sq.*, le rituel était précisé : date, vêtements, préparation de la chambre, chasteté, diététique, prières ; ces pages ont plus frappé Mallarmé (*cf.* L. Cellier, *Mallarmé et la morte qui parle, op. cit.*, p. 162 *sq.*) et Villiers de l'Isle-Adam pour *Véra* que Gautier. Tout repose ici sur la *volonté, les puissances de l'être*, le *désir* intérieur, la communication des âmes s'établit à partir d'un élan, d'un jet d'énergie, d'une transmission à distance de la passion.

bp. Ornement composé de branches, de fruits, ou de feuilles d'acanthe disposées par enroulement. Nous revoilà dans le « rococo » et le rococo vénitien comme pour les aventures de Romuald.

bq. Comme Éliphas Lévi, Kardec (*Livre des médiums*, § 102) évoque les apparitions survenues en état de veille, « forme vaporeuse et diaphane quelquefois vague et indécise, au premier abord une lueur blanchâtre dont les contours se dessinent peu à peu » ; il ajoutait que l'esprit peut prendre la forme qu'il veut pour se faire reconnaître, et « dans certains cas on pourrait la comparer [l'apparition] à l'image reflétée dans une glace sans tain » (§ 103) ; le regard voit à travers elle.

br. *Cf. Job*, chap. IV, v. 3-16 : « Dans les cauchemars provenant des visions de la nuit, alors que tombe une torpeur sur les hommes, un tremblement me survint, et un frisson et il fit trembler tous mes os. Un souffle glisse sur ma face, il hérisse le poil de ma chair, quelqu'un est debout et je ne reconnais pas son aspect. Une image est devant mes yeux. »

bs. Dans le manuscrit, Gautier a d'abord écrit, « appartenant à ce monde ou à l'autre », transformé en « apportant la joie ou l'épouvante ».

bt. Spirite ressemble beaucoup à Carlotta. On comparera cette évocation au portrait cité dans la notice ; la violette est en quelque sorte emblématique de Carlotta : le don d'un bouquet de violettes a sauvé en 1843 leur relation, pour fêter cet anniversaire, le 21 mars 1866 (*C.G.*, t. IX, p. 190), il lui écrit : « si vous voulez peindre une violette, prenez le bleu de vos yeux, le rose de vos joues… », il parle encore de sa « livrée d'azur » et, dans un poème daté de ce jour, « La fleur qui fait le printemps », il évoque les grands marronniers de Saint-Jean et toutes les fleurs possibles pour exalter celle qui « seule à mes yeux fait le printemps ». C'est *la violette de la maison* ; rapprochée de la Joconde, portrait moderne, où la beauté a le sourire de la pensée, de l'ironie, en complète opposition avec la beauté antique, elle est aussi beaucoup plus tendre, son visage est une promesse de tendresse. N'oublions pas que pour Marie Mattéi, Gautier a parlé de « l'étincelle de son oeil de saphir ». Spirite est matérielle, elle a une forme, des contours, sans les attributs de la matière, son corps est visible, présent, mais idéal, évanescent, impalpable ; elle est de la lumière qui « se condense », sans être de la lumière ordinaire, elle a des couleurs qui ne sont pas dans le spectre de nos couleurs ; en elle tout est essentiel, elle fait de la « beauté mortelle » une « ombre » : c'est presque le mythe platonicien de la Caverne. Gautier semble utiliser à distance et sans pédantisme ce que les spiritistes nommaient « le péri-esprit », matière immatérielle ou incorporelle qui unit l'âme au corps et permet à l'âme de se matérialiser après la mort, « matière quintessenciée », éthérée, « substance vaporeuse », qui enveloppe l'âme comme le fait le corps quand l'esprit s'incarne. Pour Eliphas Lévi, le corps est un « durcissement » temporaire du fluide, qui se rend opaque dans le monde matériel, et reste transparent pour les esprits.

bu. Mme Lefebvre a relevé (*op. cit.* p. 61) qu'Éliphas Lévi employait cette formule : « L'imagination est comme l'œil de l'âme et c'est par elle que se dessinent et se conservent les formes, c'est par elle que nous voyons les reflets du monde invisible, elle est le miroir des visions et l'appareil de la vie magique. »

bv. Le mot renvoie à la transfiguration du Christ, qui eut lieu sur le mont Thabor. Gautier y revient plus bas, en parlant des « transfigurés » : en fait le Christ seul apparut transfiguré à ses trois disciples.

bw. Rature remarquable dans le manuscrit. Gautier a d'abord écrit : « les idées des choses ».

bx. *Sublunaire, terraqué* : expressions traditionnelles de la philosophie antique désignant le monde terrestre. Est *sublunaire* un univers ontologiquement inférieur à la lune, donc corruptible, soumis l'action du temps. *Terraqué* : composé de terre et d'eau.

by. Autre rature intéressante : Gautier a d'abord écrit, « se désigner à lui-même l'âme dont il venait d'apercevoir l'apparition entrevue… ». Allan Kardec, pourtant préoccupé des esprits faussaires, indiquait que le nom des esprits était quelconque (*Livre des médiums*, § 256), sans rapport avec celui qu'ils ont eu sur terre, relatif parfois à leur famille d'esprits, et en tout cas un simple indice de leur place dans la hiérarchie des esprits. Malivert peut donc donner à son apparition un nom générique mais féminisé.

bz. Var. *ms* : Gautier a d'abord écrit « dont il ignorait encore la nature ».

ca. *Roméo* : le nom de Rosalinde est erroné ; voir *Avatar*, note ab. *Rameau d'or* : allusion à Virgile, Énéide, VI v. 208 *sq.*, dans sa descente aux Enfers, Énée est protégé par un rameau d'or.

cb. L'oxymore reprend la figure plus célèbre du « soleil noir », dont la résonance traditionnelle est gnostique. Swedenborg (*Le ciel et ses merveilles et l'enfer* […] éd. citée § 126) distinguait le soleil du monde et le soleil du ciel, et notait que dans le ciel « la lumière est si grande qu'elle excède de beaucoup la lumière de midi dans le ciel », si bien que la lumière du monde est « une ombre par rapport à celle du soleil céleste ». Pour Swedenborg enfin (*op. cit.*, § 73), l'ange, qui a une parfaite forme humaine, n'est pas un être purement spirituel, c'est « un homme du ciel », en tout point identique à l'homme « excepté qu'il n'est pas revêtu d'un corps matériel », il a pour les « yeux de l'esprit » un visage, des traits, des yeux, une bouche, etc.

cc. Sur cette formule, voir *Onuphrius*, note bm, *l'air tramé, le vent tissu*, c'est le « ventus textilis », il vient du *Satiricon* de Pétrone.

cd. *Dante : cf. Enfer*, III, v. 23-24.

ce. Ce très beau passage qui semble reprendre d'*Aurélia* le rôle du rêve comme communication avec l'au-delà et avec l'Épouse céleste (à ce compte le rêve ordinaire devient vision ou illusion), est aussi d'une originalité totale ; il n'a rien de commun en particulier avec le final d'*Aurélia* dont il s'écarte par sa qualité littéraire. Passage unique, qui décrit l'impossible à décrire, qui s'aventure au-delà de la description esthétique, vision d'un néant qui est aussi le « paroxysme de la splendeur », il est à rapprocher des grandes visions ou contemplations de Hugo ; comme elles, il évoque « la porte mal fermée de l'inconnu », il se place sur le seuil d'un monde indicible, il saisit des traces visibles de l'invisible ; mais en plus, et le seul peut-être depuis Dante, Gautier s'est hasardé dans la vision céleste et paradisiaque, il atteint l'absolu positif, il décrit la perfection de l'Être dans l'irréalité totale ; il parvient à faire de la lumière une substance en soi, créatrice d'un paysage vivant ; cette lumière exclusive de toute ombre devient la matière immatérielle de l'autre monde. Au reste le rêve reprend et confirme le jeu des nuages aperçus au coucher du soleil.

cf. Var. *ms :* beaucoup moins bref et significatif.

cg. *Adelina Patti* (1843-1919) : cantatrice célèbre, d'origine espagnole, qui débuta à sept ans en Amérique comme enfant prodige et qui fit ensuite une carrière classique de *diva ;* ses débuts eurent lieu à New York en 1859, elle triompha à Londres en 1861, et ne parut à Paris qu'en 1862 ; elle fut bientôt légendaire pour ses succès, ses cachets impressionnants, le luxe de ses bijoux. L'allusion de Gautier fixe la nouvelle dans un contexte daté et précis.

ch. Var. *ms :* « scintillait ».

ci. *Ivoschtchiks :* cochers. La nouvelle, conte d'hiver, semble dériver du *Voyage en Russie* de Gautier-Malivert ; la scène capitale du bois de Boulogne est reprise des impressions de Saint-Pétersbourg, elle en suit presque le mouvement et évoque les mêmes éléments. Le voyageur (voir éd. Boîte à documents, 1990, chap. VI-IX) a d'abord décrit le mouvement des voitures, la physionomie des rues, l'élégance diversifiée des attelages, il note enfin l'étonnante virtuosité des *drojkys* (p. 103), il présente longuement un trotteur Orloff qui est le prototype évident du Grymalkin de Malivert, dandy russe à sa manière par une nostalgie de la « poésie du Nord ». Il livre alors le sens du mot *douga* que l'on trouve à la fin du paragraphe suivant : « Au point de jonction du collier et des brancards » dans le *drojky*, sont fixées « les cordes d'un arc en bois flexible qui se courbe au-dessus du garrot du cheval comme une anse de panier dont on voudrait rapprocher les bouts », c'est le *douga* qui sert à maintenir l'écartement du collier et des bras du brancard. Vient enfin le portrait du cocher russe, et l'évocation des voitures de place : « À toute heure de jour et de nuit, à quelque endroit de Saint-Pétersbourg qu'on se trouve il suffit de crier deux ou trois fois "Isvochtchik !" pour voir accourir au galop une petite voiture sortie d'on ne sait où » (p. 106). Mais Gautier devenait encore plus enthousiaste quand, l'hiver arrivant, c'était un traîneau qui répondait à son cri : il décrivait alors les types de traîneaux, les attelages, les fourrures et les toilettes ; le texte de *Spirite* est une synthèse de ces impressions. Durant l'hiver Gautier allait voir « *les îles* » (p. 122-124), dont le souvenir est ici topique car elles sont « le bois de Boulogne de Saint-Pétersbourg » : « Rien n'est beau entre leurs noirs rideaux de sapins comme ces immenses allées blanches où la piste des traîneaux, à peine perceptible, semble un trait de diamant sur une glace dépolie » (p. 123). Voir enfin p. 117 la description de l'attelage du traîneau ou troïka. Gautier repense aussi à un tableau récent dont il a parlé dans le *Moniteur* du 18 février 1864, « Les Patineurs du bois de Boulogne » de Félix Ziem.

cj. Var. *ms* : « une route qui traverse un bois de sapins ».

ck. *Douga* : voir plus haut note ci.

cl. *Carres* : le mot désigne l'angle, la face, le bout, l'extrémité d'un objet. *Prophète* : opéra de Scribe et Meyerber qui date de 1849 et où se trouve un ballet des patineurs au troisième acte. Mais en écrivant cette fête des élégances hivernales, de la beauté et du froid, Gautier rivalise avec le liminaire de *Séraphîta* qui unit l'être angélique au même paysage de gel ; Séraphîtus et Minna escaladent puis descendent en ski la montagne glacée du Falberg, enivrés aussi par la vitesse et la splendeur d'un univers blanc. L'ange par une analogie secrète est uni au froid hyperbolique, il se présente comme réel dans cette Russie parisienne que Gautier nous décrit. En découvrant durant son voyage en Russie une esthétique du froid, une spiritualité boréale, l'amoureux de l'azur s'était épris du blanc, la neige était devenue l'analogue du marbre (*Voyage en Russie*, p. 119, 237). Spirite va donc se matérialiser dans deux paysages, l'hiver parisien, les colonnades du Parthénon. Mais il lui faut aussi la course du traîneau : froid, vitesse, ivresse, et irréalité. La rapidité désincarne ; Gautier avait connu ces impressions enthousiasmantes en Russie, en voyant des traîneaux sur la Neva, il ressentait « le vertige du Nord », « quel plaisir c'eût été de voler à toute vitesse en remontant vers le pôle couronné d'aurores boréales… sur la neige étincelante, sol étrange qui ferait croire par sa teinte d'argent à un voyage dans la lune, à travers un air vif, coupant, glacial comme l'acier, où rien ne se corrompt, pas même la mort » (*Voyage*, p. 127). Le chapitre IX du *Voyage* décrit longuement des courses sur la Neva gelée.

cm. *Baron* (1816-1885) : peintre français dont la carrière commence en 1840 et dont Gautier a souvent parlé ; peintre de genre, spécialisé dans les scènes joyeuses et élégantes, dans une peinture « spirituelle », il peut être rapproché des maîtres du XVIIIe siècle français. Cette fête du patinage est un *bal masqué sur la glace*, elle rejoint les peintres *rococo*, le divertissement galant et élégant, et elle fait aussi penser aux courses mythologiques, par exemple celle d'Atalante et d'Hippomène, compétitions où se joue tout un destin ; la mythologie cette fois encore désigne la vérité du fantastique. Atalante célèbre pour sa rapidité à la course ne devait épouser qu'un homme qui la distancerait ; Hippomène y parvint en laissant tomber les trois pommes d'or données par Vénus qu'Atalante s'attarda à ramasser. Ici Spirite, nouvelle Atalante bénéfique, provoque Malivert à une course surnaturelle qui lui permet de se faire entrevoir et de semer sa rivale. Les sculptures auxquelles Gautier fait allusion sont dues à deux artistes du XVIIIe siècle, Coustou et Le Pautre.

cn. *Biche* : le mot à l'époque de Gautier désigne poliment la courtisane. Ici il unit *la biche* coiffée à la chien et le *bichon*, faisant rimer les mots et les pelages.

co. Race créée au XVIIIe siècle par l'amiral russe qui porte ce nom. Voir par exemple dans *Voyage en Russie*, p. 103-104, la description d'un trotteur Orloff.

cp. Selon Littré, le verbe forgé sur l'anglais veut dire « aller activement en parlant d'un cheval ». Le détail indiqué par Gautier, le cheval dont l'encolure est libre et qui baisse la tête en avant, révèle sa parfaite souplesse dans l'effort.

cq. *Cf.* supra, *Avatar*, note cn.

cr. Ce profil légèrement tourné en arrière montre un peu plus du derrière de la tête et un peu moins de la face.

cs. Première version raturée dans *ms* : « ses lèvres dont l'arc mince décochait une ironie pleine de douceur ». La version, « les sinuosités formaient l'arc tracé par la bouche de Monna Lisa » se trouve sur un feuillet intercalé.

ct. *Droschki* : petite voiture découverte, très basse et à 4 roues ; *steeple-chase* : course au clocher, ce terme anglais désigne une course en terrain libre et se déroulant comme si elle avait pour but un clocher aperçu de loin.

cu. Var. *ms* : « projets que la fatuité aidée d'une apparence ».

cv. La Madeleine préfigure l'Acropole ; mais le temple parisien ne se rapproche de son modèle grec que la nuit, et sous la clarté lunaire : au contraire le Parthénon sera associé au soleil éblouissant. L'univers parisien est encore privé de soleil, ou il ne possède qu'un « soleil » sombre et nocturne.

cw. Voir Allan Kardec, *Livre des médiums*, p. 159 : « On a vu sous l'influence de certains médiums apparaître des mains ayant toutes les propriétés des mains vivantes, qui offrent la résistance d'un corps solide et tout à coup s'évanouissent comme des ombres. »

cx. Var. *ms* : « Histoire de Spirite ». Pour cette scène, Gautier se rapproche des textes déjà cités, Éliphas Lévi sur la nécessité de se magnétiser soi-même (*op. cit.* t. I, 260 *sq.*) ; Allan Kardec, *Livre des médiums*, § 71 : « La main entraînée par un mouvement involontaire écrivait sous l'impulsion imprimée par l'Esprit et sans le concours de la volonté ni de la pensée du médium » ; § 152, § 178 *sq.*, § 219 sur l'écriture de l'esprit qui demeure la même durant toute la transmission. Kardec distinguait le médium mécanique dont la main est dirigée par l'esprit sans conscience de ce qu'il écrit (c'est le cas de Malivert) du médium intuitif qui reçoit l'esprit dans sa pensée et qui a conscience de ce qu'il écrit, même si ce n'est pas sa pensée. Chez Girard de Caudemberg (*op. cit.* p. 96 *sq.*) le médium laisse sa main suivre l'impulsion sans la regarder, il change d'écriture (chaque esprit a la sienne), « en effaçant sa volonté et autant que possible ses idées préconçues pendant les réponses, l'interrogateur reste absolument étranger à celles qui lui sont données ». Seule condition respectée par Gautier : que l'esprit se présente, se nomme, garantisse qu'il n'est pas d'origine impure.

cy. Pour Allan Kardec (*Livre des esprits*, § 96 *sq.*), il y a une hiérarchie des esprits selon leur perfection : ils sont purs ou impurs ; entre les deux, les intermédiaires qui ont le désir du bien et qui subissent les épreuves avant de parvenir à une dématérialisation complète et à l'union du savoir et de la bonté ; ce sont eux qui se communiquent le plus volontiers aux hommes et sont envoyés en mission sur la terre. Ce serait le cas de Spirite. Mais le spiritisme repose surtout sur la métempsycose : l'héroïne de Gautier est-elle engagée dans une série de réincarnations ? Elle va dire : « ma dernière apparition sur votre planète » ; veut-elle suggérer que d'autres incarnations sont possibles ? Elle est en attente d'un jugement, elle est en mission, mais c'est une mission d'amour, elle deviendra un ange, certes, mais avec Malivert, et ce sera un ange d'amour. Ici Gautier déserte l'univers du spiritisme ordinaire ; Kardec n'admettait pas que les anges aient un sexe (*Livre des esprits*, § 200 et 296-303). Pour lui, les mêmes esprits s'incarnent dans des hommes et des femmes, et il n'acceptait dans l'au-delà que des affections de sympathie, pas d'amour. Swedenborg au contraire admettait que les anges aient un sexe, leur mariage dans le ciel était la conjonction des deux « mentaux » (volonté et entendement) en un seul, l'identité de l'union céleste et de l'unité du masculin et du féminin.

cz. Même affirmation plus haut dans la bouche de Féroë : Allan Kardec (*Livre des esprits*, § 240) indiquait que les esprits sont en dehors du temps, que la durée est annulée pour eux, les siècles sont des instants ; ils peuvent connaître l'avenir selon leur perfection, mais ils le voient comme présent.

da. *Le couvent des Oiseaux* : situé à l'angle du boulevard des Invalides et de la rue de Sèvres, pas très loin du faubourg Saint-Germain, ce couvent des religieuses de la Congrégation de Notre-Dame était un établissement d'éducation très célèbre qui accueillait les jeunes filles de la haute société. *Marquis* : célèbre chocolatier dont la boutique, fondée en 1820, se trouvait au 41, rue Vivienne et au 58-59, passage des Panoramas.

db. *Cf. Livre des esprits*, § 296 : « Les affections des esprits sont-elles susceptibles d'altération ? »
Non, « ils n'ont plus le masque sous lequel se cachent les hypocrites ».

dc. Voir supra, *Avatar*, note an.

dd. Érard (1752-1831) : célèbre facteur d'instruments (pianos et harpes). Gautier lui-même
possédait un piano d'Érard. La chambre de Spirite (sérénité, solitude, couleurs blanche
et bleue, poètes, musique) est composée selon un jeu de « correspondances ».

de. Var. *ms* « Il est plus facile de connaître un auteur subjectif qu'un auteur objectif. » Rimbaud
dans la lettre dite du *Voyant* a repris cette distinction de Gautier.

df. L'opéra de Bellini a été créé à Milan en 1831. Les débuts de la Patti à Paris (voir supra,
note cg) sont de 1862 et à cette date elle chante dans la *Somnambula* : l'action du roman
est datée avec cohérence ; elle est très proche de son écriture.

dg. *Cf. Un caprice*, scène III ; dans le manuscrit, Gautier avait attribué par erreur la formule
à M. de Chavigny. L'allusion à cette pièce, où un amour qui se défait est sauvé par
l'intervention d'un tiers, où l'héroïne est négligée et délaissée par un mari qui préfère la
bourse bleue d'une autre à la bourse rouge faite par sa femme, est sans doute de mauvais
augure.

dh. Le monde est un théâtre, inversement le théâtre résume le monde : le thème de la facticité
de la vie dans la réalité se retrouve ici. Nous avons une nouvelle scène « sociale ». Les
élégants et les élégantes vont devenir « une exhibition de beautés et de laideurs » et « un
amas d'étoffes ».

di. Sur ce passage voir R. Jasinski, *Les Années romantiques de Théophile Gautier, op. cit.*, p. 293,
qui met en relation ce portrait féminin avec un texte de Judith Gautier qui évoque une
petite toile qui se trouvait chez son père, que sa mère détestait, et qui représentait une
femme très décolletée, habillée d'un velours rosâtre, très parée, très brune ; Gautier
l'avait déjà placée dans *Mademoiselle de Maupin* : c'est Rosette, pour le physique et sans
doute pour le moral (l'audace, la provocation sensuelle) ; elle revient dans *Le Château du
souvenir*, « rouge du sang des cœurs [.] dans les perles et le velours » ; elle est ici encore,
comme si Gautier tenait à évoquer (à renier ?) cette maîtresse de sa jeunesse, car elle serait
la Victorine, objet d'une folle passion dans les années du Doyenné.

dj. Var. du *ms* qui donne cette première version corrigée ensuite : « Vous auriez dû deviner
que dans la salle il y avait une jeune fille qui s'occupait de vous plus peut-être qu'il ne
convenait à une jeune personne, vous retourner.. »

dk. *Dessein* ou *dessin* ? Le texte de Gautier présente le premier terme mais c'est une erreur :
l'édition de la Pléiade (Pl, t. II, p. 1524) veut que le mot *dessein* signifie *esquisse* et *déduit*
ce sens de la première section de l'article « dessein » du Littré : déduction difficile, le mot
signifie uniquement projet, concept, plan etc.

dl. « *Une robe d'une entière blancheur comme dit la romance ne serait pas de mise* » : allusion qui
renvoie encore à Planard, ce qui ne la rend pas plus claire, voir *Préface de Mademoiselle de
Maupin* (Pl, t. I p. 225). Il s'agit des épouses des romanciers immoraux, qui ne s'occupent
que du ménage, « leurs bas » comme dirait M. Planard, sont « d'une entière blancheur,
vous pouvez les regarder aux jambes, elles ne sont pas *bleues* ». *Janisset* : joaillier qui se
trouvait passage des Panoramas, puis rue de Richelieu.

dm. *Des ifs de lampions* : espèce de charpenterie utilisée dans les illuminations et capable de
porter plusieurs lampions ; leur assemblage imite un if taillé en pyramide (Littré).

dn. *Gaspard Dughet*, dit le Guaspre (1615-1675) : peintre italien, qui fut le beau-frère et l'élève
de Poussin ; peintre paysagiste, il passait pour posséder quatre villas différentes pour
pouvoir renouveler constamment les sites qui l'inspiraient. *Lepautre* (1618-1682) : graveur,
dessinateur, auteur de nombreuses décorations architecturales, c'est un éminent témoin
du grand style Louis XIV. *Oudry* (1686-1745) : travailleur fécond, a laissé une œuvre

immense, des tableaux d'église, des portraits, des illustrations (La Fontaine, Scarron, Cervantès) ; il fut un peintre animalier (il a représenté les chiens favoris de Louis XV) et dessina pour les grandes manufactures royales de nombreux cartons. *Théodon* (1646-1713) : sculpteur qui vécut et travailla beaucoup à Rome, où il rivalisa avec le Bernin et exécuta de belles statues et de nombreux bas-reliefs, avant de rentrer en France et de se consacrer à la chapelle et au parc de Versailles.

do. *François Clouet* (1522-1572) fut le peintre de toute une série de rois (François Ier, Henri II, François II, Charles IX) et a laissé une œuvre de portraitiste, comme son père, *Jean Clouet* (1486-1540) qui a travaillé pour la cour de François Ier. *Porbus* : il y a plusieurs Porbus, ou Poerbus, peintres flamands, dont le premier (1523-1584) est resté célèbre pour ses tableaux d'église et ses portraits, moins célèbre néanmoins que Porbus le Vieux (1545-1581) ou son fils, Porbus le Jeune (1569-1622), dont il est sans doute question ici, qui parcourut toute l'Europe, travailla pour beaucoup de princes, en particulier pour Henri IV et laissa un grand nombre de portraits. *Largillière* (1656-1746) : grand représentant du style Louis XIV, il fut protégé par Lebrun ; il s'illustra dans le tableau d'histoire et le portrait féminin.

dp. Le *Nizam* est un mouvement de réformes de la société et des mœurs turques ; il comprend par exemple une modernisation du costume qui s'européanise partiellement, au grand scandale des voyageurs romantiques comme Flaubert ou Gautier ; l'ordre du *Medjidieh* a été créé en 1851 par le sultan Abd el Medjieh (c'est un ruban rouge liseré de vert avec un soleil d'argent à sept flammes séparées par un croissant surmonté d'une croix). Cette décoration turque ne fut plus conférée après la mort de son fondateur (1861).

dq. *Desportes* (1661-1743) : portraitiste, peintre animalier (lui aussi a laissé des portraits de la meute royale), auteur de scènes de vénerie (il était lui-même un chasseur fervent), a beaucoup travaillé pour les grandes résidences royales et princières et les grandes manufactures de tapisseries.

dr. Dans le manuscrit, à partir d'ici, on retrouve à la suite quelques emplois de l'orthographe « Spirit » pour le titre de la nouvelle en tête de chapitre et pour le nom de l'héroïne.

ds. Le manuscrit ne présente pas de sous-titre.

dt. *Djellabs* : Marchands d'esclaves ; voir dans le *Voyage en Orient* de Nerval le chapitre intitulé, « L'okel des Jellab » ; le Hassan de Musset dans *Namouna* achète des esclaves qu'il garde quelques jours avant de les renvoyer avec un petit cadeau.

du. Le célèbre parfumeur existait déjà et sa boutique se trouvait au 19, rue du Faubourg-Saint-Honoré. Pour le tailleur Renard, voir supra, note au.

dv. L'« épouse » terrestre possible, celle dont le héros doit se détourner, est une beauté de forme, une beauté qui n'est que chair, matière, impersonnalité ; mais il y a toute une esthétique dans Mme d'Ymbercourt, celle du « classicisme », c'est une beauté canonique, donc copiée ou copiable. Il lui manque ce qui échappe aux formes, ce qui ne se régularise jamais, mais définit une séduction impalpable : le charme, la grâce, la surprise ; c'est l'expression romantique. Gautier s'éloigne de la forme : la beauté « romantique » et intérieure ne peut plus se trouver que dans la désincarnation céleste.

dw. Il y a eu six rencontres manquées entre Malivert et Lavinia : au couvent des Oiseaux, au bois de Boulogne (une première fois), au théâtre, au bal, au dîner, au bois une dernière fois. On en a compté cinq, ou sept, ou neuf et toujours en espérant tirer de ces nombres des significations occultes qu'il me semble difficile de trouver. La progression de l'échec est par contre évidente : la rencontre impossible était de plus en plus possible, préparée, certaine (au dîner les amants devaient être voisins).

dx. Lavinia n'a rencontré Malivert qu'en esprit, en le lisant, et de loin ; il ne l'a pas vue, comme si elle n'existait pas pour lui. Il y a entre eux une sorte d'irréalité réciproque ; elle n'existe pas pour lui, et lui, toujours absent, lointain, n'existe pas vraiment pour elle.

Elle ne se révolte pas contre sa mauvaise fortune : elle devance Malivert dans l'amour et la soumission à la destinée qui l'écartent des voies réelles de l'existence. Les « amants » ne doivent pas se rencontrer parce qu'ils doivent se rencontrer autrement. Les échecs de plus en plus nets lui annoncent qu'elle n'a pas de place dans une destinée mondaine, puis dans une destinée terrestre ; elle décide de mourir au monde pour mourir ensuite tout simplement. C'est presque une décision volontaire, sans désespoir ni révolte passionnelle : l'amour définitif, et la mort progressive sont des *étapes* pour elle.

dy. Sur cet épisode et ses sources, on se reportera à l'étude de Margaret Lyons, « Judith Gautier and the sœurs de Notre-Dame de la Miséricorde. A comment of *Spirit* », dans *Literature and Society. Studies in xixth and xxth Century French Literature presented to R. J. North*, published for the Univ. of Birmingham, Birmingham, 1980 ; c'est une bonne mise au point des relations entre l'épisode de Spirite et le séjour que fit Judith de 1852 à 1854 au couvent des sœurs de Notre-Dame de la Miséricorde (le nom est modifié dans la nouvelle), Judith l'a elle-même raconté dans *Le collier des jours, souvenirs de ma vie* (p. 196-202). C'était sa « tante » Carlotta qui avait veillé à ce qu'elle fût mise dans ce couvent à l'âge de sept ans. Gautier et sa fille ont violemment détesté ce séjour, qui dans la nouvelle se conforme plutôt à la tradition du récit monacal ou du roman noir : la mort au monde est identifiée à la mort. Il est vrai que Carlotta était associée à cette époque de la vie de Judith (elle était sa marraine), et qu'en revenant sur les souvenirs de sa fille, Gautier revenait encore à la Muse, Carlotta. Judith raconte comment son père travailla sur ses souvenirs de la prise de voile de sœur Sainte-Barbe : « Il voulut d'ailleurs choisir ce couvent où j'avais vécu, loin de lui, et un peu contre sa volonté, pour y enfermer la jeune fille déçue par l'amour [...] ; il en donna même d'après mes indications une description assez développée dans le livre » ; et Judith cite les premières pages de ce chapitre pour évoquer son couvent et reprendre son bien.

dz. Dans le manuscrit, Gautier transforme, « j'en puis parler puisque je l'ai connu », en « j'en puis parler puisque je suis morte ». Loin d'être une conversion à la vie spirituelle, le couvent n'est ici qu'une transition vers la tombe ; c'est une expérience privilégiée du fantastique, ou de la mort dans la vie, à quoi va succéder la vie dans la mort.

ea. Le couvent de Judith se trouvait rue Neuve-Sainte-Geneviève (maintenant rue Tournefort), c'était le cloître où s'était réfugiée Mlle de La Vallière ! Il était devenu un pensionnat sous l'Empire, mais très sévère ; le piano y était juste toléré. Dans cette page on retrouve les arguments initiaux de Gautier contre l'art chrétien.

eb. Spirite a connu, comme Malivert sur la place de l'Étoile, la même visitation céleste, la déchirure du monde matériel et de l'opacité inerte des choses qui voilent l'au-delà.

ec. On comparera le texte de Gautier au récit de sa fille ; elle ne distingue pas les cérémonies du noviciat et celles des vœux définitifs ; Gautier la suit sur ce point, mais néglige les détails les plus dramatisés (la face contre terre, l'office des morts) ; le père et la fille partagent le même sentiment de révolte contre la mise à mort ascétique de la beauté : le massacre volontaire de la chevelure les scandalise comme un sacrilège. Judith l'a incité à transformer la cérémonie de prise de voile dont le symbolisme renvoie à des fiançailles mystiques, en une sorte de mise au tombeau. Pour Gautier l'ascétisme, le renoncement effrayant, commence au refus de la beauté qui caractérise toute l'évocation du couvent-cercueil. Voici les principaux passages de Judith :
« Je la vis revêtir le costume somptueux et un peu théâtral, dans lequel elle devait abjurer les vanités du monde. On ouvrit l'écrin où dormait le collier de fausses perles ; on posa au-dessus du voile pailleté d'or une couronne fleuronnée de pierres rouges et vertes, et au bruissement de sa longue robe de brocard pourpre, elle fit son entrée dans le chœur, où toute la communauté était rangée, debout devant les stalles.

« Au milieu d'un tapis, des coussins de soie et un prie-Dieu de velours étaient disposés pour elle ; d'un pas solennel, entre deux assistantes, elle s'y rendit, accompagnée des grondements de l'orgue, s'agenouilla, toute rayonnante dans ses atours, et écouta l'office.

« Quand le moment fut venu, elle prononça d'une voix ferme et sonore les paroles qui la liaient à jamais. Elle arracha avec violence le collier de perles, repoussa les coussins, jeta loin d'elle la couronne et cria presque : "Je renonce à Satan, à ses pompes et à ses œuvres."

« On la ramena dans la sacristie, pour la dépouiller de sa toilette mondaine, ses lourds cheveux noirs roulèrent jusqu'à ses reins et j'aperçus, dans les mains d'une sœur, de grands ciseaux luisants, qui disparurent, en grinçant, sous les mèches épaisses. Quand je compris qu'on allait couper ces beaux cheveux, je me mis à crier et à pleurer, et je me jetai sur la sœur pour l'empêcher de continuer. Une autre me retint. Les éclats de l'orgue et des chants liturgiques couvrirent ma voix.

« Je fus frappée de l'expression extatique de la victime : ses prunelles disparaissaient presque des globes bleuâtres de ses yeux levés, un sourire ravi laissait voir ses dents, entre ses lèvres qui chuchotaient des prières, tandis que, maladroitement, on massacrait sa chevelure, qui s'envolait autour d'elle sous la morsure des ciseaux et tombait, légèrement, comme des plumes, à mesure que sa tête se hérissait et devenait ressemblante à une tête de garçon. Tout disparut sous le serre-tête et le bandeau blanc, qui eurent peine à contenir cet ébouriffement rebelle.

« On lui fit endosser la robe de bure et l'étole blanche ; puis on la reconduisit dans le chœur, où, elle se prosterna, la face contre terre ; on jeta alors sur elle un drap funèbre qui la recouvrit complètement et on chanta l'office des morts, sur celle qui était morte au monde. »

ed. Gautier revient sur ses pas : les douleurs de Spirite sont déjà celles de Romuald que la vie religieuse prive de ce sentiment des possibles que la pauvre Spirite redécouvre ici. Peut-être pourrait-on trouver dans cette page quelques souvenirs de *La Religieuse* de Diderot.

ee. Cette mort de la couleur, ou cette union d'un pâlissement et d'un assombrissement (la mort est symbolisée par la violette) représente l'action paradoxale de la mort dans la vie, et reprend les descriptions de la mort d'Alicia Ward.

ef. Gautier retrouve ici le langage d'*Avatar* pour décrire comment l'âme se détache du corps par une libération progressive. C'est à peine si Spirite meurt : elle entre lentement, doucement, continûment dans la mort, et la fin de sa vie, évanouissements, rêveries, éloignement du sensible, impressions de rêve, multiplie les transitions dans ce passage de l'état de femme à l'état d'ange. Traitant du « retour de la vie corporelle à la vie spirituelle », Allan Kardec (*Livre des esprits*, § 149 *sq.*) avait révélé que la séparation de l'âme et du corps loin d'être douloureuse était « une jouissance pour l'esprit qui voit arriver le terme de son exil », que l'âme se dégage « graduellement » du corps en « desserrant » ses liens sans les briser, que vie et mort « se touchent et se confondent » (le péri-esprit ne meurt pas, mais se libère progressivement), que « dans l'agonie l'âme a déjà quelquefois quitté le corps. [..] Souvent l'âme sent se briser les liens qui l'attachent au corps ; elle fait tous ses efforts pour les rompre entièrement. Déjà en partie dégagée de la matière elle voit l'avenir se dérouler devant elle et jouit par anticipation de l'état d'esprit. »

eg. *Cf. Livre des esprits*, § 163-164 : si Allan Kardec admettait que l'âme en quittant sa dépouille matérielle pouvait rester quelque temps dans le trouble et ne pas avoir une conscience immédiate d'elle-même, il disait aussi, comme Spirite (§ 237), que l'âme dans le monde des esprits, tout en conservant les perceptions qu'elle avait de son vivant et la mémoire de son séjour terrestre, avait d'autres perceptions inconnues « parce que son corps était comme un voile qui les obscurcissait » et encore que l'esprit considérait son corps abandonné « comme un mauvais habit qui le gênait et dont il est heureux d'être débarrassé » (§ 309).

eh. Var. *épr.* Toute cette page, depuis « Une lumière fourmillante… » jusqu'à « …splendeurs vivantes » manque dans le manuscrit, elle figure sur les feuillets supplémentaires. Le ciel, où se manifeste une matérialisation du spirituel, se définit par un élargissement vertigineux de notre monde et par un passage à une perfection essentielle : notre lumière est la nuit par rapport au ruissellement du jour céleste. Sur ce point Gautier semble en accord avec Éliphas Lévi, pour qui le Verbe est lumière, toute réalité est une « densification » de la lumière, pour qui enfin il y a une hiérarchie des soleils ; et surtout avec Swedenborg : pour lui le céleste reproduit le terrestre dans sa plus grande perfection, les anges sont les hommes dans leur forme la plus parfaite (en ce sens la terre est « la pépinière du ciel »). Dans cet univers réellement correspondant l'âme est « type », donc immatérielle, mais aussi s'apparente à la perfection de la matière (lumière, pierres précieuses), la substance est comme la matière, mais c'est une matière allégée, liquéfiée, aérienne, spiritualisée, correspondante enfin : la lumière est couleur, musique, mouvement.

ei. Encore l'oxymore du « soleil noir », ici justifié parfaitement dans sa signification originelle qui est gnostique : le monde créé, qui est livré aux ténèbres et au mal, s'oppose radicalement au vrai monde qui est son double et qui ne se révèle qu'à celui qui se libère de la matière oppressante.

ej. *Pythagore* (569-470 av. J.-C. selon le *Larousse du XIXᵉ* siècle) pensait en effet que le nombre et le rythme étaient la loi secrète de l'univers ; les mouvements et les distances des corps célestes avaient comme répondants les règles de la composition musicale.

ek. Spirite a donc reçu implicitement l'autorisation divine d'aimer Malivert et de s'en faire aimer. *Cf.* Swedenborg (*L'Amour vraiment conjugal*, § 27) « L'homme mâle et l'homme femelle sont ainsi créés que de deux ils peuvent devenir comme un seul être ou une seule chair. » La prédestination des amants réalise non seulement un amour qui résiste à la mort et en triomphe, mais aussi un amour céleste et mystique qui tend à réaliser l'Androgyne par la fusion des âmes. Mais Spirite est parvenue la première à l'état d'initiée et à la perfection angélique : elle doit entraîner Malivert à sa suite, et son histoire est au centre du récit comme récit de la première initiation, la sienne, et comme annonce de la deuxième élévation spirituelle et amoureuse, celle de Malivert ; les deux destinées séparées sur terre se croisent maintenant dans l'infini et hors du temps. La vie de Spirite était dans la vie de Malivert à son insu, maintenant la sienne est dans la vie de Spirite ; les deux destins, les deux moitiés d'une unité sont désormais en état d'union ; ils se parlent, Malivert à l'identité avec Spirite. Nous sommes au cœur du roman, et la dictée va s'interrompre : le récit s'est concentré sur Malivert et son « côté », puis sur Spirite et son destin, ils sont désormais ensemble, encore deux, puis un.

el. *Entrave terrestre* : dans le *ms* la première version est : *inclination* terrestre.

em. Cet étonnant éloge de la vie domestique et intime contredit l'image de Gautier voyageur, « exote », mobile dans ses séjours et ses identités. Mais il n'est pas non plus sans annoncer des Esseintes, et la maison personnelle, sanctuaire du moi esthète, prête pour le « voyage » imaginaire et illusionniste ; c'est tout un monde que Gautier enferme dans sa claustration, tout un monde d'art ou d'artifices et tout un monde de songes. Chez lui, il est hors de lui encore.

en. Le récit rétrospectif de Spirite cesse quand il a rejoint le présent de la nouvelle. Celle-ci conserve la structure ordinaire des récits fantastiques de Gautier : un premier temps fait surgir les événements extraordinaires (chap. I-IV), un deuxième mouvement nous établit dans le fantastique et en présente une explication, c'est le récit de Spirite précédé de ses apparitions progressives (chap. VII-XII) ; ici la cohérence a été restituée au passé, les personnages en sont narrativement au même point, mais séparés par une distance « spirituelle » ; la suite (chap. XIII-XVI) va combler cette distance par le rapprochement moral de Malivert et de Spirite après avoir démontré l'impossible coexistence des deux mondes, l'insoutenable présence du fantastique dans la réalité.

eo. *Chompré* (1698-1760) : érudit, mythologue, auteur en 1727 d'un *Dictionnaire de la fable*, et en 1755 d'un *Dictionnaire abrégé de la Bible* ; les *Lettres à Émilie sur la mythologie* sont l'œuvre de Demoustier et ont paru de 1786 à 1798.

Le tête-à-tête inspiré de Malivert et de Spirite fait déjà penser, et le fera bien plus encore tout à l'heure, à la mise en scène des *Nuits* de Musset : Musset mentionné souvent dans la nouvelle, Musset qui «écrira» des vers d'outre-tombe à l'auteur de Spirite, Musset auquel renvoie un texte étrange des *Tableaux de siège* (chap. xix) où Gautier se trouve soudain hanté par une sorte de «démon de l'analogie» qui lui remet en mémoire les vers de Musset de «Sur trois marches de marbre rose» : «Ce charmant poète, écrit Gautier, qui de l'extra-monde nous envoya des stances si ravissantes à propos de Spirite, n'ayant pas de médium sous la main, se servait sans doute de ce moyen pour susciter par une légère vibration son souvenir dans notre mémoire et détachait à notre adresse une imperceptible parcelle de marbre rose.»

ep. Var. *ms* : «dit le baron, il doit avoir été cueilli *près du puits des pluies de printemps*, un cru aussi renommé en Chine que la *vuelta de abajo* à La Havane, c'est la boisson par excellence des songeurs et l'excitation qu'il produit est tout intellectuelle».

eq. La croix cerclée de roses est un symbole de la secte des Rose-Croix.

er. Symbole évident de pureté et de virginité, le lilas blanc est aussi, en hiver, le symbole d'un printemps éternel ; défi aux saisons, les fleurs affirment une sorte d'éternité immatérielle. Faut-il penser à ces autres fleurs qui manquent cruellement en hiver, ces roses qui permettent la régénération de l'homme dans *L'Âne d'or* d'Apulée (il faut que le héros changé en âne mange des roses pour redevenir un homme : seule Isis les lui fournira), épisode bien connu de Nerval qui l'évoque au début de *Sylvie* : «L'homme matériel aspirait au bouquet de roses qui devait le régénérer par les mains de la belle Isis, la déesse éternellement jeune et pure...» ? Plus loin les lilas et les roses de marbre sont associés.

es. Var. *ms* : «Lavinia d'Albany, sœur Philomèle». Gautier a modifié le nom religieux de son héroïne. Il a abandonné le nom de *Philomèle*, qui ne renvoie qu'à la mythologie grecque : Philomèle, violentée par son beau-frère qui lui coupa la langue, parvint à révéler à sa sœur Procné son malheur par une broderie ; *Philomène* au contraire est une sainte authentique, martyrisée sous Dioclétien au ive siècle, ses restes furent découverts en 1802 dans les catacombes ; elle fait canonisée en 1837. En 1861, les Goncourt ont publié *Sœur Philomène*, beau roman d'amour pur. L'autre nom est plus difficile à analyser et il faut sans doute respecter son étrangeté et son mystère. Faut-il aller le chercher chez G. Sand, dans une nouvelle de 1833, *L'Heure du soir*, ou dans une brève mention de l'*Histoire de ma vie* ? Lavinia est en fait un nom virgilien, il désigne dans l'*Énéide* la fille de Latinus, future mère d'Ascagne, fondateur d'Albe, la ville «blanche» ; ce qui peut-être explique *Albany*, mais c'est aussi le nom d'une ville des États-Unis, qui rappelle l'ancien nom de l'Écosse. Il est vrai que le titre de comte *d'Albany*, titre de pure complaisance accordé par le pouvoir pontifical, fut porté par le dernier des Stuarts, le prétendant au trône d'Angleterre durant le xviiie siècle, figure popularisée par W Scott, image aussi d'un homme constamment malheureux, dont le nom fictif rappelle un royaume disparu dont il n'a jamais été le roi. La comtesse d'Albany, femme du prétendant, célèbre pour sa conversation et la perfection de sa conduite mondaine, a écrit des Mémoires publiés en 1862. On ne voit guère ce qui la rapprocherait de Spirite. Une autre *Lavinia* est une prophétesse d'origine divine qui suit Énée et qui meurt à l'emplacement de la ville de Lavinium. Le nom semble donc nous renvoyer étrangement à un Latium primitif et mythique, car *Aufideni*, le nom définitif, appartient à l'Italie archaïque, *Aufidena* est une ville samnite (Pratica aujourd'hui) souvent citée par les historiens latins. Il y a une Lavinia dans *Titus Andronicus* de Shakespeare. Le nom de Spirite tout entier est absolument étranger, il est lointain, exotique, mystérieux d'une manière irréductible : nom très ancien, nom plus ou moins mythique, « rétrospectif » totalement, nom d'une ville, nom originel de sites, nom de *personne*, il poétise et irréalise le destin terrestre de l'héroïne comme s'il n'était pas terrestre justement.

et. Var. *ms* non raturée : « sur l'inscription et quoique sûr du pardon il se retira le cœur plein de remords après quelques minutes de muette contemplation. N'était-il pas le meurtrier de cette pure colombe si vite retournée au ciel ? »

eu. Var. *épr.* Toute la fin manque dans le manuscrit ; on la trouve sur un feuillet intercalaire, où ne figure pas la dernière phrase du chapitre, cette belle clausule a été ajoutée sur les ultimes épreuves.

   Le blanc opposé d'abord au noir des arbres funèbres, comme au gris jaunâtre du brouillard, mais apparenté au linceul de neige, se transforme peu à peu en un blanc lumineux, scintillant, vivant, en « suaire de gaze », en vapeur angélique. Cette fois encore le ciel répond à Malivert, s'entrouvre pour lui, et lui révèle Spirite qui apparaît comme de la lumière condensée. La visite à la tombe de la morte, qui réplique à la dictée et comporte le don du lilas, sorte d'hommage sacrificiel, scelle l'accord des deux esprits, chacun se trouvant d'un côté de la tombe. Pour Spirite, dont il ne sera jamais plus question comme vivante, la scène consacre sa vie purement spirituelle ; il en est de même pour Malivert qui se fiance à l'esprit comme à une femme qui a été, et qui désormais se voue à elle comme esprit. La tombe sépare et unit les amants : c'est une porte, un seuil et un lien ; la tombe en ce sens renvoie au miroir : c'est une porte aussi, un espace d'apparition, où vivants et morts se rencontrent.

ev. Dans le manuscrit, durant toute la dictée de Spirite, l'orthographe sans *e* a été constante ; « Spirite » revient aux chapitres XIII et XIV, remplacé presque toujours par « Spirit » dans les chap. XV et XVI.

ew. Var *ms* : avec un esprit.

ex. Var. *ms* : « qu'il appelait de toutes les forces de sa volonté ».

ey. Allan Kardec (*Livre des esprits*, § 83 et 251-252) n'est pas éloigné de ce qu'imagine Gautier : comme exemple de l'action des esprits, qui agissent sur la matière sans force musculaire, mais par la puissance de la volonté, il évoquait les touches de piano qui peuvent sembler pressées par les « doigts » de l'esprit, mais qui sont en fait animées par sa volonté ; il se demandait aussi : « Les esprits sont-ils sensibles à la musique ? » À notre musique ? « Qu'est-elle auprès de la musique céleste » dont nous n'avons aucune idée ? « La musique a pour les Esprits des charmes infinis en raison de leurs qualités sensitives très développées ». Le texte de Gautier n'est pas sans rappeler les suggestions que Baudelaire perçoit dans l'ouverture de Tannhäuser (*O.C.*, t. II, p. 794).

ez. Var. *ms* : dans le texte, *si lointaines, si antérieures qu'il croyait les avoir entendues dans une première vie*, le mot « antérieures » est substitué à une première version « si voluptueusement douloureuses ». *Thalberg* (1812-1871) d'origine allemande ou autrichienne, pianiste et compositeur, eut surtout la réputation d'un remarquable virtuose ; il a composé des variations sur des opéras célèbres ; il s'opposa à Liszt au cours d'un concert célèbre en 1837 qui suscita une violente polémique sur les qualités des deux musiciens.

fa. Var. *ms* qui supprime cette suggestion : *augmentait, les saphirs de ses yeux étoilaient et l'intensité.*

fb. Ce chapitre XIII est un chapitre de transition : il manifeste l'impossibilité du dualisme, de la vie dédoublée, de la rencontre de l'élément fantastique et de l'élément réel. L'équilibre (humain/angélique, sensible/spirituel) est instable : c'est le chapitre où Spirite est encore Lavinia, où l'ange redevient femme et se laisse voir et désirer sous cette forme, c'est le chapitre dominé par le « stade esthétique » : l'art est encore l'infini dans le fini, la beauté pure et le langage des sens, l'idéal certes, mais aussi la forme, la couleur, le son ; ce que Gautier a adoré toute sa vie est ici en voie de dépassement. Spirite, véritable muse, ou médium artistique révèle combien l'art est une voie vers l'au-delà ; il faudra encore que Malivert découvre qu'il peut aller au-delà de l'art. Spirite est d'abord analogue à la plus belle des peintures, puis comme interprète elle restitue à la musique la plénitude de sa valeur d'absolu sensible ; elle va transposer la poésie en musique, transcender la limite des mots et de tout langage, confondre le poème avec la promesse totale de tous les bonheurs, réaliser enfin l'analogie complète de tous les modes d'expression de l'âme, la correspondance de tous les sens : la musique devient lumière, la lumière est un chant, les âmes correspondent sans voiles et sans médiations, la poésie est un milieu lumineux et vivant, une participation mystique, le souffle commun des esprits, le partage extatique de la vie intérieure. Mais dans l'union analogique de toutes les sensations et de tous les langages, la matière se purifie, se consume, mais reste.

fc. Var. *ms* : se fondirent dans ses blanches épaules.

fd. Il faut un « corps » à Spirite, une apparence immatérielle et impalpable qui la présente et aussi qui séduise l'amant spirituel. Jusqu'à quel point peut-elle se « réincarner » ? C'est bien l'amour qui l'a tirée du fond de l'infini, c'est comme « femme » qu'elle aime et se fait reconnaître de Malivert. Il lui faut un corps pour y renoncer, il faut le désir de Malivert pour que le couple céleste aille au-delà de ces restes d'humanité banale. Pour cette opposition de la sensualité et de la volupté idéale, Gautier semble s'accorder avec Girard de Caudemberg (*op. cit.*, p. 14-16) qui évoquait d'emblée la possibilité des amours par-delà la mort, l'amant pouvait avoir l'assurance que l'amante morte « est là, près de lui, toujours aimante, et prête à le recevoir dans ses bras toujours jeunes » ; alors s'ils échangeaient un baiser, « si à la suite d'une caresse inespérée il sentait surgir dans tout son être un vif transport d'amour […] si en un mot au milieu de plaisirs sans nom dont il n'avait même jamais rêvé l'ardeur infinie, il se sentait uni à celle dont naguère il n'avait possédé que le cœur, je le demande, y aurait-il un pareil bonheur sur terre ? ». Il admettait donc un « sensualisme spirituel », et son amie morte (*op. cit.* p. 114 *sq.*) lui prodiguait de chastes baisers, se promettait à lui dans la mort, parlait du « feu de l'amour et du plaisir » qui était en elle ; il admettait des voluptés non sensibles, des baisers spirituels (p. 190 *sq.*), d'autres plaisirs (il supposait un septième sens), des sensations d'âme à âme, des caresses intérieures. « Rien ne peut donner l'idée de la douceur dont l'âme est inondée dans les moments d'une pareille intimité, quand des lèvres tièdes et légères semblent toucher nos lèvres… »

fe. Peu à peu s'est installée entre Malivert et Spirite, la communication purement intuitive, la relation d'esprit à esprit qui se passe de tout langage, c'est-à-dire de toute matière : ce vœu présent dans tous les récits fantastiques est ici réalisé et amplifié, puisque les amants célestes utilisent toutes les médiations de l'art et vont encore au-delà, là où le poète devient poésie, « cordes de lyre », « encensoir », mais Malivert n'est pas encore purement spirituel : il demeure artiste. Il est bien, selon la terminologie d'Allan Kardec, passé de l'état de médium psychographe à celui de « médium intuitif » (l'esprit agit sur son âme, une voix non sonore s'élève en lui). Arrivé là, il semble guetté par le destin de Nerval : folie et suicide. Le chapitre XIII est le plus dangereux de son initiation. Caudemberg (*op. cit.*, p. VIII *sq.*) rattachait l'expérience spirite à l'inspiration en général et en particulier aux états mystiques de sainte Thérèse : « J'entends dans la pensée ce que ma main va écrire », et il ne s'agit pas de sa pensée à lui.

ff. Gautier ici se souvient-il d'un récit de Nodier, *Lydie ou la résurrection* (1839) dont la donnée n'est pas sans rapport avec *Spirite* : il s'agit des amours d'un mort et d'une vivante. George et Lydie, deux époux exemplaires, sont séparés par la mort : George, homme d'une exceptionnelle bonté, devient dans l'au-delà un être quasi angélique, et Lydie a le privilège chaque nuit de le retrouver en rêve ; Nodier donne du ciel une description visionnaire, et le présente comme un univers hiérarchisé et ascensionnel selon les mérites et les épreuves ; mais surtout Lydie (éd. Garnier, p. 867-868) songe au suicide pour rejoindre George ; ce serait l'erreur fatale : « Les siècles dans leur succession éternelle ne nous auraient peut-être jamais réunis » ; le suicidé embrasserait le néant, « si le néant était possible » : « Il a violé la loi de misère et de résignation qui lui a été imposée. »

fg. Binder, sellier-carrossier, est indiqué par le Bottin au 70-72, rue d'Anjou-Saint-Honoré et au 62, rue de Richelieu. Pour le marchand de chevaux Crémieux, voir *supra*, note n, Gautier avait d'abord écrit : « ses voitures qui venaient de chez Erhler », autre carrossier établi au 51, rue de Ponthieu.

fh. Piques, dépits, vanités, sont les mobiles psychologiques de ce chapitre consacré à la vie terrestre, c'est-à-dire sociale. Mme d'Ymbercourt, nous l'avons vu, représente la Société, son âme ou son absence d'âme. Mais Spirite elle-même, encore femme, n'est pas sans partager la jalousie possessive et les sentiments négatifs des filles de la terre. Il lui faut encore s'en délivrer. La comédie sentimentale et la comédie sociale (le « théâtre » du monde) sont à leur apogée quand les héros s'en détachent et s'en vont.

fi. Opéra de Verdi créé en 1853 à Venise, donné à Paris en 1856, il est inspiré de *La Dame aux Camélias* d'Alexandre Dumas fils.

fj. Ces deux vers viennent des *Contemplations*, II, XXII, *Aimons toujours, aimons toujours*, c'est la fin de la 5ᵉ strophe, Gautier a inversé l'ordre des deux vers.

fk. *Cf.* La Fontaine, *Fables*, livre VIII, fable XXIV, « L'éducation » : deux chiens de la même portée, César et Laridon, appartiennent à deux maîtres différents, l'un hante les forêts, l'autre les cuisines ; mais ce dernier est bien plus prolifique que son frère, nommé le césar des chiens ; Laridon le chien dégénéré « peupla tout de son engeance » ; « faute de cultiver la nature et ses dons, / Ô combien de Césars deviendront Laridons ! »

fl. C'est Gautier qui a des goûts vraiment « barbares » et c'est lui aussi qui possède « une petite boîte de malachite », où il serre les lettres de Carlotta, « ce que je possède de plus précieux » (*C.G.*, t. IX, p. 15, vers le 20 janvier 1865).

fm. Pandore, femme artificielle, modelée par Vulcain, animée par Minerve, riche des dons de tous les dieux, fut offerte à Prométhée par Jupiter, elle était munie d'une boîte contenant tous les maux : c'était pour le maître de l'Olympe un moyen de se venger de Prométhée, le voleur du feu divin ; Prométhée méfiant refusa le cadeau qui échut à son frère Épiméthée. Gautier semble utiliser malencontreusement l'allusion mythologique : s'il veut dire que ce n'est pas d'Aversac qui a animé Mme d'Ymbercourt, Prométhée n'a rien à y voir ; il faudrait parler de Vulcain. Ou bien *animer* a un autre sens, il a une connotation amoureuse : il faut alors selon l'hypothèse de Jean-Claude Fizaine se référer à *La Pandora* de Nerval (paru en 1854), où le poète devient un Prométhée amoureux de Pandora, ou plutôt souffre-douleur d'une exécrable mégère rusée, coquette, dominatrice, méchante.

fn. Boisson salvatrice qui dans la poésie homérique dissipe la tristesse et guérit les malheureux. Avec *toi qui as causé ma mort* s'arrête le chapitre dans le manuscrit, là se trouve la signature de Gautier. La fin à partir de « *la vision disparut* », est un fragment ajouté sur épreuve comme l'indique un feuillet isolé qui se trouve dans le manuscrit. Spirite devient un génie du rêve, un antiSmarra, une apparition onirique et presque païenne avec sa buire et sa liqueur d'oubli et de sérénité. Les deux rivales sont quittes : l'une oublie Malivert, l'autre pardonne à celle qui a causé sa mort et lui rend le bonheur et la paix.

fo. C'est aujourd'hui le cap Malée, la pointe la plus orientale du Péloponnèse, dont le nom moderne, la Morée, est un terme botanique désignant le mûrier. On a annoncé le départ pour la Grèce de Malivert au chapitre XIV : le récit, elliptique, reprend en pleine mer. Le conte du Nord et du froid se termine en récit de l'Orient et du soleil, *cf.* l'article d'A.-M. Lefebvre, « Spirite, à la lumière de l'Orient » *Bulletin*, 1990 : il y a des signes précurseurs de ce départ, mais avant tout l'Orient, c'est le lever du jour, alors que le roman jusque là est surtout nocturne, il va vers la lumière terrestre puis divine dans un mouvement d'apothéose, et Spirite va vers sa propre correspondance : un monde bleu, lumineux, chaleureux. Ainsi le couple surnaturel doit partir : le voyage, inexpliqué, est une nécessité symbolique et fantastique. Le départ est l'étape finale : Malivert et Spirite quittent la vie ordinaire, l'humanité banale, présentée par Mme d'Ymbercourt, puis par les passagers hétéroclites et grotesques du navire (comme dans *Jettatura*) ; ils quittent même les artistes, avec lesquels pourtant Malivert peut converser. Leurs amours sont incompatibles avec l'existence. Leur départ est un adieu ; ils quittent Paris, et déjà la terre : ils vont assister à l'ultime spectacle terrestre, la beauté absolue de la nature et de l'art en Grèce, ils vont le voir et le dépasser. Leur voyage est donc initiatique : la Grèce, monde de l'origine, patrie des dieux et des mythes, terre de la beauté, située entre terre et ciel, entre temps et éternité, est aussi l'Orient, c'est-à-dire la chaleur, le printemps, la renaissance, et surtout la lumière. Le « tropisme » oriental du voyageur est ici justifié par des considérations ésotériques : c'est une marche « de la nuit à la lumière », de la nuit matérielle à la lumière dématérialisée, puis céleste. L'ellipse manifeste la rupture symbolique, l'avancée dans la régénération mystique. Malivert a déjà « franchi le Rubicon », il franchit ici un nouveau et dernier seuil.

fp. Le passage de Virgile dont il est question se trouve dans les *Géorgiques*, II, v. 486-488 : *O ubi campi / Spercheosque et virginibus bacchata Lacaenis / Taygeta ?* (« Où sont les plaines et les Sperchius [fleuve de Thessalie] et le Taygète parcouru par le cortège bachique des vierges laconiennes ? ») La chaîne du Taygète descend d'Arcadie en Laconie, et il y avait au bas de la montagne un temple de Bacchus réservé aux femmes. Dans son voyage à Constantinople (*Constantinople*, p. 57) Gautier se rappelait du même passage de Virgile : « Que peut-on dire de mieux à une montagne grecque qu'un vers de Virgile ? »

fq. Var. *ms* : le manuscrit présente une première version non supprimée de cette transfiguration lumineuse qui fait de la mer un autre ciel : « Leurs reflets s'allongeaient dans l'eau, ils y traçaient des sillages d'or, comme chez nous la lune y sème des traînées de paillettes d'argent. Des perles d'étincelles s'échappaient de la cheminée du bateau à vapeur et tourbillonnaient comme des essaims de lucioles. L'écume brassée par les aubes des roues rejaillissait en millions de diamants et s'illuminait de bleuâtres phosphorescences. » Dans cette féerie terrestre qui annonce la féerie céleste, il n'y a plus que de la lumière : la réalité nocturne est déjà transfigurée en lumière pure ; le « noir pyroscaphe » lui-même (ainsi *hellénisé*, le vapeur devient mythique) baigne dans la lumière. Dans *Constantinople* (p. 60) Gautier a décrit une nuit de sa traversée de la Méditerranée au large de la Grèce qui est dans les termes mêmes très proche de celle-ci : « Cette nuit me restera dans la mémoire comme une des plus splendides de ma vie. »

fr. Rature *intéressante* du *ms* : « mais depuis sa tentative d'empoisonnement par le curare qu'avait empêchée Spirite, il ne songeait ».

fs. Le passage fait évidemment penser au poème de Baudelaire, « L'Homme et la Mer » ; le héros de Gautier se sent en effet plus libre de toute entrave humaine et matérielle. Mais la mer ramène aussi les thèmes d'*Arria Marcella* : éternellement mobile et identique à elle-même, elle contient potentiellement toute la Grèce antique qui va revivre tout à l'heure.

ft. Nous sommes en plein miracle, mais cette impression de vitesse, de légèreté, d'apesanteur, nous l'avons déjà vue, dans la course en traîneau, autre signe précurseur de cette fin.

fu. Sur cette citation, voir *Avatar*, note at.

fv. Même formule p. 390. En ce moment où il semble que Malivert n'appartient déjà plus vraiment à la terre, Gautier retrouve presque les termes qu'il avait utilisés jadis à propos de Carlotta, dont il exaltait « la volupté chaste et délicate » (*Histoire de l'art dramatique*, t. II, p. 462).

fw. Enfin Spirite arrivée en Grèce se déploie dans la lumière du matin, devient lumière pure : jusqu'à présent, et Gautier semble en présenter un justificatif, elle a été nocturne et n'est apparue que de nuit ou dans le jour cru et blanc de l'hiver parisien ; la nuit est comme la levée de la liberté spirituelle ; ou bien encore elle a été associée dans la vision de la place de l'Étoile au soleil couchant. Ici elle entre dans la lumière chaude, vivante, vibrante du Sud et au lever du jour. Le voyage nous a fait pénétrer dans le règne de la lumière, de la renaissance (matin, printemps) ; tout ange est essentiellement lumière et nous nous approchons de la transfiguration lumineuse finale des amants.

fx. Ce détail est purement nervalien : la vie onirique dans *Aurélia* est une communication spirituelle et amoureuse et une voie d'accès à l'au-delà ; par le rêve le héros de Nerval retrouve l'épouse céleste et explore l'extra-monde.

fy. Gautier se souvient ici aussi de son voyage de 1852 qui lui permit de voir Athènes en revenant de Constantinople ; voir les textes dispersés dans *Loin de Paris* (paru en 1865 ; le reprint Slatkine reprend le texte de l'édition Charpentier de 1881) et dans *L'Orient*, 1877. Du voyage au récit fantastique, il y a un travail de condensation, de stylisation, mais les impressions et les épisodes demeurent identiques. Ainsi l'arrivée au Pirée (*L'Orient*, p. 117 *sq.*), la présentation des montagnes fameuses de l'Attique, l'Acropole comme « un trépied » ou un autel, l'azur apparaissant au travers des colonnes du Parthénon, à quoi s'opposent (comme à Naples dans *Jettatura*), la réalité moderne d'une Grèce touristique, moderne et déchue, la Grèce des fiacres, des auberges, la route désertique aux arbres poussiéreux qui conduit le voyageur à Athènes, l'arrivée enfin ; Malivert suit les traces de Gautier, à l'hôtel d'Angleterre.

fz. On notera l'ambiguïté de la phrase : qui est « romantique », Malivert, double de Gautier, ou l'art grec ? Gautier n'est pas le seul en ces années à exalter un « romantisme » grec, une modernité et un primitivisme helléniques ; le livre de R. Canat, *L'hellénisme des romantiques*, Didier, 1951, p. 121 *sq.*, en particulier éclaire ce grand retour au miracle grec ; Gautier lui-même le revendique : « Nous avons fait notre pèlerinage à l'Acropole, cet autel sacré de l'art, ce trépied de marbre qui offre au plus beau ciel du monde les chefs-d'œuvre du génie humain, notre œil en garde encore l'éblouissement, nous avons vu le vrai beau, l'idéal réalisé. » Était-ce une conversion, une guérison de la « maladie gothique », ou la rencontre avec ce dont il avait, lui romantique, toujours rêvé ?

ga. Nom donné aux soldats ou aux partisans grecs lors de la guerre d'indépendance contre les Turcs.
     Nous sommes, comme les récits napolitains, dans le grotesque : par rapport à l'Antiquité, et aux grands types de l'histoire et de l'art, le moderne est une misérable parodie ; dans son voyage (*L'Orient*, p. 127 *sq.*), Gautier était plus indulgent pour le costume folklorique grec, il en réclamait le port obligatoire et aimait bien le voir trancher « bizarrement sur le fond prosaïque d'une devanture de magasin remplie d'articles de Paris ».

gb. *Aptère* : Sans ailes. C'est le temple d'Athéna Nikè ; l'entrée actuelle de l'Acropole par la porte Beulé rappelle les découvertes de l'archéologue français portant ce nom : il était au travail lors du passage de Gautier qui en parle longuement. Mêmes impressions chez le voyageur : même antithèse entre la réalité ruiniforme, « cimetière » de l'antique, et les chefs-d'œuvre survivants parce que chefs-d'œuvre ; dans cette cité-spectre, comme Pompéi, poussière matérielle et humaine, seul l'Art à l'éternité.

Cimon : Gautier se trompe. *Cimon* est un général athénien qui contribua après Thémistocle à la reconstruction de l'Acropole saccagée et ruinée par les Perses, il y a bien un piédestal à l'endroit qu'il désigne, mais il a porté une statue de l'époque romaine ; *Zeuxis* : Peintre grec, né vers 464 av. J.-C., célèbre pour son portrait d'Hélène peint à Crotone et inspiré des cinq plus belles femmes de la ville ; *Apelles* : Peintre grec qui a vécu dans la seconde moitié du IVe siècle av. J.-C., il a beaucoup travaillé pour Philippe roi de Macédoine et Alexandre, il est héros d'un grand nombre d'anecdotes sur son art ; *Timanthe* : Peintre grec situé très vaguement dans les Ve et IVe siècles av. J.-C. ; *Protogène* : Peintre grec encore, célèbre à Rhodes vers 330-300 av. J.-C., a travaillé à Athènes et vécu dans la familiarité d'Aristote ; *Mnésiclès* : Architecte grec de la moitié du Ve siècle av. J.-C., à qui l'on attribue les Propylées (437-432) construits sous Périclès ; *Ictinus* : Architecte grec, de la deuxième moitié du Ve siècle av., J.-C., édifia le Parthénon (447-432) et le Télestérion d'Éleusis.

gc. *Protogène* : ici s'arrête le chapitre, signé encore par Gautier. Toute la suite est une addition dans une épreuve corrigée.

gd. La « Prière sur l'Acropole » de Gautier (il n'a pu connaître celle de Renan qui date de 1865 et n'a été publiée qu'en 1876) s'adresse bien à une divinité vierge ; la même formule se retrouve dans le récit de son voyage (*Loin de Paris, O.C.*, t. XI, éd. citée, p. 229 *sq.*) : « le temple de la Vierge » qui est « la Madone de l'Olympe », « figure pure, idéale, et vraiment divine », « la Madone de ce ciel corrompu où tous les vices de la terre avaient leur personnification déifiée ». Son temple est « la beauté vraie, absolue et parfaite » et la Grèce a le droit « de flétrir le reste [de l'humanité] du nom de Barbare ». Ce qui associe Spirite et Athéna (elle va apparaître en vierge des Panathénées), c'est la virginité sacrée : jeune fille immortelle, elle est restée pure pour l'époux céleste qui lui est promis. Spirite, pour le néo-païen perspicace qu'est Gautier, est à sa place dans le monde virginal de l'Acropole.

ge. Gautier ici reprend presque littéralement la description qu'il avait faite de huit colonnes doriques du Parthénon (*Loin de Paris*, éd. citée, p. 233-234) ; commentant les diverses subtilités architecturales qui dans la colonnade contredisent la raideur et la sévérité géométriques, il avait écrit : « Ces huit colonnes, cannelées de plis droits et chastes comme ceux de la tunique de Pallas Athênê, la déesse aux yeux pers, filent immédiatement et sans piédestal du degré de marbre qui leur sert de base jusqu'aux courbes harmonieusement évasées de leurs chapiteaux en s'amenuisant avec une douceur de dégradation infinie, et s'inclinant en arrière d'une façon imperceptible comme toutes les lignes perpendiculaires de l'édifice, conduites sur un rythme secret vers un point idéal placé au centre du temple, le cerveau de Minerve ou celui même de l'architecte ; pensée radieuse devant laquelle se penchent, par un mouvement unanime d'adoration mystique inaperçu de l'œil vulgaire, les formes extérieures du temple. […] Nous qui ne connaissons que la ligne droite glacialement mathématique et qui n'est, en effet, que le chemin le plus court d'un point à un autre, telle que l'emploient nos architectes pseudo-classiques, nous n'avons aucune idée de l'extrême douceur, de la suavité infinie, de la grâce tendre et pénétrante que peut prendre la ligne droite ainsi ménagée : la Chambre des députés, la Madeleine, que nous croyons ressembler au Parthénon, ne sont que des imitations grossières, comme celles que font les enfants à l'aide de pièces de bois géométriquement taillées à l'avance dans les jeux d'architecture qu'on leur donne au jour de l'an. » La remarque a peut-être plus de poids dans *Spirite* : si les formes du temple semblent converger vers un point idéal, si un rythme, une *pensée* semblent désignés par la matérialité des éléments, c'est bien que Malivert déjà voyant, voit par-delà les formes réelles, dépasse la beauté visible, désincarne l'art en pressentant ce qui est au-delà et la direction qu'il indique mystérieusement ; il perçoit le sens, et non plus seulement la forme. L'œuvre est un passage, une flèche qui se dirige vers quelque chose et non un point d'arrêt.

gf. *Cf. Loin de Paris* : « Je ne puis trouver de mot plus simple, malgré sa bizarrerie, pour rendre l'ineffable beauté de ces colonnes : elles sont humaines ; leur marbre roux semble une chair brunie au soleil, et l'on dirait une théorie de jeunes canéphores portant le van mystique sur leur tête. C'est au bord du chemin d'Éleusis, quand passaient les processions sacrées, qu'Ictinus et Callicrate en ont rêvé les purs profils ; ils les ont dessinées, l'esprit plein de ces formes charmantes » (*ibid.*). Et de même pour le temple d'Athéna Nikè, dont les colonnes semblent des jeunes filles « enfermées dans le svelte bloc avec leurs corps blancs et leurs blanches draperies » (p. 246).

gg. Voir le même texte : « [..] Le marbre, doré de couches successives, a pris des tons rougeâtres, orangés, terre de Sienne, d'une vigueur et d'une puissance extraordinaires : on le dirait candi par cette ardente et riche lumière qui épargne aux ruines les lèpres de la mousse et les taches de végétations malsaines ; comme de l'argent qu'on dore, le marbre, avec le temps, est devenu du vermeil » (*ibid.* p. 233).

gh. Vestibule d'entrée du temple donnant accès à la *cella*. Spirite, comme une tentation, une mise à l'épreuve, semble renouveler tout le fantastique cher à Gautier qui semble lui-même résumer tous ses contes et prendre congé de son œuvre antérieure : Spirite revit, se réincarne comme sculpture, comme archétype de la beauté antique, et de la forme. Tel est le miracle classique survenu en pleine lumière et bien étranger à la féerie nocturne du fantastique romantique. C'est ce qui jusqu'à présent avait comblé de joie les héros amants de la beauté parfaite ; mais Malivert est épris de l'Idée, de la perfection en soi, de la beauté de l'infinité qui n'a pas de représentation terrestre (la forme la révèle en la cachant) ; l'amour le conduit vers ce qui est au-delà de l'art, ce que l'art fait désirer, peut-être vers ce qui produit l'art ; ce serait l'imagination pure, l'esprit lui-même ; Spirite l'emporte par la « beauté de l'âme » sur la beauté seulement « plastique » ; ainsi se tranche le débat chez Gautier entre la beauté antique et la beauté spiritualisée du christianisme. Gautier a peut-être retrouvé le thème de *Faust II*, la rencontre-synthèse de l'antique et du romantique.

gi. Porteuse de corbeille d'osier où se trouvaient les gâteaux sacrés et les objets rituels lors des Panathénées ; le mot désigne aussi les statues qui les représentent.

gj. Passage d'une pièce de théâtre où l'auteur ou le coryphée se tourne vers le public pour lui parler directement. On sait quel rôle symbolique joue le bouquet de violettes entre Gautier et Carlotta. Décrivant la *Victoire à la sandale* (p. 253), Gautier avait écrit ces lignes qui préfigurent peut-être l'apparition non fantastique, mais classique de Spirite : « De quel ciel d'azur ou d'or est-elle descendue, cette idéale création figée dans ce pur marbre dont le temps a respecté la blancheur ? Cette Victoire anonyme, ne serait-ce pas la muse de Phidias venant se poser encore une fois sur l'Acropole avant de s'envoler à tout jamais ? »

gk. Exemple fâcheux de l'arrogance et du vandalisme britanniques, Lord Elgin (1766-1841), militaire puis diplomate, ambassadeur à Constantinople, emporta, grâce à la complicité des autorités ottomanes, un nombre considérable de sculptures de l'Attique, les frises du Parthénon, des cariatides, des statues ; il les fit arracher des temples, les embarqua sur des navires (une partie fut perdue dans des naufrages) et les vendit à sa Gracieuse Majesté. Gautier a parlé de sa « brutalité de Vandale », de sa « maladresse de portefaix ivre ».

gl. Var. *ms* : « statue chryséléphantine ». Toute cette fin, depuis « il franchit les Propylées », se trouve comme une addition sur des feuillets à part écrits par Gautier lui-même.
Dans *Splendeurs et Misères des courtisanes* (*La Comédie humaine*, t. VI, éd. citée, p. 794), Lucien de Rubempré, tout près de son suicide, a une hallucination qui prouve que la pensée

« comme une force vive et génératrice » peut se matérialiser en spectres, en fantômes, « alors les rêves prennent du corps, les choses détruites revivent dans leurs conditions premières » : il voit la Conciergerie dans son état premier, « la demeure de Saint Louis reparut telle qu'elle fut ».

gm. Ce massif forestier qui culmine à 1 400 mètres se trouve au nord d'Athènes, à une vingtaine de kilomètres de la ville. C'est justement dans le Parnès que le personnage d'Edmond About devait être capturé par les brigands du roi des Montagnes. Brigands d'autant plus inquiétants qu'ils semblaient de mèche avec la police. Cette fin elliptique manifeste l'absence de Malivert et de Spirite : ils disparaissent du roman avec l'épisode du Parthénon : ils ne sont plus dès lors de notre monde ; on ne verra la mort de Guy que par le regard éberlué et intintelligent des gens de la terre ; ils ne sont pas flattés. Dans un contrepoint féroce, le roman tourne à la farce, et tombe bas, très bas : une fois partis les personnages fantastiques, on est dans la prose du monde ordinaire, une prose lourde de bêtise et d'aveuglement ; du côté de la terre, on assiste au grotesque d'une enquête policière qui ne comprend rien ; mais il y a une deuxième fin, la vision de l'initié qui voit et qui sait.

gn. Ce sanctuaire dédié à Pandrose, la fille de Cécrops, roi mythique d'Athènes, contenait l'olivier d'Athéna et se trouvait sur l'Acropole près du Parthénon.

go. Gautier l'avait d'abord nommé Mavros, puis changé de nom quelques lignes plus loin ; dans le roman d'Edmond About, le roi des Montagnes s'appelle Hadgi-Stavros.

gp. *Fustanelle* : Jupe courte qui descend jusqu'aux genoux, plissée, très évasée et qui fait partie du costume masculin traditionnel des Grecs et des Albanais. *Hécube* : dans la tragédie d'Euripide qui porte son nom, ce personnage, symbole de la douleur maternelle « pleure comme une chienne ».

gq. C'est le sujet même du *Roi des Montagnes*, les brigands sont supérieurement organisés. Gautier s'installe dans le cliché et la parodie, pour en dégager l'irréductible donnée surnaturelle et incroyable ; il s'amuse donc à répéter en apparence une histoire de brigands grecs.

gr. *Panagia*, la toute sainte, est l'épithète courante donnée à la sainte Vierge dans le culte orthodoxe ; l'interprétation du guide est vraie pour Gautier qui accepte tous les mythes et toutes les croyances : Spirite peut s'identifier à Athéna ou à la sainte Vierge.

gs. Gautier fait-il exprès de se tromper en partie sur le titre de Swedenborg ? « Des mariages dans le ciel » est le titre du chapitre premier dans *Les Délices de la sagesse sur l'amour conjugal*, et on le retrouve pour les § 366-386 (p. 277 *sq.*) dans *Du Ciel et de ses merveilles, et de l'Enfer* [.] : « Puisque le ciel est composé du genre humain, les anges y ont donc les deux sexes », disait Swedenborg ; ils peuvent s'y marier, mais au ciel le mariage se fait par conjonction des deux êtres « en un seul mental » (composé d'entendement et de volonté), et en un seul « corps », « deux époux dans le ciel sont appelés non deux anges, mais un ange ». Il y a donc conjonction totale du masculin et du féminin, « tout ce qui est à l'un est à l'autre ». Au § 396, Swedenborg décrivait « la joie et la félicité célestes ».

gt. *Hypèthre*, à ciel ouvert. L'univers devient le sanctuaire où se matérialise pour l'initié le couple céleste. Il est ainsi donné à Féröe de voir la naissance de l'être androgyne, cette « perle unique » qui absorbe en une union qui est aussi une unité les « deux points », les deux anges encore divisés selon les modalités de l'existence humaine. Malivert et Lavinia, fiancés d'outre-tombe, promis l'un à l'autre par privilège divin, deviennent plus que des époux, ils sont les deux moitiés indûment séparées d'un seul « ange d'amour » ; Gautier suit incontestablement la pensée de Swedenborg : la fin de la nouvelle consacre l'accès des deux amants à l'amour vraiment conjugal, c'est-à-dire spirituel ; ce sont les âmes qui s'unissent, tandis que le baron, initié mais non amoureux, non délié de la matière par un amour vraiment rédempteur, est encore condamné à subir la prison corporelle et les vicissitudes de la matière. Mais Gautier se souvient aussi de la fin de *Séraphîta* (*cf.* chap. VIII); l'être androgyne meurt pour renaître, mais les amants humains Wilfrid et Minna ont un instant le privilège de voir les clartés du ciel et d'assister à la transformation de Séraphîtus-Séraphîta en Séraphin; ils voient le ciel : « La lumière enfantait la mélodie, la mélodie enfantait la lumière, les couleurs étaient lumière et mélodie » ; chez Balzac les deux voyants humains voient se perdre dans l'immensité des mondes divins l'être unique, le seul « point de flamme qui s'avivait toujours et dont le mouvement se perdait dans la mélodieuse acclamation qui célébrait sa venue au ciel » ; ici dans ce renversement symétrique des données, ce sont les amants qui forment l'unité du couple. Faut-il penser à ce mot de *Mademoiselle de Maupin* (Pl, t. I, p. 498) : « nos âmes étaient vraiment faites l'une pour l'autre, deux perles destinées à se fondre ensemble et n'en plus faire qu'une seule ! »

BIBLIOGRAPHIE

On trouvera ici surtout les ouvrages et les articles ayant une portée générale : les travaux plus précis ainsi que les études de sources sont indiqués le plus souvent dans les notices et les notes concernant chaque récit ; les titres de la bibliographie générale y sont mentionnés sous forme abrégée. Le titre du *Bulletin de la société Théophile (Université Paul Valéry, route de Mende, Montpellier)* est abrégé en *Bulletin* suivi de l'indication de l'année de parution.

OUVRAGES DE THÉOPHILE GAUTIER

ÉDITIONS DE RÉFÉRENCE

Œuvres complètes, Paris, Honoré Champion, collection dirigée par A. Montandon, comprenant plusieurs sections : *Romans, contes et nouvelles*, 3 vol., 2003 et 2004 ; *Œuvres poétiques complètes*, 1 vol., 2004 ; *Voyages*, 1 vol., 2007 ; *Théâtre et ballets*, 1 vol., 2003 ; *Critique théâtrale*, 3 vol. 2007-2008 ; *Critique d'art*, 4 vol., 2011.

Correspondance Générale, éd. par P. Laubriet et Claudine Lacoste-Veysserre, Genève-Paris, Droz, 12 volumes, 1985-2000 [abrégé en *C.G.*].

Poésies complètes, éd. René Jasinski, Paris, Nizet, 1970, 3 vol.

Œuvres poétiques complètes, éd. établie, présentée, annotée par Michel Brix, Bartillat, 2004.

ANTHOLOGIES

Œuvres, choix de romans et de contes, édition établie par Paolo Tortenese, Paris, Robert Laffont, « Bouquins », 1995.

Romans, contes et nouvelles, édition établie sous la direction de Pierre Laubriet, Paris, Gallimard, Bibliothèque de la Pléiade, 2002, 2 vol. (abréviation : Pl).

La Morte amoureuse, Avatar et autres récits fantastiques, édition présentée, établie et annotée par Jean Gaudon, Paris, Gallimard, « Folio », 1981.

Récits fantastiques, Chronologie, introduction et notes par Marc Eigeldinger, Paris, Garnier-Flammarion, 1981 ; rééditée en 2007 avec une mise à jour de la bibliographie par Anne Geisler-Szmulewicz.

Critique d'art. Extraits des Salons (1833-1872), textes choisis, présentés et annotés par Marie-Hélène Girard, Séguier, Paris, 1994.

Pompéi, sur les pas de Dumas, Gautier, Nerval, Jensen et quelques autres, une anthologie composée et présentée par Claude Aziza, Paris, Pocket, 1995.

Contes et récits fantastiques, Paris, Libraire générale française, Livre de poche, 2002

Contes fantastiques, Paris, José Corti, 2004.

Histoires de démons et de momies, Choix de textes, préfaces et « clés de l'œuvre » par Claude Aziza et Annie Collognat, Paris, Pocket, 2004.

La Mille et deuxième nuit, Intégrale des nouvelles, présentation, notices et dossier de Claude Aziza, Paris, Omnibus, 2011.

Contes de la Mille et deuxième nuit, textes réunis, commentés et en partie traduits par Evangelista Stead, Grenoble, Jérôme Millon, 2011.

Trois Contes fantastiques (La Morte amoureuse, Le Chevalier double, le Pied de momie), dossier et notes réalisés par Marianne et Stéphane Chomienne, lecture d'images par Pierre-Olivier Douphis, Paris, Gallimard, Folioplus classique, 2011.

ÉDITIONS SÉPARÉES

Baudelaire, édition de Marie-Claude Book-Senninger, avec la collaboration de Lois Cassandra Hamrick, Paris, Klincksieck, 1986.

Caprices et zigzags, Paris, Lecou, 1852.

Constantinople et autres textes sur la Turquie, présentation et notes de Sarga Moussa, Paris, La Boîte à documents, 1990.

Fusains et eaux-fortes, Paris, Charpentier, 1880 ; rééd. : Paris, L'Harmattan, 2000.

Histoire de l'art dramatique en France depuis vingt-cinq ans, Paris, Hetzel, 1858-1859, 6 vol.

Histoire du Romantisme, suivi de notices romantiques et d'une étude sur la poésie française, Paris, Flammarion, 1929.

Histoire du Romantisme, suivi de Quarante portraits littéraires, édition préfacée et établie par Adrien Goetz, avec la collaboration d'Itaï Kovacs, Gallimard, « Folio classique », 2011.

Honoré de Balzac, édition de Marie-Claude Book-Senninger, Paris, Nizet, 1980.

L'Art moderne, Paris, Lévy frères, 1856.

Le Club des hachichins, suivi de *La Pipe d'opium* et de *Le Haschich*, établissement du texte, notes et postface par Paolo Tortonese, Paris, Mille et Une nuits, 2011.

Le Mont Saint-Michel, édition de Christian Chelebourg, Paris, La Chasse au Snark, 2003.

Le Musée du Louvre, édition présentée et annotée par Marie-Hélène Girard, Paris, Louvre éditions, 2011.

Les Beaux-Arts en Europe, Paris, Michel Lévy, Paris, 1855-1856, 2 vol.

Les Grotesques, Paris, Michel Lévy, 1859.

Les Grotesques, éd. Cecilia Rizza, Paris-Bari, Nizet-Schena, 1985.

Les Jeunes-France, romans goguenards, édition de Michel Crouzet, Paris, Séguier, 1995.

Paris et les Parisiens, édition de Claudine Lacoste-Veysseyre, Paris, La Boîte à documents, 1996.

Portraits contemporains, Paris, Charpentier, 1874.

Souvenirs romantiques, éd. Adolphe Boschot, Paris, Garnier, 1929.

Souvenirs de théâtre, d'art et de critique, Paris, Charpentier, 1883.

Spirite, nouvelle fantastique, Introduction par Marc Eigeldinger, Paris, Nizet, 1970.

Spirite, édition présentée et annotée par Anne Geisler-Szmulewicz, Paris, Éditions du Sagittaire, 2010.

Théâtre : mystères, comédies, ballets, Paris, Charpentier et Cie, 1872.

Vacances du Lundi, Tableau de montagnes, préface de Sylvain Jouty, Seyssel, Champ Vallon, 1994.

Victor Hugo, Choix de textes, introduction et notes par Françoise Court-Pérez, Paris, Honoré Champion, 2000.

Voyage en Algérie, présentation de Denise Brahimi, Paris, La Boîte à documents, 1989.

Voyage en Égypte, édition de Paolo Tortonese, Paris, La Boîte à documents, 1991.

Voyage en Espagne, édition de Jean-Claude Berchet, Paris, Garnier-Flammarion, 1981.

Voyage en Espage, suivi de Expaña, Patrick Berthier éd., Gallimard, coll. « Folio », 1981.

Voyage en Italie, Paris, Charpentier et Cie, 1875 ; rééd. : édition de Marie-Hélène Girard, Paris, La Boîte à documents, 1997.

Voyage en Russie, présentation, établissement du texte et des notes par Francine-Dominique Liechtenhan, Paris, La Boîte à documents, 1990.

ÉTUDES ET TRAVAUX SUR THÉOPHILE GAUTIER

ADAM, Anika et BRIX, Michel, « Gautier et Samuel-Henri Berthoud : une source de *Jettatura* », *Bulletin*, 1995.

ANASTASAKI, Elena, « Un "rêve… pour les éveillés". Les fonctions du rêve dans l'œuvre narrative de Théophile Gautier », *Bulletin*, 2008.

ANASTASAKI, Elena, « Danses mortelles et macabres : corporéité et séduction fatale dans l'œuvre de Théophile Gautier », *Bulletin*, 2009.

L'Androgyne, Cahiers de l'hermétisme, Albin Michel, 1986.

L'Androgyne dans la littérature, Cahiers de l'Hermétisme, Paris, Albin Michel, 1990.

L'Androgyne en littérature, édition établie par Hela OUADI, préface de Frédéric Monneyron, Tunis, Simpact éditions, Dijon, Éditions Universitaires de Dijon, 2009.

AVIGNON, Véronique, « L'univers mythique de Théophile Gautier », *Bulletin*, 1994.

AVIGNON-LE ROUX, Véronique, « *Onuphrius* : une mise en scène de la mort de la création », *Bulletin*, 1996.

BAINS, Christopher, *De l'esthétisme au modernisme. Théophile Gautier, Ezra Pound*, Paris, Honoré Champion, 2012.

BARA, Olivier, « Gautier, le corps dansant et l'objet ou l'esprit de la matière », *Bulletin* 2009.

BARONIAN, Jean-Baptiste, *Un nouveau fantastique*, Lausanne, L'Âge d'Homme, 1977.

BARONIAN, Jean-Baptiste, *Panorama de la littérature fantastique de langue française*, Paris, Stock, 1978.

BAUDELAIRE, Charles, *Œuvres complètes*, texte établi, présenté et annoté par Claude Pichois, Paris, Gallimard, « Bibliothèque de la Pléiade », t. I, 1975, t. II, 1976.

BAUDELAIRE, Charles, *Correspondance*, texte établi, présenté et annoté par Claude Pichois avec la collaboration de Jean Ziegler, Paris, Gallimard, « Bibliothèque de la Pléiade », 1993, t. I et II.

BAUDRY, Robert, « Fantastique ou merveilleux Gautier ? », dans *Théophile Gautier, L'art et l'artiste, Bulletin*, 1983.

BAUDRY, Robert, « La musique : prélude ou signe d'extase dans les récits fabuleux de Gautier », *Bulletin*, 1986.

BAUDRY, Robert, « Révélations et initiations dans *Avatar* et le *Roman de la momie* », *Bulletin*, 1990, t. I.

BAUDRY, Robert, « Des portraits qui s'animent dans les contes de Gautier », *Bulletin*, 1996.

BAUDRY, Robert, « Le miroir magique chez Théophile Gautier », *Bulletin*, 2003.

BEAULIEU, Étienne, « Une communication supérieure : l'électricité romantique à la croisée des savoirs », *Romantisme, revue du dix-neuvième siècle*, n° 158, 2012.

BEDARIDA, Henri, *Théophile Gautier et l'Italie*, Paris, Boivin, 1934.

BÉGUIN, Albert, *L'Âme romantique et le rêve*, Paris, José Corti, 1939.

BELLEMIN-NOËL, Jean, « Des formes fantastiques aux formes fantasmatiques », *Littérature*, n° 2, mai 1971.

BELLEMIN-NOËL, Jean, « Notes sur le fantastique (textes de Théophile Gautier) », *Littérature*, n° 8, décembre 1972.

BELLEMIN-NOËL, Jean, « Fantasque Onuphrius », *Romantisme*, n° 6, 1973.

BENESCH, Rita, *Le Regard de Théophile Gautier*, Zürich, Juris Verlag, 1969.

BÉNICHOU, Paul, *L'École du désenchantement, Sainte-Beuve, Nodier, Musset, Nerval, Gautier*, Paris, Gallimard, 1992.

BERBIGUIER DE TERRE-NEUVE DU THYM, *Les Farfadets ou tous les démons ne sont pas dans l'autre monde*, Grenoble, Jérôme Millon, 1990, précédé de « Berbiguier ou l'ordinaire de la folie », de Claude Louis-Combet.

BERGERAT, Émile, *Théophile Gautier, Entretiens, souvenirs et correspondance*, Préface d'E. de Goncourt, Paris, Charpentier, 1880 (Rééd. : Paris, L'Harmattan, « Les Introuvables », 1996).

BERTHIER, Patrick, « Autour de *La Cafetière*. Quelques remarques sur le *Cabinet de Lecture* », *Bulletin*, 2006.

BESSIÈRE, Irène, *Le Récit fantastique, La poétique de l'incertain*, Paris, Larousse, 1974.

BINNEY, Edwin, *Les Ballets de Théophile Gautier*, Paris, Nizet, 1965.

BILOUS, Daniel, « Gautier le voyant d'après *Toast funèbre* », *Bulletin*, 1994.

BLONDE, David, « Le fait comme quête de l'inconnu. Indéterminations narratives dans trois récits de Théophile Gautier », *Symposium*, vol 59, n° 1, Spring 2005.

BOTTACIN, Annalisa, « Un esteta attrato dal visionario : Théophile Gautier lettore di Jacques Cazotte », dans *La Questione Romantica, Orrore/Terrore, Rivista interdiscplinare di studi romantici*, n°s 3-4, Primavera 1997.

BOOK-SENNINGER, Claude-Marie, *Théophile Gautier, auteur dramatique*, Paris, Nizet, 1972.

BOOK-SENNINGER, Claude-Marie, *Théophile Gautier, une vie, une œuvre*, Paris, SEDES, 1994.

BOOK-SENNINGER, Claude-Marie, « *Spirite* et *Mademoiselle Dafné*, sa diabolique antithèse », *Bulletin*, 1994.

BOSCHOT, Adolphe, *Théophile Gautier*, Paris, Desclée de Brouwer, 1933.

BOURGEOIS, René, *L'Ironie romantique, Spectacle et jeu de Mme de Staël à Gérard de Nerval*, Grenoble, PUG, 1974.

BRIX, Michel, « Résurrection du passé et création romanesque : à propos d'*Arria Marcella* », *Bulletin*, 1996.

BRIX, Michel, « Gautier, *Arria Marcella*, et le monde gréco-romain », dans *Retour du mythe, 20 études pour M. Delcroix, réunies et publiées par Christian Berg*, Amsterdam, Rodopi, 1996.

BRIX Michel, « Gautier, Nerval et le platonisme », dans *Relire Théophile Gautier. Le plaisir du texte*, études réunies et présentées par Freeman G. Henry, Amsterdam-Atlanta GA, Rodopi, 1998.

BRIX, Michel, « Autour d'*Avatar* : Gautier et le libertinage », *Bulletin*, 2006.

BRUNET, François, « Cohérence, rigueur et poésie dans *Jettatura* », *Bulletin*, 1995.

BRUNET, François, « Théophile Gautier et l'Allemagne », *Bulletin*, 1997.

BRUNET, François, *Le Tombeau de Théophile Gautier*, Paris, Champion, 2001.

BRUNET, François, *Théophile Gautier et la musique*, Paris, Champion, 2008.

BRUNET, François, « Apollinien ou dionysien ? », *Bulletin*, 2009.

BRUNET, François, *Théophile Gautier et la danse*, Paris, Champion, 2010.

BRUNET, François, « Comme un soupir étouffé de Weber… », dans *Gautier et l'Allemagne*, voir *infra*.

CAILLOIS, Roger, *Au cœur du fantastique*, Paris, Gallimard, 1965.

CAILLOIS, Roger, *Anthologie du fantastique*, Paris, Gallimard, 1966.

CAILLOIS, Roger, *Images, Images… essais sur le rôle et les pouvoirs de l'imagination*, Paris, José Corti, 1966.

CAILLOIS, Roger, *Obliques*, Paris, Stock, 1974.

CASTEX, Pierre-Georges, *Le Conte fantastique en France, de Nodier à Maupassant*, Paris, José Corti, 1951 ; rééd : 1987.

CAUCHETEUR, Jean-Philippe, « Théophile Gautier et le présentisme », *Bulletin*, 2003.

CELLIER, Léon, *Mallarmé et la morte qui parle*, Paris, PUF, 1959.

CELLIER, Léon, « Gautier et Mallarmé devant le miroir de Venise », *Cahiers de l'Association Internationale des Études Françaises*, 1959.

CHAMBERS, Ross, *« Spirite » de Théophile Gautier, une lecture*, Paris, Minard, 1974.

CHAMBERS, Ross, « Gautier et le complexe de Pygmalion », *Revue d'histoire littéraire de la France*, n° 4, 1972.

COCKERHAM, Harry, « Gautier, from Hallucination to supernatural Vision », *Yale French Studies*, n° 50, 1974.

COGMAN, Peter, « Le triangle de la mort : du *Roi Candaule* à *Jettatura* », *Bulletin*, 1996.

COLLINS, Douglas P., « Rimbaud and Gautier's *Spirite* », *Romance Notes*, vol. XIII, 3, Spring 1972.

CORADO, Lydia, « Spirite, Carlotta et Allan Kardec », *Annales publiées par l'université de Toulouse-Le Mirail, Littératures*, XX, t. IX, fasc. 3, nouvelle série, 1973.

COTTIN, Madeleine, « Marie Mattéi, inspiratrice de Théophile Gautier, » *Revue d'histoire littéraire de la France*, n° 2, 1965.

COURT-PÉREZ, Françoise, *Gautier, un romantique ironique. Sur l'esprit de Gautier*, Paris, Champion, 1998.

COURT-PÉREZ, Françoise, « L'apprivoisement de la mort : l'évolution de la notion de mort dans l'œuvre de Gautier », *Bulletin*, 1996.

COURT-PÉREZ, Françoise, « De la blancheur ou du triomphe du Nord dans le *Voyage en Russie* de Théophile Gautier », *L'Image du Nord chez Stendhal et les Romantiques*, textes réunis par Kajsa Andersson, t. I, Colloque de l'Université d'Örebro, Örebro University, University library, 2004.

CRICHFIELD, Grant, « Fantasmagories and Options in the Gautier's *Arria Marcella* », in *The Shape of the Fantastic : Selected Essay from the Seventh International Conference on the Fantastic in the Arts*, edited by Olena H. Saciuk, Greenwood Press, 1990.

CROUZET, Michel, « *Mademoiselle de Maupin*, ou l'Éros romantique », *Romantisme*, n° 8, 1974.

DAVID-WEILL, Natalie, *Rêve de pierre : la quête de la femme chez Théophile Gautier*, Genève, Droz, 1990.

DÉCHANET-PLATZ, Fanny, *L'Écrivain, le sommeil et les rêves*, Paris, Gallimard, 2008.

DECOTTIGNIES, Jean, *Essai sur la poétique du cauchemar en France à l'époque romantique*, Université de Lille III, Atelier des thèses, 1973.

DECOTTIGNIES, Jean, *Prélude à Maldoror, vers une poétique de la rupture en France, 1820-1870*, Paris, A. Colin, 1973.

DELPORTE, Michel, « La musique médiatrice de l'extramonde dans l'œuvre en prose de Théophile Gautier », *Bulletin*, 1986.

DELPORTE, Michel, « Un poète à l'Opéra, ce petit monde où l'on marche sur les nuages », dans *Relire Théophile Gautier. Le plaisir du texte*, voir *infra*.

DILLINGHAM, Louise Buckley, *The Creative Imagination of Théophile Gautier. A Study in literary psychology*, Bryn Mawr College, Princeton-Albany, *Psychological Review Company*, 1927.

DOUPHIS, Pierre-Olivier, « Théophile Gautier et l'architecture polychrome », *Bulletin*, 2002.

DRISCOLL, Irène, « *Visual allusion in the work of Théophile Gautier* », *French Studies*, vol. 27, n° 4, October 1973.

DU CAMP, Maxime, *Souvenirs littéraires*, Paris, Hachette, 1882-1883 (rééd. : Paris, Aubier, 1994).

Du Camp, Maxime, *Théophile Gautier*, Paris, Hachette, 1907.

Dumas, Nathalie, « Le récit de rêve dans l'œuvre fantastique de Théophile Gautier », dans *Iris, Les Cahiers du Gerf*, Université de Grenoble-III, hiver 2003-2004.

Dumas, Nathalie, « L'érotisme cristallin de Théophile Gautier : étude de la figure de la morte amoureuse dans les contes fantastiques », *Birth and death in nineteenth-century French culture*, edited by Nigel Harkness, Lisa Downing, Sanya Stephens and Timothy Unwin, Amsterdam, New-York, Rodopi, 2007.

Dumoulié, Camille, « Spirite, de l'éthique à la métaphysique de l'écriture », *Bulletin*, 1992.

Dumoulié, Camille, *Cet absurde objet du désir. Essai sur les amours fantastiques*, Paris, L'Harmattan, 1995.

Eigeldinger, Marc, « *Arria Marcella* et le "jour nocturne" », *Bulletin*, 1979.

Eigeldinger, Marc, « L'inscription de l'œuvre plastique dans les récits de Gautier », *Bulletin*, 1982.

Eigeldinger, Marc, *Le Soleil de la poésie : Gautier, Baudelaire, Rimbaud*, Neuchâtel, La Baconnière, 1991.

Esprit créateur, numéro spécial, 1963.

Europe, numéro spécial, mai 1979.

Fabre, Jean, *Le Miroir de sorcière. Essai sur le genre fantastique*, Paris, José Corti, 1992.

Fauchereau, Serge, *Théophile Gautier*, Paris, Denoël, 1972.

Fernandez-Sanchez, Carmen, « La dialectique de l'humour et de la mort dans les récits fantastiques de Théophile Gautier », *Bulletin*, 1996.

Fernandez-Sanchez, Carmen, « L'autre testament de Spirite ou le triomphe de Cherbonneau : fantastique et humour en habit noir », in *Relire Théophile Gautier. Le plaisir du texte*, études réunies et présentées par Freeman G. Henry, Amsterdam-Atlanta, Rodopi, 1998.

Feydeau, Ernest, *Théophile Gautier. Souvenirs intimes*, Paris, Plon, 1874.

Figures de l'ange romantique, Cahiers du Centre de Recherches sur l'image, le symbole, le mythe, Université de Dijon, n°s 11-12, 1994.

Finné, Jacques, *La Littérature fantastique. Essai sur l'organisation surnaturelle*, Éditions de l'Université de Bruxelles, 1980.

Fisher, Dominique, « À propos du mauvais œil ou les irreprésentables rais de la mort », *Bulletin*, 1995.

Fisher, Dominique, « *Jettatura*, la comédie de la mort ou les masques du démon descriptif », *Bulletin*, 1996.

Fizaine Jean-Claude, « Immortalité littéraire et éternité artistique chez Théophile Gautier », *Bulletin*, 1996.

FORT, Eugénie, *Journal*, publié régulièrement, numéro par numéro, par M. Cermakian et Claudine Lacoste-Veysseyre, dans le *Bulletin*.

GANN, Andrew, « La musique, élément structurant dans les récits fantastiques de Gautier », *Bulletin*, 1984.

GAUTIER, Judith, *Le Collier des jours. Souvenirs de ma vie*, Paris, F. Juven, s.d., puis 1904 et 1907.

GAUTIER, Judith, *Le Collier des jours. Le second rang du collier. Souvenirs littéraires*, Paris, F. Juven, s.d., puis 1905 et 1909.

Gautier et l'Allemagne, Actes du colloque de Siegen, juin 2003, sous la direction de Wolfgang Drost et Marie-Hélène Girard avec le concours de Walburger Hülk et Volker Roloff, Universitätverlag Siegen, 2010.

GEISLER-SZMULEWICZ, Anne, *Le Mythe de Pygmalion au XIXᵉ siècle*, Paris, Champion 1999.

GEISLER-SZMULEWICZ, Anne, « Gautier et le conte des fées », *Bulletin*, 2006.

GEISLER-SZMULEWICZ, Anne, « Gautier lecteur de Faust, 1831-1841 », *Gautier et l'Allemagne, op. cit.*

GIRARD, Marie-Hélène, *Théophile Gautier, Critique d'art, Extraits des Salons (1833-1872)*, Paris, Séguier, 1994.

GIRAUD, Raymond, « Winckelmann's Part in Gautier's Perception of Beauty », *Yale French Studies*, n° 38, May 1967.

GLINOER, Anthony, *La Querelle de la camaraderie littéraire : les romantiques face à leurs contemporains*, Genève, Droz, 2008.

GOSSELIN-SCHICK, Constance, *Seductive Resistance. The poetry of Théophile Gautier*, Amsterdam-Atlanta GA, Rodopi, 1994.

GRASSO, Luciana, « La *fantaisie pompéienne* de Théophile Gautier : *Arria Marcella* », *Bulletin*, 1984.

GRIGORE-MURESAN, Madalina, « La femme-vampire chez Mircea Eliade, Théophile Gautier et Joseph Sheridan Le Fanu », *Cahiers du GERF*, n° 7, 2000.

GRIVEL, Charles, « Le Fantastique », *Mana, Mannheimer Analytica*, n° 7, 1987.

GRIVEL, Charles, *Fantastique-fiction*, Paris, PUF, 1992.

GUEGAN, Stéphane, *Théophile Gautier*, Paris, Gallimard, « Biographies », 2011.

GUILLAUME, Jean, *Du Faust de Goethe au surnaturalisme de Nerval*, Neuchâtel-Paris, La Baconnière-Payot, 1979.

GUIOMAR, Michel, *Principes d'une esthétique de la mort*, Paris, José Corti, 1967.

GUSDORF, Georges, *Fondements du savoir romantique*, Paris, Payot, 1982

GUSDORF, Georges, *Du Néant à Dieu dans le savoir romantique*, Payot, 1983.

GUSDORF, Georges, *L'Homme romantique*, Paris, Payot, 1984.

GUSDORF, Georges, *Le Savoir romantique de la nature*, Paris, Payot, 1985.

HAMRICK, Lois Cassandra, « *L'art robuste seul a* l'éternité : Gautier et la sculpture romantique », *Bulletin*, 1996.

HARVEY, Cinthia, « La vie et l'art comme danse. Lecture nietzschéenne de *La Cafetière* de Gautier », *Bulletin*, 2009.

HOUSSAYE, Arsène, *Souvenirs de jeunesse, 1830-1850*, Paris, Flammarion, s.d. [1896].

HOUSSAYE, Arsène, *Les Confessions, Souvenirs d'un demi-siècle*, Paris, Dentu, 1885-1891, 6 vol. ; réimpr. : Genève, Slatkine Reprints, 1971.

HUGHES, Randolph, « Vers la contrée du rêve. Balzac, Gautier et Baudelaire, disciples de Quincey », *Mercure de France*, 1er août 1939.

IMURA, Minako, « Gautier et ses danseuses fantômes », *Bulletin*, 1993, t. I.

JASINSKI, René, *Les Années romantiques de Théophile Gautier*, Paris, Vuibert, 1929.

JASINSKI, René, *À travers le XIXe siècle*, Paris, Minard, 1975.

JATON, Anne-Marie, *Le Vésuve et la Sirène, le mythe de Naples de Mme de Staël à Nerval*, Pisa, Pacini, 1988.

JEANNERET, Michel, « Nerval archéologue : des ruines de Pompéi au souterrain du rêve », dans *L'Imaginaire nervalien. L'espace de l'Italie*, Naples, Edizione scientifiche italiane, 1988.

JOURDE, Pierre et TORTONESE Paolo, *Visages du double, Un thème littéraire*, Paris, Nathan Université, 1996.

JUDEN, Brian, *Traditions orphiques et tendances mystiques dans le romantisme français*, Paris, Klincksieck, 1971.

KARS, Henk, « Le sein, le char, et la herse, Description fantastique et métadiscours dans *Arria Marcella* de Théophile Gautier », *CRIN*, n° 13, 1985.

KELLER, Luzius, *Piranèse et les Romantiques français*, Paris, José Corti, 1966.

KILLEN, Alice, Le *Roman « terrifiant » ou le Roman « noir », de Walpole à Anne Radcliffe et son influence sur la littérature française jusqu'en 1840*, Paris, Crès, 1915 ; rééd. : Paris, Champion, 1967.

KINTZLER, Catherine, *Poétique de l'opéra français de Corneille à Rousseau*, Paris, Minerve, 1991.

KNAPP, Bettina, « Théophile Gautier, *Arria Marcella*. The Greek versus the Christian Way », dans *Dream and Image*, by Bettina Knapp, Troy, New-York, Whistone publishing Company, 1977.

KOPP, Robert et PICHOIS, Claude, « Baudelaire et le haschich. Expérience et documentation », *Revue des sciences humaines*, fasc. 127, juillet-septembre 1967.

LANDRI, Jacques, *Jules Janin, conteur et romancier*, Belles Lettres, Publications de l'Université de Dijon, 1978.

LEBOIS, André, *L'Occultisme et l'amour*, Paris-Bruxelles, Sadi, 1969.

LEFEBVRE, Anne-Marie, *Spirite de Théophile Gautier, étude historique et littéraire*, Thèse de 3e cycle, ex. dactylographié, Sorbonne, 1978.

LEFEBVRE, Anne-Marie, « *Spirite* à la lumière de l'Orient », *Bulletin*, 1990, t. I.

LEFEBVRE, Anne-Marie, « Théophile Gautier et les Spirites et Illuminés de son temps », *Bulletin*, 1993, t. II.

LEFEBVRE, Anne-Marie, « Du miroir de Venise à la pierre tombale : les seuils de l'au-delà dans *Spirite* », *Bulletin*, 1996.

LEFEBVRE, Anne-Marie, « Les grimaces du feuilletoniste. Aspects de la raillerie dans les récits fantastiques de Théophile Gautier », *Bulletin*, 2001.

LEMONNIER, Léon, *Edgar Poe et la critique française de 1845 à 1875*, Paris, PUF, 1928.

LEMONNIER, Léon, *Les Traducteurs d'Edgar Poe en France de 1845 à 1875 : Charles Baudelaire*, Paris, PUF, 1928.

LEMONNIER, Léon, *Edgar Poe et les conteurs français*, Paris, Aubier, 1947.

LIBIS, Jean, *Le Mythe de l'Androgyne*, Paris, Berg international Éditeurs, 1991.

LIEDEKERKE, Arnould de, *La Belle époque de l'opium*, Paris, La Différence, 1984.

LLOYD, Rosemary, *Baudelaire et Hoffmann, affinités et influences*, Cambridge University Press, 1979.

LOWIN, Joseph. G., « The Dream-Frame in Gautier's Contes fantastiques », *Nineteenth Century French Studies*, vol IX, n°s 1-2, Fall-Winter 1980-1981.

LOWRIE, Joyce O., « The question of mimesis in Gautier's Contes fantastiques », *Nineteenth Century French Studies*, vol. VIII, n°s 1-2, 1979-1980.

LUND, Hans Peter, « Contes pour l'art. La métaphore picturale et théâtrale chez Gautier », *Revue romane*, n° 18, 1983.

LYONS, Margaret, « Judith Gautier and the Sœurs de Notre-Dame de la Miséricorde. A Comment of *Spirite* », *Literature and Society. Studies in XIXth and XXth Century French Literature presented to R. J. North*, University of Birmingham, 1980.

MAC GARRY, Pascale, « *Jettatura* ou l'adieu au réel », *World and Image*, vol. 27, issue 4, 2011.

MAC GARRY, Pascale, « *Onuphrius*, portrait de l'artiste en jeune homme goguenard », *Études françaises*, vol. 48, n° 1, 2012.

MARCHETTI, Marilia, « Un spectacle *tutto da ridere*. Rhétorique de l'ironie dans *Jettatura* de Th. Gautier », dans *L'ironie aujourd'hui. Lectures d'un discours oblique*, Colloque international 2004 Sfax, études réunies par Mustapha Trabelsi, Presses universitaires de l'université Blaise Pascal, Clermont-Ferrand, 2006.

MARIGNY, Jean, *Sang pour sang. Le réveil des vampires*, Paris, La Découverte, 1993.

MARMONTEL, Jean-François, *Éléments de littérature*, Paris, Desjonquères, 2005.

MATORÉ, Georges, *Le Vocabulaire et la société sous Louis-Philippe*, Genève-Lille, Droz-Giard, 1951 ; réimpr. : Genève, Reprints Slatkine, 1967.

MATTEI, Marie, *Lettres à Théophile Gautier et à Louis de Cormenin*, établissement du texte et préparation par Eldon Kaye, Genève, Droz, 1972.

MERELLO, Ida, « *Jettatura*, un réseau de liens », dans *Théophile Gautier en Italie : images, itinéraires, interférences. Mélanges pour le bicentenaire de la naissance (1811-2011)*, sous la direction de Giovanna Belloti, Roma, Aracnè, 2011.

MERLO, Cristiano, « *Spirite* : quand la danse réinvente la littérature », *Bulletin*, 2009.

MET, Philippe, « Fantastique et herméneutique : le clair-obscur des signes dans *Jettatura* », *Bulletin*, 1998.

MICKEL, Emanuel J., *The Artifical Paradises in French Literature*, University of North-Carolina Press, 1969.

MICKEL, Emanuel J., « Gautier'use of Opium and Hashish as a structural Device », *Studi Francesi*, 1971.

MILLET, Claude, *Le Légendaire au XIXᵉ siècle. Poésie, mythe et vérité*, Paris, PUF, 1997.

MILNER, Max, *Le Diable dans la littérature française*, Paris, José Corti, 1960, t. I et II.

MILNER, Max, « Le sexe des anges. De l'ange amoureux à l'amante angélisée », dans *Romantisme*, 11, 1976

MILNER, Max, *La Fantasmagorie, Essai sur l'optique fantastique*, Paris, PUF, 1982.

MILNER, Max, « À quoi rêvent les vampires ? », *Revue des sciences humaines*, fasc. 188, n° 4, 1982.

MILNER, Max, *L'Imaginaire des drogues, de Thomas de Quincey à Henri Michaux*, Paris, Gallimard, « Connaissance de l'inconscient », 2000.

MITROI, Anca, « Gautier, Zola et les baisers indélébiles dans le même souffle », *Bulletin*, 1999.

MIZUNO, Hisashi, « Souvenir de Pompéi ou une solidarité littéraire de Théophile. Gautier et de G. de Nerval », *Bulletin*, 1998.

MOLINA-RUEDA, Josefa, « L'isolement métaphysique de Théophile Gautier à travers la coordonnée spatiale de *Jettatura* », *Bulletin*, 1993, t. I.

MOLINO, Jean, « Le mythe de l'androgyne », dans *Aimer en France, 1760-1860*, Actes du Colloque international de Clermont-Ferrand recueillis et présentés par Paul Viallaneix et Jean Ehrard, Publications de la Faculté des Lettres et des Sciences Humaines de Clermont-Ferrand, 1980.

MOMBERT, Sarah, « Les ornières du temps : le voyage dans le temps chez Théophile Gautier », *Bulletin*, 2012.

MONNEYRON, Frédéric, *L'Androgyne romantique, Du mythe au mythe littéraire*, Grenoble, Ellug, 1994.

MONTANDON, Alain, « La séduction de l'œuvre d'art chez Théophile Gautier », *Bulletin*, 1982.

MONTANDON, Alain, « Les neiges éblouies de Théophile Gautier », *Bulletin*, 1983.

MONTANDON, Alain, « Hamlet ou le fantôme du moi : le double dans le romantisme allemand », dans *Le Double dans le romantisme anglo-américain*, Faculté des Lettres de Clermont-Ferrand II, 1984.

MONTANDON, Alain, « Gautier et Balzac ; à propos de la *Morte amoureuse* », *Bulletin*, 1993, t. I.

MONTANDON, Alain, « Reflets nordiques dans *Spirite* de Théophile Gautier », dans *L'Image du Nord chez Stendhal et les Romantiques*, textes réunis par Kajsa Andersson, t. I, Presses de l'Université d'Örebro, 2004.

MONTANDON, Alain, « Des stéréotypes chez Hoffmann et Théophile Gautier », *Bulletin*, 2006.

MONTANDON, Alain, « Des affinités de Théophile Gautier et d'E.T.A. Hoffmann : *Spirite* et *Le Vase d'or* », dans *Gautier et l'Allemagne, op. cit.*

MONTANDON, Alain, « Théophile Gautier et la danse », dans *Figure e intersezioni* : *tra danza e letteratura*, a cura di Laura Colombo et Stefano Genetti, Verona, Edizioni Fiorini, 2010.

MONTANDON, Alain, *Théophile Gautier : entre enthousiasme et mélancolie*, Paris, Éditions Imago, 2012.

MONTANDON, Alain, « Magie de l'œil et magie du verbe chez Théophile Gautier », dans *Magie et magies dans la littérature et les arts au XIXe siècle*, études réunies et présentées par Simone Bernard-Griffiths et Céline Bricault, Clermont-Ferrand, Presses Universitaires Blaise Pascal, 2012.

MONTORO-ARAQUE, Mercedes, « *Mauvais œil*, émergence, flexibilité, irradiation… *Jettatura* de Théophile Gautier », *Bulletin*, 1997.

MONTORO-ARAQUE, Mercedes, « De l'inertie corporelle à la vivification de la pierre : l'unité du "corps fantastique" féminin chez Théophile Gautier », *Images féminines du corps, Cahiers du GERF*, Actes du Colloque 13-15 mars 1997, Université Stendhal-III, Grenoble, 1998.

MOULINAT, Francis, « Les formes de l'éternité dans la critique d'art de Gautier : les années 1830-1840 », *Bulletin*, 1996.

MOUSSERON, Maxence, « Spectacle, théâtralité, mise en abyme dans *Arria Marcella* », *Bulletin*, 2004.

MOUSSERON, Maxence, « *Soi-même comme un autre* : identité, copie, survivance dans *Avatar* », *Bulletin*, 2010.

NELSON, Hidda, « Théophile Gautier : the invisible and supernatural World, a Demi-Conviction », *French Review*, 1972.

NERVAL, Gérard de, *Œuvres complètes*, édition publiée sous la direction de Jean Guillaume et de Claude Pichois, Paris, Gallimard, « Bibliothèque de la Pléiade », t. I, 1989, t. II, 1984, t. III, 1993.

NOLTING-HAUFF, Ilse, « Die fantastische Erzählung als Transformation religiöser Erzählgattungen (am Beispiel von Théophile Gautier, *La Morte amoureuse*) », *Romantik. Aufbruch zur Moderne*, München, Wilhelm Fink Verlag, 1991.

NUTI, Marco, « Alchimies visuelles dans les contes de Théophile Gautier », *Romanic Review*, 2010.

OLIVEIRA, Maria do Nascimento, « Les visages du mourir et de la mort dans les récits fantastiques de Gautier », *Bulletin*, 1996.

PALLESKE, S. O., « *Terreur charmante*, in the Works of Theophile Gautier », *Romanic Review*, n° 36, 1945.

Panorama Gautier, textes réunis par Sarga Moussa et Paolo Tortonese, *Revue des Sciences humaines*, fasc. 277, n° 1, 2005.

PASI, Carlo, *Il sogno della materia, saggio su Théophile Gautier*, Roma, Bulzoni, 1972.

PASI, Carlo, *Théophile Gautier o il fantastico volontario*, Roma, Bulzoni, 1974.

PASI, Carlo, « Le fantastique archéologique de Gautier », *Bulletin*, 1984.

PAYR, Bernhard, *E.T.A. Hoffmann und Théophile Gautier, ein geisteswissenschaftliche Beitrag zur vergleichenden Literaturgeschichte*, Dorma-Leipzig, Universitätverlag von R. Noske, 1927.

PELCKMANS, Paul, « Inconscience ou apothéose ? Une lecture de *Jettatura* », *Bulletin*, 1981.

PELCKMANS, Paul, « Deux prières sur l'Acropole : Guy de Malivert et Ernest Renan à Athènes », *Bulletin*, 1982.

PENZOLDT, Peter, *The Supernatural in Fiction*, London, Peter Nevill, 1952.

PICHOIS, Claude, *L'image de J.-Paul Richter dans les lettres françaises*, José Corti, 1963.

PICOT, Jean-Pierre, « Lewis, Hoffmann, Gogol, Gautier. Du statut de l'identité au cérémonial de la mort », *Littératures*, n° 5, 1982.

PLAUTE, *Comédies*, t. II (*Bacchides, Captivi, Casina*), texte établi et traduit par Alfred Ernout, Paris, Les Belles Lettres, 2003.

PONNAU, Gwenhaël, *La Folie dans la littérature fantastique*, Toulouse, éd. du CNRS, 1987 et 1990.

POULAIN, Louis, *Traces de l'influence allemande dans l'œuvre de Théophile Gautier*, Bericht der Realschule zu Basel, Schweighauserische Buchdruckerei, 1914.

POULET, Georges, *Études sur le temps humain*, Paris, Plon, 1949 ; rééd. : Paris-Monaco, Presses Pocket-Éditions du Rocher, 1989.

POULET, Georges, *Trois essais de mythologie romantique*, Paris, Corti, 1966.

PRAZ, Mario, *La Chair, la mort et le diable dans la littérature du 19ᵉ siècle. Le romantisme noir*, Denoël, 1966.

PULEIO, Maria Teresa, *Spirite*, Catania, Tringale editore, 1975.

PULEIO, Maria Teresa, « Échos et fantômes, la "Commedia dell'Arte" chez Théophile Gautier et Nerval », dans *L'Imaginaire nervalien : l'espace de l'Italie*, Monique Streiff Moretti (éd.), Naples, Edizioni scientifiche italieane, 1988.

PULEIO, Maria Teresa, « Le mythe de l'androgyne, de l'érotisme à l'orphisme », *Studi di letteratura francese*, n° 16, 1990.

PULEIO, Maria Teresa, *Le Bal masqué : saggio sulla narrativa di Théophile Gautier*, Catania, CUECM, 1998.

RANK, Otto, *Don Juan et le Double, études psychanalytiques*, Paris, Payot, 1973.

Relire Théophile Gautier. Le plaisir du texte, études réunies et présentées par Freeman G. Henry, Amsterdam-Atlanta, Rodopi, 1998.

RETINGER, Joseph, *Le Conte fantastique dans le Romantisme français*, Paris, Grasset, 1908.

RICHARDSON, Joanna, *Théophile Gautier, his Life and Times*, London, Reinhardt, 1958.

RICHARDSON, Joanna, *Judith Gautier*, trad. de l'anglais par S. Oudin, Paris, Seghers, 1989.

RICHER, Jean, *Une collaboration inconnue : la description du* Panthéon *de Paul Chenavard par Gautier et Nerval*, Paris, Minard, « Archives des lettres modernes », 1963.

RICHER, Jean, « Aspects de l'italianisme de Théophile Gautier », *Micromégas*, n° 2, janvier-avril 1975.

RICHER, Jean, *Études et recherches sur Théophile Gautier prosateur*, Paris, Nizet, 1981.

RICHER, Jean, « Portrait de l'artiste en nécromant », *Revue d'histoire littéraire de la France*, 72ᵉ année, n° 4, juillet-août 1972.

RIEBEN, Pierre-André, *Délires romantiques, Musset, Nodier, Gautier, Hugo*, Paris, José Corti, 1989.

RIFFATERRE, Hermine, « Love-in-Death : Gautier's *Morte amoureuse* », dans *The Occult in Language and Literature*, Hermine Riffaterre and Jeanine Plottel (éd.), *New-York Literary Forum*, n° 4, 1980.

RIGOLI, Juan, *Lire le délire, Aliénisme, rhétorique et littérature en France au XIXᵉ siècle*, préface de Jean Starobinski, Fayard, 2001.

RIZZA, Cecilia, « Théophile Gautier, critico letterario dal 1832 al 1844 », *Studi Francesi*, vol. XI, n° 31, 1967.

RIZZA, Cecilia, *Théophile Gautier critico letterario*, Torino, Giapichelli, 1971.

RIZZA, Cecilia, « Les formes de l'imaginaire dans les contes fantastiques de Gautier », *Bulletin*, 1988.

ROSSI, Henri, « Le Ciel de Berbiguier de Terre-Neuve du Thym », dans *Écritures XIX*, n° 4, *Le Ciel du romantisme, cosmographies, rêveries*, Actes du Colloque de Cerisy-la-Salle (14-21 août 2004), sous la direction de Christian Chelebourg, Caen, Lettres modernes Minard, 2008.

ROULIN, Jean-Marie, « La Sylphide, rêve romantique », *Romantisme*, n° 58, 1987.

ROUSSET, Jean, « De l'invisible au visible : la morte vivante », dans *Du visible à l'invisible. Pour Max Milner. Mettre en images, donner en spectacle*, textes réunis par Stéphane Michaud, José Corti, 1988, T. I.

SAMINADAYAR-PERRIN, Corinne, « *Des rêves de poète* pris au sérieux », *Bulletin*, 2009.

SAMINADAYAR-PERRIN, Corinne, « Les fictions antiques de Gautier : une déconstruction spectaculaire de l'histoire », *Bulletin*, 2012.

SANGSUE, Daniel, *Le Récit excentrique, Gautier, de Maistre, Nerval, Nodier*, Paris, José Corti, 1987.

SANGSUE, Daniel, *Fantômes, esprits, et autres morts-vivants, Essai de pneumatologie littéraire*, José Corti, 2011.

SAVALLE, Joseph, *Travestis, métamorphose, dédoublements, essai sur l'œuvre romanesque de Théophile Gautier*, Paris, Minard, 1981.

SCHAPIRA, Marie-Claude, *Le Regard de Narcisse, romans et nouvelles de Théophile Gautier*, Presses Universitaires de Lyon-Éditions du CNRS, 1984.

SCHAPIRA, Marie-Claude, « Le rêve de l'Eldorado de Théophile Gautier. Magie et déroute de l'artifice », *Studi Francesi*, juin-août 1977.

SCHAPIRA, Marie-Claude, « Le thème du mort-vivant dans l'œuvre en prose de Théophile Gautier », *Europe*, n° 601, mai 1979.

SCHAPIRA, Marie-Claude, « Une relecture des nouvelles de Théophile Gautier », *Bulletin*, 1981.

SCHAPIRA, Marie-Claude, « Le langage de la couleur dans les nouvelles de Théophile Gautier », *L'Art et l'Artiste, Bulletin*, 1983.

SCHAPIRA, Marie-Claude, « La musique comme moyen d'accès à l'extra-monde », *Bulletin*, 1986.

SCHNEIDER, Marcel, *Histoire de la littérature fantastique en France*, Paris, Fayard, 1964.

SCHUEREWEGEN Franc, « Histoires de pieds. Gautier, Lorrain et le fantastique », dans *Nineteenth French Century Literature*, vol. 13, n° 4, Summer 1985.

SEEBER, Edward. D., « Sylphs and other elemental beings in french literature since *Le Comte de Gabalis* », *PMLA*, vol. LIX, n° 1, mars 1944.

SENELIER, Jean, « Clartés sur la Cydalise », *Studi francesi*, n° 14, 1970.

SENNEVILLE, Gérard de, *Théophile Gautier*, Fayard, 2004.

SIMCHES, Seymour O., *Le Romantisme et le goût esthétique du XVIIIᵉ siècle*, PUF, 1964.

SMITH, Albert B., *Ideal and Reality in the fictionnal narratives of Théophile Gautier*, Gainesville, Univ. of Florida, 1969.

SMITH, Albert B., « The changing ideal in two of Gautier's fictional narratives », *Romantic Review*, vol. LX, n° 1, Feb. 1969.

SMITH, Albert B., *Théophile Gautier and the Fantastic*, Mississipi University, « Romance monographs », 1976.

SNELL, Robert, *Théophile Gautier, a Romantic Critic of the visual Arts*, Oxford, Clarendon Press, 1982.

SOSIEN, Barbara, *L'Homme romantique et l'espace : sous le signe d'Icare (Gautier et Nerval)*, Ksiegarnia Akademicka, Krakow, 2004.

SPENCER, Michael Clifford, *The Art Criticism of Théophile Gautier*, Genève, Droz, 1969.

SPICHER, Anne, « Les fonctions de la description dans *La Morte amoureuse* », *L'École des lettres*, n° 86, 1er octobre 1994.

SPICHER, Anne, « Les figures féminines », *L'École des lettres*, n° 86, 1er novembre 1994.

SPOELBERCH DE LOVENJOUL, Charles, vicomte de, *Histoire des Œuvres de Théophile Gautier*, Paris, Charpentier, 1887 ; réimpr. : Genève, Slatkine reprints, 1968.

SPOELBERCH DE LOVENJOUL, Charles, vicomte de, *Les Lundis d'un chercheur. Les projets littéraires de Théophile Gautier, à propos des œuvres qu'il n'a pas écrites, ou qu'il n'a pas terminées*, Paris, Calmann-Lévy, 1894.

SRAMEK, Jiri, « Les "Mortes amoureuses" de Théophile Gautier », *Études romanes de Brno*, n° 22, 1992.

STAROBINSKI, Jean, *Portraits de l'artiste en saltimbanque*, Genève, Skira, 1970.

STEINMETZ, Jean-Louis, « Un Schreber romantique : Berbiguier de Terre-Neuve-du-Thym », dans *Romantisme*, n° 24, 1979.

STEINMETZ, Jean-Louis, « Gautier, Jensen et Freud », *Europe*, n° 601, mai 1979.

STEINMETZ, Jean-Louis, *La Littérature fantastique*, Paris, PUF, « QUE SAIS-JE ? », 1991.

STERLING, Jessica, « Qui diable est le démon dans *Onuprhrius ?* », *Bulletin*, 2001.

SUCHER, Paul, *Les Sources du merveilleux chez E.T.A. Hoffmann*, Paris, Alcan, 1912.

SYLVOS, Françoise, « Nerval et Gautier, l'aventure d'une collaboration », *Bulletin*, 2008.

TEICHMANN, Elizabeth, *La Fortune d'Hoffmann en France*, Genève, Droz, 1961.

TERRAMORSI, Bernard, « *Arria Marcella, souvenir de Pompéi*, Théophile Gautier ; *Gradiva, ein pompejanisches Phantasiestück*, Wilhem Jensen ; *The Beats in the Jungle*, Henry James : l'amour au-dessus du volcan », *L'Imaginaire du volcan*, coordonné par Marie-Françoise Bosquet et Françoise Sylvos, Rennes, Presses universitaires de Rennes, 2005.

THOMAS, Catherine, « Les Petits Romantiques et le rococo : éloge du mauvais goût », *Romantisme*, n° 123, 2004.

THOMAS-RIGAULT, Catherine, « Pour une esthétique de la désinvolture : *Jean et Jeannette, Le Petit Chien de la marquise*, ou le goût du joli chez Théophile Gautier », Études *littéraires*, n° 42, 2011.

TILD, Jean, *Théophile Gautier et ses amis*, Paris, Albin Michel, 1951.

TODOROV, Tzvetan, *Introduction à la littérature fantastique*, Paris, Seuil, 1970.

TORTONESE, Paolo, *La Vie extérieure. Essai sur l'œuvre narrative de Théophile Gautier*, Paris, Minard, « Archives des Lettres modernes », 1995.

TORTONESE, Paolo, « Gautier classique, Gautier romantique. Considérations en marge de l'exposition Gautier au Musée d'Orsay », *Bulletin*, 1997.

TORTONESE, Paolo, « Théophile Gautier écrivain archéologue », dans *La Métamorphose des ruines. Influence des découvertes archéologiques sur les arts et les lettres*, Actes du Colloque international organisé à l'École française d'Athènes, 27-28 avril 2001, édités par Sophie Basch, Athènes, École française, 2004.

TORTONESE, « Drogue, morale et morphologie : questions autour de Gautier et de Baudelaire », dans *Cahiers de Littérature française*, t. VI, *Images et pathologies au 19ᵉ siècle*, Universitá degli studi di Bergamo et Université de Paris-Sorbonne, Bergamo University Press et Harmattan, 2008.

UBERSFELD, Anne, *Théophile Gautier*, Paris, Stock, 1992.

UBERSFELD, Anne, « Théophile Gautier ou le regard de Pygmalion », *Romantisme*, n° 66, 1989.

UBERSFELD, Anne, « Le Parthénon de Gautier, ou comment le marbre s'évanouit », *Pratiques d'écriture. Mélanges de littérature et d'histoire littéraire offerts à Jean Gaudon*, Paris, Klincksieck, 1996.

VADÉ, Yves, *L'Enchantement littéraire. Écriture et magie de Chateaubriand à Rimbaud*, Paris, Gallimard, 1990.

VAN DER TUIN, H., *L'Évolution psychologique, esthétique et littéraire de Théophile Gautier*, Amsterdam et Paris, Holdert-Nizet, 1933.

VAX, Louis, *La Séduction de l'étrange*, Paris, PUF, 1965 ; rééd. : 1987.

VAX, Louis, *L'Art et la littérature fantastique*, Paris, PUF, 1960 (1ʳᵉ éd.).

VAX, Louis, *Les Chefs-d'œuvre de la littérature fantastique*, Paris, PUF, 1979.

VAX, Louis, « L'art de faire peur », *Critique*, n° 150-151, novembre-décembre 1959.

VAX, Louis, « Le fantastique, la raison et l'art », *Revue philosophique de la France et de l'étranger*, vol. LXXXVI, n° 2-3, 1961.

VELTHUIS, H. E. A., *Théophile Gautier, l'homme et l'artiste*, Université de Groningue, 1924.

VIEGNES, Michel, « Burlesque, rire et ironie dans le fantastique de Gautier », *Revue des Sciences Humaines*, 2005.

VILLARS, Nicolas de Montfaucon de, *Le Comte de Gabalis ou Entretiens sur les sciences secrètes avec l'adaptation du « Liber de nymphis » de Paracelse par Blaise de Vigenère*, édition présentée et annotée par Didier Kahn, Paris, Honoré Champion, « Sources classiques », 2010.

VOISIN, Marcel, *Le Soleil et la nuit, L'imaginaire dans l'œuvre de Théophile Gautier*, Éd. de l'Université libre de Bruxelles, 1981.

VOISIN, Marcel, « L'insolite quotidien dans l'œuvre en prose de Théophile Gautier », *Cahiers de l'Association internationale des études françaises*, 1980.

VOISIN, Marcel, « Introduction à l'humour narratif de Théophile Gautier », *Bulletin*, 1984.

WANG, Ying, « La puissance fantastique de la femme vampire dans *La Morte amoureuse* », *Nineteenth Century French Studies*, vol. 38, n°s 3-4, Spring 2010.

WHYTE, Peter, « Deux emprunts de Gautier à Washington Irving », *Revue de littérature comparée*, n° 38, octobre-décembre 1964.

WHYTE, Peter, « Gérard de Nerval, inspirateur d'un conte de Gautier, *Deux acteurs pour un rôle* », *Revue de littérature comparée*, 40ᵉ année, n° 3, juillet-septembre 1966.

WHYTE, Peter, « La référence artistique comme procédé littéraire dans quelques romans et contes de Gautier », *Bulletin*, 1982.

WHYTE, Peter, « Du mode narratif dans les récits fantastiques de Théophile Gautier », *Bulletin*, 1984.

WHYTE, Peter, « Gautier, Nerval et la hantise du *Doppelgänger* », *Bulletin*, 1988.

WHYTE, Peter, *Théophile Gautier, conteur fantastique et merveilleux*, University of Durham, Durham Modern Language Series, 1996.

WHYTE, Peter, « Autour d'*Onuphrius* et de *La Vie dans la Mort* », *Bulletin*, 1996.

WHYTE, Peter, « État présent des études sur Théophile Gautier », dans *Relire Théophile Gautier. Le plaisir du texte*, études réunies et présentées par Freeman G. Henry, Amsterdam-Atlanta GA, Rodopi, 1998.

ZANOTTI, Marie-Charlotte, « Spirite, sœur jumelle de Giselle ou la danseuse au miroir », *Bulletin*, 2009.

ZENKINE, Serge, « Les Avatars d'*Avatar*. La mort comme destruction des simulacres », *Bulletin*, 1996.

ZIEGLER, Jean, *Gautier-Baudelaire : un carré de dames, Pomaré, Marix, Bébé, Sisina*, Paris, Nizet, 1977.

ZIEGLER, Robert E., « Writing in the hand of light : the production and expérience of art in Gautier's *Spirite* », *Chimères*, n° 18, 1983.

INDEX DES NOMS

TABLE DES MATIÈRES

Achevé d'imprimer par Corlet,
Condé-en-Normandie (Calvados),
en Août 2023
N° d'impression : 181868 - dépôt légal : Août 2023
Imprimé en France